Jasmin Romana Welsch

Küss mich

Sammelband

Liebesroman

STERNENSAND VERLAG

www.sternensand-verlag.ch | info@sternensand-verlag.ch

1. Auflage, Juli 2017

Umschlaggestaltung: Sarah Buhr | covermanufaktur.de
Lektorat / Korrektorat: Sternensand Verlag GmbH | Martina König
Illustrationen: Jasmin Romana Welsch, Fotolia.de
Satz: Sternensand Verlag GmbH
Druck und Bindung: Smilkov Print Ltd.

ISBN-13: 978-3-906829-60-9
ISBN-10: 3-906829-60-9

Inhaltsverzeichnis

Küss mich - Band 1

Planänderung

Eine schrille Glocke läutete den Beginn der Sommerferien ein. Die vergangenen Tage waren nervenaufreibend gewesen, für Schüler und Lehrer. In Gedanken schon im gebuchten Urlaubsdomizil, war kaum Zeit geblieben, sich alltäglichen Pflichten mit der gebührenden Sorgfalt zu widmen. Ausflüge in billige Theaterstücke hatten auf dem Programm gestanden und auf den letzten Metern waren altersunangemessene Bastelarbeiten als ›freie Unterrichtsgestaltung‹ verkauft worden. Irgendwie waren diese semiproduktiven Tage aber auch vorübergegangen.

Die Gänge leerten sich allmählich. Sam lehnte an der großen Steinsäule vor dem Ausgang und bereitete sich gedanklich auf das unangenehme Gespräch vor, das sie gleich führen würde.

Mit einem Kopfnicken verabschiedete sie all die freudestrahlenden Schüler, die ihr einen schönen Sommer wünschten. Die Hälfte davon hatte sie zumindest schon mal gesehen und von ungefähr einem Drittel wusste sie den Vor- oder Nachnamen oder hatte zumindest einen Spitznamen parat, der mehr oder weniger schmeichelhaft war.

Fanta lief gerade selbstbewusst grinsend an ihr vorbei. Er hieß eigentlich Kevin, Karsten oder Knut, aber als ihm beim letzten Schulsportturnier eine Dose Fanta in der Hand explodiert war, hatte eine Art Idiotentaufe stattgefunden. Dass er seither eine schwachsinnige Leidenschaft dafür an den Tag legte, Getränkedosen zu schütteln und sich über das feuchte Resultat beim Öffnen zu freuen, tat auch nicht sonderlich viel für sein Image. Er hatte ein eher einfaches Gemüt. Man hätte ihm trotz erreichter Volljährigkeit keine Streichhölzer anvertraut. Grinsen konnte er aber trotzdem, als würde er Werbung für Verhütungsmittel machen.

Leider waren die meisten Jungs hier kindische Idioten.

Atemlos rannte Pia die Treppe hinunter. Sie verstaute ihr Zeugnis gerade in der Tasche und hätte ihre Freundin beinahe übersehen. »Hi, Sam! Wartest du auf Bastian?«

Das blonde Mädchen stieß sich von der Säule ab, griff sich den giftgrünen Rucksack und setzte sich in Bewegung. »Nein, ich habe auf dich gewartet«, gestand Sam und seufzte ausgiebig.

»Was ist denn los? Du ziehst ein Gesicht, als würden wir morgen eine Arbeit schreiben. Zwei Monate Ferien, Sam! Das Festival! Hübsche Jungs mit Gitarren auf Selbstfindungstrip!«

Pias Enthusiasmus wäre ansteckend gewesen, hätte Sam weniger schlechte Nachrichten zu verkünden gehabt.

»Ja, darüber wollte ich mit dir reden …« Sie blieb vor der modernen gläsernen Front des Gymnasiums stehen und begann, stumm den Kopf zu schütteln.

»Hey! Sag jetzt nicht, dass du das mit dem Zelt doch nicht hinbekommst! Du hast gemeint, das wäre einfach. Ich habe dir gesagt, dass ich nichts bauen kann. Ich kann nicht mal die Tiere aus dem Überraschungsei richtig zusammensetzen!« Die Brünette im grünen Sommerkleid gestikulierte ihre Worte eifrig mit. »Okay, die Tiere vielleicht, aber alles andere nicht! Ich meine, was, wenn wir niemanden finden, der …«

»Hör zu!« Sam unterbrach Pia eindringlich, aber zerknirscht. Drückte man nicht früh genug den ›Stopp-Knopf‹, plapperte sie sich schon mal in einen tranceartigen Zustand der Ekstase.

Die quirlige kleine Brünette war erst vor zwei Jahren hergezogen. Sam und sie hatten mal dieselbe Klasse besucht, dann war Pia aufgefallen, dass sie nicht wusste, wo bei einem Laptop oben und unten ist, und sie hatte den Informatikzweig verlassen.

Die beiden waren trotzdem Freundinnen geblieben, sehr gute sogar. So unterschiedlich sie waren, so viel gaben sich die Mädchen auch von ihrer Gesellschaft. Sam war stur, geizte manchmal mit Nettigkeiten und liebte schwarzen Humor – Pia war offen, unbeschwert und lachte, wenn in Fantas Nähe eine Dose hochging.

»Das Zelt wird uns keine Probleme machen …«, begann Sam dieses unangenehme Gespräch, vor dem es ihr graute, weil sie wusste, dass sie wütend werden würde und Pia rein gar nichts dafür konnte. »Wir werden keines brauchen. Wir fahren nicht zu dem Festival.«

Pia gab ein empört überraschtes Piepsen von sich, wie der cholerische Hamster, der Sam zwei Jahre lang nachts wach gehalten hatte. Sie hatte aber jedes Recht, seltsame Geräusche von sich zu geben. Natürlich war sie wütend. Sam ging es nicht anders.

»Wieso nicht?! Wir planen das seit Monaten! Es sind Ferien! Nenn mir *einen* guten Grund, warum wir nicht fahren sollten! Bist du krank? Haben sich *Thirty Seconds to Mars* getrennt? Oh mein Gott, Jared Leto ist doch nicht tot, oder?!«

Sam zog eine Augenbraue nach oben. »Nein. Jared Leto geht es gut. Mir übrigens auch, auch wenn dich das weniger zu sorgen scheint!«

Pia überging ihren Vorwurf, weil sie wusste, dass Sam patzig werden konnte, wenn sie schlecht gelaunt war. Woher die schlechte Laune rührte, das galt es noch herauszufinden, also machte die Brünette eine auffordernde Geste und starrte das blonde Mädchen in den Röhrenjeans und den roten Converse eindringlich an.

Sam seufzte wieder genervt und zuckte mit den Schultern. »Mein Vater will mit mir wegfahren. Morgen schon. Zwei Wochen lang.«

Sie erntete ein verständnisloses Kopfschütteln von Pia. »Was? Davon war doch nie die Rede! Wieso so plötzlich?«

»Ich weiß nicht. Er hat mich gestern angerufen und war ganz aufgeregt. Ich denke, er hat einen Fürsorge-Anfall erlitten – was wohl so etwas wie ein Schlaganfall sein muss. Wahrscheinlich hat er in irgendeinem Elternratgeber gelesen, dass man seiner fast volljährigen Tochter unbedingt noch mal die Ferien sabotieren muss, bevor man sie in die große, weite Welt entlässt. Dann ist er ins Internet gegangen und hat in einem komplett unzurechnungsfähigen Zustand diesen Urlaub gebucht.«

Pia gab ein ›wütender Hamster‹-Knurren von sich, weil sie im ersten Moment genauso wenig Verständnis für das Durchkreuzen ihrer Urlaubspläne hatte wie Sam. »Er hat doch sonst nie Zeit für dich! Ich meine, ist dein Vater nicht ein Workaholic?!«

Sam nickte schwach. Sie liebte ihren Vater, aber er hatte immer mehr Zeit im Büro als zu Hause verbracht, auch vor der Scheidung. »Ja. Seine Firma muss in die Luft geflogen sein. Vor ein paar Jahren hätte ich weiß Gott was gegeben, um mit ihm Urlaub zu machen, und ausgerechnet jetzt, wenn ich einmal so etwas wie ein annähernd spannendes Privatleben entwickle, kommt er mit so was!«

»Schlechtes Timing …«, stellte Pia seufzend fest.

»Die Überschrift meines Lebens!«, entgegnete Sam wütend und zog sich die schwarze Sonnenbrille ins Gesicht.

»Kommst du da echt nicht raus? Ich meine, wenn du einen auf bockigen Teenager machst?«

Sam verdrehte die Augen hinter den abgedunkelten Gläsern. »Ja! Ich könnte meinem Vater einreden, dass ich den Sommer damit verbringen will, Jared Leto zu stalken, und mich umbringe, wenn er mich davon abhält. Wie klingt das?«

»Nach einem Sommer in der Jugendpsychiatrie«, stellte Pia halbwegs amüsiert fest. Auch wenn sie sich auf den Ausflug mit Sam gefreut hatte, gönnte sie ihr die Zeit mit ihrem Vater – sie sah ihn viel zu selten. »Dann fahren wir eben auf das Festival Ende August. In zwei Wochen bist du wieder da, oder? Du hast sicher Spaß. Gerade wenn man nicht damit rechnet, passieren die besten Dinge!«

Pias Spekulation löste ein verständnisloses Kopfschütteln bei Sam aus. »Die besten Dinge, jaja. Das gilt für langweilige Partys – die sogar der Papst persönlich aus grobem Spaßmangel verlassen hätte –, auf denen man sich aus reinem Selbstschutz betrinkt und dann aus purem Zufall einen süßen Typen rammt, der nicht ganz so ein Versager ist wie alle anderen.«

Pia lachte, während sie sich die passenden Bilder ins Gedächtnis rief. »Hast du Niko eigentlich mal wiedergesehen?«, wollte sie wissen, ahnte aber, dass die Antwort einen genervten Unterton haben würde.

»Wir waren im Kino …«, entgegnete Sam brummend. »Ich hätte ihn gerne noch mal gerammt. Idiot …«

»Du bist aber auch wählerisch, Sam! Dir gefällt nie jemand lange.«

Die Blonde zuckte mit den Schultern und ließ die Hände in den Hosentaschen verschwinden. »Was kann ich dafür, wenn ich ein Idiotenmagnet bin? Wenn mir mal einer begegnet, der gut aussieht und weder die Hobbys noch die Beziehungsvorstellungen eines Achtjährigen hat, heirate ich ihn!«

»Du willst mich heiraten? Wir sollten vorher zumindest ein Mal Sex haben. Da bin ich europäisch.«

Sam und Pia drehten sich gleichzeitig nach der vertrauten Stimme um. Bastian war hinter ihnen stehen geblieben und grinste dasselbe Grinsen, das er schon im Kindergarten präsentiert hatte. Es war immer selbstbewusst und süß gewesen, über die Jahre aber etwas kokett geworden.

Sam und Bastian kannten sich schon so lange, dass sie einander ohne schlechtes Gewissen das letzte Stück Pizza weggegessen hätten. Sie waren sozusagen beste Freunde, auch wenn sich Bastian in letzter Zeit vermehrt mit den Jungs aus seinem Fußballclub und dümmlich anmutenden Volleyballspielerinnen herumtrieb. Das führte oft zu freizeittechnischer Überbuchung.

Bastians Eltern waren bekanntermaßen wohlhabend, er selbst war auffallend hübsch und sein Mundwerk harmonierte regelmäßig mit seinem Selbstbewusstsein. Langeweile kannte das braunhaarige Sportass mit den Grübchen nicht.

Bastian war der einzige Junge, den Sam noch nie loswerden wollte. Warum das so war, darüber dachte sie nicht nach. Sie war sich allerdings ziemlich sicher, dass es nicht an seinem Aussehen lag. Selbst die Bauchmuskeln, die er sich vor zwei Jahren zugelegt hatte, hatten selten Gastauftritte in ihren Tagträumen, dafür in denen von allen anderen Mädchen an der Schule.

»Hey! Solltest du nicht mit deiner Instagram-süchtigen Freundin in irgendeiner Wiese sitzen und Filter über Fotos von euch legen?«, fragte Sam gespielt genervt und zog die Sonnenbrille kurz von der Nase, damit Bastian das spöttische Leuchten in ihren Augen auch sehen konnte.

»Ja … okay. Die war seltsam, das gebe ich zu. Aber Schnee von gestern«, entgegnete er und grinste wieder.

Bastian machte sich nie viel aus seinen Eroberungen. Seine Anforderungen waren aber auch ziemlich einseitig: hübsch.

Dass er mit dieser einsamen Priorität oft die kuriosesten Spezialfälle anschleppte, war eine Tatsache, über die sich Pia und Sam gern lustig machten.

»Und ihr? Wolltet ihr nicht auf dem *Thirty Seconds to Mars*-Konzert oben ohne in der ersten Reihe Jared Leto anschreien?«

»Ach, ich liebe die Art, wie dein Verstand sich Bilder ausmalt!«, entgegnete Sam sarkastisch. Sie wollte nicht noch mal erklären, warum ihre Ferien anders verlaufen würden als bisher geplant.

Das übernahm Pia. »Sam hat doch keine Zeit. Ihr Vater will, dass sie mit ihm wegfährt, und sie kann nicht Nein sagen.«

»Wieso?«, wollte Bastian wissen und fischte sich einen Kaugummi aus dem Seitenfach von Sams Rucksack.

»Weil ich diesen verrückten Workaholic nicht hängen lassen kann, wenn er plötzlich einen auf sentimental macht. Er hat sich am Telefon schon so abartig gefreut! Ansonsten besitzt er die Emotionalität eines Kugelschreibers …«

Sams Eltern hatten sich schon vor neun Jahren scheiden lassen. Sie lebte bei ihrer Mutter, aber der Kontakt zu ihrem Vater war ihr immer wichtig gewesen. Sie hatten sich oft vergebens Mühe gegeben, Zeit miteinander zu verbringen, aber diesmal war er eindeutig jubelnd über das Ziel hinausgeschossen.

Bastian knüllte das Kaugummipapier zusammen und schnipste es in den Mülleimer. »Klingt doch gar nicht so schlimm. Du kommst wenigstens raus. Ich sitze den Sommer über hier fest«, erklärte er tonlos.

Sam stutzte. »Fliegt ihr nicht wieder nach Dubai zu den Scheichen, um endlich weg von all den armen Menschen hier zu kommen?«, wollte sie wissen und entlockte ihm damit ein genervtes Schnauben.

»Haha. Nein, wir bleiben hier. Meine Eltern haben Stress in der Firma und können nicht weg. Genieß du wenigstens die Ferien, während ich hier mit den armen Menschen festsitze – hoffentlich fassen die mich nicht an.«

Sam schnaubte und lachte nicht mal über Bastians Sarkasmus. »Du redest, als würden mich zwei Wochen Ibiza erwarten. Mein Vater hat aber andere Vorstellungen von Urlaub.«

»Und was heißt das im Klartext?«

»Das heißt, dass er mich an einen Ort eingeladen hat, an dem es weder Sand noch Sangria gibt. Anscheinend hat er Angst vor dem Meer und vor Spaß, deshalb hat er sich für Kühe und Wiesen entschieden.«

Bastian lachte drei Sekunden lang, dann ließ er sich Sams Schilderungen noch mal durch den Kopf gehen. »Warte! Heißt das, ihr macht wirklich Urlaub auf dem Land? Verarschst du mich?«

Sam knurrte. »Denkst du, ich mache Witze über Orte, an denen Tiere tellergroße Fäkalhaufen scheißen?«

Bastian lachte wieder los, steckte sogar Pia an, was Sams Laune nicht hob. Sie wusste, dass es lustig klang, aber sie konnte ihrer Situation nichts Erheiterndes abgewinnen.

»Sam macht Urlaub auf dem Bauernhof!«, prustete der Kapitän der schuleigenen Fußballmannschaft, der an Club-Urlaube und All-inclusive-Buffets gewöhnt war. »Machst du da auch deinen eigenen Käse und braust Wein?«, fragte er atemlos, weil er die Bauchmuskeln schon zur Genüge durch Lachen trainiert hatte.

»Ob ich Wein ›braue‹? Sind die strohdummen Mädchen, mit denen du herumfummelst, ansteckend?«, brummte Sam und versuchte das seltsame Reiseziel ihres Vaters zu rechtfertigen. »Außerdem hat niemand etwas von Bauernhof gesagt. Wir fahren nur in irgendein Kaff auf dem Land. Mein Vater hat dort ein Holzhaus gemietet, weil er herausfinden will, ob die Welt wirklich einen Arsch hat. Dort gibt es einen See und Wiesen und Äcker und Radwege … Bitte tötet mich!«

Pia drückte Sam ein Küsschen auf die Wange und umarmte sie. »Ach Sami! Ich werde dich vermissen.«

Die Blonde seufzte resignierend.

Bastian war die Stimmung für Scherze noch immer nicht vergangen. »Wenn dir langweilig wird, kannst du ja versuchen, eine Kuh umzuschubsen. Lauf dann aber lieber schnell weg, ich weiß nicht, ob die das cool finden.«

Sam ließ den Kopf sinken. »Ich bin ein Stadtkind. Die Natur macht mir Angst und in Dörfern starten immer Zombie-Apokalypsen.«

Pia kicherte den Groll ihrer Freundin weg. »Das wird schon! Du hast doch genug Zombiefilme gesehen, um zu wissen, wie man überlebt.«

Bastian legte den Arm um Sam und drückte sie. Er roch in letzter Zeit immer auffallend intensiv nach Sandelholz. Wahrscheinlich hatte einer seiner Volleyball-Bimbos ein glückliches Händchen bewiesen und ihm ein gutes Parfum geschenkt – so zumindest Sams Theorie. »Schreib mir mal, damit ich weiß, wie es ist, wenn man sich so sehr langweilt, dass man sich freiwillig Abführmittel reinziehen will, nur um etwas zu tun zu haben. Ich lasse mein Zimmerfenster offen, damit die Brieftaube keine Gehirnerschütterung bekommt.«

Sam befreite sich von seinem Arm und funkelte ihn vorwurfsvoll an. Ihr wären auch ein paar Witze zum Thema ›Urlaub auf dem Land‹ eingefallen, aber die Selbstironie behielt sie sich als letztes Ass im Ärmel.

Gartenzwerge und Stiefmütter

Am nächsten Morgen ignorierte Sam routiniert den besorgten Monolog ihrer Mutter, die ihr weismachen wollte, sie hätte nichts Vernünftiges anzuziehen eingepackt. Wie immer klang es so, als hätte sie für einen Forschungstrip in die Arktis Flip-Flops in den Koffer geworfen.

Sam war aber durchaus in der Lage, für das Ende der Welt selbst zu packen. Sie würde in Kuhdorf nicht viel brauchen, so viel war sicher. Einen Bikini, falls sie beschließen würde, im See unterzugehen, ihr T-Shirt mit dem Smiley, um den Einheimischen zu verdeutlichen, dass sie freundlich gesinnt war, und ein Insektenspray, um Biene Maja zu töten.

Die nötige Vorfreude vermissend, die normalerweise mit dem Beginn eines Urlaubs einherging, stopfte Sam ihre Sachen in den kleinen roten Koffer. Vor der Haustür fühlte sie sich, als wäre sie dabei, eine Haftstrafe anzutreten.

Ihre Mutter drückte ihr ein Küsschen auf die Wange. »Mach deinem Vater nicht mehr Schwierigkeiten, als notwendig sind«, war die letzte Anweisung von ihr, während sie dieses leicht hämisch anmutende Lächeln auf den Lippen hatte. Wahrscheinlich, weil sie wusste, dass Sam in ein paar Stunden schreiend vor einem Käfer davonlaufen würde. »Viel Spaß, mein Schatz.«

»Danke, Mama. Sarkasmus kann ich jetzt echt gebrauchen …«

»Es wird dir bestimmt Spaß machen.«

»Du hörst nicht auf, bis ich gehe, oder?«

»Das Naturschutzgebiet dort ist bei Touristen total beliebt.«

»Ciao!«

»Umarm einen Baum für mich mit!«

Sam lief die Treppen des Wohnhauses hinunter und verkniff sich das Schmunzeln darüber, dass der Sinn für Humor wohl vererblich war. Dass sie diesen zweifelsohne von ihrer Mutter hatte, war nicht von der Hand zu weisen. Die grünen Augen hatte sie aber von dem Mann, der breit grinsend an seinem Audi lehnte und auf sie wartete.

Ohne Handy am Ohr hätte Sam ihren Vater beinahe nicht wiedererkannt. Normalerweise war er ein Arbeitstier, jemand, der abseits von Wirtschaftsfragen und Börsenkursen ziemlich ahnungslos durchs Leben wankte. Er gab sich trotzdem im Rahmen seiner emotionalen Möglichkeiten Mühe mit Sam, sonst hätte sie sich auch nicht auf diesen Horrortrip eingelassen.

»Na! Freust du dich auf den Urlaub?«, tönte er ungewohnt euphorisch und so sicher, dass sie *Ja* sagen würde, als hätte er seiner Tochter hundert Euro angeboten.

»Sicher, Papa! Wie ignorant müsste man sein, um mit siebzehn nicht zwei Wochen in einem Holzhaus im Nirgendwo verbringen zu wollen?«

Ihr Vater lachte und klopfte ihr auf die Schulter. »Dort, wo wir hinfahren, ist es wunderschön, du wirst schon sehen. In der Feriensaison ist dieses kleine Paradies immer ausgebucht. Wir haben Glück, dass wir noch ein Häuschen mieten konnten, und es steht auch noch direkt am See.«

»Direkt am See!«, wiederholte Sam gespielt begeistert. »Na das ändert natürlich alles …«, murrte sie und stieg ins Auto.

Sie fügte sich ihrem Schicksal, weil sie so viel blindem Enthusiasmus sowieso nichts entgegenzusetzen hatte.

Die Fahrt war ein Trip mit dem Ziel, möglichst alles, was Spaß machte und spannend war, weit, weit hinter sich zu lassen. Die Häuser der Stadt wichen endlosen Wäldern und Wiesen. Ab und an fuhren sie durch Dörfer, die von Mal zu Mal kleiner wurden. An solchen Orten starteten Splatterfilme. Oder noch schlimmer: Heimatdokus.

Seufzend lehnte Sam den Kopf an die kühle Scheibe. Das alles konnte nur zermürbend werden. Sie war nicht der Typ Mädchen, der sich an Natur und Pferden erfreute. Wälder langweilten sie schon auf Desktophintergründen und große Tiere machten ihr nur als Wurst keine Angst.

Prüde Dorfbewohner waren auch nicht unbedingt Sams Fall. Sie war ein Stadtkind, aufgewachsen zwischen Trubel und Anonymität, gewöhnt an Neonlichter und Reizüberflutung. Sich neue Freunde zu machen, war auch nicht unbedingt ihr Spezialgebiet.

Sam ließ nur wenige Leute nah an sich heran – eigentlich nur Pia und Bastian, mehr brauchte sie gar nicht. Der Rest konnte darüber rätseln, warum sie manchmal mit ihren Emotionen geizte. Eine Tatsache, die einen in der Unterstufe zu dem finster aussehenden Kind machte, das in den Pausen las. In der Oberstufe machte es einen aber zur Schulsprecherin, weil Teenager Unnahbarkeit cool fanden und sich das viele Lesen schulisch auch irgendwann bezahlt machte.

Abseits der Schule verbrachte Sam meistens Zeit mit Pia und Bastian – zumindest, wenn der Fußballgott nicht gerade Training hatte oder Körperflüssigkeiten mit Bimbos austauschte. Filme und Serien waren ihr Hobby, Pia vernarrte sich hobbymäßig aber auch gern mal in Vollpfosten mit coolen Haaren. Sam mochte ihre Freundin, aber ihr ständiges Schwärmen tat manchmal in den Ohren weh. Zum Glück waren Pias Liebesbeziehungen immer genauso halbherzig wie ihre Versuche, eine bessere Mathenote zu bekommen.

Sam war selten verliebt gewesen und wenn es sie einmal erwischt hatte, stellte sie bald unüberbrückbare Differenzen fest, die sich in diesem Leben nicht mehr aus der Welt schaffen ließen.

Der einzige Junge, mit dem sie viel Zeit verbrachte, blieb Bastian. Sie pflegten eine seltsame, aber intensive Freundschaft. Die beiden hatten sich schon im Kindergarten dazu gebracht, Sand zu essen, weil sie sich gegenseitig zu beinahe allem anstacheln konnten.

Sie teilten denselben Humor und den Hang zur Schadenfreude. Dass sie sich schon mal geküsst hatten, war eine unglückliche Verkettung von Zufällen gewesen. Bastian war genau in dem Moment vor Sam aufgetaucht, als ihr der Bacardi eingeredet hatte, sie müsse mehr aus sich herauskommen. Damals hatte sie ihre ersten bösen Erfahrungen mit Alkohol machen müssen, der ihr auch weisgemacht hatte, sie könne richtig gut tanzen.

Seit diesem Abend war sie skeptischer geworden, was die Zurufe von alkoholisierten Stimmen in ihrem Kopf anging.

Sie hatte sich bei Bastian entschuldigt, aber sie war schlecht darin, solche Gespräche zu führen, also hatten sie irgendwann beide angefangen, das Ganze als im Delirium geschehene Nichtigkeit abzutun.

Sam versuchte gerade, sich an den Kuss zu erinnern, als ihr Vater ihre Tagträume platzen ließ. »Wir sind da. Sieh dir das an, Sam! Habe ich dir zu viel versprochen?«

Sam brauchte ein paar Sekunden, um weg von Bastians Lippen und zurück in die Realität zu finden. Sie bereute diesen Schritt schnell. Ihr Vater hatte tatsächlich nicht übertrieben. Eine grüne, zwitschernde Hölle erstreckte sich vor ihr.

Das kleine Holzhaus stand direkt neben einem beinahe pervers genau gepflegten Blumenbeet, das von einem weißen, niedrigen Holzzaun eingerahmt wurde. Der See glitzerte eingebildet hell im Sonnenlicht und ein paar Spatzen pfiffen ihren Spott von den Ästen der Bäume des angrenzenden Waldes.

Das Wasser sah einladend sauber aus, das änderte aber leider auch nichts an der Tatsache, dass kleine, Furcht einflößende Gartenzwerge das Grundstück umzingelten. Das Klischee hatte Sam gerade mit der Faust ins Gesicht geschlagen und rannte jetzt triumphierend im Kreis.

»Gehen wir erst mal rein und packen unsere Sachen aus«, schlug ihr Vater verdächtig vergnügt vor.

Sie folgte ihm, den Blick skeptisch auf die großen, schwarzen Augen der diabolisch grinsenden Keramikzwerge gerichtet. Es konnte nicht mehr schlimmer werden, das war die einzige positive Erkenntnis, die Sam in den ersten Minuten gewann.

Als sich die Tür mit dem üppigen Blumenschmuck knarrend öffnete, folgte aber ein weiterer Kinnhaken. Diesmal hatte nicht das Klischee, sondern die Überraschung zugeschlagen.

Im Inneren der Hütte, die ganz offensichtlich von einem Holz- und Blümchenfetischisten im neunzehnten Jahrhundert eingerichtet worden war, saß an einem mit Blümchen verzierten Holztisch eine grinsende Frau.

Sam befürchtete ein Begrüßungsritual der Eingeborenen, die nur gekommen waren, um irgendwelche selbst gebackenen Kuchen dazulassen und in einem unverständlichen Dialekt aufdringliche Fragen zu stellen. Bei näherer Betrachtung erschien das aber abwegig.

Die Frau war viel zu urban gekleidet, um einem Kaff wie diesem entsprungen zu sein. Sie trug ein hellgraues Kostüm und hatte die Haare zu einem strengen Zopf gebunden. Sie sah aus, als wäre sie vor wenigen Stunden von ihrem Bürostuhl gesprungen, mit dem dringenden Verlangen, sofort und, ohne sich umzuziehen, die Zivilisation zu verlassen.

Vorerst planlos, starrte Sam auf die Fremde, bis ihr Vater endlich begann, das intrigante Rätsel zu lösen. »Sam, das ist Sophie. Du kennst sie vielleicht vom letzten Firmen-Familien-Picknick? Wir arbeiten zusammen und haben uns, nun ja …«

Sam neigte den Kopf, während die Erkenntnis sich wie ein glühender roter Feuerball in ihr breitmachte. Als die Frau auf sie zukam, um ihre Hand zu schütteln, fühlte sie sich wie ein Fisch auf dem Trockenen.

Daher wehte also der Wind. Deshalb verhielt sich ihr Vater mit einem Mal wie ein dauerbekiffter Naturfreak.

Sams Eltern waren schon lange getrennt, aber er brachte es anscheinend noch immer nicht übers Herz, ihr wie ein normaler

Mensch über die Existenz der Stiefmutter zu berichten. Er brauchte Dörfer, Holzhäuser und eine ganze Armee aus Gartenzwergen, um sich zu erklären. Vielleicht hatte er eine Blaskapelle im Schrank versteckt.

»Hallo, Sam, freut mich, dich wiederzusehen!«

»Ja, sicher. Mich auch.« Sam gab ein wirklich wahnsinniges Lachen von sich, eines, für das sie sich gelobt hätte, hätte sie es bewusst wahrgenommen. Ohne ein weiteres Wort schnappte sie sich ihre Tasche und rannte die Treppe hinauf. Hier oben mussten die Zimmer sein. Sie hätte bleiben können, aber dann hätte sie Dinge gesagt, die ihr im Nachhinein vielleicht leidgetan hätten. Sam kannte sich, deshalb traute sie sich auch nicht über den Weg. Sie musste erst runterkommen, sich beruhigen und die Tatsache verkraften, dass ihr Vater ihre Ferien ruiniert hatte, nur um ihr diese Frau vorzustellen.

»Der Mann hat Nerven!«, murmelte sie wütend und ließ ihre Tasche im kleineren der beiden Zimmer fallen. »Komm, Sam! Fahren wir aufs Land! Ich mag die Natur plötzlich!«, äffte sie ihren Vater nach und ließ sich dann knurrend in das viel zu weiche Bett sinken. Auf der Bettwäsche waren auch Blümchen, ein ganzer Haufen, als hätte sie jemand dorthin gekotzt.

Nach fünf Minuten schmollen, musste sie sich eingestehen, dass sie froh war, dass ihr Vater endlich eine Frau gefunden hatte. Er war lange allein gewesen und hatte viel zu viel gearbeitet. Sich zu verlieben, tat ihm gut, aber ihre Ferien dafür zu opfern, tat Sam nicht gut.

Es klopfte an der Tür.

»Darf ich reinkommen?« Ihr Vater wollte gar keine Antwort darauf haben.

Auf der ersten Elterntagung der Geschichte hatten alle Erziehungsberechtigten der Welt beschlossen, diese Frage für immer und ewig ausschließlich rhetorisch zu stellen.

Als er im Zimmer stand, hatte er einen furchtbar reumütigen Blick aufgesetzt. Sam mochte das nicht. Das letzte Mal hatte er sie so angesehen, als er seinen Auszug angekündigt hatte.

»Hör mal …«, tönte die raue Männerstimme freundlich. »Es tut mir leid, dass ich dir nichts von Sophie erzählt habe, aber ich dachte, wenn du sie persönlich kennenlernst, würdest du besser verstehen …«

»Schon verstanden!«, fiel Sam ihrem Vater ins Wort.

Auch wenn sie diese Frau lieber persönlich auf einen Kaffee getroffen hätte, als gleich die Ferien mit ihr zu verbringen, verstand sie die Intention ihres Vaters. Ihm lag offenbar viel daran, dass Sam sie nicht nur sah, sondern kennenlernte.

»Ob zu zweit oder zu dritt, ist doch auch egal. Schlimmer als die Gartenzwerge kann sie nicht sein.«

Ihr Vater lachte. Die Erleichterung entspannte seine Gesichtszüge wieder. »Du wirst sehen, Sophie ist sehr nett und interessant. Das merkst du, wenn du dich mit ihr unterhältst.«

Sam nickte, obwohl sie wusste, dass sie Sophie nicht annähernd so spannend finden würde wie ihr Vater. Er war aber auch nicht der Typ, der sie zu irgendetwas drängte, also hatte es bestimmt Zeit, bis sie sich die interessanten Geschichten der Frau im grauen Kostüm anhörte.

»Stört es dich, wenn ich mir zuerst die Gegend ansehe? Ich will wissen, wo wir hier gelandet sind.«

»Geh nur, aber sei zum Abendessen zurück, dann können wir reden.«

Sam nickte. Solange ihr ein sofortiges Gespräch erspart bleiben würde, war alles erträglich. Das war auch besser für Sophie, Sam war gerade noch zu geladen und hätte nur mit subtilen Gemeinheiten und Sarkasmus um sich geworfen.

Ihr Vater verließ das Zimmer und es war Zeit für eine entnervte, vielsagende Geste. Sam ließ ihren Kopf kapitulierend dramatisch in das blümchenbekotzte Kissen fallen.

Zombie-Kaff

Ohne einen weiteren Gedanken an die neuen, zwanghaft verursachten Umstände zu verschwenden, raffte sich Sam auf und entdeckte die erste wirklich positive Begebenheit in dieser Ferienhölle. Das Zimmer, das sie sich ausgesucht hatte, hatte einen separaten Eingang. Über eine hölzerne Treppe gelangte man über den Balkon hinter das Haus, direkt in die Freiheit. Das ersparte ihr den Gang durch das untere Stockwerk und somit unerwünschte Gespräche.

Unter den neugierigen Blicken der Gartenzwerge lud Sam ihr Rad aus dem Auto.

Sie hatte zwar keine Ahnung, wohin, aber der schmale Steinweg musste zwangsläufig der Realität gehorchen und irgendwo enden. Spätestens dort, wo sie Bambi gedreht hatten, würde sie eben umkehren.

Der schnelle Beat aus dem MP3-Player ließ Sam ein sportliches Tempo an den Tag legen. Nach zwanzig Minuten wich die Wildnis endlich spärlicher Zivilisation. Einige bunte Häuser und Straßenlaternen aus Vorkriegszeiten lösten Sträucher und Büsche ab. Das hier schien das Zentrum von Nirgendwo zu sein.

Ein kleiner Supermarkt, ein Gasthaus und ein Rathaus, in dem höchstwahrscheinlich das gewählte Oberhaupt der Gartenzwerge die politischen Fäden zog.

»Fast wie zu Hause …«, murmelte Sam, während sie ihr Rad an ein Haus mit einer riesenhaften humanoiden Eistüte neben dem Eingang lehnte.

Dieser Ort war eine Satire mehr als wert, leider war niemand hier, der sie zu schätzen gewusst hätte.

Die Leute schlenderten wie in Trance die sauberen Straßen entlang. Der starke Blumenduft musste sie high gemacht haben. Es war nicht zu übersehen, dass es sich bei den Passanten um Urlauber handelte. Die Gucci-Sonnenbrillen und die Marc-O'Polo-Socken schrien es zum Himmel.

So sahen also gestresste Stadtmenschen aus, die ihre Apartments für ein paar Wochen gegen kleine Holzhütten eingetauscht hatten – freiwillig, ohne bedroht worden zu sein. Zombies mit prüden Moralvorstellungen und Geschmacksverirrung.

Nachdem Sam die Musik lauter gedreht hatte, mischte sie sich so unauffällig wie möglich unter die Urlauber. Sie war auf der Suche nach etwas Nikotinhaltigem, auch wenn die Chancen gering standen, dass die Menschen in dieser idyllischen Dorfwelt Laster wie Nikotinsucht hatten. Hier brachte bestimmt noch der Storch die Kinder – natürlich nur Paaren mit Trauschein.

Sam beschloss, trotz des kalkulatorisch hohen Risikos, Benjamin Blümchen zu begegnen, den Supermarkt zu betreten. Das Angebot war überragend. Hier wusste man noch den Namen der Kuh, die jetzt als Steak in der Vitrine lag. Im Gang mit den Medikamenten für Heuschnupfen-Allergiker und Pessimisten – die das Ambiente nur getrübt hätten – standen auch die Zigaretten. Sie schnappte sich eine Packung und ging damit zur Kasse. Die Kassiererin hatte Albert Einstein noch persönlich gekannt und ihn sich auch gleich als Vorbild für ihre Frisur genommen.

Sam vermied Augenkontakt und nickte provokant mit dem Kopf zur Musik. Als die Kassiererin die Zigaretten scannte, stutzte sie.

»Junge Dame!«, rief sie und gestikulierte dabei lächerlich auffällig mit den Armen.

Sam wusste, dass alles, was sie jetzt zu hören bekommen würde, in die Kategorie ›Warum ich mich am Ende der Sommerferien erschossen habe‹ fallen würde.

»Wenn Sie rauchen, dann werden Sie aufhören, zu wachsen! Das ist für ein so junges Mädchen nicht gesund!

Sam biss sich energisch auf die Zunge, ohne Erfolg.

»Ich bin einen Meter siebzig groß! Glauben Sie wirklich, ich will noch wachsen? Ich war nie gut im Basketball und um Model zu werden, kotze ich nicht gerne genug!«

Verfolgt von beleidigten Blicken, verließ sie den Laden.

Ohne das Zentrum von Nirgendwo weiter erkundet zu haben, schwang sie sich auf ihr Fahrrad und folgte dem Weg, den sie gekommen war. Bevor sie in ihr Hauptquartier zurückkehrte, stoppte sie für eine wachstumshemmende Zigarette am Seeufer.

Sie legte ihr Fahrrad ins Gras und sich selbst daneben.

Das Wetter war postkartentauglich. Ein sanfter Wind machte die Hitze gut erträglich. Am Himmel zogen kleine schäfchenförmige Wolken entlang.

Während sie beim Auspusten des Rauchs Ringe formte, drehten sich ihre Gedanken um zu Hause.

Pia war bestimmt unterwegs. Vielleicht hatte sie sich im Freibad schon in den nächsten hübschen Haarschopf verliebt. Hoffentlich überstand sie die Ferien ohne ein Liebesdrama. Pia schaffte es immer, sich zielsicher in den größten Loser im Raum zu verlieben. Der sechste Sinn ließ grüßen. Vielleicht sollte sie sich auf übersinnliche Begabungen testen lassen. Unter zweihundert Jungs würde Pia den finden, der Emanzipation für eine Obstsorte hielt.

Sam lachte, weil die passenden Bilder zu dem Schwachsinn, über den sie nachdachte, in ihrem Kopf aufflackerten. Bastian würde schon auf Pia aufpassen. Oder er würde sich selbst wieder in die nächste oberflächliche Schönheitskönigin verlieben. Wieso war sie noch gleich mit zwei liebestollen Hormontänzern befreundet?

Sie zog ihr Handy aus der Tasche und drückte auf dem Display herum. Das Klingeln löste Heimweh in ihr aus. Wie lange war sie jetzt weg? Drei Stunden? Und sie musste schon um Hilfe schreien.

»Na? Schon eine Kuh umgeschubst?« Bastian klang erwartungsgemäß amüsiert.

»Nein, aber zur Stieftochter geworden und nicht mal eine gute Fee dafür bekommen!«

»Auch kein Schaf geschubst?«

»Nein, Bastian! Wieso sollte ich auch Tiere schubsen wollen?«

»Weil du verrückt bist?«

»Stimmt, okay, das klingt logisch. Warte kurz …«

Bastian lachte. Er war gerade unterwegs, Sam hörte den Motor seines Autos im Hintergrund dröhnen.

»Was machst du?«, wollte sie wissen und begann gedankenverloren, ein paar Grashalme auszuzupfen.

»Ich gehe mit Pia zu einer Cluberöffnung in der Stadt. Was machst du heute noch? Käse?«

»Ich ignoriere alle um mich herum und versuche, die neue Freundin meines Vaters nicht zu verarschen.«

»Wie ist sie so?«

»Grau und businessmäßig, mehr weiß ich noch nicht.«

»Durchhalten! Nur noch dreizehn Tage.«

»Ja, ich harre aus und warte, bis ein Prinz auf einem weißen Pferd kommt und mich rettet.«

»Ich würde kommen, aber mit dem Porsche. Riecht auch besser.«

»Du Romantiker!«

»Ruf an, wenn dir langweilig ist.«

»Mach ich.«

Sie drückte Bastian weg und seufzte die Wolken an. Sam wäre auch gern in diesen Club gegangen. Sie hätte gern weiter mit Bastian blöde Witze gerissen und hätte sich nur allzu gern von Pia dazu überreden lassen, sich auf der Tanzfläche zu blamieren. Was stattdessen auf sie wartete, waren Gartenzwerge und eine unangenehme Unterhaltung.

Als sie zurückkam, saß ihr Vater auf der Couch und Sophie war dabei, Abendessen zu kochen. Sie sah zum Schießen aus mit der Schürze über dem Bürokostüm. Anscheinend trug sie es in jeder Lebenslage. Vielleicht war es eine Art Superheldenuniform, die sie nicht ausziehen konnte, ohne ihre Kräfte zu verlieren – lasergesteuerte Spießigkeit!

»Und, wie hat dir die Gegend gefallen?«, wollte ihr Vater wissen und legte sein iPad zur Seite.

»War okay. Schöne Wolken, viele Zombies, alles gut.«

Die Kurzfassung war das Beste für alle.

»Wir hatten eben gar keine Zeit, uns richtig vorzustellen«, tönte es aus der Küche von Super-Sophie. Sie kam ins Wohnzimmer spaziert, mit dem Kochlöffel in der Hand. »Es freut mich wirklich, dich mal richtig kennenzulernen, Sam. Das letzte Mal, als ich dich gesehen habe, warst du ja noch ein Kind.«

Sie hatte etwas furchtbar Tantenhaftes an sich. Diese Art von Floskel hatte Sam aber sowieso erwartet. Ja, sie war auf magische Weise älter geworden. Die Forschung interessierte sich brennend für sie.

»Du bist so eine hübsche junge Frau. Ich hätte dich nicht wiedererkannt.«

Sam verkniff sich, zu fragen, ob sie denn ein so hässliches Kind gewesen war. Was sie stattdessen erwiderte, war aber auch nicht charmanter. »Ja, das liegt an den Brüsten, die sind neu«, entgegnete sie trocken und erntete einen mahnenden Blick von ihrem Vater.

Er kannte seine Tochter nur zu gut, die Sorgen, die er hegte, waren berechtigt, aber Sam riss sich schnell wieder am Riemen.

»Dein Vater meint, du wärst eine sehr gute Schülerin. Du bist sogar Schulsprecherin, oder?«

Sam warf fünfzig Prozent ihrer Gene skeptische Blicke zu. »Ich bin guter Durchschnitt. Ist nicht so, als hätten sie ein Bild von mir in der Aula hängen«, erwiderte sie in der Hoffnung, dass dieses Standard-Fragen-Verhör bald zu einem unblutigen Ende kommen würde.

Sie half, den Tisch zu decken, und stellte überrascht fest, dass das Besteck nicht aus Holz geschnitzt war. Sophies Stimme verlor den überbemühten Tonfall nicht. Wenn sie länger so gekünstelt hell und freundlich sprechen würde, war sie morgen bestimmt heiser.

»Es ist auf alle Fälle schön, dass du die Ferien mit uns verbringst.«

Sam war nicht wirklich freiwillig hier, das auszusprechen ersparte sie sich aber. Es war doch offensichtlich, dass sie hier Sklavenarbeit verrichtete.

»Aber sag mal …«, holte Sophie zum ultimativen Vernichtungsschlag aus. »Vermisst dich denn dein Freund nicht, wenn du so lange weg bist?«

Sie sprach diesen Satz mit einem dermaßen schmierigen Grinsen im Gesicht, dass Sam fast schlecht wurde. Sie musste sich unglaublich zusammenreißen, um keine bissige Antwort zu geben. Ihr Vater musterte sie die ganze Zeit mit bittendem Blick.

»Ich habe keinen Freund«, entgegnete Sam schließlich tonlos. Ganz ohne so etwas Bissiges wie »Ich versuche, meine Männerbekanntschaften auf sexuelle Interaktionen zu beschränken. Habe ich mir von Papa abgekuckt« hinzuzufügen.

Nur ein paar unangenehme Fragen später wurde das Essen serviert. Es gab Nudeln, für Sam ein schwacher Lichtblick am ach so finsteren Horizont.

Im Laufe des Essens erfuhr sie eine Vielzahl von Dingen, die sie nie wissen wollte. Wie sich ihr Vater und Sophie verliebt hatten, was sie zu diesem Urlaub bewegt hatte und warum Sophie Gartenzwerge so mochte. Das war Sam natürlich schon vorher klar gewesen – man fühlte sich immer zu der ethnischen Gruppe hingezogen, aus der man stammte.

Beim Nachtisch erfuhr sie, dass Sophie einen zwanzigjährigen Sohn hatte. Vermutlich trug er auch ein graues Kostüm. Sehr sexy.

Kaum hatte sie das letzte Stückchen Kuchen verschwinden lassen, hatte Sam es eilig mit dem Verabschieden. Ihr Vater seufzte, wahrscheinlich, weil ihm selbst gerade aufgefallen war, wie langweilig Sophie war, und er nicht mit ihr allein sein wollte.

»Wohin willst du denn noch?«

»Verdauungsspaziergang«, gab Sam zur Antwort und log dabei wenig.

Verdauungszigarette wäre zu unverblümt gewesen, um als elterntauglich durchzugehen.

»Geh aber nicht zu spät ins Bett, sonst bekomme ich dich morgen wieder mal nicht wach. Wir wollen eine Radtour machen.«

Großartig! Radtouren waren absolut Sams Fall. Das hieß für sie: spät schlafen gehen, um am Morgen möglichst tot anmutend im Bett zu liegen.

Nessie und die Prinzessin

Es dämmerte draußen. Das Wasser des Sees glitzerte im Abendrot ruhig und besinnlich vor sich hin. Sams Gemütszustand ließ sich von der Umgebung beeinflussen. Sie fühlte, wie die Anspannungen des Essens von ihr abfielen.

Sie saß für die nächsten zwei Woche in diesem Dorf fest – sich mit der Vorstellung abzufinden, erschien ihr notwendig. Zumindest der See war schön und von beeindruckender Größe. Die Häuser am anderen Ende des Ufers sahen aus der Entfernung winzig aus.

Pia und Bastian amüsierten sich bestimmt. Vielleicht machten sie sich gerade über Sam lustig. Möglicherweise waren sie auch betrunken und knutschten. Diesen Gedanken verwarf sie so schnell, wie er gekommen war. Es lag schon im Bereich des Möglichen, dass sie betrunken waren, aber küssen würden sie sich nicht.

Pia hatte Sam ganz am Anfang ihrer Freundschaft geschworen, nie etwas mit Bastian anzufangen. Warum sie es überhaupt für notwendig gehalten hatte, das zu schwören, hatte Sam schon damals nicht verstanden, aber unangenehm war ihr dieses Versprechen nicht gewesen.

Sie setzte sich ganz nah ans Ufer und legte den Kopf in den Nacken. Der Himmel war surreal rosa. Zu Hause sah er anders aus, weniger malerisch. Sie hatte den Wolken noch nie so viel Beachtung geschenkt. Man hatte hier gar keine andere Wahl, als sich auf die Natur um einen herum einzulassen. Man wurde quasi dazu genötigt, sie schön zu finden. Vielleicht gab es hier doch keine Zombie-Apokalypsen – wenn doch, waren die Zombies rosa und flauschig.

Das Ambiente täuschte Sam trotzdem nicht darüber hinweg, dass sie jetzt lieber woanders wäre.

Während sie in Gedanken die Lichter der Stadt visualisierte, drang ein seltsames Geräusch an ihr Ohr. Es klang nach einem Plätschern, ein Glucksen aus der Ferne und doch irgendwie nah. Irgendetwas bewegte sich im See.

Sie raffte sich auf und starrte auf das Wasser, das nur brav vor sich hin glitzern sollte. Es dürfte eigentlich keine suspekten, gruseligen Geräusche von sich geben.

Nachdem sie ein paar Schritte zurück gemacht hatte, trat sie wieder nach vorn. Die Angst, ein Riesenfisch könnte sie fressen, erschien ihr nach kurzer Überlegung absurd.

Als sie genauer hinsah, konnte Sam die Geräusche zuordnen. Das Glucksen kam von einem Schwimmer. Jemand schwamm in ziemlich beachtlicher Geschwindigkeit auf sie zu. Wahrscheinlich wäre es schlauer, abzuhauen, aber die Neugier siegte über den Fluchtinstinkt.

Vielleicht würde gleich ein zum Leben erwachter Gartenzwerg Rache für all die bösen Blicke nehmen, so etwas sollte man sich nicht entgehen lassen.

Als er nah genug war, um sich aus dem Wasser zu erheben, begann Sam zu starren. Er streckte sich, bevor er das Wort an sie richtete.

»Hab ich dich erschreckt? Wen hast du erwartet? Nessie?«, fragte eine etwas außer Atem gekommene, aber melodische Stimme. Er klang jung. Erwachsen, aber jung.

Mit einer Handbewegung streifte er sich die klatschnassen blonden Haare zurück und stapfte aus dem See.

Dieser Körper war der Wahnsinn. Er hatte die Art von Bauchmuskeln, die intelligente Mädchen zu grinsenden Kühen machten. Während er näher kam, legte sich ein schiefes Lächeln auf seine Lippen. Hätte er kein so süffisantes Gesicht gemacht, hätte Sam gar nicht bemerkt, wie hübsch es war, weil sie weiterhin diesen Körper angestarrt hätte. Seine Augen waren eisblau, seine Züge markant und trotzdem weich. Er war auf eine so klassische Weise schön, dass es beinahe kitschig war.

Weil Sam nicht aufhörte, zu starren, vergaß sie, auf seine Frage zu antworten. Zum ersten Mal in ihrem Leben versagte ihr Mundwerk.

»Bist du stumm, aus dem Ausland oder ein bisschen dämlich?«

Mit dieser Frage riss er sie aus ihrer hormonbedingten Trance. Aus schlichter Bewunderung wurde binnen einer Sekunde ausgeprägte Antipathie.

»Entschuldige bitte! Ich bin nicht diejenige, die unmotiviert und halb nackt vor fremden Menschen aus dem Wasser steigt. Mit so etwas habe ich in diesem Kaff nicht gerechnet!«

Sie bemühte sich, möglichst unhöflich zu klingen.

Er lachte nur. »Schon gut, Prinzessin. Ich wollte dich nicht erschrecken.« In seinem Blick lag eindeutig Neugier. Er musterte Sam und legte dann den Kopf schief.

»Dich habe ich in diesem ›Kaff‹ noch nie gesehen. Bist du zum ersten Mal hier?«

Sie machte einen Schritt zurück und stolperte beinahe über die eigenen Beine. Dass Sam ihre motorischen Fähigkeiten aber auch immer in den unpassendsten Momenten einbüßen musste.

»Was interessiert dich das?«, entgegnete sie gespielt gleichgültig und setzte sich wieder ins Gras.

Sitzend konnte man weniger leicht umfallen und sich blamieren. Dass sie den Kopf auch noch provokant zur Seite drehte, rundete ihre ›Ich bin so cool, dass mich nicht mal deine Huskyaugen beeindrucken‹-Performance ab.

»Strafst du mich jetzt mit Schweigen?«, wollte er, sichtlich amüsiert über die Situation, wissen.

Er war niemand, der sich schnell aus der Fassung bringen ließ, nicht mal von Sams mörderischen Blicken.

»Schwimm weiter. Am anderen Ufer soll es viel schöner sein!«

Ihr Herz schlug ihr bis zum Hals, vielleicht aus Wut, vielleicht wegen der furchtbaren Bauchmuskeln und der abartigen Augen.

Ohne auf ihre Aufforderung auch nur ansatzweise einzugehen, ließ er sich neben ihr ins Gras fallen. Auf seinen Oberarmen bahnten sich kleine, glitzernde Wassertropfen ihren Weg über seine Muskeln. Grenzenlos überflüssig! Das ließ Sams Miene nur noch finsterer werden.

»Ich schwimme nicht wieder zurück, ich warte hier auf jemanden. Nett, dass du mir Gesellschaft leisten willst. Mit wem bist du hier?«

Die stoische Gelassenheit, die er an den Tag legte, störte Sam, oder sie war beeindruckt davon, das konnte sie nicht sagen, weil sie noch immer wütend auf all die Muskeln und das glitzernde Wasser war. Vor drei Minuten hatte sie noch allein hier gesessen, den Augenblick genossen und spekuliert, ob Bastian Pia besteigen würde, jetzt saß sie hier und wusste nicht mehr, wie man möglichst natürlich die Arme vor der Brust verschränkte. Was machte sie sonst eigentlich mit ihren Händen?

»Wieso willst du das wissen? Was willst du überhaupt?«

Die Fragen schienen ihr berechtigt. Gemein gestellt, aber berechtigt.

Er ging nicht darauf ein. »Hast du einen Kaugummi?«

Sein Blick wurde schlagartig weicher. Er fixierte Sam mit den Huskyaugen und ließ ein Lächeln über die abartig perfekten Lippen huschen.

»Wieso?! Willst du mich küssen oder was?«

Hatte sie das gerade wirklich gefragt? Natürlich hatte sie wütend geklungen, aber die Verlegenheit kam trotzdem in ihr hoch. Manchmal reagierte ihr Mund schneller als ihr Kopf. In diesem Fall hatte sich Wut mit Wunschträumen gemischt, die ihr mehr als peinlich waren. Er musste unbedingt verschwinden, bevor Sam irgendetwas lächerlich Irrationales tat, nur um zu beweisen, wie egal er ihr war.

Sein Lachen ging in ein Grinsen über. »Nein, küssen wollte ich dich nicht. Enttäuscht?«

»Kiffst du?!«

»Ich halte nichts von Drogen. Aber von Kaugummis. Hast du einen?«

»Verschwindest du dann?«

»Einen Versuch ist es wert.«

Sie seufzte. Natürlich hätte sie selbst aufstehen und gehen können, aber damit hätte sie gegen sämtliche ihrer wahllos aufgestellten Prinzipien verstoßen. Sie hielt ihm die zerrissene Kaugummipackung hin.

»Danke, Prinzessin.«

Während sich der Minzegeschmack in seinem Mund breitmachte, musterte er die launische Blondine zu seiner Rechten genauer. Sie war zierlich, aber nicht klein und außergewöhnlich gut proportioniert. Ihr Gesicht stand im absoluten Kontrast zu ihrem Versuch, griesgrämig zu wirken. Sie war puppenhaft hübsch, mit großen Augen und vollen Lippen. Vielleicht war sie ein wenig jung, aber nicht verboten jung, das hoffte er zumindest.

»Du bist nicht sehr gesprächig, oder?«, mutmaßte er mit hochgezogenen Brauen.

»Tut mir leid«, entgegnete Sam angriffslustig. »Was plötzlich auftauchende, aufdringliche Fremde betrifft, bin ich ziemlich distanziert. Ich bin ein sozialer Freak!«

Er lachte. »Wenn du erst mal sprichst, bist du ziemlich schlagfertig. I like it.«

Sam schrie sich selbst innerlich an, nicht auf dieses Kompliment hin zu grinsen. Ihre Mundwinkel zuckten nur. »Wieso schwimmst du durch den ganzen See?«

Er legte den Kopf schief. »Das nennt man Sport. Manche Menschen tun das ab und an. Soll gegen Krank-und-fett-Werden helfen.«

Jetzt verbot sie sich, zu lachen, aber ihre Mundwinkel gehorchten ihr diesmal nicht. Sam konnte austeilen, aber auch einstecken. Einem guten, bissigen Spruch musste sie Tribut zollen.

»Mein Ferienhaus steht auf der anderen Seite des Sees. Ein Freund von mir wohnt aber hier ganz in der Nähe. Ich treffe mich mit ihm.«

»Schwul?«, fragte Sam und wäre sogar irgendwie erleichtert gewesen, wenn sie ins Schwarze getroffen hätte.

Er wirkte kurz perplex, weil er nicht mit dieser Frage gerechnet hatte, dann grinste er. »Nein. Sonst wäre ich wohl seit der Pubertät auf einem Selbstgeißelungstrip gewesen.«

»Und was machst du dann mit deinem Freund, fast nackt und nass?«

Er zuckte mit den Schultern. »Komm mit und finde es heraus. Oder traust du fremden Männern, die Kaugummi bei dir schnorren, nicht?«

Sam begann fast schon reflexartig, den Kopf zu schütteln. Sie hätte etwas erwidert, aber bevor ihr eine passende Antwort einfallen konnte, wurde ihre Aufmerksamkeit auf jemand anderen gelenkt.

»Hey, Chris.«

Die Stimme gehörte einem Jungen, der hinter ihnen den Weg entlanggeschlendert kam. Er hatte die Hände in den Jeanstaschen vergraben und musterte Sam neugierig.

»Deine neue Freundin?«, wollte er mit einem süffisanten Grinsen im Gesicht wissen und blieb zwischen den beiden stehen.

»Ich bin alles, aber nicht seine Freundin. Eher bin ich ein japanisches Liebeskissen!«, erklärte Sam mit so übertriebener Abneigung in der Stimme, als würde sie neben der Puppe aus *Saw* sitzen.

Der neu dazugestoßene Junge mit den haselnussbraunen Haaren und dem Sidecut lachte, aber die Huskyaugen funkelten mit einem Mal seltsam emotionslos.

»Keine Sorge, so etwas würde ich auch nicht behaupten«, stellte Chris im kühlen Tonfall klar und raffte sich auf. Er wandte sich seinem Freund zu. »Leihst du mir ein paar Klamotten? Sonst müssen wir schwul werden.«

Der Braunhaarige musterte ihn verwirrt. »Ähm … okay, dann zieh dir lieber ein T-Shirt an, schwul zu werden ist mir heute zu anstrengend.«

Sam fühlte sich ignoriert. Nicht, dass sie nicht sowieso ihre Ruhe gewollt hätte, aber irgendetwas in ihr schrie penetrant nach Aufmerksamkeit.

Sie stand auch auf und klopfte sich gespielt konzentriert ein paar Grashalme vom Shirt.

»Willst du jetzt mitkommen oder nicht?«, fragte Chris und warf ihr einen Blick zu, der sich unwiderruflich in ihr Gedächtnis brannte.

»Kann nicht. Muss morgen ausgeschlafen sein. Will mich im See ersäufen«, entgegnete Sam mechanisch.

Sie war gezwungen gewesen, irgendetwas Unfreundliches zu erwidern, sonst hätte sie wie eine dumme Kuh grinsen müssen, weil seine Augen wieder so pervers schön leuchteten.

»Na dann, good luck. Vielleicht komme ich morgen wieder und sehe mir die Show an. Ich weiß ja jetzt, wo du wohnst.«

Nach einem auffälligen Zwinkern, das von einem Grinsen untermalt wurde, wandte er sich ab.

Die beiden verschwanden über den sandsteinfarbenen Weg, aber Sam sah ihnen nicht nach, weil sie sich selbst beweisen musste, dass sie das nicht nötig hatte.

Jetzt war sie wieder allein, ganz ohne Huskyaugen, Bauchmuskeln und Wassertropfen.

Pia wäre ausgerastet. Sam war nicht so. Sie schnappte nicht über, nur weil der schönste Junge der Welt zufällig vor ihr aus dem Wasser gestiegen war.

Ob er jeden Abend hier schwamm? Es war ihr egal. Oder auch nicht. Sie versuchte, so lange nicht über Chris nachzudenken, bis es draußen überraschend kühl wurde.

Als sie zurück in ihr Zimmer schlich, war sich Sam sicher, dass die ganze frische Luft Schuld an ihren wirren Gedanken hatte. Ihr Hirn bekam hier eindeutig zu viel Sauerstoff. Zu Hause, im Smog, dachte sie nie über schwimmende Schönlinge nach. Dreckige Luft tat ihr gut.

Mit eingeschaltetem MP3-Player begann sie, ihre Sachen auszupacken. In dem Wirrwarr aus Stiefmüttern, Gartenzwergen und dem Bademodenmodel war sie bisher nicht dazu gekommen, sich hier einzurichten.

Sie hatte nicht viel dabei. Ein paar Bücher, Klamotten und das übliche Kosmetikzeug.

Als sie den blauen Schlafsack aus der Tasche zog, musste sie grinsen. Sam hatte ihn mitgenommen, weil sie zu Hause noch nicht hatte abschätzen können, wie wahnsinnig ihr Vater wirklich geworden war. Er hätte auch auf so verstörende Ideen wie Freiluftcamping kommen können – darauf wollte sie vorbereitet sein.

Sie hatte schon mal in ihrem Schlafsack draußen übernachtet, damals, als Bio-Mayer wollte, dass die Klasse Raupen und Blätter in freier Wildbahn beobachtet. Sam war furchtbar froh gewesen, an diesem Ausflug teilnehmen zu dürfen, schließlich hätte sie sonst nie eine Raupe oder ein Blatt gesehen.

Die ganze Busfahrt lang hatte sie geschmollt, während Bastian versucht hatte, sie mit perversen Witzen, die er beim Fußballtraining aufgeschnappt hatte, aufzuheitern.

Pia hatte einmal mehr eindrucksvoll bewiesen, dass Mensch und Maschine sehr wohl zu einer Cyborg-artigen Einheit verschmelzen konnten, und hatte alle zwanzig Sekunden eine WhatsApp-Nachricht an den damals angesagten Idioten geschickt.

Sie waren in irgendeinen Wald gefahren und hatten dort die Zelte aufgeschlagen. Auf der Flucht vor Pia und ihren auffallend sinnlosen nächtlichen Telefonaten hatte sich Sam zu Bastian gelegt. Sie waren kaum dazu gekommen, zu schlafen, weil sie sich die ganze Nacht über irgendeinen Schwachsinn amüsiert hatten.

Lachen konnte sie mit Bastian unglaublich gut, reden auch.

Hätte er auch so heiß ausgesehen, wenn er aus einem See gestiegen wäre? Wahrscheinlich schon, das lag an den Bauchmuskeln und dem covertauglichen Lächeln. Bastian machte kluge Mädchen auch dumm. Oder machte er dumme Mädchen zu Bimbos? Irgendetwas in dieser Art.

Dieser Chris verfolgte sicher dieselbe Taktik. Sich die schönen Mädchen herauspicken, möglichst die ohne Persönlichkeit, weil sie unkompliziert und leichter ins Bett zu bekommen waren.

Jungs waren Arschlöcher. Jetzt fiel Sam wieder ein, warum sie lieber kompliziert war.

Nachdem sie geduscht und sich umgezogen hatte, setzte sie sich mit einer Decke auf den Balkon. Der Mond leuchtete hell und rund am Himmel, so als wollte er angeben.

Sie würde so schnell kein Auge zubekommen. Bei Vollmond konnte sie nie schlafen, wahrscheinlich war sie ein Werwolf oder die Mondprinzessin.

Draußen gaben die Grillen ein Konzert für die Gartenzwerge. Das Surren war viel weniger beruhigend, als man vermutet hätte.

Angespornt von der nervigen Geräuschkulisse und dem Drang, ihrem Unmut Luft zu machen, schnappte sich Sam Papier und Stift und begann ein paar Zeilen zu schreiben.

Die Vorstellung, Pia und Bastian einen Brief aus Bauernhausen zukommen zu lassen, gefiel ihr spontan. Jeder Idiot schrieb eine WhatsApp-Nachricht oder verfasste Mails, aber nur richtig verzweifelte Teenager schrieben Briefe.

Sam bemühte sich, der einzigartigen Atmosphäre ihres magisch-beschissenen Urlaubsdomizils mit Worten gerecht zu werden.

Meine lieben Libido-gesteuerten Zurückgebliebenen,

hier in Bauernhausen ist es malerisch! Inmitten eines naturbelassenen Grundstücks, das von – nur leicht diabolisch anmutenden – Gartenzwergen bewacht wird, steht das schönste Holzhaus, das ihr euch vorstellen könnt! Im Inneren ist alles voller Blumen, was einem ständig das Gefühl gibt, draußen in der Natur zu stehen, auch wenn diese dauerhaft vor der Haustür lauert. Meine Wohnsituation ist beneidenswert!

Mein Vater plant, von Amors Pfeil ins Hirn getroffen, fleißig Ausflüge in die Natur, wobei noch nicht ganz klar ist, ob er die echte oder die im Haus meint.

Wenn mich mal wieder die Sehnsucht nach tiefgründigen Gesprächen packt, habe ich hier zum Glück eine Ansprechpartnerin! Sophie – der Grund für die anhaltende geistige Unzurechnungsfähigkeit meines Vaters – unterhält sich gerne mit mir. Wir reden dann über die faszinierende Tatsache, dass ich groß geworden bin, obwohl ich rauche, aber auch über so traurige Dinge wie die Begebenheit, dass ich keinen pubertätsbedingt verwirrten Freund habe, der zu Hause auf mich wartet.

Vielleicht kann Sophie mich ja mit ihrem Sohn verkuppeln, aber nur, wenn er mindestens genauso spießig ist wie seine Mutter. Ich will schließlich einen Seelenverwandten finden.

In den nächsten Tagen werde ich versuchen, meine Fertigkeiten im Blumenkranzflechten zu perfektionieren. Außerdem will ich eine Kuh domestizieren und einen Gartenzwerg sprengen – das sind meine Pläne.

Ich hoffe, ihr denkt ab und zu an mich und findet Zeit für eine Antwort, da ich mich sonst wahrscheinlich erschieße. Hirn an der schönen Blumentapete wäre unschön, also schreibt mir.

Mephistophelische Grüße aus der grünen Hölle,

eure Sam

Seufzend und doch stolz auf die gelungene Beschreibung ihrer Situation, tauschte Sam den Stift gegen eine Zigarette.

In Gedanken sah sie Bastian und Pia ihren Brief lesen, mit einem Cocktail in der Hand und einem hämischen Grinsen im Gesicht. Sie sollten sich ruhig lustig machen, sie hätte selbst nichts anderes getan.

Während sie die Augen schloss, überkam sie Heimweh. Sie ließ es zu, weil melancholisch zu werden manchmal guttat. Sam sehnte sich nach ihrem Laptop, dem Verkehrslärm und sogar nach Pias ständigen Schwärmereien. Bastian fehlte ihr auch, seine blöden Witze und sein Grinsen.

Mit all diesen Bildern im Kopf schlief sie ein.

Sam träumte von der Schule und Bio-Mayer, der im Unterricht einen Gartenzwerg sezierte. Auf dem Platz neben ihr saß Sophie, die angestrengt alles mitschrieb, was Bio-Mayer von sich gab.

Zu ihrer Rechten konnte sie Bastian erkennen, er saß dort ohne Shirt und grinste sie an. Als Sam zur Tür schaute, musterten sie Huskyaugen. Chris trug wieder nur eine Badehose und war triefend nass.

»Wer ist das?«, vernahm sie Bastians Stimme, ganz nah an ihrem Ohr.

»Nessie«, antwortete Sam tonlos.

Bio-Mayer, Sophie, der Gartenzwerg und Bastian starrten alle auf Chris, der nur schief lächelte und dann den coolsten Auftritt hinlegte, den je ein Mensch abseits der Kinoleinwand gemacht hatte.

Er blieb direkt vor Sams Tisch stehen. Aus seinen Haaren tropfte Wasser auf die Holzplatte. Als er den Mund aufmachte, wurde der Traum seltsam. »Aufwachen«, murmelte er leise.

Sam war sich sicher, dass sie etwas anderes von ihm hören wollte, trotzdem wiederholte er sich.

Völlig verwirrt und desorientiert öffnete sie die Augen einen Spalt und schloss sie wieder, weil das helle Tageslicht auf ihrer Netzhaut brannte.

»Scheiße …«, murmelte sie mit belegter Stimme. Ihr Nacken schmerzte.

»Träumst du noch immer, Prinzessin?«

Jetzt war seine Stimme lauter, hörbarer, realer.

Sam öffnete noch mal die Augen und blickte in das Gesicht, das sie gerade eben noch im Traum gesehen hatte. Er grinste ein amüsiertes, neugieriges Grinsen und präsentierte dabei ein paar schneeweiße Zähne.

»Waahs?«

Ihr Hirn arbeitete quälend langsam. Sie begann nach und nach zu begreifen, dass sie geschlafen hatte, dass sie in dem Liegestuhl auf dem Balkon lag und dass dieser Chris echt war.

»Schläfst du gerne draußen?«, fragte er und ging neben ihr in die Knie.

Heute trug er ein T-Shirt, aber es war eng genug, um die berüchtigten Bauchmuskeln zu erahnen. Als Sam bewusst wurde, über was sie gerade nachdachte, legte sie sich die Hände aufs Gesicht und gab seltsame Geräusche von sich.

»Ähhhm.«

Chris lachte. »Gestern warst du aber noch eindeutig eloquenter. Kann es sein, dass du einen Schlaganfall hattest?«

Er überflog Sams Brief, während sie versuchte, die Kontrolle über ihr Sprachzentrum wiederzuerlangen.

»Mephistophelisch … da steht aber wer auf harte Worte. Du findest es furchtbar hier, oder?«

Jetzt machte es in Sams Kopf klick. »Was willst du hier?«, fuhr sie den ungebetenen Gast an und riss ihm das Stück Papier aus der Hand. Mit einem Ruck raffte sie sich auf und strich sich mit den Fingern die Haare glatt.

»Du siehst süß aus, wenn du so verwirrt bist«, entgegnete ein noch immer breit lächelnder Chris.

»Was willst du?«, wiederholte sie genervt und verfluchte die Treppe, die hoch zu ihrem Zimmer führte.

Sam war nicht in der Stimmung für Besuch. Sie fühlte sich, als hätte sie ein Zug überfahren. Sie hatte zu wenig geschlafen und zu wirr geträumt. Mit Anmachsprüchen, die als Kompliment getarnt daherkamen, konnte sie auch nichts anfangen, auch wenn sie aus seinem Mund ungewohnt angenehm klangen.

»Ich bin hier, um zu verhindern, dass du dein Hirn über die Tapete verteilst, das wäre schade.«

Eiserne Blicke trafen ihn, aber sie zeigten keine Wirkung.

»Ich spiele den Fremdenführer für dich, ein kleiner Ausflug sozusagen. Are you in?«

Sams Synapsen schlugen Alarm. Hatte ihr Vater gestern nicht auch irgendetwas von einem Ausflug erwähnt? Ohne sich weiter um die Anliegen oder gar die Anwesenheit des ungebetenen Gastes zu kümmern, lief sie hinunter in die Küche. Dort angekommen, fand sie weder ihren Vater noch Sophie, dafür aber eine Nachricht auf dem Küchentisch.

> Liebe Sam,
> Sophie und ich haben beschlossen, dich schlafen zu lassen und uns schon mal auf den Weg zu machen. Wenn du nachkommen willst, ruf mich an, wenn nicht, wir sind zum Abendessen wieder zurück. Wenn du Hunger bekommst, unten im Dorf gibt es ein reizendes Gasthaus – Geld liegt auf dem Tisch.
> Küsschen, Papa

Erleichtert über ihr unkompliziertes Entkommen, ließ sich Sam auf den Esszimmerstuhl fallen. Sie war wirklich nicht scharf darauf gewesen, durch irgendwelche Wälder zu radeln. Zum Glück kannte sie ihr Vater gut genug und hatte sich gnädig gezeigt.

»Sieht so aus, als hättest du Zeit«, tönte es plötzlich hinter ihr.

»Du bist ja noch immer da! Hast du kein Zuhause?! Was, wenn meine Eltern hier gewesen wären?!«

Er zuckte mit den Schultern und grinste. »Eltern mögen mich, keine Angst.«

Mit stoischer Gelassenheit ließ sich Chris neben ihr auf einem der Stühle nieder. Seine Haare waren trocken und gegelt, er roch dezent nach Parfum. Sam unterdrückte den Drang, ihn anzustarren, und starrte stattdessen die Tischplatte tot.

»Kommst du jetzt mit? Du hast nichts zu verlieren. Im schlimmsten Fall bin ich langweilig oder ein irrer Serienkiller, der dich im Wald verscharren will. Beides besser, als die Blumen an der Tapete zu zählen, nicht?«

Sie konnte das kleine Grinsen nicht unterdrücken. Obwohl Chris unweigerlich etwas ziemlich Arrogantes an sich hatte, war er die Vorstufe von interessant und witzig – irgendetwas in dieser Richtung.

»Und was willst du mir zeigen?«

Er stand grinsend auf und zog die Brauen in die Höhe. »Lass dich überraschen!«

Heu, Heu, Heu

Ein sanfter, angenehmer Wind wehte über die grünen Gräser und senkte die gefühlte Temperatur auf ein angenehmes Niveau. Der See glitzerte und am Himmel war kein einziges Wölkchen zu erkennen. Es war, als versuchte Bauernhausen, sich auf Chris' Geheiß von seiner besten Seite zu zeigen, um doch noch ein Lob von Sam zu erhaschen.

»Ist doch schön hier, oder?«, wollte er wissen, während er wohlerzogen die Tür aufhielt und dabei das malerische Idyll präsentierte.

Sam schenkte ihm einen Blick, der ihm versichern sollte, dass sie unbeeindruckt war.

»Wenn das alles ist, was du zu bieten hast, entscheide ich mich für Hirn auf Tapete.«

Chris legte seufzend den Kopf in den Nacken. »Du lässt dich nicht leicht beeindrucken, was?«

Er fuhr sich mit einer natürlich wirkenden Handbewegung durch die Haare und sah dabei aus wie das Model eines Parfum-Werbespots.

»Nein, ich bin keine leichtgläubige Grinse-Kuh, wenn es das ist, was du meinst.«

Er lachte. »Nein, das habe ich nicht gemeint, aber gut zu wissen. Ich stehe nicht auf Kühe.«

Sam bekam Seitenstechen, weil Chris ein beachtliches Tempo vorgab und sie seltsamer atmete als sonst. Es war anstrengend, in seiner Nähe zu sein, nicht nur körperlich.

»Wo kommst du eigentlich her, Prinzessin?«

»Aus einer weit entfernten Stadt, in der große Maschinen Menschen von A nach B transportieren und in der kein Gartenzwerg an der Spitze der Macht steht. Ein magischer Ort …«

Chris ließ ein ausgiebiges Lachen ertönen. Es hatte eine angenehme Frequenz, Sam wollte es noch mal hören, aber ihr fiel leider nichts mehr ein, was dazu geführt hätte.

Er war keiner dieser Menschen, die über jeden Scheiß lachten, dazu wirkte er zu reif und war es wahrscheinlich auch. Sie dachte schon seit gestern darüber nach, wie alt er wohl war. Älter als sie, darauf hätte sie jede Wette abgeschlossen. Vielleicht knapp zwanzig oder einundzwanzig. Während des Schätzens stolperte sie unelegant über eine Wurzel, fing sich aber zum Glück noch an einem Baum ab.

»Weil du nicht auf den Weg achtest«, tadelte Chris kopfschüttelnd. »Es wäre besser, wenn du den Boden anstarrst und nicht mich.«

»Ich starre dich nicht an! Wieso sollte ich dich anstarren?!«, fauchte Sam und trat wütend gegen einen abgebrochenen Ast. Natürlich hatte sie gestarrt, aber das zuzugeben, wäre keine Option gewesen, unter keiner Folter, die der Menschheit bekannt war.

Chris grinste nur schief und zeigte dann auf das Gebäude, vor dem er zum Stehen gekommen war. »Das ist es«, verkündete er und deutete auf den hölzernen Bau.

»Das ist … was?«, entgegnete Sam genervt und verschränkte erwartungsvoll die Arme vor der Brust.

Sie hatten vor einer Scheune gehalten, die gleich neben einer Weidefläche stand.

»Das ist das, was ich dir zeigen wollte.«

»Das sind Bretter …«, erklärte Sam mit dunkler Stimme.

Chris nickte stolz. Er wirkte mit einem Mal irgendwie kindlicher – fröhlich über seine Scheune.

»Du zeigst mir Holz und freust dich darüber? Okay, du bist doch ein Freak.«

Sie konnte einfach nicht anders, sie musste ihn verarschen, obwohl sie ihn gern weiter so grinsen gesehen hätte.

»Ich will dir nicht das Gebäude zeigen, sondern das, was sich darin befindet.«

»Kühe? Heu? Schweine? Das Tor zu einem Paralleluniversum, in dem du über sprechende Tiere herrschst?«

Ehe Sam noch weiter über das Bild, das sich ihr bot, herziehen konnte, nahm Chris ihre Hand. Die Berührung ließ sie schlagartig verstummen und jeglichen Sarkasmus in ihr verpuffen. Er zog sie weiter bis vor den Eingang, dann ließ er wieder los, weil er das Tor öffnete.

Es gab weder Kühe noch Schweine, nur riesige Boxen neben beeindruckenden Verstärkern. Die Scheune war umgebaut worden, umfunktioniert zu einem Wohnraum inklusive Bar.

Auf dem hölzernen Tresen standen Flaschen in den unterschiedlichsten Farben. Von den Decken strahlten neonblaue Lichter, die den Raum in surreal wirkendes Licht tauchten. Das alles wäre locker als Bar oder Diskothek durchgegangen, nur die Heuballen im Dachausbau erinnerten daran, dass man hier in keinem Club, sondern in einem Kaff stand.

Während Sam ihre Erwartungshaltung überdachte, entging ihr nicht, dass sie mit Chris nicht mehr allein war. In der Mitte des Raumes stand ein großer Tisch mit bunten Stühlen und zwei grinsenden Jungs.

Einen davon identifizierte Sam als Chris' nicht schwulen Freund vom See. Er hatte sehr weiche, schöne Gesichtszüge. Er hätte fabelhaft auf dem Cover einer Teenie-Zeitschrift ausgesehen, obwohl er bestimmt auch schon um die zwanzig war.

»Hey, Chris. Willst du uns deine Freundin nicht vorstellen?«

Der Schwarzhaarige mit der hellen Haut musterte Sam. Er hätte nicht auf das Cover der *BRAVO* gepasst, dafür auf das einer internationalen Modezeitschrift. So viele fotogene Gesichter. Damit hätte man einen bombastisch erfolgreichen Instagram-Account betreiben können.

»Sie ist nicht seine Freundin«, entgegnete der Braunhaarige grinsend. »Eher ist sie ein japanisches Liebeskissen. Habe ich recht?« Er zwinkerte Sam zu.

Der Schwarzhaarige lachte und stand auf. »Ach, du bist das! Das Mädchen vom See. Der Beweis, dass Chris' blaue Augen doch nicht bei jeder ziehen!« Er kam auf Sam zu und streckte ihr die Hand entgegen. »Ich bin Sev, und die Tatsache, dass du dir nicht sofort die Klamotten vom Leib gerissen hast, als Chris ›Hallo‹ gesagt hat, gibt mir den Glauben an die Frauen zurück.«

»Ich bin Sam, und die Tatsache, dass ich mich nicht nackt ausgezogen habe, sagt mir nur, dass ich keine Drogen genommen habe.«

Sev grinste und pustete sich eine schwarze Haarsträhne aus dem Gesicht. Er war ziemlich groß, vielleicht eins neunzig, und hatte dunkelgrüne Augen. Seine Zähne strahlten in dem gleichen Weiß wie Chris'. Dieses Kaff hatte einen übermotivierten Zahnarzt. »Ich habe dich hier noch nie gesehen, das ist dein erstes Mal«, stellte er fest und schnappte sich die Colaflasche auf dem Tisch.

Sam nickte, dann schweifte ihr Blick zu dem anderen Jungen, den sie vom See kannte und der auf sie zukam.

»Na, was sagst du zu unserer Scheune? Cool, oder?« Er grinste schief, so als würde er wirklich für die *BRAVO* posieren, dann stellte er sich vor. »Matthias, freut mich.«

Matthias war etwas kleiner als Sev und Chris, er überragte Sam aber trotzdem.

Da stand sie nun, inmitten von drei Unterwäschemodels, umgeben von Heu und Verstärkern und dem schwachen Geruch von Pferden in der Luft.

Pia würde hyperventilieren, mit einer viel zu hohen Stimme sprechen und sich ständig durch die Haare fahren. Allein der Gedanke ließ Sam schmunzeln, zumindest so lange, bis Chris sie auf ihre fröhliche Miene aufmerksam machte.

»Sieh mal an! Du versuchst nicht mehr, mich mit deinen Blicken zu töten, das ist doch schon mal was«, stellte er fest.

Sam gönnte ihm diesen Triumph aber nicht.

»Ich grinse nicht deinetwegen.«

Sie begann selbst zu bemerken, wie übertrieben abweisend sie auf Chris reagierte. Er hätte gar nichts sagen können, was sie zu einer freundlichen Antwort bewegt hätte. Sie war ein unnahbarer Typ, trotzdem sah ihr diese extreme Abneigung nicht ähnlich. Ihre Miene verfinsterte sich ganz von allein und die Augenbraue, die so provokant nach oben hüpfte, konnte sie auch nicht wirklich kontrollieren.

Chris grinste. »Ja! Da ist er ja wieder! Der Todesblick!«

Matthias machte eine auffordernde Geste. »Setz dich und trink was. Du kannst später weiter an Chris' Ego kratzen, er läuft dir nicht weg«, versicherte er und holte ein paar Gläser aus dem Schrank neben der Bar. Sam nickte dankend und ließ sich auf einem der bunten Stühle nieder.

»Erzähl mal, was verschlägt dich in diese Gegend?«, wollte Sev wissen und spielte mit dem Schraubverschluss seiner Flasche.

»Mein Vater hat eine Lebenskrise und steht jetzt auf Frauen in hässlichen Kostümen.«

»Ah, Urlaub mit den Eltern. So hat es bei uns auch angefangen.«

»Ja, mein Vater hielt es für eine gute Idee, mir seine neue Freundin dort vorzustellen, wo ich nicht flüchten kann.«

Sev seufzte mitfühlend. »Das hatte ich auch schon. Mein Vater ist zum dritten Mal verheiratet, irgendwann gewöhnt man sich daran«, versicherte er. Sev war sympathisch, ihm musste Sam keine Todesblicke zuwerfen, bei ihm hämmerte ihr Herz auch nicht so abnormal schnell.

»Darf ich hier drin rauchen?«, fragte sie und deutete hinauf auf den Heuboden.

»Solange du die Hütte nicht abfackelst, so wie Chris vor zwei Jahren«, entgegnete Matthias und stellte einen Aschenbecher auf den Tisch.

»*Ich* habe hier gar nichts abgefackelt!«, verteidigte sich Chris selbstbewusst, dann wurde er kleinlauter. »Und es gab lediglich ein überschaubares Feuer …«

Sev und Matthias warfen sich wissende Blicke zu, während Chris zum ersten Mal peinlich berührt wirkte. Der Braunhaarige schüttelte den Kopf. »Das kommt davon, wenn man irgendeiner betrunkenen Amerikanerin erlaubt, zu rauchen, während man sie auf dem Heuboden befummelt. Da kann es nur brennen!«

Sam lachte, aber nicht so, wie sie eigentlich lachen wollte.

Chris hatte mit einem Mal jegliche Arroganz abgelegt. Das Thema war ihm sichtlich unangenehm. »Awesome. Das wirft ein tolles Licht auf mich! Sagt mal, sind wir echt befreundet?«

Matthias und Sev schenkten Chris entschuldigende Blicke. Der Braunhaarige relativierte sofort gespielt ernst. »Nein, nein. Das hat sich eben nur so angehört, als würde Chris das öfter machen! In Wirklichkeit ist er ein Zölibat liebender, jungfräulicher Chorknabe, dem ständig irgendwelche Frauen vor die Nase laufen, die furchtbar schmutzige Sachen von ihm wollen. Es ekelt ihn selbst«, scherzte Matthias lachend.

Auch wenn Sam versuchte, Chris' wachsendes Unbehagen amüsant zu finden, gelang es ihr nicht. Sie wurde nur wütend, viel wütender, als sie sollte. »Schon gut, ich bin ja nicht dämlich! Es ist nicht sonderlich schwer, ihn einzuschätzen, auch ohne solche Anekdoten.«

Chris' Miene wurde plötzlich ernst. »Was heißt das denn bitte?«

Sie drückte ihre Zigarette aus, stand auf und versuchte, möglichst gleichgültig zu wirken. »Man sieht dir an, dass du deine Freundinnen wechselst wie deine Unterwäsche. Oder sind der Prinzessinnen-Schwachsinn und das pseudocoole Englisch-Gequatsche dein Ernst?« Sie grinste triumphierend, obwohl es sich gar nicht so anfühlte, als hätte sie etwas gewonnen. »Danke für das Getränk. Ich muss zurück in meine scheußliche Hütte.«

Ein Abgang erschien ihr im Moment vernünftig. Sie wollte nicht hierbleiben und sich Geschichten über Chris' Liebeleien anhören.

Wieso sollte sie auch?

Ohne ein weiteres Wort ließ Sam die Tür knarrend hinter sich zufallen.

»Weg ist sie«, kommentierte Sev ein wenig enttäuscht.

»Zicke!«, entgegnete Chris und versuchte, sein schwer verletztes Ego zu verarzten, dem Sam gerade ins Gesicht geschossen hatte.

Matthias zuckte mit den Schultern. »Vielleicht hat sie einfach keinen Bock darauf, verarscht zu werden. Es stimmt doch. Du hast nichts für Beziehungen übrig, hattest du noch nie«, erinnerte er seinen langjährigen Freund und klopfte ihm im nächsten Moment auf die Schulter.

»Aber ... wenn du sie so interessant findest, dann ...«

»Tu ich nicht! Wieso sollte ich auch?«, fauchte Chris beleidigt und doch fragend genug, um das Gespräch am Laufen zu halten.

Sam hörte nicht auf, den Kopf zu schütteln. Was für ein Idiot Chris doch war, zu glauben, sie würde auf eine so billige Nummer anspringen. Natürlich hatte er schon mehr Freundinnen gehabt als Sam Wutanfälle. Sicher war er jemand, der nichts Ernstes wollte.

Pia würde wie ein Fisch am Haken zappeln. Sie war anfällig für schöne Gesichter und Bauchmuskeln, Sam nicht. Wieso sollte sie sich auch auf so ein sinnloses Spiel einlassen? Chris haben zu wollen, wäre so zielführend, wie eine Kuh mit Sonnenmilch einzureiben. Schon allein der Gedanke, es zu versuchen, wäre dämlich.

Rettungsschwimmer

Die Sonne hatte ihren höchsten Punkt erreicht und kündigte gleißend die Mittagszeit an. Sam war eine ganze Weile durch den Wald gelaufen. Sie wollte sich abreagieren und wieder einen klaren Kopf bekommen, doch das Einzige, was ihr dieser Ausflug beschert hatte, war der dringliche Wunsch nach einer kalten Dusche, den sie sich, zu Hause angekommen, sofort erfüllte.

»Arroganter Schönling …«, murmelte sie den Badezimmerfliesen zu, während sie sich energisch die Haare bürstete. Sie musste Chris aus dem Kopf bekommen, sonst würde sie sich den ganzen öden Sommer lang über ihn aufregen.

Den MP3-Player auf maximale Lautstärke gestellt, legte sie sich in ihr Bett und schloss die Augen. Musik half ihr, die Emotionen abzukühlen, zumindest meistens.

Die sanfte Brise, die durch die offene Balkontür wehte, war angenehm. Auch wenn das Bedürfnis, Chris so lange anzuschreien, bis er taub wurde, langsam nachließ, blieben die lästigen Bilder im Kopf, in denen er das Zahnpastalächeln präsentierte.

Sam verfluchte ihr Unterbewusstsein, weil es die Vorlieben einer schmachtenden Pia an den Tag legte und sich von Äußerlichkeiten viel zu nachhaltig beeindrucken ließ. Nur weil er gut aussah, war er noch lange nicht nett oder interessant, das war er bestimmt nicht. Chris war ein mit Bauchmuskeln bepackter Teufel.

Sie träumte vor sich hin, *Thirty Seconds to Mars* im Ohr. Sam hätte *Closer to the Edge* auf Endlosschleife gestellt, aber ihr Magen hatte andere Pläne. Er knurrte beleidigt vor sich hin und beschwerte sich über die mangelnde Zufuhr an Nahrung in den letzten Stunden.

In dem Moment, in dem sie sich aufraffte und die Musik abstellte, durchzuckte sie ein schockbedingter Blitz.

»Scheiße!« Sam griff sich an ihr hämmerndes Herz. Ihr Blick klebte an einem ziemlich missgelaunten Chris, der in der offenen Balkontür lehnte.

»Du bist so eingebildet!«, schmetterte er der total perplexen Sam entgegen, die eigentlich damit beschäftigt war, sich auszumalen, wie lange er schon dort stand. Ehe sie ihre Gedanken ordnen konnte, prasselten auch schon weitere Vorwürfe auf sie ein. »Du kennst mich nicht, aber du glaubst, alles über mich zu wissen! Ich war nett zu dir, oder? Ich habe dir meine Freunde vorgestellt, wollte dir das Dorf zeigen. Mehr habe ich nicht getan, ich war nur freundlich!«

Chris stieß sich, sichtlich aufgebracht, vom Türrahmen ab und gab seinem Bewegungsdrang nach.

Er machte ein paar Schritte, bis er in der anderen Ecke des Zimmers angekommen war, dann drehte er um. »Du unterstellst mir, ich würde dich ins Bett bekommen wollen. Obwohl *du* diejenige bist, die mich manchmal anstarrt, als wäre ich eine Masturbationsvorlage! Ich meine …«

»Das hast du jetzt nicht gesagt, oder?!«, fuhr eine aus ihrer Schockstarre erwachte Sam dazwischen. »Ich starre dich nicht an! Und ich unterstelle dir auch nicht, dass du mich ins Bett bekommen möchtest! Und ich kenne schönere Jungs als dich, an die ich denke, wenn ich …!«

Sie schnappte nach Luft, weil sie viel mehr verbrauchte, wenn sie so laut war, und ihr Satz seltsam peinlich geendet hätte. Sie setzte woanders an, bei einem Vorwurf, der absolut berechtigt war. »Außerdem läufst DU MIR hinterher, du Idiot!«

Chris lachte abwertend. »Ich? Dir hinterherlaufen? Sicher nicht!«

»Ach, und wie nennst du DAS HIER dann!? Jedes Mal wenn ich die Augen zumache und wieder öffne, stehst du völlig unmotiviert in meinem Zimmer! Du bist ja schlimmer als meine Mutter!«

Die Szene, die sich in diesem Moment in dem kleinen, kitschigen Zimmer abspielte, nahm eine ungewollte und dennoch deutlich spürbare Komik an. Chris konnte nicht stillstehen, während Sam darauf bedacht war, in jedem Fall lauter zu bleiben als er.

»Als ob ich Interesse an so einer arroganten Klugscheißerin hätte!«

»Du nennst mich arrogant?! DU?! Mister ›Wenn ich meine Augen im richtigen Licht leuchten lasse und englische Wörter raushaue, lege ich jede flach‹?!«

Chris schüttelte energisch den Kopf. »Na und?! Selbst wenn es so wäre, wenn ich mit jeder hübschen Frau auf diesem Planeten Sex hätte, was geht dich das an?!«

Sam begann, auch den Kopf zu schütteln. »Nichts! Es interessiert mich auch gar nicht! Zum hundertsten Mal, DU läufst MIR doch nach!«

»Ich wollte nur nett sein! DU bildest dir ein, dass ich dich flachlegen will!«

»Tue ich nicht!«, entgegnete Sam trotzig und wirkte dabei ungewollt wie ein Kindergartenmädchen, dem man unterstellt hatte, es würde Jungs gut finden.

Kurz war es still in dem kleinen Zimmer, dann meldete sich Chris wieder zu Wort. »Na dann …«, murmelte der Blonde, der kurz den Faden verloren hatte. »Wenn ich nicht auf dich stehe und dir das auch bewusst ist, dann haben wir kein Problem! Dann können wir etwas unternehmen …« Chris' Stimme war noch immer auf laut eingestellt. »Du, Matthias, Sev und ich«, fügte er hinzu.

Dass er Matthias und Sev zwischen ihn und Sam geschoben hatte, war nicht nur pure Absicht, sondern auch ziemlich überbetont gewesen.

»Natürlich ist das kein Problem!«

Sam konnte gar nicht anders, als zuzustimmen, sonst hätte sie zugegeben, dass sie etwas von Chris wollte oder er von ihr, und allein darüber nachzudenken, war, wie Matheformeln zu lernen – anstrengend und sinnlos.

»Wir treffen uns um zwei Uhr auf der anderen Seite des Sees, beim Steg«, verriet er schulterzuckend.

»Schön!«

»Schön!«, äffte Chris Sam nach, ehe er auf den Balkon verschwand.

»Also kommst du?«, wollte er versichert haben. Seine Stimme war jetzt leiser, sein Tonfall noch immer genervt.

»Sev und Matthias sind nett und du bist mir egal! Wieso also nicht!«, schrie Sam den Vorhang an und trampelte ins Badezimmer.

Alles um Sam herum begann surreal zu wirken, als ihr Herzschlag wieder auf eine normale Frequenz sank. Auf was für ein merkwürdiges Wortgefecht hatte sie sich da eingelassen? Eigentlich hatte sie sich bis zum heutigen Tag für einen halbwegs nervenstarken Menschen gehalten, doch ihre Contenance war zusammen mit dem angemessenen Tonfall durchgebrannt.

»Als ob ich ein Problem mit dir hätte! Ich kann gut mit Frauen verarschenden Schönlingen! Bastian ist mein bester Freund!«, murmelte sie ihrem Spiegelbild entgegen, das nicht aufhörte, sie skeptisch zu mustern.

Irgendetwas musste sie mit ihren Haaren machen – vielleicht hochstecken. Hatte sie Wimperntusche dabei? Ja, aber nachdem sie im Wasser war, würde sie aussehen, als hätte sie vor, auf ein Marilyn-Manson-Konzert zu gehen.

Seit wann war sie eigentlich so eitel? Spätestens seit Chris so vehement bestritten hatte, sie ins Bett bekommen zu wollen. Warum eigentlich? Wenn er mit jeder hübschen Frau auf dem

Planeten schlief und sie nicht flachlegen wollte, lief das auf eine unangenehme Erkenntnis hinaus.

»Blödsinn! Der kann mich mal!«

So schnell wie er gekommen war, verwarf sie den Gedanken auch wieder. Sie machte ihr Selbstbewusstsein nicht von irgendeinem Typen mit coolen Haaren und weißen, werbetauglichen Zähnen abhängig. Trotzdem sah sie in ihrem anthrazitfarbenen Bikini gut aus, das konnte nicht schaden – genauso wenig wie das weiße kurze Sommerkleid, das eigentlich ein langes Top war. Ihr Hintern schrie darin so laut nach Aufmerksamkeit wie ein fünfjähriges Einzelkind mit ADS und Zuckerschock.

Zum Glück hatte Sam gute Gene, sodass sie trotz regelmäßiger Fast-Food-Orgien mit Bastian und tief verwurzelter Abneigung gegen Sport ihren Körper problemlos vorzeigen konnte. Eigentlich waren Jeans und Top eher ihr Fall, aber Sam wusste, wann es Zeit war, härtere Geschütze aufzufahren.

Mit der obligatorischen Viertelstunde Verspätung im Gepäck tauchte Sam am verabredeten Ort auf.

Die Jungs hatten ihre gebräunten und äußerst vorzeigbaren Körper im Gras platziert. Matthias und Sev rafften sich auf, als Sam zum Gruß beiläufig die Hand hob. Der coole Auftritt war Teil eines aufwändigen, komplizierten Konzepts, das darauf abzielte, Chris klarzumachen, wie unsagbar gleichgültig er ihr war. Sie hatte lange daran gefeilt, so gleichgültig war er ihr.

»Hey! Du bist ja echt gekommen. Klasse!«, tönte Matthias.

Er grinste sie an, genau wie Sev, nur Chris starrte den See tot. Zumindest hatte er sich aufrecht hingesetzt.

»Ich hatte ja sonst nichts vor.«

Sam machte ein paar Schritte, richtete ihren Blick auf das glitzernde Wasser und streckte sich genüsslich. Dass ihr Kleid dabei noch ein Stück mehr von ihren Beinen zeigte, entging keinem der Jungs, auch nicht Chris, der vorsichtig über seine schwarze Ray-Ban linste. Eigentlich wollte er gar nicht starren und eigentlich wollte er sich gar nicht vorstellen, wie Sam ohne dieses Kleid aussah, aber er tat es trotzdem.

Vielleicht würde sie es ausziehen, wenn sie ins Wasser gingen. Er konnte nicht mit ihr ins Wasser gehen, das wäre zu auffällig. Er hatte ihr gerade erst versichert, dass er nichts von ihr wollte, dabei würde er bleiben. Er war kein Typ, der so jungen Mädchen den Kopf verdrehte. Er würde ihr nur wehtun, das machte er immer, das war unvermeidlich.

Chris schob die Sonnenbrille mit dem Zeigefinger wieder nach oben und legte sich zurück ins Gras. Sam tat es ihm gleich und ignorierte sein Desinteresse konsequent.

»Macht ihr hier alle nur Ferien?« Ihre Frage ging ganz offensichtlich an Matthias und Sev, denen sie sich zugewandt hatte.

Während der Schwarzhaarige ihr Feuer für ihre Zigarette gab, klärte Matthias sie auf. »Ja, das ist fast schon zum Ritual geworden. Wir haben uns vor Jahren hier kennengelernt, als wir noch mit unseren Eltern hierhergefahren sind. Seitdem sind wir befreundet. Einmal im Jahr kommen wir wieder und versuchen, den Unistress und die Arbeit zu vergessen. Einige von uns würden explodieren, wenn sie nicht mal kürzertreten würden, oder, Chris?«

Er stupste ihn an der Schulter an und der Blonde murrte. »Ich habe nicht vor, zu explodieren.«

»Er ist gerne gestresst. Er arbeitet und lernt zu viel.«

Trotz Matthias' Bemühungen, etwas aus ihm herauszukitzeln, blieb Chris stumm. Er hielt das Schweigen mit voller Absicht aufrecht. Matthias kannte seinen Freund so nicht, schon gar nicht in der Anwesenheit von einem Mädchen, das ihn so offensichtlich interessierte.

Normalerweise hätte er schon längst seinen Charme spielen lassen, aber den hatte Chris heute tiefgefroren, genau wie seine Emotionen.

Sam erzählte ein bisschen von zu Hause, dass sie noch zur Schule ging und ihr Hobby Filme und Serien waren. Sie verlor sich in einem Monolog über Synchronsprecher und Regisseure. Darüber sprach sie gern, deshalb wurde sie auch mit einem Mal so fröhlich, dass sie Chris aus purem Versehen ein Lächeln schenkte. Er hatte erzählt, dass *Sakrileg* sein Lieblingsfilm sei, weil er Dan-Brown-Bücher liebe, daraufhin war es passiert. Als Sam bemerkt hatte, wie breit sie gegrinst hatte, war es schon zu spät gewesen. Chris hatte seine Mundwinkel nach oben gezogen und den Kopf schief gelegt, dann hatte sie sich wieder provokant zu Matthias und Sev gedreht.

Sam erfuhr, dass Matthias Englisch und Sev Architektur studierte. Sie waren zweiundzwanzig und hatten sich mit fünfzehn hier am See kennengelernt. Chris war wahrscheinlich auch zweiundzwanzig, aber er schwieg sich wieder aus. Was er studierte und warum ihn Matthias als so gestresst beschrieb, blieb auch unbesprochen. Wahrscheinlich studierte er Sport oder irgendetwas mit Wirtschaft. Gestresst war er, weil er achtzehn Freundinnen gleichzeitig hatte, zumindest dabei war sich Sam sicher.

»Wollt ihr ins Wasser?«

Matthias' Vorschlag erntete allgemeine Zustimmung. Die Nachmittagssonne brannte unbarmherzig intensiv auf der Haut, es war heiß und windstill.

Sam hätte sich eigentlich zimperlicher angestellt, weil das Wasser kälter war als vermutet, aber Chris ließ sich so elegant ins tiefblaue Nass fallen, dass sie selbst dann nicht gezögert hätte, wenn darin Eiswürfel und Pinguine geschwommen wären.

»Ich drehe eine kleine Runde, kommt jemand mit?«, wollte der Blonde wissen.

»Nein danke. Ich habe wie immer keinen Bock auf fünf Kilometer Hardcore-Schwimmen«, entgegnete Sev.

»Vielleicht schwimmt Sam mit dir. Du siehst sportlich genug aus, um mit Chris mitzuhalten«, mutmaßte Matthias.

Sie zog eine Augenbraue in die Höhe. »Nein danke.«

Ohne auf Sams unterkühlte Absage zu reagieren, kraulte Chris los. Er war beeindruckend schnell, so schnell, dass Sam ihm nachstarren musste.

»Schwimmt er im Verein?«

»Früher mal. Er war richtig gut«, erklärte Matthias.

Sam hätte gern weiter nachgefragt, aber damit hätte sie zu viel Interesse an jemandem gezeigt, den sie auf ihrer Ignorierliste hatte.

»Er ist übrigens nicht immer so …«, erklärte Sev ungefragt.

Er und Matthias warfen sich seltsame Blicke zu. »Chris ist ein netter Kerl, aber er hatte es nicht immer leicht. Er wirkt vielleicht ein bisschen unterkühlt, aber sonst ist er …«

»Mir doch egal, wie der sonst so ist!«, unterbrach Sam trotzig und ließ sich auf dem Rücken treiben.

Der kindliche Unterton, der ihren Satz untermalt hatte, war unüberhörbar gewesen.

»Er hatte eine schwere Kindheit. Chris ist bei Weitem nicht so ein großes Arschloch, wie er manchmal sein möchte«, fuhr Matthias unbeirrt fort und klang dabei erschreckend ernst.

Sam wurde unweigerlich nachdenklich. »Tut mir leid für ihn, aber das geht mich nichts an.«

»Ich denke, er mag dich ziemlich gerne, deshalb ist er so seltsam zu dir«, mutmaßte Sev.

»Das ist total ungewöhnlich für Chris. Ich habe noch nie erlebt, dass ihn ein Mädchen so beschäftigt«, gestand Matthias.

Sam konnte mit all diesen Spekulationen nichts anfangen. Sie fand es irgendwie nett, dass die Jungs Wingman für ihren Freund spielten, aber das war weder notwendig noch sonderlich glaubwürdig.

»Tut nicht so, als wäre er in Wirklichkeit ein verschüchterter Romantiker. Ich bin doch nicht dämlich!«

»Das haben wir auch nicht behauptet. Wir vermuten nur, dass er auf dich steht, weil wir ihn noch nie so erlebt haben. Wie du mit der Info umgehst, bleibt dir überlassen«, meinte Sev zwinkernd.

»Ich stehe nicht auf ihn! Ich brauche keinen Schönling, der jedem hübschen Arsch auf Stöckelschuhen nachjagt! So einen habe ich schon zu Hause.«

»Hast du einen Freund?«

»Nein!« Ihr Dementi kam etwas zu laut und etwas zu abrupt. Sam sah sich nach Chris um, der wieder auf sie zugeschwommen kam. Es war an der Zeit, das Thema zu wechseln. »Das Wasser ist ziemlich tief.«

Sie spürte keinen Boden unter den Füßen. Mittlerweile hatte sie sich an die Temperatur gewöhnt und hätte die Abkühlung genießen können, wenn sie nicht so unruhig gewesen wäre.

Als Chris auf sie zuschwamm, setzte Sam selbst zu ein paar Kraulzügen an, die sie besonders geschmeidig aussehen lassen wollte. Ihr Körper war an diese seltsame Bewegung nicht gewöhnt, ihre Beinmuskulatur begann sich zu verkrampfen.

Sie ging sofort unter, weil sie nicht mehr mit den Füßen paddelte, sondern versuchte, den krampfenden Fuß auszustrecken und kurz ruhig zu halten. Der Schmerz wurde nur schlimmer. Sie ruderte sich mit den Armen wieder an die Wasseroberfläche und fluchte laut. Es war plötzlich unglaublich anstrengend, sich über Wasser zu halten. Als Chris sie am Arm packte, krallte sie sich intuitiv an ihm fest.

»Krampf!«, rief sie stöhnend und zappelte mit ihrem Fuß.

»Ja! Du schwimmst ja auch seltsam!«

Sie hatte jetzt keine Lust, sich mit ihm darüber zu streiten, ob sie gut schwamm oder nicht. Der angespannte Muskel in ihrer Wade schmerzte zu sehr.

»Das hört nicht auf! Verdammte …«

Chris trug sie aus dem Wasser, während Sam fluchte wie ein Hooligan bei einem Fußballmatch. Als er seine Hände fest um ihre Wade legte, wurde der Schmerz ein wenig erträglicher.

»Lass locker!«

»Will ich ja! Geht nicht!«

»Sicher! Du spannst den Fuß an!«

»Weil es wehtut!«

»Weil du anspannst!«

Chris massierte Sams Wade ziemlich fest. Sie ließ erst locker, als der Schmerz weiter abnahm.

»Wenn dir das alleine passiert, ertrinkst du!«, erklärte er wütend. »Wenn du nicht gut schwimmst, dann bleib dort, wo du stehen kannst!«

»Ich kann schwimmen! Dafür konnte ich nichts!«

»Du wärst trotzdem fast abgesoffen!«

»Ich habe doch gesagt, ich will mich im See ertränken! Wolltest du dir die Show nicht ansehen?« Sam grinste.

Chris starrte sie eine Sekunde lang an, dann lachte er leise. Er massierte ihr Bein entlang, viel lockerer als am Anfang.

»Brauchst du was?«, wollte Matthias wissen, der sich mit Sev halb neugierig, halb besorgt hinter Chris gestellt hatte. »Oder wollt ihr alleine sein?«, scherzte er und machte Sam damit bewusst, was hier eigentlich gerade passierte.

Sie begann die Berührung zu genießen und damit konnte sie nicht umgehen. Sie raffte sich so abrupt auf, dass sie Chris beinahe einen Schlag mit dem Fuß verpasst hätte.

»Ich habe noch nichts gegessen. Vielleicht hatte ich deshalb einen Krampf. Ich besorg mir was«, verkündete sie und schnappte sich ihr Kleid.

»Du hattest einen Krampf, weil du schwimmst wie ein Kaninchen mit Gleichgewichtsstörung«, rief ihr Chris lachend nach.

»Halt die Klappe!«, blaffte sie zurück und hob die Hand für eine letzte obszöne Geste, bevor sie hinter der Böschung verschwand.

»Ein heldenhafter Auftritt! Nicht schlecht, das hat Eindruck hinterlassen.«

Matthias klopfte Chris auf die Schulter. Der Blonde seufzte nur.

»Alleine wäre sie wirklich ertrunken. Unvorsichtiges Ding.«

»Wahnsinn, dass ich das noch erleben darf«, meinte Sev und legte sich gespielt theatralisch die Hand auf die Stirn.

»Was denn?«, wollte Chris genervt wissen.

»Dass du dich verliebst!«

Schnaps und ein Arschloch

Es dämmerte bereits, als sich Sam auf den Weg zurück in ihr Ferien-Zuhause machte. Sie hatte sich im Zentrum von Bauernhausen eine Portion Nudeln gegönnt und war dann mit dem Rad um den See gefahren. Das Essen hatte gutgetan, das Auspowern danach auch, trotzdem arbeitete ihr Hirn unermüdlich weiter vor sich hin.

Eine Zeit lang hatte sie sich über Chris aufgeregt, über seine direkte, leicht arrogante Art, dann waren ihre Gedanken ruhiger geworden. Ja, er war unnahbar und trotzdem hatte er Freunde, die ihn gegen alle Vorurteile verteidigten. Das war ein Zeichen dafür, dass er auch anders sein konnte, offener, nahbarer.

Wahrscheinlich steckte mehr hinter den Huskyaugen und dem Zahnpastalächeln, als man auf den ersten Blick erkennen konnte, aber wenn er es vor Sam nicht preisgeben wollte, war er selbst schuld. Sie würde bestimmt nicht nachhaken und schon gar nicht nachgeben, auch wenn die Neugier sie zermürbte.

Chris hatte keine leichte Kindheit gehabt.

Was hieß das überhaupt?

Er sah nicht so aus, als wäre er in ärmlichen Verhältnissen aufgewachsen. Arme Leute trugen keine Ray-Ban-Sonnenbrillen und legten keine Joop-Handtücher ins Gras.

Wahrscheinlich war er einer dieser verzogenen, verwöhnten Schnösel, die sich über die Alltäglichkeit des Lebens langweilten und Zeit mit Liebeleien und Nichtigkeiten totschlugen. Vielleicht hatten seine Eltern auch viel gearbeitet und er hatte sich vernachlässigt gefühlt oder er hatte eine hässliche Scheidung miterlebt. Es gab viele Dinge, die unter die Kategorie ›schwere Kindheit‹ fielen, zu viele.

Sams Leben war nie schwierig gewesen, obwohl ihre Eltern nicht mehr zusammen waren. Die Trennung war einvernehmlich gewesen und weitgehend schmerzlos über die Bühne gegangen. Sie hatte keine Ahnung, wie es war, zu Hause Probleme zu haben.

»Hallo!«, drang es penetrant freundlich an Sams Ohr, als sie mit dem Rad die Gartenzwerg-Hochburg erreichte.

Ein kleines Problem hatte sie schon, es trug einen grauen Jogginganzug und hörte auf den Namen Sophie.

»Hattest du einen schönen Tag?«

Sam murrte ein nichtssagendes »Mhm« und lehnte ihr Rad an die Hausmauer.

Sie hatte keine Lust, den Schwall aus Fragen zu beantworten, der unweigerlich auf sie zugekommen wäre, hätte sie wirklich von ihrem Tag erzählt.

»Hattest du Langeweile?«, wollte ihr Vater wissen, der mit Sophie draußen im Garten auf den kitschigen Gartenmöbeln Platz genommen hatte.

»Hab mich irgendwie beschäftigt«, entgegnete sie und gähnte provokant. »Ich geh dann mal nach oben. Die Luft macht einen ganz high und müde, fast wie ein Joint, oder, Papa?«

Sie zog grinsend eine Augenbraue nach oben und lauschte dem Schnauben ihres Vaters. Seit er ihr einmal erzählt hatte, dass er mit siebzehn auf einem Bob-Dylan-Konzert an einem Joint gezogen hatte, zog sie ihn damit auf.

Auf dem Weg nach oben hatte sie wieder Zeit, sich ihrem neuesten gedanklichen Hobby zu widmen.

Ob sie Chris fragen konnte, was er studierte, ohne neugierig zu wirken? Sie würde lieber Matthias oder Sev ausquetschen, wenn sie die Gelegenheit dazu bekam.

Stöhnend ließ sie sich auf das schmale Bett fallen und atmete tief durch. Ein leichter Sonnenbrand hatte sich auf ihrer Schulter gebildet und brannte bei der Berührung mit der Matratze.

Prüfend ließ sie den Blick auf das Display ihres Handys fallen. Ein Anruf von Pia, das war ungewöhnlich. Normalerweise verpackte sie jede nur erdenkliche Information in eine WhatsApp-Nachricht. Vielleicht hatte sie sich aus Versehen auf ihr Handy gesetzt und Sams Nummer gewählt.

Sie wollte gerade zurückrufen, als sie von dem weißen Zettel an der Balkontür abgelenkt wurde. Er klebte dort und flatterte im abendlichen Wind. Sam war sich beinahe sicher, dass er vor zwei Minuten noch nicht da gewesen war, andererseits war sie aber auch irgendwie paranoid, seit Chris zweimal unangemeldet hier aufgetaucht war.

Nicht ohne einen prüfenden Blick hinter die Vorhänge zu werfen, ging Sam hinaus auf den Balkon und schnappte sich die handgeschriebene Nachricht.

> Hey Sam,
> wir treffen uns heute gegen 21:00 Uhr in der Scheune. Getränke gehen auf mich!
> Chris ist nach spätestens drei Wodka Cola bestimmt gesprächiger! Das solltest du dir nicht entgehen lassen!
> Grüße, Sev

Einen Augenblick lang dachte sie darüber nach, abzusagen, sich unnahbar zu geben, desinteressiert, dann schlüpfte sie in ihre Jeans-Hotpants. Wie lächerlich wäre es eigentlich, wenn sie sich von Chris davon abhalten lassen würde, Spaß zu haben? Sie mochte Matthias und Sev, sie mochte unkonventionelle Partys und sie mochte dieses markante Gesicht mit den Huskyaugen. Nein. Natürlich mochte sie es nicht, trotzdem starrte sie gern hin, wenn sie sicher war, dass er es nicht bemerkte. Er war ein

Arsch, aber ein unglaublich gut aussehender, so viel durfte man sich eingestehen.

The Offspring dröhnten in beachtlicher Lautstärke aus dem Inneren der großen Scheune. Die Musik war schon von Weitem zu hören gewesen, die Anlage musste bis zum Anschlag aufgedreht sein. Sam mochte die Band, aber sie hätte den drei Bademodenmodels nicht so viel musikalischen Geschmack zugetraut. Wenn sie hätte raten müssen, hätte sie sich die Jungs kopfnickend zu Gehirnzellen zermürbender House Music vorgestellt. Vor allem Chris. *The Offspring* waren zu unkonventionell für ihn, das war Sams Art von Musik und Bastians.

Sie war spät dran, weil es peinlich lange gedauert hatte, sich ausgehfertig zu machen. Einen Look hinzubekommen, der weder nach Amy-Winehouse-Gedenk-Lidstrich noch nach ›Ich bin in einer Kommune ohne fließendes Wasser groß geworden‹ aussah, war schwieriger gewesen als gedacht.

Bevor sie das Scheunentor öffnete, machte sie sich ihre Taktik noch mal bewusst.

Desinteresse zeigen, kühl wirken, Chris nur anstarren, wenn er nicht hinsah.

Knarrend verkündeten die Holzbretter den Neuankömmling. Sam zog sofort alle Aufmerksamkeit auf sich. Mickey, Donald und Goofy hatten sich um den großen Tisch in der Mitte versammelt, jeder ein Bier in der Hand. Zwei von dreien präsentierten die weißen Zähne, Mickey zog nur kurz, kaum merklich, die Mundwinkel nach oben.

»Hey! Cool, dass du da bist!«, rief Matthias durch die Bässe.

»Hatte zufällig Zeit!«, brüllte Sam zurück.

»Was für ein Kleid?«

Chris drehte auf Matthias' merkwürdige Frage hin die Musik deutlich leiser.

»Sie hatte zufällig Zeit«, wiederholte der Blonde und grinste schwach.

Sam sah weg, irgendwohin, nur nicht auf Chris' Grübchen.

»Was willst du trinken?«, fragte Sev und stand auf, um in Richtung Bar zu verschwinden.

»Was habt ihr da?«

Der Schwarzhaarige präsentierte stolz eine rege Auswahl an Spirituosen.

Sam war beeindruckt. »Wow, wie hast du das ganze Zeug denn an der nervenden Kassiererin vorbeibekommen?«

»Hab's geklaut!«, entgegnete er zwinkernd.

Sev streckte kurz die Zungenspitze heraus, um zu verdeutlichen, dass er einen Scherz gemacht hatte. Sam hätte aber auch nicht vermutet, dass er es nötig hatte, irgendetwas zu klauen. Wenn er den Kopf schief legte und lächelte, bekam er bestimmt alles, was er wollte, hinterhergeschmissen, selbst von der steinalten Albert-Einstein-Frisur im Supermarkt. Seltsamerweise störte sie diese Tatsache bei ihm nicht. Sev durfte ein Aufreißer sein.

»Wenn du mir vertraust, mix ich dir was Leckeres.«

»Ja, sicher. Nur bitte nichts mit Bacardi.«

»Mal damit abgeschossen?«

»Ja, Bacardi redet mir immer ein, ich könne tanzen.«

Sam nahm auf dem freien Stuhl neben Chris Platz, während Sev hinter der Bar herumhantierte. Bis sie ihr Getränk bekam, machte Matthias Small Talk über das Dorf. Chris schwieg konsequent. Er wirkte angespannter als sonst, nicht ganz so hardcore gelassen wie heute am See.

Sam fragte sich gerade, wie Sev ihr Getränk so leuchtend blau bekommen hatte, als der Eisberg neben ihr plötzlich eine Regung zeigte.

»Du hast einen Sonnenbrand«, tönte es monoton von rechts. Chris deutete auf die Rötung an ihrem Arm.

Völlig perplex starrte Sam ihn an. Sie hatte nicht damit gerechnet, dass er nach seiner Darbietung als beleidigter Stummer nun doch ein Wunder geschehen lassen wollte. Sie zog eine

Augenbraue nach oben und schlürfte provokant weiter ihren Cocktail. Einfach würde sie es ihm nicht machen, so viel war sicher.

»Ganz schön stark, dein Poolwasser«, meinte sie an Sev gewandt. Der blaue Cocktail brannte ein wenig in der Kehle nach.

Der Schwarzhaarige grinste wissend.

»Du darfst dir von ihm auch nichts mixen lassen. Sevs Mischungen sind quasi Medizin«, klärte Matthias sie auf.

»Ah, die Warnung wäre vor zwanzig Minuten noch hilfreich gewesen«, hauchte Sam und räusperte sich. »Und was macht ihr hier sonst immer so? Dass ihr nicht schwul seid, habe ich ja inzwischen mitbekommen. Frauen, Bier und Rockmusik, war's das?«

»Manchmal spielen wir ›Arschloch‹, kennst du das?«

Obwohl Chris ihr geantwortet hatte, konnte sie ihn diesmal nicht ignorieren.

Sam musste einfach lachen, laut und ausgiebig. »Ob ich das kenne? Klar doch! Lass mich raten, du gewinnst immer, oder?«

Chris rollte mit den Augen. »Das ist ein Kartenspiel und keine Charaktereigenschaft. Du solltest freundlicher zu Leuten sein, die dir das Leben gerettet haben.«

»Sorry, du hast recht. Was willst du dafür, dass du dreißig Sekunden lang mein Bein massiert hast? Reicht es, wenn ich dir meine Brüste zeige?«

Sev und Matthias lachten, Chris griff nach dem Stoß Karten auf dem Tisch und knallte sie Sam hin. »Hier! Misch! Mal sehen, ob du in dreißig Minuten auch noch so eine große Klappe hast.«

»Wie spielt man das?«

Während Chris Sam die nicht allzu komplizierten Spielregeln erklärte, stellte Matthias vier kleine Gläser und eine Flasche mit verdächtig klarer Flüssigkeit auf den Tisch.

»Ein Schluck pro verlorener Runde.«

Sam grinste in sich hinein. Sie freute sich darauf, Chris betrunken zu erleben. Ob er dann auch noch diesen durchbohrend arroganten Blick zustande brachte? Bestimmt nicht. Vielleicht machte ihn das Trinkspiel ein wenig redseliger und sie erfuhr endlich, was er machte, warum er eine schwere Kindheit hatte und was sie tun musste, um diese beeindruckenden Bauchmuskeln ohne dumme Nachrede anfassen zu dürfen.

Sam war siegessicher, obwohl sie dieses Spiel noch nie gespielt hatte. Schon als Kind war sie beim ›Mensch ärgere Dich nicht‹ unschlagbar gewesen. Es gab kein Brett- oder Kartenspiel, das sie jemals verloren hatte. Fortuna gehörte zu ihren besten Freunden, darum konnte auch rein gar nichts schiefgehen.

»Dann lasst uns ›Arschloch‹ spielen!«

Zwei Minuten vor Mitternacht ließ Sam ihren Kopf dumpf auf die Tischplatte knallen. Er war schwer und sie wollte ihn nur kurz ablegen. Vielleicht war sie etwas zu grobmotorisch vorgegangen.

»Auha«, kommentierte sie ihr Malheur mehr oder weniger eloquent und kicherte, um das Ganze gebührend zu unterstreichen. »Fortuna is ne Bitch! Hab ich verloan?«

»Ja, zum fünften Mal hintereinander. Kann es sein, dass du das Spiel nicht verstehst?«, entgegnete Chris grinsend.

»Verstehe ich doch! Du kannst mich mal … mich mal … Dings.«

»Wenn du jetzt ›lecken‹ sagst, kassierst du einen dummen Spruch«, erklärte Chris und Sam hörte die Jungs lachen.

»Willst du einen Schluck Wasser?«, fragte Sev und klopfte Sam beim Vorbeigehen auf die Schulter.

Er holte eine Flasche Mineralwasser aus dem Kühlschrank und stellte sie auf den Tisch.

»Wasser is was für Mädchen …«, kommentierte Sam das Auftauchen der Flasche.

»Ich glaube, der gute Schnaps vom Land war nichts für Sam«, stellte Matthias lachend fest und wirkte dabei auch nicht mehr allzu nüchtern.

Der Alkohol hatte seine Spuren an den vieren hinterlassen, aber Sam war die unangefochtene Königin der Betrunkenen.

Sie raffte sich viel zu plötzlich auf und schwankte dabei. »Ich brauch Luft«, rief sie, ehe sie sich, ihren Linksdrall ergebend, nach draußen vorarbeitete.

»Hey! Hübsches Mädchen auf der Flucht! Tu was, sonst ist sie weg«, rief Matthias Chris lachend zu.

Der Blonde war eindeutig der nüchternste Betrunkene und er wollte nicht, dass Sam ging, das war den meisten hier klar.

»Fang sie ein!«, befahl Sev und grinste dabei breit.

Chris sprang auf. »Warte! Bleib stehen!«

Sam hatte es schon durch die Scheunentür geschafft. Sie war draußen in der Dunkelheit verschwunden, aber weit konnte sie unmöglich gekommen sein.

»Wo willst du denn hin?«

Es dauerte nicht lange, bis Chris sie eingeholt hatte. Sams Beine hatten sie im Kreis herumgeführt statt geradeaus.

»Frische Luft …«, seufzte sie und legte sich dort, wo sie stand, ins Gras.

»Ja, die frische Luft knallt dir gleich so richtig in den Kopf, watch out. Du hättest nicht so viel trinken sollen.«

Sam kicherte. »Ohh … Mister Zahnpastalächeln macht sich Sorgen um mich!«

»Mister Zahnpastalächeln?«, wiederholte Chris grinsend und setzte sich neben Sam ins Gras.

»Wär dir Mister Huskyauge lieber?«

»Ich hab aber zwei.«

»Was?«

»Augen.«

»Sorry … bin betrinkt.«

»Fällt kaum auf.«

Chris starrte eine Weile in die funkelnden Sterne am Firmament. Er mochte den Himmel hier, weil er einfach schöner war als der über seiner Stadt. Hier konnte er atmen, runterkommen,

Dinge zulassen, die er sonst nie im Leben zugelassen hätte. Er musste grinsen, als Sam begann, unmotiviert vor sich hin zu summen.

»Es tut mir leid«, unterbrach er die Hintergrundmusik.

»Was tut dir leid?« Sam legte den Kopf zur Seite, in Chris' Richtung.

»Ich wollte dich nicht anschreien oder anschweigen, aber du bist auch …« Chris stockte. »Irgendwie schwierig.«

»Danke. Jede Frau will hörn, dass sie irgendwie schwierig ist.«

»Versteh mich nicht falsch, du bist nur … kompliziert.«

»Ich weiß«, entgegnete Sam einsichtig.

Der Alkohol machte sie ehrlich, auch zu sich selbst. Sie schloss kurz die Augen. Jemand hatte Bauernhausen in Rotation versetzt, also musste sie sich an einem Büschel Gras festhalten.

»Ich lass dich ab jetzt in Ruhe, ich will dir den Sommer schließlich nicht verderben«, versprach Chris.

Sam verstand nicht so ganz, was er da vor sich hin faselte, sie wusste nur, dass es ihr nicht gefiel, wenn er so ernst aussah. Er sollte lächeln, dabei sah er am besten aus.

Das helle Mondlicht ließ seine blauen Augen unwirklich schimmern, außerdem roch er nach ›schön‹, das stellte zumindest Sams betrunkenes Hirn fest.

Hätte sie sich in diesem Moment selbst beobachten können, hätte sie sich wahrscheinlich geohrfeigt. In ihren Augen glitzerte ein dermaßen perfekter Verliebtes-Mädchen-Blick, dass selbst Pia neidisch geworden wäre.

»Kannst du mal herkomm?«, murmelte sie, fasziniert von dem Blau, das fast genauso leuchtete wie Sevs Poolwasser.

Ob er auch so schmeckte?

»Alles in Ordnung?«, fragte er leise.

Chris beugte sich prüfend über Sam, die süß vor sich hin grinste.

Sie sah unglaublich gut in diesem Licht aus, noch puppenhafter, fast unschuldig, wenn ihre Augen vom Alkohol nicht so glasig gewesen wären. Sie war wie ein Magnet für ihn, von Anfang an, obwohl sie so abweisend war. Ob das an dem Puppengesicht lag? Oder doch am Temperament?

Sam streckte die Hand nach Chris aus. Sie landete auf seinem Hinterkopf, in seinen Haaren.

»Was wird das, wenn es fertig ist?«, wollte er wissen.

Er wehrte sich dagegen, ganz nach unten gezogen zu werden, weil er noch nicht wusste, was Sam vorhatte.

Sie hatte einen Entschluss gefasst, mehr oder weniger spontan. Ihr betrunkenes Ich hatte ihr einen Tipp gegeben.

Geschickt überbrückte sie die kurze Distanz, die noch zwischen ihr und Chris lag, und schloss seine leicht geöffneten Lippen mit ihren.

Perplex von dem, was gerade passierte, versteifte sich Chris. Er zog Sam noch ein Stück hoch, ehe er begann, sich auf ihre Lippen einzulassen. Es war von ihr ausgegangen, also war es okay.

Er war noch nie für eine Spontanaktion so dankbar gewesen. Vielleicht würde er das hier morgen schon bereuen, wenn er wieder klarer im Kopf war, aber heute nicht.

Sam genoss den Kuss, Chris' weiche Lippen und seinen Geruch. Er schmeckte nach Kaugummi und seine Zunge war überraschend kühl. Sie vergrub beide Hände in seinen Haaren, wollte ihn noch näher ziehen, aber er zog sie stattdessen auf sich.

Die Bewegung war schwungvoll gewesen, zu schwungvoll. Noch bevor Sam den Gedanken, unter Chris' Shirt an die Bauchmuskeln zu fassen, zu Ende denken konnte, wurde ihr abwechselnd heiß und kalt.

Alles drehte sich unangenehm schnell. Sie konnte sich gerade noch rechtzeitig von ihm hinunterrollen, bevor sie sich übergab.

I got a Hangover

Dröhnend und schmerzend meldete sich Sams Kopf am nächsten Morgen und erklärte sich damit solidarisch mit ihrem Magen.

Auch wenn sie die Augen nur langsam öffnete, brannte das Tageslicht sofort auf ihrer Netzhaut. Es war hell, viel zu hell, und es roch verdächtig stark nach Heu. Sie hätte schwören können, jemand hatte sie gestern mit einem Hammer traktiert oder eine Kuh sie überrannt. Vielleicht hatte ihr auch einer der Gartenzwerge mit einer Schaufel auf den Kopf gehämmert.

Leise grummelnd raffte sie sich hoch. Da war definitiv Heu, viel davon, direkt unter ihr. Sie hatte es wohl gestern Nacht nicht mehr nach Hause geschafft.

Ob das jemand bemerkt hatte? Damit würde sie sich später herumschlagen.

Während sie sich hochraffte, bemerkte sie den fahlen Geschmack in ihrem Mund. Für eine Zahnbürste hätte sie jetzt so einiges geopfert, auch den duftenden Pullover, der zwischen ihr und dem Heu lag. Der Geruch erinnerte sie an etwas, das sie grinsen ließ, was genau, war noch nicht abrufbar.

Als Sam ihren Blick schweifen ließ, blieb er zuerst an Sev haften. Er schlief, mit leicht offenem Mund, zwei Meter weiter. Zu ihrer Linken machte sie Matthias aus. Er hatte sich zusammengerollt und brabbelte fröhlich vor sich hin. Anscheinend bestellte er Essen oder kochte, auf alle Fälle tat er es auf Italienisch.

Sam grinste. Bastian plapperte auch leidenschaftlich gern im Schlaf vor sich hin. Er sah dabei immer unglaublich süß aus. Eigentlich fiel ihr das aber nicht auf.

Chris war nicht hier, das fiel ihr schon auf. Trotzdem roch es nach ihm.

Es dauerte noch drei Sekunden, dann begannen sämtliche Alarmglocken in Sams Innerem zu schrillen. Während die Bilder vor ihrem geistigen Auge lückenhaft aufflackerten, starrte sie wie gebannt an die hölzerne Decke. Sie hatte bei diesem Kartenspiel verloren, wieder und wieder. Chris hatte jedes Mal triumphierend eine Augenbraue in die Höhe gezogen, dann hatte er unglaublich gut im Mondlicht ausgesehen. Da waren *The Offspring*, die Übelkeit, die Sterne, der Kuss und das Kotzen.

»Oh mein Gott! Sag, dass ich das nicht getan habe!«, rief Sam.

Ihre Stimme war beschlagen, aber piepsig.

»Was ist denn los?«, murrte Sev und rieb sich den Schlaf aus den Augen.

»Was ist mit Gott?«, fragte Matthias verwirrt, der eigentlich noch zu sechzig Prozent schlief und Vokabeln abrief.

»Nein, nein, nein, nein, nein!« Sam wankte, leicht dehydriert, hin und her, während die Erinnerungen an die gestrige Nacht immer klarer wurden. »Was zum Teufel ist denn mit mir los? Warum tue ich das denn?!«

»Was ist mit dem Teufel?«, murrte Matthias. Sein Traum entglitt ihm immer weiter. Er hatte die Augen schon einen Spalt weit geöffnete und beobachtete Sam, während sie durch den Heuboden stolperte.

»Wo ist Chris?«

»Nach Hause gegangen. Er war noch ziemlich nüchtern, im Gegensatz zu dir«, erklärte Sev und gähnte ausgiebig.

»Er hat dich auf den Heuboden getragen. Du hast ganz schön protestiert.«

»Was heißt das?! Was weißt du?!«, platzte es aus ihr heraus.

Sie befürchtete das Schlimmste. In ihr wuchs eine Art von Scham, die sie das letzte Mal verspürt hatte, als sie auf Bastians Party zu David Guetta getanzt und den Gastgeber dabei abgeschleckt hatte.

»Ich weiß nur, dass das mit der frischen Luft keine so gute Idee von dir war. Chris hat gemeint, du hast gekotzt.«

»Und weiter?«

»Nichts weiter. Er hat dich hier hingelegt und gemeint, wir sollen zusehen, dass du gut nach Hause kommst, ohne dir zu nahe zu kommen – das wäre nämlich gefährlich.« Sev legte den Kopf nachdenklich schief. »Wie er das genau gemeint hat, weiß ich allerdings nicht. Wir wären schon nicht über dich hergefallen.«

Sam ließ sich wieder ins Heu fallen und vergrub ihr Gesicht in dem duftenden Pullover. Das Letzte, an das sie sich erinnern konnte, war, dass sie kotzen musste, danach herrschte Finsternis.

»Kann mir bitte wer ein Loch graben, in dem ich mich die nächsten Wochen verstecken kann?«, flehte sie mit beschlagener Stimme.

»Ach was! Beim Erstkontakt mit Matthias' Schnaps ist so was vorprogrammiert. Ist uns allen schon mal passiert«, meinte Sev und wollte Sam damit eigentlich beruhigen.

»Echt? Ihr seid alle schon mal über Chris hergefallen oder wie?«, murmelte sie.

»Was ist mit Chris?«

»Ach vergiss es!« Sie raffte sich haareraufend auf. »Pia ist verdammt noch mal ansteckend!«

Fluchend kletterte sie die knarrende Holzleiter hinunter und ließ einen verwirrten Sev und einen paralysierten Matthias zurück.

Draußen war es kühler als sonst. Ein frischer Wind linderte Sams Kopfschmerzen, konnte aber nichts gegen ihren wackeligen Gang ausrichten. Der angeschlagene Kreislauf und das flaue Gefühl im Magen waren die nicht abschlagbare Zugabe zu jedem Tropfen hochprozentigen Alkohol. Die Sache mit dem beißenden Schamgefühl war da schon kontrollierbarer. Sam hätte Chris nicht küssen müssen. Der Alkohol hatte sie mutiger werden lassen, nicht unzurechnungsfähig.

Wieso musste er auch so verdammt gut aussehend sein und wieso musste er auch auf einmal so nett werden?

Die Huskyaugen im Mondlicht und das Zahnpastalächeln hatten ihr Übriges getan. Es hätte vielleicht sogar irgendwie schön werden können, wenn es anders ausgegangen wäre.

Warum passierten ihr eigentlich so ekelige Dinge? Wer übergab sich schon nach einem Kuss? Was war bloß aus all diesen superkitschigen Märchenküssen geworden, in denen sich verliebte Paare in romantisch ausgeleuchteten Pavillons hypnotisierende Blicke zuwarfen, nur um dann im perfekten Winkel für alle Beobachter ihre Lippen aufeinanderzupressen? Wieso war die Realität um so viel unappetitlicher als die Fiktion?

»Hallo, Sam.«

Eine wohlbekannte Stimme riss sie aus ihrer Sinnkrise.

»Papa …«, murmelte sie förmlich.

Ihr Vater und Sophie waren gerade in Aufbruchstimmung und schoben ihre Fahrräder an den diabolischen Gartenzwergen vorbei. Sam hielt sich nicht lange mit der Frage auf, wann ihr Vater eigentlich zum Sport und Freizeitfanatiker mutiert war und wie viel Überwindung es ihn gekostet hatte, sich eine Radlerhose zu kaufen.

»Na, wo kommst du denn her?«

Da war plötzlich dieser mürrische Unterton in seiner Stimme, den er zum ersten Mal durchklingen hatte lassen, als er Sam beim Rauchen erwischt hatte. Eine pubertätsbedingte Strenge, die er sich von irgendeinem kinderlosen Schreiberling in einer Fachzeitschrift für Business-Väter hatte empfehlen lassen.

Sam wusste, dass ab jetzt Vorsicht geboten war. Sie musste von Durchzug auf Empfang schalten, sonst hatte sie ganz schnell einen bockigen, missgelaunten Papa an der Backe, der gespielte Enttäuschung auf hohem Theaterniveau zum Besten gab.

»Kein übermäßiges Fluchen, keine Drogen, keine Straftaten!«, versicherte Sam energisch und salutierte in militärischer Manier vor ihrem Vater, nur um danach ein freches Lächeln zu präsentieren, das der Mittvierziger schon unzählige Male an seiner Tochter gesehen hatte.

»Du machst doch keinen Blödsinn, oder?«

»Nein, ich blamiere mich nur bis auf die Knochen, aber wo steht, dass das verboten ist?«

Ihr Vater schüttelte resignierend den Kopf und legte der perplexen Sophie die Hand auf die Schulter, um sie weiterzuführen. Die konservative Frau schien überfordert mit der antiautoritären Erziehungsvereinbarung, die Sam und ihr Vater getroffen hatten. Wahrscheinlich musste ihr Sohn schriftliche Anträge auf Privatsphäre stellen.

»Für Sommerromanzen gelten übrigens dieselben Regeln wie zu Hause!«, rief er noch, ehe er sich aufs Fahrrad schwang.

Sam grinste und nickte den dezenten Hinweis ihres Vaters auf Safer Sex ab.

Erst als ihr die passenden Bilder dazu in den Sinn kamen, wurde sie rot. Sex mit Chris machte sie verlegen, oder besser: Die Vorstellung von Sex mit Chris machte sie verlegen. Zum Glück war es gestern nicht so weit gekommen. Sie hatte nicht mal zusammenpassende Unterwäsche an. Dem Tanga, den sie trug, fehlten ein paar Schleifen, die die Waschmaschine gefressen hatte.

Ihre Gedanken befand sie selbst für lächerlich, aber sie konnte sie nicht abstellen. Diese verfluchten Bauchmuskeln machten nachweislich dümmer.

Da war der Kuss gewesen, der von ihr ausgegangen war und für den sie sich entschuldigen musste, so viel war sicher. Sam hätte sich auch verarscht gefühlt, wenn irgendeine Schnapsdrossel sie aus heiterem Himmel geküsst und sich danach übergeben hätte.

Ehe sie das mit dem glaubhaft Entschuldigen über die Bühne bringen konnte, brauchte sie aber erst mal eine Dusche und zwei bis drei Liter Mineralwasser mit Aspirin, um vom Zombie zum Menschen zu mutieren.

Sie würde alles auf den Alkohol schieben. Sie würde so tun, als wäre sie absolut nicht mehr Herrin ihrer Sinne gewesen, weil sie der Schnaps von Matthias mit vorgehaltener Pistole dazu gezwungen hatte, den nächstbesten Typen zu küssen. Anders konnte sie Chris nicht erklären, wieso sie getan hatte, was sie getan hatte.

Vielleicht würde sie ihm auch verkaufen können, dass die Landluft sie high gemacht hatte. Auf alle Fälle war es an der Zeit, Chris, sich selbst und am besten auch noch den Rest der Welt zu belügen und zu gewohnt lässigen Mustern zurückzufinden.

Entschuldigen für sture Anfänger

Mental noch immer zerknirscht, stand Sam draußen vor dem Haus. Von zwei Gartenzwergen beobachtet, starrte sie auf den See. Dass ihr ausgesprochen gönnerhafter und ausgeklügelter Plan von einer Entschuldigung doch eine Riesenlücke hatte, wurde ihr erst jetzt bewusst.

Ja, sie wollte sich bei Chris entschuldigen, aber wo war Chris? Bisher hatte sie ihn nur als ungebetenen Gast in ihrem Zimmer vorgefunden, aber wie schwer konnte es schon sein, MC Beauty in einem Dreihundert-Seelen-Dorf zu finden? Sie würde einfach dem strahlenden Lichtschein folgen, der immer dann aufleuchtete, wenn er die Zähne zeigte.

Natürlich fand sie Chris nicht. Sam lief eine geschlagene Stunde am See entlang und wagte einen verstohlenen Blick durch das Fenster jeder Holzhütte, an der sie vorbeilief. Da sich die misstrauischen Gartenzwerge leider auch zu keinem Informationsaustausch überreden ließen, blieb Sam nichts anderes übrig, als sich irgendwann seufzend vor der inzwischen leeren Scheune ins Gras fallen zu lassen.

Auf der Weidefläche neben ihr grasten Kühe mit Neid erregender Gelassenheit vor sich hin. Irgendwie war noch nichts so gelaufen, wie sie es sich vorgestellt hatte. Dieses Kaff hatte sich ungeahnt unberechenbar gezeigt, genau wie Chris. Gestern Nacht war er nett gewesen. Er war ihr hinterhergekommen und hatte sie nach dem Fiasko hoch in die Scheune getragen.

Wieso war er eigentlich gegangen?

Er hätte sich neben sie legen können. Dann hätte Sam beim Aufwachen der Schlag getroffen oder sie hätte noch besoffener gegrinst. Er roch aber auch gut. Allein der Gedanke daran zog ihre Mundwinkel nach oben.

»Bist du bekifft?«

Sam schreckte hoch, weil die bekannte Stimme viel zu unerwartet an ihr Ohr gedrungen war. Noch während sie sich aufraffte, fand ihr Blick die Huskyaugen, die sie nur kurz anfunkelten, weil Chris sich gleich wieder umdrehte.

»Keine Drogen!«, entgegnete sie und hoffte, dass ihr Herz ihr nicht gleich vor Aufregung aus der Brust springen würde.

Es begann in einem Tempo zu schlagen, das ausgereicht hätte, um ihren Körper auch auf einem Marathon mit genügend Sauerstoff zu versorgen.

Was wollte es ihr damit sagen? Wahrscheinlich, dass sie laufen sollte.

»Ich habe dich gesucht.«

»Aha. Deshalb liegst du im Gras und grinst? Wolltest du mich hierher teleportieren oder was?«

»Hat doch geklappt.«

Chris schnaubte. Er wirkte genervt oder reserviert, vielleicht war er beides. Sam konnte ihn nur ganz schwer einschätzen.

Als er in Richtung Scheune ging, lief sie ihm hinterher. »Ich wollte mich entschuldigen!«

Er reagierte nicht. Sam mochte es nicht, ignoriert zu werden, aber sie musste das hier über die Bühne bringen, egal wie.

»Ach komm schon! Als hätte sich noch nie jemand übergeben, den du geküsst hast«, scherzte sie unbeholfen.

Sie war nicht gut darin, sich zu entschuldigen, aber sie war gut darin, peinliche Situationen noch unangenehmer werden zu lassen.

Sam lachte gequält.

Mit aufgerissenen Augen machte Chris auf dem Absatz kehrt und baute sich vor ihr auf. »Jetzt hör mal zu, du Schnapsdrossel!

Es gibt zwei Dinge, die ich auf den Tod nicht ausstehen kann! Das sind egozentrische, narzisstische Menschen, die sich einen Dreck um andere scheren, und – das weiß ich seit gestern – Mädchen, die über mich herfallen und sich dann beinahe auf mir übergeben!«

Er wandte sich wieder ab und bückte sich nach seinem Handy, das vor der Leiter zum Heuboden auf dem Boden lag.

»Sieh das Ganze mal positiv! Ich habe dich nur *beinahe* vollgekotzt.«

»Oh, danke, dass du die Güte besessen hast, dich vorher von mir runterzurollen. Wieso küsst du mich, wenn dir schlecht ist?!«

»Na ja, mir wurde erst beim Küssen schlecht.«

Furchtbar böse Blicke, die das Potenzial hatten, zu töten, trafen Sam. Er hatte darin eindeutig Übung, Chris musste das jahrelang perfektioniert haben.

»Nein! Versteh mich nicht falsch. Ich wollte damit nur sagen, dass mir ganz plötzlich schlecht geworden ist. Nicht wegen dem Kuss! Ich war wirklich betrunken und ich fühle mich deswegen mies. Es tut mir leid.« Die letzten Worte sprach sie so leise und vorsichtig, als ob sie einen verbotenen Inhalt wiedergeben würden.

»Und wenn schon! Lass mich in Ruhe«, überging Chris die geflüsterte Entschuldigung.

»Wow, du bist echt nachtragend. Wieso bist du so sauer? Du hast mich ja nicht unbedingt aufgehalten! Warst du zu schwach, um dich gegen mich zu wehren, oder wie?«

Chris' Sturheit machte Sam wütend. Wenn sie schon so nett war, sich zu entschuldigen, dann sollte dieser arrogante Typ ihr auch verzeihen.

»Ich habe nicht angefangen! Das warst du. Du solltest besser darüber nachdenken, was du tust und wen du küsst.«

»Wen ich küsse? Oh, entschuldigt, Eure Hoheit, ich wusste nicht, dass ich den König von Arschlochhausen vor mir habe!«

»Genau das ist der Punkt! Ich bin ein Arschloch, also küss mich nicht!«

»Warte mal!« Sam glaubte, so langsam den Refrain von Chris' ›Ich bin ultrabeleidigt‹-Song zu verstehen. »Bist du sauer, weil ich gekotzt habe oder weil ich dich geküsst habe?«

»Ich bin sauer, weil du ein kleines, naives Mädchen bist und so tust, als wärst du unglaublich tough und selbstsicher! Du hattest schon recht mit dem, was du beim ersten Mal in der Scheune gesagt hast.« Er sprach den letzten Satz plötzlich leiser. Vollkommen unerwartet schaltete er einen Gang zurück. »Ich bin ein Arsch, was Frauen betrifft. Das wusstest du und trotzdem hast du das getan.«

»Warte mal!« Sam lachte kurz verständnislos. »Du hast ein Problem damit, dass ich dich geküsst habe, weil du von dir selbst behauptest, ein Arsch zu sein?«

Chris schnaubte, wandte sich ab und ließ seinen Satz tonlos klingen. »Weißt du was? Such dir irgendeinen netten Idioten und sei glücklich. Ich bin nichts für dich.«

»Warte!« Sam stapfte wütend an ihm vorbei und baute sich vor dem einen Meter fünfundachtzig großen Chris auf. »Tu nicht so, als wäre ich ein naives Kleinkind! Ich entscheide selbst, wen ich küsse! Und wenn ich will, küsse ich alle Arschlöcher dieser Welt!«

Da meldete sich Sams Ego und noch etwas, über das sie aber hätte nachdenken müssen, um es zu verstehen.

Chris stand nur da und legte den Kopf leicht schief, aber sie erwartete gar keine Antwort von ihm.

»Ich weiß schon, was ich tue! Ich bin alt genug, um zu küssen, wen ich will, und um auch die Konsequenzen abzuschätzen!«

Was sie nun tat, tat sie aus purer Sturheit. Zumindest brachte sie die Sturheit dazu, diesen einen Schritt nach vorn zu machen.

Sie legte ihre Hände auf Chris' Schultern, stellte sich auf die Zehenspitzen und küsste ihn – wieder.

Er packte ihr linkes Handgelenk, drückte sie aber nicht weg. Als sie nach drei Sekunden von ihm abließ, ließ er sie los.

»Siehst du, ganz ohne zu kotzen!«

Chris starrte eine triumphierend grinsende Sam an.

Sie war wie ein Sommergewitter, unvorhersehbar und intensiv. Ihm war noch nie so ein Mädchen begegnet, und ihm waren schon so viele begegnet. Eigentlich war er reserviert, kontrolliert, ein Kopfmensch, weil ihn alles andere kaputt gemacht hätte, trotzdem nötigte ihn Sam dazu, etwas zu tun, was ausschließlich seinen Emotionen zuzuschreiben war.

Er legte seine Hand in ihren Nacken, zog sie schwungvoll zu sich und schloss ihre Lippen mit seinen. Diesmal war es *sein* Kuss, er bestimmte das Tempo, die Intensität.

Sam piepste nur leise, dann ließ sie sich von einem Déjà-vu übermannen. Ihr wurde genau wie gestern heiß und kalt, nur diesmal blieb die Übelkeit aus.

Chris roch berauschend und er schmeckte wahnsinnig gut. Dass er nun *sie* geküsst hatte, ließ ihr Herz wieder auf Marathon-Modus umschalten.

In ihrem Kopf schrien zwei Persönlichkeiten auf sie ein. Die eine rügte sie, weil sie sich viel zu viel von Pia abgeschaut hatte, die andere wollte energisch wissen, ob sie zumindest diesmal zusammenpassende Unterwäsche trug.

Chris' kühle, weiche Hände legten sich auf ihre Hüften. Sam tat etwas, was sie schon tun wollte, seit sie diesen Körper zum ersten Mal aus dem See hatte steigen sehen. Sie schob ihre Finger unter sein T-Shirt und legte dann die Handflächen auf die IQ-Punkte raubenden Bauchmuskeln.

Leider ließ Chris viel zu schnell von ihr ab.

»Was?«, fragte sie atemlos und unüberhörbar enttäuscht über das schnelle Ende seines Kusses.

Er präsentierte einen Blick, der in Sam etwas passieren ließ, das noch nie passiert war. Die Huskyaugen leuchteten freundlich, lustvoll und sahen verheißungsvoller aus als alle Augen, in die sie bisher geblickt hatte. »Ich will dich … aber nur, wenn du dir sicher bist.«

»Sicher mit was?«, wollte Sam wissen.

»Dass du das auch willst.«

»Ich tue nur, was ich will, keine Angst!«

Chris nickte ihre Worte ab, dann zog er sie so nah zu sich, dass sie jeden einzelnen Muskel an seinem Bauch auf ihrem eigenen spüren konnte.

Ihr Kuss dauerte lange, wurde schneller, intensiver, dann wieder langsamer.

»Du bist die emotional sprunghafteste Person, die mir je begegnet ist«, murmelte Chris in Sams Ohr, die sofort Gänsehaut bekam, weil sein Atem auf ihrer Haut kitzelte.

»Sagt der, der mich gerade vorhin noch mit seinen Blicken töten wollte!«

Er lachte, küsste ihren Hals, den sie so genießerisch in den Nacken gelegt hatte. »Ich habe nie behauptet, dass ich weniger emotional beeinträchtigt bin als du. Wir passen gut zusammen …«

Es dämmerte bereits, als Chris sich einen Kaugummi in den Mund steckte. Sam lag mit dem Kopf auf diesem anbetungswürdigen Oberkörper, der zum Glück noch nackt war.

Er durfte nie wieder etwas anziehen, vielleicht sollte sie Chris' T-Shirt verbrennen.

»Pass auf, dass du die Zigarette nicht fallen lässt«, ermahnte er sie, ganz ohne Hintergedanken.

Sam zog eine Augenbraue nach oben. Jetzt hatte er den Moment gekillt. »Ich bin nicht so dämlich wie die Tussis, mit denen du sonst hier geschlafen hast! Keine Angst.«

Chris schwieg, während sich Sam beleidigt aufraffen wollte.

»Warte, bleib liegen! Tut mir leid!«

Er hielt sie am Arm fest und zog sie wieder auf sich.

Dieser Blick, der vorhin nach ihrem Kuss Prämiere gefeiert hatte, leuchtete wieder in seinen Augen auf. Er reanimierte den tot geglaubten Moment.

Sam hörte auf, darüber nachzudenken, mit wie vielen Mädchen er schon hier oben war. Sie genoss stattdessen dieses angenehme Gefühl, das sich in ihr breitmachte, seit sie Chris zum ersten Mal nackt gesehen hatte.

»Ist dir kalt?«, wollte er wissen. Seine Stimme klang ganz sanft, überhaupt nicht arrogant oder kühl.

»Nein, schon okay.«

»Bereust du's?«

Sam schüttelte den Kopf und grinste. »Das erste oder das zweite Mal?«

Chris präsentierte sein Zahnpastalächeln, es war genauso perfekt wie der Rest von ihm.

Sam hätte am liebsten ein Foto gemacht, aber das wäre in dieser Situation eindeutig zu weit gegangen.

Sie schloss entspannt die Augen, während ihr über den Oberarm gestreichelt wurde. Auch wenn das letzte bisschen ihrer Standhaftigkeit vorhin winkend aus der Scheune gerannt war, fühlte sie sich fabelhaft.

Natürlich war sie nicht die Erste, aber sie war gerade die Einzige und mehr brauchte es in diesem Moment gar nicht.

Als sich die Tür knarrend öffnete, fuhren Chris und Sam erschrocken auseinander. Sie begannen hektisch, nach ihrer Kleidung zu suchen, während Matthias pfeifend durch die Scheune trampelte.

»Hallo?«

Natürlich hatte er sie gehört. Die Bretter knarrten unter ihren stolpernden Schritten.

»Kannst du bitte wieder gehen, ohne Fragen zu stellen!«, brüllte Chris nach unten und half Sam dabei, ihren BH zu schließen.

»Hä? Was machst du denn da oben?«

»Komm nicht rauf!«, rief Sam und löste damit erst mal ein zehn Sekunden andauerndes Schweigen aus.

Man konnte Matthias' Hirn rattern hören.

»Lasst euch nicht stören! Ich weiß von absolut nichts!«, tönte es schließlich von unten, ehe Matthias auf dem Absatz kehrtmachte und wieder verschwand.

Schweigend spazierten Sam und Chris am Seeufer entlang. Draußen war es schon dunkel geworden. Der Mond spiegelte sich hell und rund in der Wasseroberfläche, genau wie Tausende von Sternen.

Das hier wäre unglaublich romantisch gewesen, wenn nicht so viel zwischen den beiden unausgesprochen geblieben wäre. Sie wichen ihren Blicken aus und all den Fragen, die eigentlich auf der Hand lagen.

Chris' Gedanken drehten sich darum, dass er Sam nicht unglücklich machen durfte, dass er aber keine andere Konsequenz in solchen Situationen kannte.

Sam dachte darüber nach, dass sie noch immer keines dieser Mädchen war, die ihr Leben nach Zeitschriften oder Klischees ausrichteten, obwohl sie in den hübschesten Jungen der Welt verliebt war. Es war ganz allein ihre Entscheidung gewesen.

Sie hatte sich ein ziemlich dickes Fell zugelegt, aber würde sie damit klarkommen, wenn Chris tatsächlich ein Arschloch war? Konnte er sie verletzen? Wahrscheinlich schon, aber sie würde nicht heulen oder eine Szene machen, wenn es so weit war. Vielleicht war da morgen schon ein anderes Mädchen, dem er den Huskyblick präsentierte. Sich das vorzustellen, tat weh.

Hatte Pia es auch immer so schwer?

»Ich muss da lang«, brach Chris das Schweigen und deutete auf die rechte Seite der Weggabelung, an der sie angekommen waren.

»Ja, sicher. Ich muss mich auch zu Hause sehen lassen.«

Ganz wie nach einem beiläufigen Kaffeekränzchen trennten sich die Wege der beiden mit einem banalen Winken.

Heute blieb keine Zeit mehr für eine Aussprache, zu viele persönliche Dinge, die man nur mit sich selbst ausdiskutieren konnte, mussten aus der Welt geschafft werden. Sie würden morgen Zeit finden, alles noch komplizierter zu machen.

Talkshow

Zu Hause erwarteten Sam ihr in sein Smartphone vertiefter Vater und eine immer noch ziemlich verdutzte Sophie. Anscheinend hatte sie es geschafft, das Bild, das diese Frau von ihr hatte, zu zerstören. Sie war gar keine in ihre Schulbücher vernarrte Spätentwicklerin, deren einziges Bestreben darin bestand, ihren Eltern und dem Rest der Welt zu gefallen – Überraschung!

»Und?«, fragte ihr Vater und blickte kurz von seinem Smartphone auf. Dass er wusste, wie man damit E-Mails abrufen konnte und ins Internet ging, grenzte an ein Wunder. Vor zwei Jahren hatte er WhatsApp noch für eine Verhaltensstörung gehalten. »Was ist das für ein Junge, dem wir es zu verdanken haben, dass du kein schlechtes Wort mehr über unser Urlaubsdomizil verlierst?«

»Er spielt Bass in einer Heavy-Metal-Band, aber nur im Winter, im Sommer ist er mit seinen Kumpels und den Motorrädern unterwegs und tätowiert Leute.«

Sie hätte spätestens jetzt eine Pause eingelegt und gegrinst, ihr Vater hätte den Kopf geschüttelt und geseufzt, weil ihm der Humor seiner Tochter manchmal Kopfschmerzen bereitete, aber Sophie wollte es anders haben.

Die biedere, konservative Frau in der grauen Jogginghose starrte Sam so schockiert an, dass sie sich plötzlich herausgefordert fühlte.

»Früher hatte er mal ein Drogenproblem, aber er war in einer fantastischen Klinik und ist seit fünf Monaten absolut clean!«

Sam musterte Sophie, in der Hoffnung, dass sie vielleicht doch dazu in der Lage war, herauszuhören, dass sie absoluten

Schwachsinn erzählte, aber Sophie konnte Sarkasmus nicht mal buchstabieren. Sam verdrehte die Augen.

Als auch ihr Vater mitbekam, wie angestrengt Sophie versuchte, möglichst wenig schockiert zu wirken, half er ihr auf die Sprünge. »Das ist nur seltsamer Teenagerhumor. Man gewöhnt sich daran.«

Sam grinste triumphierend, so lange, bis Sophie sich ein erzwungenes, schiefes Schlaganfall-Lächeln abringen konnte. Sie musste sich wohl oder übel mit dieser Art von Humor anfreunden, wenn sie mit Sam auskommen wollte. Ob ihr das bewusst war?

»Was ist jetzt mit dem Jungen?«, tönte es von dem Mann mit dem piepsenden Smartphone in der Hand.

Sam konnte nun gefahrlos Bericht erstatten, ihr Vater überflog ganz offensichtlich gerade eine wichtige geschäftliche E-Mail.

»Er heißt Chris und ist älter als ich. Anfang zwanzig.«

»Zwanzig?«, wiederholte ihr Vater monoton, sah aber nicht auf.

»Ja, er studiert. Keine Ahnung, was, aber er ist ziemlich klug und sportlich.«

Es folgten fünf Sekunden des Schweigens, in denen das Hirn von Sams Vater irgendwelche Wirtschaftsnachrichten verarbeiten musste, dann hatte er anscheinend ein Blackout. »Was ist mit Bastian?«

»Hä?«

Sams wenig eloquente Reaktion erschien ihr auf diese konfuse Frage nur angemessen. Sie konnte den Gedankengängen ihres Vaters nicht folgen, vielleicht checkte er gerade die Kurse der Aktien der Firma von Bastians Eltern und war deshalb verwirrt.

»Was soll mit ihm sein?«

»Habt ihr euch gestritten?«

»Ähm, nein!«

Es war so etwas Ähnliches wie Wut, die in Sam wuchs, gepaart mit gespieltem Unverständnis.

»Bastian ist auch sportlich, oder? Spielt er nicht Fußball?«, fragte ihr Vater.

»Über was reden wir hier eigentlich?!«

»In der Firma der Johansons läuft es nicht besonders gut.«

Sam lag mit dem Verdacht, dass ihr Vater die Börsenkurse gecheckt hatte, nicht falsch.

»Ja, Basti hat etwas in der Richtung erwähnt.«

Sie wurde nachdenklich. Ihr Vater hatte Ahnung von solchen Dingen, wenn er hellhörig wurde, musste es ernst sein.

Der Mittvierziger zuckte mit den Schultern. »Wir leben in einer wirtschaftlich turbulenten Zeit. Ein Abschwung kann ebenso schnell abgefangen werden, wie er entsteht. Die Johansons haben das nötige Know-how, um mit solchen Krisen umzugehen, da bin ich mir sicher.«

Sam seufzte leise. »Reden wir jetzt echt über Wirtschaft? Wo ist mein Kissen?«

Ihr Vater schenkte ihr einen kurzen, verächtlichen Blick, dann lächelte er. »Erzähl mir von dem Jungen, der dich so beschäftigt.«

»Er beschäftigt mich nicht!«, entgegnete sie, viel zu emotional.

Wie ihr Arbeitstier von Vater es jedes Mal zustande brachte, einen Nerv bei seiner Tochter zu treffen, war faszinierend. Wahrscheinlich zündete er zu Hause heimlich Räucherstäbchen an und trainierte Gedankenlesen, anders konnte Sam sich diese spontan auftretenden Feinfühligkeitsattacken nicht erklären.

»Es ist nicht so, als wäre ich plötzlich zu Pia mutiert!«, rechtfertigte sie sich. »Aber es ist irgendwie komplizierter als sonst«, fügte sie leise hinzu und wunderte sich im nächsten Moment über ihre Offenheit.

Sprach man über solche Probleme mit Eltern, mit Vätern?

»Oje, das klingt, als wärst du wirklich verschossen! Wie hieß der Junge noch mal? Vielleicht sollte ich mir seinen Namen merken, damit ich ihn bei der Hochzeitsrede einfließen lassen kann.«

Sam streckte ihrem Vater die Zunge raus, weil sie mit diesem plötzlichen Anflug von Humor nicht gerechnet hatte. »Ich bin nicht in ihn verschossen! Kein Mensch formuliert das mehr so!«

»Und wie formuliert man es dann?«

Sie stutzte, raffte sich auf und ging schon mal in Richtung Treppe. Falls das Gespräch so unangenehm bleiben würde, konnte sie schnell flüchten.

»Was weiß ich. Er ist hübsch und intelligent und nett, wahrscheinlich will ihn jedes Mädchen auf der Welt! Ich weiß nicht, ob mich so was interessiert.«

»Dann lohnt es sich doch. Solche Männer gibt es nicht oft, da muss man zugreifen.«

Sam starrte die kleine, schmale Frau mit den leuchtenden Augen genauso fassungslos an wie ihr Vater. Dass Sophie überhaupt da war, hatte sie in den letzten Minuten irgendwie vergessen, und dass sie solch enthusiastische Motivationssprüche vom Stapel lassen konnte, hätte niemand vorhersagen können. Sam sah noch mal genau hin. Vielleicht hatte sie ihr Superheldenkostüm wieder angezogen, aber sie saß noch immer in Jogginghose und Shirt da und grinste wie ein bekiffter Königspudel.

»Ich denke mal, Sophie will damit sagen, dass du dir keine Komplexe einreden solltest. Du strotzt doch sonst so vor Selbstbewusstsein«, stellte ihr Vater fest und entlockte Sam nur ein Schulterzucken.

»Ja! Manchmal muss man ins kalte Wasser springen. Man weiß ja nie, was die Zukunft bringt.«

Jetzt musste Sam lachen. Sophie hatte anscheinend zu oft eingeatmet und einen Sauerstoffflash oder sie hatte entschieden zu viele Espressi getrunken. Bevor sie noch einen Spruch à la »Für die Liebe lohnt es sich zu kämpfen!« von sich geben konnte und sich Sam endgültig weggeschmissen hätte, kapitulierte sie vor so viel Enthusiasmus.

»Ich lege mich ins Bett. Und ihr könnt euch einen Titel für die Talkshow überlegen, die ihr so gerne moderieren würdet! Wenn ihr keine Angst davor habt, von jemandem aus der sozialen Unterschicht gebissen zu werden, bekommt ihr vielleicht einen Sendeplatz auf RTL!«

Überraschend gut gelaunt schlenderte sie in ihr Zimmer. Markus Lanz und Sonja Zietlow hatten sich als angenehmere Gesprächspartner entpuppt, als vorherzusehen gewesen war. Im Grunde hatten sie recht. Sam sabotierte sich selbst, aus purer Unsicherheit. Je mehr sie nachdachte und versuchte, bewusst zu handeln, umso mehr verbaute sie sich das, was sie eigentlich wollte.

Was wollte sie eigentlich?

Zeit mit den Huskyaugen, das Zahnpastalächeln sehen und verstehen, warum es sie so faszinierte.

Als sie fertig war, sich einzugestehen, wie sehr sie in Chris verschossen war, fühlte sie sich merkwürdig befreit.

Liebe auf den zweiten Blick

Der penetrante Klingelton, den Sam sich aus unerfindlichen Gründen selbst aufs Handy gespielt hatte, weckte sie am nächsten Morgen.

Auf dem Display leuchtete Pias Name auf. Seufzend schaltete Sam das Smartphone auf stumm und warf es ans Fußende des Bettes. Sie wollte jetzt nichts über irgendeinen Typen mit coolen Haaren hören, der den Platz als Pias Traumprinz auf Zeit eingenommen hatte.

Sam hatte ihre eigenen bauchmuskelbepackten Probleme, die heute unbedingt noch gelöst werden mussten.

Während sie unter der Dusche einen Schlachtplan entwickelte, klingelte ihr Handy weiter vor sich hin. Hätte Sam nur einen der vielen Anrufe entgegengenommen, hätte sie sich gegen den herannahenden Tornado wappnen können oder sich zumindest eine Windjacke angezogen, aber der Twister würde unerwartet über sie hereinbrechen, so viel war sicher.

»Willst du mit uns frühstücken?« Sophie war sichtlich gut gelaunt. Sie trug die Haare offen und drückte optimistisch fröhlich an der vorzeitlichen Kaffeemaschine herum.

Sams Vater wusch wahrscheinlich gerade seine Radlerhosen oder hatte sich mit dem iPad im Schrank versteckt, um seine Börsensucht zu stillen.

Seit gestern war Super-Sophie auf Sams Beliebtheitsskala in den ›erträglich‹-Bereich gerutscht. Jemand, der, ohne zu kotzen, mit so klischeebehafteten Phrasen um sich dreschen konnte, hatte zumindest Respekt verdient.

»Keine Zeit! Ich muss mich in eine unangenehme Situation begeben, viel stottern und möglicherweise stolpern und in Kuhscheiße fallen. Sag Markus Lanz liebe Grüße und dass er in ›Wetten, dass …‹ gar nicht so scheiße war, wie alle sagen.«

»Markus Lanz?«, wiederholte Sophie fragend und erntete nur mehr ein Grinsen, bevor die Tür ins Schloss fiel.

Auf dem Weg zur Scheune war Sam dermaßen gut gelaunt, dass sie nicht einmal das Bedürfnis verspürte, den Gartenzwergen, die ihren Weg säumten, gegen die Mützen zu treten.

Heute würde ein guter Tag werden, oder ein beschissener, je nachdem, wie das bevorstehende Gespräch verlaufen würde.

Es war an der Zeit, zu reden, loszuwerden, was gesagt werden musste, und das ganz ohne zu zanken, sich gegenseitig zu ignorieren oder im Stroh zu wälzen.

Dass Chris vielleicht gar nicht da war und Sam noch immer absolut keine Ahnung hatte, wo er wohnte, fiel ihr erst auf, als sie die Scheunentür öffnete.

Suchend ließ sie ihren Blick durch den großzügigen Raum schweifen. Irgendwer hatte hier aufgeräumt, sich um die leeren Flaschen und dreckigen Gläser gekümmert.

»Suchst du mich?«

Sam drehte sich der Stimme entgegen, die sie viel weniger melodisch in Erinnerung gehabt hatte – das machte es nicht leichter.

»Du bist aber auch immer hier! Kann es sein, dass du eigentlich hier wohnst?«

Chris schmunzelte und zuckte mit den Schultern, während er näher kam. Er trug ein weißes Shirt zu ausgewaschenen Jeans und hätte problemlos Werbung für Eau de ›heißer Typ‹ machen können. »Ich bin nur wegen dir so oft hier. Irgendwie haben wir es noch nicht geschafft, Handynummern auszutauschen.«

Sam nickte und blieb stumm.

Was wollte sie ihm sagen? Warum war sie hier? Konnte irgendjemand auf der Welt nur annähernd so unnahbar wirken wie Chris in diesem Moment?

Er hatte die Hände in den Hosentaschen vergraben, stand auffallend gerade und wirkte viel größer und schöner als gestern. Einschüchternd perfekt. Einschüchternd erwachsen.

»Geht es dir gut?«

Er fragte nach, weil ihn sein Gewissen plagte. Das, was er zugelassen hatte, war ungewöhnlich gewesen, weil er sich sonst ausnahmslos immer im Griff hatte. Er hatte sich verboten, etwas mit Sam anzufangen, und dann hatte er gegen sein eigenes Verbot verstoßen. Was ihn dazu getrieben hatte, versuchte er selbst noch herauszufinden. Im Moment hatte aber etwas anderes Vorrang, nämlich sicherzugehen, dass er das schöne, schlagfertige Mädchen, das nun so sichtlich nervös vor ihm stand, nicht verletzt hatte. Chris hatte sich geschworen, Sam nicht wehzutun, und er würde versuchen, zumindest daran festzuhalten.

»Sicher. Die Sonne scheint, die Kühe stinken, wieso sollte es mir nicht gut gehen?«

Chris nickte, lächelte schief und lehnte sich gegen die Holzwand neben der Bar. So wirkte er noch unerreichbarer. Als ob er auf dem Mount Everest stehen würde.

Sam holte Luft, dann sprudelte es aus ihr heraus. »Ich will dich gar nicht lange aufhalten. Ich wollte dir nur sagen, dass du dir wegen dem, was gestern passiert ist, keine Gedanken machen musst. Ich bin alt genug und weiß, was ich mit wem tue. Du hast das schon oft gemacht und ich weiß, dass ich nicht deine Erste oder Letzte bin. Ich bin weder naiv noch dämlich und ich will keinen Stress. Lass uns das Ganze nicht zerreden. Du bist mir nichts schuldig, okay?«

Das war nicht im Ansatz das, was Sam Chris eigentlich sagen wollte. Nichts von dem, über das sie gestern und heute nachgedacht hatte, war über ihre Lippen gekommen.

»Also dann«, beendete sie ihre Ansprache mit zu angestrengter Stimme.

Sie wollte gehen, die Scheune verlassen und laufen, sobald sie sicher war, dass Chris sie nicht mehr sehen konnte. Das hier war nicht ihr Ding, noch viel weniger, als sich zu entschuldigen. Sie hatte sich viel zu viel zugetraut und jetzt war es an der Zeit, enttäuscht und wütend von dannen zu ziehen.

»Warte mal!« Chris stieß sich von der Wand ab, weil ihm Sams Abgang eindeutig zu schnell ging.

Er hätte sie gehen lassen können, aber um welchen Preis?

Sein Gewissen hätte er irgendwie beruhigen können. Sie hatte ihm versichert, dass er sie nicht verletzt hatte und sie sich nicht ausgenutzt fühlte, aber sein Gewissen war nicht das Einzige, das beruhigt werden wollte.

»Ich halte dich nicht für naiv!«

Das tat er wirklich nicht, sonst hätte er nicht mir ihr geschlafen.

Chris machte ein paar Schritte auf Sam zu, die nun viel weniger nervös wirkte als noch am Beginn dieser seltsamen Konversation. So sah sie aus, als hätte sie mit ihm abgeschlossen, mit diesem Kapitel, dieser kleinen Sommerromanze.

Chris holte tief Luft. »Das, was passiert ist, war schön und nicht vergleichbar mit dem, was ich sonst mache. Du bist interessant, nach wie vor anziehend und irgendwie … schräg.«

Sam zog eine Augenbraue in die Höhe und verschränkte die Arme vor der Brust. »Ist das jetzt ein Kompliment oder eine Beleidigung? Ich bin mir gerade nicht sicher, ob ich rot werden oder dir den Mittelfinger zeigen soll.«

Er lachte und schüttelte den Kopf. »Du bist schlagfertig und hast keine Ahnung, wie schön du bist, weil du nicht selbstverliebt bist. So etwas ist selten, so selten, dass du die Erste bist, die mir begegnet und mich so aus dem Konzept bringt. Und glaub mir, mein Konzept ist durchdacht und standfest – eigentlich. Du bist anders. Kind of … special.«

Diesmal hörte Sam das Kompliment ganz klar heraus. Sie verlagerte ihr Gewicht verlegen von einem Bein aufs andere. Ihr

Kopf hatte ungefähr hundert Grad, auf ihren Wangen hätte man Zucker karamellisieren können. Jetzt galt es, cool zu bleiben und nicht vor Freude zu quieken, weil man nicht weggerannt war, als das Gespräch seinen Tiefpunkt erreicht gehabt hatte.

Sams Selbstbewusstsein baute sich wieder auf. Sie schaffte es sogar, den Kopf kokett schief zu legen, als Chris noch ein paar Schritte auf sie zu machte.

Natürlich hätte sie gern noch mehr Komplimente gehört, aber er seufzte.

Sein Tonfall wurde kühler. »Ich bin verbissen, verschlossen und die meiste Zeit über ein Einzelgänger. Außerdem habe ich mir nie viel aus Frauen gemacht.«

Die Huskyaugen ruhten auf ihr, aber sie hätte sich gern von diesem eisigen Blick losgerissen.

Wieso kippte die Stimmung nur so oft? Jetzt kauerte ihr Selbstbewusstsein neben ihrem Optimismus in der Ecke und wippte apathisch auf und ab. Wegrennen wäre *doch* die elegantere Lösung gewesen.

»Ich hatte erst eine richtige Beziehung, weil ich dachte, ich hätte ein Mädchen gefunden, das zu mir passt. Wir waren fünf Monate zusammen«, erklärte Chris scheinbar emotionslos. Sein nächster Satz bereitete Sam Gänsehaut, weil er ihn leise, aber eindringlich sprach, um sicherzugehen, dass sie verstand, wie er bis jetzt getickt hatte. »Ich habe sie betrogen und verlassen, weil ich sie nicht mehr ertragen habe. Sie hatte im Grunde einen furchtbaren Charakter, mit dem ich mich eine Zeit lang identifizieren konnte. Ich war ihr aber ein beschissener Freund. Die ganze Beziehung war das reinste Chaos.«

Chris zauberte Bilder in Sams Kopf, obwohl er keine genauen Szenen beschrieben hatte. Ein abnorm hübsches Mädchen an seiner Seite, das ebenso schöne Augen hatte wie er, die ebenso kalt blicken konnten.

Er sprach weiter, seine Stimme wurde etwas wärmer. »Ich wollte nichts Ernstes mehr, nur Zeitvertreib. Ich denke, ich bin nicht der Typ für Beziehungen.«

»Schon klar!«, fuhr Sam dazwischen, bevor er noch deutlicher machen konnte, dass er nicht in sie verliebt war. »Ich hätte auch nichts anderes von dir erwartet, Chris. Du …«

Jetzt fiel er ihr ins Wort. »Ich bin ein Arschloch. Ein Workaholic, wahrscheinlich ein Narzisst.«

»Wow, du machst dich echt gut selbst runter, aber das ist gar nicht notwendig. Du musst dich mir nicht schlechtreden. Ich verstehe schon, dass …«

»Ich rede mich nicht schlecht, Sam. Ich will nur ehrlich sein.«

Sie schüttelte den Kopf, weil sie den Aufwand, den Chris hier betrieb, nicht verstand. »Wieso machst du dir die Mühe?«

Er zuckte mit den Schultern. Sie rechnete mit einem gleichgültig gesprochenen Satz, aber er klang eindringlich. »Weil ich mit dir zusammen sein will.«

Sam lachte verständnislos. »Du bist verdammt kompliziert, Chris! Weißt du das?«

Er nickte vorsichtig. »Ja.«

Jetzt stand er nicht mehr auf dem Mount Everest, sondern auf Scheunenbrettern, einen halben Meter vor Sam.

»Was heißt das jetzt?«, wollte sie wissen – nichts hatte sie jemals so sehr wissen wollen. Dass dieses seltsame Gespräch diese Wendung nehmen würde, fühlte sich merkwürdig surreal an. Surreal, aber verdammt gut.

Chris legte den Kopf schief. »Lass uns Zeit miteinander verbringen, das heißt es.«

»Meinst du Sex?«

»Nein!«, entgegnete er vorschnell, dachte dann eine Sekunde über die zu schnelle Antwort nach und zuckte lächelnd mit den Schultern. »Ja, auch. Aber nicht hauptsächlich.«

Sam seufzte. »Du hast mir gerade erzählt, dass du nicht treu sein kannst und dir nichts aus Frauen machst. Und vor drei Minuten habe ich dir gepredigt, dass ich nicht dumm bin! Was erwartest du jetzt von mir, Chris?!«

Sein Blick schweifte kurz an die Decke. Er schloss eine Sekunde die Augen und sah Sam dann mit warmem Blick an. »Eine Chance, dir und mir selbst das Gegenteil zu beweisen. Ich denke, ich kann das. Ich will es versuchen. Ich weiß zu hundert Prozent, dass ich dir nicht wehtun will, ich würde dich nicht betrügen. Ich kann dir nicht schwören, dass es mit einer Beziehung klappt oder dass es für immer ist, aber ich spiele nicht mit dir. Ich will dich besser kennenlernen und sehen, wo uns das Ganze hinführt.«

Die Ehrlichkeit ließ seine Stimme angenehm klar klingen. Sam klang leiser, fragender, vorsichtiger.

»Und wenn es nicht klappt? Wenn du kein Beziehungstyp bist?«

»Dann suchst du dir einen besseren, weniger komplizierten Freund. Das dürfte dir nicht schwerfallen.«

»Und wenn du mir auf die Nerven gehst und *ich* mit *dir* Schluss mache?«

»Dann kehre ich wieder zu meinem egoistischen Workaholic-Dasein zurück und sterbe mit vierzig an einem stressbedingten Herzinfarkt.«

»Und wenn wir furchtbar gut zusammenpassen und nicht mehr ohne einander können?«

»Dann kaufe ich dir in ein paar Jahren einen Ring.«

Sam wandte grinsend den Blick ab und verließ die Scheune in der Gewissheit, dass Chris ihr folgen würde. Der angenehm schnelle Herzschlag ließ sie leichtfüßig werden.

»Und wenn ich abartig fett werde?«, setzte sie ihr Frage-Antwort-Spiel fort, das schon längst jeden Ernst verloren hatte.

Chris ging ihr hinterher, die Hände in den Hosentaschen und ein Schmunzeln auf den Lippen. »Dann haben wir so oft anstrengenden Sex, bis du wieder schlank bist.«

»Und wenn ich plötzlich total auf Volksmusik abfahre?«

»Dann lasse ich einen Exorzismus an dir durchführen.«

Sie beschleunigte ihren Gang, nur um dann so abrupt stehen zu bleiben, dass Chris gegen sie stieß. Er legte seine Arme um sie und drehte sie zu sich.

»Eines musst du mir aber noch verraten«, verkündete sie und wurde wieder überraschend ernst. »Ich will wirklich wissen, auf was ich mich mit dir einlasse, also …«

Chris nickte und erwartete Sams Frage mit leichter Nervosität. Er würde ihr alles beantworten, egal, wie unangenehm es war. Hoffentlich bohrte sie trotzdem nicht zu tief nach.

»Sind die Zähne gebleicht? Unecht? Putzt du sie mit Salz?«

Er grinste breit und schnaubte erleichtert. »One hundred percent natural! Just good genes!«

Gestatten, O'Shay

Zufrieden lagen Sam und Chris nebeneinander am Seeufer und ließen sich von der Sonne bräunen. Das Gespräch vorhin war kompliziert gewesen, aber es hatte sich gelohnt.

Jetzt war die Sache geklärt … oder definiert … oder zumindest angesprochen.

Waren sie ein Paar? Irgendwie schon.

Zumindest war es ein Versuch, wie eigentlich jede frische Beziehung. Niemand wusste von Anfang an, ob man gut zusammenpasste und miteinander klarkam. Eigentlich kein Unterschied zu anderen jungen Pärchen, außer dass Chris von Anfang an ungewöhnlich ehrlich und selbstreflektierend gewesen war.

Sam konnte also behaupten, dass Chris ihr Freund war. Pia würden die Augen rausfallen, so viel war sicher.

Während sie versuchte, sich Bastians Reaktion auf das Ganze auszumalen, war Chris damit beschäftigt, seinen Prinzipienwandel zu analysieren.

Vor zwei Tagen wäre das hier noch unvorstellbar gewesen. Sein Leben war stressig und kompliziert und er war festgefahren in seinen Abläufen und Gewohnheiten. Ob das gut gehen konnte? Er würde es zumindest versuchen und sich große Mühe geben. Sam wusste nichts über ihn, seine Familie, seine Vergangenheit, die Streitigkeiten, die er austrug, und die Probleme, die er mit sich herumschleppte. Vielleicht war das alles zu viel für sie. Vielleicht konnte sie nicht damit umgehen. Sie hatte jedes Recht der Welt, vor ihm wegzulaufen, aber hoffentlich tat sie es nicht. Fakt war, dass er sie gern um sich hatte. Allein, sie zu mustern, hatte Suchtpotenzial. Sie war schöner als seine Lieblingskunstwerke, und das sollte schon etwas heißen. Er hätte nie gedacht, dass der Wunsch, jemanden zu halten, so stark werden konnte.

»Wir sollten anfangen, uns besser kennenzulernen«, hauchte Chris verführerisch leise und irgendwie genießerisch.

Sam musste ihn anstarren, rot werden und zulassen, dass ihre Gedanken schmutzige Sketche aufführten. »Ich habe dir gestern schon alles von mir gezeigt, was willst du denn noch sehen? Eine Röntgenaufnahme?«

Er lachte. »Nein. Davon rede ich nicht. Aber danke noch mal für den Vertrauensvorschuss.«

Sie zog neugierig die Augenbrauen hoch. Sam musste sich wohl daran gewöhnen, dass aus Chris' Mund alles verführerisch klang.

»Wir sollten uns austauschen – keine Körperflüssigkeiten, nur Worte.«

Sam überschlug die Beine. »Heißt das, ich bekomme deine Handynummer?«

»Sicher, das ist doch schon mal ein guter Anfang.«

»Addest du mich auf Facebook, Instagram, Twitter, Snapchat? Dann wird es erst richtig offiziell!«

»Ich bin auf Facebook, aber nur um mich mit Kommilitonen auszutauschen, also fast nie. Meinen Narzissmus lebe ich sonst im realen Leben aus, nicht online.«

»Echt? Was machst du dann mit Fotos von dir selbst und deinem Essen? Wem zeigst du die?«

»Der Katze.«

»Du hast eine Katze?«

»Einen Kater«, verbesserte Chris und gab Sam ihr Handy wieder.

Sie starrte eine Weile auf den Telefonbucheintrag, den er angelegt hatte, dann formte sich ein großes imaginäres Fragezeichen über ihrem Kopf. »Was heißt das?«

Chris zog sich die Sonnenbrille von der Nase und musterte Sam mit hochgezogenen Brauen. »Muss ich gerade feststellen, dass du nicht lesen kannst?«

Sie streckte ihm die Zunge raus. »Christian O…«, begann sie vorzulesen und stockte dann.

»O'Shay«, vollendete Chris ihren Satz und präsentierte das Zahnpastalächeln.

»Ist das so was wie ein Künstlername?«

»Nein, das ist so was wie ein Nachname. Er ist irisch, meine Mutter war Irin.«

Sams Augen wurden groß. Jetzt ergab das mit den englischen Sätzen ab und an Sinn. Das war kein pseudocooler Tick, sondern eine zweite Muttersprache. Ihr wurde gerade unangenehm, dass sie ihn damit aufgezogen hatte.

»Und für was steht Sam? Samantha?«, wollte Chris wissen.

»Samaya«, antwortete sie und fügte ein »Mit dem hättest du jetzt nicht gerechnet« hinzu.

»Nein, aber der Name ist schön. Ausgefallen – er passt zu dir.«

Chris erkannte sich selbst kaum wieder. Er grinste sonst bedeutend seltener und seine Stimme klang die meiste Zeit bei Weitem nicht so sanft.

»Samaya«, sprach er ihren Namen aus.

Für Sam fühlte sich das komisch an. Niemand nannte sie so, nicht mal ihre Eltern. Bastian rief sie ab und an Maya, aber das tat nur er.

»Erzähl mir etwas von dir«, verlangte Chris und bettete seinen Kopf auf seinem Unterarm.

Da war er wieder, dieser verführerisch genießerische Tonfall.

Sam begann zu überlegen. »Keine Ahnung … hmm. Mein Sternzeichen ist Löwe, aber ich glaube nicht an diesen ganzen Esoterik-Quatsch. Obwohl, eigentlich sehe ich gerne AstroTV, aber nur, um die Pendelschwinger zu verarschen. Ja … ähm … und ich bin schlecht in Mathe, aber das ist egal, weil ich es beim Abitur gegen Italienisch tauschen kann. Mein Italienisch ist aber auch eher was für den Urlaub. Sonst bin ich ganz gut in der Schule. Politik und Rechtskunde interessieren mich. Das will ich auch studieren. Mein Vater ist Wirtschaftstreuhänder, aber meine Eltern sind geschieden. Ich lebe bei meiner Mutter. Sie ist irgendwie seltsam, unkonventionell, aber wir kommen gut klar. Sie steht übrigens auf diesen Esoterik-Kram. Haustiere habe ich keine, weil meine Goldfische alle Selbstmord begangen haben. Ich höre gerne Rockmusik – hauptsächlich Mainstream-Zeug. Sonst bin ich eigentlich ganz normal. In der Unterstufe habe ich mal einen Regenwurm gegessen, aber das war wegen einer Wette.«

Chris lauschte aufmerksam und lachte dann.

Sam fand natürlich Gefallen daran. Sie mochte es, wenn sie es schaffte, ihm diese melodischen Geräusche zu entlocken.

»Eine farbenfrohe Zusammenfassung. 1+.«

Sie zuckte mit den Schultern. »Ja, und ich rede manchmal zu viel«, gestand sie.

»Ich finde nicht, dass du zu viel redest. Was du sagst, ist unterhaltsam. Du hast Humor. Die wenigsten Menschen können andere zum Lachen bringen, das ist ein seltenes, schönes Talent.«

Sam hätte sich noch viel länger in Chris' Lobgesang gesuhlt, vor allem, weil er nicht wie jemand schien, der regelmäßig mit Komplimenten um sich warf, aber er lenkte das Thema leider in eine andere Richtung.

»Deine Eltern sind geschieden?«

Die Stimmung wurde schlagartig ernster, auch wenn Sam keinen Grund dafür sah.

»Ja, aber das ist okay. Sie haben keinen Rosenkrieg geführt oder mich als Prellbock benutzt. Es war alles ganz unspektakulär und ruhig. Sie haben sich einfach nicht mehr geliebt, das passiert manchmal. Ich war alt genug, um es zu verstehen. Wenn ich jünger gewesen wäre, hätte ich es vielleicht schlechter verkraftet.«

Sam hatte wirklich kein Problem mit der Scheidung ihrer Eltern. Sie hatte allgemein keine Erfahrung mit Dingen wie Schicksalsschlägen gemacht – nie. Dass Chris sie trotzdem so ernst und vielleicht sogar traurig musterte, war nicht notwendig.

»Sind deine Eltern auch geschieden?«

Sie glaubte plötzlich, zu verstehen, warum die Stimmung gekippt war. Chris hatte eine schwere Kindheit gehabt, das hatte zumindest Matthias behauptet. Was genau das hieß, würde sie gleich erfahren. Bestimmt hatte es etwas mit einer Scheidung zu tun, das war meistens so. Die wenigsten Trennungen liefen so unblutig ab wie die ihrer Eltern.

»Nein, nicht im gebräuchlichen Sinn. Es ist … etwas kompliziert. Meine Familienverhältnisse …«

»Du musst es nicht erzählen, wenn es dir unangenehm ist. So lange kennen wir uns schließlich noch nicht.«

Sams Satz brachte ihn zum Schweigen. Sie hatte deutlich herausgehört, wie unangenehm ihm das Thema war. Sein Unbehagen war fast greifbar gewesen, und das, obwohl er sonst so selbstbewusst und unerschütterlich wirkte.

»Schon gut«, meinte er schließlich tonlos. »Ein Geheimnis daraus zu machen, würde das Ganze doch nur aufbauschen. So schlimm ist es gar nicht. Mein Leben ist gut so, wie es ist, auch ohne Familie.«

»Ohne Familie?«

»Hey ihr!«

Sam hätte nie gedacht, dass ihr Matthias' Stimme jemals so auf die Nerven gehen könnte. Er und Sev kamen gerade den Weg entlanggeschlendert. Sie hätte die beiden am liebsten sofort wieder weggezaubert, aber Harry Potter war nie da, wenn man ihn mal brauchte.

»Sonnt ihr euch hier?«, wollte Matthias wissen und hatte dabei ein seltsam wissendes Grinsen im Gesicht.

»Nein, wir horchen den Boden wegen der Maulwürfe ab«, entgegnete Sam trocken und drehte sich veranschaulichend zur Seite, um ihr Ohr auf die Wiese zu pressen.

»Wollt ihr alleine mit den Maulwürfen sein?«, fragte Sev und zog kokett eine Augenbraue in die Höhe.

Chris murrte. Er strafte Matthias sofort mit bitterbösen, eisigen Blicken. »Du hast es ihm erzählt!«, warf er dem Braunhaarigen vor, der sofort einknickte.

»Ja! Entschuldige, aber das war so klasse, ich konnte es nicht für mich behalten!«

Sev nahm Matthias in Schutz. »Du weißt, wie er ist. Wenn er ein Geheimnis für sich behalten muss, wird er quirlig und nervös, dann wird ihm übel und irgendwann kotzt er.«

Sam musste lachen, Chris schmunzeln. Anscheinend hatte Matthias Sev von der Sache in der Scheune erzählt, aber im Grunde war nichts dagegen einzuwenden.

»Außerdem«, setzte Sev an, »wieso darf ich es nicht wissen? Ich muss mich doch darauf einstellen, dass hier bald überall fliegende Schweine herumschwirren! Hast du vor ein paar Monaten nicht erst prophezeit, dass die Dinger eher fliegen lernen, als du jemals wieder eine Beziehung führen wirst?«

Chris zog sich die Sonnenbrille ins Gesicht und verzog den Mund. »Genau wegen solcher dummen Sprüche wollte ich es euch nicht erzählen! Könntet ihr das bitte sein lassen?«, bat er und raffte sich auf.

Er zog auch Sam wieder auf die Beine und legte seinen Arm um ihre Schultern. Das machte er zum ersten Mal. Sam musste sich beherrschen, um sich nicht vor Freude besoffen zu grinsen. Sie hatte sich noch nie so berauscht gefühlt, so gut, so besonders.

Matthias schüttelte den Kopf. »Wir verarschen dich doch nicht mit etwas, was wir uns schon seit Jahren für dich wünschen, oder, Sev?«

Der Schwarzhaarige nickte und zuckte im nächsten Moment erschrocken zusammen. »Pass auf! Da rauscht eines der Schweine an!«, rief er Matthias zu und brach dann, genau wie der Braunhaarige, in schallendes Gelächter aus.

Chris nahm Sams Hand und spazierte mit ihr am Seeufer entlang, während hinter ihnen imaginären Schweinen ausgewichen wurde.

Gangschaltung oder Automatik

Die vier schlenderten zu Sams Hütte, weil es wieder mal Zeit wurde, sich dort sehen zu lassen. Die Stunden bis zum Abend mit ihrem Vater und Sophie zu verbringen, war für Sam eine viel geringere Zumutung als noch zu Beginn dieses Urlaubs. Irgendwie war alles bestmöglich verlaufen – überraschend, aber bestmöglich.

Natürlich stand auf ihrer Präferenzliste ganz oben, Zeit mit Chris allein zu verbringen, aber Geduld war eine Tugend und den Plan, heute noch mal ein Gespräch unter vier Augen führen zu können, hatte Sam sowieso schon verworfen.

Ob er ihr morgen erzählen würde, wieso er keine Familie hatte? Ob sie den Mut haben würde, das Thema noch mal anzuschneiden? Irgendwann würde er bestimmt selbst wieder davon anfangen. Vielleicht war seine Familie bei einem Flugzeugabsturz gestorben. Vielleicht war sie aber auch nach Irland gezogen und hatte ihn zurückgelassen. Vielleicht hatte sie aber auch schon zu viele Dramaserien gesehen.

»Dort vorne wohnst du, oder?«, wollte Matthias von Sam wissen und deutete auf das Häuschen, das hinter der Böschung aufgetaucht war.

Sie nickte. Bereits während des Nickens sendeten ihre Augen so viele Signale an ihr Hirn, dass sie für ungefähr fünf Sekunden geistig gelähmt war.

»Schöner Porsche! Der von deinem Vater?«, wollte Chris wissen und beäugte neugierig den dunkelblauen Sportwagen, der direkt vor der Haustür parkte.

Hätte er dem Auto weniger und Sam mehr Beachtung geschenkt, hätte er beobachten können, wie die Farbe aus ihrem Gesicht wich, während sie antwortete.

»Nein, mein Vater fährt keinen dunkelblauen Geburtstags-Porsche«, tönte es vollkommen monoton aus Sams Mund.

»Geburtstags-Porsche?«, wiederholte Matthias oder Sev fragend.

Sam konnte sich nicht darauf konzentrieren, wer mit ihr sprach. Sie hatte nicht mal Zeit, richtig Luft zu holen, weil sie ihre gesamten Kapazitäten dazu benötigte, eine Antwort auf die Fragen zu finden, die sich ihr so penetrant aufdrängten: Was zur Hölle hatte Bastian hier verloren und warum, um Himmels willen, war sie deshalb kurz vor einem Nervenzusammenbruch?

»Wir haben Besuch! Ihr solltet gehen! Wir sehen uns heute Abend!«

Sam wand sich so unbeholfen aus Chris' Umarmung, dass er kurz dachte, sie hätte einen epileptischen Anfall. Er hätte sie auch auf ihre seltsame Tanzeinlage angesprochen, wäre da nicht auf einmal dieser Typ mit der roten Ray-Ban-Sonnenbrille aufgetaucht.

Bastian hatte Sam kommen sehen, die drei Vollpfosten, die sie im Schlepptau hatte, auch. Wie hatte sie es nur geschafft, sich am absoluten Arsch der Welt irgendwelche Typen aufzureißen?

»Sami!!«

Pias Quietschen tat allen in den Ohren weh – einer der Gartenzwerge hatte vielleicht sogar einen Sprung bekommen. Die zierliche Brünette in den weißen Jeans-Hotpants rannte an Bastian vorbei, direkt auf Sam zu. Als sie ihr um den Hals fiel, fand Sam endlich einen Teil ihrer Fassung wieder.

»Was wollt ihr denn hier?!«

»Dich besuchen, was sonst?«

Sechs Augenpaare starrten einander an, zwei davon hatten zweifelsohne etwas Eiskaltes in ihrem Blick – eines leuchtete wie Weihnachtslametta. Pia schnappte nach Luft, als sie die Gesichter der unbekannten Jungs unter die Lupe nahm.

»Hi!« Ihre Stimme klang, als wollte sie Minnie Mouse synchronisieren. Jetzt waren alle Blicke auf sie gerichtet. »Ich bin Pia, Sams beste Freundin, und er hier ist nicht mein Freund!«

Sie zeigte hinter sich, auf Bastian, der noch immer wie angewurzelt vor der Haustür stand und keine Miene verzog.

»Wir sind hier, weil wir Angst hatten, dass Sam sich zu Tode langweilt, aber anscheinend ist ihr überhaupt nicht langweilig!«

Pia ließ ihre grünen Augen funkeln und grinste – posieren konnte sie gut, so sah sie aus wie die Hauptdarstellerin eines Disney-Teenie-Films. Ihr ganzer Körper und ihr Gehirn schafften es binnen Sekunden, auf Flirtmodus umzuschalten, wenn sie hübschen männlichen Wesen gegenüberstand.

Pia machte eine halbe Drehung, nur um dann in perfekter Modelmanier vor den Jungs stehen zu bleiben und sich begutachten zu lassen.

Sam unterbrach ihren Balztanz nur ungern, aber sie hatte jetzt keine Zeit für die Pia-Show. »Wieso habt ihr nicht angerufen?«

»Angerufen?«, fragte Bastian genervt und löste sich aus seiner Starre. »Wir haben dich an die achtzig Mal angerufen! Jeder andere hätte gedacht, dass alle seine Angehörigen tot wären, sobald er auf sein Handy gesehen hätte!«

Bastian funkelte Chris an, den er jetzt viel besser skeptisch mustern konnte. Der Blonde war älter als er, aber nicht größer. Vielleicht sah er ganz gut aus, aber Bastians Selbstbewusstsein trug eine goldene Rüstung und fuhr einen Porsche – das durfte der blonde Schönling ruhig wissen.

»Ich habe extra die Rothaarige aus dem Handballteam sitzen lassen, um hierherzufahren!«, erklärte Bastian und machte etwas, für das er gewöhnlich zwei Gläser Wein brauchte. Er zwinkerte Sam so auffällig eindeutig zu, dass sie kurz vergaß, wer und wo sie war.

»Die mit dem Tattoo?«, fragte sie gedankenverloren.

»Nein, die mit dem Tattoo hatte schon jeder.«

Pia hatte keine Nerven für dieses Gespräch und fuhr dazwischen. »Ja, du hattest sowieso schon jede! Jetzt halt die Klappe!«, giftete sie Bastian mit piepsender Stimme an und wandte sich dann wieder Sam zu »Willst du uns deine neuen Freunde nicht endlich vorstellen?«

Pias Ehrgeiz, was hübsche Jungs betraf, war unbezwingbar. Nicht mal Bastian und seine Reviermarkiererei kamen dagegen an.

Sam stutzte, wurde schlagartig wieder in die Realität zurückgepfiffen und fühlte sich in ihr sofort gebührend unwohl. »Ja, ähm … das ist …«

»Chris«, kam er Sam zuvor, die diesen schwierigen Namen sowieso nicht fehlerfrei über die Lippen gebracht hätte.

»Chris!«, wiederholte Pia interessiert und ließ ihren Blick zu ihrer besten Freundin schweifen. »Dein Chris?«, fragte sie breit grinsend.

Die Blonde zuckte mit den Schultern. In solchen Situationen meldete sich leider die trotzige Sam, die, die mit bissigem Sarkasmus um sich warf und schimpfend davonrannte, wenn die Situation zu unangenehm wurde. »Ja! Mein Chris. Ich habe ihn gestern erst gegen meinen iPod und ein paar Kühe eingetauscht.«

Bevor sich das peinliche Schweigen ausbreiten konnte, machte Matthias mit dem Vorstellen weiter. Er reichte Pia lächelnd die Hand und fuhr sich durch den Sidecut. Wäre ihr Leben ein Comic gewesen, wären Herzchen aus Pias Kopf gestiegen oder ein dickes, nacktes Baby mit Flügeln hätte ihr einen Pfeil ins Herz geschossen. Dieser hübsche Haarschopf würde *ihr* hübscher Haarschopf werden, zweifelsohne.

Sev stellte sich weniger überschwänglich und ganz ohne Haarstyling-Showeinlage vor. Sam hatte beim Schwimmen aufgeschnappt, dass er eine Freundin hatte – in seinem Haarschopf hatte sich also schon jemand anderes festgekrallt.

»Ist das dein Porsche?« Chris' mehr als unterkühlte Frage galt Bastian, der sich die Sonnenbrille inzwischen vom Gesicht gezogen hatte, um eine versteinerte Mimik zum Besten geben zu können.

»Ja.«

»Nett. Automatik?«

»Mhm.«

Chris legte den Kopf leicht schief und stieß ein leises, gespielt besorgtes Seufzen aus. »Du solltest lieber Gangschaltung fahren. Mit Automatik verlernen Fahranfänger ganz schnell das Schalten.«

Chris' subtile Stichelei wurde nicht überhört.

»Ja, das sagt mein Vater auch immer. Automatik ist eigentlich eher was für alte Säcke, oder? Du fährst doch bestimmt Automatik.«

Während Sam versuchte, die Feindseligkeit, die zwischen Bastian und Chris in der Luft schwebte, wegzuatmen, beugte sich Matthias vorsichtig zu Pia hinunter.

»Hätten die nicht zuerst einen Gong gebraucht, um loszulegen?«, flüsterte er der Brünetten zu, die darauf ein leises Kichern und ein Schulterzucken erwiderte.

»Keine Ahnung, aber Bastian kann ziemlich bissig werden.«

»Ja, aber Chris beißt garantiert zurück.«

Bevor Sam endgültig die Nerven wegschmiss und wirklich davonlief, nahm Sev der Situation die unangenehme Spannung. »Ihr wollt sicher ankommen und auspacken. Sehen wir uns heute Abend alle in der Scheune? Sam kann euch mitnehmen.«

Pia reagierte schneller als Sam. »Sicher! Cool! Dann sehen wir uns.«

Chris wandte sich als Erster ab, kommentarlos.

Sam schmiss doch noch kurz die Nerven weg. »Du kommst doch auch, oder?«, rief sie dem Blonden nach und biss sich Sekunden später für diese ängstliche Frage auf die Zunge.

Sie hätte Chris gleich fragen können, ob er jetzt mit ihr Schluss machte, das wäre ähnlich peinlich gewesen.

Er drehte sich nach ihr um und grinste ungewohnt müde. »Sicher, was soll ich denn sonst machen? Mich im See ersäufen?«

Sam wandte sich ab und atmete durch, während Pia den drei Jungs nachschaute.

»Wo hast du die denn her?!«, piepste die Brünette und schüttelte fassungslos den Kopf. »Oh mein Gott, das ist ja wie in einem Mädchenfilm! Die drei Schönlinge und das Kaff! Gibt's noch mehr davon? Ist hier irgendwo ein Nest? Und wieso zur Hölle rufst du nicht an und sagst mir, dass du mit drei Unterwäschemodels Kühe melkst?! Wir sind Freundinnen! Du musst mir zumindest einen abgeben!«

Sam funkelte Pia an. »Beruhig dich mal und hol Luft! Du klingst schon wieder wie die Schwester von Spongebob!« Sie wollte ihre Gedanken ordnen. Sie war noch immer damit beschäftigt, sich für ihre dämliche Frage von vorhin zu schämen, aber dazu blieb nicht viel Zeit.

»Du!«, fauchte sie Bastian an, der gerade in ihrem Blickfeld aufgetaucht war und diese finstere Miene zum Besten gab. »Was ist überhaupt mit dir los?! Tauchst hier auf und ätzt sofort herum!«

Bastian schnaubte wütend. »Ich ätze herum?! Seit wann stehst du denn auf alte Männer? Ich sollte meinen Opa vor dir verstecken!«

»Alt?! Er ist zweiundzwanzig, du Idiot!«

»Pff … sieht aus wie zweiunddreißig.«

»Sag mal, hast du einen Fußball an den Schädel bekommen?! Seit wann interessierst du dich denn dafür, mit wem ich mich treffe?!«

Pia hob vorsichtig den Zeigefinger, um Einspruch zu erheben. »Das hat ihn eigentlich schon immer interessiert, aber du triffst dich ja auch nie lange mit jemandem, da bekommt er es meistens erst im Nachhinein mit.«

Sam schüttelte genervt den Kopf. »Chris kenne ich auch erst seit ein paar Tagen. Macht kein Drama daraus! Gott!«

Da meldete sich eine Stimme in Sam, die sie eigentlich stumm geschaltet hatte, seit sie wusste, dass Chris es ernst meinte. Dass sie sich nie verliebt und verletzlich zeigen wollte, lag irgendwie in ihrer Natur. Sie war zu stur und nach außen hin viel zu cool, um gefühlsduselig zu werden, vor allem nicht vor Bastian und Pia.

Sam begann sich zu maßregeln und den Narren, den sie zweifelsohne an Chris gefressen hatte, zu verleugnen.

Bastian leugnete auch eine Runde. »Von mir aus kannst du deinen Urlaubsflirt mit dem alten Sack gerne genießen. Geht mich ja nichts an.«

Seine Stimmung war etwas besser geworden, den trotzigen Unterton konnte er sich trotzdem nicht verkneifen. Sams Murren war ein Warnzeichen dafür, dass der Nächste, der dieses Thema ansprach, einen Gartenzwerg über den Kopf gezogen bekam. Sie musste erst mal ihre Pläne überarbeiten, aber vorerst wurde verdrängt, was das Zeug hielt.

Nachdem Bastian und Pia sich ein Bild von Super-Sophie gemacht hatten, standen sie mit Sam vor dem kleinen, blümchenverzierten Bett in dem zwölf Quadratmeter großen Zimmer.

»Eng hier«, stellte der eins fünfundachtzig große Schulhofschwarm fest.

»Gemütlich!«, piepste Pia, die zu Hause eigentlich in einem King-Size-Bett schlief.

Wenn man ihr einen hübschen Jungen zur Unterhaltung bot, hätte sie auch in einem Loch in der Erde geschlafen und es komfortabel genannt. Sie steuerte zielsicher auf den Kleiderschrank zu und begann, Sams Tops zu begutachten.

»Was ziehst du an? Hast du coole Klamotten dabei? Kann ich mir was von dir leihen?«

Bastian ließ ein verächtliches Schnauben ertönen, während er sich auf das schmale Bett fallen ließ und die Arme hinter dem Kopf verschränkte.

»Ey, Pia, mein ganzes Auto ist voller Klamotten von dir! Da drin sieht es aus, als hätten wir eine Boutique überfallen. Zieh was davon an.«

Die Brünette drehte sich nur kurz nach Bastian um, um ihm einen genervten Blick vorzuführen, dann steckte sie die Nase wieder in den Schrank. »Hey, Sam, hast du nicht diese dunkelgraue Jeans mit den schwarzen Nähten?« Ohne die Antwort abzuwarten, stellte sie weiter die Fragen, die ihr durch den Kopf gingen. »Was weißt du eigentlich über diesen Matthias? Er hat sicher keine Freundin, oder? Ich denke, sonst hätte er nicht so geflirtet. Er wirkt nicht wie ein Arsch. Er ist doch kein Arsch, oder?«

Pia zu stoppen, während sie über Jungs sprach, war ungefähr so wahrscheinlich, wie einen Tornado mit einem Föhn wegpusten zu wollen.

Sam hatte sich auf den Teppich gesetzt und lauschte dem beschwingten Monolog. Selbst wenn Pia Fragen stellte, wollte sie in diesem Stadium meistens gar keine Antworten. Sie war wie ein Brummkreisel, den man beim Drehen beobachten, aber nicht aufhalten konnte.

Während die Brünette eine Modeschau veranstaltete und Bastian ihre Outfits routiniert auf die Schippe nahm, graute es Sam vor dem Verlauf des heutigen Abends. Irgendetwas in ihr schrie danach, sich krank zu stellen, irgendetwas Ansteckendes zu simulieren, nur damit Pia und Bastian wieder verschwanden und sie endlich aufhören konnte, sich schuldig zu fühlen, nur weil sie in das hübscheste Gesicht der Welt verliebt war. Wie simulierte man Cholera?

Während Sams Fantasie verrückte Zukunftsvisionen zum Besten gab, rückte der Abend unaufhaltsam näher.

Ein Drama in drei Akten

Bastian lehnte schweigend im Türrahmen und tippte auf seinem Smartphone herum, während Sam sich vor dem Badezimmerspiegel schminkte. Pia war schon nach unten verschwunden und scharrte wahrscheinlich vor Ungeduld mit den Nägeln an der Haustür.

Weil Sam sich beobachtet vorkam, schmierte sie sich zweimal Wimperntusche ans Augenlid. Obwohl Bastian in sein Handy vertieft schien, spürte sie seine Blicke im Nacken. Als sie sich beinahe den Kajal ins Auge gerammt hätte, schnaubte sie genervt. »Sag mal, wieso stehst du eigentlich dort? Kannst du nicht nach unten gehen und versuchen, Pia ein paar Valium unterzujubeln? Die hyperventiliert uns heute noch.«

Bastian grinste schief. »Ich gucke lieber dir auf den Arsch, Pias ist mir zu knochig.«

Es war nicht neu für Sam, dass er diese Witze machte. Sie flirteten oft, weil es Spaß machte und harmlos war. Bastian hatte schon mit sieben dieselben Grübchen im Gesicht gehabt, wenn er gegrinst hatte. Dass nun alle Mädchen scharf auf dieses Grinsen waren, war Sam eigentlich egal. Sie kannten sich so lange, dass sie immun gegen Bastians Aussehen war, gegen die Schokoaugen und das süffisante Lächeln, das er in den letzten Jahren erst perfektioniert hatte. Normalerweise nahm sie es überhaupt nicht wahr, aber heute schienen ihre Sinne in Alarmbereitschaft.

»Geh und schau dir Hintern im Internet an! Ich kann mich nicht schminken, wenn du mich anstarrst.«

»Wieso? Mache ich dich nervös?«

»Ja, ich kann meine Nerven kaum beruhigen! Schau mal, wie ich zittere, nur weil du so schön bist!«, meinte Sam gespielt theatralisch und erntete ein amüsiertes Lachen von Bastian, der sich endlich umdrehte.

Als Sam sich wieder ihrem Spiegelbild zuwenden wollte, ließ sie das bekannte Klickgeräusch stutzen.

»Hey! Hast du gerade ein Foto von mir gemacht?!«, rief sie Bastian nach, der lachend auf den Flur verschwand.

»Nur von deinem Hintern. Landet auf Facebook, aber keine Angst, ist gut geworden. Sieht nicht fett aus!«, hörte sie ihn noch rufen, bevor er die hölzerne Treppe hinunterlief.

Sam konnte sich das Lachen nicht verkneifen. So sehr sie im Moment auch auf verleugnen getrimmt war – dass es ihr nach wie vor großen Spaß machte, Bastian um sich zu haben, konnte sie nicht abstreiten.

Sich ihrem Schicksal fügend, trottete eine gut duftende Blondine einem ungewissen Schicksal entgegen. Sam fühlte sich, als würde sie gleich einem Henker gegenüberstehen, in Wirklichkeit waren da nur Pia mit Schnappatmung und Bastian, der schon mal dabei war, sich auf seinen Kampf um den Thron als schönster Platzhirsch einzustimmen. Zum Glück lenkte ihn Sams Vater mit den subtilen Fragen über die Firma seiner Eltern ab. Super-Sophie saß auch am Tisch, war aber damit beschäftigt, den Wirtschaftsjargon, mit dem die männlichen Wesen im Raum um sich warfen, zu verstehen. Sam waren Aktien und Rentenfonds egal, sie beschäftigten vielmehr die Uhrzeit und die Tatsache, dass sie eigentlich schon längst verabredet gewesen wäre.

Ob Chris auf sie wartete? Ob er schon gegangen oder gar nicht erst aufgetaucht war?

Sich ihre Nervosität nicht anmerken lassend, ließ sie sich auf dem letzten freien Stuhl nieder. Normalerweise wäre es ihr nur recht gewesen, wenn ihr Vater aufhörte, die Weltwirtschaftsnews zu moderieren, aber diesmal kam der Themenwechsel genauso unerwartet wie unerwünscht.

»Na? Du hast dich aber herausgeputzt!«, meinte der Mittvierziger sichtlich überrascht und musterte seine Tochter.

Sam rümpfte die Nase und verschränkte sicherheitshalber schon mal bockig die Arme vor der Brust. »Ja, ich habe mir Mühe gegeben – habe mich geduscht, mit Wasser UND Shampoo, das mache ich ja sonst nur zu hochoffiziellen Anlässen.«

Ihr Vater grinste, schüttelte den Kopf und startete einen Frontalangriff, obwohl er sonst immer um Waffenstillstand bemüht war. »Seht zu, dass Sam am Ende des Urlaubs wieder zurück nach Hause kommt. Nicht, dass sie hierbleibt, weil ihr das Landleben mit einem Mal zu sehr gefällt!«

Pia und Sophie waren die Einzigen, die sich auf diesen mäßig lustigen Witz ein Lachen abringen konnten. Sam feilte noch an ihrem diabolischen Blick, während Bastian ein verächtliches, halb belustigtes Schnauben ertönen ließ.

»Ich denke, das mit der Liebe zu Wiesen und alten Pferden ist nur eine Phase«, erwiderte er grinsend und wurde sofort von Sams Todesblick getroffen.

Sie hatte genau zwei Möglichkeiten – hier sitzen zu bleiben und herauszufinden, wie hoch sich Bastian und ihr Vater gegenseitig aufschaukeln konnten, oder zu gehen und aufzupassen, dass sich Bastian mit Chris auf keine Schaukel setzte. Sie entschied sich für das gefährlichere Manöver.

»Gehen wir!«

Etwa 0,3 Sekunden nachdem die hölzerne Haustür ins Schloss gefallen war, holte Pia so tief Luft, dass Sam dachte, sie würde platzen.

»Oh Gott, endlich! Ich dachte schon, wir gehen gar nicht mehr! Ist es weit? Wohin gehen wir eigentlich? Die Jungs sind sicher schon da, oder? Erzähl mir endlich mal was von diesem Chris. Das scheint ja sogar bei deinem Vater ein Thema zu sein. Ich meine, er ist ziemlich gut aussehend, ziemlich ziemlich sogar! Er modelt sicher, oder? Könnte er. Matthias und der andere auch.«

Nachdem Pia den Wald zur Genüge beschallt hatte, meldete sich Sam zu Wort. »Fünfzehn Minuten Fußmarsch. Scheune. Ja, sie sind wahrscheinlich schon da. Ich erzähle dir erst etwas, wenn du wieder zuhören kannst und dein Hirn nicht mehr voll mit Watte und Herzchen ist. Und nein, er ist zum Glück kein Model, Matthias und Sev auch nicht – ich denke mal, die haben wichtigere Dinge im Kopf, als hübsch zu sein, auch wenn man das nur schwer nachvollziehen kann!« Sam seufzte und drehte sich nach Pia um, die annähernd beleidigt den Mund verzog. »Und leg zwischen deinen Sätzen bitte eine Pause ein. Ich bin das ja gewohnt, aber wenn du das mit Matthias machst, bekommt er spätestens nach einer Stunde Ohrenpfeifen!«

Die Brünette streckte die Zunge raus und schwieg dann.

Jetzt konnte sich Sam Bastian zuwenden. »Ach übrigens. Wenn du Chris auch nur noch ein einziges Mal ein ›altes Pferd‹ nennst, dann poste ich das Foto, auf dem du das Kleid trägst, auf Facebook!«

»Das war eine Wette, okay?!«

»Erklär das mal einem Haufen sensationsgeiler achtzehnjähriger Schüler! Deine Fußballmannschaft weiß sicher zu schätzen, dass ihr Kapitän einer der wenigen Menschen auf diesem Planeten ist, dem Apricot steht!«

In dem Glauben, Pia und Bastian einigermaßen gebändigt zu haben, beschleunigte Sam ihre Schritte. Es war zu lange her, dass sie in die Huskyaugen geschaut hatte, sie musste wissen, ob sie diesen kalten, unnahbaren Schimmer abgelegt hatten. Wenn Chris ihr tatsächlich böse war, würde sie sich erklären müssen. Hoffentlich hatte er Bastians lächerliches Balzgehabe nicht in den falschen Hals bekommen.

»Ach komm schon! Hast du echt gedacht, ein Mädchen wie Sam wäre bis jetzt noch keinem anderen aufgefallen? Das wäre doch abnormal. Wenn du eine willst, die kein anderer will, musst du in dunkleren Ecken nach Frauen suchen!«

Matthias' Beschwichtigungsversuche waren fruchtlos, weil man bei Chris auf Granit biss, sobald er sich eine Meinung über etwas gebildet hatte. Dass er seit heute Nachmittag wieder dieser kalte, unnahbare Einzelgänger war, beunruhigte seine Freunde. Sie kannten Chris, auch den Chris, der nichts und niemanden an sich heranließ, wenn er gefühlstechnisch mit etwas haderte. So war er schon mit fünfzehn gewesen, als er es zu Hause nicht mehr ausgehalten hatte.

Die drei saßen vor Sevs Überraschungscocktails am Tisch und erwarteten ihre Gäste. Dass Chris überhaupt hier war, war ein Zeichen dafür, dass ihm Sam viel bedeutete. Normalerweise mied er Situationen, die ihm emotional viel abforderten, deshalb investierte er seit Ewigkeiten auch keine Gefühle mehr in neue Freundschaften. Er hatte damit aufgehört, vor sechs Jahren und ein paar Monaten.

»Keep cool, O'Shay«, warf Sev ein und stieß Chris mit dem Ellbogen in die Seite, um ihm zumindest eine körperliche Reaktion abzuringen. »Stell dir einfach vor, der Typ wäre einer deiner Kommilitonen und er will dir eine Assistenzstelle streitig machen. Wobei die Assistenzstelle dich sichtlich gern hat und lieber mit dir zusammen sein will als mit dem anderen Typen. Du hast den Job also quasi sicher … obwohl dein Kommilitone die Assistenzstelle schon lange kennt oder macht. Aber wichtig ist eigentlich, was sie will, also die Assistenzstelle …«

»Sev!«, unterbrach Chris den Schwarzhaarigen und klopfte ihm auf die Schulter. »Dein Vergleich hinkt dezent, aber ich weiß den Versuch zu schätzen«, meinte er und rang sich ein Schmunzeln ab.

»Hey, beleg mal einen Rhetorik-Kurs an der Uni! Deine Metaphern sind unfassbar scheiße«, meinte Matthias hörbar amüsiert.

Sein Lachen war ansteckend. Die Stimmung hob sich, nicht nur, weil Sevs Cocktails Fröhlichmacherqualitäten hatten. Die Ratschläge des Schwarzhaarigen waren gut gemeint, klangen in Chris' Ohren aber einfach naiv.

»Mach das, was du seit Jahren mit Leuten machst, die dir auf die Nerven gehen – ignorier ihn und sei dieser unnahbare Eisberg, an dem selbst Pinguine festfrieren. Wenn du dich auf einen Streit einlässt, schmeißt Sam nur die Nerven weg. Die beiden sind doch ganz offensichtlich eng befreundet, sonst wäre er nicht hier.«

Chris nickte mechanisch. Er drehte einen Kronkorken zwischen den Fingern. »Ja, das könnte ein Problem werden …«, flüsterte er monoton. Da waren schon genügend Variablen und Unbekannte in der Rechnung zwischen ihm, Sam und ihrer Beziehung. Einen störenden X-Faktor konnte er so gar nicht gebrauchen.

Als die Scheunentür aufging, legte Sam einen möglichst unauffälligen Auftritt hin. Sie hob die Hand zum Gruß, suchte kurz Blickkontakt mit den Huskyaugen und ließ dann Pia an ihr vorbeiziehen.

»Wow! Das ist ja megacool hier!«

Die Brünette ließ ihren Blick zwei Sekunden lang schweifen und verfing sich dann an Matthias' Lächeln. Wahrscheinlich hatte sie das Heu nicht mal gesehen, sonst hätte sie die umgebaute Scheune kaum cool genannt. Pia konnte absolut nichts mit provisorischen Party-Locations anfangen und gegen Nutztiere und Natur war sie allergisch, aber Matthias' schneeweißes Lächeln schien einen beeindruckenden Placeboeffekt hervorzurufen. Sam war sich beinahe sicher, dass er Pia auch dazu gebracht hätte, in Kuhmist zu steigen und das Ganze ›witzig‹ zu nennen.

»Hey, du siehst gut aus!«, stellte Matthias grinsend fest und schenkte Pia ein sauerstoffraubendes Lächeln.

»Du auch!«, piepste sie zurück.

Dass hier so etwas wie Verliebtheit in der Luft schwebte, war unschwer zu erkennen, die Nervosität steigernde Unsicherheit, die Sam ausstrahlte, war subtiler.

»Ja Wahnsinn! Lauter schöne Leute hier!«, meinte Bastian gespielt überrascht und erntete von Pia dafür nur ein verächtliches Schnauben.

Sie ließ sich von Matthias an den Tisch führen und startete dann ihren Verführungsmodus.

Dass sie in so einer Situation die komplexesten Verhaltenspsychologischen Tricks anwenden konnte und in der Schule nur mit Mühe und Not mitkam, war traurig, aber wahr.

Sam steuerte zielstrebig auf den freien Platz neben Chris zu. Er lächelte sie an, als sie sich setzte, freundlich, aber irgendwie geschäftlich. Sie wünschte sich in diesem Moment, dass sie einer dieser penetranten Berührungsmenschen wäre, diese Öffentlichkeits-Knutscher, die sich auf Parkbänken betatschten und denen die neugierigen Blicke der anderen egal waren. Wäre sie so jemand, hätte sie jetzt zumindest die Hand auf Chris' Oberschenkel legen können, um seine Reaktion zu beobachten. Natürlich fasste sie ihn nicht an, sie sah auch nicht hin, sondern starrte vorerst seinen Cocktail tot.

Als Bastian sich auch neben sie setzte, hätte sie schwören können, dass sie sich nie so unwohl gefühlt hatte, bei keiner einzigen Matheprüfung. Während Pia versuchte, der Allgemeinheit, aber vor allem Matthias weiszumachen, dass sie die Landluft für viel gesünder erachtete als den Smog in der Stadt, wunderte sich Sam darüber, dass Chris' und Bastians Parfums überraschend gut zusammenpassten. Sie rochen ähnlich und doch ganz anders. Diese Feststellung war genauso unlogisch wie Sams Gedanken darüber, ob sie Bastian doch noch irgendwie glauben machen konnte, dass Chris nur ein Urlaubsflirt war. Warum sie überhaupt dieses Bedürfnis hatte, wusste sie nicht, nur, dass es spätestens dann schwierig werden würde, wenn Chris ihr tatsächlich mal einen Ring kaufen würde.

»Man kann sich hier so richtig vom Stress in der Stadt erholen, oder? Die ganze Hektik, das ständige Telefonieren, das gibt es hier nicht«, stellte Pia fest.

Bastian zog eine Augenbraue nach oben. »Ja, weil man in diesem Kaff keinen Empfang hat.«

»Ach sei still! Dir tut es auch gut, mal weg von all den dummen Hühnern und den Idioten aus dem Fußballverein zu kommen!«, verteidigte Pia das grüne Idyll.

Dass eigentlich niemand der hier Anwesenden tatsächlich in Bauernhausen lebte, machte keinen Unterschied. Matthias war gern hier und das machte den Arsch der Welt für Pia schlagartig zum irdischen Nirwana.

»Du spielst Fußball?«, wollte Sev wissen und entlockte Bastian damit ein paar Worte.

»Ja, mit einem Haufen Idioten – wie Pia es so schön formuliert hat.«

»Ich habe in der Schule auch Fußball gespielt. Ich war aber nicht sonderlich gut«, erzählte Sev.

Matthias unterstützte ihn bei seinen Bemühungen um zivilisierten, ungefährlichen Small Talk. »Ich habe an der Uni mit Basketball angefangen. Wir trainieren aber nur einmal die Woche. Das Ganze ist also mehr oder weniger nur zum Spaß.«

»Basketball ist echt cool!«, warf Pia fasziniert ein.

Sie hätte auch rhythmische Sportgymnastik cool gefunden, wenn Matthias gern Gymnastikbälle auf seinem Kopf balanciert hätte.

»Du warst im Schwimmverein, oder?«

Sams Frage ließ Chris aufhorchen.

Er lächelte und nickte. »Ja, eine Zeit lang.«

»Du warst gut …«, stellte sie weiter fest, weil sie ihn selbst schon schwimmen gesehen hatte.

Chris zuckte mit den Schultern. »Gut ist relativ, es hat mir Freude gemacht, also …«

»Chris ist ein Perfektionist!«, warf Sev ein. »Er hat kein olympisches Gold zu Hause, also frag ihn nicht, ob er glaubt, dass er gut ist«, erklärte der Schwarzhaarige und brachte Sam damit zum Schmunzeln.

So hatte sie Chris auch eingeschätzt. Ehrgeizig ohne Ende. Schwimmen war ein faszinierender Sport für Sam, zumindest seit Kurzem. Vielleicht hätte sie rhythmische Sportgymnastik genauso toll wie Pia gefunden, wenn Chris gern mit Reifen um sich geworfen hätte.

»Du musst mir deine Kraultechnik mal beibringen«, meinte Sam und konnte dieses anstrengende Unbehagen kurz ablegen.

Chris grinste. »Ja, das sollten wir wirklich mal machen. Du schwimmst wie ein ins Wasser gestoßenes Eichhörnchen.«

Er zwinkerte ihr zu und machte etwas, was ihre Körpertemperatur spontan in die Höhe trieb – er legte den Arm um ihre Schultern und verweilte mit seinen Fingern in ihrem Nacken. Sam schauderte kurz wohlig, dann konnte sie sich das liebestrunkene Lächeln nicht verkneifen. Warum hatte sie sich vorhin eigentlich so unwohl gefühlt?

»Geht ihr eigentlich in dieselbe Schule?«, wollte Matthias wissen und zog damit Bastians Aufmerksamkeit weg von Chris' Hand, die in Sams Nacken lag.

»In dieselbe Klasse«, antworte er tonlos. »Wir sind aber auch schon in denselben Kindergarten gegangen, wir waren quasi schon immer zusammen«, baute er seinen Satz aus.

Sam erinnerte sich jetzt wieder an den Grund für ihr Unbehagen, es war mitunter dieser energische Unterton in Bastians Stimme.

Chris klang auch eindringlich. »Also seid ihr schon lange Freunde. Das ist schön, die wenigen Freundschaften halten so lange«, stellte er mit einem unterkühlten Lächeln im Gesicht fest.

Bastian ließ sich nicht lange zu diesem verbalen Schlagabtausch bitten. »Ja, wir sind ja auch mehr als nur das, vielleicht hält es deshalb schon so lange.«

»Mehr als das?«, wollte Sam, genervt von Bastians Besitzergreifendes-Einzelkind-Show, wissen.

Auch wenn sie ab und an geflirtet hatten, zweifelsohne viel teilten und Bastian einer der wichtigsten Menschen in ihrem Leben war, hatte er nicht das Recht, so zu tun, als wären sie plötzlich ein Paar. Wenn er das gewollt hätte, hätte er aufhören müssen, mit jedem hübschen Mädchen in jedem Sportverein der Schule Körperflüssigkeiten auszutauschen.

»Was sind wir denn bitte noch außer Freunde?!«, fuhr Sam Bastian an und ließ dabei gewollt durchklingen, dass sie dieses besitzergreifende Getue satthatte.

Bastian kannte Sam, auch die wütende Sam, und er wusste mit ihr umzugehen. Zuerst präsentierte er das Schmunzeln aus dem Kindergarten, dann relativierte er, was er gesagt hatte, und machte einen Witz.

»Ich dachte, du wärst auch mein Maskottchen«, entgegnete er amüsiert und legte den Kopf fragend schief.

Sam konnte nicht anders, sie musste schmunzeln. »Idiot!«, murmelte sie leise und konnte den wütenden Tonfall einfach nicht beibehalten.

Bastian nickte Chris zu. »Siehst du, wir sind mehr als nur Freunde. Manchmal verkleidet sich Sam als Cheerleader und feuert mich beim Fußballspielen an«, scherzte er.

Das gespielt amüsierte Lächeln, das er dabei im Gesicht hatte, ließ Chris noch wütender werden, als er ohnehin schon war. Er nahm die Hand von Sams Schulter. »Schön für euch«, entgegnete er tonlos.

Jetzt hatte Sam schlagartig ein schlechtes Gewissen, weil sie über Bastians Blödelei gelacht hatte. Hätte sie dieses Gefühl abstellen können, hätte sie es getan, aber Bastian hatte eben diese Wirkung auf sie, schon immer. Es war Zeit, erneut klarzustellen, dass ihre Freundschaft viel, viel harmloser war, als sie sich in den letzten Stunden präsentiert hatte.

»Sag mal …«, setzte Sam an und nippte an dem Cocktail, den sie von Sev vorgesetzt bekommen hatte. »Was ist eigentlich aus dieser Internats-Blondine geworden, die von der Landesschülervertretungssitzung? Wolltest du nicht mal im Sommer zu ihr fahren?«

Ja, Bastian rannten andere Mädchen hinterher, viele andere Mädchen, das galt es klarzustellen. Dass sie das so offensichtlich tat und keine subtileren Anspielungen auf Lager hatte, war Sam egal. Bastian legte den Kopf schief.

»Hmm … ja, zu weit weg. Weißt du, wie lange ich fahren müsste?«

»Und was ist mit der kleinen Verkäuferin aus dem Shoppingcenter? Warst du nicht mal ganz verrückt nach der?«

Bastian wollte etwas erwidern, aber Chris kam ihm zuvor. »Du brauchst dir keine Mühe zu geben, ihn mit irgendjemandem verkuppeln zu wollen. Er ist auf dich fixiert. Habe ich recht oder habe ich recht?«, fragte er an Bastian gewandt und erntete in den ersten drei Sekunden nur entrüstete Blicke, dann präsentierte der Braunhaarige ein Lächeln.

»Fixiert klingt nach Stalker, aber wenn du das sagst!«, entgegnete er belustigt und zuckte mit den Schultern.

»Sicher nicht!«, fuhr Sam dazwischen. Sie hatte dieses Thema satt, diese angespannte Stimmung, die Anschuldigungen, die Anspielungen. »Ich finde das nicht lustig, Bastian!«, fauchte sie.

»Er doch auch nicht!«, entgegnete Chris genervt. »Hast du nicht behauptet, du wärst nicht naiv?«, fügte er hinzu und ließ somit die Stimmung endgültig kippen.

Bastian schaltete als Erster auf Angriffsmodus um. »Hey! Du kennst weder Sam noch mich, also spar dir die Unterstellungen, du eifersüchtiger, selbstverliebter …«

»Schluss jetzt!« Sam sprang so schnell auf, dass sie beinahe sämtliche Gläser umgestoßen hätte. »Halt die Klappe, Basti! Misch dich nicht ein, okay?! Es hat dich nicht zu interessieren, mit wem ich zusammen bin! Ich mische mich auch nicht in deine lächerlichen, peinlichen Beziehungen mit irgendwelchen dummen Kühen ein! Das hier ist meine Sache!«

Als sie Luft geholt hatte, drehte sie sich zu Chris. Sie hatte vergessen, dass er so erwartungsvoll schockiert aussehen konnte. Wie damals, als sie ihn in der Scheune zum zweiten Mal geküsst hatte, aber darüber wollte sie jetzt nicht nachdenken.

»Ich bin nicht naiv! Und nur weil du plötzlich wieder einen auf unnahbaren Scheißkerl machst, hast du noch lange kein

Recht, das zu behaupten! Sag doch, wenn du nicht mit mir zusammen sein willst! So einfach ist das!« Sie machte einen großen Schritt zurück, der Stuhl, den sie streifte, wäre beinahe umgekippt. »Dieses lächerliche Theater könnt ihr ohne mich weiter aufführen! Zieht euch am besten Strumpfhosen an und steckt euch Federn an bauschige Hüte, dann kommt eure Schwertkampfeinlage optisch besser beim Publikum an!«

Noch bevor Sams Stimme sich vor Überanstrengung überschlug, knallte sie die Scheunentür hinter sich zu.

Pia war die Erste, die reagierte, zumal Sams Vorwürfe und Geschrei nicht ihr gegolten hatten. »Na toll! Gut gemacht, du Depp!«, fauchte sie Bastian an.

Sie wollte Sam hinterher, aber Chris hielt sie auf. »Schon gut! Ich will mit ihr reden.«

Pia ließ sich von Chris aufhalten, Bastian nicht. »Ich geb einen Scheiß drauf, was du willst!«, rief er und rannte als Erster hinaus in die überraschend kühle Nacht.

»Okay, schlagen die sich jetzt die Köpfe ein oder beleidigen die sich nur, bis sie heiser sind?«, wollte Sev wissen, nachdem auch Chris durch die Scheunentür verschwunden war.

Matthias seufzte. »Ich bin mir nicht mal sicher, ob Chris nicht doch noch umdreht.«

»Wie meinst du das?«, fragte Pia überrascht.

Dass ihr hübscher Haarschopf mit einem Mal so ernst klang, trübte ihre Pony-Herzchen-Bauchmuskeln-Girly-Welt.

»Er kann nicht gut mit solchen Situationen. Jemanden zu verlieren, den er gernhat … das hatte er schon, deshalb wirkt er auch so gefühlskalt.«

»Gefühlskalt«, wiederholte Pia, um Zeit zu gewinnen, darüber nachzudenken.

Ja, Chris machte tatsächlich den Eindruck, als wäre er ein ziemlich verschlossener Typ. Nur als Sam mit ihm über das Schwimmen geredet hatte, war er kurz aufgetaut. Eigentlich machte ihn die ganze Einsamer-Wolf-Aura ziemlich cool, nur dass er deshalb vielleicht Sam verlassen könnte, gefiel Pia überhaupt nicht.

»Ich glaube, sie mag Chris mehr, als sie zugeben will. Sam hat noch nicht oft jemanden als ihren Freund bezeichnet, das ist ziemlich ungewohnt für mich ... Und Bastian ...« Pia seufzte. »Er kriegt sich wieder ein, er kann sich nicht lange mit Sam streiten und er will schon gar nicht, dass sie sauer auf ihn ist. Bastian ist ein verzogenes, verwöhntes Einzelkind, das daran gewöhnt ist, zu bekommen, was es will – daran sind seine Eltern schuld –, aber er riskiert nicht, Sam ernsthaft wütend zu machen. Er würde sich mit Chris zusammenraufen, denke ich ...«

Matthias nickte und zuckte dann mit den Schultern. »Mal sehen, was der Ire mit den Eisaugen macht. Wenn er alten Mustern folgt, sehe ich ehrlich gesagt schwarz.«

Sam fluchte den abgebrochenen Holzpfosten an, der ihren linken Fuß abrupt gestoppt hatte. So schön die Sterne hier auf dem Land auch funkelten, so finster war die Nacht, durch die man stolpern musste, um wieder halbwegs zivilisiertes und mit Strom versorgtes Gebiet zu erreichen.

Hier gab es keine Straßenlaternen, keinen Handyempfang und kein Erbarmen mit naiven Stadtmädchen, die sich verliebten und dann die Nerven wegschmissen, wenn man sie darauf aufmerksam machte.

Ihr Leben war noch vor ein paar Tagen so herrlich unkompliziert gewesen und jetzt drehte sich alles in einem Strudel aus Eifersucht und Verlustängsten. Dieses Kaff hatte sich idyllisch und friedlich gezeigt, in Wirklichkeit war es ein billiger Telenovela-Drehort, gespickt mit Kuhfladen und Gartenzwergen.

»Hey! Warte!«

Bastians Stimme ließ Sam kurz anhalten, aus purer Gewohnheit. Nach einer Sekunde fiel ihr wieder ein, wie wütend sie war und warum sie gerade allein fluchend am See entlangstolperte.

»Geh weg!«, fauchte sie und beschleunigte ihre Schritte.

»Nein! Wohin denn?! Zur läufigen Version von Minnie Mouse und den drei Jonas Brothers?«

Als Sam zu laufen begann, hörte sie, wie Bastians Schritte auch schneller wurden.

»Versuchst du echt gerade, vor mir wegzulaufen?!«

»Ja!«

»Wieso?! Denkst du, ich will dich ausrauben?!«

»Nein! Du willst mir auf die Nerven gehen! Deshalb laufe ich vor dir weg!«, rief Sam atemlos, weil sie rannte, als wäre der Teufel persönlich hinter ihr her.

»Sinnlos! Ich bin es gewohnt, neunzig Minuten einem Ball nachzulaufen. Außerdem habe ich die längeren Beine und die bessere Kondition. Du brauchst doch jetzt schon ein Sauerstoffzelt.«

»Ja! Aber ich habe die Hoffnung ...«, schnaufte Sam und musste ein paar Mal nach Luft schnappen, um den Satz zu beenden. »... dass du über dein Riesenego stolperst! DU VOLLARSCH!«

Es dauerte noch ungefähr fünf Sekunden, bis Bastian Sam am Handgelenk packte und sie beide so plötzlich ausbremste, dass sie beinahe in den See gefallen wären. Sie stolperten am Ufer entlang. Im knöcheltiefen Wasser riss sich Sam von Bastian los.

»Was glaubst du eigentlich, was du hier tust?!«, fauchte sie aufgebracht. Sie bekam immer noch nicht genug Luft, um angemessen wütend zu klingen.

»Mir mit dir eine Verfolgungsjagd liefern, weil du offenbar psychotische Schübe hast!«

Sam knurrte und spritzte Bastian mit dem Fuß mit Wasser voll. »Was zum Teufel ist dein Problem?«, wollte sie wissen und gestikulierte dabei aufgebracht mit den Armen.

Trotz der Dunkelheit war die wachsende Wut in Bastians Augen nicht schwer zu erkennen. Er legte nur selten so negative Emotionen in seinen Blick, weil er der fröhlichste, unbeschwerteste Mensch war, den Sam kannte, aber das ländliche Urlaubsparadies brachte nicht nur ihre Gefühlswert durcheinander. Bastian verkrampfte sich ein wenig, weil er im ersten Moment keine Worte zu finden schien, die stark genug waren, um Sam zu verdeutlichen, was sie eigentlich gar nicht verstehen wollte.

»Die Frage ist nicht, was mit mir los ist, sondern mit dir!«, startete er seine Ansprache. »Wann bist du denn zu dieser dämlichen, leichtgläubigen Kuh mutiert, die sich einem Typen an den Hals wirft, der nur dann noch offensichtlicher ein Frauen verbrauchender Arsch sein könnte, wenn er sich ein verdammtes T-Shirt anziehen würde, auf dem ›Nur bumsen‹ steht?!«

Sams Herz versetzte es einen unangenehmen Stich, als sie sich bewusst machte, dass sie Chris vorhin dazu aufgefordert hatte, mit ihr Schluss zu machen. »Wenn ich wirklich nur eine Vögelei für ihn bleibe, dann nur, weil er glaubt, dass zwischen mir und dir irgendetwas ist! Was weißt du schon über Chris?! Bevor du aufgetaucht bist, war alles in Ordnung! Wir waren ... Wir ... sind ...«

»Was?!«, brüllte Bastian viel zu wütend und zuckte innerlich zusammen.

Ob es offensichtlich für Sam war? Er befürchtete kurz, er hätte zu unverfroren mit seinen Gefühlen um sich geschlagen, dann wurde ihm wieder bewusst, wer ihm gegenüberstand. Sam hätte selbst dann nicht verstanden, warum er sich so lächerlich aufführte, wenn jemand hinter ihm ein Schild mit Kommentaren hochgehalten hätte. Es war gut so. Er musste aufhören, sich so aufzuführen, viel gleichgültiger werden, aber das war im Moment schwer.

»Ich mag ihn! Es ist mir egal, was du von ihm denkst! Wenn es schiefgeht, dann geht das nur Chris und mich etwas an!«

Bastian lachte aufgesetzt. »Wow! Du bist ja echt total verliebt in diesen Idioten! Sag das doch gleich, dann mache ich dasselbe, was ich mache, wenn Pia einen ihrer Trips durchlebt!«

»Vergleich mich nicht mit Pia!«

»Dann verhalt dich nicht so! Solange du mit Mr. Schön zusammen bist, nenne ich dich einfach Pia-Zwei und ignoriere sämtlichen Schwachsinn, den du von dir gibst. Deal?«

Sam stutzte. Das Bastian auf einmal behauptete, Chris würde ihn nicht mehr stören als eine von Pias Eroberungen, passte überhaupt nicht zu all den Dingen, die sie hier ins knöcheltiefe Wasser getrieben hatten.

»Wie bitte?!«

Ihre Frage klang deshalb so verwirrt, weil sie gerade ihre gesamte Wahrnehmung infrage stellte. Hatte sie das, was Bastian hier aufführte, wirklich so falsch interpretiert?

»Ich dachte …«

»Was dachtest du?«, wollte er, noch immer gespielt amüsiert, wissen.

Bastian verschränkte neugierig die Arme vor der Brust, legte den Kopf leicht schief und raubte Sam damit noch ein Stück mehr ihrer Fassung. Sie wusste jetzt, wie sich absolutes Unbehagen anfühlte. Stammelnd stand sie da, verlagerte ihr Gewicht von einem Bein aufs andere und überlegte, wie sie Bastian, ohne sich selbst bloßzustellen, entlocken konnte, ob er denn nun in sie verliebt war oder nicht. Ihm überhaupt zu unterstellen, dass er in irgendeiner Form eifersüchtig war, hätte sich in Anbetracht seiner plötzlich auftretenden Gefühlskälte und Gleichgültigkeit sehr, sehr seltsam angehört.

»Sam?«

»Ähm … ja?«

»Wolltest du nicht etwas sagen?«

»Ja.«

»Wir stehen noch immer hier im Wasser und hatten vor zwei Minuten eine wilde Verfolgungsjagd.«

»Ja.«

»Und jetzt?«

Sam nahm all ihren Mut zusammen und ignorierte das kalkulatorisch hohe Risiko, sich noch mehr vor Bastian zu blamieren als damals, als sie auf seinen blütenweißen Balkonpolstermöbeln ihre Tage bekommen hatte. »Du empfindest nichts für mich, oder? Mehr als Freundschaft, meine ich.«

Bastian lachte leise, aber mit einem leicht überraschten Einschlag. In diesem Moment stellte er absolut alles ab, was in ihm tobte, das konnte er im äußersten Notfall – also auch jetzt. »Nein. Ich hab dich lieb, Sam, aber ich liebe dich nicht. Hast du das geglaubt?«

Sie zuckte kaum merklich mit den Schultern, weil das Unbehagen ihr im Nacken saß und sie mit Stecknadeln traktierte.

»Komm mal her!«

Seine Aufforderung veranlasste Sam zwar zu keiner Bewegung, aber Bastian stand mit einem Mal so dicht vor ihr, dass sie zurückgewichen wäre, hätte er sie nicht am Oberarm festgehalten.

»Ich zeige dir, dass da nichts funkt zwischen uns …«

Er beugte sich ein wenig hinunter, das letzte Stück überbrückte er, indem er sie zu sich zog. In Sams Kopf herrschte mit einem Mal Ausnahmezustand. Gehirnzellen rannten panisch im Kreis und stießen unchristliche Flüche aus. Sie hätte unmöglich reagieren können, weil nichts mehr in oder an ihr ihr gehorchte. Bastians Lippen waren warm und weich und blieben geschlossen. Nach zwei Sekunden wich er wieder zurück und ließ von Sam ab.

»Da ist gar nichts. Oder?«, fragte er tonlos.

Sam schüttelte mechanisch den Kopf, zu einer anderen Reaktion konnte sie sich nicht durchringen. Hatte er sie tatsächlich gerade geküsst? Warum legte Bastian bloß denselben beschissenen Hang zu Demonstrationen an den Tag wie sie?

»Na also. Dann haken wir das ganze Thema endlich ab! Hab Spaß mit Mr. Schön und heul nicht, wenn er dir das Herz bricht. Ich hau ab.«

Ganz beiläufig, so als hätten sie gerade ein Gespräch über eine Hausaufgabe geführt, hob Bastian die Hand und stapfte aus dem See.

Sam blieb stehen, eine ganze Weile, als ob ihre Schuhsohlen an dem lehmigen Untergrund festgewachsen wären.

Sie starrte Bastian nach, während er gewohnt leichtfüßig in der Dunkelheit verschwand. Vielleicht hätte sie ihm nachlaufen sollen, ihm sagen, dass er sie nicht einfach küssen und dann verschwinden konnte, aber was hätte das wiederum über ihre Gefühle ausgesagt?

War das Leben allgemein so schwierig oder hatte das Schicksal Sam gerade auf dem Radar und amüsierte sich köstlich über so viel Unbehagen und Ahnungslosigkeit?

Nein, sie wollte ihm nicht nachlaufen, sie wollte gehen und Chris suchen, um ihm zu sagen, dass Bastian kein Thema mehr zwischen ihnen sein würde. Außerdem musste sie dringend die Aufforderung an ihn zurücknehmen, mit ihr Schluss zu machen. Allein der Gedanke verursachte ihr wieder Herzstechen. Manchmal war ihr Mund einfach schneller als der vernünftige Teil ihres Hirns und dann galt es, Schadensbegrenzung zu betreiben.

Sie wusste, dass es wenig Sinn machte, zurück zur Scheune zu gehen und sich dort den neugierig mitleidigen Blicken von Pia, Matthias und Sev auszusetzen. Sie wollte allein mit Chris reden, ungestört sein, um das Risiko, wieder die Nerven wegzuschmeißen, zu minimieren. Hoffentlich war er gesprächsbereit und hatte diesen eisigen Blick abgelegt.

Noch immer ein wenig durch den Wind, tastete Sam die Hosentaschen nach ihrem Handy ab. Natürlich hatte sie es nicht dabei – so viel zum Thema, ihre Generation würde ohne Smartphone keinen Schritt mehr vor die Tür machen.

Geh oder bleib

Bastians Porsche war weg, als Sam ihre Hütte erreichte. Sie hatte sich auf dem Weg hierher eingeredet, dass dieser seltsame Tag ihrer Freundschaft nichts anhaben würde. Sie hatten auch ihre erste Knutscherei totgeschwiegen – Verdrängung war das Zauberwort, dessen magische Wirkung zwar nicht ewig hielt, aber schnell einsetzte.

Gehetzt rannte Sam die hölzernen Treppen hinauf, die sie auf ihren Balkon führten. Sie hätte ihn beinahe übersehen, hätte sein Smartphone nicht unnatürlich bläulich geleuchtet.

»Hey!«, piepste sie überrascht und musterte Chris. Sogar seine Silhouette war hübscher als die von normalen Menschen.

Das Mondlicht legte ein Weichzeichen über sein Gesicht, das er eigentlich gar nicht nötig hatte – so sah er aus, als hätte ihn jemand mit Photoshop bearbeitet. Er lehnte an der Außenmauer wie ein gut aussehender Schatten und stieß sich ab, als Sam noch einen Schritt auf ihn zu machte.

»Ich dachte mir, dass du früher oder später herkommst«, meinte er und steckte sein Telefon weg. Wahrscheinlich hatte er versucht, sie zu erreichen.

»Habe mein Handy vergessen. Ich wollte dich anrufen, aber …« Sam erinnerte sich wieder daran, dass sie nicht gut im Entschuldigen war. Sie schüttelte den Kopf und atmete einmal durch, um diese störende Nervosität abzulegen. »Es tut mir leid!«

»Er ist vorhin weggefahren«, überging Chris Sams Entschuldigung und ließ sie im nächsten Moment stutzen.

»Bastian?«, fragte sie tonlos.

Chris nickte. Er hatte ihn in sein Auto steigen und davonfahren sehen, als er hier auf Sam gewartet hatte.

»Wir haben geredet«, begann sie vorsichtig zu berichten. Sie achtete auf jedes einzelne Wort, das sie aussprach, prätentiös genau, weil es wichtig war, jetzt nichts Dummes zu sagen. »Ich weiß nicht, warum er sich so idiotisch aufgeführt hat, aber ich kann dir versichern, dass zwischen Bastian und mir absolut nichts läuft! Ich will nichts von ihm, ehrlich!«

»Aber er von dir.«

»Wir sind nur Freunde!«

»Sag das ihm und nicht mir.«

»Habe ich und er hat mir versichert, dass er nichts von mir will! Ich kenne Bastian seit dem Kindergarten. Die meiste Zeit sehe ich auch nur das Kind in ihm, einen Freund, einen androgynen Freund, der in meinem Leben herumstolpert, seit ich mich zurückerinnern kann. Ich weiß schon, dass wir jetzt erwachsen sind, und ich sehe manchmal den Grund dafür, warum ihm so viele Mädchen hinterherlaufen. Dass es mir irgendwie unbewusst gefallen hat, wenn er aus einem Scherz heraus mit mir flirtet, kann ich nicht abstreiten. Ich bin auch nur ein Mensch und lasse mich deshalb sicher nicht von dir verurteilen.«

Sam sprach so energisch, dass ihre Stimme kurz zu beben begann – ein leicht weinerliches Beben, das sie unbedingt verstecken wollte. Laut oder übertrieben emotional zu werden, war gar nicht ihre Absicht, aber sie bemühte sich um Klarstellung.

»Ich hatte keine Ahnung, dass Pia und Bastian hierherkommen. Es tut mir wirklich leid, dass der Abend so verlaufen ist. Dass ich dich einen unnahbaren Scheißkerl genannt habe, war übrigens bescheuert von mir. Ich bin nicht gut darin, Streitereien über mich ergehen zu lassen – ich werfe dann mit Gemeinheiten um mich.«

»Schon gut, damit hattest du ja nicht unrecht – ›unnahbarer Scheißkerl‹ fasst das, was ich bin, ganz gut zusammen.« Chris präsentierte ein schwaches Lächeln, ein müdes, kein kaltes.

Sams Herz begann zu hämmern, weil es sich darauf einstellte, bald furchtbar zu schmerzen. Dass Chris sich selbst einen unnahbaren Scheißkerl nannte, tat er wahrscheinlich nur, um das Schlussmachen im Anschluss zu rechtfertigen. Das war der übliche Vorgang – sich selbst schlechtreden, um dem zu Verlassenden das Verlassenwerden leichter zu gestalten.

Sams Worte wurden immer leiser. »Der Abend war wirklich schrecklich, aber es war absolut nicht meine Absicht, dir irgendwie das Gefühl zu geben, ich würde nichts für dich empfinden oder für einen anderen mehr empfinden. So ist das nicht.«

Schweigend starrte Chris durch sie hindurch.

»Sag bitte was, sonst heule ich gleich! Ich werde mich dafür hassen, also erspar mir das Heulen, ja?! Sag einfach ›Geh‹ oder ›Bleib‹, ganz egal! Sag einfach irgendwas!«

Sams Flehen klang jetzt schon weinerlich. Mit jeder Sekunde des Schweigens, die verging, füllten sich ihre Augen mit mehr und mehr Tränen. Sie traute sich jetzt schon nicht mehr, zu blinzeln.

Sam ließ noch drei weitere Sekunden verstreichen, dann hatte sie genug.

»Schon verstanden!«, schrie sie.

Sie machte auf dem Absatz kehrt, weil das Schweigen zu unerträglich wurde. Diese durchdringenden, nichtssagenden Blicke waren furchtbar. Sie wollte weg, weg von Chris und diesem Kaff, das ihr so viel abverlangt hatte.

»Warte! Entschuldige! Bleib!«

Die drei Worte aus Chris' Mund waren die erlösendsten, die Sam jemals vernommen hatte. Sie drehte sich um, war dankbar für den plötzlich auffrischenden Wind, der die Tränen in ihren Augen trocknete.

»Ich weiß, dass du nichts dafür kannst! Ich verstehe auch, dass ihr Freunde seid, aber …« Chris' Augen funkelten. »Aber ich will dich absolut nicht teilen!«

Er trat einen Schritt näher und streckte die Hand nach Sam aus. Sie ließ sich widerstandslos zu ihm ziehen. Chris nahm sie in den Arm und drückte seine Wange an ihre.

»Es tut mir leid, dass ich dich naiv genannt habe«, flüsterte er, sich bewusst darüber, dass sein Atem ihre Haut prickeln ließ.

Das hier war so neu und so nah an ›verliebt sein‹ für Chris, dass er sich selbst kaum wiedererkannte. Dass er sie gerade eben so hatte zappeln lassen, lag nicht daran, dass er ihr wehtun wollte, sondern an der Tatsache, dass Sam ihn manchmal sprachlos machte. Ein Problem, mit dem er in den restlichen Bereichen seines Lebens absolut nie zu kämpfen hatte, nur wenn sie ihn küsste oder sagte, dass sie ihn mochte, setzte sein Verstand manchmal aus. Dass ihm das noch nie passiert war, war ihm genauso bewusst wie der Umstand, dass er sie beinahe wieder verloren hätte. Sie hätte sich auch gegen ihn entscheiden können, dann wäre Chris jetzt eben wieder der unnahbare Scheißkerl, den er sowieso schon verinnerlicht hatte.

Seine Lippen suchten ihre, aber sie neigte den Kopf etwas nach hinten, verweigerte ihm den Kuss.

Sam hatte nur gezögert, weil ihre Lippen sich noch warm anfühlten. Sie hätte schwören können, sie schmeckten nach Bastian, und Chris hätte herausgefunden, was passiert war, wenn sie ihn jetzt geküsst hätte.

»Bist du mit den Gedanken noch woanders?«, wollte er wissen und ließ ihr wieder etwas Raum.

Er versuchte, nicht vorwurfsvoll zu klingen, er wollte sie nicht wieder vertreiben, nur weil er mit seiner Eifersucht nicht umgehen konnte.

Sam musste sich beherrschen, nicht ertappt zusammenzuzucken. Sie war immer eine gute Schauspielerin gewesen, aber eine schlechte Lügnerin. »Mir geht nur so viel durch den Kopf«, gab sie zu und lehnte sich an ihn.

»Wegen ihm?« Er sprach seinen Namen mit Absicht nicht aus.

Sam überlegte lange, wie ehrlich sie sein sollte. »Es fühlt sich an, als hätte ich ihn verloren … als Freund. Auf einmal ist da diese Distanz zwischen uns, das fühlt sich seltsam an, weil wir uns so nahegestanden haben … als Freunde.«

Sam fühlte sich seltsam befreit, als sie ihre Gedanken ausgesprochen hatte. Ein schlechtes Gewissen bekam sie trotzdem. »Entschuldige, dass ich dich damit vollquatsche! Ich weiß, du willst das nicht hören!«

»Schon okay, ich kann dieses Gefühl nachvollziehen. Diese Art von Distanz tut weh.«

»Das musst du nicht sagen. Ich meine, du musst nicht so tun, als würdest du das verstehen.«

»Hältst du mich für so abgedroschen?«, unterbrach Chris sie und ließ seine Augen kurz vereisen. »Ich weiß, wie es sich anfühlt, wenn dir jemand, der dir wichtig ist, ganz langsam entgleitet, wie es sticht, wenn diese Distanz immer größer wird. Verlustängste können dich lähmen, dich wütend machen und irgendwann stumpfen sie dich ab, dann bist du alleine, aber es fühlt sich besser an als dieser ständige Hass, dieses zermürbende Enttäuschtwerden.«

Sam verfing sich in Chris' wehmütigem Blick.

Er wirkte mit einem Mal in sich gekehrt, ernst und unendlich traurig.

»Das klingt furchtbar.«

Ihre Feststellung holte ihn aus seiner Rückblende.

Er schüttelte kaum merklich den Kopf und seufzte dann. »Entschuldige. Das trifft natürlich nicht auf dich und ihn zu. Er läuft dir nicht weg, dafür mag er dich viel zu sehr, das sieht ein Blinder. Vergiss, was ich gesagt habe.«

Sam nickte zaghaft und machte dann einen Schritt auf Chris zu. Er ließ sie zu ihm kommen, ihn küssen. Es fühlte sich an, als wäre ihr letzter Kuss Ewigkeiten her. Seine Hände legten sich auf ihren Rücken, zogen sie so weit wie möglich an ihn. Der Körperkontakt tat gut, weckte schöne Erinnerungen und vertrieb die bedrückende Atmosphäre, die dabei gewesen war, sich auszubreiten.

In diesem Moment war alles in Ordnung, auch wenn Sam um ihre Freundschaft mit Bastian bangte und Chris zweifelsohne Geheimnisse mit sich herumschleppte, die verstörend waren.

Sie wäre beinahe über die Balkonmöbel gestolpert, weil sie so in den Kuss vertieft war. Chris hob Sam hoch und drückte sie ganz sanft gegen die gläserne Tür. Seine Hände waren warm und weckten ein Verlangen, das beiden ein erwartungsvolles Stöhnen entlockte.

Als er kurz von ihr abließ, nutzte sie die Gelegenheit, um ein Angebot auszusprechen. »Wollen wir nicht reingehen?«

Sie fuhr mit der Zungenspitze erwartungsvoll über ihre Lippen. Ihr Blick hätte kaum verführerischer sein können, aber er hielt ihm stand.

»Deine Eltern sind da, oder?«

Sam stutzte. »Ja, mein Vater und seine Freundin, aber die schlafen unten. Wenn du nicht vorhast, übertrieben laut zu werden, dann …«

»Nein, ich will nicht reinkommen.«

Noch bevor die Enttäuschung und die Scham über ihr Verlangen ihren Blick zeichnen konnten, nahm Chris sie an der Hand und schmunzelte.

»Gehen wir zu mir?«

In Sams Kopf hallten die Gespräche des Tages wider. Sie versuchte, sie stumm zu schalten, um Platz für den hübschen, spannenden Jungen, der ihre Hand hielt, zu schaffen.

Chris führte sie zielsicher durch die Nacht, am See entlang, der mit einem Mal wieder viel ruhiger und schöner wirkte als noch vor einer halben Stunde.

Sie waren nicht lange unterwegs, trotzdem hatten sie eine beachtliche Strecke zurückgelegt. Mit Chris Schritt zu halten, war mühsam, wahrscheinlich auch im Leben. Sam war damit beschäftigt, sich auszumalen, wie toll der Junge, den sie nun ihren Freund nannte, wirklich war und wie wenig sie eigentlich über ihn wusste. Dass er ziemlich klug war, hatte sie mitbekommen, ehrgeizig und sportlich. Außerdem hatte er ganz unweigerlich viel erlebt, unschöne Dinge, die ihn schnell erwachsen und kühl hatten werden lassen.

»Hier, das ist es.«

Sie kamen vor einem Bungalow zum Stehen, kleiner als die Hütte, die Sams Vater gemietet hatte, aber eindeutig moderner. Das blassgelbe Haus passte zwar noch immer in die Gegend, wirkte aber eher ländlich als rustikal. Die Fensterläden waren grün, in der gepflegten Auffahrt stand ein silberner Sportwagen. Sam erkannte das Emblem nicht, aber der Wagen musste sündhaft teuer sein.

»Kann es sein, dass du reich bist?«

Chris stutzte auf diese direkte Frage hin und zog Sam dann einfach weiter, weg von seinem Mercedes. »Was verstehst du unter ›reich‹?«, wollte er schmunzelnd wissen.

»Hast du das Auto gewonnen? Geschenkt bekommen? Gestohlen?«

Chris zog die Brauen nach oben und schürzte die Lippen. »Ich bin ein weltweit gesuchter Meisterdieb, hatte ich das noch nicht erwähnt?«

»Nein, aber gut zu wissen! Hast du eine zweite Identität – trägst du irgendein Kostüm? Hey! Verkleidest du dich als Husky?! Bist du der Husky Man?«

Chris lachte. »Kein Hundekostüm. Aber ich trage eine ziemlich coole Augenmaske.«

Sam gab ein lustvoll erwartungsvolles Knurren von sich. »Die will ich sehen!«

Er öffnete die Tür zu seinem Bungalow und machte eine einladende Geste. »Welcome to my estate!«

»Du hast einen ganz schön heftigen Dialekt, das wollte ich dir schon lange sagen.«

»Entschuldige, du bist an British English gewöhnt, oder?«

Sam ignorierte, dass es eher am fehlenden Wortschatz lag, dass sie Chris nicht ganz verstanden hatte, und nickte. Vor jemandem, der Englisch als zweite Muttersprache beherrschte, konnte sie sich nur blamieren. Sie musste unbedingt Vokabeln lernen und sich ein paar lallende Iren auf YouTube anschauen, um sich an den Dialekt zu gewöhnen.

Im Inneren des Bungalows erinnerte absolut nichts an die blümchenverzierte Hölle, in der Sam einquartiert war. Die Einrichtung war im Landhaus-Stil gehalten, hell und kaum kitschig. Wohn- und Essbereich waren ein großer Raum, in dem es schwach nach Lilien roch.

»Wow, sogar am Arsch der Welt herrscht eine Zweiklassengesellschaft – du wohnst hier im Luxusbauernhaus und wir in dem, was die Blumen ausgeschieden haben!«

Sam warf einen kurzen Blick aus dem Fenster, nur um auf das akkurat gepflegte Blumenbeet zu zeigen.

»Hey! Sogar deine Gartenzwerge sind hübscher! Die sehen irgendwie wohlhabender aus – grotesk.«

Grinsend umarmte Chris Sam von hinten und vergrub sein Gesicht in ihren Haaren.

»Du riechst gut«, hauchte er.

»Soll das eine Anmache sein?«

»Sure.«

Ihr Körper reagierte sofort auf ihn. Wohlbekannte Vorfreude machte sich in ihr breit, Vorfreude, die sämtliche Müdigkeit vertrieb und auch gegen den starken Drang ankam, diesen nervenaufreibenden Tag zu einem baldigen Ende kommen zu lassen.

»Darf ich über Nacht bleiben?«

Chris drehte Sam zu sich und grinste ein an Arroganz grenzendes Lächeln. »Sicher. Wer weiß, ob er nicht doch noch umdreht. Ich würde dich nur ungern neben jemandem schlafen lassen, der dich tagsüber schon mit den Augen auszieht.«

»Das stimmt doch nicht.«

»Ich weiß, du willst das nicht hören.«

»Er will nichts von mir!«

»Wenn er dich das glauben gemacht hat, ist er ein guter Schauspieler.«

Sam zuckte innerlich zusammen. Da war sie wieder, die Erinnerung, die eigentlich verdrängt hätte werden sollen. Schauspieler hin oder her, Bastian war auf alle Fälle gut darin, bleibenden Eindruck zu hinterlassen.

»Er sagt, er ist nicht in mich verliebt, und er hätte sich kaum deutlicher ausdrücken können«, erzählte Sam vorsichtig, blieb so nah wie möglich an der Wahrheit.

Chris ließ den Kopf kurz in den Nacken fallen und seufzte. »Es zu leugnen, war der einzige Schluss aus der heutigen Situation. Du hättest ihn sonst vielleicht abgewiesen, dann hätte er dich verloren. So gewinnt er nicht nur Zeit, sondern profitiert auch noch von deinem schlechten Gewissen. Eines muss man ihm lassen, dumm ist er nicht.«

Jetzt seufzte Sam. »Sigmund Freud lässt grüßen!«

»Dazu muss man kein Psychoanalytiker sein, es reicht schon, wenn man ein etwas zu eifersüchtiger Scheißkerl ist.«

Sie legte die Arme um Chris und ließ sich von ihm ein Stück weit hochziehen, um ihn küssen zu können. »Du musst nicht eifersüchtig sein, ich bin niemand, der einen Grund dazu entstehen lassen würde«, versicherte sie eindringlich.

Er nickte, schob seine Hände in ihre Hosentaschen.

»Und du bist kein Scheißkerl!«, fügte sie noch hinzu, bevor sie sich einem langen, intimen Kuss hingab.

Einen kurzen Moment spielte Chris mit dem Gedanken, sich mit Sam einfach auf die Couch fallen zu lassen, dann konnte er sich doch noch beherrschen.

»Komm, ich zeig dir das Schlafzimmer!«

Sie biss sich auf die Unterlippe und seufzte. »Keine subtilere Anspielung auf Lager, Mister O'Shay? Irgendeinen abgedroschenen Spruch vielleicht?«

Er grinste schief und deutete auf die Wasserspritzer auf Sams Top. »Zieh die nassen Sachen aus, sonst erkältest du dich.«

Huskyaugen mit Tiefgang

Ein lautes Donnern entriss Sam unsanft dem Traumland. Noch im Halbschlaf versuchte sie sich zu erinnern, wie sie in dieses unverschämt weiche Bett gekommen war.

Das Letzte, an das sie sich erinnern konnte, war, dass Chris einen Vortrag über die verschwörerischen Absichten von Bastian gehalten und danach ihre Sinne auf Achterbahnfahrt geschickt hatte.

In ihrem Traum war beides vorgekommen. Chris war ihr Klassenlehrer gewesen und hatte etwas in dialektbehaftetem Englisch diktiert. So sehr sich Sam auch angestrengt hatte, das irische Kauderwelsch war unverständlich für sie geblieben. Neben ihr hatte Bastian gesessen, gewohnt gelangweilt vom Unterricht hatte er irgendetwas auf seinen Block gekritzelt. Er war viel näher an sie herangerückt als sonst. Als Sam das bewusst geworden war, hatte sie auch schon seinen Atem am Hals gespürt. Sie wollte etwas sagen, sich bewegen, aber ihr Körper hatte ihr – wie so oft im Traum – einfach nicht gehorcht. Der Kuss, den er ihr gegeben hatte, war fordernd gewesen. Dass das Klassenzimmer weder der richtige Ort noch Bastian der richtige Junge für so eine Art von Kuss war, war Sam nur am Rande klar gewesen. Als der unverschämt schöne Ire vorn an der Tafel sich nach ihr umgedreht hatte, war ihr seltsam zumute geworden.

»Ich wusste es!«

Sein Tonfall war furchtbar kalt gewesen. Sam wäre gern weggelaufen, aber Bastian hatte quasi auf ihr gelegen.

»Es reicht mir! Nachsitzen, alle beide!«

Danach war Sam aufgewacht.

Langsam rührte sich auch Chris. Er hatte die Nacht traumlos verbracht und tastete mit den Fingerspitzen nach den langen blonden Haaren, die über Sams Schultern fielen. Als sie ihn bemerkte, ließ sie sich zurück auf die Matratze fallen. Seine Augen leuchteten trotz der Düsterheit im Zimmer eisblau.

Seine Stimme klang beschlagen. »Hey, gut geschlafen?«

Nachdem Sam gestern Nacht quasi noch auf ihm eingeschlafen war, hatte er lange wach gelegen. Er litt in regelmäßigen Abständen unter Schlafstörungen, meistens wenn er viel Stress hatte und ihm die Arbeit nicht mehr aus dem Kopf ging. Gestern Nacht hatten ihn andere Gedanken um den Schlaf gebracht, keine unangenehmen, zumindest größtenteils. Er hatte über Sam nachgedacht, die Situation, dieses plötzliche Umkrempeln seines Lebens.

Chris war nie gern spontan gewesen, hatte Entscheidungen aus dem Bauch heraus stets bewusst vermieden, und nun lag die spontanste und unüberlegteste Entscheidung neben ihm, die er je getroffen hatte.

Er war nie glücklicher gewesen. Diese Unbeschwertheit, die sich trotz der vielen Variablen und der ungewissen Zukunft in ihm breitmachte, war nur Sam zuzuschreiben.

Es gab Mädchen, die schön waren, Mädchen, die einen glücklich machen konnten, weil sie Humor und liebenswerte Macken hatten, all das wusste Chris, nur dass es so jemanden für ihn gab, hatte ihn überrascht. Er war ein wählerischer, stoischer Perfektionist, der zwar grundsätzlich an Liebe glaubte, sie aber nie in seiner eigenen Zukunft gesehen hatte.

Sam grinste ihn an. »Du lässt mich nachsitzen?«, wollte sie gespielt beleidigt wissen.

»Was?« Er war noch schlaftrunken und so fasziniert von diesem Lächeln, dass ihm im Moment egal war, dass er ihr nicht folgen konnte.

»Du warst mein Lehrer«, erklärte sie ihren Traum weiter.

Chris grinste. »Ich habe keine Ahnung, wovon du redest, aber es hört sich nach Rollenspiel an. Du machst mir schon wieder Laune.« Mit einem Ruck zog er Sam auf sich.

Sie beugte sich über ihn, ihre Nasenspitze berührte seine. »Ich hatte nur einen konfusen Traum.«

Ein Blitz erhellte den Raum, gefolgt von lautem Donner. Nach all diesen sonnendurchfluteten Tagen schien der Himmel heute seine schlecht gelaunte Seite präsentieren zu wollen. Regentropfen prasselten an die Fensterscheibe und es war merklich kühler geworden. Sam fröstelte ein wenig, als sie sich aus dem warmen, weichen Bett erhob.

»Darf ich mal deine Dusche benutzen?«

»Du kannst dir auch ein Bad einlassen. Wenn du fertig bist, gibt es Frühstück.«

Chris' Angebot klang zu verlockend, um es auszuschlagen. Mit einem Kuss verabschiedete sie sich ins Badezimmer.

Das heiße Wasser weckte nicht nur die Lebensgeister, sondern half auch, alle seltsamen Ereignisse von gestern, die noch im Verdrängungsmodus steckten, ein Stück weiter in die dunklen, staubigen Ecke von Sams Psyche zu schieben.

Sie konnte jetzt keine Dramen mehr gebrauchen, es war Zeit, zu genießen, was unbedingt genossen werden musste. Christian O'Shay, seine Huskyaugen und sein Leben, über das sie so gut wie gar nichts wusste. Es fühlte sich vertraut an, bei ihm zu sein, und trotzdem konnte sie nicht mal sagen, ob er in einer Villa mit zwölf Hausangestellten oder einer Wohngemeinschaft mit fünf langbeinigen Austauschmodels lebte. Vielleicht war er auch Vegetarier oder ein Teufelsanbeter. Im schlimmsten Fall stand er auf Countrymusik und sie musste mit ihm Schluss machen.

»Sam?«

Chris' Stimme riss sie aus ihren Tagträumen. Mit einer zu hektischen Bewegung brachte sie das Badewasser zum Überschwappen.

»Was ist?«

Langsam öffnete sich die weiße Holztür. Auch wenn Chris sonst eine Jack-Norris-mäßige Coolness umgab, wirkte er in diesem Moment wie ein Schuljunge, der versehentlich in die Mädchenumkleide gestolpert war. Er ließ den Blick eher gesenkt, stilvoll und wohlerzogen. Diese Situation war zwar nicht intimer als die Male, in denen er sie bisher nackt gesehen hatte, aber wenn die Sinne nicht von Lust und Verlangen verschleiert waren, empfand man musternde Blicke auf nackter Haut als weitaus unangenehmer. Sam war dankbar für so viel Etikette, zumal das viel zu helle Licht in diesem Badezimmer nichts der Fantasie überließ.

»Ein Anruf für dich.«

Sie legte den Kopf fragend schief, nachdem sie die Beine nah genug an den Oberkörper gezogen hatte. Chris hielt ihr das silberne Smartphone hin, auf dem Display stand ›Matthias‹.

Verwirrt nahm Sam den Anruf entgegen. »Hallo?«

»Sag mal, warum bist du gestern einfach so abgehauen?! Ich meine, ich weiß, warum! Wieso hast du dich nicht gemeldet? Bei mir zumindest! Bastian war echt übel drauf! Wenn ich gewusst hätte, dass er Stress macht, hätte ich ihn nicht mitgenommen, aber …«

»Stopp!«, unterbrach Sam den Pia-Wasserfall.

Chris schloss gerade die Tür hinter sich.

»Bevor das jetzt zu einem Selbstgespräch ausartet: Wo steckst du überhaupt?!«

Pia war drei Sekunden lang still, dann antwortete sie vorsichtig. »Bei Matthias.«

»Ja, schon klar! Die Frage war mehr als Vorwurf gemeint.«

Wieder kehrte Ruhe auf der anderen Seite der Leitung ein. Eine gefährliche Ruhe, wie Sam wusste, denn wenn Pia schwieg, hieß es, etwas zu vertuschen, das Sam mit Sicherheit aufgeregt hätte.

»Na ja, du bist gestern Nacht einfach abgehauen und ich wollte nicht neben Bastian schlafen. Ich bin auch sauer auf ihn! Er hat sich beschissen aufgeführt! Da lernst du endlich mal einen Typen kennen, DU, die nie jemanden toll findet …«

»Hey! Jetzt geht es nicht um mich! Jetzt geht es um dich und den Jungen, der nicht weiß, dass zu Hause noch mehr Typen auf dich warten.«

»Was für Typen?«, fragte Pia unschuldig.

»Fanta und dieser Depp mit dem Haarreif!«, fauchte Sam.

»Ach die! Nein, mit denen habe ich schon vor ein paar Tagen Schluss gemacht.«

»Sag mir bitte, dass du nicht mit Matthias geschlafen hast.«

Das letzte bisschen Hoffnung, das Sam für den armen, ahnungslosen Matthias noch hatte, verflüchtigte sich in dem Moment, in dem Pia beleidigt ins Telefon schnaufte. »Reg dich ab. Ich habe ihn ja nicht vergewaltigt!«

»Pia! Matthias ist niemand, den du am Schulanfang gegen irgendeinen Typen mit lustigem Spitznamen eintauschen kannst.«

»Denkst du, ich weiß das nicht?!«

»Nein. Das hast du noch nie gewusst.«

»Ach, wenn ich nach deinem typischen Muster gehen würde, würde ich sagen, dass du Chris spätestens in drei Tagen vergraulst, weil du dich wegen irgendeinem Scheiß in Rage redest, weil du noch nicht reif für eine Beziehung bist!«

Das hatte gesessen. Sam wäre beinahe im Badewasser abgesoffen. Ihr war bewusst, dass sie nicht der unkomplizierteste Mensch der Welt war, aber dass man sie für einen Spätzünder hielt, war ihr neu.

»Tut mir leid, ich wollte nicht …«, piepste Pia am anderen Ende.

»Schon gut. Was ich gesagt habe, war auch nicht nett. Du magst Matthias?«

Im Grunde hatte Pia recht. Was wusste Sam schon groß über Liebe? Sie war ein fast achtzehnjähriges Mädchen, dessen längste Beziehung zwei Monate gedauert hatte und an einem roten Hemd gescheitert war.

»Ja! Sehr sogar! Ich bin noch nie so einem Jungen begegnet. Er ist toll! Und er hat schon mal ein Buch aufgeschlagen, ohne von einem Lehrer dazu gezwungen zu werden!«

Sam lachte. Es war wirklich schwer, jemanden zu finden, der weder Goethe für die männlichere Form von Gothic hielt, noch jede freie Minute mit dem Lesen und Analysieren von irgendwelchen Comics oder Mangas verbrachte.

»Ich weiß, was du meinst«, bestätigte sie Pia und konnte sich diesen zufriedenen, mädchenhaft glücklichen Unterton einfach nicht verkneifen.

Nach drei Sekunden, gefüllt mit klischeehaftem Kichern, wurden wieder ernstere Töne angeschlagen.

»Was war gestern mit Bastian? Habt ihr euch gestritten?«

Sam seufzte. »Nein. Ich weiß nicht. Es war alles irgendwie seltsam.«

»Seltsam? Hat er sich entschuldigt?«

»Entschuldigen trifft es nicht ganz … Er hat mich … geküsst.«

»Was?!«

Sam hatte kurz Angst, dass Chris Pias Geschrei durch die Badezimmertür hören könnte.

»Hey! Das darfst du absolut niemandem erzählen, okay?!«

»Mach ich nicht. Er hat dich echt geküsst?! Wie war's? Küsst Bastian gut? Ich hab gehört, dass er …«

»Unwichtig! Es war nicht so ein Kuss! Ich meine, er hat mich nicht geküsst, weil er mir seine Liebe gestehen wollte, sondern weil er mir auf irgendeine bizarre Weise veranschaulichen wollte, dass er nichts von mir will.«

»Hä?«

»Nach dem Kuss hat er gemeint, er fühlt überhaupt nichts … nichts Romantisches.«

»Elender Lügner!«

»Ich weiß nicht, ob er gelogen hat, ich denke, es war ihm ziemlich ernst.«

»Hmm …«

»Was?«

»Du glaubst ihm echt, oder?«

»Ich weiß nicht, was ich glauben soll.«

»Irgendwie tut mir Bastian leid«, erklärte Pia leise.

»ER tut dir leid? Und was ist mit mir? Ich hätte gestern fast die Nerven weggeschmissen und wäre mit einem der Gartenzwerge durchgebrannt!«

»Ja, aber er ist schon so lange … Ich meine, er hat immer geglaubt, dass …«

»Was? Raus damit! Du druckst doch sonst auch nicht so herum.«

Sam beschlich wieder eine üble Vorahnung, was Pias Schweigen betraf. Diese Antwort würde ihr definitiv nicht gefallen.

»Bastian ist doch schon ewig in dich verschossen. Er hat immer geglaubt, dass ihr irgendwann mal händchenhaltend durch den Schulflur geht und euch alle mit offenen Mündern nachstarren. Die Schulsprecherin und der Kapitän der Fußballmannschaft. Du weißt ja, er steht auf diese amerikanischen Serien.«

Sam schluckte schwer. Die angebliche Offensichtlichkeit von Bastians Gefühlen war unangenehm. Nicht nur, dass sogar Pia, die ansonsten wirklich schwer von Begriff war, den vollen Durchblick hatte, auch Chris, der Bastian gerade mal ein paar Stunden erlebt hatte, hatte sofort Bescheid gewusst.

Sam zweifelte stark an ihrer Menschenkenntnis. Während sie darüber nachdachte, was in ihrem Leben aufgrund ihrer verkrüppelten empathischen Fähigkeiten noch alles an ihr vorübergegangen war, plapperte Pia munter weiter aus dem Nähkästchen.

»Seit ihr damals auf seiner Party diese Knutscherei hattet, ist es besonders heftig. Für dich lag es vielleicht am Bacardi, aber für Bastian war das der perfekte Ansporn für ebensolche Showeinlagen.«

»Ach schön, dass du das schon so lange weißt. Danke für die Vorwarnung.«

»Das hättest du mir sowieso nicht geglaubt. Du bist ein Sturkopf und absolut blind, was solche Dinge angeht.«

Dass Pia recht hatte, schien zur Gewohnheit zu werden. Sam wollte es nicht mal jetzt wahrhaben, und das lag nicht nur an Bastians Dementi.

»Ich will ihn als Freund nicht verlieren.«

»Lass ihm Zeit! Er beruhigt sich wieder. Bastian war genauso überrascht wie ich, dass du jemanden gefunden hast. Chris ist der Hammer, aber das macht es für Bastian nicht gerade einfacher.«

»Meinst du, er kommt damit klar?«

»Ach komm schon, Sam, du kennst ihn selbst besser als jeder andere. Er ist viel zu gerne mit dir zusammen, um lange zu schmollen. Man bekommt im Leben nicht immer das, was man will.«

Sam lachte leise. »Wow, seit wann gibst du denn Alte-Leute-Lebensweisheiten von dir? Komm! Sag ›Die Zeit heilt alle Wunden‹!«

Pia lachte. »Klappe! Du weißt, was ich meine!«

»Ja, danke.«

Das Badewasser wurde langsam, aber sicher kühl und Sams Magen knurrte schon die längste Zeit vor sich hin.

»Können wir später weiterreden? Ich sterbe vor Hunger und Chris macht gerade Frühstück.«

»Klar! Chris kann echt gut kochen. Das darfst du dir nicht entgehen lassen – sagt zumindest Matthias.«

Sam schmunzelte. Es war typisch für Pia, das Meistmögliche an Informationen in kürzester Zeit über jemanden zu sammeln. Wahrscheinlich wusste sie schon mehr über Chris als Sam.

»Bis später!«

»Ja, bis später!«

Ein angenehmer Duft schwebte in der Küche umher. Chris stand vor dem Herd, sah dabei aber weder hausmütterlich noch nach selbstverliebtem Fernsehkoch aus. Er wirkte erwachsen, reif, geerdet, und das alles in diesem sagenhaft schönen, jungen, sportlichen Körper.

»Mhh … das riecht lecker! Wo hast du denn gelernt zu kochen?« Neugierig sah Sam auf die Pfanne, aus der es so gut duftete.

»Das sind nur Pfannkuchen, war nicht schwierig, aber ich koche immer selbst.«

Sie lehnte sich an die Küchenzeile und machte ein möglichst fragendes Gesicht.

Er schmunzelte und begann zu erzählen, was längst überfällig war. »Ich wohne alleine, seit ich sechzehn bin, und ich esse nicht gerne Fertiggerichte, daher kann ich kochen.«

»Seit du sechzehn bist?«, wiederholte sie etwas zu tonlos.

Kein Jugendlicher wohnte schon mit sechzehn allein, ohne eine traurige oder bizarre Geschichte erzählen zu können. Sam stellte sich darauf ein, etwas Trauriges von Chris zu hören, aber er schwieg. Als er die Teller mit dem duftenden Frühstück auf den Tisch stellte, konnte sie ihre Neugier nicht mehr unterdrücken.

»Du hattest keine schöne Kindheit, oder?«

Chris schüttelte den Kopf, nicht, weil er Sams Frage verneinen wollte, sondern um seinen folgenden Satz zu untermalen. »Matthias kann seine Klappe einfach nicht halten«, stellte er fast schon genervt fest und machte eine einladende Geste in Richtung der Stühle. Sam setzte sich, genau wie Chris, der sein Werk kritisch beäugte, während er unpassend beiläufig zu erzählen begann.

»Meine Mutter lebt nicht mehr.«

Sam lief es eiskalt den Rücken hinunter.

Chris winkte sofort ab und lächelte schief. »Schon gut, schau mich bitte nicht so mitleidig an, ich mag das nicht. Ich habe einen ganz anderen Bezug zu meiner Mutter als du zu deiner. Ich habe sie nie kennengelernt.«

Sein eindringlicher Beschwichtigungsversuch hallte dumpf in Sams Gedanken nach. Sie konnte sich nicht vorstellen, wie schrecklich es sein musste, ohne Mutter aufzuwachsen.

»Kannst du bitte aufhören, mich anzusehen, als ob du mir gleich über den Kopf tätscheln würdest? Ich bin kein von seinem Herrchen ausgesetzter Dackel.«

Chris kostete sein Essen. Er ließ Sam zuerst den mitleidigen Blick ablegen, weil es sonst keinen Sinn gemacht hätte, überhaupt weiterzuerzählen.

»Man vermisst etwas, das man nicht kennt, anders als gewohnte, bekannte Dinge«, analysierte er und klang dabei so emotionslos, als würde er einen Satz aus einem Psychologielehrbuch zitieren.

Sein Argument klang logisch und doch unrealistisch akademisch.

»Es tut mir trotzdem leid für dich«, gestand Sam und versuchte, ihr Mitleid etwas zu drosseln.

Dass Chris das ganze Beileid zuwider war, war mehr als offensichtlich. Er wirkte kühl, distanziert, so als ob er das Thema bereits leid wäre oder es absolut nicht mehr an sich heranlassen wollte.

»Was ist mit deinem Vater?«

Er zuckte mit den Schultern. »Er ist in Irland.«

»Und hat dich einfach so zurückgelassen?«

»Als ich ausgezogen bin, hat er noch hier gelebt.«

»Wieso bist du ausgezogen?«

»Weil ich es zu Hause nicht mehr ausgehalten habe.«

»Warum?«

»Weil er mich sowieso nicht wollte.«

»Wer?«

»Mein Vater.«

Sam stutzte. »Ich kann dir nicht folgen.«

Chris rang mit sich, weil er noch immer nicht in der Lage war, seine Familienverhältnisse einfach so offenzulegen. Er sprach nicht gern über seine Kindheit, er dachte nicht mal gern darüber nach, deshalb warf er Sam nur Informationsfetzen hin.

»Das Verhältnis zwischen meinem Vater und mir ist nicht das Beste. Distanziert – ja, das trifft es. Ich habe bei meiner Großmutter in Irland gelebt, bis ich fast neun Jahre alt war. Als sie körperlich nicht mehr in der Lage war, auf mich aufzupassen, hatte mein Vater keine andere Wahl, als mich zu sich zu nehmen. Er hat mir nie verziehen, dass meine Mutter meinetwegen gestorben ist. Die sechs Jahre, in denen wir unter einem Dach gelebt haben, waren die Hölle, anders kann ich es nicht beschreiben.«

»Deinetwegen gestorben? Was heißt das?«

»Sie starb während meiner Geburt. Sie hätte mich nicht bekommen dürfen, das wusste sie, trotzdem hat sie mich zur Welt gebracht. Das trägt er mir nach.«

Sam schwieg drei Sekunden, weil sie insgeheim auf einen Folgesatz hoffte, der diese absurde Begründung auch nur annähernd nachvollziehbar machte, aber Chris aß nur weiter.

»Dafür kann er dich doch nicht verantwortlich machen. Das ist absoluter Blödsinn!«

Der Zorn, der in ihr hochstieg, war ungefiltert, weil sie keine Lust mehr hatte, sich zurückzunehmen, nur weil sich Chris anscheinend schon mit den wahnsinnigen Anschuldigungen seines Vaters abgefunden hatte.

»Versuch nicht, seinen Hass zu verstehen, er ist irrational und für einen psychisch gesunden Menschen nicht nachvollziehbar. Es ist egal – jetzt ist es egal, ich habe keinen Kontakt mehr zu ihm.«

»Es ist nicht egal! Du warst so viele Jahre auf dich gestellt, das muss doch schwer gewesen sein, oder?«

Chris zuckte mit den Schultern. »Schwer war es vorher. Als ich ausgezogen bin, ist alles leichter geworden. Ich hätte schon früher gehen sollen.«

»Früher als mit sechzehn?!«

Das Lächeln, das er präsentierte, konnte Sam nicht nachvollziehen. »Mein Essen ist doch nicht so toll oder warum wird dein Pfannkuchen gerade kalt?«

Sie ordnete ihre Gedanken, versuchte, den Kloß im Hals runterzuschlucken, weil sie es sich nie verziehen hätte, vor Chris zu heulen. Er wollte kein Mitleid, keinen Trost oder irgendeine Form von Zuspruch. Er hatte seinen Weg, mit den Dämonen seiner Kindheit umzugehen, schon gewählt, er brauchte keinen Rat mehr, nur Akzeptanz für seine Entscheidung.

»Es schmeckt, sehr sogar.«

Sie rang sich ein Lächeln ab. Mit einem Mal hatten die Huskyaugen so viel Tiefe bekommen, dass es Sam fast schon psychedelisch stimmte. Chris war kein arroganter, frauenverschleißender Schönling, er war jemand, der viel zu schnell erwachsen werden musste und nun all seine Probleme hinter einer kühlen, unnahbaren Fassade versteckte.

»Was machst du eigentlich? Du studierst, oder?«

Er stutzte auf diese Frage hin kurz, aber nur weil ihm auffiel, dass er bis heute so gut wie gar nichts über sich preisgegeben hatte. »Hatte ich das noch nicht erwähnt?«

»Nein. Ich weiß nur, dass du ein Workaholic bist – von Matthias.«

»Matthias übertreibt gerne.«

»Also bist du faul?«

»Ja, absolut. Couch-Potato.«

Das Lachen war befreiend, nahm der Situation das Bedrückende.

»Du musst mir nicht sagen, was du machst. Dieses ›Kommunizieren‹ wird sowieso überbewertet, und nicht zu wissen, was sein Freund macht, hat auch irgendwie etwas Spannendes.«

Sam hätte das Ende des Satzes noch sarkastischer klingen lassen, wäre ihr nicht, während sie sprach, aufgefallen, dass sie Chris einfach unterstellt hatte, er wäre ihr Freund. War er nun ihr Freund? Sie hätte das gern behauptet, aber das allein zu entscheiden, stand ihr gar nicht zu.

»Ich studiere Kunstwissenschaften.«

»Kunstwissenschaften?«, wiederholte sie so fragend, als hätte sie dieses Wort noch nie gehört.

Sam hätte Chris eher in der Wirtschaft gesehen oder bei den Sportwissenschaftlern, aber nur im ersten Moment. Als sie die neu gewonnene Erkenntnis ein paar Sekunden auf sich wirken ließ, sah sie plötzlich ganz deutlich den Kunstliebhaber in ihm. Diese Liebe zur Kreativität passte zu der sensiblen Seite, die er vor Außenstehenden so gut verstecken konnte.

»Neben dem Studium arbeite ich im Kunsthistorischen Museum, mache Führungen mit Schulklassen und Senioren und passe auf, dass niemand auf die Bilder spuckt.«

Sam lachte und musste aufpassen, Chris nicht zu offensichtlich anzuschmachten. Er war beeindruckend, sein Lebenslauf war beeindruckend. Sams größte Errungenschaft bisher war die Tatsache, dass sie ihre Führerscheinprüfung geschafft hatte, obwohl sie nicht einparken konnte.

»Du starrst so komisch«, murrte Chris und begann sich kleinlaut zu verteidigen. »Hey, ich bin kein durchgeknallter Künstler, nur weil ich Kunstwissenschaften studiere! Ich kann nicht mal zeichnen oder malen. Das ist alles viel trockener und weniger abgehoben, als man denkt.«

Sie schüttelte den Kopf. »Nein! Das mit der Kunst ist spitze. Auch wenn ich keine Ahnung davon habe.«

»Schon gut, es reicht, wenn einer von uns sich mit Impressionismus auskennt.«

Sie schob sich den letzten Bissen Pfannkuchen in den Mund und stöhnte zufrieden auf. »Lecker! Danke.«

Chris winkte ab, stand auf und zog Sam hoch, nur um sich mit ihr drei Schritte weiter auf die ziegelsteinrote Couch fallen zu lassen.

»Du riechst gut«, hauchte er, während er die Nase in ihren Haaren vergrub.

»Das ist dein Shampoo. Stand ›unisex‹ drauf.«

»An dir riecht es besser als an mir.«

Sie ließ sich auf seinen Kuss ein, aber nicht so euphorisch, wie sie es getan hätte, wenn in ihrem Kopf weniger Fragen herumgeschwirrt wären.

»Was ist? Willst du nicht …«

Chris ertappte Sam schnell beim Grübeln. Dass er so feinfühlig war, war etwas, an das sie sich gewöhnen musste.

»Doch. Es ist nur …«

»Seit wann bist du denn um Worte verlegen?«

Sam grinste. »Liegt vielleicht daran, dass deine Hand noch in meinem BH steckt und ich mich nicht konzentrieren kann.«

»Oh, sorry.«

Er zuckte lächelnd mit den Schultern und ließ sich zurück auf die Couch fallen. Chris verwarf seine Verführungspläne vorerst. Sam schien mit den Gedanken woanders. Wahrscheinlich, weil er wieder mal zu wenig über sich verraten hatte. Dass er mal wieder mit Informationen geizte, sah ihm ähnlich. Er hatte sich aber noch nie so sehr daran gestört, dass er so verschlossen war.

»Was willst du fragen?« Er versuchte freundlich zu klingen, offen, obwohl ein Teil in ihm sich merklich dagegen versperrte, sich noch länger mit seiner Vergangenheit zu beschäftigen und Fragen dazu zu beantworten. Sam sollte trotzdem erfahren, was immer sie wissen wollte. Er würde sich Mühe geben, nicht wortkarg zu werden.

»Du redest nicht gerne über früher«, stellte Sam vorsichtig fest.

»Da hast du recht. Aber du kannst mich alles fragen. Ich schmeiß dich schon nicht raus, nur weil du unangenehme Fragen stellst«, stellte er klar und präsentierte ein angestrengtes Schmunzeln.

»Ich wollte nur wissen, wie sich das alles für dich anfühlt.«

»Gerade? Vor zwanzig Sekunden war ich noch scharf auf dich – jetzt bin ich etwas verwirrt.«

Sam schüttelte den Kopf. »Nein. Ich meine das Alleineleben, ohne Familie. Fühlst du dich nicht einsam?«

»Nein, ich bin gerne für mich.«

Chris streckte sich ausgiebig. Draußen prasselte der Regen immer noch auf die Zipfelmützen der Gartenzwerge. Die düsteren Wolken schafften eine gemütliche, leicht bedrückende Atmosphäre. Er rang sich mehr Sätze ab.

»In den ersten Jahren war es ungewohnt. Ich konnte nicht einfach alleine zu Hause sitzen und nichts tun, also habe ich mich auf die Schule konzentriert und mich am Wochenende mit irgendwelchen Mädchen abgelenkt. Ich bin viel herumgekommen, zu viel.«

Sam nickte schwach. Da war er doch wieder, der erste Eindruck, den Chris bei ihr hinterlassen hatte. Er war viel herumgekommen – das hatte er schön umschrieben, trotzdem versetzte es ihr einen kleinen Stich. Wahrscheinlich war sie nicht mal das erste Mädchen, das mit ihm hier in seinem Ferienhaus saß.

»Das war alles bedeutungslos, ehrlich. Es dauert seine Zeit, bis man merkt, wie stumpfsinnig und kontraproduktiv diese Art der Beschäftigung ist.«

Sie grinste angestrengt. »Das musst du wohl jetzt sagen.«

»Gar nichts muss ich«, entgegnete Chris und legte den Kopf auf eine sehr selbstsichere Weise schief. »Irgendwann habe ich angefangen, mich auf wichtigere Dinge zu konzentrieren: mein Studium, meine Arbeit. Außerdem habe ich Matthias und Sev. Im Grunde war ich nie wirklich alleine.«

Sam nutzte die Gelegenheit, um ein unangenehmes Thema zu vertiefen. »Um noch mal auf deine Ablenkungen zu sprechen zu kommen …«

»Ich hoffe, du möchtest keine genauen Zahlen hören, ich bin niemand, der Kerben in den Bettpfosten schnitzt«, scherzte er und lehnte sich gegen Sams Schulter.

Der Körperkontakt tat gut, nahm dem Gefühl der Eifersucht die Stärke.

»Eigentlich interessieren mich nur die ›ernsten‹ Dinge, keine Bettgeschichten«, stellte sie klar, weil sich Sam leider sicher war, dass, das gute Stück wohl schon längst zusammengebrochen wäre, wenn Chris Kerben in den Bettpfosten geschnitzt hätte.

»Ich war fast sechs Monate mit jemandem zusammen, letztes Jahr. Davon habe ich dir schon erzählt. Das war wohl so etwas wie eine Beziehung, meine einzige vor dir.«

Sams Herz hüpfte, weil Chris dieses Wort benutzte. »Wieso habt ihr Schluss gemacht?«

Ein humorloses Lachen leitete seine Antwort ein. »Am Anfang dachte ich, wir wären uns ähnlich, deshalb habe ich es versucht. Es hat leider viel zu lange gedauert, bis ich bemerkt habe, dass sie einen ziemlich miesen Charakter hat. Keine Ahnung, warum ich das am Anfang nicht sehen wollte, vielleicht, weil ich gedacht habe, ich wäre auch so.«

»Du hast keinen miesen Charakter«, erwiderte Sam und entwickelte bereits jetzt starke Antipathie gegen Chris' Exfreundin.

Ob es normal war, dass man in der letzten Freundin seines Freundes das personifizierte Böse sah?

»Danke, ich hoffe, du behältst recht«, entgegnete er amüsiert und präsentierte ein süffisantes, leicht diabolisch anmutendes Lächeln. Chris war aber kein Teufel – vielleicht wäre er gern einer gewesen, weil es dann leichter gewesen wäre, sich einzureden, dass man allein besser dran war.

»Hast du noch Kontakt zu ihr?«

»Sie studiert auch Kunstwissenschaften, aber sie war zwei Semester lang in Barcelona, ich habe sie ewig nicht gesehen und auch kein Interesse daran.«

»Und wenn sie nicht in Barcelona gewesen wäre?«

»Dann wäre ich trotzdem hier. Es spielt keine Rolle, was war. Selbst wenn ich noch mit Nicole zusammen wäre, hätte ich sie spätestens dann verlassen, als du mir über den Weg gelaufen bist.« Mit einem Kuss verlieh Chris seinen Worten Nachdruck. »Und glaub mir, ich müsste das nicht sagen, wenn ich es nicht wirklich so meinen würde, denn wie du ja sicherlich bemerkt hast, habe ich dich schon ins Bett bekommen.«

Sam lachte. Sie ließ sich von seiner zukunftsbezogenen Sicht der Dinge anstecken. Er klang ehrlich, dankbar und glücklich. Dass in ihrem Hinterkopf noch ein klein wenig Eifersucht hockte und sich verschwörerisch die Hände rieb, war wahrscheinlich normal. Wenn man mit Christian O'Shay zusammen sein wollte, musste man so was in Kauf nehmen.

»Hab ich jetzt all deine Fragen beantwortet?«

»Vorerst.«

»Und habe ich deine Unsicherheit, was andere Frauen in meinem Leben angeht, zerstreuen können?«

»Vorerst.«

»Und könntest du jetzt vielleicht meine zerstreuen?«

Sam machte große Augen und grinste dann. »Pia und ich sind nur Freunde!«

»Ach echt? Kein Vierer mit ihr und Matthias?«

»Nicht, solange ich noch annähernd rational denken kann!«

»Ich rede von Bastian.«

»Mit dem willst du einen Dreier? Darüber könnten wir reden!«

Sams Witz kam nicht annähernd so gut an, wie sie vermutet hatte.

Chris' Blick gefror. »Das ist doch kein Dauerzustand – dass er dir hinterherläuft.«

Sam zupfte an dem weichen Kissen herum. »Nein. Er weiß, dass das kein Thema mehr zwischen uns sein darf.«

»Hmm, du solltest ihn vielleicht noch mal darauf hinweisen.«

»Mach ich, wenn es notwendig ist.«

Das Läuten von Chris' Handy unterbrach das für Sam unangenehme Gespräch vorerst.

»Ja?«

Anscheinend kannte er den Anrufer gut, er wirkte ziemlich entspannt.

»Aha. Ja. Von mir aus gerne. Einen Moment …« Chris reichte Sam sein Handy. »Für dich.«

Diesmal ahnte sie, wer sie sprechen wollte. »Pia?«

»Knapp daneben«, antwortete eine belustigte und durch und durch männliche Stimme – Matthias.

»Entschuldige.«

»Kein Problem. Ich wollte nur fragen, ob wir uns heute Abend treffen oder ob ihr lieber alleine sein wollt.«

»Nein. Klingt gut.«

»Dann so um sieben?«

»Okay, bis dann!«

Mit einem zufriedenen Ausdruck im Gesicht gab Sam Chris sein Handy zurück und bettete ihren Kopf auf seinem Schoß. Wenn man die durchweg komplizierte Situation mit Bastian und Chris' gemeiner Exfreundin außer Acht ließ, war ihr Leben gerade perfekt.

Konnte jemand die Zeit anhalten?

Noch achtundvierzig Stunden

Den Rest des Tages verbrachten Chris und Sam abwechselnd damit, sich physisch und psychisch besser kennenzulernen. Chris erzählte von seiner Wohnung, seinem Studium, seiner Liebe zum Schwimmen und seiner Aversion gegen Fischgerichte. Sam berichtete von der Schule, ihren Eltern, Sophie und ihrer Leidenschaft für Filme. Ihre Gespräche verlagerten sich irgendwann vom Wohnzimmer ins Schlafzimmer.

Es war kurz nach sieben, als Sam mit dem Kopf unter dem Bett steckte und nach ihrem Top suchte.

»Wo zum Teufel ist denn dieses verdammte …«

»Du fluchst gerne, oder?«

»Wenn ich gezwungen werde, oben ohne unter ein Bett zu kriechen, und mir auch noch kalt ist, schon!«

»Soll ich machen, dass dir wieder warm wird?«, schlug Chris mit hochgezogener Augenbraue vor und fuhr sanft über Sams Rücken.

»Hey! Finger weg. So hat das Ganze erst angefangen. Willst du, dass wir noch später kommen?«

»Nein, wir können früh kommen und dann schnell gehen – das nennt sich Quicke.«

»Wir können uns auch nie wieder ausziehen. Das nennt sich Enthaltsamkeit.«

»Noch nie gehört. Das klingt blöd.«

Sam seufzte verständnislos. »Du hast es mir doch ausgezogen, wo ist es?«

»Woher soll ich das wissen? Ist doch nicht mein Shirt«, stellte Chris fest und setzte in Anbetracht der bösen Blicke, mit denen Sam ihn bedachte, die Suche fort.

»Hast du es gestohlen oder ist es geflüchtet? Gib's zu, du bist eine Dragqueen!«

»Da ist es wahrscheinlicher, dass dein Top jetzt per Anhalter nach Italien unterwegs ist.«

Sam grinste. »Du wärst eine hübsche Dragqueen. Kannst du auf Stöckelschuhen laufen?«

»Das werden wir nie herausfinden. Komm jetzt. Zieh was von mir an. Wenn wir noch mehr trödeln, sind die anderen so betrunken, dass wir Untertitel brauchen, um sie zu verstehen.«

Schmollend folgte Sam Chris bis vor den Kleiderschrank. Als sie den gut sortierten Inhalt eine Weile durchforstet hatte, schnappte sie sich ein schwarzes, schlichtes Shirt.

»Wow, du stehst auf Markenklamotten! Sogar in Bastians Schrank sind mehr No-Name-Shirts, und der ist ein verwöhnter Schnösel.«

»Könntest du dir die Vergleiche mit ihm verkneifen?«

Sam überkam sofort ein schlechtes Gewissen. Sie hatte es unbewusst gemacht, aber ihr war klar, wie unangenehm so was für Chris sein musste. Sie hätte es auch nicht schön gefunden, mit seiner Exfreundin verglichen zu werden.

»Sorry, war nur so dahingesagt.«

Sie drückte sich an seinen Rücken und folgte ihm dann nach draußen. Als sie wieder an dem silbernen Mercedes vorbeigingen, musste sie nachfragen.

»Wie gut verdient man eigentlich in so einem Museum?«

»Dort arbeitet niemand des Geldes wegen – kaum etwas.«

»Aha.«

Chris grinste, weil er wusste, warum Sam nachgefragt hatte. »Meine Familie mütterlicherseits war wohlhabend. Sie hat mich finanziell gut abgesichert. Ich lebe zurzeit von meinem Erbe. Das Studium bezahlt mein Vater. Wenn es um Geld ging, hat er sich nie etwas zuschulden kommen lassen. Er hat ein paar Unternehmen, die mit Immobilien handeln, hier und in Irland. Es geht uns finanziell gut, aber wir lernen den Mateschitz' sicher nicht das Fürchten.«

Sam ersparte sich die Anekdote darüber, dass Bastians Großvater mal für Dietrich Mateschitz gearbeitet hatte. Sie musste wirklich aufpassen, Bastian nicht ständig zu erwähnen.

Tat sie das sonst auch so oft?

»Also doch kein Meisterdieb!«, stellte sie belustigt fest und griff sich Chris' Hand, die so auffordernd nach ihrer getastet hatte.

»Nein, das war gelogen. Bist du jetzt enttäuscht?«

Sie lachte und ließ den folgenden Satz gebührend sarkastisch klingen.

»Ja! Ich bin sehr enttäuscht von dir, Christian O'Shay. Du bist die langweiligste Person, die mir je begegnet ist.«

Kurz vor acht kamen Chris und Sam in der Scheune an. Sev, Matthias und Pia hatten schon den zweiten Überraschungscocktail vor sich stehen.

»Na endlich! Wir dachten schon, ihr kommt nicht mehr. Wo wart ihr denn so lange?«, wollte Pia wissen und musterte Sam skeptisch. »Und wann hast du den Schlabberlook für dich entdeckt?«

»Sorry, aber wir hatten ein Problem mit verschwundenen Klamotten.«

Matthias grinste. »Das Problem kenne ich!«

»Können wir vielleicht das Thema wechseln? Nicht jeder hier hat das Problem, dass sich die Klamotten seiner Freundin heute in Luft aufgelöst haben«, protestierte Sev, während er den beiden Neuankömmlingen Getränke vorsetzte.

Chris klopfte ihm auf die Schulter. »Stell dich nicht so an, du siehst Anna morgen wieder, dann kannst du ihre Klamotten auch verstecken«, schlug der Blonde vor und zwinkerte Sam zu, die ein beleidigtes Gesicht machte, weil Chris jetzt doch zugab, für das Verschwinden ihres Tops verantwortlich zu sein.

»Du hast eine Freundin?«

Pias Frage lenkte Sam ab, weil sie überraschend kam. Sie hätte vermutet, dass die Brünette Matthias in den letzten vierundzwanzig Stunden informationstechnisch leer gequetscht hatte. Matthias tratschte gern – Pia hörte gern Tratsch. Eigentlich müssten die beiden alles ausgetauscht haben, was sie jemals über jemanden gewusst hatten, aber anscheinend waren sie zu abgelenkt gewesen.

Sev nickte. »Ja, schon lange. Wir sind fast acht Jahre zusammen.«

»Wow! Das ist ja fast ein Leben lang«, stellte Pia begeistert fest.

»Ja, für einen Neunjährigen«, fügte Sam hinzu, weil sie sich diesen Kommentar einfach nicht verkneifen konnten.

Acht Jahre waren wirklich eine lange Zeit. Sam wollte das auch irgendwann behaupten können, vielleicht schon in sieben Jahren und dreihundertvierundsechzig Tagen.

»Kommt deine Freundin morgen nach?«

Sev reagierte ungeahnt verwirrt auf Sams Frage. Er stutzte, suchte kurz Augenkontakt zu Chris, der mit einem Mal etwas blasser wirkte als sonst. »Ähm, nein. Ich reise morgen ab. Wir sind eigentlich immer nur eine Woche hier.«

Sam schluckte. Dieses ›Wir‹ klang weitaus bedrohlicher, als ein Personalpronomen klingen sollte.

Sie sah rüber zu Chris und bemerkte die fehlende Farbe in seinem Gesicht. Das krampfartige Gefühl in ihrer Brust meldete sich wieder. Sam hatte noch nie wirklich darüber nachgedacht, was nach diesem Urlaub kommen würde. Chris hatte zuversichtlich geklungen, aber vage, wahrscheinlich hatte er auch nicht darüber nachgedacht. Er wohnte zwar nicht am anderen Ende der Welt, aber um sich jeden Tag zu sehen, lagen zu viele Kilometer zwischen den beiden.

Matthias meldete sich vor Chris zu Wort und wandte sich an Sam. »Ich bleibe noch mit Pia und dir hier. Die Uni fängt erst in zwei Monaten wieder an, ich kann meinen Urlaub verlängern.«

Jetzt begannen Sams Alarmglocken tatsächlich zu schrillen. Pia grinste triumphierend und schüttete sich zufrieden eine verdächtig klare Flüssigkeit die Kehle hinunter.

»Und du? Du musst auch gehen?« Sam versuchte, ihre Stimme einigermaßen unter Kontrolle zu halten. Sie hätte gern viel vorwurfsvoller geklungen, weil Chris mit keinem Wort erwähnt hatte, dass er bald abreisen würde. Er grinste angestrengt.

»Ja, darüber wollte ich schon gestern mit dir reden, aber du warst so müde und dann …«

Zwei Augenpaare waren mit einem Mal auf die beiden Blondinen gerichtet, das dritte starrte geistesabwesend in ein Schnapsglas.

»Ich muss spätestens übermorgen abreisen.«

Ein Kloß bildete sich in Sams Hals und ließ das folgende »Aha« ziemlich verzerrt klingen.

»Ich würde gerne länger bleiben, aber ich muss arbeiten.«

»Ist doch schön«, stellte Sam gespielt gleichgültig fest und nippte an ihrem Getränk.

Jeder, der sie auch nur ein bisschen kannte, merkte, wie sauer sie war. Sie war nicht wütend auf Chris, nur auf das dumme Museum, das nicht ohne ihn auskam.

»Ach Sam.« Chris' Blick verriet, dass ihm das Thema genauso zu schaffen machte wie ihr, er ging nur anders damit um.

»Schon in Ordnung. Du hättest mir auch früher davon erzählen können, aber es geht mich schließlich nichts an.«

Betroffenes Schweigen breitete sich in der Scheune aus.

»Red keinen Schwachsinn. Natürlich geht dich das was an, aber durch den ganzen Trubel mit diesem rolligen Idioten und allem, was sonst so passiert ist, habe ich nicht daran gedacht.«

»Du brauchst dich vor mir nicht zu rechtfertigen!«, fauchte sie.

Eine unendliche Leere breitete sich in ihr aus, eine Leere, die sich nur mit Wut füllen ließ. Genau deshalb wollte sie sich nicht auf Chris einlassen. Die Gefahr, verletzt zu werden, war überdimensional groß. Sie war auch übermäßig sensibel, das machte es nicht einfacher.

Sam schnappte sich eine Zigarette und wollte nach draußen laufen, um sich abzureagieren, aber Chris hielt sie am Arm fest. »Hey! Warte auf mich! Oder willst du dich draußen mit dir selbst streiten?«

Beherzt zog er eine verdutzte, aber dennoch gehorsame Sam nach draußen. Chris machte nicht den Eindruck, als hätte er irgendeine Form des Widerspruchs geduldet, da war wieder diese stoische Durchsetzungskraft, die genauso kühl wie anziehend war.

Nachdem die Scheunentür zugefallen war, drückte er sie gegen die Bretterwand. Er stand so dicht vor ihr, dass sie nicht davonlaufen hätte können, aber das wollte sie auch gar nicht.

Chris begann milde schmunzelnd den Kopf zu schütteln »Ich dachte, *ich* hätte Panik vor einer festen Beziehung. Ich dachte, *ich* würde kalte Füße bekommen«, erklärte er eindringlich, aber ruhig genug, um Sam die Aufregung zu nehmen. »Wovor hast du Angst?«, fragte Chris und drückte seine Lippen kurz auf ihre Wange. Sie waren angenehm, schürten aber auch die Ängste, die Sam zu schaffen machten. Sie schüttelte den Kopf.

»Ich weiß nicht. Vor dem Alltag, davor, dass du mich betrügst, verlässt, vor deiner Exfreundin, Spinnen – das alles macht mir Angst!«

Er lachte und stützte die Hände links und rechts von Sam ab.

»Dachtest du, wir würden die Zukunft hier zwischen Heuballen und Gartenzwergen verbringen? Sieh uns mal an, Sam! Wir sind absolut klischeehafte Stadtmenschen, die Kühe haben Angst vor uns! Ich dachte, du wärst froh, das alles hinter dir zu lassen.«

»Schon, aber …«

»Aber?«

»Dich will ich nicht hinter mir lassen.«

Jetzt war es raus. Sam hatte sich eine imaginäre Zielscheibe an die Brust geklebt, sich so verletzlich gemacht, wie sie nie sein wollte.

»Wenn du denkst, das hier wäre nur eine Sommerromanze, dann bist du doch naiv.« Chris küsste sie, ganz kurz, dann zog er sie ein paar Schritte weiter. »Siehst du das?«, fragte er und zeigte auf den Boden.

»Das Gras?«

»Das ist nicht nur Gras. An genau der Stelle hat mich eine Irre geküsst, vor genau drei Tagen.«

Sam lachte und zog eine Augenbraue nach oben. »Gut, dass es geregnet hat, man sieht gar nicht mehr, dass ich dort hingekotzt habe!«

»Toll, jetzt hast du den Moment gekillt.«

Sie zuckte mit den Schultern und ging zurück in Richtung Scheune. Warum auch immer, sie konnte wieder lächeln. Chris war gut darin, spontane Panikattacken wegzureden. Da war nur mehr die unangenehme Erkenntnis, dass ihnen bald ein Abschied bevorstehen würde.

»Darf ich wieder bei dir schlafen?«, wollte sie wissen, weil sie die Zeit, die ihr hier mit Chris blieb, definitiv noch bewusster genießen würde.

»Ja.«

»Und kochst du für mich?«

»Ja.«

»Darf ich dein Auto Probe fahren?«

»Ja.«

»Erfüllst du mir jeden Wunsch, weil du ein schlechtes Gewissen hast, weil du abreisen musst?«

»Ja.«

»Kaufst du mir ein Pferd?«

»Nein, ich bin allergisch gegen Pferde.«

»Eine Kuh?«

»Wo sollen wir die unterbringen?«

»Deine Wohnung ist sicher groß, oder?«

»Kuh passt aber keine rein.«

»Sehen wir uns an den Wochenenden?«

Chris holte Luft, um Sams Ängste noch einmal zu zerstreuen. »Weißt du noch, in dem Land außerhalb dieses Kaffs gibt es große Maschinen, die Menschen von A nach B bringen, und ich besitze eine dieser zauberhaften Maschinen. Wir sehen uns jedes Wochenende, in den Ferien, an Feiertagen. Ich bin Student, wer weiß, vielleicht steh ich mal dienstagnachmittags betrunken vor deiner Tür – natürlich bin ich dann mit dem Zug gekommen.«

»Du wirst mir fehlen«, gestand sie vorsichtig und drückte sich an ihn.

Er legte den Arm um sie. »Du mir auch Prinzessin, a lot.«

»Denkst du, wir kriegen das hin?«

»Wir sind stur, natürlich kriegen wir hin, was wir uns vornehmen.«

Egal wie umständlich oder schwierig sich diese Fernbeziehung gestalten würde, Sam hatte spätestens jetzt die Gewissheit, dass Chris genauso angestrengt daran festhielt wie sie.

»Komm, lass uns reingehen, sonst kotzt deine Freundin noch Matthias voll und das ist unsere Lovestory!«

See ya soon

»Hast du alles?«, wollte Sam wissen und gab Chris seine Sonnenbrille zurück.

Der Mercedes war schon abfahrbereit, die Koffer gepackt.

»Zumindest alles, was ich mitnehmen kann«, antwortete er und zog Sam zu sich.

In den letzten achtundvierzig Stunden waren die beiden keine Minute getrennt gewesen, trotzdem war der Abschied genauso unangenehm wie vermutet. Sie würden sich mindestens zwei Wochen nicht sehen, vierzehn endlose Tage, in denen Sam allein mit einem Pärchen war, das das öffentliche Knutschen auf eine pornographische Art revolutioniert hatte.

»Du hast mir versprochen, nicht so ein Gesicht zu machen, wenn ich fahre«, erinnerte Chris sie und rang ihr ein angestrengtes Lächeln ab. »In zwei Wochen bist du wieder zu Hause, dann hol ich dich ab und wir verbringen das Wochenende bei mir. Ich zeige dir meine Wohnung, meine Arbeit und die elektrische Zahnbürste, die meine Zähne so weiß macht. Na, wie hört sich das an?«

Sam schmunzelte. Chris konnte so zuversichtlich von der Zukunft sprechen, dass sie beinahe vergaß, wovor sie Angst hatte, wenn sie nicht zusammen waren.

»Das hört sich schön an. Nach Fortsetzung.«

»Ja, andere Kulisse, neue Nebendarsteller, mehr Lacher, mehr Sex – das kann nur ein Hit werden.«

Sie nickte, stellte sich auf die Zehenspitzen, um die Arme um seinen Hals zu legen. »Ich bin dabei!«

»Klar, du bist ja auch die Hauptdarstellerin.«

Mühelos hob er sie ein paar Zentimeter hoch und küsste sie. Es war kein besonders langer oder intensiver Kuss, weil es sich dann noch mehr nach Abschied angefühlt hätte.

»See ya, Prinzessin!«

»Ja, bis dann ...«

Das Lächeln auf Chris' Lippen hatte nie schöner ausgesehen. Die Huskyaugen strahlten noch mal gewohnt faszinierend, ehe sie hinter der schwarzen Sonnenbrille verschwanden.

Sam stand noch eine ganze Weile am Seeufer. Sie verlor sich in den Erinnerungen und Eindrücken der letzten Tage.

Etwas hatte sich zweifelsohne in ihr verändert – sie hatte sich verändert. Diese Tatsache hätte ihr Angst gemacht, wenn es sich nicht so unglaublich gut angefühlt hätte. Dieses zufriedene, mädchenhaft süße Grinsen, das sie nun auf Lager hatte, stand ihr überraschend gut.

Bauernhausen präsentierte gerade einen postkartentauglichen Sonnenuntergang, als Sam sich kopfschüttelnd abwandte und in Richtung Blümchenhölle spazierte. Das malerische Idyll war noch immer nichts für sie, aber es hatte Chris ausgespuckt, also hatte es definitiv Beifall verdient. Vielleicht würde sie eines Tages wiederkommen und die Schönheit des ländlichen Charmes zu schätzen wissen, die Ruhe, die Natur – oder sie kam wieder, um diese suspekten Gartenzwerge in ein groteskes Massaker zu verwickeln. Wer konnte schon sagen, was die Zukunft alles in petto hatte?

Küss mich - Band 2

Zurück in der Zivilisation

Dicke Regentropfen prasselten vom Himmel, während aus dem Radio melancholische Klänge schallten. Die Straßen waren überschwemmt und machten das Autofahren zu einer Tortur.

In den letzten Tagen hatte sich das Wetter konstant trübsinnig gezeigt. Als die Gartenzwerge angefangen hatten, sich über den Bau einer Arche zu beratschlagen, hatte Sam den Entschluss gefasst, zu fliehen. Matthias zu überreden, sie und Pia nach Hause zu fahren, war nicht schwer gewesen – die verliebte Brünette auf den Rücksitz zu verbannen, schon. Erst als Sam ihr klargemacht hatte, dass die Chance, dass sie sich auf dem Rücksitz übergeben würde, hoch standen und sie Pia mit einer fünfzigprozentigen Wahrscheinlichkeit auch noch direkt ins Genick kotzen würde, hatte sie den Beifahrersitz freigegeben.

Von der Rückbank aus konnte Pia trotz hartnäckigen Versuchen kaum an Matthias' Oberschenkel herumfummeln. Zum Glück hatte sie eine Möglichkeit gefunden, trotzdem Körperkontakt mit ihrem hübschen Freund zu halten. Seit einer halben Stunde streichelte sie durch das Loch der Genickstütze permanent seinen Hinterkopf. Wahrscheinlich war er bei ihrer Ankunft kahl getätschelt. Ohne sich der Sorge über seine Haarpracht hinzugeben, starrte Matthias konzentriert durch den Wasserschleier, der sich aufgrund eines überforderten Scheibenwischers gebildet hatte. Die Wetterverhältnisse erlaubten ihm nicht, schneller als sechzig km/h zu fahren, trotzdem sog Pia bei jeder Kurve scharf die Luft ein.

Die drei waren schon zwei Stunden unterwegs und näherten sich nur langsam der von Sam so innig herbeigesehnten Zivilisation.

Die letzten Tage in Bauernhausen waren eine Mischung aus Science-Fiction-Komödie und Teenager-Aufklärungsfilm gewesen. Im Weizenfeld neben der Scheune war ein obszöner Kornkreis aufgetaucht und Pia und Matthias hatten es geschafft, sich beim Fummeln auf dem Balkon von Super-Sophie erwischen zu lassen. Dafür, dass die prüde Büroheldin jetzt einen Schock fürs Leben hatte, konnte Sam nichts. Das mit dem obszönen Kornkreis ging auf ihr Konto – Langeweile machte kreativ.

Der plötzliche Platzregen verflüchtigte sich allmählich und Matthias konnte die Streicheleinheiten, die er erfuhr, endlich genießen. Natürlich hatte Pia ihn überredet, den unweigerlich bevorstehenden Abschied noch weiter hinauszuzögern. Er würde den Rest des Sommers bei ihr zu Hause verbringen. Möglicherweise blieb er für immer, weil es kompliziert werden würde, mit einem fünfzig Kilo schweren verliebten Mädchen am Bein die Heimreise anzutreten.

Matthias' katzenartiges Schnurren im Ohr, schaute Sam zum zwanzigsten Mal an diesem Tag auf ihr Smartphone.

Pias Stimme ließ sie kurz aufschrecken, weil sie sich ertappt fühlte.

»Hast du eine Nachricht von Chris?«

Seit Chris nach Hause gefahren war, um seinem Job im Museum nachzugehen, hatten sie nur noch über die Handys Kontakt. Er rief jeden Abend an und schickte morgens eine WhatsApp-Nachricht – normalerweise. Heute hatte der Ire mit den Huskyaugen noch nichts von sich hören lassen. Die ausstehenden Zeilen hatten bei Sam eine Art Zwangsneurose heraufbeschworen, die sie dazu nötigte, ständig das Display ihres Smartphones zum Leuchten zu bringen.

Den permanenten Drang, den runden Knopf zu drücken, verdrängend, wandte sie sich Pia zu. Die Zwangsneurose der Brünetten hörte auf den Namen ›Neugier‹ und äußerte sich dadurch, dass sie anstandslos einen Finger geopfert hätte, nur um in Sachen Klatsch und Tratsch immer auf dem neuesten Stand zu bleiben.

»Hat er sich heute denn schon gemeldet?«, hakte sie nach und lehnte sich penetrant weit nach vorn, um auf das leuchtende Display spähen zu können.

»Nein«, entgegnete Sam knapp und tonlos.

Pia stutzte. »Aber gestern Abend habt ihr doch telefoniert, oder?«

»Ja. Da hat er mir gesagt, dass er zurück nach Irland geflogen ist, wenn er sich bis heute acht Uhr morgens nicht gemeldet hat.«

»Was?!«

Pias schockiertes Gesicht rang Sam ein Schmunzeln ab. Sie liebte es, wenn sie jeden Schwachsinn, der aus ihrem Mund kam, im ersten Moment erst nahm.

Matthias half seiner Freundin auf die Sprünge. »Das hat sie nicht ernst gemeint. Chris fliegt nicht zurück nach Irland«, klärte er die verdutzte Pia auf, die sogleich ein beleidigtes Schnauben ertönen ließ.

»Ach Sam! Hör auf mit den doofen Witzen. Du starrst doch schon die ganze Zeit auf dein blödes Smartphone.«

»Ja, ich warte auf eine Nachricht von Sophie.«

»Echt?«

»Nein«, nahm Matthias abermals die eigentlich offensichtliche Antwort vorweg.

Sam strafte ihn kurz mit einem beleidigten Blick, weil er ihr den einzigen Spaß nahm, der ihr in der Ferienhölle geblieben war – Pia verarschen.

»Die Sehnsucht tut deiner Laune gar nicht gut«, stellte die Brünette fest und widmete sich wieder Matthias' Hinterkopf.

»Die was?«, fragte Sam gereizt und ließ keinen Zweifel daran, dass ihr dieses Thema zuwider war.

Auch wenn Donald und Daisy in den letzten Tagen eine überraschend angenehme Gesellschaft gewesen waren, neigten sie doch dazu, Sam als eine schmachtende, vor Sehnsucht zergehende Romantikerin darzustellen. Sie war nicht so, zumindest nicht nach außen hin, selbst wenn sie jetzt mit den weißesten Zähnen außerhalb der Unterhaltungsbranche ging. Sie konnte ihre Zuneigung anders zeigen, als Chris die Haare vom Kopf zu streicheln und verrückt zu werden, nur weil er sich zwölf Stunden nicht meldete.

»Er ruft schon noch an. Chris hat viel zu tun, weil ihm die Leute im Museum immer Unmengen an Arbeit aufhalsen. Da vergisst er auch schon mal, die Katze zu füttern oder selbst zu essen. Im letzten Sommer ist dieser Idiot zweimal umgekippt, weil er vergessen hatte, dass Menschen trinken müssen, um zu funktionieren.«

Matthias' Beschwichtigungsversuche waren nicht nur fruchtlos, sondern kontraproduktiv. Jetzt hatte Sam das Bild von einem ohnmächtigen Chris und einer verhungerten Katze im Kopf.

Bevor sich auch noch Pia fünf ungemein kreative Gründe für Chris' fehlende Kontaktaufnahme ausdenken konnte, von denen jeder einzelne Stoff für eine Hollywood-Liebeskomödie geliefert hätte, rettete Sam eine wohlbekannte Kreuzung.

»Da vorne musst du links abbiegen!«

Matthias folgte Sams Anweisung und lenkte den Opel in eine gepflegte Wohnsiedlung mit einem kleinen Park in der Mitte.

Vor den großen, gläsernen Haustüren kam das Auto zum Stehen.

»Noch viel schöner, als ich es in Erinnerung hatte!«, flötete Sam, während sie ausstieg und in Richtung Kofferraum ging. Die Freude über die Ankunft überlagerte für einen kurzen Moment das beißende Gefühl, das sie niemals Sehnsucht genannt hätte, dann übermannte sie die Ungeduld. Der Kofferraum des Opels ließ sich nicht öffnen, auch nicht mit Gewalt. Nach ein paar Flüchen wandte sie sich Matthias und Pia zu, die inzwischen an der geschlossenen Fahrertür lehnten und sich in 3,5 Sekunden von Anstarren auf Fummeln gesteigert hatten.

»Hey, Matze! Dein Auto ist kaputt oder frauenfeindlich, was weiß ich.«

Sam hatte in den letzten Tagen herausgefunden, wie sehr Matthias es hasste, ›Matze‹ gerufen zu werden. Eine effektive Methode, die Aufmerksamkeit des Braunhaarigen auf sich zu lenken, auch wenn Pia gerade an seinen Lippen hing.

»Ich komme gleich«, erwiderte er atemlos.

Sam seufzte und grinste dann schief. »Heb dir das ›Kommen‹ für zu Hause auf, ja?«

Mit einem Ruck öffnete Matthias den Kofferraum und schulterte Sams Rucksack. »Soll ich dir beim Tragen helfen?«

»Nein danke. Fahr weiter zu Pia, aber nimm dich vor dem Hamster in Acht, das Vieh ist verrückt und nagt mit Vorliebe an Haut.«

Matthias nickte schmunzelnd und gab Sam ihren Rucksack. »Er ruft an, sobald er Zeit hat, keine Angst«, versicherte er eindringlich.

»Ja, das hatten wir schon geklärt.«

Sam wollte sich abwenden, um vor diesem leidigen Thema davonzulaufen, aber Pia ließ sie noch mal innehalten.

»So gegen acht?«, rief sie scheinbar unmotiviert und klammerte sich von hinten an Matthias.

»Was ist um acht?«, fragte Sam skeptisch.

»Wir gehen aus. Zwei Wochen Einöde reichen. Heute gibt es Cocktails und Musik.«

»Na dann viel Spaß.«

»Ach Sami! Natürlich kommst du mit. Das wird bestimmt …«

Noch bevor Pia ein Adjektiv gefunden hatte, winkte Sam ab. »Ich habe heute keine Lust auf Ausgehen, aber ich sehe mir morgen die peinlichen Fotos auf Facebook an.«

»Überleg es dir bitte. Wir sind um acht im *Picasso*.«

Pia hatte die letzten paar Tage damit verbracht, herauszufinden, wo heute gefeiert wurde. Sie wollte Matthias unbedingt ihren Freunden vorstellen, am besten der ganzen Schule. Sie neigte dazu, ihre Anhängsel vorzuführen, und da die Sache mit Matthias ziemlich ernst schien und er auch noch äußerst präsentabel war, musste das Schaulaufen natürlich gut organisiert werden.

»Danke fürs Mitnehmen.«

»Immer gerne«, erklärte Matthias.

Pia umarmte Sam zum Abschied und hüpfte dann zurück in den silbernen Opel, um sich wieder ihrem Mädchen-Sommermärchen hinzugeben.

Zum ersten Mal seit einer gefühlten Ewigkeit blieb Sam allein zurück. Sie atmete tief durch und erfreute sich ausgiebig an der Tatsache, dass die Grünflächen hier ganz ohne Gartenzwerge auskamen.

Rede und Antwort

Schnaufend schleppte sich Sam samt Gepäck hinauf in den fünften Stock. Der Lift hatte einmal mehr den Geist aufgegeben und machte das Erreichen der Dachgeschosswohnung zum Ausdauersport.

Hinter der Haustür wartete ein neugieriges Wesen, das mit Küsschen um sich warf und ›Mama‹ hieß.

»Hallo, mein Schatz. Wie war die Fahrt? Hattest du eine schöne Zeit? War der Junge dort unten Pias neuer Freund?«, sprudelte es aus der Mittvierzigerin heraus, während Sam ihr Gepäck in die erstbeste Ecke des Vorzimmers beförderte.

Es war beeindruckend, wie ihre Mutter es zustande brachte, vom Balkon im fünften Stock ohne Brille die kleinsten Details zu erspähen, während sie beim Lesen beinahe mit der Nase in der Buchmitte stecken blieb.

»Die Fahrt war lang und berührungsintensiv, die Tage endlos und ja, das war Matthias, seines Zeichens Pias neustes Accessoire.«

»Hübscher Junge! Älter, oder?«

»Ja, zweiundzwanzig.«

Sams Mutter schmunzelte. »Ich dachte, dein Vater würde dich mit bester Laune aus dem Urlaub entlassen. Er hat gemeint, du hättest nette Gesellschaft gehabt.«

Sam zog überrascht die Augenbrauen nach oben. Sie war nicht der Typ Tochter, der Neuigkeiten dieser Art vor seiner Mutter geheim hielt, ihr Vater musste sie nicht verpetzen. Zum Glück konnten sie dieses Spiel auch zu zweit spielen. »Nette Gesellschaft ist relativ. Seine neue Freundin war etwas gewöhnungsbedürftig, vor allem, weil er sie vorher mit keinem Wort erwähnt hat!«

Sam wartete auf eine annähernd schockierte oder überraschte Reaktion ihrer Mutter, irgendetwas in Richtung beleidigte Sensationslust, aber da war nur dieses Yogalächeln, das sie immer präsentierte, wenn sie beweisen musste, dass sie mit der Welt und sich im Reinen war.

»Sophie, richtig? Sie arbeiten in derselben Firma.«

Sam rollte mit den Augen. Ihr Vater verpetzte nicht nur sie, sondern sich selbst gleich mit. So viel Offenherzigkeit konnte man kaum etwas entgegensetzten.

»Sie ist businessmäßig und etwas bieder. Dann drischt sie wieder mit Motivationssprüchen um sich. Ich denke, sie kommt aus einer Familie, in der man schriftliche Anträge auf spaßige Freizeitaktivitäten stellen musste, und ihre wurden ständig abgelehnt.«

»Ich hoffe, du hast dich mit solchen Sprüchen zurückgehalten. Es war wirklich an der Zeit, dass sich dein Vater wieder eine Frau sucht. Ich verstehe sowieso nicht, wie er seit der Scheidung mit dem Haushalt zurechtgekommen ist. Er kennt ja nicht mal den Unterschied zwischen Spül- und Waschmaschine.«

Sam lachte. Ihre Mutter hatte absolut recht. Obwohl ihr Vater ein kluger Mann war, stellte ihn die Bedienung eines Bügeleisens vor ein schier unlösbares Rätsel und wenn man sich bei ihm danach erkundigte, wie man denn Reis kochte, sah er einen an, als hätte man ihm die Gretchenfrage gestellt. Sophie war wirklich ein Segen für ihn, auch wenn Sam gern über ihre Beziehung witzelte.

»So! Jetzt erzählst du mir aber von deinem Freund.« Ihre Mutter musterte sie gespielt streng, ehe sie sich von ihrer Tochter ab- und der Kaffeemaschine zuwandte. »Dein Vater meint, du wärst so verschossen, dass er daran denkt, dir ein Hochzeitskonto einzurichten.«

Mit dieser Art von Scherzen konnte Sam nichts anfangen. Ihre Miene gefror, als sie sich auf die Küchenbank setzte.

»Erzähl. Wie heißt mein zukünftiger Schwiegersohn?«

Sams Mutter und Pia teilten sich mehr als ihre Angewohnheit, fünfzehn Fragen auf einmal zu stellen. Leider hatten sie auch den gleichen Hang zu theatralischen Übertreibungen und ihre romantischen Idealvorstellungen stammten aus Arztromanen und Telenovelas.

»Christian.«

»Wie alt?«

»Zweiundzwanzig.«

»Und ist er intelligent? Hübsch?«

»Nein, er ist natürlich geistig zurückgeblieben und entstellt.«

Sams Mutter seufzte. »Wäre diese Trotzphase nicht schon vor Jahren angebracht gewesen? Du wirst bald achtzehn, Schatz.«

»Und was willst du mir damit sagen?«

»Na ja, es war abzusehen, dass du bald mal einen Freund mit nach Hause bringst. Du brauchst keine Angst zu haben, dass ich euch hinterherspioniere.«

»Was soll denn das bitte heißen?«, fragte Sam beleidigt.

Ihr Ego hatte sich gerade in Anbetracht des schmerzhaften Seitenhiebs ihrer Mutter zusammengekrümmt.

»Hattest du Angst, dass ich übrig bleibe, oder was? Ich hätte mich mit fünfzehn im Zeichensaal von einem australischen Austauschschüler entjungfern lassen sollen, so wie Pia!«

Sam schnaubte, während ihre Mutter den Kopf schüttelte. »Das war doch kein Vorwurf! Du hast dein eigenes Tempo, das ist schön.«

»Mein eigenes Tempo?«, wiederholte Sam verständnislos. »Ich bin doch kein spätpubertierender Sonderfall, der mit achtzehn zum ersten Mal Händchen hält.«

Dass Sam gerade angestrengt versuchte, ihrer Mutter klarzumachen, dass sie nicht zum ersten Mal Erfahrungen mit dem anderen Geschlecht gemacht hatte, war merkwürdig, aber notwendig. Pia hatte ihr auch schon vorgeworfen, eine Spätzünderin zu sein, das konnte sie so nicht auf sich sitzen lassen.

»Ich hatte schon Freunde vor Chris.«

Ihre Mutter horchte auf und legte neugierig den Kopf schief. »Ach, wen denn?«

Sam stutzte, wurde etwas kleinlauter. »Na ja, da waren Patrick und Alex und dieser eine Schwarzhaarige, der ständig eine Flasche Wasser mit sich rumgeschleppt hat – irgendetwas mit K …«

»Und hast du jemals einen von denen offiziell deinen Freund genannt?«

»Sicher!«

Diese Antwort war genauso laut wie gelogen.

»Wen genau? Deine erste große Liebe, der namenlose Junge mit der Wasserflasche.«

Sam wusste natürlich, worauf ihre Mutter hinauswollte, trotzdem sträubte sie sich dagegen, einzulenken. In den letzten Jahren hatte sie systematisch jeden aus ihrem Leben verbannt, der ihr emotional zu nahe kommen wollte, vielleicht doch eine späte Reaktion auf die Scheidung ihrer Eltern. Oder einfach der Beweis dafür, dass sie bis jetzt nur Idioten kennengelernt hatte.

»Ach Sami! Du siehst das viel zu verbissen. Anstatt dich zu freuen, dass du jemanden gefunden hast, den du interessant und faszinierend findest, regst du dich darüber auf, dass es so lange gedauert hat.«

Sie verschränkte die Arme vor der Brust und grummelte. »Du regst dich doch auf …«, murrte sie beleidigt.

Sam überlegte, wie es sich vermeiden lassen würde, dass Chris ihre Mutter jemals kennenlernte. Sie wollte ihm Sätze wie ›Du bist ja ein süßer erster Freund!‹ unbedingt ersparen. Der Gedanke trieb ihr schon jetzt die Schamesröte ins Gesicht. Gegen Chris' Vergangenheit war ihre ein langweiliger Schwarz-Weiß-Film, aber das musste ihm niemand auf die Nase binden.

»Können wir das Thema jetzt bitte sein lassen? Ich habe endlich jemanden gefunden, der sich mit mir abgibt. Punkt!«

»Sag lieber, du hast endlich jemanden gefunden, dem du erlaubst, mit dir zusammen zu sein«, korrigierte ihre Mutter belustigt und fügte dann noch etwas hinzu, das Sam dazu veranlasst hätte, laut zu schreien, hätte sie sich nicht zusammengerissen. »Nimm nur mal Bastian!«

»Wohin soll ich Bastian denn bitte nehmen?!«

In diesem Moment braute sich über Sams Kopf eine schwarze Gewitterwolke zusammen, die eine ganze Stadt in Angst und Schrecken hätte versetzen können.

»Du hast mir ja schon oft genug gesagt, dass ihr nur Freunde seid, aber ich denke, er hätte daran gerne etwas geändert. Mal ehrlich, Bastian ist ein außerordentlich hübscher Junge …«

Sam verzog das Gesicht und grinste dann. »Ich weiß nicht, ob du in sein Beuteschema fällst, Mama, aber ich lass mal anklingen, dass du auf ihn stehst.«

Ihre Mutter schüttelte den Kopf. »Mach dich nicht lächerlich. Ich meine ja nur, dass du auf jemand anderen gewartet hast, obwohl Bastian so in dich verliebt war. Wie geht es ihm eigentlich damit?«

Sams Gefühle überschlugen sich. Eine Mischung aus Wut und Ärger gewann schließlich die Überhand über Unbehagen und Scham.

»Oh mein Gott! Kriegt denn jeder Außenstehende mehr von meinem Privatleben mit als ich selbst?! Und überhaupt! Wieso wisst ihr das alle schon so lange und kein Mensch kommt auf die Idee, es mir zu sagen?«

Ihre Mutter schmunzelte und pustete in ihre Kaffeetasse. »Solche Dinge muss man selbst herausfinden oder selbst bemerken wollen. Das hast du scheinbar nicht.«

Sam gestikulierte die folgenden Worte aufgebracht mit. »Das ist ja wie: ›Hey! Sams Kopf steht in Flammen, aber sagt ihr das bloß nicht! Das muss sie ganz von alleine erkennen!‹« Sie holte tief Luft. »Wenn mein Kopf verdammt noch mal brennt, dann will ich das doch erfahren!«

Ihre Mutter lachte laut auf. »Keine Angst, wenn dein Kopf in Flammen steht, merkst du es garantiert selbst.«

»Das war mehr sinnbildlich gemeint«, murrte sie. Sam wollte jetzt nicht an Bastian denken und schon gar nicht mit ihrer Mutter weiter über ihn reden.

»Er studiert Kunstwissenschaften«, warf sie nach einigen Sekunden des Schweigens ein, um das Thema wieder in die richtige Richtung zu lenken. Die Neugier ihrer Mutter wurde schnell wieder geweckt.

»Und was will er mal werden?«

»Ich habe keine Ahnung von so was. Ich kann gerade mal Grün von Blau unterscheiden. Er arbeitet neben dem Studium in einem Museum, macht Führungen und so Zeug. Ich weiß nicht, ob es das ist, was er später machen will.«

»Das klingt interessant. Lebt er noch zu Hause oder in einer Studenten-WG?«

»Nein, er wohnt alleine.« Ein sanfter Schauer durchfuhr Sam, als sie ergänzte: »Schon seit er sechzehn ist. Seine Mutter ist gestorben und er hat kein sonderlich gutes Verhältnis zu seinem Vater, glaube ich zumindest …«

Dass sie so vage blieb, lag daran, dass sie nicht wusste, wie viel sie von dem, was Chris ihr anvertraut hatte, preisgeben durfte.

»Oh, das tut mir leid.«

»Ich glaube, er kommt ganz gut damit klar.«

»Na dann.«

Ein dumpfes Summen unterbrach das Gespräch vorerst. Sam bemühte sich, nicht allzu offensichtlich nervös auf ihr Smartphone zu starren. Ihre Miene neutralisierte sich schnell wieder.

Pia

Hey Sami! Du musst heute Abend unbedingt mitkommen! Hat Chris sich endlich gemeldet? Küsschen, Pia

Abgesehen davon, dass sie es hasste, wenn Pia Nachrichten aus reiner Neugier verfasste, hatte Sam absolut keine Lust, ständig daran erinnert zu werden, dass sich ein gewisser Jemand heute noch nicht bei ihr gemeldet hatte. Dieses unangenehme Gefühl in ihr zu verdrängen, war auch so schon schwer genug.

»Chris?«, fragte ihre Mutter und hatte dabei ein fröhliches Grinsen im Gesicht.

»Nein, Pia. Anscheinend machen sie und Matthias gerade eine Pause vom permanenten Anfassen. Sie will wissen, ob ich heute Abend mitkomme.«

»Sie zeigt ihren neuen Freund vor, oder?«

»Ja. Wahrscheinlich hat sie auch für die richtige Beleuchtung und die passende musikalische Untermalung gesorgt«, spekulierte Sam amüsiert.

Sie ließ sich noch ein paar Informationen über Chris, Matthias und Bauernhausen entlocken, ehe sie vorerst kapitulierte und sich in ihr Zimmer zurückzog.

Sie hatte sich selten so wohl zwischen den vier blassgrünen Wänden ihres Zimmers gefühlt. Sam war zwar nicht zum ersten Mal verreist, trotzdem war die Rückkehr diesmal etwas Besonderes. Als sie vor zwei Wochen in ihrem Bett gelegen hatte, hatte es noch keinen Christian O'Shay für sie gegeben und Huskyaugen noch ganz allein Hunden gehört.

Mit einem Knopfdruck brachte sie die Stereoanlage zum Laufen und ließ sich müde in die blümchenlosen Kissen fallen. Diese verfluchte Sehnsucht wollte nicht abklingen, das musste sie sich eingestehen, während die *Veronicas* ihre Revolution besangen.

Bässe gegen die Sehnsucht

Der nach wie vor furchtbare Klingelton ihres Smartphones riss Sam unsanft aus dem Schlaf. Sie hatte wirr geträumt, von Kühen, Küssen und brennenden Haaren.

Verdattert und fluchend drückte sie den eingehenden Anruf weg und drehte sich gähnend auf die andere Seite. Es dauerte ein paar Sekunden, bis ihr Hirn das nötige Signal an ihre Muskeln sandte. Als es angekommen war, begann sie hektisch nach ihrem Handy zu tasten.

Als Erstes stellte sie fest, dass es kurz nach zehn Uhr war, dann, dass Chris sich noch immer nicht gemeldet hatte.

Der entgangene Anruf stammte von Pia, die Erkenntnis ließ sie seufzen. Ein seltsames Gefühl breitete sich in ihr aus, Bauchschmerzen gepaart mit einem imaginären Stachelkloß, den sie anscheinend verschluckt hatte und der jetzt in ihrem Hals steckte. Es war nach zweiundzwanzig Uhr, was bedeutete, dass Chris sich seit über vierundzwanzig Stunden nicht gemeldet hatte. Normalerweise rief er spätestens um neunzehn Uhr an, hing eine Stunde mit Sam am Telefon und versicherte ihr, dass sie sich bald wiedersehen würden – heute nicht.

Sams Kopfkino startete eine Spätvorstellung. Chris saß schon längst zu Hause und hatte vergessen, sie anzurufen – diese Szene löste so viel Selbstmitleid in ihr aus, dass sie beinahe wütend wurde.

Im nächsten Szenario lag sein Handy im Museum, vor einem Gemälde mit roten Farbklecksen, weil er es dort vergessen hatte. Eine plausible Begründung, aber zu unspektakulär für die Zuschauer. Die Szene, in der Chris von vermummten, Dialekt sprechenden Gartenzwergen verschleppt wurde, war unterhaltsamer. Sie hatten sich organisiert und erpressten nun die irischen Kobolde.

Ehe sie sich noch absurdere Begründungen zusammenfantasierte, rief sie Pia zurück. Nach dem zweiten Piepsen meldete sie sich, aber Sam fiel ihr gleich ins Wort. »Wage es nicht, mich zu fragen, ob Chris angerufen hat!«

»Okay …«, entgegnete eine sich auf die Zunge beißende Pia.

Sam wusste, dass es eine ihrer weniger brillanten Ideen war, die folgende Frage zu stellen, aber alles erschien ihr im Moment besser, als die ganze Nacht lang wach zu liegen und in Gedanken das Drehbuch zu ›O'Shay und die maskierten Massaker-Zwerge‹ zu schreiben. »Kann ich noch nachkommen?«

»Klar doch! Unsere halbe Klasse ist da. Matthias ist umwerfend. Er unterhält sich gerade mit Ines und ihren arroganten Freundinnen. Blöde Ziegen … Die werden gerade ganz gelb vor Neid, das passt zu ihren schlecht gefärbten Haaren. Wie die gucken … und blöde kichern! Hey! Das Anfassen können sie sich aber sparen, diese hinterhältigen Bit…«

Pia hatte aufgelegt. Wahrscheinlich verprügelte sie gerade Ines. Zumindest würde der Abend unterhaltsam werden, so viel war sicher.

Den Drang, Chris anzurufen, unterdrückend, stellte sich Sam ein Outfit zusammen. Da sie ihr gekränktes, ängstliches Ego aufpäppeln musste, fiel ihre Wahl auf das Kleid, das sie im letzten Spanienurlaub für den Strand gekauft hatte. Es war türkis, kurz und absolut nicht schultauglich. Wenn sie richtig mutig gewesen wäre, hätte sie High Heels dazu getragen, aber ihr Ego war nur angekratzt und lag nicht auf dem Sterbebett, außerdem wollte sie nicht vor versammelter Mannschaft auf dem Hintern landen.

Nachdem sie sich am teuren Make-up ihrer Mutter bedient hatte und einmal mit unterdrückter Rufnummer erfolglos bei

Chris hatte durchklingeln lassen, machte sie sich auf den Weg ins *Picasso*.

Kurz vor dreiundzwanzig Uhr betrat Sam ihren Stammclub. Sie war keine Nachtschwärmerin, aber wenn sie ausging, ging sie hierher, genau wie die meisten in ihrem Alter.

Der geräumige Club war gut gefüllt, anscheinend waren viele von den Leiden des Familienurlaubs verschont geblieben.

Sie drängte sich durch den schmalen Eingangsbereich und versuchte, Pia und Matthias ausfindig zu machen. Sie wurde fündig, inmitten einer Menschentraube, bestehend aus ihren – meist weiblichen – Mitschülerinnen.

Die Blonde setzte sich auf den freien Barhocker neben Pia. Die Ansammlung von schmachtenden Mädchen löste sich augenblicklich auf. Ein triumphierendes Lächeln huschte über Sams Lippen. Ihr Ruf als Verfechterin der Anti-Schmacht-Bewegung, kurz ASB, eilte ihr zum Glück voraus.

»Sieht so aus, als hättest du Ines doch nicht verkloppt«, stellte sie amüsiert fest und nahm Pia das Weinglas aus der Hand, um daran zu nippen.

Die Brünette schnaubte. »Ist nicht so, als hätte sie es nicht verdient!«

Matthias wandte sich den Mädchen zu. »Hey, Sam! Schön, dass du doch gekommen bist.«

»Ja, wird Zeit, dass du dich mal wieder mit jemandem umgibst, der dich nicht ansieht, als wärst du der Prinz aus *Cinderella*.«

»Ach, bin ich das nicht?«, scherzte er und gestikulierte der Kellnerin seine Bestellung.

»Und, Sami? Bist du in Feierlaune?«, wollte Pia wissen und zupfte ihren schwarzen Rock zurecht.

Sie hatte sich herausgeputzt, mehr als das, sie hätte Werbung für Lippenpflegestifte, rosafarbene Hautcreme oder sonst ein Kosmetikprodukt, das gern von Teenagern beworben wurde, machen können. Vielleicht war die weiße Bluse etwas zu durchsichtig fürs Fernsehen, dafür passte sie auffallend gut zu Matthias' weißem Hemd. Sam hätte schwören können, dass Pia seine Haare eine Nuance heller gefärbt hatte, weil sein Braunton jetzt fast schon ins Brünette ging, aber der Gedanke war lächerlich. Wann zwischen Sich-Abschlecken und Sich-im-Partnerlook-Anziehen hätten die beiden Zeit gehabt, Matthias' Haare zu färben?

»Keine Ahnung, ob ich in Feierlaune bin, aber ich tue mal so, damit du aufhörst, mich so verrückt fröhlich anzustarren.«

Sam war wirklich nicht nach Party zumute. Ihr Plan, sich zwischen zu lauter Musik und aufgetakelten Betrunkenen von einem gewissen Jemand abzulenken, ging nicht auf. Idiotischerweise fing sie nur an, sich nach blonden Haaren und unwirklich blauen Augen umzusehen.

»Ach Sam! Wir müssen an deiner Stimmung arbeiten!«

Pia ließ ihren Worten Taten folgen und drehte sich in Richtung Bar. Es gab Mittel und Wege, um unangenehme Begebenheiten zu verdrängen, zumindest kurzfristig.

Der Club wurde voller und voller. Sam hatte sich nach den ersten Anzeichen eines Pia bedingten Tinnitus breitschlagen lassen, sich auf der Tanzfläche zu blamieren. Vielleicht hatten auch die beiden Bacardi Cola dazu beigetragen, dass sie jetzt begeistert diesen einen *Macklemore*-Song mitsang, den sie eigentlich nicht mochte.

Matthias stand an der Bar, bei Hannes und Fanta. Pia bekam nicht mit, dass dort drüben gerade ein Exfreund-Gespräch geführt wurde, was vielleicht sogar besser war. Spätestens wenn die erste Getränkedose in die Luft flog, würde Matthias von allein mitbekommen, dass er nicht sonderlich viel auf die Meinung eines Siebenjährigen im Körper eines Achtzehnjährigen geben durfte.

Sam drehte sich um, weil die Hand auf ihrem Hintern eindeutig neu war und keine Erlaubnis eingeholt hatte, sich dort zu platzieren. Ihre naive Seite hatte eine halbe Sekunde lang Hoffnung gehabt, dass der einzige Mensch, dem sie erlaubt hätte, sie so anzutatschen, hinter ihr stand. Noch während sie sich umdrehte und Luft holte, um angemessen laut zu werden, tauchte Lukas' Gesicht neben ihrem auf. Er hatte sich so dicht hinter sie gedrängt, dass er problemlos ihre Pulswerte hätte messen können.

»Hey, Schulsprecherin!«, schrie er ihr ins Ohr.

Sie versuchte, den Abstand zwischen ihr und dem aufdringlichen Fußball-Torwart aus der Schulmannschaft zu vergrößern.

»Willst du tanzen?«

»Ja, sobald du wieder von der Tanzfläche verschwindest!«

Lukas war wie eine Labormaus, die nach dem achtzehnten Stromschlag noch immer den roten Knopf neben der Futterschüssel drückte. Seit fast einem Jahr nervte er Sam in regelmäßigen Abständen mit mehr oder weniger kreativen Anmachversuchen.

Der dunkelblonde Junge war hübsch, seine Eltern waren erfolgreiche Hoteliers und er war ein guter Sportler. Im Grunde genommen war er wie Bastian, nur dümmer, eingebildeter und absolut humorbefreit.

»Zicke!«, rief Lukas, zog die Augenbrauen grinsend nach oben und erwartete anscheinend eine positive Reaktion von Sam. Eine Reaktion konnte er haben.

»Und du bist unheimlich klug und charmant! Kann aber auch sein, dass der Alkohol uns beide Lügen erzählen lässt!«

Ohne abzuwarten, ob Lukas schlau genug war, um ihren Satz als Beleidigung zu entlarven, verschwand sie von der Tanzfläche.

Die Toiletten waren überfüllt, aber hier war es leiser und kühler. An die weißen Fliesen gelehnt, tippte Sam auf ihrem Smartphone herum. Kein Anruf, keine Facebook-Benachrichtigung und keine WhatsApp-Mitteilung. Sie lauschte dem Klingeln und den ersten paar Silben der Mailbox, dann legte sie auf. Vielleicht sollte sie ihm schreiben, dass sie zu Hause war, ihn vermisste und er anrufen sollte, sobald er eine Gelegenheit dazu hatte. Vielleicht sollte sie auch verraten, dass sie unterwegs war und Jungs ihr an den Hintern tatschten.

Seufzend ließ sie das Handy wieder in der Tasche verschwinden. Es blieb an, vorerst, nach zwei weiteren Bacardi Cola würde sie es ausmachen, sonst verschickte sie am Ende noch eine beschwipste ›Ich liebe dich‹-Nachricht.

Es dauerte eine Weile, bis sich Sam ihren Weg zurück zur Tanzfläche bahnen konnte.

Pia und Matthias lieferten sich unter den grün-blauen Lichtkegeln ein gar nicht mal zu verachtendes Vorspiel. Dass Pia es schaffte, trotz der wilden Knutscherei, dem Fummeln und Tanzen ihr Weinglas in der Hand zu behalten, zeugte von einer beeindruckenden Hartnäckigkeit. Anscheinend schmeckte ihr der billige Wein, der hier ausgeschenkt wurde. Morgen würde sie Kopfschmerzen haben oder blind aufwachen.

Sam setzte sich an die Bar und bestellte einen Cocktail. Sie hätte gern nachgesehen, wie spät es war, aber dann hätte sie sich wieder damit konfrontieren müssen, dass niemand sie vermisste, und diese bittere Erkenntnis wurde gerade mit Pina Colada hinuntergeschluckt.

Der DJ spielte *Timber*, als sie vergebens in ihrer Tasche nach einem Feuerzeug suchte.

»Na? Konntest du dich von Bauernhausen losreißen?«

Nicht mal der laute Bass hinderte Sam daran, die Stimme desjenigen zu erkennen, der sich gerade hinter sie gestellt hatte.

»Ja, und ich habe Romeo und Julia mitgebracht«, antwortete sie und deutete mit dem Kopf in Richtung Tanzfläche, ehe sie sich von Bastian Feuer geben ließ.

»Da haben sich ja zwei gefunden! Wie lange gibst du den beiden? Drei Wochen?« Er lehnte sich mit dem Rücken an die Bar und grinste. So konnte nur Bastian grinsen – ansteckend.

»Nein, ich glaube, die sind echt ziemlich verschossen ineinander, sagen wir zwei Monate.«

Sie verdrängte, dass sie Pias und Matthias' Beziehung weitaus größere Chancen ausrechnete, als sie gerade behauptet hatte, sie verdrängte aber schließlich auch, dass Chris nicht anrief und sie hier mit Bastian plauderte, obwohl ihr letztes Gespräch in einem seltsamen Kuss gegipfelt hatte.

»Das Kleid steht dir, oder ist das ein Top?«

»Tu nicht so, als hättest du nicht schon kürzere Röcke gesehen. Da drüben sind gleich drei.«

Er lachte und bestellte zwei Shots. »Du siehst irgendwie genervt aus. Fehlt dir die Landluft?«

»Ja. Ich vermisse die Gartenzwerge. Vielleicht stelle ich mir einen ins Zimmer, damit ich mich nicht so einsam fühle«, entgegnete sie und bereute es im nächsten Moment schon wieder.

»Wenn du einsam bist, kannst du bei mir schlafen, dann kannst du den Gartenzwerg vergessen.«

Sam grinste gequält und versuchte dabei, so neutral wie möglich auszusehen. Sie hätte Bastian auch anschreien können, aber dann hätte sie ihm unterstellen müssen, dass er Chris gerade einen Gartenzwerg genannt hatte, und dabei war sie sich nicht sicher.

Bastian und sie flirteten von Zeit zu Zeit, meistens verpackten sie das Ganze in einen Scherz und lachten fünf Sekunden später, heute fühlte es sich komisch an – verboten. Vor ein paar Wochen hätte sie ihn auf die Tanzfläche gezerrt und so eng mit ihm getanzt, dass weder Lukas noch irgendeine verliebte Volleyballspielerin sich an die beiden herangetraut hätte, aber das war eindeutig keine Option mehr.

»Unglaublich, du ziehst ein Gesicht wie damals, als ich dich gezwungen habe, den Wurm zu essen.«

Bastian hielt Sam den Shot hin und prostete ihr zwinkernd zu. Ohne lange zu überlegen, kippte sie das rötliche Getränk hinunter. Egal wie angespannt die Situation zwischen ihnen auch war,

Bastian schaffte es irgendwie, die negative Atmosphäre wegzuatmen. Unbeschwert wie gewohnt, lehnte er an der Bar, nickte mit dem Kopf zur Musik und schenkte dem einen oder anderen Mädchen, das vorbeiging, ein schiefes Lächeln. Die meisten wurden tiefrot und grinsten sich high.

Er war wirklich ein hübscher Vertreter seiner Art – groß, sportlich, ein schönes, weiches Gesicht, das trotzdem nicht zu mädchenhaft aussah. Unter dem schlichten schwarzen T-Shirt versteckte sich ein Sixpack. Ob es sich so gut anfühlte wie das von Chris?

Sam riss die Augen auf, als ihr bewusst wurde, was sie sich gerade zusammenfantasierte. Der schockierte Gesichtsausdruck entging auch Bastian nicht.

»Soll ich den Notarzt rufen? Ich glaube, du hast einen Schlaganfall.«

Beinahe hätte sie sich an ihrer eigenen Spucke verschluckt. »Nein! Sorry, ich war …«

Sie sprach nicht weiter, weil der Satz mit »dabei, dich in Gedanken auszuziehen‹ geendet hätte.

Irgendwo zwischen Schulende und Kuhweiden mussten ihre Hormone übergekocht sein. Sie maßregelte sich selbst und dachte an Chris, den Chris mit den Huskyaugen, den Chris, der nicht anrief, und den, der ihr Hirn mit einem einzigen Kuss auf Standby schalten konnte. All diese Chris' halfen ihr, den Schlaganfallblick abzulegen.

»Du bist durch den Wind, kann das sein?«, wollte Bastian wissen und löcherte sie mit einem durchdringend fragenden Blick.

Zu lügen, hätte nichts gebracht, dafür kannte er sie einfach zu gut.

»Chris ruft nicht an.«

Er stutzte merklich, verzog leicht den Mund und lächelte dann ein mitfühlendes Lächeln, kein schadenfrohes. »Wie lange schon nicht?«

»Seit gestern Abend.«

»Hattet ihr Streit?«

»Nicht dass ich wüsste, aber ich kriege ja auch nicht mit, wenn mein Kopf in Flammen steht, also …«

»Und du bekommst jetzt Depressionen, nur weil er sich vierundzwanzig Stunden nicht meldet?«

Sie hätte widersprechen und sich hinter ihrem geliebten Sarkasmus verstecken können, aber dazu hatte sie gerade keine Lust.

In Bastians Gegenwart konnte sie binnen Sekunden zu einem zehnjährigen Mädchen mutieren, und mit zehn hatte sie das mit dem Sarkasmus noch nicht wirklich verinnerlicht. Sie nickte wie ein Wackeldackel.

»Ja! Wieso ruft er denn nicht an?!«

»Vielleicht hatte er einen Autounfall und liegt im Koma.«

»Bastian!«

Ihre Zurechtweisung ließ den Braunhaarigen seufzen. Er hasste es, wenn sie so verzweifelt große Augen machte. Das hatte er noch nie lange ausgehalten.

»Mister Schön ruft dich bestimmt an! Und wenn nicht, finden wir einen anderen Idioten für dich. Einen mit noch weißeren Zähnen, der noch älter und noch arroganter ist. Na, wie klingt das?«

Er legte seinen Arm um Sam und drückte sie kurz. Die Berührung war nicht unangenehm, nur warm und vertraut, zumindest vorerst.

»Soll ich dich auf andere Gedanken bringen?«, tönte es plötzlich bedrohlich verführerisch.

Ihre Alarmglocken begannen zu schrillen. Als sie sich aus der Umarmung löste, lachte Bastian.

Er schüttelte den Kopf. »Keine Angst! Ich wollte dir nicht meine Zunge in den Hals stecken, sondern dich zu meiner Party einladen. Samstagabend bei mir.«

»Stimmt ja! Du hast Geburtstag.«

Sie schämte sich für ihre Reaktion und lief in Anbetracht der Tatsache, dass Bastian ihre Gedanken wohl hatte lesen können, rot an. Zum Glück ritt er nicht weiter darauf herum.

»Romeo und Julia kommen übrigens auch«, erklärte er und deutete auf die Tanzfläche, wo sich Pia und Matthias gerade zu Katy Perry befummelten.

»Klar bin ich dabei. Ich habe noch keine deiner Partys verpasst. Muss ich dir schon wieder was schenken?«

»Natürlich! Einzig allein am Preis deines Geschenks kann ich festmachen, wie viel dir unsere Freundschaft wert ist.«

Sam lachte. »Wie viele Leute hast du eingeladen?«

»Weniger als letztes Jahr.«

»Was heißt das genau?«

»Keine Ahnung, neunzig, hundert.«

»Das Haus wird wieder furchtbar aussehen! Eure armen Putzfrauen!«

»Diesmal habe ich den Jungs aus der Mannschaft verboten, Körperfarben mitzubringen.«

»Schade, du hast in Orange süß ausgesehen«, scherzte sie.

Bastian zog eine Augenbraue nach oben. »Du flirtest mit mir. Ich hatte den Eindruck, dass wir das nicht mehr dürfen.«

Sam biss sich verlegen auf die Unterlippe. »Entschuldige. Keine Körperfarben. Kommt deine ganze Mannschaft?«

Er nickte.

»Lukas hat mich heute angetatscht, halt ihn mir vom Hals, sonst muss ich ihn zum Weinen bringen!«

Bastian stutzte und schüttelte dann genervt den Kopf. Er war die Annäherungsversuche seines Torwarts leid, zumal jeder in der Mannschaft wusste, dass Sam tabu war. So etwas nannte man Meuterei gegen den Captain und in Piratenfilmen wurde man dafür über Bord geworfen.

»Ich knall ihm beim nächsten Training ein paar Bälle ins Gesicht.«

Sam wollte triumphierend grinsen, als ihre Tasche plötzlich ein Eigenleben entwickelte. Es dauerte ein paar Sekunden, bis sie begriff, warum das zusammengenähte Leder wie verrückt vibrierte.

»Ich geh kurz raus!«, rief sie Bastian noch zu, ehe sie losrannte.

Vor dem Club hatte Sam es immer noch nicht geschafft, ihr Smartphone zwischen all den Kleinteilen, die sie seit Ewigkeiten in der Tasche durch die Gegend schleppte, ausfindig zu machen. Fluchend leerte sie den gesamten Inhalt vor sich auf den Asphalt und schnappte sich das Objekt ihrer Begierde, auf dem der Name ›Christian O'Shay‹ aufleuchtete.

»Hallo?!«

Sie hatte viel zu atemlos geklungen, gehetzt, nervös, sehnsüchtig – so wollte sie nicht annähernd klingen, also wiederholte sie sich, diesmal übertrieben gelassen.

»Hallo.«

»Hey«, tönte es am anderen Ende unglaublich melodisch.

Sie rang nach Luft und versuchte, so cool wie möglich zu klingen. Sie hatte zwar in den letzten Stunden auf glühenden Kohlen gesessen, aber eher würde sie die Kohlen essen, als Chris in ihre Qualen einzuweihen.

»Alles klar bei dir?«, fragte sie und klang dabei sogar ein wenig gelangweilt.

Wie sie diesen Tonfall zustande gebracht hatte, wusste sie selbst nicht, nur, dass sie in Wirklichkeit am liebsten lautstark nach einer Begründung für den späten Anruf verlangt hätte.

»Ähm … ja«, entgegnete Chris verwirrt.

Er hatte ein schlechtes Gewissen, weil es schon spät war, zu spät für einen ersten Anruf.

»Wie war die Arbeit?«, erkundigte sich Sam wie jeden Abend.

Der gelangweilte Tonfall wandelte sich in einen gereizten, das entging Chris trotz der lauten Geräuschkulisse im Hintergrund nicht.

»Sorry, dass ich mich erst jetzt melde. Ich weiß, es ist spät. Sag mal, wo steckst du? Es ist laut bei dir.«

In Sams Innerem schnappte sich gerade ihre beleidigte, trotzige Seite das Mikrophon. »Ich bin mit Freunden weg. Wenn es dir zu laut ist, können wir auch morgen telefonieren.«

Am anderen Ende wurde es kurz still. Ihr Herz setzte einen Schlag aus, weil ihr bewusst wurde, wie fies sie gerade geklungen hatte.

»Nein. Schon okay, leg nicht auf …«

Sie hätte nie aufgelegt, aber Chris kaufte ihr die subtile Drohung ab. Er klang zerknirscht, schuldbewusst, sie war sich nicht sicher, ob sie diese Reaktion bei ihm hatte heraufbeschwören wollen.

»Und, bist du gut zu Hause angekommen? Entschuldige, dass ich nicht schon früher angerufen habe, aber heute hätten mich Kameras begleiten können. Mein Tag war wie eine Folge dieser Scripted-Reality-Serien.«

»Keeping up with the O'Shays«, entgegnete Sam grinsend.

Dass ihre Laune sich schlagartig hob, lag daran, dass Chris' Entschuldigung anscheinend nichts mit schwindendem Interesse an ihr zu tun hatte.

»Heute Morgen musste ich mit Artemis in die Klinik, weil er die ganze Nacht lang …«

Er stutzte, weil er vermeiden wollte, zu bildlich zu beschreiben, was gestern Nacht in seiner Wohnung vorgefallen war.

»Na ja, er war krank, weil er wahrscheinlich wieder mal aus dem Aquarium getrunken hat.«

Sam zog eine Augenbraue nach oben. »Artemis ist …«

»Mein Kater«, entgegnete Chris schnell und musste grinsen, genau wie Sam.

»Ah! Zum Glück! Ich dachte schon, du hättest einen aus dem Aquarium trinkenden Mitbewohner namens Artemis, den du mir bis jetzt verschwiegen hast.«

»Nein, ich lebe mit keinem exzentrischen Freak zusammen, nur mit einem kranken, unbelehrbaren Kater.«

»Geht es ihm wieder gut?«

»Ja, er hat eine Infusion bekommen und Tabletten, die er nur schluckt, wenn ich ihm eine Waffe vors Gesicht halte.«

»Armer Artemis ...«

Chris seufzte. »Ich war so lange in der Tierklinik, dass ich beinahe zu spät zur Arbeit gekommen wäre. Dort hatten wir Feueralarm, weil irgendein Idiot auf der Toilette geraucht hat. Ich musste eine Gruppe aufgebrachter Seniorinnen evakuieren, die meinen Nachnamen nicht aussprechen konnten und mich ständig ›Osch-Ei‹ genannt haben. Ich hätte dich von der Arbeit aus angerufen, aber ich habe mein Handy zu Hause liegen lassen.«

Ihr Grinsen wurde immer breiter. In ihr wurde es warm, nicht nur, weil die Pina Colada an der frischen Luft mehr zu bieten hatte als an der Bar. »Schon okay! Du hattest anscheinend wirklich Stress, das tut mir leid.«

»Ich wäre auch früher zu Hause gewesen, aber als ich gehen wollte, hatten wir plötzlich zweitausend Euro zu wenig in der Kasse.«

»Ah, du bist doch ein Meisterdieb!«

Chris lachte. »Der BWL-Student, der für das Geld verantwortlich ist, hätte beinahe einen Nervenzusammenbruch erlitten, er ist sowieso nah am Wasser gebaut – hat mal geheult, als ein Zehnjähriger ihn ›fett‹ genannt hat. Wenn wir das Geld nicht wiedergefunden hätten, hätte er wahrscheinlich angefangen, sich zu ritzen.«

»Oh, also hast du das Geld zurückgegeben, weil der dicke Junge am Empfang sonst eine Psychotherapie gebraucht hätte? Du hast echt ein gutes Herz, ›Osch-Ei‹!«

Er lachte, dann wurde er wieder ernster. »Bist du nicht sauer auf mich? Wenn du dich so lange nicht bei mir gemeldet hättest, hätte ich mir eine Packung Gummibärchen gekauft und sie mit Wodka runtergespült.«

»Was soll ich sagen? Entweder bin ich einfach cooler als du oder ich bin gerade ziemlich betrunken und kotze heute noch Fruchtgummi.«

Sam entschied plötzlich, dass Chris nicht wissen durfte, dass sie getrunken hatte und eigentlich nur hier war, um Frustbewältigung zu betreiben. Ob man ihr anhörte, dass sie zwei Bacardi Cola und einen Cocktail intus hatte? Ob man hören konnte, dass Lukas ihr an den Hintern gegrabscht hatte?

»Wo bist du noch mal?«

Sie biss sich auf die Unterlippe, ehe sie begann, diesen Abend herunterzuspielen. »Mit Pia und Matthias in der Stadt. Pia wollte Matthias unbedingt vorzeigen und ich sehe zu, dass er keine Starallüren entwickelt, weil ihn die Mädchen hier anscheinend für Taylor Lautner halten.«

Den Fokus auf Pia und Matthias zu lenken, erschien ihr klug.

»Keine Angst, Matthias ist keine Diva. Wie geht es den beiden?«

»Liefern sich mittelschwer angetrunken auf der Tanzfläche ein Vorspiel.«

»Und was machst du in der Zwischenzeit?«

Diese Frage war ihr unangenehm. Sam hatte eigentlich keinen Grund, Chris irgendetwas zu verheimlichen, trotzdem wollte sie nichts von Bastian erzählen, das hätte nur schmerzhafte Impulse in Richtung Magen und Herz geschickt.

»Es sind noch ein paar andere Leute hier, die ich kenne.«

»Was machst du morgen?«, fragte Chris weiter.

»Keine Ahnung, auf alle Fälle Pia und ihre Vorschläge ignorieren.«

»Also hast du Zeit für mich?«

Sams Herz machte einen Sprung, dann hielt es sich an einer Arterie fest, weil es betrunken war.

»Ich würde dich morgen Nachmittag abholen, dann können wir das Wochenende bei mir verbringen. Ich muss Sonntagvormittag arbeiten, aber der Rest meiner Zeit gehört ganz dir!«

»Klasse!«, quietschte sie und lief im nächsten Moment rot an.

Sie musste aufhören, sich wie ein hyperaktives Kind anzuhören, dem man ein Pony versprochen hatte.

»Kann ich dich gegen fünf abholen?«

»Sicher. Danke für die Einladung«, erwiderte sie mit beherrschter, geschäftsmäßiger Stimme.

»Kein Grund, sich zu bedanken. Das ist reiner Egoismus. Irgendwie muss ich dich doch von dem Idioten mit dem Porsche wegbekommen. Wenn du das ganze Wochenende mit ihm statt mit mir verbringst, muss ich mir *Adele*-Songs anhören und bei ›*Someone like you*‹ mitsingen und das wäre furchtbar peinlich, ich bin doch ein Mann …«

Sie lachte etwas hysterisch in Anbetracht der Tatsache, dass Chris genau wusste, mit wem sie heute Abend an der Bar stand. »Keine Angst. Ich gebe dir bestimmt keinen Anlass, deine Männlichkeit durch *Adele*-Songs einzubüßen.«

»Ich weiß. Also morgen?«

»Morgen«, wiederholte Sam und begann schon, Pläne zu schmieden. »Soll ich was mitbringen? Bettwäsche oder mein Kissen?«

»Ja! Am besten einen Schlafsack, Dosensuppe und Klopapier, meine Wohnung steht nämlich in einem Dritte-Welt-Land.«

»Sehr witzig, also brauche ich nichts?«

»Du musst nur dich mitbringen. Und vielleicht deine Zahnbürste, aber so viel organisatorisches Talent beim Packen traue ich dir zu.«

»Geht klar.«

»Dann will ich dich nicht länger vom Feiern abhalten. Enjoy.«

»Ich bleibe nicht mehr lange.«

»Schreibst du mir, wenn du zu Hause bist?«

»Sicher.«

»Dann sehen wir uns bald. Ich freu mich … Miss you.«

Sam schmunzelte.

»Ja, bis morgen. Wenn der BWL-Student nicht schon wieder einen Nervenzusammenbruch hat.«

»Selbst wenn das Museum morgen plötzlich in eine mittelalterliche Parallelwelt gezogen wird, stehe ich Punkt fünf Uhr vor deiner Tür – möglicherweise in einer Ritterrüstung, aber ich werde da sein!«

»Na dann bis morgen, Sir Chris.«

»Bis morgen, Prinzessin.«

Überschwänglich hüpfte Sam zurück in den Club. Jetzt, da es nichts mehr zu verdrängen gab, konnte sie die Musik, die vielen Menschen und die bunten Lichter genießen. Genau das hatte sie in Bauernhausen vermisst. Grinsend und mit einer Überdosis O'Shay im Hirn, machte sie sich auf den Weg zur Bar.

Bastian lehnte noch immer dort, nur die kleine Blondine, die versuchte, ihn mit ihrem Ausschnitt zu hypnotisieren, war neu.

»Der Idiot hatte anscheinend eine gute Ausrede parat«, stellte er fest und fiel dabei dem Mädchen vor ihm mitten ins Wort.

Sie reagierte erwartungsgemäß beleidigt und legte einen wütenden Abgang hin.

»Ja. Hast du Pia gesehen?«

Mit Bastian über Chris' Tagesereignisse zu reden, hätte nicht gut geendet, zumal Alkohol Bastian immer verbal angriffslustig machte.

»Nicht mehr, seit Pia beinahe mit der Nase auf die Tanzfläche geknallt wäre. So wird sie nie zu *Let's Dance* eingeladen«, meinte er und konnte sich ein Lachen nicht verkneifen.

Sam stimmte ein, aber nur kurz, dann riss eine Hand, die sich plötzlich auf ihre Schulter gelegt hatte, sie fast zu Boden.

»Sääm!«, lallte die torkelnde Pia, zu der sich Sam zwangsweiße umgedreht hatte.

Wenn sie betrunken war, erreichte ihre Stimme eine Frequenz, die Hunde vertreiben konnte. Auch ihr nächster Satz war ein eindeutiges Indiz dafür, dass ihre Sinne nicht mehr allzu zuverlässig arbeiteten.

»Pastian ist da!«, teilte sie – so aufgebracht wie Betrunkene sein können – mit.

Sam zog eine Augenbraue nach oben und deutete mit dem Kopf leicht nach links. »Ja, ich weiß. Er steht hier direkt neben mir.«

Bastian winkte Pia veranschaulichend zu und zauberte mit seiner Geste einen verwirrten Ausdruck auf ihr leicht gerötetes Gesicht. Pias Hirn konnte die gewonnene Information scheinbar nicht richtig verarbeiten. Sie kicherte nur und hob dann sinnloserweise den Zeigefinger vor die Lippen und ›psste‹ Bastian an. Dass dieser ihr Getue amüsant fand und sie imitierte, war für Pia gerade die lustigste Comedy-Show der Welt. Sam schob sie ein Stück näher an die Bar, damit sie sich festhalten konnte, dann wandte sie sich Bastian zu.

»Pass kurz auf die Winzerkönigin auf, ja? Ich suche Matthias, er soll sie nach Hause bringen!«

Sam fing Matthias bei den Toiletten ab. Beherzt packte sie den Braunhaarigen am Arm und zog ihn hinter sich her.

»Willst du deine Freundin für *Jersey Shore* casten lassen oder warum hast du sie so abgefüllt?«

»Ich habe sie nicht abgefüllt, ehrlich! Ich wusste nicht, dass sie so wenig verträgt.«

Sam seufzte. Pia konnte man tatsächlich auch mit Rumkugeln betrunken machen, eine Information, die für Matthias vielleicht etwas früher hilfreich gewesen wäre. Die drei Gläser Wein, die sie im Laufe des Abends getrunken hatte, hatten sie in andere Sphären gebeamt.

»Pia wird auch von Apfelsaft betrunken, der eine Stunde in der Sonne gestanden hat«, erklärte Sam seufzend.

Wieder an der Bar, wurde Matthias sofort überschwänglich begrüßt. Die fünfzig Kilo mehr um den Hals schienen ihn aber gar nicht zu stören. Er strich Pia eine Haarsträhne hinters Ohr und flüsterte ihr ein »Entschuldige« hinein.

»Bring sie nach Hause und stell ihr eine Flasche Wasser neben das Bett«, trug Sam ihm auf.

»Ich will nicht nach Hause!«, protestierte Pia und fiel Sam um den Hals.

»Schon gut, wir gehen ja auch! Wenn hier heute einer umgelegt wird, haben wir es morgen alle verpasst!«, versicherte Sam, die genau wusste, dass Pia an der unangenehmen und vielverbreiteten Angst litt, irgendetwas zu verpassen, wenn sie ging, bevor der Letzte gekotzt hatte.

Matthias schaffte es, Pia mit nicht jugendfreien Versprechungen zum Gehen zu überreden. Ob er sie heute noch wahrmachen konnte, war allerdings fragwürdig.

»Sag ›Ciao‹«, forderte er Pia auf, die scheinbar nicht sonderlich viel mit dieser Verabschiedungsfloskel anfangen konnte.

»Pfau!«, verkündete sie amüsiert und winkte zum Abschied.

»Ja, dir auch Pfau!«, flötete Bastian ihr nach und erwiderte das Winken.

Als er sich Sam zuwandte, hatten sich ihre Gesichtszüge wieder entspannt. So sah sie unglaublich hübsch aus, glücklich, auch wenn der Grund dafür ihn nervte.

»Wow, ich weiß nicht, ob Pia schon jemals so betrunken war«, meinte Sam und lehnte sich gedankenverloren an die Bar.

»Nur Lindsay Lohan kann voller sein«, erwiderte Bastian lachend und schenkte ihr dann fragende Blicke. »Willst du noch etwas trinken?«

Sam schüttelte den Kopf. »Nein, ich bin müde.«

»Gut, ich begleite dich zum Taxi.«

Die beiden schlenderten die Straße entlang und Sam war froh, dass sie sich gegen die High Heels entschieden hatte, weil sie sich spätestens jetzt bei Bastian hätte einhaken müssen. Als Ines ihren Weg kreuzte, konnte Sam sehen, wie dämlich betrunkene Mädchen auf hohen Schuhen wankten. Die schwarzhaarige Mitschülerin, die seit dem ersten Tag in der Oberstufe ihre Liebe zu offenherzigen Klamotten entdeckt hatte, ignorierte ihre Schulsprecherin, grinste den Kapitän der Fußballmannschaft dafür aber umso intensiver an. Ines' Fähigkeit, subtile Anspielungen zu machen, war schon vor drei Captain Cola flöten gegangen, also fragte sie Bastian ganz direkt, ob er nicht Lust hätte, mit ihr nach Hause zu fahren. Sie stöckelte neben ihm her, zumindest so lange, bis er den Arm um Sam legte.

»Danke, ich habe heute schon etwas anderes vor«, entgegnete er und beschleunigte seine und somit auch Sams Schritte. Ines konnte unmöglich so schnell hinterher stöckeln.

Als sie hinter der nächsten Häuserecke verschwunden waren, seufzte Sam. »Na toll! Jetzt denkt Ines, zwischen uns läuft etwas!«

Bastian ließ seine Hände wieder in den Jeanstaschen verschwinden und lachte. »Hätte ich mit ihr schlafen sollen, nur damit sie das nicht denkt?«

Sam verdrehte die Augen.

»Morgen postet sie das auf Facebook … Sensationsgeile Bitch.«

»Ines weiß morgen nicht mal mehr, wie sie nach Hause gekommen ist – die ist fast so voll wie Pia und Lindsay. Außerdem, seit wann interessiert es dich, was die anderen über uns denken?«

Sam spürte Bastians Blick im Nacken, weil sie das Tempo noch mal erhöht hatte. Als ihr ihre Sorgen unangenehm wurden, wurde sie wieder langsamer. Sie ging neben ihm her und schubste ihn grinsend ein wenig zur Seite.

»Tut es nicht! Ich will nur deinen Ruf als Womanizer nicht zerstören. Wenn du mein Freund wärst, wäre Schluss mit den Volleyballspielerinnen und den geistlosen Bimbos.«

Er ließ sich mit dem Antworten auffällig viel Zeit.

»Schon klar …«, entgegnete er schließlich, weil er sich heute einfach nicht mehr mit ihr streiten wollte. Sie hatten gerade erst die Sache am See erfolgreich totgeschwiegen.

Sam hasste sich dafür, dass sie sich so schwer damit tat, Bastian normal zu behandeln. Ihr fiel sehr wohl auf, dass er ihr gern gesagt hätte, wie übertrieben sie auf seine Ausrede bei Ines reagiert hatte. Dass er es nicht tat, war nett von ihm und gleichzeitig notwendig, damit ihre Freundschaft auch in Zukunft unkompliziert bleiben konnte.

»Basti?«

»Maya?«, entgegnete der Braunhaarige in dem gleichen ernsten Tonfall, den Sam angeschlagen hatte.

Sie blieben vor dem Taxi stehen.

»Tut mir leid, dass ich das noch nicht sonderlich gut auf die Reihe kriege.«

Er tauschte den erwartungsvollen Blick gegen einen ernsten, den er aber gleich zu Boden schweifen ließ.

Sam bekam gerade Angst und musste etwas bestätigt haben. »Es wird alles bald wieder einfacher, oder?«, wollte sie wissen und klang dabei so unsicher, dass Bastian gar keine andere Wahl hatte, als ihren fragenden Blick zu erwidern.

»Mach dir keinen Kopf«, entgegnete er schließlich und öffnete die Autotür.

Als sie einstieg, spielte sie eine volle Sekunde lang mit dem Gedanken, ihn zu fragen, ob er mitfahren wollte. Sie wollte nicht mit ihm schlafen, nur das Lächeln sehen, das sich auf seine Lippen gelegt hätte, wenn sie ihm dieses Angebot gemacht hätte. Natürlich verdrängte sie diesen egoistischen Plan sofort.

Als Bastian die Tür zuwarf, lächelte er auch, allerdings so müde und angestrengt, dass sie sich seufzend in den Sitz drückte und resignierend die Augen schloss.

Zu Hause angekommen, bemühte sich Sam, ihre Mutter nicht zu wecken. Sie stolperte möglichst leise durch das dunkle Wohnzimmer, den Blick auf das Display ihres Handys gerichtet. Als sie sich in ihr Bett fallen ließ, hatte sie die WhatsApp-Nachricht schon fertig getippt.

Sam:
Bin zu Hause. Pia hat Amy Winehouse Tribut gezollt und hält Matthias wahrscheinlich noch ein Weilchen wach. Freu mich aufs Wochenende! Träum schön.

Gähnend stopfte sie das Smartphone unter ihr Kissen. Als sie ihren Kopf darauf bettete, vibrierte es auch schon. Wenn das Chris war, konnte er verdammt schnell tippen.

Bastian Johanson
Mach dir keine Gedanken über uns. Solange du glücklich bist, ist alles gut – auch wenn dein Freund ein arroganter Vollpfosten ist!
Kuss, der heißeste Typ an deiner Schule ;)

Sam grinste. Es war schön, zu wissen, dass Bastian nicht sauer war, das war zumindest ein Anfang. Ihn und Chris unter einen Hut zu bekommen, würde schwierig werden, aber nicht unmöglich. Sie würden sich miteinander arrangieren, dafür würde sie irgendwie sorgen, aber nicht mehr heute.

Sam:
Ich bin glücklich mit meinem Vollpfosten, danke, dass du das verstehst! Schlaf gut, du schöner Mensch! ;)

Ihr Handy vibrierte, eine Sekunde nachdem sie auf ›Senden‹ gedrückt hatte.

Christian O'Shay
Dich bei mir zu haben, wird schön! Ich weiß nur noch nicht, ob ich dich wieder nach Hause gehen lasse. ;)
Kuss, Chris

Mit einem schwachen Lächeln auf den Lippen gab sie dem starken Drang nach Schlaf endlich nach.

Vorfreude

Sam träumte einen seltsamen Traum. Sie saß wieder im Taxi, aber diesmal hatte sie Bastian wirklich gefragt, ob er mitkommen wollte. Der Arm, den er um sie gelegt hatte, störte sie nicht, im Gegenteil, die Berührung tat gut. Chris hatte nicht angerufen, schon seit Wochen nicht, zumindest glaubte sie das zu wissen. Die Erkenntnis stimmte sie traurig, sehr sogar, bis sie mit Bastian plötzlich zwischen blümchenverzierten Kissen in Bauernhausen lag. Er nannte sie Maya und der Rest des Traums war eindeutig nicht mehr jugendfrei.

Sie stieg erst gegen halb zwölf aus dem Bett. Dass sie anscheinend ein Traum-Flittchen war, musste Sam genauso hinnehmen wie die Tatsache, dass selbst zehn Stunden Schlaf nicht ausreichten, um den Freitag annähernd beschwingt zu beginnen.

Wie ein Zombie stand sie unter der Regendusche – keiner dieser blutrünstigen, flinken Killerzombies, sondern ein träger, stöhnender Klumpen Menschenfleisch, dessen Gehirn ständig im Buffering-Modus feststeckte.

Ihre Mutter war unterwegs, am Kühlschrank klebte ein Zettel, auf dem sie eine ihrer kryptisch amüsanten Nachrichten hinterlassen hatte.

Bin schwitzen. Dann Kaffee. Pasta im blauen Tupper. Küsschen, Mama

Sie war im Fitnesscenter und traf sich danach zum Kaffee mit einer Freundin. Sam schmunzelte, während sie die Nudeln aus der Tupperbox auf einen Teller kippte. Morgens war ihre Mutter immer genauso verpeilt wie sie selbst, einer der wenigen offensichtlichen Beweise, dass sie tatsächlich verwandt waren – das, und die naturblonden Haare, die man nicht bleichen musste.

Während sie sich die aufgewärmten Nudeln zu Gemüte führte, klingelte sie bei Pia durch. Es dauerte eine Weile, bis sie den Anruf entgegennahm.

»Ja?«

Ihre Stimme klang weniger beschlagen, als Sam vermutet hatte, dafür war jeglicher Minnie-Mouse-Sound aus ihrer Tonlage verschwunden, heute klang sie mehr nach Micky.

»Na? Schon den Antrag auf Prohibition unterschrieben?«

»Hä?«

Pia schien nicht aufnahmefähig für subtile Anspielungen. Sam musste deutlicher werden.

»Du säufst nie wieder, oder?«

»Nie wieder!«, entgegnete sie einsichtig. »Mir ist noch immer übel. Das war so peinlich …«

»Ach, du hast dich weder ausgezogen, noch einen Miley-Cyrus-Song gesungen.«

»Ja, das heitert mich auf.«

»Hat sich Matthias gut um dich gekümmert?«

»Wenn ›gut kümmern‹ heißt, dass er mir die Haare hochgehalten hat, während ich das Badezimmer vollgekotzt habe, dann ja! Er hat sich total liebevoll gekümmert …«

Aus Pia sprach das Schamgefühl, das gestern Nacht vom Weißwein geknebelt und gefesselt in die hintersten Ecken des Bewusstseins verschleppt worden war – es hatte sich wieder befreit und schickte nun unangenehme Impulse in Richtung Gewissen.

»Oh Mann! Dass Matthias überhaupt noch da ist, grenzt an ein Wunder! Ich muss das unbedingt wiedergutmachen.«

Sam grinste. »Bevor du losrennst und Augenbinden und Dessous kaufst, beruhig dich und lass die Zeit für dich arbeiten. Früher oder später wird Matthias sich auch ins Aus schießen, dann bist du diejenige, die um drei Uhr morgens Kotze vom Fliesenboden wischt. Das Universum arbeitet, was das Gleichgewicht und seine Widerherstellung betrifft, meistens ziemlich zuverlässig.«

»Hat Chris sich gemeldet?!«

Sam konnte nicht mal zwei Sekunden stolz auf ihre esoterisch motivierende Ansprache über das kosmische Gleichgewicht sein, weil Pias Gedankensprung so ohrfeigenartig gekommen war.

»Wow, du hast das mit den sanften Gesprächsübergängen echt nicht raus.«

»Heißt das Nein?«

»Ja, er hat sich gemeldet. Gestern noch, im *Picasso*.«

»Und?!«

»Die Katze hat aus dem Aquarium getrunken, Feueralarm im Museum, ach, und ein psychisch instabiler BWL-Student.«

Stille am anderen Ende, aber Sam hatte auch keine andere Reaktion von Pias vom Restalkohol geschwächtem Gehirn erwartet.

»Er hatte ein paar gute Ausreden parat. Außerdem holt er mich heute Abend ab und wir verbringen das Wochenende bei ihm.«

Diese Art von Information war für Pia verwertbar. Sie quietschte vergnügt auf. »Ah! Das ist so klasse! Romantisch! Weißt du schon, was ihr machen werdet?«

Sam wollte Luft holen, schwieg dann aber, weil Pia begann, eine Liste von Pärchenaktivitäten aufzustellen. Ihr beschwingter Monolog dauerte so lange, wie Sam brauchte, um ihre Nudeln aufzuessen.

Als der Kaffee aus der Maschine lief, war Pia bei Matthias' Vorliebe für Sex unter der Dusche angelangt. Sam schaffte es, ihr Kopfkino auszuschalten und Pia davon zu überzeugen, aufzulegen. Sie versprach, einen ausführlichen Bericht über das Wochenende abzugeben, wenn es vorbei war, und schwor auf Harry Styles' Haare, dass sie Chris nicht erzählen würde, was gestern Nacht in Pias Badezimmer passiert war. Das Versprechen ging ihr leicht über die Lippen, schließlich würde Matthias derjenige sein, der Chris von der nächtlichen Putzaktion in einem fremden Badezimmer berichten würde.

Den frühen Nachmittag verbrachte Sam damit, den Inhalt ihres Kleiderschranks zu kritisieren.

Sie besaß ungefähr sechzehn Paar Jeans und unzählige T-Shirts, auf denen Wörter wie ›Bazinga‹ standen, dafür aber nur zwei Röcke. Einen hatte sie das letzte Mal mit dreizehn getragen und der andere war altrosa.

Sie glaubte kurz, auch einen Minirock zu besitzen, weil sie auf dem letzten Sommerfest einen getragen hatte, dann fiel ihr wieder ein, dass er von Pia geliehen gewesen war.

»Da sieht man sich ständig *Lady Gaga*-, *Miley Cyrus*- und *Katy Perry*-Musikvideos an und kann sich trotzdem nicht nuttig anziehen! Wo ist der schlechte Einfluss, wenn ich einkaufe?!«, maulte sie und stopfte ihre Trainingsjacke zurück in den Schrank.

Es landeten schließlich doch ein paar Kleidungsstücke in der Reisetasche. Mit Hotpants und Tops konnte man nichts falsch machen. Für den Fall, dass Chris mit ihr schicker ausgehen wollte, schaute sie noch im Kleiderzimmer ihrer Mutter vorbei. Das hellrote Sommerkleid war noch ungetragen, weil es angeblich zu kurz für Frauen war, die ernst genommen werden wollten. Sam wollte zwar ernst genommen werden, aber ihr Alter würde die Rockkürze-Seriosität-Grenze in den grünen Bereich verschieben.

Geschminkt, parfümiert und in ihr engstes Paar Jeans gestiegen, lief Sam nervös durch die Wohnung. Sie hatte alles vorbereitet, was sie für das Wochenende bei Chris brauchen würde, jetzt galt es nur mehr, aufzuhören, von Spiegel zu Spiegel zu laufen, um sich selbst zu bemängeln.

Im Fernsehen lief das Nachmittagsprogramm. Verhaltenskreative Familien torkelten durch ihren Alltag, begleitet von einem sadistisch veranlagten Kamerateam. Assi-TV hatte ansonsten durchaus Ablenkungspotenzial, heute nervte es.

Pia schrieb ein paar WhatsApp-Nachrichten. Sie schien wieder zu Kräften gekommen zu sein, auf alle Fälle philosophierte sie darüber, warum Sam so in Chris verschossen war, wobei zehn der achtzehn Mitteilungen eigentlich von Matthias' Hintern handelten.

Die Türklingel ließ Sams Herz einen Schlag aussetzen. Das letzte Mal war sie so aufgeregt zur Haustür gerannt, als sie sechs war und dachte, der Brief aus Hogwarts würde endlich kommen. Auf den letzten Metern ermahnte sie sich zur Ruhe. Vielleicht sollte sie die Tür nicht wie ein aufgeregter Welpe öffnen.

Gespielt gelassen drehte sie den Schlüssel im Schloss. Sie konnte es kaum erwarten, wieder in die Huskyaugen zu schauen. Ob Chris nur annähernd so schön war, wie sie ihn in Erinnerung hatte? Als sie die Tür öffnete, blickte sie in das fröhliche Gesicht ihrer Mutter.

»Ah, du …«, bemerkte Sam enttäuscht.

»Ja, nur ich. Wen hast du erwartet? Johnny Depp?«

Sam schlich den Flur entlang und stellte einmal mehr fest, dass sie den Hang zu blöden Sprüchen nicht von ihrem Vater geerbt hatte.

»Du siehst toll aus! Wieso hast du dich so zurechtgemacht?«, tönte es aus dem Vorzimmer. Während ihre Mutter sich die Schuhe auszog, beantwortete sie sich ihre Frage selbst. »Ah! Dein Christian kommt!«

Sam zuckte wegen des übertrieben vergnügten, viel zu sensationslustigen Tonfalls ihrer Mutter zusammen.

»Bitte nenn ihn doch nicht ›meinen‹ Christian! Das klingt, als hätte ich ihn bei Zalando bestellt.«

»Hast du Angst, dass ich dich blamiere?«

Das amüsierte Grinsen auf den Lippen ihrer Mutter gefiel Sam nicht. Sie zog eine Augenbraue nach oben. »Ja, du siehst irgendwie verbal angriffslustig aus.«

»Ich bin die personifizierte Coolness, mein Schatz! Soll ich schon mal Kaffee machen?«

»Nein danke. Wir bleiben nicht lange. Chris holt mich nur ab. Wir fahren zu ihm.«

»Oh, hast du schon gepackt?«

»Ja.«

»Nimmst du deine Pille noch regelmäßig?«

»Oh mein Gott, ja!«

»Hast du mir Klamotten geklaut?«

»Nur das Kleid, in dem dich keiner ernst nehmen würde, weil du alt bist.«

»Und mich nennst du verbal angriffslustig?«

In dem Moment, in dem Sams Mutter gespielt theatralisch in Richtung Küche verschwand, klingelte es wieder an der Haustür. Sam wollte gerade loslaufen, als ihr etwas Wichtiges einfiel.

»Hey, Mama, bitte keine peinlichen Geschichten über den Jungen mit der Wasserflasche oder sonst jemanden! Ach! Und erwähn Bastian bloß nicht.«

»Der Inbegriff der Coolness«, bestätigte ihre Mutter und linste ihrer Tochter in den Flur nach.

Diesmal fackelte Sam nicht lange und öffnete schwungvoll. Im Türrahmen lehnte ein lächelnder Chris, der sogar noch besser aussah als in ihren Tagträumen. Er trug ein dunkelblaues Shirt zu einer grünen Jeans und wirkte fast so, als würde er jeden Moment ein Fläschchen Parfum aus der Tasche ziehen, um dafür Werbung zu machen.

Sam grinste. »Hey! Hauch mal ›Obsession …‹«, verlangte sie und amüsierte sich über den verwirrten Ausdruck in Chris' Gesicht.

»Ähm, wie bitte?«

»Nichts! Pünktlich auf die Minute, aber du trägst keine Ritterrüstung, das enttäuscht mich irgendwie.«

»Ich könnte jetzt einen echt plumpen Spruch über ein Schwert bringen, aber ich verkneif ihn mir.«

Noch während Sam ihren perfektionierten ›verliebtes-Mädchen‹-Blick zum Besten gab, drückte Chris ihr einen Kuss auf den Mund. Er roch so verführerisch gut, dass das Grinsen irgendwie auf ihren Lippen stecken blieb. Ihr Verstand war gerade dabei, sich hinter rosa Wolken zu verstecken, als Chris zögerlich eine Augenbraue nach oben zog. Er stand noch immer im Türrahmen.

Sam sah zuckersüß aus, aber sie wirkte ein wenig weggetreten. Als er sich räusperte, funkelten ihn zwei schöne, große Augen an.

»Ähm, darf ich reinkommen oder hast du irgendetwas Illegales da drinnen?«

Sam erwachte endlich aus der Endorphin bedingten Trance. Sie machte einen Schritt zur Seite und somit den Weg in die Wohnung frei. »Ja. Komm rein.«

Er zog sich die Schuhe aus und sah sich kurz um. »Bist du alleine?«

»Nein, meine Mutter ist da.«

»Willst du uns vorstellen?«

»Nein.«

Chris legte den Kopf fragend schief und grinste. »Schämst du dich für mich?«

»Absolut. Zieh dir eine Tüte über den Kopf.«

Nachdem das Scherzen vorbei war, schlich Sam seufzend in Richtung Küche. Erst gestern hatte sie sich geschworen, dass Chris und ihre Mutter sich niemals treffen durften, jetzt konnte sie nur hoffen, dass diese klischeehafte Teenagerangst unbegründet war.

»Mama? Ich habe dir doch von Chris erzählt, das ist er.«

Breit lächelnd stieß sich ihre Mutter vom Küchentresen ab und machte ein paar Schritte auf den hübschen, großen jungen Mann zu, der ihr die Hand zum Gruß entgegenstreckte.

»Christian O'Shay. Freut mich.«

Das Zahnpastalächeln trug nicht minder dazu bei, dass die Faszination O'Shay in der Wohnung um sich griff. Sich von diesem Gesicht nicht beeindrucken zu lassen, hätte aber auch auf starke Fehlsichtigkeit schließen lassen.

»Freut mich auch, Christian. Sam hat mir schon das eine oder andere von dir erzählt.«

Das auffällige Zwinkern, das sie ihrer Tochter auf diesen Satz hin schenkte, wurde ignoriert.

»Willst du einen Kaffee?«

Er lehnte dankend ab und musste dann erklären, warum sein Nachname so ausländisch klang. Chris erzählte kurz von Irland und dass er seine Kindheit bei seiner Großmutter verbracht hatte. Sam schluckte schwer, weil sie um seine schwierigen Familienverhältnisse wusste. Er erzählte aber alles so beiläufig und unbeschwert, dass ein Uneingeweihter nie und nimmer auf die Idee gekommen wäre, dass er mit seiner Vergangenheit haderte.

»Und du studierst Kunstwissenschaften? Malst du selbst?«

»Nein, ich bin kein Künstler. Aber ich beschäftige mich gerne damit.«

Während ihre Mutter so tat, als hätte sie Ahnung, und mit weltbekannten Namen wie van Gogh und da Vinci um sich warf, versuchte Sam, dieses erste Kennenlernen zu einem unblutigen Ende zu bringen. Noch waren keine peinlichen Geschichten über sie erzählt worden und ihre Mutter hatte auch mit keinem Wort erwähnt, dass sie Bastian für gut aussehend hielt.

»Wir sollten fahren. Der Verkehr … Wir stehen sonst bestimmt im Stau.«

»Fahrt vorsichtig. Und ruf an. Ich will wissen, wo du dich rumtreibst, wenn du mein Kleid trägst!«

Ihre Mutter verabschiedete sich mit einem weiteren auffälligen Zwinkern, das Sam diesmal nicht unkommentiert ließ. Chris war schon draußen im Flur.

»Sag mal, hast du Spasmen?«

»Der ist wirklich süß. So hübsch und gut erzogen«, flüsterte die Mittvierzigerin und lachte dabei sehr mädchenhaft.

»Ich dachte, du wärst schon in Bastian verknallt«, entgegnete Sam so leise wie möglich und erntete dafür ein Paar überdrehte Augen von ihrer Mutter. Sie drückte ihr zum Abschied noch schnell ein Küsschen auf die Wange und folgte Chris dann in den Flur.

Erst auf dem Parkplatz fiel jegliche Anspannung von Sam ab und sie konnte sich wieder ganz der Freude über ihre Gesellschaft hingeben.

»Deine Mutter ist nett«, stellte Chris fest, während er Sam abrupt ausbremste und sie an der Hand ganz nah zu sich heranzog.

»Sie kann dich hier unten nicht mehr hören«, versicherte Sam schmunzelnd. Er legte die Arme um sie. »Du siehst wirklich unglaublich toll aus«, hauchte er in ihr Ohr und verweilte dort mit seinem Mund.

Auf Sams Oberarm stellten sich die Härchen auf, weil der wohlige Schauer sie dazu nötigte.

»Missed you«, flüsterte er raunend. Diesem schmeichelnden Statement folgte ein Kuss, kein unschuldiger, ein verboten verheißungsvoller.

Chris' Mund schmeckte nach Pfefferminzkaugummi. Seine Hände wanderten langsam unter Sams Top und dann ihren Rücken hinauf. Das hier weckte Erinnerungen an Heu und Stroh. Quälend langsam lösten sich die beiden zuerst von ihren Lippen und dann aus der Umarmung.

»Wir sollten das auf später verschieben ... in mein Schlafzimmer«, schlug Chris vor.

»Schade. Kein Sex hier im Park vor unserem Wohnhaus?«

Er zog sie wieder zu sich, schmunzelte süffisant. »Fordere mich lieber nicht heraus.«

»Ja, Mister Gre... ich meine O'Shay!«

Weiß, weißer, Marotten

Das Kribbeln im Bauch blieb die ganze Fahrt über intensiv und ging mit einer rosigen Gesichtsfarbe einher, die Sams porzellanartige Züge noch feiner aussehen ließen. Chris beobachtete seine Beifahrerin aus dem Augenwinkel.

Für ihn war sie perfekt. Alles an ihr wirkte anziehend auf ihn, ihr Gesicht, ihr Körper, die Art, wie sie sich bewegte, wie sie sprach oder einfach nur still dasaß.

In den letzten Tagen hatte er oft über kosmisches Gleichgewicht, Schicksal und Bestimmung nachgedacht. Eigentlich kannte er die philosophisch korrekte Bezeichnung dafür nicht, weil er sich zum ersten Mal damit auseinandersetzte. Auf alle Fälle musste es etwas zu bedeuten haben, dass er Sam begegnet war. Möglicherweise wollte ihn das Universum belehren, ihm zeigen, dass sein egoistischer Lebensstil nicht der richtige Weg war. Vielleicht wollte es ihn auch entschädigen, für die Hölle, durch die er jahrelang gegangen war. Was oder wer auch immer beschlossen hatte, ihm Sam zu schicken, hatte es gut mit ihm gemeint.

»Ich verstehe nicht viel von Autos, aber das orange Lämpchen, das aussieht wie ein Zapfhahn, ist doch ein sicheres Zeichen dafür, dass man tanken sollte, oder?«

Chris nickte energisch und lachte dann. »Du lenkst mich so sehr ab, dass ich nicht mal mehr farbige Warnlichter am Armaturenbrett wahrnehme. Vielleicht solltest du fahren.«

Sie musterte ihn verwirrt. »Ich habe doch gar nichts gesagt.«

»Nein, aber ich muss trotzdem ständig über dich nachdenken, das nennt man wohl …«

Chris hielt an der Tankstelle und stellte den Motor ab. Sam machte große Augen, weil er so lange brauchte, um diesen überaus wichtigen Satz zu beenden. Sie hielt die Luft an, warum auch immer.

»… Tick«, sagte er schließlich und zuckte mit den Schultern.

Sam zog eine Augenbraue nach oben und begann wieder zu atmen. Er grinste sie an, hatte den Kopf leicht schief gelegt. Ihm für dieses Wort böse zu sein, wäre idiotisch gewesen, schon allein, weil sie mit dem erwarteten Wort gar nicht hätte umgehen können.

»Bringst du mir eine Schachtel Zigaretten mit?«, bat sie beiläufig, kassierte aber eindringlich strenge Blicke.

»Nein. Ich gewöhne dir das Rauchen schon noch ab.«

Sam streckte Chris die Zungenspitze raus, ehe er die Autotür zuwarf. Sie schmunzelte ihm nach, genoss die Schmetterlinge und die Vorfreude.

Von Liebe zu sprechen, wäre hier an der Tankstelle unpassend gewesen, aber allein, die Möglichkeit in Betracht zu ziehen, dass da bald mehr sein könnte, berauschte sie.

Sie stiegen in einer lichtdurchfluteten Tiefgarage aus. Über Chris' Parkplatz hing ein Carbon-Fahrrad an der Wand. Wahrscheinlich fuhr er damit zur Uni.

»Ich bin wirklich neugierig auf deine Wohnung«, gestand Sam, während sie Chris in den Lift folgte.

Sie hatte sich schon mehr als einmal ausgemalt, wie er lebte, aber ihre Vorstellung war sprunghaft. Sie rechnete mit sündhaft teuren antiken Möbeln oder aber auch mit einer abgedrehten Designerausstattung – Essstühle in Form von roten Blutkörperchen oder dergleichen.

»Halb so spannend«, relativierte Chris, während er auf eine der weißen Türen zuging.

Der Hausflur war sauber und roch nach Putzmitteln. Das Wohnhaus musste neu oder zumindest von Grund auf renoviert worden sein, die moderne Glasfront mit Blick auf das Stadtzentrum ließ darauf schließen.

Die Wohnung war groß, offen und weiß. Die Wände, die Möbel, der unverschämt weiche Langhaarteppich im Wohnzimmer, alles weiß. Hier und da konnte man einen kühlen Blauton erspähen, die meisten leuchteten von den modernen Gemälden an den Wänden.

Das hier hatte unweigerlich einen Touch von super-hypermoderner Privatklinik, die von einem kunstliebenden Innenarchitekten eingerichtet worden war.

»Wow! Matthias hatte tatsächlich recht«, stellte Sam fest und drehte sich grinsend im Wohnzimmer im Kreis.

»Mit was hatte er recht?«, wollte Chris wissen, der Matthias' Meinung zu seinem Einrichtungsstil schon kannte.

»Du bist ein Hygienejunkie!«

Er schnaubte gespielt beleidigt, während er ihre Tasche in einen anderen Raum brachte. »Matthias hält jeden für einen Hygienejunkie, der Weiß- von Buntwäsche trennt«, erklärte er, als er wieder zurückkam.

Sam hatte ihm nicht zugehört, weil sie dabei war, die Küche zu erkunden. Dort spiegelten weiße Schränke von der Wand.

Obwohl alles außergewöhnlich steril wirkte, fühlte sie sich nicht unwohl. Dass Chris nicht der Typ für Kitsch oder bunten Schnickschnack war, war sowieso klar gewesen, außerdem waren Marotten nichts anderes als Charakteristika, die einen besonders machten, und Chris war zweifelsohne genau das – besonders.

»Du exzentrischer Kunststudent!«, meinte sie grinsend und legte ihre Arme um seinen Hals.

Er verweigerte ihr den Kuss, den sie wollte, aus Rache für das Adjektiv ihres letzten Satzes.

»Exzentrisch klingt, als würde ich mit dem Pinsel in der Hand in einem dunklen Raum hocken und busenartige Kanonen auf Leinwände malen.«

Sie lachte. »Also dunkel ist es hier auf keinen Fall!« Sam hätte noch etwas hinzugefügt, wäre in diesem Moment nicht ein schneeweißer Kater in die Küche spaziert. »Ist das deine Katze?«, wollte sie viel zu amüsiert wissen.

Chris schnaubte. »Nein, das ist mein Hund, er ist ein Crossdresser.«

Dass sie sich vor Lachen kaum noch einkriegte, lag nicht ausschließlich an seinem Spruch.

»Hast du keine Angst, dass du den Kater hier drinnen nicht mehr wiederfindest? Hey! Du könntest Fotos machen und Suchrätsel drucken lassen! *Finde Artemis!*« Sie schnappte nach Luft, der Lachflash wurde langsam anstrengend, aber er tat gut. »Mal ehrlich! Du hast dich doch schon oft auf ihn gesetzt, weil du ihn auf der Couch übersehen hast, oder?«

Innerlich lächelte Chris. Diese Sticheleien erinnerten ihn an die ersten Tage mit Sam, und daran erinnerte er sich nur allzu gern.

»Nein, ich habe mich noch nie auf ihn drauf gesetzt. Ab und an liegt er im Wäschekorb, aber er meldet sich, wenn man ihn in die Waschmaschine stopfen will.«

Er bückte sich und hob das kleine Tierchen hoch. Sam kraulte den Kater, der sowieso schon wie eine Mini-Motorsäge schnurrte. Nachdem er von Chris' Arm gesprungen war, legte er einen eleganten Abgang hin.

»So, Artemis hat dich abgesegnet, du darfst hierbleiben. Willst du jetzt mal das Schlafzimmer sehen?«

»Okay, wenn ich gewusst hätte, dass er so viel Mitspracherecht besitzt, hätte ich ihm Fisch mitgebracht«, entgegnete sie grinsend.

Chris rümpfte die Nase. »Kein Fisch in dieser Wohnung! Nicht mal in Dosen«, erklärte er und erinnerte sie an seine Aversion.

»Wow, der hübsche O'Shay hat aber viele Marotten!«

»Er hat auch nie etwas Gegenteiliges behauptet. Wenn es dir zu viel wird, kann ich das aber verstehen.«

Dass dieses durchaus amüsante Gespräch so schnell gekippt war, gefiel Sam nicht. Sie hatte vergessen, dass die Huskyaugen so viel Tiefgang hatten und Sensibilität versteckten. Sie legte wieder die Arme um seinen Hals und biss in sein Ohrläppchen.

»Wie war das mit dem Schlafzimmer? Darf ich es sehen?«

Es war bereits stockdunkel draußen, als Sam sich im Badezimmerspiegel betrachtete. Sie trug eines von Chris' weißen Hemden.

Dieses postkoitale Grinsen abzustellen, war genauso schwierig, wie die naive Erkenntnis loszuwerden, dass ihr Leben im Moment perfekt war. Sie war verliebt, glücklich und hinter dieser Tür wartete der hübscheste Junge der Welt auf sie.

Sie ordnete noch schnell ihre Frisur, ehe sie das Badezimmer verließ.

»Du siehst schön aus«, raunte Chris, der noch in dem großen, zerwühlten Bett lag und seinen Blick über ihre hübschen langen Beine schweifen ließ. Sam schmunzelte und schaute an sich hinunter. Das weiße Hemd war ihr natürlich zu groß, aber sie trug es gern.

»Ja, jetzt passe ich hierher, genau wie Artemis«, scherzte sie und legte sich wieder ins Bett.

Chris blinzelte auffällig oft und wirkte geschafft.

»Müde?«

»Nein«, log er, obwohl er sich schwer damit tat, die Augen offen zu halten.

»Dann hast du aber ein ernsthaftes medizinisches Problem mit deinen Augenlidern.«

Er lachte leise und nahm sie in den Arm.

Dass er schon seit fünf Uhr morgens auf den Beinen war, erklärte seine Müdigkeit, dass er trotzdem gern die Nacht über aufgeblieben wäre, war Sam zuzuschreiben.

Er wollte dieses Wochenende so perfekt wie möglich gestalten. Sie sollte sich wohlfühlen, Spaß haben und wiederkommen wollen.

»Ich bin auch müde«, gestand sie schließlich, zum Teil, um Chris diesen aussichtslosen Kampf mit dem Schlaf aufgeben zu lassen.

»I'm wide awake …«, murmelte er benommen und entlockte ihr damit ein breites Grinsen.

»Schlaf gut, du schöne irische Blondine«, flüsterte sie ihm ins Ohr und knipste das Licht aus.

Sightseeing

Es waren diese typisch penetranten Neun-Uhr-morgens-Sonnenstrahlen, die Sam aus dem Schlaf leuchteten.

Eigentlich hatte sie im ersten Moment gar keine Lust, aus dem weichen, warmen Bett aufzustehen, aber als sie realisierte, wo sie war und dass sie allein hier lag, änderte sich ihre Meinung abrupt.

Noch etwas unsicher auf den Beinen, tapste sie aus dem Schlafzimmer. Durch die angelehnte Badezimmertür konnte sie deutlich Wasser prasseln hören. Nachdem sie kurz mit dem Gedanken gespielt hatte, zu spannen, ließ sie sich auf die Couch im Wohnzimmer fallen, die zugegebenermaßen bequemer war, als sie aussah. Artemis gesellte sich in eleganter Katzenmanier zu ihr und musterte das blonde Mädchen mit halb geschlossenen Augen.

»Na Katze, alles klar?«

Nach einer kurzen, aber gründlichen Musterung hatte Artemis Sams Schoß für gut befunden und rollte sich auf ihr zusammen.

»Hmm … du riechst nach Gänseblümchen. Parfümiert er dich etwa?«

»Sicher, jeden Dienstag«, tönte es mit einem Mal von rechts.

Sie erschrak kurz, raunte dann aber genüsslich in Anbetracht des Anblicks, der sich ihr bot.

Dass Chris nur ein Handtuch um die Hüften geschlungen hatte, vertrieb auch den letzten Rest der morgendlichen Müdigkeit.

»Wie lange bist du schon wach?«, wollte sie wissen und tastete mit den Fingerspitzen nach dem anthrazitfarbenen Stück Frottee.

»Zwei oder drei Stunden.«

Sams Augen wurden groß und sie nickte verständnislos. »Oh mein Gott, du bist einer dieser seltsamen Morgenmenschen, die um sechs Uhr Dinge tun, die niemand auf dieser Welt um sechs Uhr tun sollte, oder?«

»Genau, und du hast geschlafen wie ein Stein.«

»Aber jetzt bin ich wach!«, verkündete sie energisch und hätte beinahe Artemis von ihrem Schoß gestoßen.

»Ungewöhnlich, dass er dich mag«, stellte Chris fest und streichelte seinem Kater über den Kopf.

»Wieso? Denkst du, Tiere finden mich unsympathisch?«

»Nein, ich habe nur noch nie erlebt, dass er jemandem gegenüber zutraulich ist. Er ist nur an mich gewöhnt.«

»Ihr seid zwei Einzelgänger«, stellte Sam amüsiert fest und zog Chris zu sich auf die Couch.

»Möchtest du heute etwas Bestimmtes machen?«, wollte er wissen und fuhr sich durch die noch feuchten Haare. Sam schüttelte den Kopf.

»Nein, ich halte mich an dich.«

»Also gehörst du ganz mir?«

»Klar, ich mache alles mit, solange es keine Straftat ist.«

»Gut, dann klaue ich den Ferrari alleine.«

Die Vorfreude meldete sich wieder. Egal was Chris heute mit ihr vorhatte, es würde Spaß machen. Selbst wenn er den ganzen Tag den History Channel sehen wollte, hätte sie freudestrahlend zugestimmt.

Leider ließ er sich seine Pläne für den Tag nicht entlocken. Er versprach nur, dass es nirgendwohin ging, wo Sam ihren Bikini brauchen würde, fügte aber noch hinzu, dass er nichts dagegen hatte, wenn sie trotzdem einen trug.

Verzweifelt über ihre Unfähigkeit, modische Entscheidungen zu treffen, kniete Sam vor ihrem Koffer im Schlafzimmer. Artemis war ihr gefolgt und beäugte sie neugierig von der Seite.

»Was nun?«, wollte sie von dem weißen Kater wissen und deutete auf die beiden Outfits am Boden. Entweder Jeans-Hotpants und ihr *Rockstars & Angels*-T-Shirt oder das hellrote Sommerkleid ihrer Mutter.

»Komm schon, Kater! Hilf mir!«

Als wären ihre Worte tatsächlich ernst gemeint gewesen, steuerte Artemis zielsicher auf den Jeans-T-Shirt-Look zu.

Sie lachte und streichelte ihrem kleinen, pelzigen Modeberater über den Kopf.

»Wenn du das sagst«, meinte sie fröhlich und begann sich anzuziehen.

So hätte sie sich sowieso wohler gefühlt und dass das T-Shirt ein Mitbringsel von Bastian aus seinem letzten Amerika-Urlaub war, musste schließlich niemand wissen.

Chris saß in der Küche und schien in sein Tablet vertieft. Er bemerkte Sam erst, als sie sich leise räusperte.

Sie sah umwerfend aus, nicht aufgedonnert, das hatte sie überhaupt nicht notwendig.

»You look stunning«, kommentierte er und legte das Tablet zur Seite, um seine ganze Aufmerksamkeit dem hübschen Mädchen im Türrahmen zu schenken.

Sie zog eine Augenbraue nach oben.

»Zu leger? Der Kater hat's ausgesucht. Vielleicht sieht er sich zu viel *Fashion Police* an, wenn du nicht da bist.«

Chris stand auf, ging auf Sam zu und legte seine Arme um sie.

»Du siehst toll aus. Bereit für meine Stadttour?«

Sie errötete, weil Chris' Komplimente ihr Selbstbewusstsein immer tanzen ließ.

»Klar. Zeig mir, wo du dich so herumtreibst.«

Es war ein schöner, heißer Sommertag, an dem man ohne den angenehm sanften Wind schnell ins Schwitzen gekommen wäre.

Chris legte ein sportliches Tempo an den Tag, an das sich Sam erst gewöhnen musste.

Er kannte ein paar wirklich schöne Plätze und konnte an keinem historisch anmutenden Gebäude vorbeigehen, ohne etwas darüber zu erzählen.

Eigentlich war Sam kein sonderlich großer Fan von Touristentouren, aber Chris schaffte es irgendwie, seine Faszination für bemalte Fassaden und gemeißelte Brunnen zu übertragen.

Alles, was er erzählte, hörte sich wichtig und spannend an, obwohl er mit Jahreszahlen nur so um sich warf. Er hätte einen erstklassigen Lehrer abgegeben, jemand, dem man gern zuhörte, auch wenn er versuchte, einem das Hirn mit akademischem Krimskrams zu füllen.

»Ich rede heute endlos, oder?«, bemerkte er, als er gerade einen Satz über die Vorzüge des Renaissancebaustils zu Ende gebracht hatte.

»Nein! Na ja … vielleicht, aber du machst mich dabei klüger«, entgegnete Sam und schenkte ihrem peinlich berührten Touristenguide ein Lächeln.

Chris seufzte. »Jetzt weißt du wenigstens, dass ich einschläfernd langweilig sein kann. Sorry …«

»Ach was! Ich bin nur überrascht, dass jemand mit so einem perfekten Zahnpastalächeln so klug sein kann«, scherzte sie und traf damit sofort einen Nerv.

»Was soll das denn heißen? Sehe ich etwa dumm aus?«

Sie lachte und balancierte dabei auf dem Vorsprung des riesigen Brunnens.

»Na ja, wenn du ein bisschen hässlicher wärst, könnte man sich vielleicht besser auf deine Vorträge konzentrieren.«

Chris machte einen schnellen Schritt zur Seite und schubste sie in Richtung Wasser. Sam quietschte erschrocken auf, wäre auch nass geworden, hätte er sie nicht sofort am Arm gepackt und zurückgezogen.

Mit rasendem Herzschlag und weit aufgerissenen Augen lag sie in den Armen ihres süffisant grinsenden Attentäters.

»Willst du ein Eis?«, fragte er amüsiert und erntete ein aufgeregtes Nicken.

Sie saßen in einem hellblauen Pavillon im Stadtpark und aßen aufwändig verzierte Eiskreationen. Sam hatte einen Schokoladenbecher bestellt, den sie so schnell aufgegessen hatte, dass ihr Hirn eingefroren war. Trotz der Kopfschmerzen hätte sie Chris gern dabei geholfen, seine Früchtebecher endlich an den Ort seiner Bestimmung zu befördern.

»Darf ich probieren?«

Er zog eine Augenbraue nach oben. »Das hast du schon zweimal gemacht und da ich davon ausgehen kann, dass du weißt, wie es schmeckt, willst du es nicht mehr probieren, sondern es mir nur noch wegfuttern.«

Sie rümpfte die Nase. »Da spricht das verzogene Einzelkind«, entgegnete sie gespielt beleidigt und bereute es im nächsten Moment auch schon.

Chris' Miene gefror sichtlich. Ihn verzogen zu nennen, war unpassend gewesen. Sie wusste zwar nicht genau, was in seiner Kindheit alles vorgefallen war, aber dieses Thema war zu sensibel, um mit unüberlegten Sticheleien um sich zu werfen. Jetzt hatte sie ein furchtbar schlechtes Gewissen, und das alles nur wegen einer fast geschmolzenen Kugel Joghurteis und ein paar Erdbeeren.

»Ich bin kein Einzelkind«, tönte es plötzlich ungeahnt neutral. Er schien nicht wehmütig zu werden und das beleidigende Adjektiv hatte er auch überhört.

»Hm?« Sams wenig eloquente Reaktion auf dieses Statement wäre ihr peinlich gewesen, aber für dieses Gefühl hatte sie gerade keinen Platz. In ihr wuchs Neugierde und die Überraschung darüber, dass es noch mehr von Chris' Sorte gab.

Er stocherte in seinem Eis herum, schmunzelte schief, als er ihren durchdringenden Blick auf sich spürte. »Ich habe einen Bruder.«

»Wirklich? Ich dachte, du wärst … Keine Ahnung, warum ich geglaubt habe, du wärst ein Einzelkind.«

Er zuckte mit den Schultern. »Ich habe ihn ja auch nie erwähnt, woher solltest du es denn wissen?«

»Wohnt er noch bei deinem Vater oder …?«

Sie spürte das aufkommende Unbehagen, das er plötzlich ausstrahlte. Sie biss sich auf die Unterlippe, weil sie ihre Neugier zügeln wollte.

»Nein, er lebt wieder in Dublin, alleine.«

»Ist er älter oder jünger?«

Chris schüttelte den Kopf. »Entschuldige, Sam, ich will eigentlich nicht über Elay reden. Wir haben keinen Kontakt, schon seit einem Jahr.«

»Oh.«

Jetzt schien seine Schmerzgrenze erreicht.

»Tut mir leid, wenn ich neugierig bin.«

»Tut mir leid, wenn ich so wenig von meiner Familie erzähle, aber das ist einfach nicht der richtige Zeitpunkt. Ich will das Wochenende mit dir genießen, wir hatten noch nicht viel Zeit miteinander. Die leidigen traurigen Geschichten über die Vergangenheit können warten – sie laufen mir ja nicht weg.« Den letzten Teil seines Satzes untermalte er mit einem schwachen, müden Lächeln. »Willst du noch?« Er hielt ihr den Löffel hin, auf dem ein Stückchen Joghurteis vor sich hin schmolz.

Sie machte den Mund auf.

»Und wohin jetzt?«

Der Themenwechsel tat gut, nahm der eigentlich schönen Pavillon-Atmosphäre die Spannung.

Die Huskyaugen leuchteten wieder. »Die nächste Station ist nur halb so langweilig wie die letzten.«

Nicollicious

Chris grinste über beide Ohren, als er mit Sam vor einem riesigen Gebäude inmitten einer beeindruckenden Parkanlage stehen blieb. Hier tummelten sich verdächtig viele Menschen und Reisegruppen.

»Et voilá!«, rief er und deutete auf das schlossartige Gebäude mit den unzähligen Fenstern.

»Was ist das? Die Residenz O'Shay?«

Sam war gerade dabei, abzuwägen, wie wahrscheinlich es war, dass er tatsächlich einer Adelsfamilie entstammte und sie zur Prinzessin machen würde, wenn sie heirateten – dann kehrte sie zurück in die Realität und stellte fest, dass das Eis vorhin ihr Hirn anscheinend geschädigt hatte.

»Das ist das Kunsthistorische Museum der Stadt. Ich arbeite hier.«

»Echt? Wow, das ist ja riesig! Können wir reingehen?«

»Nein, wir müssen hier draußen stehen bleiben. Ich darf nur rein, wenn ich mindestens fünf Senioren dabeihabe, die ich herumführen kann«, scherzte er trocken und schlenderte mit ihr in Richtung Eingang.

Das Gebäude blieb auch aus der Nähe beeindruckend. Zwischen zwei gigantischen Säulen führten helle Marmortreppen in eine weitläufige Aula. Die Luft war angenehm kühl und es roch nach Zedern.

Chris drängelte sich mit Sam an einer wartenden Reisegruppe vorbei, indem er das rote, dicke Absperrseil einfach hochhob und darunter hindurchschlüpfte.

An der Kasse wurde er von einem grinsenden, rundlichen Jungen in einem blauen Polohemd begrüßt.

»Hey, Chris! Hast du heute nicht frei?«

Sam erinnerte sich an das Telefonat mit Chris und identifizierte den Jungen im Glaskasten als den emotional instabilen BWL-Studenten mit dem Gewichtsproblem.

»Ja, habe ich. Das hier ist keine Arbeit, sondern Vergnügen.«

»Du kannst dich echt kaum von deinen Bildern losreißen, oder? Ist das Sam?«

Neugierige Blicke musterten die hübsche Blondine.

»Ja«, antwortete Chris und kratzte sich verlegen am Hinterkopf. Sam beschlich das Gefühl, dass hier schon mal über sie gesprochen wurde. Der Gedanke gefiel ihr, vor allem, weil Chris mit einem Mal verlegen wirkte, und es war schwer, ihn verlegen zu stimmen.

»Lässt du uns gratis rein oder müssen wir uns durch den Keller reinschleichen?«

»Geht nur. Viel Spaß!«

»Danke!«, rief Sam ihm noch zu, ehe sie von Chris weitergezogen wurde. Eine breite Treppe führte hinauf in den ersten Stock, wo alles noch ein Stück weit pompöser und schlossartiger wurde.

»Ich weiß, es gibt Spannenderes, aber ich habe mir gedacht, dich interessiert vielleicht, wo ich arbeite.«

»Klar interessiert mich das! Es ist übrigens nicht langweilig, ich kenne niemanden mit einem so coolen Arbeitsplatz.«

Sie log nicht, sie war beeindruck hiervon, aber Chris war ganz allgemein beeindruckend. Er lebte schon so lange allein und legte dadurch eine Reife an den Tag, von der sie selbst noch meilenweit entfernt war. Wenn sie eine eigene Wohnung gehabt hätte, wäre spätestens nach drei Monaten das Amt für Seuchenschutz bei ihr vorstellig geworden.

Die beiden schlenderten durch die großen Räume. Chris gab sich sichtlich Mühe, sie nicht mit Vorträgen über Künstler und

Techniken zu langweilen, und beschränkte sich darauf, ihre Reaktionen auf die Gemälde zu beobachten.

Sam hatte absolut keine Ahnung von Kunst, aber hier mit ihm zu stehen, war definitiv etwas Besonderes. Er teilte etwas mit ihr, das ihm sichtlich wichtig war, das täuschte zumindest über die Tatsache hinweg, dass er über seine Familienverhältnisse noch schweigen wollte.

»Gefällt es dir?«

Chris' Frage ließ Sam stutzen. Sie hatte der riesigen Leinwand vor sich noch keine Beachtung geschenkt, weil sie damit beschäftig war, sich auszumalen, ob Chris' Bruder die gleichen Huskyaugen hatte wie er. Als sie sich auf den gepinselten Berg in surrealen Türkistönen konzentrierte, fand sie ihn aber schön.

Er legte den Arm um sie, während er kurz den Namen des Malers und ein paar Fakten erwähnte. Sie legte den Kopf an seine Schulter und genoss die Kunststunde. Dass sie jemals Zweifel an der Beständigkeit dieser Beziehung gehabt hatte, kam ihr absurd vor. Er war ein fabelhafter Freund und ihre Unsicherheiten waren in diesem Moment so weit weg wie der Saturn.

»Hey, Chris.«

Reflexartig drehten Sam und Chris die Köpfe in Richtung Geräuschquelle. Die Frauenstimme war auffallend melodisch gewesen.

Ein großes, langbeiniges Mädchen in einem hautengen schwarzen Bleistiftrock kam auf sie zugestöckelt. An ihrer weißen Bluse war ein Namensschild befestigt. Sie war jung, vielleicht Anfang zwanzig und sah aus wie Megan Fox' Schwester.

»Hey«, erwiderte Chris kühl.

Sam hatte ihn noch nie so einen eisigen Tonfall anschlagen gehört. Er schenkte der überirdisch schönen Schwarzhaarigen einen Blick, der das ganze Museum hätte gefrieren lassen können.

Irgendetwas in Sam verkrampfte sich. Da war plötzlich diese unangenehme Spannung, eine, von der man wusste, dass sie ein Ereignis ankündigte, auf das man im Nachhinein gern verzichtet hätte.

Die Schwarzhaarige lächelte ein Verkäuferlächeln, ehe sie mit vor der Brust verschränkten Armen vor demselben Gemälde innehielt, vor dem auch Chris und Sam standen.

»Es ist heute Morgen angekommen. Ein echter Brandl. Er ist einer deiner Lieblingskünstler, nicht?«, wollte sie wissen und musterte den blonden Iren von der Seite.

»Ja.« Chris' knappe Antwort konnte Sams aufkommendes Unwohlsein nicht lindern. Ihm war dieses Gespräch sichtlich unangenehm, aber nicht annähernd so unangenehm wie ihr. In Sam wuchs eine Vorahnung, oder Angst. Egal wie man es nannte, es ließ die Farbe aus ihrem Gesicht weichen.

»Kommst du nur wegen dem Brandl-Gemälde an deinem freien Tag hierher?«, wollte die Schwarzhaarige wissen und verlagerte ihr Gewicht elegant von einem Stöckelschuh auf den anderen.

Chris behielt den Blick auf dem Gemälde.

»Nein, ich bin einfach gerne hier.«

»Ja, ich weiß. Samstagdates finden ausschließlich in Museen statt, du hast deine Gewohnheiten nicht geändert.«

Bum, da war sie – intensiv, schmerzend und gelb –, die Eifersucht. Sams Herz rebellierte gemeinsam mit ihrem Magen. Das Gefühl war unangenehmer als alles, was sie jemals gefühlt hatte.

»Willst du uns nicht vorstellen?«, fragte die melodische Stimme, die sich nicht daran zu stören schien, dass die Huskyaugen gerade so kühl funkelten wie Eis am Nordpol.

Die Schwarzhaarige schenkte Sam ein Lächeln und legte den Kopf schief. Sie hatte ein puppenhaft hübsches Gesicht mit vollen Lippen, auffallend langen Wimpern. Natürlich hatte Sam Manieren, aber die waren gerade von dunkelbraunen Rehaugen betäubt worden, über denen ein perfekter Lidstrich gezogen war. Sie starrte die zum Leben erwachte Kleopatra nur an. Anstatt sie zu grüßen, hätte sie ihr lieber gegen das Schienbein getreten. Dieser plötzliche Drang nach körperlicher Gewalt war ihr neu, aber sie hätte ihm nur zu gern nachgegeben.

»Das ist Sam«, murrte Chris unbeeindruckt von allem, was an der jungen Museumsmitarbeiterin schön war. Als er sich Sam zuwandte, wurde sein Tonfall schlagartig sanfter. »Nicole studiert auch Kunstgeschichte«, erklärte er mehr gezwungen als gewollt und festigte unbewusst den Griff um Sams Hüfte.

Nicole schmückte das kurze Statement ein wenig aus. »Eigentlich studiere ich in Barcelona, aber über den Sommer arbeite ich hier«, stellte sie klar und löste damit in Sams Kopf einen Flashback aus. Sie saß wieder mit Chris auf der Couch in Bauernhausen und er erzählte über seine Exfreundin – seine penetrant schöne Exfreundin.

Die Zweifel, die vor wenigen Minuten noch auf dem Saturn gewesen waren, hatten sich zurück auf die Erde beamen lassen.

Sams Kopfkino startete eine Vorstellung. Der dicke BWL-Student verzweifelte gerade an der Kasse, während Chris und Nicole an eine der monströsen Säulen gelehnt knutschten. Seine Hände lagen auf ihrem lächerlich perfekten Hintern und sie flüsterte ihm irgendetwas über Leinwände ins Ohr.

»Komm, wir gehen. Ich habe einen Tisch beim Italiener reservieren lassen«, erklärte Chris und drückte Sam noch ein Stück fester.

Hätte er nicht so fest zugedrückt, hätte sie gar nicht realisiert, dass sie gemeint war und nicht der Superhintern.

Nicole zwinkerte Sam zu. »*Cara Verona*. Der Rucola-Salat ist gut.«

Der Drang, ihr den Brandl-Berg samt dickem Silberrahmen über den Kopf zu ziehen, wuchs von Sekunde zu Sekunde.

»Na dann viel Spaß euch beiden. Wir sehen uns ja morgen bei der Arbeit.«

Dieses ›Wir sehen uns morgen bei der Arbeit‹ hatte nach ›Wir treiben es morgen hinter den Skulpturen‹ geklungen.

Ausladend mit dem Hintern wackelnd, verschwand Nicole im nächsten Gang und ließ nur noch den blumigen Duft ihres Parfums zurück. Sam starrte ihr perplex nach. In ihrem Kopfkino flimmerten zu viele Bilder auf einmal auf – die Rehaugen, Barcelona, perfekt manikürte Fingernägel, die sich in Chris' Rücken bohrten.

»Kommst du?«, drängte er, löste damit aber keinerlei Reaktion aus.

Er hasste Nicole für diesen Auftritt, aber sich jetzt deshalb in Rage zu reden, hätte die Sache nicht ungeschehen gemacht. Fürs Erste galt es nur, Sam hier weg und wenn möglich auf andere Gedanken zu bringen.

»Sam?«

»Ja?«, antwortete sie tonlos, ohne zu wissen, was sie eigentlich gesagt hatte, weil der Film in ihrem Kopf noch lief.

»Essen? Italiener?«, versuchte er es mit einfach zu verwertenden Informationen.

»Ja.«

»Alles klar mit dir?«

»Ja.«

»Du siehst blass aus.«

»Ja.«

Seufzend führte Chris sie nach draußen. Er legte sicherheitshalber den Arm um Sam, weil er plötzlich Angst bekam, dass sie mit dem Gedanken spielte, davonzulaufen.

Auf dem Weg zum Restaurant gab Sam seltsame Geräusche von sich. Immer wenn sie sich Nicole und Chris beim Sex vorstellte, brummte sie. Wenn sie sich ausmalte, wie es sein würde, wenn er sie wegen ihr verließ, entglitt ihr ein verzweifeltes Piepsen.

Sie hätte darüber reden können, Chris fragen, warum er nicht erwähnt hatte, dass er mit seiner Exfreundin zusammenarbeitete, aber die hysterisch anmutende Tonlage, die ihre Stimme zweifelsohne gehabt hätte, hätte ihre Frage zu vorwurfsvoll klingen lassen.

Das Restaurant war schön, italienisch und rustikal. Ein freundlicher Kellner führte Sam und Chris hinaus auf den Balkon zu einem liebevoll gedeckten Tisch. Alles war sehr romantisch, wenn man in der Lage gewesen wäre, die Situation bewusst wahrzunehmen.

»Die Pasta ist gut, aber wenn du willst, können wir uns eine Pizza teilen.«

Chris gab sich Mühe, Sams Aufmerksamkeit wiederzuerlangen – ohne Erfolg. Anscheinend musste er härtere Geschütze auffahren.

»Ich überlege, mir die Zähne bleichen zu lassen«, verkündete er gespielt ernst.

Sam sah verwirrt zu ihm auf. »Ja! Dann kannst du dich auf eine Klippe stellen und mit einem einzigen Lächeln Schiffe vor den Felsen warnen.«

Ungewollt grinste sie im nächsten Moment und entlockte Chris damit ein erleichtertes Seufzen. Anscheinend war Sam wieder aufnahmefähig. Jetzt galt es, Schadensbegrenzung zu betreiben.

»Ich habe dir von ihr erzählt. Von Nicole und dass wir zusammen waren.«

Sam schnaubte. »Ja. Aber die Stelle, an der du hättest erwähnen sollen, dass du mit ihr zusammenarbeitest, hast du ausgelassen.«

Er holte Luft, wollte etwas erwidern, aber sie kam ihm zuvor.

»Ach, und dass sie bei der Victoria's-Secret-Show mitläuft, hätte ich auch gerne gewusst!« Sam korrigierte sich schnell selbst. »Nein! Natürlich hätte ich das nicht wissen wollen!«

Diesmal war Chris schnell genug und stoppte sie, bevor sie sich wieder verschloss. »Nicole ist eine bösartige, intrigante

Schlampe – entschuldige, aber ich wüsste nicht, wie ich es anders beschreiben sollte.«

»Sie ist ein James-Bond-Girl! Versuch's mal mit der Beschreibung!«

Chris schüttelte verständnislos den Kopf, weil er ihren Einwand nicht nachvollziehen konnte.

»Du bist hübscher als sie, wenn es nur das ist, was dir Angst macht.«

Sam lachte, kein amüsiertes Lachen.

»Lügner!«, unterstellte sie ihm.

»Aschenputtel!«, entgegnete er genauso vorwurfsvoll.

»Wie bitte?«

»Du kannst dich selbst überhaupt nicht einschätzen, oder? Das ist süß und zeigt, dass du nicht eingebildet bist, aber im Moment nervt es.«

Sam wusste nicht, ob sie sich geschmeichelt fühlen oder wütend werden sollte. »Zumindest weiß Nicole, dass sie die Tochter von Angelina Jolie sein könnte!«

Chris verdrehte die Augen. »Ich war nie in sie verliebt, kein bisschen. Sie war eine Ablenkung, ein Experiment. Ich dachte, wir wären uns ähnlich, dass wir dieselben Interessen hätten und ...«

»Ihr habt doch dieselben Interessen!«, unterbrach Sam ihn. »Sie kennt sich mit Kunst aus, kennt deine Date-Gewohnheiten, deinen beschissenen Lieblingsitaliener!«

Sich das Fluchen zu verkneifen, war gerade schwer für Sam – sie hielt sich sowieso zurück. Eigentlich wäre sie gern aufgesprungen und hätte geflucht wie ein Seemann.

Chris musterte sie eindringlich »Nicole fährt darauf ab, Ärger zu machen, nichts weiter. Sie wollte, dass du so reagierst. Sie ist intrigant und manipulativ.«

Er wirkte aufgebracht, fast wütend. Sam erinnerte sich an den eisigen Blick, den er im Museum präsentiert hatte. So sah man definitiv niemanden an, den man mochte, oder er war ein wirklich guter Schauspieler.

»Wieso ist sie im Sommer hier? Denkst du, sie ist deinetwegen gekommen?«

»I don't give a fuck …«, murmelte er in sein Glas und nahm einen Schluck Wasser.

Als er runtergeschluckt hatte, bemerkte er selbst, wie aufgebracht er war, und schaltete einen Gang zurück. Wenn er begann, unbewusst zwischen den Sprachen zu wechseln, war er entweder todmüde oder zu emotionsgeladen.

»Es ist mir scheißegal, warum sie hier ist. Ich persönlich denke ja, Spanien hat sie rausgeworfen und schnell ein Gesetz verabschiedet, um sie am Wiedereinreisen zu hindern.«

Sam schmunzelte. Im Grunde blieb ihr nichts anderes übrig, als Chris seine Antipathie abzukaufen.

Er schüttelte den Kopf. »Ich will nicht, dass du dir wegen Nicole irgendwelche Sorgen machst, das ist unnötig«, versicherte er.

»Ja.«

»Jetzt fang bitte nicht schon wieder mit diesem tonlosen ›Ja‹ an.« Er seufzte, fand dann aber die stoische Gelassenheit wieder, die Sam so mochte und jetzt auch brauchte. »Etwas mit Nicole anzufangen, war einer der größten Fehler meines Lebens. Ich will weder sie noch irgendeine meiner Exfreundinnen zurück. Ich bin zwar gezwungen, mit ihr zu arbeiten, aber ich bin nicht gezwungen, so zu tun, als würde ich sie mögen. Und glaub mir, das weiß sie! Dass sie heute so unverschämt war und uns auf die Nerven gegangen ist, liegt nur daran, dass ihr Riesenego einen Knacks abbekommen hat, als ich mit ihr Schluss gemacht habe. Das Einzige, was ich will, ist, mit dir zusammen zu sein. Dass du dich meinetwegen schlecht oder unsicher fühlst, war nie meine Absicht. Ich wollte dir die Stadt zeigen, das Museum, weil es mir viel bedeutet.«

Sam hätte Chris ewig so reden hören können. Er baute ihr Selbstbewusstsein wieder auf.

»Komm schon, sag was, sonst muss ich echt kitschig werden, willst du das? Willst du, dass ich abgedroschene Gedichte schreibe und mir deinen Namen tätowieren lasse?«

Sie lachte. »Nein! Das will ich nicht!«

Er hätte nicht abgedroschen klingen können, egal wie kitschig seine Worte sich aus dem Mund von jemand anderem angehört hätten. Chris beugte sich über den Tisch und hauchte ihr einen Kuss auf den Mundwinkel. Dieses euphorische Gefühl von Schmetterlingen im Bauch stellte sich wieder ein, genau das hatte sie vorhin im Museum verloren.

»Jetzt will ich Pizza«, meinte Sam, die endlich beginnen konnte, Nicoles Auftritt zu verdrängen.

»Willst du teilen?«, wollte er wissen und erntete ein Kopfschütteln von Sam.

»Nein, ich bin nämlich ganz sicher ein Einzelkind.«

Chris grinste und winkte den Kellner an den Tisch.

Das Essen erfüllte sämtliche Erwartungen und dank des süffigen Weins fühlte sich Sam nicht nur satt, sondern auch leicht beschwipst.

Sie hakte sich bei Chris unter, während sie durch den Park mit der Pavillon-Eisdiele zurück nach Hause spazierten.

Die Sonne stand schon tief, tauchte den Himmel in ein malerisch schönes Orange. Eigentlich war das Wort ›perfekt‹ bereits zur Genüge ausgeschöpft worden, aber Sam fiel keine passendere Beschreibung ein.

Ob sie dem Universum irgendetwas schuldete, weil sie jetzt mit Chris zusammen war? Einen Arm oder ein Bein? Hoffentlich hielt der Kosmos nichts von Opfergaben.

»Auf was hast du Lust?«, wollte der schöne blonde Junge, der seinen Arm um ihre Schultern gelegt hatte, wissen.

»Keine Ahnung. Ist dein Programm schon vorbei?«

»Ja. Ich glaube, ich habe dir heute genug zugemutet.«

»Der Tag war toll! Abgesehen von der Stunde, als ich geglaubt habe, du treibst es mit deiner Ex hinter irgendwelchen Skulpturen.«

»Glaub so was nicht mehr!«

»Was hältst du von einem Film auf der Couch?«, schlug Sam vor, auch weil ihre Füße schon ein wenig schmerzten.

»Gerne, was willst du sehen?«

»Irgendetwas, das einem Angst macht! Wie wär's mit dem neuen Til-Schweiger-Film?«

Sam hätte gern über ihren eigenen Witz gelacht, aber ihr Handy verkündete einen Anrufer.

»Hey, Pia!«

»Sam! Wo steckst du?«

Etwas verwirrt ließ sie sich Pias Frage durch den Kopf gehen.

»Sag mal, hast du wieder getrunken?«

»Ähm, nein … noch nicht.«

»Und warum fragst du dann, wo ich bin? Ich bin bei Chris.«

»Ach Sam! Sag nicht, dass du es vergessen hast!«

»Was vergessen?«

»Bastian!«

»Bastian?«

Der Name, den sie gerade ausgesprochen hatte, ließ Chris kurz das Gesicht verziehen.

»Die Geburtstagsparty! Sam! Hast du nicht versprochen, dass du kommst?! Hast du abgesagt?«

Der zweite Flashback an diesem Tag überkam sie. Sie sah sich mit Bastian an der Bar stehen und ihm versprechen, dass sie zu seiner Party kommen würde. Natürlich hatte sie dieses Versprechen gegeben, bevor Chris angerufen und sie zu diesem Wochenende eingeladen hatte.

»Shit! Ich habe das echt verschwitzt!«

Ihr Gewissen meldete sich schlagartig zu Wort. Sie hatte nicht irgendeinen Geburtstag vergessen, sondern den, den sie von allen eigentlich am liebsten feierte. Bastian würde sauer sein, sehr sogar, und das zu recht.

»Was mache ich denn jetzt?«, fragte Sam verzweifelt und erwartete tatsächlich eine hilfreiche Antwort von Pia.

»Sag ihm, du bist krank.«

»Klar! Bastian ist ja auch total naiv, der glaubt das bestimmt. Das kriegt er doch raus und dann ist die Hölle los!«

Sams hitzige Gesten blieben nicht unbeobachtet. Chris versuchte, aus den Gesprächsfetzen, die ihm zur Verfügung standen, schlau zu werden.

»Und wenn du kommst?«, warf Pia vorsichtig ein.

»Was?«

»Na ja, du könntest Chris doch mitnehmen.«

Pias Vorschlag verdiente es durchaus, durchdacht zu werden.

Sam bemühte ihre Fantasie. Ihren Freund auf die Geburtstagsparty ihres besten Freundes mitzunehmen, klang erst mal nach einer guten Idee. Kaum hatte sie die Wörter ›Freund‹ und ›bester Freund‹ aber durch Chris und Bastian ersetzt, wurde alles ein Stück weit komplizierter. Das letzte Gespräch der beiden war ein lautstarker Streit gewesen, die Gespräche davor hatten aus mehr oder weniger subtilen Sticheleien bestanden. Andererseits hatten sie auch viel gemeinsam. Sie waren gute Sportler, fuhren schnelle Autos, waren nicht auf den Mund gefallen und hatten beide schon mal Sam geküsst.

»Das kann ich nicht machen.«

»Wieso nicht?«, fragte Pia naiverweise.

Verlegen blickte Sam zu Chris, der gerade zwei vorbeilaufende Schäferhunde beobachtete – er wirkte gedankenverloren.

»Beleidigungen, Vorwürfe, Sticheleien, Ultimaten, Chaos!«, flüsterte sie in ihr Smartphone.

»Ach! Übertreib nicht! Auf dieser Party sind über hundert Leute! Bastian wird gar keine Zeit haben, sich mit Chris zu unterhalten. Außerdem kommt Matthias auch, wir setzen uns einfach raus in den Garten und amüsieren uns.«

Bei Pia klang das alles unkompliziert.

»Ich weiß nicht ...«

»Das ist die einzige Lösung, die dir einen ewig schmollenden Bastian erspart. Ihr müsst noch ein ganzes Jahr in dieselbe Klasse gehen, außerdem musst du das wohl oder übel irgendwann auf die Reihe kriegen, wenn du mit Chris zusammenbleiben und mit Bastian weiterhin befreundet bleiben willst!«

»Ja ... Nein, nicht heute. Ich denk mir irgendetwas aus und sage dann ab.«

Sam wusste, dass diese Entscheidung Konsequenzen haben würde, aber allein die Vorstellung, die Beziehung zu Chris in irgendeiner Weise aufs Spiel zu setzen, machte ihr Angst.

»Okay, aber lass dir was Tolles einfallen, sonst kannst du das Kapitel Bastian abhaken!«

»Ich weiß ...«

»Na dann, ciao.«

»Tschüss.«

Seufzend legte sie auf und starrte auf das leuchtende Display.

»Das war ja kein erfreuliches Gespräch, oder?«

Chris' Frage erreichte nur ihr Unterbewusstsein, weil sie angestrengt nach einer vernünftigen Ausrede suchte.

»Mhm ...«, murmelte sie gedankenverloren.

Dieser Gesichtsausdruck stand Sam nicht. Sie sah wunderschön aus, aber todtraurig, wie ein deprimierendes Gemälde.

»Was ist los? Alles in Ordnung?«, wollte Chris wissen, der im Grunde wusste, dass es um etwas oder besser jemanden ging, von dem er eigentlich nichts wissen wollte, aber Sams Gemütszustand musste sich schnellstmöglich ändern.

»Ja, alles klar. Ich habe nur etwas vergessen, das ich eigentlich nicht hätte vergessen sollen«, erklärte sie tonlos.

»Und was?«

Sam schüttelte den Kopf und grinste aufgesetzt.

»Ach, nur eine Geburtstagsparty, zu der ich eingeladen war. Ich habe zugesagt, bevor du mich zu dir eingeladen hast.«

»Heute Abend?«

»Ja.«

»Willst du hin?«

»Nein! Ich meine, ja …Ich meine, ich hätte es nicht vergessen dürfen, aber …«

»Was jetzt?«

»Ich habe nur ein schlechtes Gewissen, weil ich so kurzfristig absagen muss.«

Die Gewissensbisse zeichneten ihr Gesicht so deutlich, dass Chris kaum hinsehen konnte, ohne selbst dieses Stechen zu spüren.

»Wieso sagst du ab?«, wollte er wissen, obwohl er die Antwort kannte.

Sam stutzte. »Na ja, weil ich hier bin … bei dir.«

»Wir können hinfahren, wenn du willst.«

»Das musst du nicht machen!«

Chris schmunzelte. »Ich weiß, aber das Wochenende soll dir Spaß machen und ich habe schon einen Fehlschlag auf meinem Konto.« Er legte den Arm wieder um sie.

Sam schüttelte schwach den Kopf. »Ich habe Spaß. Auch wenn wir da nicht hinfahren.«

»Genau das glaub ich dir nicht. Du ziehst ein Gesicht, als wäre dein Hamster gestorben.«

»Er ist nicht tot, er redet wahrscheinlich nur nie wieder mit mir, wenn ich nicht komme.«

Auch wenn es Chris eigentlich entgegengekommen wäre, wenn der Hamster ein Schweigegelübde abgelegt hätte, wäre der Preis dafür zu hoch gewesen. Die Schuld an der Zerstörung dieser Freundschaft auf sich zu laden, hätte ihre Beziehung auf Dauer nur kaputt gemacht und eben genau das galt es zu verhindern.

»Außerdem willst du dort sicher nicht hin!«, unterstellte Sam, die davon ausging, dass Chris keine Ahnung hatte, auf wessen Party es gehen sollte.

»Wieso? Ich wollte schon immer mal auf die Geburtstagsfeier eines Typen, der auf meine Freundin scharf ist.«

»Das stimmt doch gar nicht!«, murrte Sam und nahm dabei einen ziemlich bockigen Tonfall an.

Chris zuckte mit den Schultern. »Ich verstehe, dass du da hinwillst und warum du zugesagt hast. Du kannst nichts dafür, dass der spätpubertäre Irre gerade rollig ist.«

Sam lachte. Chris konnte tausendmal besser mit so negativen Gefühlen wie Eifersucht umgehen, vielleicht hatte er auch mehr Erfahrung damit.

»Danke«, hauchte sie und gab ihren gespielten Widerstand auf.

»Kein Problem. Ich würde fast alles für dich machen.«

Sie verzog den Mund. »Nur fast?«

»Na ja, ich würde keinen Dreier mit ihm und dir machen!«

Sie lachte und lief ein Stück nach vorn, drehte sich zu Chris um und zwinkerte ihm zu. »Feigling!«

In diesem Moment passierte etwas Schönes. Sams Naivität gewann die Oberhand und machte ihr prompt weis, dass ihre Sorgen unbegründet waren. Dieser Abend würde gut verlaufen, die Party würde Spaß machen und Chris und Bastian würden vielleicht sogar Freunde werden – wenn sie dann genug gefeiert hatten, konnten sie auf ihrem pinken Einhorn nach Hause fliegen.

Berauscht von blindem Enthusiasmus, grinste Sam vor sich hin.

Chris seufzte leise, ein erleichtertes Seufzen, weil sie mit einem Mal viel gelöster und glücklich wirkte, dann folgte ein angespanntes Schnauben. Was er sich mit dieser Party tatsächlich angetan hatte, wollte er sich jetzt noch nicht ausmalen, aber es würde eine Geduldsprobe werden, so viel war sicher.

»Komm, sonst verpassen wir, wie der Idiot die Torte anschneidet!«

»Ähm, vielleicht nennst du ihn lieber nicht Idiot, das könnte den Anschein erwecken, dass du Streit suchst.«

»Du hast recht! Ich denk mir einen neuen, netteren Spitznamen aus.«

Grinsend nahm Chris Sam an der Hand und genoss die Tatsache, dass er trotz Heimvorteil von Bastian heute definitiv am längeren Hebel saß. Er würde derjenige sein, der sie am Ende des Abends mit nach Hause nehmen würde – ein vorprogrammierter Sieg auf der gesamten Linie.

Zu Hause angekommen, durfte Sam Artemis kulinarisch versorgen. Sie verfütterte entgegen Chris' Anweisung eine ganze Dose Katzenfutter an das weiche Fellknäuel mit den Kulleraugen. Es sah unglaublich niedlich aus, wie der Kater nach dem Essen hinaus auf den Balkon wankte.

Chris brauchte lange im Bad. Sam klingelte noch mal bei Pia durch, um zu berichten, dass sie doch kommen würde. Zum Glück hatte sie sich um ein Geschenk gekümmert, sie musste sich nur mehr finanziell beteiligen und auf der Karte unterschreiben.

Als Chris endlich auftauchte, sah er postertauglich aus. Er trug ein weißes T-Shirt mit Druck, der an eines der modernen Gemälde erinnerte, die er so mochte. Die Jeans saßen so perfekt, dass er sofort einen Werbespot dafür hätte drehen können. Wenn es Sam nicht schon längst erwischt gehabt hätte, hätte sie sich spätestens jetzt in ihn verliebt.

»Ready when you are«, verkündete er und fuhr sich durchs frisch gegelte Haar.

»Willst du da wirklich hin?«, erkundigte sich Sam leise. Ihre Frage ging nicht nur an Chris, sie stellte sie auch sich selbst.

»Nein, aber du!«, erinnerte er sie und nahm sie in den Arm.

Er roch gut, nach einem Parfum, das sie kannte und liebte. Hoffentlich trug Bastian heute einen anderen Duft.

Grattis på födelsedagen

Die Autofahrt bot genug Zeit für mentale Vorbereitungen. In Sams Fall hieß das, für den Notfall Fluchtpläne zu schmieden, Chris holte ein paar Informationen ein.

»Wo feiert er?«

»Bei sich. Seine Eltern haben ein großes Haus am Stadtrand. Er macht das seit dem Kindergarten, damals gab es allerdings noch Luftballons statt Bierfässer, einmal hatten wir auch eine Hüpfburg, aber der Hund hat sie geschrottet.«

Sam stellte das Grinsen nach ein paar Sekunden wieder ein. Sie musste anfangen, nachzudenken, was sie von sich gab, um angemessen auf Chris' Fragen zu antworten. Sie musste ihm nicht ständig unter die Nase reiben, wie gut und lange sie Bastian kannte und wie lecker der Marmorkuchen seiner Oma war.

»Wie viele Leute hat er eingeladen?«

»Achtzig oder neunzig. Wir werden ihn kaum zu Gesicht bekommen.«

Diese Antwort war schon eher nach Chris' Geschmack.

»Was ist mit seinen Eltern? Stört es sie nicht, dass neunzig Leute ihr Haus verwüsten.«

»Nein. Bastians Eltern sind da locker. Sie sind sowieso selten zu Hause. Zu dieser Jahreszeit sind sie meistens geschäftlich in China. Sein Vater hat ein paar Möbelhäuser.«

»Warum fliegt er nicht mit?«

Er hätte Bastian über den Sommer wirklich gern am anderen Ende der Welt gewusst.

Sam seufzte. Diese Frage hätte eine ziemlich ausführliche Antwort verlangt, wenn sie sie ehrlich beantwortet hätte. Dass

Bastian seit jeher mit der Tatsache zu kämpfen hatte, dass seine Eltern so selten zu Hause waren und sie ihn nie mitnahmen, wenn sie auf Geschäftsreise gingen, war eine sensible Information, die er ihr sicher nicht anvertraut hatte, um sie jetzt mit Chris zu diskutieren.

»Keine Ahnung. Aber eigentlich sind seine Partys immer richtig klasse! Jedes Jahr ein Skandal, das ist fast schon Tradition.«

Der Themenwechsel war ihr gelungen, Chris wurde neugierig.

»Zum Beispiel?«

»Letztes Jahr hat Pia sich mit Fanta einen Joint geteilt. Sie war so stoned, dass sie Bastian ein blaues Auge geschlagen hat, weil sie geglaubt hat, er würde sie verfolgen.«

Chris grinste breit, während Sam über die Bilder, die in ihrer Erinnerung aufflackerten, lachen musste. Wieso erzählte sie diese durchaus amüsante Pia-Geschichte eigentlich nicht öfter? Irgendwie war das ganze Kiffer-Debakel untergegangen und ihr fiel auch prompt wieder ein, warum. Nachdem Pia um sich geschlagen hatte, hatte irgendjemand Bastian verarztet und es für eine gute Idee gehalten, dabei mit ihm knutschend zu *Green Day* im Wohnzimmer zu schunkeln. Eigentlich war das der jährliche Skandal auf der letzten Party gewesen.

»Fahre ich zu schnell?«, hörte Sam Chris plötzlich fragen. Er musterte sie besorgt. »Du bist ein bisschen blass.«

»Ja! Nein! Ich habe nur gerade …«

Sie hatte gerade angefangen, sich auszumalen, was passieren würde, wenn irgendjemand Chris von dieser Knutscherei erzählen würde. Die möglichen Reaktionen waren alle schrecklich und es endete immer damit, dass er sie wütend stehen ließ und allein nach Hause fuhr.

»Mach dir keine Sorgen«, unterbrach er ihr Kopfkino. Er fuhr mit der Hand über ihren Oberschenkel. »Ich bin daran gewöhnt, mich gegenüber Menschen zusammenzureißen, die ich nicht ausstehen kann. Ich habe die letzten drei Jahre, in denen ich zu Hause gelebt habe, nichts anderes gemacht.«

Zaghaft nickte Sam seinen Satz ab. Ihr wurde in diesem Moment etwas klar, das sie froh und melancholisch zugleich stimmte: Chris und Bastian hatten definitiv etwas gemeinsam: ungelöste, tief sitzende Probleme mit ihren Eltern. Ob sie daran anknüpfen konnten?

Ihr erster Halt war eine Tankstelle mit Supermarkt, in dem Sam Chris eine Flasche Karamell-Wodka kaufen ließ. Den Flaschenhals umklammerte ein kleiner Plüschteddy mit überdimensional großen Augen.

»Die gleichen leeren Augen wie der rollige Typ, der dich bekommt!«, flüsterte Chris dem Werbegeschenk zu und erntete ein besorgtes Schmunzeln von Sam.

»Bitte versprich mir, dass du das Wort ›rollig‹ nicht auf der Party verwendest!«

»Keine Angst, ich reiße mich zusammen«, versicherte er und drückte ihr einen Kuss auf die Schläfe.

Sam navigierte Chris bis vor einen weißen, blickdichten, zwei Meter hohen Gartenzaun.

Am Straßenrand parkten schon einige Autos. Chris stellte sich so dicht hinter Matthias' Opel, dass er unmöglich vor ihm wegfahren konnte.

Die Gegend war grün, sauber und elitär. Die Hügellage sicherte eine atemberaubend schöne Aussicht auf die Innenstadt. Die meisten Häuser waren hinter hohen Zäunen versteckt, die Anwesen, die man sehen konnte, waren gläserne Architekten-Träume.

Sam steuerte zielsicher auf das Gartentor mit dem schwedischen Wappen zu und drückte es einfach auf.

Ein gepflasterter Weg führte durch eine professionell gepflegte Gartenanlage bis vor eine doppelflügelige Haustür. Die Musik und die vielen Stimmen kamen von der anderen Seite des Hauses.

»Wow! Protzig, genau wie der Porsche«, stellte Chris patzig fest und zog eine Augenbraue argwöhnisch in die Höhe.

»Du fährst einen Mercedes und wohnst alleine auf hundert Quadratmetern!«, erinnerte Sam ihn und imitierte seinen Gesichtsausdruck.

»Stimmt, ich bin ja auch dekadent, hätte ich fast vergessen.«

»Willst du gehen? Noch können wir die Flucht ergreifen!«

»Ein O'Shay flüchtet nicht, wir ziehen uns nur manchmal elegant zurück – mehr nicht!«

Ein Grinsen ging dem Kuss voraus, den er ihr auf den Mund drückte.

»Mach dir keine Sorgen, Sam, ich mache nur Spaß, das kann ich einstellen. Ich benehme mich ab jetzt absolut humorbefreit, um dem rolligen, verwöhnten Schuljungen einen würdigen Geburtstag zu bereiten. Wie klingt das?«

»Als würdest du es auf Stress anlegen.«

»Tue ich nicht. Ich gebe dir heute keinen Grund mehr, sauer auf mich zu sein, versprochen.«

Diesmal klang er ernster, ehrlicher.

»Danke, dass wir hier sind«, entgegnete Sam leise und klingelte.

Auf den Klang der Glocke folgte ein Bellen in einer unwirklich tiefen Frequenz. Verwirrt versuchte Chris, Augenkontakt mit Sam zu bekommen, aber sie hatte sich schon abgewandt. Als der große, schwarze Rottweiler um die Ecke gerannt kam, zuckte der blonde Ire reflexartig zusammen.

»Holy shit!«, kommentierte er das Auftauchen des hechelnden, brummenden Hundes und drehte sich weg von dem Fleischberg, zu dem sich Sam hinuntergebeugt hatte.

»Ares! Hey!«, piepste sie und streichelte dem Rottweiler den Kopf.

Der Hund wedelte mit dem Schwanz und steuerte dann zielsicher auf Chris zu, der seinem Fluchtinstinkt nur zu gern nachgegeben hätte.

»What the …?!«

»Keine Angst, er ist ganz lieb! Ares! Nicht springen!«

Sie packte den Hund am Lederhalsband und zog ihn sichtlich angestrengt von Chris weg.

»Hast du Angst vor Hunden?«, wollte sie wissen, während sie versuchte, den euphorischen Vierbeiner festzuhalten.

»Vor Hunden?! Nein! Aber vor Kühen mit Haigebiss!«, entgegnete er so wenig aufgebracht, wie er es im Moment zustande brachte.

Sam lachte entschuldigend. »Ares ist ganz freundlich! Er weiß leider nur nicht, wie groß er ist und dass er Leuten Angst macht, wenn er sich wie ein aufgekratzter Terrier verhält. Ich bringe ihn nach hinten.«

Sam zerrte den Rottweiler wieder hinter die Häuserecke.

Chris' Herz beruhigte sich gerade wieder, als die Tür plötzlich aufging. Dass er immer noch die Flasche Wodka mit dem Teddybären in der Hand hielt, fiel ihm spätestens dann auf, als Bastian ihn mit hochgezogenen Augenbrauen und nach unten gezogenen Mundwinkeln musterte. Er hätte schlagfertig sein können oder er hätte zumindest erklären können, dass Sam gerade den Höllenhund wegbrachte und er nur deshalb allein vor Bastians Tür stand, aber er brachte in Anbetracht des alles überwuchernden Wunsches, möglichst schnell die Zeit zurückzudrehen und sich gegen diese Party zu entscheiden, nichts heraus.

Bastian fing sich als Erster wieder. »Danke, das war doch nicht notwendig! Den Alkohol nehme ich, die Ehre deiner Anwesenheit ist aber zu viel!«, kommentierte das Geburtstagskind und griff sich die Flasche Wodka, ehe es die Tür wieder zuknallte.

Überrumpelt und genervt drehte Chris den Kopf zur Seite. »Sam!«

Kichernd wegen irgendetwas, das Ares gemacht hatte, kam sie auf ihn zugeschlendert.

»Die haben die Musik wieder so laut gedreht, dass kein Mensch die Klingel hört!«, stellte sie spontan fest und hämmerte gegen die geschlossene Tür.

Dass Chris sie verständnislos anstarrte, fiel ihr nicht auf, weil zum zweiten Mal geöffnet wurde.

Bastian stand grinsend im Türrahmen. »Ah! Barbie! Und Sam ist auch da!«

Die strafenden Blicke, die ihn auf diesen Satz hin trafen, ignorierte Bastian, weil er immun gegen die meisten finsteren Mienen war, die Sam auf Lager hatte. Das kühle, mahnende Funkeln von Chris nahm er schon eher wahr.

Seufzend warf Sam ihre Tasche auf den Boden und hoffte, dass Chris' stoische Coolness ausgeprägt genug war, um mit Bastians Sticheleien zurechtzukommen.

»Kommt rein! Getränke stehen in der Küche, Essen gibt es draußen im Garten. Wenn du irgendetwas suchst, Sam kennt sich hier aus.«

»Danke«, erwiderte Chris unbeirrt höflich.

»Alles Gute zum Geburtstag! Pia hat mein Geschenk mitgebracht!«, erklärte sie und setzte zu einer mehr oder weniger harmlosen Umarmung an.

Dafür, dass Bastian sie so beherzt heranzog, konnte sie nichts. Der grenzwertig provokante Kuss auf den Mund, der folgte, war ebenfalls nicht ihre Idee gewesen und ließ ihre Körpertemperatur um fünf Grad steigen. Sie drückte sich so unauffällig wie möglich von ihm weg.

Chris versuchte, ruhig zu bleiben, aber die Stimmen in seinem Kopf, die irgendetwas von wegen roher körperlicher Gewalt murmelten, waren laut.

»Alles Gute! Komm her, dann kann ich dich auch küssen!«, forderte er tonlos und legte den Kopf erwartungsvoll schief.

»Sorry, aber du bist nicht mein Typ.«

Sam lachte gezwungen, weil ihr schlichtweg nichts anderes einfiel.

Hatte hierherzukommen vorhin wirklich nach einer guten Idee geklungen? Sam hatte definitiv schon bessere Einfälle gehabt.

Chris legte den Arm um sie, bevor sie Bastian durch die Küche hinaus auf die Terrasse folgten.

»Was wollt ihr trinken?«

»Kalt, bunt und mit Strohhalm«, entgegnete Sam und entlockte Bastian damit ein wissendes Schmunzeln.

»Und du?«, wollte er an Chris gewandt wissen.

»Cola. Ich muss noch fahren«

Während Bastian verschwand, beschloss Sam, eine Begrüßungsrunde zu drehen. Sie wollte sowieso Ausschau nach Matthias und Pia halten.

Der Garten hinter dem Haus war weitläufig. Ein Pool, eine hölzerne Bar, ein Platz zum Grillen und eine überdimensionierte Hundehütte, vor der kein Hund angekettet war. Chris sah sich kurz nach dem hyperaktiven Rottweiler um.

»Die Jungs dort drüben gehören zu Bastians Fußballmannschaft – alles Idioten. Iss nichts, was die gegrillt haben!«

Sie wollte gerade eine Anekdote über gegrillten Hundekuchen zum Besten geben, als Ines so plötzlich vor ihr auftauchte, dass Sam sie beinahe über den Haufen gerannt hätte.

»Bam!«, kommentierte sie das plötzliche Auftauchen ihrer Klassenkameradin.

»Hast du dich vor mich gebeamt oder hatte ich gerade ein kurzes Blackout?«

»Ach Sam! Du bist immer so witzig!«, entgegnete Ines kichernd und viel zu überschwänglich. Dass sie witzig nicht von schockiert und genervt unterscheiden konnte, sah ihr ähnlich. »Ist das dein Freund?«

Dieses wissende Grinsen wollte Sam so gar nicht gefallen. Neuigkeiten sprachen sich schnell herum, erst recht, wenn sie eins achtzig groß und hübsch waren.

»Das ist Chris.«

Er setzte ein schiefes Grinsen auf. »Hi.«

»Heeey«, quietschte Ines zurück und glühte so verliebt vor sich hin, als würde Alex Pettyfer vor ihr stehen. »Wie alt bist du?«

»Zweiundzwanzig.«

»Cool! Und was machst du?«

»Studieren.«

Bevor Ines ihn bitten konnte, sie auf Facebook zu adden, oder versuchen konnte, sein Bein zu rammeln, beendete Sam das Verhör.

»Ines, Bastian sucht dich! Er ist in der Küche und will dich irgendwas Wichtiges fragen.«

Die Schwarzhaarige wurde hellhörig. »Echt? Okay!«

Als sie verschwand, bedachte Chris Sam mit wissenden Blicken. »Du hast sie angelogen.«

Sam zuckte mit den Schultern. »Ines hat die Aufmerksamkeitsspanne einer Dreijährigen. Sie kann froh sein, dass ich sie nicht den Rest des Abends mit einem Bilderrätsel lahmgelegt habe.«

Er lachte und folgte ihr weiter in Richtung Bar. Dass alle an ihrer Schule den gleichen neugierigen Blick präsentierten, störte Sam nicht weiter. Es gab keinen Grund, Chris verstecken zu wollen. Im Gegenteil, eigentlich durfte die ganze Welt wissen, dass sie mit dem irischen Sohn von Brad Pitt und Angelina Jolie ging.

Sam zeigte hinüber zu den Gartenmöbeln. »Da drüben sind Romeo und Julia.«

Auf einer der Bänke saßen Matthias und Pia, die gerade für die Weltmeisterschaft im Zungenküssen trainierten. Die beiden bemerkten das Auftauchen ihrer Freunde nicht mal. Erst als Chris sich räusperte, schaute Matthias auf.

»Hey! Du bist ja echt gekommen!«, stellte der Braunhaarige überrascht fest.

»Sicher, ich habe mir noch nie eine gute Party entgehen lassen, oder?«

»Stimmt.«

Sam atmete erleichtert durch, als sie merkte, dass Chris sich schlagartig wohler fühlte. Selbst als Bastian neben ihnen auftauchte, wirkte er deutlich entspannter. Er hatte die versprochenen Getränke in der Hand.

»Hier, dein Zauberwasser!«

Sam bedankte sich und nahm den Strohhalm in den Mund.

Er hielt Chris einen Becher vor die Nase. »Für dich.«

»Danke.«

Das lächelnde Gesicht von Bastian hätte ihm ein Warnzeichen sein sollen, aber Chris war durstig, also nahm er einfach einen Schluck.

Während er das kohlensäurehaltige, geschmacksintensive Getränk, das mit hundertprozentiger Sicherheit keine Cola war, wieder ausspuckte und angewidert das Gesicht verzog, fauchte Sam Bastian an.

»Was hast du ihm denn da gegeben?!«

Er zuckte unschuldig mit den Schultern. »Cider Päron. Entschuldige, wolltest du das nicht?«

Chris versuchte gerade, herauszufinden, was ›Päron‹ war – auf alle Fälle etwas Vergorenes, so viel war sicher.

»COLA! Ich wollte Cola! Wieso sollte ich irgendetwas wollen, das ich nicht mal aussprechen kann? Was ist das?!«

»Birnen-Cider«, entgegnete Sam vorsichtig und nahm Chris den Becher ab. Sie lächelte ein entschuldigendes Lächeln, ehe sie sich wieder Bastian zuwandte und den Blick verfinsterte.

Das Geburtstagskind hob entschuldigend die Hände. »Das war wirklich ein Missverständnis! Hey, Päron ist nichts Widerliches! Du trinkst ihn doch selbst gerne, oder?«, rechtfertigte Bastian sich.

Sam schnaubte nur.

»Ruhig bleiben, ich bringe euch eine ganze Flasche Cola!«, meinte Bastian und verschwand wieder im Haus.

»Was ist das?«, fragte Matthias noch mal nach.

Sam reichte ihm den Becher, während Pia erklärte. »Das ist schwedischer Birnenwein, ist aber kaum Alkohol drin. Schmeckt eigentlich ganz lecker.«

»Nicht, wenn du erwartest, Cola zu schmecken!«, meinte Chris und steckte sich einen Kaugummi in den Mund.

»Entschuldige. Ich weiß nicht, warum er so was macht, manchmal brennt ihm eine Sicherung durch«, erklärte Sam und setzte zu einem vorsichtigen Kuss an.

»Ach, ich hätte da eine Theorie, warum er so ist!«, erklärte Chris. Sein Blick wurde schnell wieder wärmer, dann ließ er den Kuss zu.

Er wollte ihr nicht die Schuld für etwas geben, auf das sie im Grunde genommen keinen Einfluss hatte.

Pia machte eine Ankündigung, die Sam dazu veranlasste, ungläubig den Kopf zu schütteln. »Ähm, entschuldigt ihr uns kurz? Ich will Matthias nur das Haus zeigen!«

»Das Haus?«, wiederholte Sam skeptisch. »Wohl eher das Gästezimmer.«

Pia streckte ihr die Zunge raus und zwinkerte. »Wir sind gleich wieder da!«, versicherte sie.

»Zu schnell würde ich das Ganze aber nicht angehen«, murmelte Chris an Matthias gewandt und grinste.

Während die beiden verschwanden, bemühte sich Sam darum, ihren Begleiter bei Laune zu halten. Sie erzählte die ›bekiffte Pia schlägt Bastian k. o.‹-Story noch mal etwas genauer, weil Chris vor allem dem Teil mit dem blauen Auge viel abgewinnen konnte.

Ihn lachen zu hören, beruhigte ihr Gewissen, genau wie das Zauberwasser in ihrer Hand. Als sie sich etwas zu sehr über Ares und seine Versuche, die Nachbarskatze durch Hypnose dazu zu bringen, vom Kirschbaum zu springen, amüsierte, fiel ihr auf, dass ihr Getränk großzügig gemischt sein musste. Als sie sich wieder auf Chris konzentrierte, war er in sein Handy vertieft.

»Hat dich jemand angerufen?«

Er brauchte auffallend lange, um auf diese einfache Frage zu antworten. Als er aufschaute, sah er etwas verwirrt aus. »Nein. Eine E-Mail.«

Sam beugte sich weiter zu ihm, weil ihre Neugierde ihre Manieren erfolgreich niedergerungen hatte. »Von wem?«, wollte sie wissen und versuchte, einen Blick auf die Zeilen zu erhaschen.

Die paar Wörter, die sie überfliegen konnte, verrieten ihr nur, dass die E-Mail auf Englisch verfasst war. Als er das Display dunkel schaltete, fiel ihr auf, wie penetrant sie sich verhielt.

»Sorry!«, piepste sie einsichtig.

Chris schmunzelte, aber nur kurz. »Schon okay.«

Als er den Arm um sie legte, wollte sie sich schon damit abfinden, ihre Neugierde nicht befriedigen zu können, aber er holte plötzlich Luft.

»Mein Bruder.«

Sie wurde sofort hellhörig. »Dein Bruder?«, wiederholte Sam unnötigerweise, weil sie die Antwort überraschte. »Ich dachte, ihr hättet seit einem Jahr keinen Kontakt mehr.«

Sie hatte die wenigen spärlichen Informationen, die sie über Chris' Familie erfahren hatte, natürlich behalten.

Er zuckte mit den Schultern. »Ja, ein Jahr … das kommt hin.«

Diese gedankenverlorene, tonlose Art, zu sprechen, war ein sicheres Anzeichen dafür, dass in ihm Dinge hochkamen, die er eigentlich begraben wissen wollte. Chris konnte sich schnell wieder am Riemen reißen, weil hier weder der richtige Ort noch die richtige Zeit für solche Probleme war.

»Da kommt der schwerhörige Cider Boy«, kündigte Chris an und lenkte Sams Aufmerksamkeit auf Bastian, der gerade auf sie zusteuerte. Er hatte eine Flasche Cola in der Hand.

Bastian musterte Sam streng. »Kann es sein, dass du mir Ines auf den Hals gehetzt hast?«, wollte er vorwurfsvoll wissen und ließ sich neben Sam auf die Bank fallen.

»Ach komm schon! Sie läuft dir jetzt schon seit der Oberstufe nach. Gib dir einen Ruck!«

»Hat sie heute Geburtstag oder ich?«, entgegnete er mit hochgezogener Augenbraue und nahm einen Schluck Bier.

Chris musterte ihn von der Seite. »Bescheidenheit ist nicht unbedingt dein Ding, oder?«

Chris' Kommentar ließ Bastian nur den Mund verziehen und ihm die Flasche hinstrecken, die er geholt hatte. »Hier, trink deine Cola!«

»Danke.« Er nahm die Flasche und stellte sie neben sich auf den Boden.

Sam wischte Bastian ein paar Grashalme von der Schulter und erntete dafür ein hübsches Lächeln, das ihr schnell unangenehm wurde, weil Chris es auch sehen konnte. Das war der absolut falsche Zeitpunkt für subtile Flirts, auch wenn sie noch so harmlos waren.

Es war Zeit für Sam, den Small-Talk-Modus anzuwerfen. »Ich habe vorhin Vivi und Clara hier vorbeilaufen sehen. Ich dachte, du hättest eine neue Regel bezüglich Exfreundinnen auf deinen Partys.«

Bastian zuckte mit den Schultern. »Vivi ist jetzt mit Tom zusammen und Clara mit Nico … oder umgekehrt. Auf alle Fälle musste ich sie einladen, weil wir das innerhalb der Mannschaft jetzt so machen.«

»Was? Mädels tauschen?«, fragte Sam vorwurfsvoll.

»Nein, Freundinnen zu Partys mitnehmen.«

Sie hätte einen Kommentar zu den Gepflogenheiten in der schuleigenen Fußballmannschaft abgegeben, der mit Sicherheit das Wort ›Inzest‹ beinhaltet hätte, aber Pia und Matthias tauchten wieder auf und lieferten viel besseren Gesprächsstoff. Sie hielten Händchen und hatten ein zufriedenes Grinsen im Gesicht, das Bände sprach.

»Na, das Gästezimmer fertig ›inspiziert‹?«, wollte Sam wissen und trieb der Brünetten mit ihrer Anspielung die Schamesröte ins Gesicht. Sie begann, sich mehr oder weniger geschickt zu rechtfertigen.

»Wir kommen nur aus dem Haus, genau wie zwanzig andere Leute, okay?«

Bastian grinste. »Und hat dich auf dem Weg hierher ein Vogel angegriffen? Du siehst durchgebumst aus«, stellte er fest und kassierte dafür eine obszöne Geste von Pia, die sogleich begann, ihre Frisur zu ordnen.

»Jaja! Jeder weiß es, jeder hat darüber einen Witz gerissen!«, entgegnete sie genervt und nahm Bastian das Bier aus der Hand, um einen Schluck zu nehmen. »Ines sucht dich übrigens«, meinte sie und gab ihm die Flasche zurück.

Er verdrehte die Augen und bedachte Sam mit einem gespielt vorwurfsvollen Blick. »Dann gehe ich mich mal verstecken.«

Bastian verschwand wieder im Haus und nahm Ares mit, der sich noch immer auf die Katze im Baum fixiert hatte.

Chris sah Sam wissend an und nickte schwach. »Hm, jetzt weiß ich zumindest, warum du nicht mit ihm zusammen bist.«

Sein Statement kam unerwartet und überraschte nicht nur Sam. Auch Pia und Matthias lehnten sich neugierig nach vorn.

»Wie meinst du das?«, fragte Sam nach und hoffte, dass die Antwort ihre Gefühle nicht schon wieder durcheinanderwirbeln würde.

»Er ist ein Pimp.«

Sie machte große, fragende Augen.

Chris präzisierte. »Er schläft mit jedem hübschen Mädchen, das ihm vor die Füße läuft – a male bitch.«

Während Pia schulterzuckend nickte und Matthias lachte, wusste Sam nicht, ob sie schockiert oder amüsiert sein sollte. Natürlich war sie nicht blind oder dumm, sie erfuhr regelmäßig aus erster Hand, mit wie vielen Mädchen Bastian sich einließ, aber dass sie nur deshalb kein Paar waren, klang seltsam, vor allem aus Chris' Mund.

»Wir waren und sind Freunde, nur Freunde – Punkt. Es ist seine Sache, mit wem er schläft, und es ist mir egal.«

Das war gelogen, aber sie schaffte es, so überzeugend zu klingen, dass sie selbst überrascht war. Vielleicht war sie wirklich nur nicht mit Bastian zusammengekommen, weil er besessen von hübschen Hintern war, aber erstens wollte sie nicht darüber nachdenken und zweitens war sie sich sicher, dass Chris sowieso keine ehrliche Antwort hätte hören wollen.

Er schüttelte den Kopf. »Sorry, ich wollte dir nichts vorwerfen, der Vorwurf ging in seine Richtung. Ich bin aber froh, dass er so ist.«

Matthias machte eine auffordernde Handbewegung. »Reich mal die Cola-Flasche rüber, O'Shay.«

Chris beäugte die Flasche neben sich nur skeptisch und schüttelte dann den Kopf. »Ich würde das nicht trinken.«

Sam sah ihn fragend an. »Wieso nicht? Diesmal hast du doch Cola bekommen«, stellte sie fest und griff sich die Flasche.

»Ja, aber der hat doch sicher da reingespuckt.«

»Bestimmt nicht!«, murrte sie und setzte zu einem großen Schluck an. »Siehst du, ich lebe noch!«

Kaum hatte sie ausgesprochen, verzog sie angewidert den Mund.

Drei schockierte Augenpaare musterten Sam, auch als sie den Mund zu einem breiten Grinsen verzog.

»Reingelegt!« Sie reichte Matthias die Flasche. »Traust du dich jetzt?«

»Erst wenn du in zwanzig Minuten noch stehst!«

Auf Tuchfühlung im Weinkeller

Die Party war gewohnt wild. Ein Drittel der Gäste war bereits in den Pool geworfen worden und die Polizei hatte auch schon mal vorbeigeschaut, weil die Nachbarn sich über die laute Musik beschwert hatten.

Ares schnorrte sich von einer Gruppe zur nächsten und versuchte, alle davon zu überzeugen, dass er kurz davor war, zu verhungern.

Pia zeigte einmal mehr ihre Fähigkeiten als Klatsch-Show-Moderatorin und berichtete Chris und Matthias ausführlich, wer alles hier war und wen sie aus welchen Gründen nicht mochte.

»Die hatte mal was mit meinem Exfreund. Seitdem rede ich nicht mehr mit ihr!« Sie zeigte auf ein Mädchen mit schwarzen, langen Haaren.

Sam zog eine Augenbraue in die Höhe. »Du verwechselst da was. Du hattest was mit ihrem Freund, deshalb redet sie nicht mehr mit dir.«

»Erstens stimmt das nicht und zweitens läuft das doch auf dasselbe raus!« Pia dementierte erfolglos und kurz, weil sie wieder etwas über jemanden loswerden musste, der gerade vorbeilief. »Der Typ da drüben hat mir und einem Mädchen aus dem Volleyballteam den gleichen Liebesbrief geschrieben! Arsch!«

Sam schnaubte. »Also jetzt lügst du!«, unterstellte sie Pia und kassierte dafür ein empörtes Schnauben.

»Das ist Fanta«, erklärte Sam kopfschüttelnd.

»Ja und?!«

»Der kann doch gar nicht schreiben!«

Sams Witz erntete allgemeines Gelächter, auch bei Pia, die gerade ihr zweites Glas Asti leer schlürfte und begann, unruhig hin und her zu rutschen.

»Kommt mal wer mit aufs Klo?«

Matthias riss die Hände in Abwehrhaltung hoch. »Ich kann heute echt nicht mehr!«

Chris zog die Brauen hoch. »Was? Pinkeln?«

»Also Pinkeln werde ich heute noch oft. Musst du wirklich aufs Klo?«

»Ja. Ich will nicht alleine gehen.«

Sam seufzte. »Wieso? Hast du vergessen, wo das Klo ist? Das ist der geflieste Raum mit der vielen Keramik.«

Noch während sie Pia aufzog, stand sie auf und streckte sich. Natürlich gingen Mädchen gemeinsam aufs Klo – ein wahres Klischee.

Die beiden verschwanden in Richtung Haus, eine gute Gelegenheit für Matthias, Chris auszufragen.

»Und? Versteht ihr euch?«

»Mehr als das. Sie ist toll.«

»Schön zu hören. Du wirkst auch irgendwie entspannter, nicht so gestresst, trotz der Location. Kommst du mit ihm klar?«

Der Blonde schmunzelte. »Klarkommen klingt nach Sympathie – ich würde ihn gerne kastrieren lassen, aber dagegen gibt es leider Gesetze«, antwortete Chris und ließ den Kopf in den Nacken fallen.

»Das ist psychologisch interessant …«, setzte Matthias an und machte eine dramatische Pause, bevor er aussprach, was ihm aufgefallen war. »Bastian ähnelt dir mit achtzehn.«

»Echt jetzt? Du disst mich?«

»Nein, ich disse dich nicht, das ist nur meine Beobachtung.«

»Ach, dann hat dich die ganze Popperei in letzter Zeit wohl sehbehindert gemacht.«

»Ich meine ja nur, vielleicht kommst du besser mit ihm klar, wenn du die Gemeinsamkeiten siehst. Sam hält viel von ihm, du wirst nicht darum herumkommen, dich mit ihm anzufreunden.«

»Challenge accepted.«

Sam lehnte an der verschlossenen Badezimmertür und kaute an ihrer Nagelhaut. »Brauchst du noch lange, Pia?«

»Nein! Ich schminke mich nur noch.«

Dieses Vorhaben würde bestimmt noch zehn Minuten verschlingen.

Seufzend stieß sich Sam ab. »Ich hol mir in der Zwischenzeit was zu trinken!«

In der Küche hatten sich ein paar Jungs aus der Fußballmannschaft eingefunden. Lukas musterte Sam gewohnt intensiv und grinste, als sie an ihm vorbeiging.

»Hey, Hübsche!«

Anscheinend hatte er ihr letztes Zusammentreffen im *Picasso* vergessen – so viel zu Sams Labormaus-These.

»Trinkst du was mit mir?«

»Nein danke, ich trinke lieber alleine.«

Lukas hatte heute Abend eindeutig genug getrunken, er war sichtlich benebelt.

»Komm schon. Dann bist du weniger zickig und darfst sogar mit mir in den Pool.«

Sam wollte einen bissigen Kommentar abgeben, aber jemand anderes kam ihr zuvor.

»Du landest gleich schneller im Pool, als dir lieb ist, wenn du nicht die Klappe hältst!«

Bastian war hinter ihr aufgetaucht und machte einen Schritt auf Lukas zu, der sofort entschuldigend die Hände hob.

»Sorry! War nur Spaß!«

»Ich habe sie nicht lachen gehört.«

Sam nahm Bastian am Unterarm und zog ihn aus der Küche, weil niemand etwas davon gehabt hätte, wenn er die Labormaus verhauen hätte.

»Idiot!«, murrte er.

»Ignorier ihn, mache ich seit der Oberstufe!«

»Ich habe ihm gesagt, dass er dich in Ruhe lassen soll.«

»Danke, aber ich kann mich schon selbst verteidigen.«

»Na ja, aber du bist nicht sonderlich talentiert darin, Idioten von dir fernzuhalten.«

»Bastian!«

Er schenkte ihr ein entschuldigendes Grinsen. »Hilfst du mir, ein paar Getränke aus dem Keller zu holen?«, wollte er wissen.

»Ich?«, fragte Sam überrascht und schämte sich gleich dafür.

»Nein. Ich habe mit der Topfpflanze hinter dir gesprochen. Sie sieht stark aus und ich frage mich gerade, wie viele Sixpacks sie wohl tragen kann.«

Dass sie im ersten Moment nach einer Ausrede gesucht hatte, um nicht mit Bastian allein in den Keller gehen zu müssen, war lächerlich. Er würde dort unten wohl kaum über sie herfallen. Im Grunde war es eine gute Gelegenheit, um ihn zu bitten, sich mit Chris anzufreunden.

»Okay, aber nimm die Pflanze mit, ich will kein Bier schleppen!«

Der Weg durch das große Haus kam Sam seltsam kurz vor. Ehe sie sich versah, stand sie mit Bastian im Weinkeller, unter schummrig orangem Licht.

Hier unten war es kühl und ruhig. Vor ein paar Monaten hatten sie an der hölzernen Bar eine ganze Flasche sündhaft teuren Weißwein geleert, der so sauer gewesen war, dass sie ihn mit Himbeersaft hatten strecken müssen. Sam versuchte abzuschätzen, wie oft sie schon hier gewesen war. Sie kannte dieses Haus in- und auswendig, genau wie Bastian. Egal wie man es drehte und wendete, sie brauchte seinen Segen, was die Beziehung mit Chris betraf.

Ihr Kopf arbeitete quälend langsam und füllte sich ständig ungefragt mit irgendwelchem Schwachsinn. Anstatt darüber nachzudenken, wie sie Bastian klarmachen konnte, dass er sie unterstützen musste, schmunzelte sie noch mal über den Witz mit der Topfpflanze.

»Ich glaube, das reicht für die nächste Stunde«, mutmaßte Bastian.

Er hatte zwei Kisten Bier übereinandergestapelt. Als er sich nach Sam umdrehte, starrte sie geistesabwesend ins Leere.

»Ähm, hallo?«

Ruckartig löste sie sich aus ihrer Starre und musterte Bastian verwirrt.

»Hast du Fjuri gesehen?«, wollte er amüsiert wissen und sah sich gespielt neugierig um.

Sie schüttelte den Kopf und lachte.

»Nein. Der ist doch nach Schottland ausgewandert.«

Fjuri war ein Geist, der im Weinkeller der Johansons gespukt hatte. Bastian hatte ihn im Kindergarten erfunden, um Sam Angst zu machen. Im Laufe der Jahre war er zweimal auf Entzugskur gewesen und spukte jetzt im Rahmen der Altersteilzeit in einem schottischen Herrenhaus.

Sam und Bastian schauten sich beide einmal übertrieben genau um und lachten. Dieser Klang tat gut, weil er vertraut war und Unbeschwertheit damit einherging.

Nachdem das angenehme Gefühl der Vertrautheit wieder von Zukunftsängsten verdrängt wurde, wurde Sams Miene ernster. »Kann ich dich was fragen, Basti?«

Sie sprach leise, ein Anzeichen dafür, dass ihr etwas unangenehm war.

Bastian nickte. »Klar.«

Er setzte sich auf die Bierkisten und verschränkte erwartungsvoll die Arme vor der Brust. Es vergingen ein paar Sekunden, so viele, dass das Schweigen peinlich wurde.

Das Geburtstagskind seufzte. »Entweder habe ich gerade einen Hörsturz oder du sagst einfach nichts.«

Die schokoladenbraunen Augen, die Sam erwartungsvoll musterten, waren nicht gerade hilfreich. Immer wenn sie loslegen wollte, entschied sie sich im letzten Moment doch noch um. In letzter Zeit häuften sich die Situationen, in denen sie sich in Bastians Gegenwart seltsam fühlte, das musste aufhören.

Er gab Sam noch eine Minute, als sie auch diese nur mit Schweigen füllte, stand er auf. »Du willst mir sagen, dass ich netter zu Mister Schön sein soll. Und du willst mir sagen, dass du auf ihn stehst und dir die Beziehung zu ihm wichtig ist. Kommt das in etwa hin?«

Seine Stimme klang ungeahnt beherrscht. Sam nickte und sah zu Bastian auf, weil er ziemlich dicht vor ihr stand und mit einem Mal irgendwie größer wirkte als sonst.

Er fuhr mit der Ansprache, die eigentlich Sam halten sollte, fort. »Außerdem willst du wahrscheinlich noch mal hören, dass wir nur Freunde sind und bleiben werden.« Ein kühles Lächeln umspielte seine Lippen, das ihm nicht stand, weil Bastian niemand war, der sonst einstudierte Emotionen zum Besten gab. »War's das im Großen und Ganzen oder wolltest du noch einen Liederwunsch äußern?«

Sam verlagerte ihr Gewicht nervös von einem Bein aufs andere. »Ähm ... spiel mehr *Avicii.* Ja, das war's eigentlich.«

Unsicher stand sie da und hätte sich am liebsten in Luft aufgelöst. Sie neigte dazu, zu vergessen, dass Bastian ihre Gedanken lesen konnte – eine unangenehme Fähigkeit, nicht nur bei Vampiren.

Sie schnappte sich den Karton mit den Alkopops und ging in Richtung Treppe.

»Willst du gar nicht wissen, was ich dazu zu sagen habe?«, fragte Bastian und veranlasste Sam damit, sich noch mal nach ihm umzudrehen.

Er wirkte nachdenklicher als vorhin, nicht mehr so beherrscht und einstudiert. Als er ihr den Karton wieder abgenommen hatte, griff er sich ihren Oberarm und zog sie zu sich. Die kaum vorhandene Distanz zwischen ihnen war im ersten Moment nicht unangenehm. Bastian roch wie Chris, sie trugen das gleiche Parfum. Außerdem wusste sie, wie sich seine Nähe anfühlte.

»Ich hasse diesen Idioten. Ich hasse ihn, weil er nicht weiß, was er an dir hat, und dir wehtun wird.«

»Ich glaube nicht, dass er das tun wird.«

Sie blieb bewusst leise, so klang sie eindringlicher, überzeugter. »Du kennst ihn nicht, Basti. Du hast ihn zweimal gesehen und hast dir eine Meinung über ihn gebildet, die Blödsinn ist.«

»Ach echt? Wie viele Mädels hatte er schon? Vierzig? Fünfzig? Menschen ändern sich nicht von heute auf morgen!«

Sam verfinsterte ihren Blick. »Wie viele Mädchen hattest du denn schon?«

Er schüttelte den Kopf. »Ich bin nicht so wie er! Ich würde dir nicht wehtun.«

Sie wollte einen Schritt zurückmachen, aber hinter ihr war scheinbar eine Ziegelwand aus dem Boden geschossen. Bastian drückte sie dagegen, er kam so nahe, dass sie seinen Herzschlag spüren konnte. Anstatt ihn wegzudrücken, legte sie die Hand auf seine Wange, weil er traurig aussah. So kannte sie ihn nur, wenn er mit seinen Eltern gestritten hatte.

»Alles in Ordnung?«

Er schüttelte den Kopf, drückte seine Stirn gegen ihre. »Mach mit ihm Schluss.«

Ihre Antwort war kurz und tonlos. »Nein.«

»Bitte.«

»Wieso?«

»Ich will mit dir zusammen sein.«

Die Hand, die auf seiner Wange lag, drückte ihn weg, weil sie den Kuss, zu dem er angesetzt hatte, einfach nicht zulassen wollte.

»Du willst mich nur, weil er mich hat! Wie lange kennen wir uns jetzt, Bastian?! Du hattest ewig Zeit, mich zu küssen oder mir zu sagen, dass du auf mich stehst. Wieso jetzt?! Weil Chris irgendwie dein Ego verletzt! Ich habe dich mit unzähligen Mädchen gesehen. Du willst doch gar keine ernste Beziehung. Bin ich so was wie dein Notnagel?! Hast du geglaubt, ich warte ewig auf dich und wenn du mich dann willst, falle ich dir um den Hals?!«

Er machte einen Schritt zurück, weil die Stimmung gekippt war. Sie hätten sich jetzt anschreien können, Bastian hätte wütend werden können, aber er entschied sich dagegen.

»Ich mochte dich schon immer. Tu nicht so, als würde ich das hier gerade zum ersten Mal versuchen! Du siehst eben nur, was du sehen willst, Sam!«

Sie blieb stumm, weil der Vorwurf zu schmerzhaft gewesen war. Es dauerte eine ganze Weile, bis sie sich traute, ihm wieder in die Augen zu schauen.

»Ich will mit Chris zusammen sein. Aber nicht, wenn unsere Freundschaft der Preis dafür ist.«

»Das klingt, als würde ich dich zwingen müssen, ihn zu verlassen!«

»Aber genau das machst du doch.«

»Nein. Ich sage nur, dass er dir wehtun wird und ich dich … Ich will mit dir zusammen sein, aber nur, wenn du das auch willst, und nicht, weil du dich genötigt fühlst – das wäre doch abartig!«

»Dann verlang nicht so seltsame Dinge von mir! Hör auf, mich zu küssen und mir danach vorzulügen, dass du absolut nichts für mich empfindest und ich dir egal bin! Hör auf, mir zu sagen, dass du mit mir zusammen sein willst, obwohl Ines da oben in deinem Schlafzimmer auf dich wartet.«

Bastian starrte zwei Sekunden durch Sam hindurch, dann seufzte er leise. »Sorry. Ich bin wohl zu betrunken für solche Gespräche.«

Sam zuckte mit den Schultern. Sie wollte ihm eigentlich kein schlechtes Gewissen machen, aber wenn er solche Vorwürfe brauchte, um wieder klar im Kopf zu werden, hatte sie keine andere Wahl. »Bitte versuch wenigstens, mit Chris klarzukommen. Ihr habt mehr gemeinsam, als du denkst.«

»Du verlangst da echt zu viel von mir, Sam!«

»Tue ich nicht. Ich habe schon viel schlimmere Dinge von dir verlangt. Erinnerst du dich an den Elektrozaun?«

Er schmunzelte. »Wir sollten das hier für heute sein lassen, irgendwie sind wir beide seltsam drauf.«

Sam nickte schwach. »Ja, kann sein.«

Auf dem Weg zurück in die Küche wiederholten sich immer wieder dieselben Gesprächsfetzen in ihrem Kopf. Sie hörte Bastian sagen, dass er mit ihr zusammen sein wollte, und sich selbst ihm vorwerfen, dass seine Eifersucht nur Ego-bedingt war. Vielleicht hatten sie beide Unsinn geredet, weil sie zu viel getrunken hatten.

Warum auch immer dieser Kellerausflug so seltsam gewesen war, Chris durfte auf keinen Fall etwas davon erfahren. Im Grunde war nichts passiert. Sie hatte Bastian gesagt, dass sie Chris liebte – nicht mit diesen eindeutigen Worten, aber auf das war es hinausgelaufen. Eigentlich müsste er stolz auf sie sein. Wenn sie mitbekommen hätte, dass Chris Nicole dasselbe erzählt hätte wie sie Bastian, wäre sie erleichtert gewesen – oder? Wäre da nicht auch die Sache mit dem Beinahe-Kuss und dem vielen Anfassen gewesen.

»Hey! Da bist du ja!«

Pia lehnte an der Küchenzeile, hatte zwei Gläser in der Hand und reichte Sam eines davon. »Hier! White Russian à la Pia.«

»Oh, mit Gleichgewichtsstörungsgarantie. Danke«, entgegnete Sam und roch an dem weißen Getränk.

»Alles klar? Du wirkst irgendwie nervös«, stellte Pia fest.

Sam drängte sich so dicht an sie, dass die Brünette kurz dachte, das hier wäre ein Anmachversuch. Sie begann zu flüstern, weil die Küche noch immer voll mit neugierigen Fußballern und ihren Anhängseln war. »Bastian und ich waren gerade im Keller …«

»Sam! Habt ihr …!«

»Ja! Wir hatten Sex und jetzt schlafe ich mit dem nächsten Typen, weil ich … NEIN! Wir haben nur geredet.«

»Über was?«

»Er hat gemeint, ich soll mit Chris Schluss machen und seine Freundin werden … oder so etwas in der Art.«

»Was?! Das hat er echt einfach so gesagt?!«

Sam reagierte wütend, weil Pia vor lauter Sensationslust und Neugier viel zu laut geworden war. Sie legte sich den Zeigefinger auf die Lippen und ›schhte‹ sie an, bevor sie antwortete. »Ich weiß nicht, wie ernst es ihm wirklich war, er ist betrunken und eifersüchtig, mehr ist es, glaube ich, nicht.«

»Na ja, ich weiß nicht …«

»Egal! Stillschweigen! Wir reden ein anderes Mal darüber.«

Sam würgte das Gespräch so abrupt ab, weil Bastian gerade vorbeikam. Er grinste die beiden genauso süffisant an, wie er es sonst auch immer tat, und verschwand dann im Wohnzimmer.

Sam und Pia gingen zurück in den Garten. Die frische Luft tat gut und Sams Gesichtsfarbe wurde wieder annähernd normal.

»Wo wart ihr so lange?«, wollte Matthias wissen.

»Sorry, Pia hat Verdauungsprobleme«, entgegnete Sam und machte eine auffällige Handbewegung.

»Stimmt gar nicht! Ich habe uns nur Getränke gemixt!«, verteidigte sich die Brünette und hielt ihr Glas veranschaulichend hoch.

»Ihr seid nicht zufällig an etwas Alkoholfreiem vorbeigekommen?« Chris' Frage ließ darauf schließen, dass er die Cola, die Bastian ihm gebracht hatte, noch immer nicht trinken wollte.

»Ich besorge dir was«, bot Sam an, aber der Blonde winkte ab.

»Schon gut, ich weiß ja, wo die Küche ist. Bleib sitzen.«

Die letzten beiden Worte sprach er so betont, dass Sam nervös wurde. Er wirkte so wissend, als hätte er genau mitbekommen, was vorgefallen war. Als er im Haus verschwand, nahm sie einen großen Schluck Pia-Russian, der ihre Nerven beruhigen sollte.

Chris öffnete den Kühlschrank und schnappte sich eine Flasche Mineralwasser. Der Lärm im Wohnzimmer ließ ihn neugierig werden. Die zwei Mädchen, die sich anschrien, wurden festgehalten, sonst wären sie mit ziemlicher Sicherheit aufeinander losgegangen. Es ging um irgendeinen Jungen und einen Facebook-Post.

Chris wäre beinahe auf eine Vase, die auf den Teppich gefallen war, getreten. Er hob sie hoch, stellte fest, dass sie heil geblieben war und dass sie ein kleines Vermögen wert war.

»Hey! Niemand schlägt sich in meinem Haus! Außer vielleicht ich und er! Aber sonst niemand!«

Bastian zeigte auf Chris, bedachte ihn mit einem herausfordernden Lächeln und schmiss die streitenden Mädchen dann raus.

»Gott, ich glaube, ich habe einen Tinnitus«, meinte das Geburtstagskind und kratzte sich am Ohr.

Die anderen verschwanden aus dem Wohnzimmer, übrig blieben Chris und Bastian und die seltsame Atmosphäre, die sich zusammenbraute, sobald sie miteinander sprachen.

Bastians Satz war nicht mehr als ein dahingesagter Scherz, trotzdem blitzte es über den Köpfen der beiden. »Schreiende Mädels erreichen furchtbare Frequenzen. Hoffentlich war Ares nicht in der Nähe, sonst ist er jetzt taub. Dumme Hühner.«

Chris schmunzelte. »Ja, Eifersucht lässt Menschen idiotische Dinge tun.«

Bastian zog eine Augenbraue nach oben, ging aber nicht auf den Seitenhieb ein, sondern musterte Chris. »Klaust du gerade die Vase meiner Mutter?«

Der Blonde stellte das antike Stück wieder auf den Beistelltisch, von dem es gefallen war. »Schön. Blau-Weiß-Stil, Ming-Dynastie.«

Bastian zuckte mit den Schultern. »Okay, also wenn du ihr schon einen Namen gegeben hast, darfst du sie behalten.«

Diesmal ignorierte Chris die Scherze und wechselte das Thema, ohne in Vorwürfe oder Anschuldigungen abzudriften. »Bist du in Schweden geboren?«

Chris deutete auf das schwedische Wappen über dem Kamin.

»Ja, aber wir sind hergezogen, als ich ein paar Monate alt war.«

»Bist du zweisprachig aufgewachsen?«

»Ja visst.«

»Gehört deinen Eltern Ikea?«

»Wieso das plötzliche Interesse? Versuchst du, Informationen zu sammeln, die du gegen mich verwenden kannst, weil ich vorhin mit deiner Freundin alleine im Weinkeller war, oder was?«

Chris stutzte, legte den Kopf leicht schief. »Nein, eigentlich nicht. Ihr habt einen Weinkeller?«

»Ja, aber auch dort unten stehen keine Ikea-Möbel!«

»Hmm.«

Das seltsame Summen, das Chris von sich gab, ehe er wieder verschwand, ließ Bastian mit einem unguten Gefühl zurück. Er stellte das Bier in seiner Hand zur Seite und holte sich ein Glas Wasser.

Überraschend fröhlich kam Chris wieder und legte gleich den Arm um Sam. Pia war gerade dabei, Matthias klarzumachen, dass die Sache mit Fanta nichts Ernstes gewesen war.

»Hast du was zu trinken bekommen?«, wollte Sam, die mittlerweile die beschwipst-Grenze überschritten hatte, wissen.

Chris antwortete nicht, er setzte nur zu einem Kuss an. Eigentlich war Öffentlichkeitsknutschen nicht ihr Fall, aber gerade eben machte es Spaß und Pia und Matthias waren sowieso in ihr Gespräch vertieft. Chris schien ziemlich motiviert, was den Kuss anging, zumal er ihn nicht enden lassen wollte. Als er mit den Händen unter ihr Shirt fasste, wich sie zurück.

»Hey, was wird das?«, fragte sie atemlos.

»Hast du Lust auf einen kleinen Ausflug?«

Sie wurde rot. Wenn Chris ›Ausflug‹ sagte, klang es wie ›Quickie‹.

Er kam wieder näher und biss ihr ins Ohrläppchen. Der Schauer, der ihr über den Rücken lief, war angenehm.

»Aber …« Bevor sie ihren Protest weiter ausführen konnte, zog er sie hoch.

»Wir kommen gleich wieder«, erklärte Chris Pia und Matthias, der wissend grinste.

Sie gingen ins Haus. Als Sam hinauf in den ersten Stock wollte, hielt Chris sie zurück.

»Das Gästezimmer ist oben«, erklärte sie, während er sie wieder zu sich zog und küsste.

»Ich will nicht ins Gästezimmer …«

Sam musterte ihn verwirrt. »Aber sonst sind überall Leute. Ich stehe nicht auf Zuschauer und dein Auto ist winzig.«

Chris drückte sie gegen die Wand, küsste ihren Hals und ließ dann von ihr ab. »Hier gibt es einen Weinkeller, oder?«

Sam versteifte sich ganz automatisch. Sie musste ziemlich verwirrt aussehen, weil er sie so eindringlich musterte.

»Zeigst du ihn mir?«

»Ähm … ja.«

Sie führte ihn die Treppe hinunter. Er konnte es gar nicht wissen, oder doch?

»Nett hier.«

Chris blieb vor dem Regal mit den Weinen stehen und las ein paar der Etiketten.

»Ja, etwas kühl«, entgegnete sie und verschränkte die Arme vor der Brust.

Als Chris wieder näher kam, trug er ein süffisantes Lächeln im Gesicht. »Dir ist kalt? Dann komm her …«

Er zog sie am Arm zu sich und wankte mit ihr rüber zum ledernen Sofa neben der Bar. Sie sträubte sich dagegen, nach unten gedrückt zu werden.

»Ich …«

»Willst du nicht?«

»Schon, aber …«

»Oder kannst du hier unten nur mit ihm allein sein?«

Sams Herz setzte einen Schlag aus. »Da war nichts!«

Chris küsste sie und brachte sie für ein paar Sekunden zum Schweigen. Als sie wieder Luft bekam, versuchte sie, sich weiter zu erklären. »Wir haben nur Getränke geholt und geredet. Ich habe ihm gesagt, dass ich mit dir zusammen sein will.«

»Dann sei mit mir zusammen …«

Sam stutzte, weil Chris so eindringlich klang. Sie ließ sich fallen, landete auf dem weichen Sofa. Als sein Gesicht über ihr auftauchte, sah er überirdisch schön aus. »Er soll wissen, dass wir zusammengehören.«

»Das weiß er«, versicherte sie und versank in dem Kuss.

Die aufkommende Vorfreude verdrängte alle negativen Gefühle so gut, dass sie bald nicht mehr wusste, in wessen Haus sie überhaupt war. Chris' Hände hatten Zauberkräfte und er wusste sie auch einzusetzen. Als sie seinen Gürtel öffnen wollte, hielt er sie zurück. »Nein. Das ist für dich gedacht …«

Sie verstand nicht sofort, was dieser Satz bedeutete, aber sie ließ sich trotzdem darauf ein.

Nachdenklich starrte Bastian ins Leere. Den Jungs aus dem Verein hörte er schon lange nicht mehr zu, weil ihn Chris' seltsamer Auftritt von vorhin noch immer beschäftigte. Kopfschüttelnd wandte er sich ab und machte sich auf die Suche.

»Habt ihr Sam und den geschwätzigen Iren gesehen?«, fragte er Pia und Matthias, die allein draußen auf einer der Bänke saßen.

Pia überlegte kurz, weil sie vorhin kaum zugehört hatte. »Keine Ahnung, ich nehme an, sie zeigt ihm das Haus?«, mutmaßte die Brünette.

»Und wohin geht die Führung?«, knurrte er fragend.

»Haben sie nicht erwähnt.«

Matthias grinste Bastian wissend an und löste in ihm sofort ein starkes, unangenehmes Gefühl aus, das sich verdächtig nach Eifersucht anfühlte. Ohne darüber nachzudenken, ob es Sinn machte oder auch nur annähernd hilfreich war, lief er los.

Es war schon schwer genug zu ertragen, dass Chris sie überhaupt haben konnte, aber nicht bei ihm zu Hause, auf seiner Geburtstagsfeier, keine Stunde nachdem er ihr praktisch seine Liebe gestanden hatte.

Sam hatte sich in eines der beigen Kissen gekrallt. Jetzt war ihr nicht mehr kalt, sondern unglaublich warm. Sie versuchte, ihr Stöhnen leise zu halten, weil es in den gewölbten Kellerräumen ein wenig hallte. Ihr Blick war ganz verschwommen. Sie lag auf dem bequemen Sofa, den Kopf über die Lehne gelegt. In ihr prickelte es so sehr, dass sie das Geräusch der Tür absolut nicht zuordnen konnte. Erst als Bastian in ihrem Blickwinkel auftauchte, verstand sie, was hier gerade passiert war. Sam drückte Chris unsanft weg, weil sie ihre Klamotten so schnell wie möglich wieder dorthin ziehen wollte, wo sie hingehörten.

Bastian klang genauso wütend, wie er aussah. »Was zum Teufel macht ihr denn da?!«

Sam schämte sich knallrot, als ihr endgültig bewusst wurde, was er hier gerade gesehen hatte.

»Tut mir leid! Ich … Wir …«, stotterte sie und hätte sich am liebsten selbst einen Schlag verpasst, nur um sich auszuknocken.

»Würdet ihr vielleicht die Freundlichkeit besitzen, nicht in meinem Keller herumzupoppen?!«

»Genau genommen poppen wir hier gar nicht. Und Sam kann nichts dafür, das war meine Idee. Sorry«, erwiderte Chris mit einem gespielt entschuldigenden Lächeln im Gesicht, auf das Bastian gern eingeschlagen hätte.

»Ja sicher! Sie ist vollkommen unschuldig! Du hast sie dazu zwingen müssen! Schön, wenn es so wäre, dann könnte ich dich jetzt zusammenschlagen!«

Er war so aufgebracht, dass Sam wirklich befürchtete, dass er jeden Moment auf Chris losgehen würde. In Wirklichkeit hatte *sie* seine Wut verdient, niemand sonst. Sie lag hier mit Chris unweit jener Stelle, an der ihr Bastian vorhin gesagt hatte, dass er in sie verliebt war. Sie hatte sich noch nie so sehr für fehlende Sensibilität geschämt.

»Tut mir echt leid! Ich verspreche dir, dass wir so was nie mehr hier machen werden! Entschuldige …«, flüsterte sie und ging an Bastian vorbei die Treppe hoch. Chris folgte ihr, hielt aber kurz an.

»Da wir jetzt die Zuständigkeitsbereiche abgesteckt haben, können wir gerne weiter Small Talk machen«, murmelte er tonlos und drängte sich dann an Bastian vorbei.

Die Reaktion, die er damit bei ihm auslöste, war gewollt und geplant gewesen. Es hätte schonendere Methoden gegeben, die Fronten zu klären, aber weder Bastian noch Chris waren zimperlich bei der Wahl ihrer Demonstrationen.

Sam trottete peinlich berührt zurück zu Pia und Matthias. Sie behielt den Blick am Boden, weil ihr Kopf rot war und sie glaubte, ein leuchtendes Schild über sich schweben zu haben, auf dem ›herzlose Bitch‹ stand.

»Entschuldige«, hörte sie Chris hinter sich murmeln.

»Schon gut, du kannst ja nichts dafür. Ich bin die unsensible Idiotin. Es ist meine Schuld. Ich hätte das nicht zulassen dürfen.«

Ihr schlechtes Gewissen traf Chris härter als sie. Ihm war zwar bewusst, dass Bastian und er diesen Kampf auf Sams Rücken austrugen, aber sie sollte dabei möglichst nichts spüren. »Mach dir keine Gedanken. Wir sind nicht das erste Paar auf einer Party, das so etwas gemacht hat. Es geht ihn eigentlich nichts an.«

»Schon, aber …«

»Aber?«, wiederholte Chris, weil Sam einfach nicht weitersprach.

»Ich will ein Bier!«

Er schüttelte verwirrt den Kopf. »›Ich will ein Bier‹? Das ist dein Satz?«

»Ja! Cooler Satz, oder?«

Sie grinste aufgesetzt, weil sie das ganze Gefühlschaos schnellstmöglich verdrängen musste. Sie wollte jetzt nicht mehr über irgendwelche Anschuldigungen nachdenken oder versuchen, herauszufinden, wer recht oder unrecht hatte, das hätte heute sowieso niemand mehr einschätzen können.

Nachdem Sam erfolgreich verhindert hatte, dass Pia von Bastians Beinahe-Gefühlsausbruch erfuhr, und Matthias endlich aufgehört hatte, mit Chris wissende Blicke auszutauschen, wurde die Stimmung deutlich ausgelassener. Die vielen subtilen Sticheleien, die heute passiert waren, das Liebesgeständnis, das Stelldichein im Keller, all das wurde von einem einfachen, aber umso amüsanteren Trinkspiel weit weggeschoben.

Chris und Matthias blieben nüchtern, was es für die beiden immer schwerer machte, den Konversationen ihrer Freundinnen zu folgen. Jedes Mal, wenn Pia und Sam glaubten, den mit Abstand besten Witz der Welt gerissen zu haben, formten sich zwei große Fragezeichen über den Köpfen der Jungs neben ihnen. Sam schaffte es, ihr schlechtes Gewissen Bastian gegenüber auszublenden. Selbst als er an ihnen vorbeilief und Pia ihn zwang, sich kurz zu ihnen zu setzten, geißelte sie sich nicht. Er hatte Ines im Schlepptau, vielleicht war es ihr Verdienst, dass Sam sich weniger schlecht fühlte. Wenn Bastian mit jemandem herummachen durfte, den er eigentlich nicht mal mochte, konnte sie erst recht mit Chris machen, was sie wollte. Als die beiden wieder verschwanden, landete Pias Kopf vollkommen geschafft auf Matthias' Schulter.

»Müde …«, murmelte sie. »Könn wir mal Luft schnappn?«, fügte sie lallend hinzu.

»Wir sind doch schon draußen, Mäuschen«, meinte Matthias und streichelte ihr über den Kopf.

»Pass auf, sonst kotzt das Mäuschen dich voll«, warnte Chris seinen Freund und deutete auf Pia, die etwas grün im Gesicht schien.

Behutsam zog Matthias sie hoch und ließ sie ihren Arm um ihn legen. »Komm. Wir fahren nach Hause und trinken zwei Liter Wasser mit Aspirin. Macht's gut.«

Dass er sich gerade verabschiedet hatte und mit ihr in Richtung Auto unterwegs war, ging nicht nur an Pia, sondern auch an Sam vorbei.

»Wann kommen die denn wieder?«, wollte die Blonde wissen und versuchte, den alkoholbedingten Zungenschlag, der sie heimsuchte, zu unterdrücken.

»Heute bestimmt nicht mehr«, antwortete Chris und drückte ihr einen Kuss auf die Stirn.

»Dann sollten wir auch fahren!«

Sams Entschluss wurde schnell in die Tat umgesetzt – zu schnell. Sie sprang ruckartig auf und musste feststellen, dass Spontaneität gerade nicht ihr Freund war. Alles begann sich zu drehen, ihr Gleichgewichtssinn hatte eindeutig schon bessere Tage erlebt.

»Watch out, Babe. Sonst tust du dir noch weh.«

»Ich gehe mich nur schnell fahren, dann können wir verabschieden!«, erklärte sie absolut überzeugt von dem Schwachsinn, den sie gerade von sich gegeben hatte, und löste damit bei Chris Gelächter aus. Während er ihre Sachen in ihre Tasche räumte, war sie schon längst aufgebrochen, um sich zu fahren.

Ihrem Linksdrall nachgebend, bahnte Sam sich ihren Weg ins Haus. Die Karaoke-Anlage lief, also war es furchtbar laut und voll im Wohnzimmer. Sie hätte sich wirklich gern von Bastian verabschiedet, aber sie konnte ihn im Getümmel der zukünftigen *DSDS*-Kandidaten einfach nicht ausfindig machen. Eigentlich hätte sie mit Chris nach Hause fahren können, niemand würde sich morgen erinnern, ob sie sich verabschiedet hatte oder nicht, aber die betrunkene Sam hatte sich vorgenommen, die vernünftige Sam zu ignorieren und noch mal mit ihm zu reden.

Sie lief durch das gesamte Untergeschoss und schaute sogar zur Sicherheit im Keller nach – Bastian blieb verschwunden. In dem Moment, als sie aufgeben und Chris suchen wollte, kam jemand die Treppe hinunter.

»Gefunden!«, rief Sam und grinste Bastian an.

»Wen?«

»Dich!«

»Bist du betrunken?«

»Kann sein!«

Gerade als sie ihre unglaublich rührende und oscarreife Abschiedsrede beginnen wollte, wurde sie durch das Dazukommen von Ines ausgebremst. So betrunken Sam auch war, selbst sie sah ihr an, was sie gerade da oben gemacht hatte.

»Hey.« Ines' Stimme klang heiser, wahrscheinlich weil sie in der letzten halben Stunde zu oft ›Basti!‹ gekreischt hatte.

Sam funkelte sie an. Natürlich hatte sie damit gerechnet, dass das passieren würde, trotzdem fühlte es sich seltsam an, nach all dem, was heute passiert war. Ines markierte sofort ihr Revier und hing sich Bastian um den Hals.

Er drückte sie weg. »Kannst du mal nachsehen, ob noch Mineralwasser da ist?«, bat er die Schwarzhaarige.

Ines verzog den Mund, weil sie nicht freiwillig das Feld räumen wollte.

»Bitte.« Bastians Nachdruck ließ sie wirklich in die Küche verschwinden.

Sam starrte ihn mit schief gelegtem Kopf an. »Was habt ihr denn da oben gemacht?«

»Vögeln«, war die knappe, harte Antwort.

»Aha.«

»Probleme damit?«

»Nein.«

»Gut.«

Sam zuckte mit den Schultern und machte einen kleinen Ausfallschritt. »Ich wollte mich nur verabscheiden!«

Bastian lachte. »Von wem willst du dich scheiden lassen?«

Sie fühlte sich zu Recht verarscht. »Dann gehe ich eben einfach so!«

Schmollend wandte sie sich ab und wurde im nächsten Moment auch schon festgehalten.

»Nein! Du kannst dich gerne von ihm scheiden lassen! Komm her!«

Sie stotterte irgendetwas vor sich hin, weil Bastian schon wieder so nah stand. Verlegen blickte sie zu ihm auf. »Wir gehen jetzt«, meinte Sam und drückte sich von ihm weg.

»Ich wette, ich kann das, was Chris mit dir im Keller gemacht hat, besser. Bleib noch ein bisschen …«

Bastians Blick, der gerade eben noch sehr lasziv gewesen war, wurde finster. Der Alkohol, den Sam intus hatte, verhinderte, dass sie gleich verstand, was los war und wer gerade hinter ihr aufgetaucht war und Bastians Laune vermiest hatte.

»Putz dir erst mal die Zähne, wer weiß, wo deine Zunge heute schon überall war.«

Die Stimme, die sich zu Wort gemeldet hatte, hörte sich mindestens genauso schlecht gelaunt an, wie Bastian aussah.

Etwas zu übereilt drehte sich Sam um und wäre beinahe über ihre eigenen Beine gestolpert. Chris hatte sich hinter ihr aufgebaut und wirkte nicht nur riesig, sondern auch gereizt.

»Okay, haut ab. Wir hatten heute schon genug nette Gespräche!«, meinte Bastian und erwiderte Chris' Blick mit einem eingebildeten Grinsen.

Sam war in der Zwischenzeit damit beschäftigt, gerade stehen zu bleiben und die aufkommende Übelkeit in Schach zu halten.

Von dem verbalen und nonverbalen Schlagabtausch bekam sie nicht mehr viel mit.

»Komm, Prinzessin, wir gehen«, hörte sie Chris sagen und verlor im nächsten Moment den Boden unter den Füßen.

Er hatte sie hochgehoben und über die Schulter gelegt, eine Position, die nicht nur Sam verwirrte, sondern auch ihren Magen. Die Übelkeit wurde stärker und sie flehte sich selbst an, nicht schon wieder in Chris' Gegenwart kotzen zu müssen.

»Lass endlich gut sein. Sie will dich nicht«, stellte Chris eindringlich klar.

»Du bist ein Arsch, das ist mein Problem!«, erklärte Bastian wütend.

»Ich vögle keine andere und versuche zwei Minuten später, sie auszunutzen, weil sie betrunken ist! Überleg mal, wer hier das Arschloch ist!«, entgegnete Chris, der auch mitbekommen hatte, was das Geburtstagskind da oben für ein Geschenk bekommen hatte.

»Du kannst mich mal, O'Shay!«

»Du mich mindestens genauso, Johanson.«

Eine Wiedergutmachung

Sam schlief die ganze Autofahrt über. Chris kam dieser Umstand gelegen, da er die ersten fünfzig Kilometer fluchend verbrachte. Er bekam Bastians dämliches Grinsen einfach nicht aus dem Kopf. Das letzte Mal, als er jemandem so unbedingt eine reinhauen wollte, lag schon Jahre zurück. Er musste Elay unbedingt auf seine Mail antworten, das fiel ihm in diesem Zusammenhang ein.

Es war kurz vor halb zwei, als Chris Sam so sanft wie möglich weckte. »Hey … wir sind da.«

»Wo?«, fragte sie im Halbschlaf und blinzelte müde.

»Bei mir.«

Chris wollte sie hochheben und sie nach oben tragen, aber sie protestierte, weil ihr beim Getragenwerden nur wieder schlecht geworden wäre. Paralysiert, aber widerstandslos folgte sie ihm in die Wohnung und murmelte ab und zu ein leises »Entschuldige«.

Nachdem sie sich in das weiche Bett hatte fallen lassen, dauerte es nur ein paar Sekunden, bis sie wieder schlief. Chris war auch müde, aber das hieß nicht, dass er schlafen konnte. Nach einer ausgiebigen Dusche lag er im Bett und tippte die paar Zeilen, die er Elay schuldig war. Als er endlich einschlief, war es fast schon wieder Zeit zum Aufstehen.

Sam wurde von einem seltsamen Geräusch geweckt. Es musste laut gewesen sein, denn sie hatte tief und fest geschlafen. Ehe sie auf den Lärm reagieren konnte, lähmte sie ein hämmernder Schmerz im Kopf, der mit ausgeprägtem Schwindel und Übelkeit einherging. Auch wenn es ihre Beschwerden kurzfristig nur schlimmer machte, musste sie aus dem Bett springen und ins Bad laufen.

Zwei Minuten hing sie über der Kloschüssel, weil sie dachte, sie müsse sich übergeben und kurz darauf sterben. Als die Übelkeit und die Todesvorahnung verschwanden, konnte sie sich endlich dem Lärm in der Küche widmen. Wackelig auf den Beinen, trottete sie los.

Chris stand fluchend vor der Kaffeemaschine, die scheinbar nicht annähernd so wollte wie er und sich auch von brachialer Gewalt kein bisschen beeindruckt zeigte.

»Es ist mitten in der Nacht. Wieso verprügelst du die Kaffeemaschine?«, krächzte Sam, weil ihre Stimmbänder anscheinend löchrig waren. Jede Faser ihres Körpers schrie nach Schlaf und Acetylsalicylsäure.

»Hey, Prinzessin. Du solltest wieder ins Bett gehen, du siehst total fertig aus. Es ist nicht mehr Nacht, aber ziemlich früh, schlaf noch ein bisschen.«

Sam rieb sich die Schläfen. »Wieso bist du denn schon wach?«

»Ich muss zur Arbeit«, erwiderte Chris und zauberte einen verdutzten Ausdruck auf ihr müdes Gesicht.

»Es ist doch noch nicht mal 6 Uhr.«

»Ja, aber die ersten Seniorengruppen kratzen schon seit vier Uhr morgens am Museumseingang – senile Bettflucht. Dafür bin ich spätestens um halb zwei zu Hause, dann haben wir noch den ganzen Nachmittag für uns.«

Sam erinnerte sich, dass Chris gesagt hatte, dass er sonntags arbeiten musste. Jetzt hatte sie ein schlechtes Gewissen, weil sie ihn wegen der Party so lange wach gehalten hatte. Mit dem Gedanken an gestern wollten auch die Erinnerungen daran wieder aufwachen – sie waren aber unschön und verwirrend, also schickte Sam sie wieder schlafen, bis sie sich selbst einigermaßen regeneriert hatte. Halb sechs Uhr morgens war nicht die Zeit, um sich selbst zu geißeln.

»Du siehst blass aus. Trink ein Glas Wasser«, schlug Chris vor. Er nahm sie in den Arm. Sie hätte ihn gern wieder mit ins Bett genommen, um sich an ihn zu kuscheln.

»Der Nachmittag gehört dir. Wir machen, was immer du möchtest, okay?« Sein Angebot klang verlockend, sie lehnte den Kopf an seine Brust.

»Dann lass uns hierbleiben und einen Film sehen. Einen richtig schlechten.«

Er schmunzelte. »Klingt gut. Such dir etwas aus und ich besorge die DVD nach der Arbeit.«

Mit einem unschuldigen Kuss besiegelten die beiden ihre Pläne.

Sam blieb noch eine Weile wach, half Chris beim Kaffeekochen, sah ihm beim Anziehen zu und wunderte sich über seinen perfekt durchgeplanten morgendlichen Ablauf. Wenn sie früh rausmusste, war sie froh, wenn sie es mit zwei gleichen Schuhen aus dem Haus schaffte. Man sah ihm auch den Schlafmangel kaum an, anscheinend konnten O'Shays nicht zu Zombies mutieren.

»Wir sehen uns um halb zwei. Schlaf dich aus und lass es dir bis dahin gut gehen.«

Sam nickte. »Okay. Ich freue mich.«

Chris sah umwerfend aus. Auch wenn er eigentlich ein sportlicher Typ war, stand ihm das dunkelgraue Sakko fabelhaft.

Als er sich verabschiedete, hatte er Kopfschmerzen. Er trennte sich nur ungern von Sam, obwohl es nur für ein paar Stunden war. Vielleicht wollte das Universum ihn vorwarnen, ihm klarmachen, dass er, wenn er jetzt ging, sie nicht so schnell wiedersehen würde, wie er glaubte.

Er hätte nicht in den Lift steigen sollen, ihr nicht zulächeln und sie allein lassen dürfen, aber er tat es, weil das Universum schon härtere Geschütze hätte auffahren müssen als eine Migräne.

Sam schnappte sich Artemis und legte sich mit dem schnurrenden Kater ins Bett. Eigentlich durfte er dort nicht liegen, aber sie brauchte Gesellschaft und die beiden würden Stillschweigen über ihre Missetat wahren. Den weißen Kater auf dem Bauch und einen tobenden im Kopf, schlief sie schnell wieder ein.

Gegen elf Uhr Vormittag wurde sie zum zweiten Mal an diesem Tag geweckt, diesmal von ihrem Handy. Pia klingelte durch, weil sie unbedingt wissen wollte, was sie gestern Abend nach ihrem unfreiwilligen Abgang verpasst hatte.

»Da war nichts mehr, außer Bastian, der mit Ines geschlafen hat und mir dann ein ziemlich unmoralisches Oralsex-Angebot gemacht hat. Ich denke, Chris hat's gehört …«

Sam räusperte sich, weil ihre Stimme noch immer beschlagen klang. Pia gab schockierte Geräusche von sich und hustete dann so heftig, dass Sam dachte, die Brünette würde sich übergeben.

»War Chris sauer?!«

»Nein.«

»Warum nicht?!«

»Weil er anscheinend der beste Freund der Welt ist und ich ihn gar nicht verdient habe.«

Pia schwieg eine Weile. Sam wäre beinahe beleidigt gewesen, weil sie nicht mal versucht hatte, ihr auszureden, dass sie eine schlechte Freundin war. »Empfindest du echt nichts für Bastian?«, fragte sie schließlich leise.

»Was? Nein! Ich meine … ich will mit Chris zusammen sein, genau das habe ich ihm auch gesagt!«

»Wem?«

»Bastian!«

»Und jetzt?«

»Jetzt muss ich mich um mein schlechtes Gewissen kümmern. Ich schleppe Chris auf diese Party, auf der er zuhören muss, wie

Bastian mir sagt, dass er weiß Gott was mit mir machen will, und jetzt liege ich in seinem Bett und schlafe bis Mittag, während er seit sechs Uhr morgens arbeitet. Ich muss mich irgendwie entschuldigen oder bedanken … auf alle Fälle muss ich was Nettes für ihn machen.«

Sie hätte Artemis beinahe aus dem Bett geworfen, weil sie vergessen hatte, dass die Katze sich zu ihren Füßen zusammengerollt hatte.

»Hmm … koch ihm was Leckeres und sag ihm noch mal, dass du nichts von Bastian willst. Ich glaube, das kann er gar nicht oft genug hören.«

»Ja, das hört sich nach einem Plan an.«

Sie stieg aus dem warmen Bett und versprach Pia, sich am Abend noch mal zu melden, nachdem sie sich bei Chris revanchiert hatte.

Unter der Dusche verflüchtigten sich auch noch die letzten Kopfschmerzen und Sam fühlte sich wieder halbwegs menschlich. Chris' Badezimmer war absolut klasse. Es war groß und mit einer Regendusche ausgestattet. Seine Handtücher waren weiß und flauschig. In eines gehüllt, setzte sie sich in die Küche, um das Croissant zu essen, das er heute Morgen zwischen Duschen und Anziehen aus dem Ärmel geschüttelt hatte.

Ein leises Summen ließ sie aufhorchen.

Bastian Johanson
Bist du schon wach? Ich bin gerade zu mir gekommen und hab mich erinnert, was für ein kolossales Arschloch ich gestern war! Redest du noch mit mir?

Sam schmunzelte. Seine Entschuldigungsschreiben endeten immer mit derselben Frage, seit die beiden Handys hatten.

Sam
Ist Ines noch bei dir?

Diese Antwort war zwar in eine vorwurfsvolle Frage verpackt, aber immerhin ließ sie ihn nicht zappeln.

Bastian Johanson
Nein, sie ist schon gestern nach Hause gefahren, weil ich sie darum gebeten habe. Sie war nur mittelschwer angepisst. Ich muss wahrscheinlich die Klasse wechseln.

Sam
Na ja, wir haben ja nur mehr ein Jahr, du kannst dich in der letzten Reihe verstecken.

Bastian Johanson
Habe ich mich schon für gestern entschuldigt? Ich war betrunken und eifersüchtig. Du bist meine beste Freundin und ich will, dass das so bleibt!

Sam
Daran ändert sich nichts! Es könnte aber gerne unkomplizierter werden, als es im Moment ist!

Bastian brauchte mit seiner Antwort länger als bei den letzten Malen. Vielleicht dachte er nach oder er holte sich einfach nur einen Kaffee.

Bastian Johanson
Wenn du willst, entschuldige ich mich bei Chris. Hattet ihr Streit?

Sam
Nein, hatten wir nicht. Er hat mich nicht mal auf gestern angesprochen, er ist toll …

Bastian Johanson
Gut, das freut mich …

Sam schrieb nicht zurück, weil sie sich vornahm, morgen persönlich mit Bastian zu reden. Jetzt war es Zeit, Vorbereitungen für ihre Wiedergutmachung bei Chris zu treffen. Eigentlich wollte sie die Wohnung für ihn aufräumen, aber die einzige Unordnung, die sie fand, waren ihre eigenen Klamotten auf dem Schlafzimmerboden.

Es dauerte eine Weile, zu Fuß den nächsten Supermarkt zu erreichen. Sam entschied sich, vegetarisch zu kochen, weil sie nicht wusste, welches Fleisch Chris gern mochte. Gemüse-Tortilla, nach einem Rezept, das sie von der streng vegetarisch lebenden und leicht durchgeknallten besten Freundin ihrer Mutter hatte.

Sie musste sich beeilen, um rechtzeitig fertig zu werden. Der Tag war kurz, wenn man bis Mittag schlief.

Um zehn vor halb zwei stellte sie die heiße Pfanne in den Ofen, um sie warm zu halten. Der Tisch war gedeckt. Sam setzte sich und sah sich das Foto noch mal an, das sie auf Chris' Teller gelegt hatte. Es zeigte sie und ihn in der Scheune, beim Kartenspielen. Sev hatte es geschossen, an dem Abend, als sie über Chris hergefallen war und ihn draußen im Gras einfach geküsst hatte. An diesem Abend war auch alles schiefgegangen, was schiefgehen konnte, trotzdem war es der Beginn von etwas Schönem gewesen. Hoffentlich hatte Chris genauso viel Freude an dem Foto wie sie. Auf der Rückseite hatte sie ihm ein paar Zeilen hinterlassen.

Albtraumszenario

Voller Vorfreude saß Sam mit Artemis draußen auf dem Balkon und wartete auf das erlösende Geräusch einer sich öffnenden Haustür. Als ihr Handy klingelte und Chris' Name aufleuchtete, erinnerte sie sich, dass er nach der Arbeit einen Film besorgen wollte.

»Hey!«, quietschte sie fröhlich und wog ab, ob sie ihm *Sand Sharks* zumuten konnte.

»Hallo«, tönte es am anderen Ende ungeahnt kühl.

»Alles klar?«

Sie war sich nicht sicher, ob sein Tonfall wirklich so furchtbar geklungen hatte, wie sie geglaubt hatte, es herauszuhören.

»Ja … Ich bin noch im Museum«, stammelte er mit einem konstant seltsamen Unterton. Er seufzte, ehe er fortfuhr. »Ich schaffe es nicht bis halb zwei. Mir ist etwas dazwischengekommen.«

»Wann kommst du denn?«

»Ich weiß nicht. Gegen drei?«

Er klang so seltsam, dass sie für ein paar Sekunden glaubte, mit einem Fremden zu sprechen. Sie konnte nicht genau sagen, was es war: Ärger, Anspannung, Unbehagen – irgendetwas stimmte nicht.

»Musst du länger arbeiten?«

»Ja … ich erklär dir alles, wenn ich nach Hause komme.«

Dem Satz folgte Schweigen.

»Okay.«

Was hätte sie sonst erwidern sollen?

»Bis später.«

»Ja, bis später.«

Sie hielt noch mindestens eine Minute das Handy an ihr Ohr und lauschte der Stille, die keine Sekunde nach Chris' Verabschiedung eingesetzt hatte.

Sam schluckte den Kloß, der sich in ihrem Hals gebildet hatte, hinunter. Sein seltsames Verhalten hatte nichts mit ihr zu tun, schließlich hatten sie keinen Streit gehabt. Irgendetwas musste in den vergangenen Stunden vorgefallen sein, etwas, das ihm zu schaffen machte. Vielleicht hatte das Museum gebrannt oder ein Bild war gestohlen worden.

Zufrieden mit ihren Erklärungsversuchen, ging sie zurück in die Küche und stellte sicher, dass der Ofen die richtige Temperatur hatte, um das Essen warm zu halten.

Um Zeit totzuschlagen, fing Sam an, Chris' DVDs neu zu sortieren. Er hatte sie alphabetisch abgelegt – typisch Kontrollfreak –, Sam ordnete sie nach Genre.

Nachdem sie fertig war, fütterte sie Artemis zweimal und ließ sich dann auf die Couch fallen. In dieser minutiös genau geputzten Wohnung gab es absolut nichts mehr zu tun.

Seufzend starrte sie auf die weißen Wohnzimmerschränke. Sie hörte Chris in Gedanken noch mal sagen, dass es später werden würde. Sie hasste sich gerade dafür, nicht genauer nachgefragt zu haben. Dass sie jetzt so lange im Ungewissen bleiben würde, war ihre eigene Schuld, aber er hatte nicht so geklungen, als ob er mit ihr darüber hätte sprechen wollen.

Manchmal war er verschlossen und schweigsam, das war ihr schon vorher aufgefallen, aber nur wenn es um seine Familienangelegenheiten ging.

Vielleicht hatte er Ärger mit seinem Vater oder seinem Bruder oder mit seinen fünf schönen Schwestern, von denen er ihr nichts erzählt hatte. Es könnte gut sein, dass Chris' Familie riesig war oder zur irischen Mafia gehörte. Was wusste sie schon großartig über die O'Shays?

Artemis konnte sich kaum noch bewegen. Ohne weiteren Aufwand zu betreiben, ließ sich der Kater direkt neben dem Futternapf auf den Rücken rollen und ließ die Pfoten in der Luft baumeln.

»Na? Satt?«, erkundigte sich Sam amüsiert und stupste Artemis in die Seite.

Er zwinkerte nur müde mit den Augen.

Sam schaltete die Stereoanlage ein und hörte sich das neue *Placebo*-Album an. Sie hätte die Türklingel beinahe überhört. Als sie das Tanzen durch die Wohnung einstellte und in den Flur lief, übermannte sie die Vorfreude. An der Tür wunderte sie sich über die Tatsache, dass Chris hier klingelte. Als sie öffnete, wurde sie überrascht.

»Hey«, tönte es von dem dicklichen Jungen in dem karierten Hemd, das nicht unbedingt viel für seine Figurprobleme tat.

Sie erkannte den BWL-Studenten aus dem Museum. Er schenkte ihr ein freundliches Lächeln und kratzte sich verlegen am Hinterkopf.

»Chris ist noch nicht da, oder?«

»Ähm, nein.«

»Ja … also …«

So sehr sie sich auch bemühte, sie konnte sich keinen Reim aus dem Auftauchen des sensiblen BWL-Studenten machen. Vielleicht schaute er öfter hier vorbei. Vielleicht war Chris bi, aber dann hätte er bestimmt einen schärferen Freund gehabt.

»Ich wollte eigentlich nur sein Handy vorbeibringen. Er hat es vorhin im Museum liegen lassen. Ich komme auf dem Heimweg hier vorbei, also habe ich mir gedacht …«

»Ich gebe es ihm, wenn er nach Hause kommt. Danke!«

»Kein Ding. Schönen Tag noch!«

»Ja, dir auch.«

Als die Tür wieder ins Schloss fiel, begann Sams Hirn auf Hochtouren zu arbeiten. Wie konnte Chris' Smartphone vor ihm hier ankommen? Er hatte nicht länger gearbeitet, so viel war sicher. Hatte er das nicht behauptet? Hatte er gelogen?

Sie verzog sich wieder auf den Balkon, weil der Drang nach Nikotin plötzlich ungemein stark wurde. Die Zigaretten, die sie dabeihatte, waren schon alt und schmeckten scheußlich, aber sie lenkten sie von diesem unangenehmen Gefühl ab, angelogen worden zu sein.

Als es plötzlich piepste, wurde Sam hellhörig. Sie ordnete das Geräusch schnell zu, weil das Display neben ihr aufleuchtete. Nervös drückte sie die halb gerauchte Zigarette aus und machte etwas, was niemand tun sollte und doch jeder getan hätte.

Sie drückte nur einen Knopf, damit das Display wieder hell wurde. Dort stand der Name des Absenders der eingegangenen Nachricht, mehr nicht, weil Chris diese Funktion anscheinend ausgeschalten hatte.

Sam wurde schlagartig wieder übel, weil ihr Herz mit einem Mal viel zu schnell hämmerte.

Immer wieder las sie den Namen, in der Hoffnung, er würde sich ändern oder zumindest seinen Schrecken verlieren, aber er tat es nicht.

Nicole.

Wieso schrieb sie ihm? Wieso hatten sie überhaupt noch Kontakt? Sie waren Arbeitskollegen. Vielleicht stand da nur, dass sie eine Schicht mit ihm tauschen wollte, weil sie am Dienstag im Bikini für die *Sports Illustrated* posieren musste.

Was blieb Sam übrig? Sie hätte sich wahnsinnig machen können, sich die schlimmsten Dinge ausmalen können, nur um dann festzustellen, dass Nicole nur wissen wollte, wann die nächste Lieferung Bilderrahmen eintraf.

Sie entsperrte den Bildschirm und überschritt damit eine Grenze. Egal, was in dieser Nachricht stand, es konnte nur halb so schlimm sein wie dieses beklemmende Gefühl der Ungewissheit. Sie glaubte, auf alles gefasst zu sein, zumindest in den ersten Sekunden.

Nicole S.

Na du, schon zu Hause?
Danke, dass du mir heute die Arbeit versüßt hast! Du bist und bleibst der beste Lover, auch wenn du dich in letzter Zeit an pubertären Blondinen vergriffen hast, aber nach der Sache in der Garderobe verzeih ich dir so gut wie alles! :)
Danke für deine Nachricht, war eine deiner besten spontanen Ideen!

Ohne dass sie es wahrnahm, fingen Sams Hände an zu zittern. Sie wollte die Nachricht noch mal lesen, um sicherzugehen, dass sie sich nicht irgendwie verlesen hatte, aber sie konnte nicht.

Der Schock blockierte alles, auch den Selbstschutz, der ihr hätte sagen sollen, dass sie sich nicht auch noch die Nachricht antun sollte, die Chris zuvor an Nicole geschrieben hatte.

Christian O'Shay

Hey. Hast du Zeit auf einen kurzen Abstecher in die Garderobe? Du siehst einfach zu heiß aus! Ich will dich!

Erst jetzt gab Sam dem Drang nach, zusammenzubrechen. Das Telefon knallte auf den Boden, sie sackte daneben in die Knie.

Sie war in ihrem ganzen Leben noch nie wirklich hysterisch geworden, aber gerade verlor sie die Kontrolle über ihre Gefühle.

Die Tränen schossen ihr über die Wangen, tropften auf die grauen Fliesen und hinterließen dort dunkle Flecken. Sie weinte so bitterlich, wie sie auch litt, der Schmerz in ihrer Brust war nicht eingebildet, ihr Herz krampfte wirklich.

Das Bild, das sie von Chris hatte, zerbröckelte binnen Sekunden. Ihren Chris gab es gar nicht, jeder Kuss, jede Berührung, jedes Wort, alles schien Teil einer großen Lüge zu sein, die sie die ganze Zeit über geblendet hatte.

Minuten vergingen, ehe sie die Kraft fand, sich aufzurichten. Ihre Brust tat weh, ihr Kopf dröhnte und ihr Blick war so verschwommen, dass sie kaum etwas sehen konnte. Sam stolperte über den Teppich im Wohnzimmer, landete auf dem harten Parkett und stand gleich wieder auf. Den Schmerz nahm sie nur dumpf war. Der erste halbwegs klare Gedanke, den sie fassen konnte, war, dass es sie zerrissen hätte, wenn sie Chris begegnet wäre. Sie konnte ihm nicht gegenübertreten und in die Augen sehen, nie wieder.

Sie schnappte sich nur ihr Handtasche, alles andere war ihr egal.

Während der Lift nach unten fuhr, sackte Sam immer wieder in die Knie. Einzig die Angst, Chris zu begegnen, ihn noch mal sehen zu müssen, trieb sie an, sich aufzurichten und noch nicht gänzlich in ihrem Kummer zu ertrinken.

Sie wusste nicht, wohin sie lief, aber umso weiter sie sich von dieser Wohnung entfernte, umso besser. Als sie das Wohnhaus nicht mehr sehen konnte, begann sie sich Gedanken darüber zu machen, wie sie nach Hause kommen sollte. Diese organisatorische Frage half ihr, wieder klarer im Kopf zu werden, weil sie den Schmerz und die Scham vorerst überschattete.

Sie ließ sich auf einer Parkbank nieder und holte ihr Handy aus der Tasche. Eigentlich wollte sie mit niemandem reden, nicht mit ihrer Mutter oder Pia, sie wollte kein Mitleid und schon gar keinen Kommentar zu ihrer Dummheit hören. Hilfe brauchte sie trotzdem. Von jemandem, der ihr keine Vorwürfe machen würde.

Es klingelte lange, bis er den Anruf entgegennahm. Als er sich meldete, war sie froh, dass seine Stimme sie aus diesem Schockzustand reißen konnte.

»Sam?«, wollte Bastian wissen, der eigentlich nicht damit gerechnet hatte, heute noch mal von ihr zu hören.

»Ja.« Ihre Stimme klang beschlagen, sie flüsterte.

»Alles in Ordnung? Ist was mit dir?«

»Kannst du mir einen Gefallen tun?«

Sie ging nicht auf seine Frage ein, sie war noch lange nicht in der Lage, das Geschehene laut auszusprechen, sie konnte es noch nicht mal in Gedanken Revue passieren lassen, ohne in Tränen auszubrechen.

»Sicher! Sag mir, was los ist!«

Noch bevor sie um irgendetwas bitten konnte, fiel ihr auf, wie still es mit einem Mal am anderen Ende geworden war – sogar das Bellen von Ares im Hintergrund war verstummt. Als sie auf das Display schaute, war es schwarz.

Sie ließ den Kopf sinken und vergrub das Gesicht in ihren Händen. Ein leerer Akku war das absolut Letzte, was sie jetzt noch gebrauchen konnte. Dieser Tag war furchtbar, eine einzige Verkettung schrecklicher Ereignisse, vor denen sie Angst gehabt hatte, seit sie Chris kennengelernt hatte.

Mühsam quälte sie sich wieder auf die Beine und machte sich auf den Weg zum Bahnhof. Vielleicht war es besser, wenn Bastian sie nicht abholen würde, sie hätte all seinen Fragen unmöglich standgehalten. Wahrscheinlich hätte sie nicht mal ein Wort herausgebracht und wäre nur wieder hysterisch geworden. Die Zugfahrt verschaffte ihr Zeit, Zeit, die sie brauchte, um zu verstehen, was überhaupt passiert war.

Es war zehn nach vier, als Chris die Autotür so laut zuwarf, dass man den Knall in der gesamten Tiefgarage hören konnte.

Er lief zum Lift und drückte den Knopf bestimmt sieben Mal, in der Hoffnung, dass es dann schneller gehen würde.

Er hatte Sam schon lange genug warten lassen.

Als der Lift endlich kam, erschrak er vor seinem eigenen Spiegelbild. Sein Gesicht sah in dem unbarmherzigen Neonlicht furchtbar aus. Unter die blauen Augen hatten sich dunkle Schatten gelegt und seine Hautfarbe wirkte kränklich.

Er hatte zu wenig getrunken, nur Kaffee.

Sam war bestimmt sauer oder enttäuscht. Er war ihr eine Erklärung schuldig, für seine Verspätung und den seltsamen Anruf von heute Mittag.

Er hatte sich selbst nicht im Griff gehabt, weil das Treffen unerwartet gekommen war und ihn aus der Bahn geworfen hatte. Wenn er es hätte verschieben können, hätte er es getan, aber er konnte nicht und musste stattdessen den Menschen warten lassen, dem er seine Zeit am liebsten schenkte.

Alles am Telefon zu erklären, wäre zu kompliziert geworden, sie wusste noch zu wenig über ihn, was natürlich seine eigene Schuld war. Chris war es nicht gewohnt, seine Probleme mit jemandem zu besprechen, aber es war an der Zeit, den Mund aufzumachen, damit Sam verstand, warum er sie heute hatte versetzen müssen.

Die Tür des Lifts öffnete sich und Chris schleppte sich zur Wohnungstür. Er war müde und ein bisschen wirr im Kopf, aber das würde sich legen, nachdem er sich einen Liter Wasser zu Gemüte geführt hatte und Sam im Arm hielt.

Als er nach seinem Schlüssel suchte, fiel ihm auf, dass die Wohnungstür einen Spalt weit offen stand.

»Sam?«

Sie hatte sich die langen Haare ins Gesicht fallen lassen, weil sie wusste, dass sie verheult aussah. Ihr Kopf lehnte an der kühlen Scheibe, das monotone Geräusch der Schienen machte sie schläfrig. Sie hatte das Abteil für sich, trotzdem fühlte sie sich beobachtete, so als würde die ganze Welt auf sie zeigen und lachen.

Wie konnte sie so naiv sein? Wie war sie eines dieser dummen, leichtgläubigen Mädchen geworden, die sich von hübschen Arschlöchern ausnutzen ließen?

Sie versuchte, nicht zu genau über das Erlebte nachzudenken – aber ihr Bewusstsein quälte sie mit Bildern und Vorwürfen.

Sam hatte daran geglaubt, dass sie mit Chris eine ernsthafte Beziehung führen konnte, dass er sich für sie ändern würde, obwohl er ihr gesagt hatte, dass er all seine Freundinnen bisher betrogen hatte. Als sie sich diese Tatsache bewusst machte, verkrampfte sich ihr Magen.

Wie arrogant musste man sein, um zu glauben, man könnte einen Menschen ändern, den man im Grunde gar nicht kannte?

Sie war nicht die Eine, für die er sein Leben und seine Gewohnheiten umkrempelte, sie war eine von vielen und das würde sie auch bleiben.

Je länger sie darüber nachdachte, umso vorhersehbarer erschien ihr Chris' Betrug.

Nicole war älter, hübscher und sie hatten Gemeinsamkeiten. Vielleicht war sie die Frau, für die er sich irgendwann ändern würde.

Sams Selbstbewusstsein war dermaßen am Boden, dass sie sich am liebsten irgendwo versteckt hätte.

Sie wollte niemandem unter die Augen treten, zumal sie sich ganz sicher war, dass alle anderen schon damit gerechnet hatten, dass so etwas passieren würde. Der Schmerz und das Gefühl der Ohnmacht mischten sich mit dem Scham über ihre Naivität.

Verwirrt rannte Chris in die Küche, weil sein erster Instinkt ihn in Richtung des seltsamen Geruchs führte. Es roch verbrannt. Als er den Ofen öffnete, kam ihm Rauch entgegen. Hustend versuchte er, die grauen Schwaden zu verteilen.

»Sam?!«

Er öffnete alle Fenster. Auf dem Weg ins Schlafzimmer kam ihm Artemis entgegen. Der Kater maunzte vor sich hin. Sam war definitiv nicht hier, schon eine ganze Weile, sonst hätte das Essen im Ofen nicht so lange vor sich hin gekokelt.

Bevor er weiter über die Situation nachdenken konnte, musste er erst mal verhindern, dass er endgültig dehydrierte. Er schnappte sich eine Flasche Mineralwasser aus dem Kühlschrank und trank sie halb leer. Während es seinem Kreislauf spürbar besser ging, fiel sein Blick auf den gedeckten Küchentisch und blieb schließlich an einem Foto haften. Schmunzelnd nahm er es hoch.

Eigentlich mochte Chris keine Fotos von sich. Sein Vater behauptete seit jeher, dass er auf Bildern noch kältere Augen hatte als in Wirklichkeit, und eigentlich hatte er damit recht. Auf diesem Foto wirkten seine Augen warm, genau wie die von Sam, obwohl sie viel dunkler waren als seine. Sie lachten beide, hatten nicht mitbekommen, dass sie fotografiert worden waren. Chris liebte die Erinnerung an diese Tage, weil sie sein Leben so einschneidend verändert hatten. Er drehte das Foto um. Auf die Rückseite hatte sie ein paar Zeilen geschrieben.

> Es tut mir leid, dass ich dir gestern so viel zugemutet habe. Ich bin sicher nicht immer einfach, aber ich liebe dich und hoffe, dass das zumindest ein wenig von all dem aufwiegt, was du für mich bist.

Chris las die Zeilen dreimal. Er wünschte sich nichts sehnlicher, als sich dafür bedanken zu können und ihr klarzumachen, wie wichtig sie ihm war.

Er hatte noch nie das Bedürfnis gehabt, ›Ich liebe dich‹ zu sagen, und wenn er es gesagt hatte, hatte er es nie so gemeint, bis jetzt – das würde eine Premiere werden.

Sein Gewissen machte ihm zu schaffen. Sam hatte für ihn gekocht – zumindest hatte sie es versucht – und er hatte sie mit einer verwirrenden Begründung vertröstet. Erst jetzt fiel Chris auf, dass er wahrscheinlich sogar behauptet hatte, er müsse länger arbeiten. Er hatte sie angelogen, zwar nicht mit Absicht, sondern aus einem Affekt heraus, aber trotzdem. Er hätte ihr gleich die Wahrheit sagen sollen, zumindest in der Kurzfassung.

Anrufen konnte er Sam nicht, sein Handy lag noch im Museum, weil er so überstürzt und kopflos aufgebrochen war.

Die Zugfahrt war eine nicht enden wollende Gefühlsachterbahn.

Sam übermannten erst die Tränen und die Traurigkeit, dann wurde sie still und konnte sogar für ein paar Minuten rational über ihre Situation nachdenken, bis dann letzten Endes die Wut über ihre Dummheit alles Rationale verbannte.

Aus diesem Gefühlsteufelskreis gab es kein Entkommen. Das Einzige, das alle Zustände gemein hatten, war, dass sie schmerzten.

Ob Chris überrascht sein würde, dass sein Betrug so schnell aufgeflogen war?

Wie lange hätte er dieses Schauspiel noch durchgezogen?

Im besten Fall wäre sie wahrscheinlich zu seiner neuen Wochenendbeschäftigung geworden, je nachdem, wie gut sie sich im Bett angestellt hätte.

Er hätte sich ein weniger kompliziertes Mädchen für sein Spielchen suchen sollen.

Warum er sich ausgerechnet jemanden angetan hatte, der so schwierig war wie Sam, verstand sie nicht. Vielleicht brauchte er diesen Kick, eine kleine Herausforderung, damit es nicht zu schnell langweilig wurde.

Chris war ein fabelhafter Schauspieler, das musste man ihm lassen. Alles, was er gesagt hatte, hatte aufrichtig geklungen und sein Blick war niemals auch nur eine Sekunde verlegen abgewichen. Vor allem die Show mit Nicole und dass er sie abstoßend fand, war brillant gewesen. Er hatte immer so geerdet gewirkt, reif und bemüht um Sam.

Sie hatte diesen gefakten Chris wirklich gemocht oder geliebt, was auch immer, das spielte jetzt keine Rolle mehr. Der Chris mit den Huskyaugen mit Tiefgang und den liebenswerten Marotten war tot. Sam überkam schlagartig die Sehnsucht.

Artemis maunzte vor sich hin, während Chris sich für sein Verhalten verfluchte.

»Ja, ich weiß. Mich nervt es auch, dass sie nicht da ist. Wieso hast du sie überhaupt weggehen lassen?«

Der Kater erwiderte ein lautes, genervt anmutendes Maunzen. Chris hatte schon lange aufgehört, sich zu wundern, dass das Tier immer eine überraschend passende Antwort auf seine rhetorischen Fragen parat hatte.

Sein Blick fiel durch die Balkontür auf die Schachtel Zigaretten auf dem Tisch. Er seufzte und überlegte, wie lange es her war, dass er geraucht hatte. Mit fünfzehn hatte er angefangen, mit sechzehn aufgehört. Damals hatte er die pseudo-beruhigende Wirkung des Nikotins gebraucht. Heute war ihm wieder danach.

Auf der Suche nach einem Feuerzeug streifte sein Blick das dunkelgraue Smartphone am Boden. Er bückte sich danach, stellte fest, dass das Display gesprungen war, und begann sich sofort zu fragen, wie es auf den Boden seines Balkons gelangt war. Das war zweifelsohne sein Handy, aber er hatte es zum letzten Mal im Museum, im Mitarbeiter-Raum gesehen. Als er den Bildschirm entsperrte und den Text der Nachricht las, die noch geöffnet war, traf ihn die Welle aus Gefühlen wie ein Schlag ins Gesicht.

Wut war die erste Emotion, die er zuordnen konnte, blinde Wut, danach folgte Panik. Nun konnte er sich einen Reim aus Sams Verschwinden machen.

Fluchend rannte Chris ins Schlafzimmer. Er hatte vorhin nicht darauf geachtet, ob ihre Sachen noch da waren. Die Reisetasche lag noch neben dem Bett.

Er versuchte sie anzurufen, aber er bekam nur die Mailbox-Ansage zu hören.

Dass Nicole sich sein Smartphone gekrallt hatte, war unglaublich dreist. Die Masche mit den fingierten WhatsApp-Nachrichten stank förmlich nach ihr. Sie hatte ihm schon mehr als einmal damit gedroht, dass sie sich an ihm rächen würde, aber das war vor Spanien und lange vor Sam gewesen.

Er verfluchte die Leichtfertigkeit, mit der er Nicole wieder in sein Leben gelassen hatte. Dass er so naiv war, zu glauben, dass sie sich damit zufriedengeben würde, dass sie nur Arbeitskollegen waren, sah ihm eigentlich nicht ähnlich. Er kannte sie, er wusste, wie gemein und manipulativ sie sein konnte, das hatte er auch Sam vorgebetet, und trotzdem war er so dumm gewesen, in ihrer Gegenwart ein Telefongespräch zu führen, das ihr eine Freikarte für diese Racheaktion gegeben hatte.

Während Chris nach unten zu seinem Auto lief, wählte er eine Nummer, die er eigentlich nie mehr wählen wollte. Er musste seinem Ärger Luft machen.

»Sieh an, wer sich da meldet«, tönte es am anderen Ende engelsgleich.

Sie hätte nicht wissender oder amüsierter klingen können.

»Du elendes, intrigantes Miststück!«

Chris war so wütend, dass er froh war, Nicole nicht persönlich gegenüberstehen zu müssen. Er hielt absolut nichts von Gewalt, er hatte noch nie eine Frau geohrfeigt und er hatte auch vor, es in Zukunft dabei zu belassen.

»Wenn du es noch einmal wagst, dich in mein Leben einzumischen, oder Sam auch nur schief ansiehst, mache ich dich fertig!

Du bist nicht die Einzige, die Psychospielchen spielen kann! Du willst nicht, dass ich dir zeige, wie das wirklich geht! Wenn ich mit dir fertig bin, wird Spanien nicht weit genug weg sein, um deinen Ruf zu retten! Halt dich fern von Sam und von mir!«

Er musste sich zusammenreißen, um sein Handy nicht in die nächstbeste Ecke zu schleudern.

Es interessierte ihn nicht, was Nicole dazu zu sagen hatte, wie sie sich rechtfertigen würde, die Einzige, die jetzt wichtig war, war Sam. Sie musste ihn für das größte Arschloch der Welt halten. Zu allem Überfluss sprachen auch noch alle Indizien gegen ihn. Er hatte sie mit einer lahmen Ausrede vertröstet, nachdem sie sich die größte Mühe gegeben hatte, für ihn zu kochen und ihm zu schreiben, dass sie ihn liebte. Für ihn wäre eine Welt zusammengebrochen, hätte er das alles durchlebt.

Mit quietschenden Reifen manövrierte er den Mercedes aus der Tiefgarage. Er wusste nicht, wo er anfangen sollte, aber er würde so lange suchen, bis er sie gefunden hatte.

Tausendmal berührt

Es war später Nachmittag, als Sam regungslos vor einer weißen Tür stand. Nach Hause zu fahren, wäre keine Option gewesen, sie wollte ihrer Mutter jetzt noch nichts erklären, sie brauchte erst mal jemanden, der sie aus diesem tiefen Loch ziehen konnte.

Die Zugfahrt hatte ihr zwar Zeit verschafft, die sie gebraucht hatte, um ruhiger zu werden, aber gut fühlte sie sich noch lange nicht.

Fünf Minuten stand sie nun schon hier und sammelte sich. Sie wollte nicht sofort in Tränen ausbrechen, sie heulte auch sonst so gut wie nie. Sie würde einfach wieder die Sam werden, die sie war, bevor sie Chris kennengelernt hatte. Dazu brauchte sie aber viel mehr Kraft, als sie jemals vermutet hätte.

Schnell ordnete sie ihre Haare und wischte sich den dunklen Rand, den ihre verlaufene Wimperntusche unter ihren Augen hinterlassen hatte, weg.

Auf das Klingeln folgte ein Bellen. Sie hatte noch nie so nervös vor dieser Tür gestanden.

»Aus! Sitz!«

Bastian disziplinierte Ares, bevor er öffnete. Als er in Sams verheultes Gesicht sah, fehlten ihm kurz die Worte.

Der Rottweiler begrüßte sie gewohnt überschwänglich und lief dann hinaus in den Vorgarten, um im Blumenbeet zu buddeln. Eigentlich durfte er das nicht, aber Bastian hatte gerade keine Zeit, ihn zurechtzuweisen.

»Was …? Was ist denn passiert?«

»Gewährst du mir für heute Asyl?«, fragte sie und grinste schwach.

Sie hatte die Fäuste so fest geballt, dass sich ihre Fingernägel in ihre Handflächen gruben. Der Schmerz half ihr, sich zu maßregeln und nicht heulend vor Bastian zusammenzubrechen.

»Ich habe versucht, dich zurückzurufen! Dein Handy war aus. Ich habe mir Sorgen gemacht und Pia angerufen, aber die wusste auch nicht, was los ist, und …« Bastian stoppte mitten im Satz, weil Sam so fertig aussah. »Komm erst mal rein. Ist alles klar?«

»Sicher! Starr mich nicht so an, als würde ich dich ausrauben wollen.«

Sie war selbst überrascht von ihrem selbstsicheren Auftreten. So viel Stärke hätte sie sich nicht zugetraut, aber sie war dankbar dafür.

Bastian machte einen Schritt zurück und gab den Weg ins Haus frei. »Wieso bist du nicht bei Chris?«

»Wir sind nicht mehr zusammen. Ich verdurste. Hast du was zu trinken?«

»Wie bitte?!«

»Ob du was zu trinken hast.«

»Nein, das davor!«

»Ich bin am Verdursten.«

»Das davor!«

»Ach komm schon, Basti! Du hast doch nichts an den Ohren, oder?«

Er wusste gerade nicht, was er denken oder fühlen sollte. Er hatte bereits nach Sams Anruf ein ungutes Gefühl gehabt, aber damit hatte er nicht gerechnet. Nach dem Aufstehen hatte Sam noch geschrieben, dass alles in Ordnung war.

»Was hat er getan?! Wie bist du überhaupt hergekommen?«

»*Ich* habe ihn verlassen. Mit dem Zug.«

Bastian übermannte kurzzeitig so etwas wie ein schlechtes Gewissen. »Du hast doch nicht meinetwegen … wegen gestern … oder?«

Sein Satz war ein Lückentext, aber Sam kannte die fehlenden Wörter. »Nein! Das hatte nichts mit dir zu tun.«

Sie hoffte, dass er sich mit dieser mageren Begründung zufriedengeben würde, aber er schüttelte verwirrt den Kopf. »Wieso hast du Schluss gemacht?«

»Darf ich jetzt endlich ein Glas Wasser haben oder willst du zusehen, wie ich umkippe?«

Stumm stand Bastian da und verstand die Welt nicht mehr. Erst heute Nacht hatte er davon geträumt, dass Sam hier auftauchen würde, aber nicht so.

»Zuerst erzählst du mir, was passierst ist!«, verlangte er.

»Er hat mit seiner Ex geschlafen. Heute, während der Arbeit. Du hattest recht mit ihm, aber ich will jetzt nicht darüber reden. Ich fühle mich dumm und hässlich genug! Gib mir jetzt bitte ein Glas Wasser, sonst kippe ich um!«

Bastian nickte hektisch während sich seine Gedanken überschlugen. »Komm!«

Er nahm Sam an der Hand, zog sie ins Wohnzimmer, wo er sie erst mal auf der Couch platzierte. Er brachte ihr etwas zu trinken und sah zu, wie sie das Glas in einem Zug leerte.

»Dieses Arschloch hat dich tatsächlich betrogen? Bist du dir sicher?«

Dass Bastian so überrascht war, lag daran, dass er mittlerweile auch mitbekommen hatte, dass Chris absolut verschossen in Sam war. Dass er sie tatsächlich betrügen würde, hätte er nicht gedacht, zumindest nicht so schnell.

»Sie haben sich geschrieben. Ich habe die SMS gelesen. Können wir das Verhör sein lassen? Ich bin nicht deshalb bei dir …«

Er schwieg. Er wusste nicht, wie er mit der Situation umgehen sollte. Eigentlich wollte er wütend werden, aber das hätte Sam nur noch fertiger gemacht. Sie war sowieso schon am Ende.

»Willst du dich ein bisschen hinlegen? Du siehst wirklich fertig aus.«

Sam nickte. Sie wusste, dass sie nicht schlafen konnte, aber sie konnte Nähe gebrauchen.

»Kommst du mit?«

»Sicher.«

Natürlich würde er sie jetzt nicht allein lassen.

»Ich habe eine neue Matratze, darauf schläfst du wie auf einer Wolke!«, prophezeite Bastian.

Sie war schon oft in seinem Zimmer gewesen, aber sie hatte sich in Bastians Chaos noch nie so wohlgefühlt.

Bevor sie sich auf das große, einladende Bett fallen ließ, galt es noch etwas zu klären.

»Hast du hier gestern mit Ines geschlafen?«

Bastian stutzte, ehe er mechanisch den Kopf schüttelte.

»Nein, ich lasse eigentlich niemanden in mein Zimmer. Sieh mal, wie es hier aussieht.«

Die beiden schmunzelten.

Geschafft ließ sich Sam fallen und seufzte. Ihre Gedanken waren seltsam, kreisten um ihre Selbstkritik und den Wunsch nach Bestätigung. Sie verbot sich jeden Gedanken an Chris, selbst an den fiktiven, netten Chris, den sie geliebt hatte, sie blendete ihn einfach aus.

»Brauchst du noch irgendwas?«, wollte Bastian wissen und musterte sie eindringlich.

Seine Stimme tat gut, weil sie vertraut war und er sie nie so verletzt hätte.

»Legst du dich zu mir?« Sam klang beherrscht, weil das Ausblenden gut funktionierte.

Er kam nur langsam näher, setzte sich an den Bettrand. »Hast du Kopfschmerzen?«

»Ja.«

»Willst du eine Aspirin?«

»Nein. Kommst du nicht?«

Bastian zögerte, bis sie die Hände vom Gesicht nahm und ihn anlächelte.

Er legte sich zu ihr, drehte sich auch auf die Seite, so konnten sie sich ansehen. Zwischen ihren Gesichtern lagen nur ein paar unbedeutende Zentimeter.

»Dein Mund ist so schön …«, flüsterte Sam und klang dabei müde.

Bastian schmunzelte. »Wieso sagst du das?«

»Weil es stimmt.«

Sie ließ ihre Hand zu seinem Gesicht wandern. Zwei Fingerspitzen legten sich auf seine Unterlippe. Ihre Finger waren kalt, genau wie ihre ganze Hand, er umschloss sie mit seiner.

»Es ist sein Pech, wenn er dich verliert. Er wird nie mehr so ein Mädchen finden.«

Sie erwiderte nichts, schloss nur die Augen und atmete ganz ruhig. Bastian roch gut, er trug kein Parfum, sie konnte nur sein Duschgel riechen.

Sam zog seine Hand auf ihre Hüfte und rückte so nah, wie es ging. Sein harter Körper drückte sich an ihren. Sie hatten sich schon oft berührt, gespürt, aber nicht so.

Bastian verweilte so regungslos, wie es ging, weil er sich so besser konzentrieren konnte, und Konzentration war in dieser Situation gleichbedeutend mit Beherrschung.

»Willst du ein bisschen schlafen?«, flüsterte er.

Sam machte die Augen wieder auf, streckte den Körper durch und drückte sich gegen ihn. »Nein, ich will nicht schlafen.«

Er hätte gern gefragt, was sie stattdessen machen wollte, aber ehrlich gesagt hatte er Angst vor der Antwort. Sie hätte seine Beherrschung verpuffen lassen.

Er hatte noch nie ein Mädchen so unbedingt gewollt wie Sam in diesem Moment, trotzdem war ihm klar, dass die Umstände furchtbar waren.

Als sie sich noch mal durchstreckte, verweilte ihr Mund nur einen Millimeter vor seinem. Sie atmete aus, sah ihn bittend an.

»Was machst du, Sam?«, hauchte er beinahe verzweifelt und schloss die Augen.

»Ich dachte, du willst mich …«, flüsterte sie mit schwacher Stimme.

Bastian seufzte. »Das tue ich. Du weißt gar nicht, wie sehr.«

Sie drückte ihm einen vorsichtigen Kuss auf die halb geöffneten Lippen.

»Lässt du mich jetzt flehen?«, fragte Sam leise.

Er rückte ein paar Zentimeter weg, weil er mit jedem neuen Satz von ihr unzurechnungsfähiger wurde.

»Nein, aber du bist heute so verletzt worden. Du bist durch den Wind. Ich weiß nicht, ob du …«

»Ich weiß, was ich hier mache«, unterbrach sie seinen Satz, bevor er zu stottern beginnen konnte.

Sam wurde nicht lauter, nur eindringlicher.

»Du willst mich, ich brauche dich – was ist falsch daran?«, wollte sie wissen, weil das in ihrem müden, überforderten Verstand Sinn machte.

»Nichts … nur …«

»Küss mich.«

»Okay.«

Bastian hatte genug protestiert, jetzt konnte er nicht mehr. Als er seine Lippen auf ihre drückte, erwiderte sie den Kuss sofort. Sie schmeckte gut, verheißungsvoll und ihre Hände wurden endlich warm.

Als er in Zeitlupe von ihr abließ, schenkte sie ihm das Lächeln, das er brauchte, um noch weiter zu gehen. Seine Hände schoben sich unter Sams Shirt, streiften es nach oben. Ihre Haut war samtweich. Er küsste ihren Hals entlang, entlockte ihr ein genießerisches Seufzen.

Sams Körper reagierte sofort auf Bastian. Das Verlangen überlagerte alles andere, schob die negativen Gefühle so weit weg, als wären sie nie da gewesen. Der Moment war perfekt und darum herum existierte einfach nichts. Es gab kein Vorher und kein Nachher, keine Reue und kein Gewissen. Da waren nur Bastian und Sam und ihr ganz persönlicher Moment.

Fluchtinstinkt

Sams Atem beruhigte sich gerade erst wieder. Bastian lag schon entspannt neben ihr und lächelte das zufriedenste Lächeln, das jemals seine Lippen gezeichnet hatte. Er hatte eindeutig die bessere Kondition, deshalb war er gerade eben auch nicht so aus der Puste gekommen wie sie.

»Alles klar?«, wollte er wissen.

Das hatte er schon dreimal gefragt. Sam nickte diesmal nur. Jetzt, da die Lust verflogen war, fühlte sich alles anders an, auch Bastians Nähe. Sie war ihr nicht unangenehm, nur peinlich. Das hier war ihre Idee gewesen, deshalb bekam auch Sam und nicht Bastian das schlechte Gewissen.

Vielleicht hatte sie ihn ausgenutzt, um sich kurzfristig besser zu fühlen – mit Sicherheit hatte sie genau das gemacht. Ob er ihr irgendwann dafür böse sein würde?

Sein Handy klingelte schon zum dritten Mal. Jetzt, da er Zeit hatte, ranzugehen, nahm er den Anruf genervt entgegen.

»Was willst du, Pia?«

Bastian rechnete mit irgendeiner Nichtigkeit, aber das Gespräch war ernster. Er lauschte ihr ein paar Sekunden. Sam beugte sich neugierig nach vorn. Ihr Herz verkrampfte sich, weil sie Angst bekam, dass es um Chris ging.

Bastians Miene verfinsterte sich. »Nein! Es ist mir egal, was er will! Auf wessen Seite stehst du eigentlich?!«

Sam schossen die Tränen so schnell in die Augen, dass sie nicht verhindern konnte, dass ein paar auf Bastians Bettdecke tropften. Pia wusste es, alle wussten es. Alles, was sie bis gerade eben verdrängt hatte, kam wieder hoch.

»Es geht ihn nichts an, wo sie ist! Dich auch nicht!«, fauchte Bastian.

Er sah Sam aus dem Augenwinkel weinen. Sie wollte aufstehen, aber er hielt sie am Arm fest.

»Warte! Ist schon gut …«, flüsterte er ihr zu, aber sie schüttelte nur den Kopf.

»Lass mich los! Ich will ins Badezimmer!«

Natürlich ließ Bastian los, aber nicht gern.

Er hörte sich noch kurz Pias seltsamen Erklärungsversuche an, dann legte er einfach auf. Dass sie sich tatsächlich auf Chris' Seite stellte, stieß bei ihm auf Unverständnis. Anscheinend hatte er sie angerufen, um ihr einzureden, dass die Sache mit seiner Ex nur ein Missverständnis war. Dass sie so naiv war, ihm zu glauben, war typisch Pia.

Sam hatte sich im Badezimmer eingeschlossen und heulte wieder unkontrolliert. Chris suchte nach ihr, aber sie verstand nicht, wieso. Sie hätte es nicht ausgehalten, mit ihm zu reden, sie konnte ihn nicht mal ansehen. Er durfte auf keinen Fall mitbekommen, wie erbärmlich sie war, wie sie seinetwegen litt. Sie stand auf und gab dem Fluchtdrang, der in ihr aufkam, einfach nach, weil sie keinen besseren Ausweg wusste.

Bastian ließ Sam ein wenig Zeit. Er lag in seinem Bett und starrte auf das *Linkin Park*-Poster an der Wand, das dort schon seit fünf Jahren hing.

Hoffentlich ging es ihr bald besser. Es würde aber sicher eine ganze Weile dauern, bis sie diesen Tag verdaut hatte. Das, was vorhin hier passiert war, war sicherlich nicht die beste Idee gewesen, aber ihre Freundschaft würde das aushalten, so viel war sicher. Wichtig war nur, dass sie diesen Idioten aus dem Kopf bekam.

Chris wusste jetzt, wo Sam war. Pia hatte ihm zwar dringend abgeraten, dorthin zu fahren, aber es brauchte schon mehr als einen knurrenden achtzehnjährigen Schweden, um ihn davon abzuhalten, diese Sache klarzustellen.

Die Gewissheit, dass sie bei ihm war, schmerzte, aber er machte Sam keine Vorwürfe, schließlich hatte sie allen Grund, zu glauben, er hätte sie mit Nicole betrogen.

Für Sam war die Sache mit ihrer Beziehung mit Sicherheit gelaufen. Hoffentlich war sie offen für seine Erklärungsversuche. Chris brauchte nur ein paar Minuten mit ihr allein, um dieses intrigante Spiel aufzulösen, und die würde er um jeden Preis bekommen.

Nach zwanzig Minuten hielt es Bastian nicht mehr aus und er ging in Richtung Badezimmer. Er musste wissen, ob alles in Ordnung war.

Zögerlich klopfte er an die Tür. »Sam?«

Er lauschte angestrengt, aber die Reaktion blieb aus. Als er die Türklinke nach unten drückte, wunderte er sich zuerst, dass nicht abgeschlossen war, dann erkannte er, warum – sie war nicht da.

Ihren Namen rufend, lief er die Treppe hinunter. Er machte sich Vorwürfe, weil er sie allein gelassen hatte. Sie konnte aber nicht weit gekommen sein, er würde sie bestimmt einholen.

Mit großen Schritten eilte er ins Vorzimmer. Routiniert griff er, ohne wirklich hinzusehen, nach seinem Autoschlüssel und fasste ins Leere. Auch als er hinsah, blieb der Schlüssel verschwunden.

Er versuchte sich zu erinnern, wo er ihn das letzte Mal gesehen hatte, dann fiel sein Blick auf den Zettel, der am Spiegel klebte.

Sam hatte ihm eine Nachricht hinterlassen und sie war in Eile gewesen, denn ihre Schrift war kaum zu entziffern.

Es tut mir leid, dass ich einfach so abgehauen bin, aber ich will allein sein. Mach dir bitte keine Sorgen um mich oder uns, du bist und bleibst mein bester Freund und bedeutest mir unglaublich viel. Es war meine Schuld, was heute passiert ist, mach dir bitte keine Vorwürfe, es war schön, aber ich kann nicht klar denken. Morgen melde ich mich und dann reden wir, versprochen!

Bastian las die Worte ›du bist und bleibst mein bester Freund‹ fünfmal. Seufzend schloss er die Augen und spürte ein ungutes Gefühl in der Magengegend aufkommen. Vielleicht war es das, was sie waren, und nicht mehr – Freunde. Aber bevor er weiter darüber nachdenken konnte, wurde er von einer furchtbaren Vorahnung übermannt.

»Sag, dass du nicht mein Auto geklaut hast!«, flehte er im Selbstgespräch und lief hinaus in die Garage. Nicht nur, dass sie weg war, sie war auch tatsächlich mit seinem Porsche abgehauen, dem Porsche, den er dreimal in der Woche putzte und polierte und mit dem er eigentlich in achtzig Jahren begraben werden wollte.

»Du kannst doch gar nicht mit Automatik fahren!«, jammerte er gequält vor sich hin, noch immer ein Selbstgespräch führend.

Aufgescheucht rannte Bastian im Kreis, sich selbst ständig gut zuredend. In erster Linie machte er sich zwar Sorgen um Sam, aber auch um sein Auto. Er konnte nicht aufhören, sich auszumalen, wie sie mit voller Wucht mit dem linken Fuß, im Glauben, auf die nicht vorhandene Kupplung zu treten, auf die Bremse eindonnerte. Die Vorstellung bereitete ihm Kopfschmerzen.

Ein lautes, dumpfes Motorgeräusch ließ Bastian aufhorchen. Erst dachte er, seinen Porsche zu hören, dann identifizierte er den Sportwagen, der gerade in seine Einfahrt eingebogen war, genauso schnell wie den Fahrer.

Ein Team wider Willen

Chris stieg aus und lief in Richtung Haustür. Die ganze Autofahrt über hatte er sich nichts sehnlicher gewünscht, als Sam endlich zu sehen und ihr alles zu erklären. In der Hoffnung, seinen Wunsch jeden Moment wahr machen zu können, betätigte er die Klingel und nahm just in diesem Moment Bastian aus dem Augenwinkel wahr. Mit versteinerter Miene kam er auf ihn zugestürmt.

»Ist sie hier!?«, wollte Chris wissen und ignorierte die finsteren Blicke, die ihm galten.

»Das geht dich einen Scheißdreck an!«, entgegnete Bastian und schlug einfach zu.

Er traf Chris genau unter dem linken Auge. Nachdem er den Schmerz kurz zugelassen hatte, packte er Bastian an den Schultern und donnerte ihn unsanft gegen die Hausmauer.

»Ich will mich nicht mit dir schlagen! Ich will nur mit Sam reden!«

»Ach ja, und was willst du ihr sagen?! Dass du ein egoistisches, notgeiles Arschloch bist? Ich glaube, dass sie das schon ganz alleine herausgefunden hat!«

Bastian redete sich in Rage. Er schlug wieder zu, diesmal reagierte Chris aber schnell genug und packte ihn am Arm. Dass er zurückschlug, war mehr ein Reflex, den er im letzten Moment zum Glück zügeln konnte. Er traf Bastian nicht fest und ließ ihn gleich wieder los.

»Ich habe keine Lust, mich mit einem blöden Schuljungen zu schlagen! Du hast ja keine Ahnung! Geh mir aus dem Weg!«

Er lief durch die Haustür. Bastian wollte Chris gerade nachlaufen, aber er bremste ganz von allein ab und kam rückwärts wieder zurück. Während er in die schwarzen, aufmerksamen Augen des Rottweilers sah, der im Flur lag, hörte er Bastian hinter ihm lachen.

»Na? Hast du es dir doch anders überlegt? Gehst du wieder? Schade …«

»Komm schon! Ich will nur mit ihr reden! Das ist alles ein riesiges Missverständnis!« Chris behielt den schwarzen Hund genau im Auge, während er versuchte, Bastian von seinem Vorhaben zu überzeugen.

»Ach ja? Dann hast du also aus einem Missverständnis heraus mit irgendeiner Schlampe geschlafen? Ja, das ist verständlich, ich wache auch dauernd auf und stelle fest, dass ich aus Versehen meine Ex geknallt habe!«

»Nein! Ich habe nicht mit ihr geschlafen! Nicole ist manipulativ und auf Rache aus! Sie wollte Sam nur glauben machen, ich hätte mit ihr geschlafen, aber das stimmt nicht!«

»Eine noch doofere Ausrede ist dir nicht eingefallen?!«

»Ich schwöre beim Grab meiner Mutter, dass ich Sam nicht betrogen habe!«

Auch wenn sich der Rottweiler hingelegt hatte, traute sich Chris beim besten Willen nicht vorbei.

Bastian war froh, dass Chris Ares nicht einschätzen konnte. Hätte er den sechzig Kilo schweren Hund gekannt, hätte er gewusst, dass das Schlimmste, was ihm passieren konnte, ein Paar angesabberte Schuhe waren. Bastian war schon stolz, dass Ares einfach nur dalag und nicht irgendeinen Ball anschleppte, um ihn Chris vor die Füße zu werfen – das hätte wenig bis gar keinen furchteinflößenden Eindruck hinterlassen.

Dass Chris so überzeugend klang, wollte Bastian überhaupt nicht gefallen. Jetzt verstand er zumindest, wie er Pia eingelullt hatte.

»Du lügst echt verdammt überzeugend! Du solltest Schauspieler werden!«

»Ich lüge nicht! Bastian! Bitte!«

Der Braunhaarige begann, den Kopf zu schütteln, weil Chris' ehrlicher Tonfall ihn verwirrte. »Was spielt es für eine Rolle, ob ich dir glaube oder nicht?!« Diese Überzeugungskraft machte ihn wütend. Wieso war dieser arrogante Bastard so verdammt glaubwürdig?

»Du weißt doch, wo sie ist, oder? Lass mich nur kurz mit ihr reden! Wenn sie mich dann immer noch wegschickt, gehört sie dir! Aber erst nachdem ich ihr alles erklärt habe!«

Chris' Worte hallten in Bastians Bewusstsein wider. ›Dann gehört sie dir‹ klang genauso verlockend wie surreal und stand in Kontrast mit Sams Brief. Sie würden nie einander gehören, aber dieses eine Mal konnte ihnen niemand mehr nehmen.

»Und was ist wirklich passiert?! Wenn du so von deiner Unschuld überzeugt bist, solltest du ein paar gute Fakten auf Lager haben!«

Bastian hoffte immer noch, dass Chris irgendwie einknicken würde, aber sein selbstsicheres Auftreten sprach dagegen.

»Ich habe mein Handy im Museum vergessen und Nicole hat diese dämlichen Nachricht geschrieben und es dann irgendwie geschafft, dass Sam sie liest. Ich war zu dem Zeitpunkt, in dem ich mit ihr hätte schlafen sollen, nicht mal in der Nähe des Museums! Ich habe mich mit meinem Vater getroffen, ich bin, lange bevor ich angeblich mit ihr geschlafen habe, weggefahren. Und jetzt sag mir bitte, wo Sam ist!«

Chris' Stimme klang zwar noch wütend, hatte aber einen verdächtig flehenden Unterton angenommen.

Bastians Magen verkrampfte sich. Erst jetzt, wo er seine Wut einigermaßen im Griff hatte, wurde ihm wieder bewusst, dass Sam noch immer verschwunden war und dass er nicht ganz unschuldig daran war. So gern er Chris auch die unverblümte

Wahrheit über das, was in seinem Bett vorgefallen war, ins Gesicht geschmettert hätte, im Moment war das keine Option.

»Sam war hier, aber jetzt ist sie weg!«, rückte er mit der nicht mal halben Wahrheit heraus.

»Und wo ist sie?!«

»Ich weiß nicht, aber sie ist noch nicht lange weg.«

Ohne lange darüber nachzudenken, rannte Chris zu seinem Auto. Er hatte Sam zum zweiten Mal an diesem Tag verpasst, am liebsten hätte er geschrien.

»Wo willst du sie denn suchen, du Spinner?!«, wollte Bastian wissen, der neben Chris herlief und beinahe in eines der Löcher gefallen wäre, das Ares im Vorgarten gegraben hatte.

»Du sagst, sie ist noch nicht lange weg? Wie weit kann sie zu Fuß schon kommen? Ich hole sie leicht ein.«

Bastian beäugte Chris' Mercedes skeptisch. »Das glaube ich nicht!«

»Wieso?!«

»Weil sie stärker motorisiert ist als du!«

»Was?!«

»Sie hat mein Auto geklaut.«

Chris wollte gerade einsteigen und stand in Gedanken schon auf dem Gaspedal, als Bastian sich rempelnderweise an ihm vorbeidrängte und sich auf den Fahrersitz setzte.

»Bist du jetzt komplett verrückt geworden!? Raus aus meinem Auto!«

»Ich fahre mit!«

»Nur über meine Leiche!«

»Bring mich nicht auf blöde Gedanken! Ich will auch mit Sam reden! Außerdem weiß ich, wo sie hingefahren ist! Lass mich fünf Minuten mit ihr reden, wenn sie dann noch immer dich will, gehört sie dir ...«, erklärte Bastian ernst und nahm dabei gewollt den Tonfall an, den Chris benutzt hatte, als er Minuten zuvor beinahe dasselbe gesagt hatte.

Chris war komplett übermüdet, aufgewühlt und wahrscheinlich verrückt, vielleicht zog er Bastians Vorschlag deshalb in Erwägung. Er wusste, wo Sam war, so konnte Chris sie schneller finden und die Sache mit Nicole aufklären. Außerdem konnten sie eine weitere Sache aus der Welt schaffen.

Chris hasste Bastian zwar noch immer wie die Pest, aber Sam zuliebe war es vielleicht das Beste, sie würde die Gelegenheit bekommen, endlich eine Entscheidung zu treffen. Auch wenn Chris sie noch so liebte, er hatte wahrscheinlich genauso wenig Lust wie Bastian, weiterhin dauernd das Gefühl zu haben, Sam mit jemandem teilen zu müssen.

»Na gut! Aber nur, weil ich absolut keine Lust auf eine Dreiecksbeziehung mit dir habe und nie haben werde! Lass uns die Sache aus der Welt schaffen! Und jetzt: Get the fuck out of my car and put your ass on the passenger seat!«

Bastian zog, gespielt unbeeindruckt von der englischen Brüllerei, die Augenbrauen hoch. »Bei der Sache mit dem Dreier bin ich ganz deiner Meinung – mir wird ja schon bei der Vorstellung übel. Aber ich fahre! Du fährst doch bestimmt wie ein alter Mann!«

»Ich lasse kein Kind mein Auto fahren!« Ohne sich auf weitere Diskussionen einzulassen, packte Chris Bastian am Arm und riss ihn nach draußen.

»Aua! Weißt du, dass du ganz schön gewalttätig bist?!«, meckerte der Braunhaarige, raffte sich vom Boden auf und schaffte es gerade noch auf den Beifahrersitz, bevor Chris das Gaspedal ganz durchgedrückt hatte.

»Ich und gewalttätig?! DU hast mir eine reingehauen!«

»Ja ...«, entgegnete Bastian grinsend. »Und es schwillt schon an! Ich habe echt einen ganz schönen Schwung drauf!«

Der Braunhaarige grinste und erntete dafür unermesslich böse Blicke.

Chris konnte sich nicht erinnern, wann ihm das letzte Mal jemand so auf die Nerven gegangen war.

»Wohin?!«, wollte er wissen und versuchte, seine linke Augenbraue, die wütend auf und ab zuckte, jedes Mal, wenn Bastian ihn so dümmlich arrogant anschaute, unter Kontrolle zu bekommen.

»Fahr einfach weiter geradeaus, ich klär den Rest.«

Er kramte in seiner Hosentasche nach seinem Handy.

»Du wirst Sam nicht erreichen, das versuche ich schon die ganze Zeit«, erklärte Chris genervt.

»Ich bin ja auch nicht so vertrottelt wie du!«

Bastian lauschte dem Piepsen am anderen Ende, bis sich Pia meldete.

»Wo würde Sam hinfahren, wenn sie ein Auto geklaut hätte?«, wollte er sofort von ihr wissen, ohne irgendetwas zu erklären.

»Was? Ich dachte, sie wäre bei dir! Wieso hat sie ein Auto geklaut?!«

»Erklär ich dir alles später, aber ich will wissen, wo sie hingefahren sein könnte.«

»Aber …!«

»Pia, nein! Ich erklär es dir später! Wo würde sie hinfahren?«

»Hmm …« Sie überlegte, musste aber zuerst ihre naturgegebene Neugier unterdrücken. »Ich weiß nicht genau, aber ich könnte mir gut vorstellen, dass sie …«

Als Pia ihre Vermutung aussprach, ärgerte sich Bastian, dass er nicht selbst darauf gekommen war. Mit einem »Danke« legte er auf und griff Chris ins Lenkrad. Der Mercedes wendete mit quietschenden Reifen.

»Hast du einen Vollknall!?«, schrie der Blonde und konnte nicht anders, als seinem Beifahrer einen Schlag auf den Hinterkopf zu verpassen. »Willst du uns umbringen?! Fass nie wieder mein Lenkrad an!«

»Aber du bist in die falsche Richtung gefahren!«

»DU hast doch gesagt, ich soll dort langfahren!«

»Jetzt weiß ich aber, wo wir hinmüssen!«

Bastian erklärte Chris, wo Sam hingefahren war. Auch ihn überraschte die Wahl des Ortes nicht, obwohl er selbst wahrscheinlich nicht darauf gekommen wäre. Es stimmte ihn ein wenig wehmütig, aber bevor er dieser Wehmut nachgeben konnte, meldete sich Bastian wieder zu Wort. »Du fährst echt wie ein alter Mann mit Hut! Außerdem riecht es hier komisch. Was ist das?«

»Sei einfach still und beschränk dich aufs Atmen!«, verlangte Chris.

Ob Sam sauer sein würde, wenn er Bastian einfach bei voller Fahrt aus dem Wagen warf?

»Fahr auf die Autobahn, dann sind wir schneller!«, verlangte der Braunhaarige, der Chris' Sprechverbot einfach ignorierte.

»Sind wir nicht! Wir fahren über die Bundesstraße, die Strecke ist kürzer!«

»Du bist echt dumm wie Toast. Da, wo ich herkomme, weiß jeder, dass man schneller ist, wenn man über die Autobahn fährt!«

»Und da, wo ich herkomme, gibt es Medikamente für Kinder wie dich! Pech gehabt, anscheinend kriegen wir heute beide nicht das, was wir für üblich halten!«

»Bist du eigentlich immer so ätzend?«

»Nein, nur wenn ich gezwungen bin, das Gefasel von rolligen Spätpubertären zu ertragen!«

»Du wirst mir echt immer sympathischer!«

»Du mir auch!«

Aussprache

Sam saß am Seeufer und blickte wieder in diesen unglaublich schönen Sternenhimmel. Es war eine gute Idee gewesen, herzufahren. Sie hatte zwar ein schlechtes Gewissen, Bastians Auto ungefragt entwendet zu haben, aber er würde es sicher verstehen. Morgen würde er den Porsche zurückbekommen und eine Entschuldigung dazu.

Er hatte eine Aussprache verdient, auch wenn sie sich noch nicht sicher war, was sie zu ihm sagen würde. Sie fühlte sich unweigerlich zu ihm hingezogen, mochte die Art, wie er sie berührte und küsste. Mit Bastian konnte sie über alles reden, über alles lachen, er kannte ihre Launen, durchschaute ihr Gefühlsleben, aber etwas Entscheidendes fehlte. Es war nicht wie bei Chris. Der Gedanke an ihn rief das Gefühlschaos wieder wach.

Sam schaffte es mittlerweile, die Tränen zu unterdrücken, aber der Schmerz war so intensiv wie heute Nachmittag, vielleicht noch schlimmer.

Auch wenn das Kapitel O'Shay ein für alle Mal abgeschlossen war, liebte sie ihn noch, egal wie schlecht er sie behandelt hatte. Wahrscheinlich würde sie ihn noch so lange lieben, bis sie jemanden gefunden hatte, der ihr wieder genau das gab, was er ihr gegeben hatte. Ob sie jemals wieder so jemanden treffen würde, wusste sie nicht. Es war wohl oder übel an der Zeit, die Mauer aus Sarkasmus und Launen wieder zu errichten, so lange, bis jemand kam, der sie durchbrechen konnte, aber daran glaubte Sam im Grunde sowieso nicht.

Sie schloss die Augen und gab sich noch einmal der Vergangenheit hin, der, in der sie noch gedacht hatte, Chris würde es ernst meinen. Sie genoss das Zahnpastalächeln, die Huskyaugen und seine einnehmende Art, zu sprechen.

Beinahe hätten die Tränen sie doch wieder übermannt, hätte sie nicht ihren Blick schweifen lassen und etwas entdeckt, das ihr in jeder Lebenssituation Ablenkung verschafft hätte.

Mit einem sanften Lächeln auf den Lippen raffte sich Sam auf und ging in Richtung des Gartenzwerges, der sie mit seinen großen Kulleraugen anstarrte.

»Na du?«, meinte sie und griff nach der roten Mütze.

Noch immer hielt sie Keramikzwerge für die absurdeste, je von Menschenhand erschaffene Scheußlichkeit, aber sie konnte etwas emotionalen Beistand gebrauchen.

»Über die Autobahn wären wir tausendmal schneller gewesen!«, motzte Bastian auf dem Beifahrersitz und begann aus Langeweile über die lange Fahrt, Chris' Handschuhfach auszuräumen.

Er kramte einige USB-Sticks, Taschentücher, einen Eiskratzer hervor und warf dann alles nach hinten auf die Rückbank.

»Was zur Hölle machst du denn da?!«, wollte Chris wissen, der gerade seinen Eiskratzer auf dem Flug nach hinten beobachtete.

»Du hast da echt nur langweiliges Zeug drin!«

»Hör sofort auf, mein Handschuhfach auszuräumen! Wie alt bist du denn?! Drei?!«

»HA!«, rief Bastian mit einem Mal, der gerade mit der Hand im hintersten Winkel des Handschuhfachs steckte.

Mit einem vorwurfsvollen Grinsen im Gesicht hielt er Chris das Kondom unter die Nase, das er gerade gefunden hatte.

»Was? Findest du mich auf einmal doch sympathisch oder warum hältst du mir das Ding unter die Nase?«, scherzte er und zauberte damit einen angewiderten Ausdruck in Bastians Gesicht.

»Oh mein Gott! Allein die Vorstellung bringt mich um! Aber ich habe kein Kondom in meinem Handschuhfach!«

»Du bist ja auch ein Kind. Außerdem ist das Ding da schon seit Jahren drin. Aber du kannst es gerne haben, du wirst es brauchen, nachdem dich Sam endgültig abserviert hat.«

Chris wartete auf eine bissige Antwort – vergebens.

Nachdem Bastian das Handschuhfach wieder zugeknallt hatte, lehnte er seinen Kopf an die Genickstütze und blickte stur nach vorn.

Chris war dankbar für das Schweigen, aber gerechnet hatte er mit dieser Reaktion nicht. Er hatte angenommen, dass Bastian zumindest versuchen würde, um Sam zu kämpfen, aber er wirkte gerade nicht sonderlich kampflustig.

»Warum ist sie weggelaufen?«, wollte er wissen, auch auf die Gefahr hin, dass die Antwort Informationen enthielt, die ihm zusetzten.

»Sie wollte allein sein, weil irgendein Arschloch, von dem sie eigentlich geglaubt hat, er würde sie lieben, sie betrogen hat und ihr dann hinterhergelaufen ist! Was fragst du so dämlich!?«

»Zum hundertsten Mal, ich habe sie nicht betrogen! So gern du das auch hättest, aber so etwas würde ich nicht machen. Außerdem ist sie doch zu dir gekommen, warum hat sie dann dein Auto geklaut und wieso um Himmels willen hast du das nicht mitbekommen?«

»Einfach so! Nerv mich nicht, O'Schwachkopf! Überleg dir lieber, was du zu Sam sagst! Wenn sie noch einmal wegen dir heult, breche ich dir die Nase!«

Abgesehen von der Androhung der Gewalt klangen Bastians Worte beängstigend motivierend. Außerdem hatte er Chris jede noch so winzige Anspielung auf das, was er und Sam getan hatten, als sie allein gewesen waren, erspart.

»Tut mir leid wegen vorhin, ich wollte dir nicht wehtun«, entschuldigte sich Chris einsichtig und dankbar für Bastians Schweigen.

»Entschuldigung angenommen! Ach, mir tut es übrigens nicht leid und wenn du zwecks Symmetrie auch einen blauen Ring um das andere Auge haben willst, brauchst du mich nur zu fragen!«

Chris seufzte, hielt sich aber an, ruhig zu bleiben, weil er seine letzten Kräfte für seine Entschuldigung bei Sam brauchte.

Als auch die CDs aus dem Seitenfach fliegend den Weg auf die Rückbank fanden, wurde er aber doch noch einmal wütend.

»Finger weg von meinen Sachen! Sonst fessle ich dich mit dem Gurt!«

»Ich stehe nicht auf Bondage, aber danke für das Angebot!«

Es dauerte eine gefühlte Ewigkeit, bis die beiden endlich an ihrem Ziel ankamen. Langsam lenkte Chris den Wagen an der schmalen Seestraße entlang, bis Bastian ihn zum Anhalten aufforderte.

»Lass das Auto hier stehen. Wenn Sam dich sieht, haut sie vielleicht wieder ab und ich habe echt keine Lust, dass sie mein Auto als Fluchtfahrzeug verwendet!«

Er willigte ungern ein, aber Bastians Idee war von einer bestechenden Logik begleitet. Sam glaubte noch immer, er hätte sie mit Nicole betrogen, sie würde ihm sicher nicht um den Hals fallen.

Im Schutz der Dunkelheit liefen Chris und Bastian schweigend am See entlang, so lange, bis sie Sam gefunden hatten. Sie lag im Gras, einen Gartenzwerg neben sich gebettet, und hatte die Augen geschlossen.

»Lass mich zuerst mit ihr reden!«, forderte Bastian.

»Nein, ich warte schon den ganzen Tag! Ich will das jetzt endlich aus der Welt schaffen!«

Chris' Emotionen kochten wieder hoch. Er wollte nichts sehnlicher, als sich endlich zu erklären und Sam um Verzeihung zu bitten.

»*Ich* bin ihr bester Freund und sollte schon allein deshalb zuerst mit ihr reden dürfen! Außerdem will ich nicht, dass du sie mit deiner Anwesenheit einfach so überrumpelst! Lass mich mit ihr reden, dann tut sie sich auch leichter, dich zu verstehen.«

Wieder klangen Bastians Worte verdächtig logisch. Chris hätte ihn schon beinahe vom nervenden Kind zum nervenden Erwachsenen befördert, hätte er ihm bei seinem Abgang nicht den Mittelfinger gezeigt.

Chris hasste ihn zwar noch, aber seine Anwesenheit war hilfreich, auch wenn Bastian das alles nicht für ihn tat, sondern für Sam.

Beinahe geräuschlos lief Bastian zu ihr. Er wollte Sam nicht erschrecken und räusperte sich laut genug, um sie dazu zu bringen, die Augen zu öffnen.

Sie raffte sich auf und brauchte eine Weile, um ihr Gegenüber in der Dunkelheit zu erkennen. »Bastian?«

»Hast du dich tatsächlich mit den Gartenzwergen zusammengetan?«, scherzte er, um den überraschten Ausdruck von ihrem Gesicht zu vertreiben.

»Wie kommst du hierher? Woher wusstest du überhaupt …«

»Pia«, antwortete er kurz und knapp.

»Du bist mit Pia hier?«

»Nein, aber sie hat mir gesagt, wo du bist. Man möchte es kaum glauben, aber die kleine, liebestolle Irre kennt dich echt gut.«

Sam wusste nicht, was sie sagen sollte, weil sie auf kein Gespräch vorbereitet gewesen war. Sie hatte nicht damit gerechnet, dass Bastian hier auftauchen würde. Sie begann, eine Entschuldigung zu stammeln. »Ich … es tut mir leid, dass ich …«

»Schon gut.« Er winkte ab und schickte ein schnelles Stoßgebet in Richtung Himmel, in dem es um die Unversehrtheit seines Porsche ging. »Hör zu, Sam, was da vorhin in meinem Bett passiert ist, tut *mir* leid. Das heißt, eigentlich tut es mir nicht leid, es war schön, mehr als das sogar, aber wir zwei neigen echt zu einem ganz schön beschissenen Timing.«

Ein sanftes Lächeln begleitete Bastians Worte. Sam stand einfach nur da und starrte ihn an. Verlegen verlagerte sie ihr Gewicht von einem Bein aufs andere und fühlte sich überfordert. Der Tag dauerte schon lange und hatte viele Nerven und Tränen gekostet, einen klaren Gedanken zu fassen, fiel ihr schwer.

Bastian seufzte. »Es hat zwar eine Weile gedauert, bis ich es geschnallt habe, aber so ungern ich es auch zugebe, der Idiot macht dich glücklicher als ich – beziehungstechnisch. Wir machen uns am besten als Freunde, darin haben wir zumindest mehr Routine«, stellte er fest, schmunzelte und ging einen Schritt auf sie zu, um sie in den Arm zu nehmen.

Sie rührte sich die ersten Sekunden nicht, weil sie seine Worte in Gedanken noch mal ordnen musste.

»Du willst, dass ich zu Chris zurückgehe, obwohl er mich betrogen hat? Willst du mich echt so unbedingt wieder loswerden?«

Sam verstand die Welt um sich herum nicht mehr. Hatte Bastian tatsächlich das gesagt, was sie gehört hatte?

Sie drückte ihn von sich, begann mit den Tränen zu kämpfen.

Bastian zuckte mit den Schultern »Na ja, in Anbetracht der Umstände …«

Sam weinte, weil sie sich hängen gelassen fühlte.

»Du liebst ihn doch, oder? Gestern auf der Party warst du noch ganz verrückt nach ihm.«

»Es ist doch egal, ob ich ihn liebe oder nicht! Er hat …«

»Das ist ja der Punkt!«, unterbrach Bastian sie, bevor sie sich wieder ihren Gefühlen hingeben konnte.

Er konnte diesen Anblick nicht länger ertragen. Sie sah so fertig aus, verwirrt und verzweifelt.

»Was, wenn er dich gar nicht betrogen hat? Dann würdest du doch zu ihm zurückgehen, nicht wahr?«

Sam wusste nicht, was sie auf diese Frage antworten sollte. Es machte für sie keinen Sinn, sich so absurde Eventualitäten auszumalen, es tat einfach nur weh.

»Würdest du dann zu ihm zurückgehen, wenn du wüsstest, dass er dich liebt, oder würdest du mit mir nach Hause fahren?«

»Was ist denn auf einmal los mit dir? Bist du nur hierhergefahren, um mich fertigzumachen?!« Sam wandte ihren Blick ab, während ihr die Tränen wieder über die Wangen liefen.

»Das ist mein Ernst, aber du brauchst nicht zu antworten. Nicht nur Pia kennt dich gut, ich habe auch ein wenig Ahnung von dir.«

Sie sträubte sich dagegen, aber Bastian nahm sie wieder in den Arm. Er wischte ihre Tränen weg und hielt sie so lange fest, bis sie wieder ruhiger wurde. »Er ist verrückt nach dir, ich hasse ihn trotzdem, aber es ist unwichtig, was ich denke. Wichtig ist, dass du aufhörst, so fertig auszusehen und Gartenzwerge anzuhimmeln, das ist nämlich echt beängstigend! Wenn Chris dich dazu bringt, wieder glücklich zu sein, dann soll es mir recht sein. Ich will die alte Sam wieder. Wenn ich das alles nur bekomme, wenn du mit ihm zusammen bist, dann okay. Ganz schön egoistisch, oder?«

Sam schüttelte den Kopf. »Und ich soll mich einfach so betrügen lassen und trotzdem glücklich sein?«

»Nein, aber das ist jetzt nicht mehr mein Part. Versprich mir einfach, dass du dich bei mir meldest, sobald du mir verziehen hast.«

Er gab ihr einen kleinen, unschuldigen Kuss auf den Mundwinkel und ließ dann von ihr ab. »Hey, O'Shay! Tanz an, sonst überlege ich es mir doch noch anders!«, brüllte Bastian plötzlich in die Dunkelheit.

Sam stand wie angewurzelt da und konnte nicht glauben, was sie sah. Bastian hatte tatsächlich Chris mitgebracht. Sie hatte gehofft, ihn nie wiederzusehen.

Eine Mischung aus Wut und Demütigung machte sich in ihr breit und ließ sie nicht einmal bemerken, dass Bastian verschwand und sie mit Chris allein ließ.

»Sam.«

Er sprach ihren Namen ganz vorsichtig aus. Es dauerte nicht lange, bis er direkt vor ihr stand. Sein Blick war traurig, unter seine Augen hatte sich ein dunkler Schatten gelegt.

»Was willst du denn hier?!«

Eigentlich wollte sie ihn anschreien, aber sie krächzte nur, weil ihr Hals schmerzte. Am liebsten wäre sie einfach weggelaufen, aber Chris griff ihre Hand und machte keine Anstalten, loszulassen.

»Es tut mir … unendlich leid, was passiert ist. Du musst dich furchtbar fühlen, aber bitte hör auf, zu weinen!«

Schluchzend versuchte Sam, sich zu beruhigen, aber sie konnte nicht.

»Ich habe dich nicht betrogen! Nicole hat mein Handy gefunden, als ich weg war. Sie hat das eingefädelt, ich war nicht mal in der Nähe des Museums, nachdem ich dich angerufen habe.«

Kopfschüttelnd stand sie da und lauschte den surreal klingenden Worten. Sie konnte sich nicht vorstellen, dass jemand so großen Aufwand betrieb, nur um Chris und sie auseinanderzubringen.

»Bitte glaub mir! Nicole wäre, selbst wenn wir nicht zusammen wären, der letzte Mensch auf der Welt, mit dem ich schlafen würde! Da musst du dir größere Sorgen machen, dass ich mit Bastian durchbrenne!«

Erst jetzt zählte sie eins und eins zusammen. Sie hatte Bastians Auto und er war trotzdem hier, er musste mit Chris gekommen sein.

Mit einem Mal ergaben auch Bastians seltsame Fragen und seine Ansprache Sinn. Er glaubte Chris anscheinend, und das, obwohl er ihn nicht mal mochte.

Das Nachdenken half, die Tränen trocknen zu lassen und wieder einigermaßen klar im Kopf zu werden.

»Glaubst du mir?«, wollte Chris wissen. Seine Stimme war auch angeschlagen.

»Ich weiß nicht …«, antwortete sie ehrlich, weil sie sich nicht vorstellen konnte, dass alles, was sie durchgemacht hatte, nur Nicoles Schuld war.

»Was kann ich tun, damit du mir glaubst?«

»Warum bist du nicht nach Hause gekommen? Du warst so seltsam am Telefon.«

Seufzend schloss Chris die Augen und hätte sich am liebsten selbst geohrfeigt. »Wenn ich dir gleich die Wahrheit gesagt hätte, hättest du dich nicht so fertigmachen müssen. Dass es dir so schlecht geht, ist meine Schuld …« Er hielt noch immer ihre Hand. Er würde sie nicht loslassen, so lange, bis er alles erklärt hatte. »Zu Mittag wollte ich eigentlich wie abgemacht nach Hause kommen, aber dann hat mich mein Vater angerufen.«

Sie nickte, weil sich seine Erklärung ehrlich anhörte und zu ihm passte. Über Familienangelegenheiten sprach er nicht gern, das wusste sie.

»Er wollte sich mit mir treffen. Meine Großtante ist gestorben, es ging um ihr Testament und ein paar Unterschriften, die nicht warten konnten.«

»Das tut mir leid«, entgegnete sie leise.

»Schon gut, sie war fast neunzig Jahre alt und ist friedlich eingeschlafen, aber auf was ich eigentlich hinauswill, ist, dass mein Vater heute deshalb auf ein Treffen bestanden hat. Ich war also nicht im Museum, sondern in der Stadt in einem Restaurant. Du kannst meinen Vater fragen, glaub mir, der würde nicht freiwillig für mich lügen!«

Sam war unendlich erleichtert und doch irgendwie bedrückt. Sie wusste nicht, dass es Leute gab, die zu so gemeinen Dingen fähig waren. Nicole hatte Chris und ihr so wehgetan, und das alles nur aus verletztem Stolz.

»Es tut mir leid, dass ich ihr geglaubt habe …«, entschuldigte sie sich und trat unsicher einen Schritt näher an Chris heran. Ohne zu zögern, nahm er sie in den Arm. Es fühlte sich unbeschreiblich gut an.

»Entschuldige dich nicht, du kannst nichts dafür! Ich hätte dir gleich sagen sollen, dass ich mich mit meinem Vater treffe, aber ich wollte dir das alles nicht am Telefon erklären. Außerdem habe ich nicht damit gerechnet, dass Nicole so weit geht. Ich habe sie unterschätzt. Es ist meine Schuld, ich war zu naiv.« Er ließ seinen Blick über Sams Gesicht schweifen. »Du siehst fertig aus … das tut mir alles so leid.«

Sanft fuhr er ihr über den Rücken, bis sie begann, endlich ruhiger und gleichmäßiger zu atmen.

I love you

Sie standen eine ganze Weile vor dem See, bis es schließlich zu regnen begann. Die Tropfen formten kleine Wellen im Wasser und brachen die nächtliche Stille mit ihrem Prasseln.

»Komm mit ins Auto, sonst wirst du noch krank«, forderte Chris Sam auf, die ihm widerstandslos folgte.

Es war spät und jetzt, da sämtliche Anspannung mit einem Schlag von ihr abgefallen war, merkte sie, wie müde sie war.

Bei Chris musste es noch schlimmer sein. Er hatte in den letzten achtundvierzig Stunden kaum geschlafen. Sie stiegen in den Mercedes.

»Wo willst du hin?«, fragte Chris zögerlich, als er den Motor startete.

»Wie meinst du das?« Sams Verstand war viel zu müde, um seine Frage als beziehungsentscheidend zu entlarven.

»Willst du mit zu mir oder soll ich dich … soll ich dich zu Bastian fahren?«

Sie war mit einem Mal hellwach. Sie suchte in ihrer Hosentasche nach Bastians Autoschlüssel und glaubte kurz, sie hätte ihn verloren, bis ihr auffiel, dass Bastian auch schon längst verschwunden war. Er hatte sich seinen Schlüssel einfach zurückgeklaut.

Während sie über den Verbleib des Porsche nachdachte, hielt Chris das Schweigen kaum noch aus.

»Du kannst mir ruhig sagen, dass du wieder zu ihm willst, aber gib mir eine Antwort, sonst werde ich noch wahnsinnig.«

Erst jetzt bemerkte sie, dass sie seine Frage einfach ignoriert hatte. Ob er wusste, dass sie mit Bastian geschlafen hatte?

»Ich weiß nicht …«, gestand Sam, zumal sie sich nicht mehr sicher war, ob Chris ihr die Sache überhaupt verzeihen würde.

»Tu mir das nicht an, Sam! Ich kann nicht ständig im Ungewissen darüber bleiben, ob du ihn liebst oder mich. Das hat er im Übrigen auch nicht verdient, auch wenn er schwer gestört und hyperaktiv ist.«

»Ich liebe dich«, antwortet Sam, ohne auch nur eine Sekunde darüber nachzudenken.

»Bist du dir sicher?«

»Ja.«

»Dann fahre ich dich nicht zu Bastian?«

»Nein.«

»Nie wieder?«

Sie schüttelte den Kopf. »Das kann ich dir nicht versprechen. Er ist mein bester Freund, aber ich schwöre, dass du dir niemals wieder Sorgen machen musst, dass ich für ihn mehr empfinde, das tue ich nicht, ich bin mir jetzt sicher.«

»Na immerhin«, bemerkte Chris leise, ehe er etwas aussprach, das ihm schon längst auf der Seele und den Lippen brannte. »I love you.«

Auch wenn Sam mit ihren Kräften am Ende war und man mit den Geschehnissen des heutigen Tages locker einen Roman füllen konnte, entschädigte sie dieses Liebesgeständnis für alles.

»Also fährst du wieder mit zu mir?«, fragte er noch mal nach und sah Sam schwach schmunzeln.

»In dein weißes, steriles, keimfreies Schloss?«, scherzte sie und lachte zum ersten Mal seit einer gefühlten Ewigkeit.

Chris grinste schief. »Na ja, es hat dort jetzt eine etwas rauchigere Note, aber ansonsten …«

Sie riss die Augen auf. »Shit! Der Ofen!«

»Schon gut. Hat nur gekokelt, nicht gebrannt.«

Sam seufzte erleichtert. Sie lehnte ihren Kopf an die Scheibe und beobachtete die Lichter der Stadt, die in einiger Entfernung auftauchten.

»Hat die Mail von deinem Bruder auch mit dem Tod deiner Tante zu tun gehabt?«

Sie traute sich, nachzufragen, weil Chris vorhin gesagt hatte, dass er sie liebte. Mit jemandem, den er liebte, musste er über solche Dinge reden können.

Er blieb ganz ruhig, wurde nicht abweisend oder klang kühl.

»Ja, zum Teil.«

Sams fragender Blick genügte, um Chris mehr zu entlocken.

»Elay ist nächstes Jahr ein paar Wochen hier, weil er Dinge mit unserem Vater klären muss.«

»Echt? Stellst du ihn mir vor?«

Chris schnaubte gespielt belustigt. »Glaubst du echt, ich würde dich nach all dem, was heute passiert ist, auch noch Elay vorstellen?«

Sie musterte ihn verwirrt. »Was soll das heißen?«

»Gegen meinen Bruder ist Nicole Mutter Theresa.«

Sam wollte weiter nachfragen, aber Chris wechselte das Thema. »Erlaubt dir deine Mutter, dass du ein paar Tage länger bei mir bleibst? Du hast doch noch Schulferien, oder?«

»Ich muss noch anrufen, aber ich denke schon. Musst du nicht arbeiten?«

»Nein, ich lasse mich bis zum Ende der Ferien von einem Kommilitonen vertreten. Ich kann nicht mit diesem intriganten, magersüchtigen Monster arbeiten, sonst vergesse ich mich am Ende noch.«

Sam zog es bei dem Gedanken an Nicole noch immer den Magen zusammen. Sie war zwar selbst auch kein Engel, aber sie würde nie auf die Idee kommen, jemanden so fertigzumachen.

Erleichterung machte sich in ihr breit, als ihr bewusst wurde, dass Chris Nicole nicht mehr täglich begegnen würde.

Artemis wartete sehnsüchtig auf die Heimkehr seiner Menschen. Auch wenn er noch immer ziemlich träge und vollgefressen war, ließ er sich von Chris hochnehmen.

Als sie sich ins Bett legten, kam Sam dieser Tag wie ein langer, unangenehmer Traum vor, gar nicht mehr wirklich. Nachdem Chris seinen Arm um sie gelegt hatte, herrschte Schweigen. Es war kein unangenehmes Schweigen, keines, das man brechen wollte. Entspannt lauschten die beiden der gleichmäßigen Atmung des anderen.

»Tut dein Auge noch weh?«, fragte Sam und fuhr mit der Fingerspitze sanft über die bläulich gefärbte Haut an Chris' Schläfe.

»Ich dachte schon, es wäre dir nicht aufgefallen«, erwiderte er schmunzelnd.

»Doch, schon als du am Seeufer aufgetaucht bist. Das war Bastian, oder?«

»Ja.«

»Ich hätte nicht gedacht, dass er so einen Schwung draufhat.«

»Ist schon okay, schließlich hat er geglaubt, ich hätte dich betrogen, das Veilchen ist also aus dem Missverständnis heraus gerechtfertigt.«

Wieder kehrte Stille ein. Sam hatte ihren Kopf auf Chris' Oberkörper gelegt und genoss seine Streicheleinheiten. Es war so unwirklich, was heute passiert war, als hätte Sam nur einen psychisch schwer verdaulichen Film gesehen. Dieser Gedanke gefiel ihr, also speicherte sie das Erlebte genau so ab.

»Sam?«

»Ja?«

»Danke, dass du damals am See gesessen hast.«

Sie lachte leise. Wenn sie an ihr erstes Zusammentreffen dachte, sah sie sofort wieder die Huskyaugen vor sich, an denen sie sich bis heute noch nicht sattgesehen hatte.

»Danke, dass du so hartnäckig warst«, erwiderte sie und sah Chris in Gedanken in ihrem blümchenverzierten Zimmer hektisch auf und ab laufen. Nie mehr hatte sie ihn so unsicher erlebt wie an diesem Tag.

»Du hast mich ganz schön aus der Fassung gebracht«, gab er zu und hatte anscheinend dasselbe Szenario im Kopf.

»Wieso hast du dir das eigentlich angetan? Ich meine, du hättest so viele andere Mädchen haben können, die mit Sicherheit unkomplizierter …«

Ehe sie ihren Satz beenden konnte, wurde sie auch schon unterbrochen. Chris war einfach nicht bereit, solche Worte aus dem Mund des Mädchens zu hören, das heute wegen ihm so viel hatte ertragen müssen und noch immer nicht aufhörte, an sich selbst zu zweifeln.

»Du hast ja keine Ahnung, wie besonders du bist, Sam. Ich habe schon mit so vielen Menschen zu tun gehabt, aber noch nie mit einem, der so ein falsches Selbstbild hat wie du. Du meinst, du müsstest dankbar sein, dass ich bei dir bin, und merkst gar nicht, dass ich derjenige bin, der sich glücklich schätzen kann. Ich bin ein sturer, kunstverrückter Einzelgänger, außerdem wasche ich mir mindestens vierzigmal am Tag die Hände. Die berechtigtere Frage wäre also, warum du dir jemanden wie mich eigentlich antust?«

Sie lauschte seinen Worten aufmerksam, schüttelte aber in Gedanken ständig den Kopf. Seine Ansprache änderte nichts an ihrer Bewunderung für ihn, auch wenn er noch so überzeugend war.

Sam wollte ihrem Einspruch zu seinem Selbstbild gerade verbal Ausdruck verleihen, doch bevor sie etwas sagen konnte, zog Chris sie zu sich hoch und küsste sie.

»Du bist außerdem wunderschön …«, hauchte er und versiegelte wieder ihre Lippen, damit sie keine Gelegenheit hatte, zu widersprechen.

»Ich liebe dich«, brachte sie gerade noch heraus, bevor sie der Kuss am Sprechen hinderte.

Als sie ihren Plan, heute noch zu protestieren, endgültig verworfen hatte, ließ er wieder von ihr ab.

»Ich liebe dich auch.«

Schmunzelnd freute sie sich über diese Worte, an denen sie sich niemals satthören würde.

»Denkst du, dass wir das mit dem Drama jetzt endgültig hinter uns haben?«, fragte Sam müde.

Chris seufzte entspannt. »Wir haben die Gartenzwerge überlebt, den eifersüchtigen Ikea-Erben, die verbitterte Ex, und du läufst nicht davon, wenn ich langweiligen Schwachsinn über Bilder erzähle. Ich glaube, der Rest wird ein Kinderspiel.«

P wie Party (Zusatzkapitel)

»Eine Party?«, fragte Sam, während sie ihre Bücher in den Rucksack stopfte.

Die Schule hatte wieder angefangen, das letzte Jahr, in dem ihr Lehrer und das Bildungssystem vorgaukelten, dass der Ernst des Lebens nur aus Matheformeln und dem Periodensystem bestand.

Mit der Schulter drückte sie das Handy an ihr Ohr, damit sie beide Hände frei hatte, um ihre Hefte möglichst platzsparend zusammenzurollen.

»Wo?«, wollte sie wissen und schulterte endlich den achttausend Kilo schweren Rucksack.

Alle anderen hatten 0,9 Sekunden nach dem Klingeln das Klassenzimmer verlassen, nur Sam war noch hier, weil sie Pias Anruf entgegengenommen hatte.

Die beiden hatten sich zwar erst vor zwei Stunden gesehen, aber da Sam die glorreiche Idee gehabt hatte, in diesem Jahr einen Intensivkurs in Englisch zu belegen, war Pia jetzt bereits zu Hause und Sam hockte am Freitagnachmittag noch in der Schule. Sie brauchte diesen Kurs, für den Fall, dass Chris irgendwann mal auf die Idee kommen würde, herausfinden zu wollen, wie gut ihr Englisch war.

»Weißt du was? Ich komme bei dir vorbei. Erzähl mir einfach alles, wenn ich da bin!«, verlangte Sam atemlos und legte auf.

Sie hatte jetzt keine Zeit, zu telefonieren, zumal sie damit beschäftigt war, dem Bus nachzulaufen und dabei den Fahrer wüst zu beschimpfen.

»Du sadistischer alter Sack hast doch genau gesehen, dass ich noch mitwollte! Fahr nur! Ich kann die zwanzig Kilometer ja auch laufen!«

Es dauerte eine Weile, bis Sam wieder Luft bekam und das Fluchen einstellen konnte. Warum musste Pia auch so verdammt weit weg wohnen? Sie wollte gerade ihren Plan ändern und doch nach Hause fahren, da kam ihr eine Idee.

Sam lief entgegen des Anratens ihres Überlebensinstinkts wieder zurück in die Schule und hinunter in den Turnsaal.

Schon von Weitem konnte sie die Trillerpfeife und das Getrampel von Turnschuhen auf Holzboden hören. Die Geräusche jagten ihr einen kalten Schauer über den Rücken. Warum bis heute keiner ein Gesetz erlassen hatte, um Turnlehrer daran zu hindern, Schüler zu foltern, indem sie sie zwangen, fünfundvierzig Minuten gegeneinanderzuprallen und sich mit Bällen zu traktieren, blieb ihr ein Rätsel.

Sie ließ ihren Rucksack auf den Boden fallen und sah den Jungs aus der Fußballmannschaft beim Training zu. Das Hin- und Herlaufen hatte etwas Hypnotisches an sich und machte schläfrig. Einzig allein die vielen Flüche und das Geschrei hielten Sam bei Laune. Als Lukas auch noch einen Ball an den Schädel bekam, war sie richtig froh, dass sie hier war.

Es dauerte nicht lange, bis abgepfiffen wurde und die Jungs in Richtung Umkleide verschwanden.

Als Bastian auf sie zukam, war er außer Atem und verschwitzt.

Sam grinste ihn an. »Hey! Du hast es dem Ball echt gezeigt! Du hast andauernd so fest hineingetreten, dass er sich das nächste Mal bestimmt überlegt, wohin er rollt!«

Er schüttelte den Kopf. »Ich vergesse immer, dass du so viel Ahnung von Fußball hast wie ich von Hirnchirurgie.« Bastian lachte und zog sich das verschwitzte T-Shirt aus. »Hast du auf mich gewartet?«

»Nein. Ich hatte noch diesen dämlichen Intensivkurs, dann wollte mich der Busfahrer laufen sehen und jetzt habe ich mir gedacht, du könntest mich vielleicht zu Pia fahren. Du bist doch mit dem Auto da, oder?«

»Klar. Lass mich aber vorher duschen, sonst laufen die Scheiben an.«

»Mach das.«

Bastian verschwand in der Umkleide.

Seit dem Tag, an dem für Sam kurzzeitig die Welt zusammengebrochen war, hatte es keinen Streit mehr gegeben. Es wurde nach und nach einfacher. Bastian hatte sogar aufgehört, Chris ›Arsch‹ zu nennen. Seit er ihn akzeptiert hatte, nannte er ihn einfach nur noch ›Idiot‹.

»Komm doch mit zu Pia«, schlug Sam vor und lauschte dem seltsamen Surren, das der Porsche von sich gab, wenn Bastian zu abrupt aufs Gas trat.

»Hab schon was vor«, entgegnete er knapp.

»Tust du jetzt geheimnisvoll?«

»Ich tue nicht geheimnisvoll, ich *bin* geheimnisvoll!«, erklärte Bastian zwinkernd und brachte Sam zum Lachen.

»Ja genau, *Johnny Depp*!«

Sam fragte nicht weiter nach, schließlich wusste sie insgeheim, was Bastian vorhatte.

Bei Pia angekommen, wurde sie sehnlichst erwartet.

»Wieso hat das denn so lange gedauert?«

»Weil Busfahrer Arschlöcher sind und Bastians Porsche surrt«, erklärte Sam und ließ sich samt Rucksack auf Pias Bett fallen.

»Wieso ist er nicht mit reingekommen?«

»Er trifft sich mit seiner Freundin.«

»Ah. Tut er wieder geheimnisvoll?«

»Ja, und er versteckt die Knutschflecke jetzt unter einem Schal. Sag mal, kann es sein, dass er uns für dämlich hält?«

Pia zuckte mit den Schultern. »Er geht es langsam an, bindet es nicht jedem gleich auf die Nase, das ist doch okay. Matthias und ich haben das auch so gemacht.«

Bei dem Namen ›Matthias‹ veränderte sich Pias Gesichtsausdruck schlagartig. Ihr schien etwas eingefallen zu sein, vielleicht, dass ihr letzter Satz erfunden und so weit weg von der Wahrheit wie Charlie Sheen von der Abstinenz war.

»Genau«, quietschte sie und hüpfte aufgeregt auf und ab. »Die Party!«

»Stimmt. Du hast vorhin irgendetwas von einer Party erzählt«, erinnerte sich Sam, während sie sich eines der Gummibärchen in den Mund steckte, die auf Pias Nachttisch lagen.

»Iss die Dinger lieber nicht. Ich kann mich nicht mehr erinnern, wann wir das letzte Mal Fruchtgummi im Haus hatten.«

Sam sprang auf und spuckte das harte Bärchen in den Mülleimer. »Jetzt erzähl endlich von der blöden Party!«

»Ja. Matthias lädt uns morgen zu sich ein. Sev und seine Freundin sind nämlich in der Stadt und da hat er sich gedacht, wir könnten uns alle gemeinsam bei ihm treffen. Das wird bestimmt ganz toll! Ich wollte sowieso übers Wochenende zu ihm fahren und du bist doch auch bei Chris, das passt also perfekt.«

Pia hüpfte wieder auf und ab und war sichtlich vergnügt über das bald bevorstehende Treffen.

Auch Sam gefiel der Gedanke. Es kam ihr wie eine Ewigkeit vor, dass sie Chris, Matthias und Sev gemeinsam erlebt hatte.

Seit die Schule und die Uni wieder angefangen hatten, sah sie Chris seltener. Die Entfernung störte sie mehr als erwartet, zumal sie nicht einfach mal nachmittags zu ihm fahren konnte, wenn ihr danach war.

Pia kriegte sich den ganzen Nachmittag lang nicht mehr ein. Als sie aufgehört hatte, zu hüpfen, fing sie an, ohne Punkt und Komma zu reden und danach breit zu grinsen. Auch Sam ließ sich ein wenig von ihrer Vorfreude anstecken, schließlich bekam man nicht jeden Samstag die Gelegenheit, endlich wieder mit Micky, Goofy und Donald zu feiern.

Chris und Sam waren spät dran, als sie sich endlich auf den Weg zu Matthias' Wohnung machten.

»Du musst wirklich aufhören, ständig von Sex zu reden, wenn wir wichtige Termine haben«, meinte Chris und schenkte Sam sein berühmtes Zahnpastalächeln.

»Ich habe nur gefragt, ob man meinen BH durch mein T-Shirt sehen kann. Dann bist du über mich hergefallen«, entgegnete sie gespielt empört.

»Eben, du redest ständig nur über Sex.«

»Letztes Mal habe ich dich nur gefragt, ob es Schlagsahne zu den Erdbeeren gibt, das hast du auch als Aufforderung verstanden.«

»Genau, so war das. Langsam glaube ich, du hast ein Problem, Sam.«

Lachend parkte Chris das Auto in einer Lücke, die Sam nicht mal mit einem Fahrrad in Angriff genommen hätte.

Matthias' Wohnung lag mitten in der Stadt. Die Häuser waren renovierte Altbauten, in denen hauptsächlich Studenten wohnten.

An der Haustür begrüßte Pia die Neuankömmlinge.

»Da seid ihr ja endlich!«

Chris hob entschuldigend die Hände. »Ja, ich kann nichts machen, ich wäre ja früher hier gewesen, aber Sam ist pervers.«

Mit einem Ellbogenschlag in die Seite bedankte sich Sam bei Chris für den Scherz.

Pia grinste breit, weil diese Art von Witzen trotz langer Leitung selten an ihr vorübergingen.

Matthias' Wohnung erfüllte Sams Erwartungen zur Gänze. Nicht, dass Pia ihr nicht sowieso schon jeden Kasten, der hier stand, bis ins kleinste Detail beschrieben hatte, aber auch ohne ihre Schilderungen hätte sie es sich so vorgestellt.

Es war nicht unbedingt unordentlich, aber es sah so aus, als wäre die Einrichtung von zwanzig verschiedenen Leuten aus den unterschiedlichsten sozialen und ethnischen Gruppen zusammengewürfelt worden, wobei den meisten scheißegal war, dass Vorhänge nicht schwarz sein sollten oder dass eine Waschmaschine einfach nicht in den Flur gehörte. Sämtliche Pflanzen, die unmotiviert verteilt standen, waren tot. Das Einzige, das hier drin so gar nicht an Matthias oder die ethnische Mixgruppe von Menschen erinnerte, waren die Duftkerzen, die in jeder freien Ecke standen und eindeutig Pias Handschrift trugen.

Sam musste grinsen, als sie sich vorstellte, wie Chris reagiert hätte, wenn sie auf die Idee gekommen wäre, in seiner Wohnung bunte Kerzen aufzustellen. Wahrscheinlich hätte er geweint.

Pia ging voraus ins Wohnzimmer, wo Matthias, Sev und ein vorerst unbekanntes Mädchen auf der Couch saßen und gerade über irgendetwas lachten.

»Hey ihr, auch schon da?«, kommentierte Matthias ihr Zuspätkommen.

Noch bevor Chris wieder die Gelegenheit bekam, einen blöden Spruch loszulassen, kam ihm Sam zuvor.

»Ja, sorry. Chris musste erst die Erektion loswerden, die er bekommt, wenn er Schlagsahne ist.«

Die Runde lachte.

Sev stand auf und hob die Hand zum Gruß. »Lange nicht gesehen«, kommentierte er und stellte auch gleich seine Freundin vor. »Das ist Anna. Anna, das ist Sam, Chris' Freundin.«

Das Mädchen mit den hellbraunen Haaren grinste. »Sev hat tatsächlich nicht gelogen, dich gibt es wirklich! Als er mir erzählt hat, dass Chris ganz verschossen ist, habe ich gedacht, er erlaubt sich einen Scherz«, meinte Anna und reichte ihr die Hand.

Sie war einen ganzen Kopf kleiner als Sam, hatte lockige Haare und Sommersprossen. Man hätte sie als unscheinbar beschrieben, aber ihr Lachen war ansteckend und schön.

Anna passte auf den ersten Blick optisch nicht wirklich zu Sev. Er war fast eins neunzig groß und seine schwarzen Haare in Verbindung mit den grünen Augen machten ihn markant gut aussehend. Als seine Freundin hatte sich Sam ein großes, langbeiniges Model vorgestellt, das Salat für eine Hauptspeise hielt – dass sein Geschmack und seine Prioritäten sie eines Besseren belehrten, überraschte sie positiv.

»Ich hole uns was zu trinken«, verkündete Matthias fröhlich.

Der Gastgeber klang motiviert, eine gefährliche Motivation, die in zu stark gemischten Getränken enden würde. Chris bot seine Hilfe an, vielleicht, weil er sichergehen wollte, dass nicht alle gleich nach dem ersten Glas umkippten.

Die beiden verschwanden in der kleinen Küche. Routiniert schnitt Matthias ein paar Limetten auf. Er hatte bis vor Kurzem neben dem Studium als Barkeeper gearbeitet, aber die Arbeitszeiten waren auf Dauer unzumutbar gewesen.

»Hast du echt genug Platz, damit alle hier übernachten können?«, wollte Chris wissen, der in dieser Wohnung jedes Mal den Drang unterdrücken musste, Dinge umzustellen. Beim letzten Mal hatte er heimlich ein paar Pflanzen näher ans Fenster gerückt, damit sie zumindest ein bisschen Licht abbekamen, dann waren die schwarzen Vorhänge gekommen.

»Sicher. Die Couch im Wohnzimmer kann man ausziehen und Pia hat eine Camping-Luftmatratze mitgebracht, die ist größer als mein Bett.«

»Okay, wenn ich das Auto stehen lassen kann, dann mach mir mal einen deiner berühmten Cocktails, Bar Boy.«

»Schon dabei! Holst du mir den Rum? Die Kiste mit den Getränken steht draußen auf dem Balkon.«

Chris folgte der Bitte und öffnete die Tür zum Balkon, der an die Küche anschloss. Sekunden später blickte er sichtlich geschockt in ein durchaus bekanntes Gesicht.

»Hey! Ich telefoniere hier! Ein bisschen Privatsphäre bitte!«, motzte Bastian und gestikulierte mit seinem Handy herum.

Kommentarlos verschwand Chris wieder, um Matthias zu verhören.

»Hast du den Rum?«, wollte der Gastgeber wissen und sah nicht von den Limetten auf.

»Hast du ihn eingeladen?!«, fauchte Chris verständnislos.

»Den Rum? Nein, den habe ich gekauft.«

»Bastian!«

»Oh, ja. Pia hat mir erzählt, dass ihr jetzt richtig dicke Kumpels seid! Bist du nicht mit ihm an den See gefahren?«, fragte Matthias gespielt ernst, konnte sich das Lachen aber nicht verkneifen. Seine scherzhafte Frage wurde nicht von Chris beantwortet.

»Ja, wir sind abends zusammen am See spazieren gegangen, dann wurde er leider ein wenig zu aufdringlich und ich musste ihm ein blaues Auge schlagen!«, erklärte Bastian, der gerade durch die Balkontür spaziert kam und sein Handy in der Hosentasche verschwinden ließ.

Nachdem er Chris übertrieben freundlich angegrinst hatte, ging er ins Wohnzimmer.

Chris brauchte einige Sekunden, um sich auszureden, Matthias einfach den ausgepressten Limettensaft in die Augen zu spritzen.

»Hegst du irgendeinen unterschwelligen Groll gegen mich oder warum lädst du ihn ein?!«

»Komm runter! Ich dachte, ihr hättet das geklärt. Du wirst mit ihm klarkommen müssen und es ist besser, du fängst jetzt damit an, hier, unter Zeugen, wo du ihn nicht so leicht töten kannst.«

Matthias' Absichten waren edel, aber Chris wäre trotzdem gern vorgewarnt worden. Er hatte Bastian nicht mehr gesehen, seit er ihn damals beinahe bei voller Fahrt aus dem Auto geschmissen hätte. Einmal hatten sie zwar telefoniert, aber nur, weil er Sam anrufen wollte und Bastian in seiner gewohnt präpotenten Art rangegangen war und nach ein paar Blödeleien einfach aufgelegt hatte.

Matthias klopfte Chris auf die Schulter. »Pia hat erzählt, dass er eine Freundin hat. Außerdem: Warst nicht du es, der gesagt hat, dass du dankbar bist, dass er dir damals geholfen hat, als Sam abgehauen ist? Ihm noch immer übel zu nehmen, dass er mal etwas von ihr wollte, bringt nichts. Was vorbei ist, ist vorbei, Sam gehört dir und der Preis, den du dafür zahlen musst, ist, dass du jetzt da reingehen musst und nett zu Bastian bist!«

»Bäh!«, verbalisierte Chris seine nicht vorhandene Motivation und half Matthias bockig, weiter Cocktails zu mixen.

»Wusste Sam, dass er kommt?«

»Nein, ich habe es nur Pia gesagt. Ich wollte nicht, dass ihr euch deswegen wieder unnötigen Stress macht. Leg endlich diesen finsteren Blick ab, ich musste ihn einladen, schließlich hat er mich auch zu seiner Geburtstagsfeier eingeladen.«

Wieder zurück im Wohnzimmer, versuchte Chris, sich seinen Ärger nicht anmerken zulassen. Sam sollte sich kein schlechtes Gewissen machen, nur weil Matthias eine Identitätskrise hatte und sich für eine Friedenstaube hielt.

»Was ist das?«, wollte Pia wissen und roch an dem Cocktail, den ihr Freund ihr und allen anderen vorgesetzt hatte.

»Das ist mein ›Limetten, Rum, Wodka und Alkohol, den ich sonst noch im Haus hatte‹-Spezial«, erklärte er und prostete Pia zu.

Der ›Limetten, Rum, Wodka und Alkohol, den Matthias sonst noch im Haus hatte‹-Spezial erfüllte seinen Zweck. Er hob die Stimmung und wenn man ihn so wie Chris und Bastian mit einem Bier runterspülte, ließ er auch die Gesellschaft des Erzfeindes plötzlich erträglich erscheinen.

»Schmeckt ja lecker, aber kann ich den nächsten mit weniger Alkohol haben? Mein Becher löst sich, glaub ich, auf …«, mutmaßte Pia.

»Was denn? Hast du Angst, dass du dich wieder ausziehst und quer durch das nächste Feld rennst? Das könnte in der Stadt ein wenig schwierig werden«, meinte Bastian amüsiert und erntete vor allem von Matthias verwunderte Blicke.

»Wer hat dich denn gefragt?!«, fauchte Pia peinlich berührt.

Sam musste lachen, zumal sie die Geschichte kannte, auf die Bastian gerade angespielt hatte. Auch sie kassierte dafür finstere Pia-Blicke, verteidigte sich aber. »Hey! Du brauchst mich gar nicht so anzusehen! Ich bin nicht diejenige, die Bastian quer durch das Feld jagen musste.«

Bastian und Sam steckten die anderen mit ihrem Lachen an.

Matthias wollte es natürlich genau wissen. »Also, wenn ich das richtig verstehe, hast du dich ausgezogen und bist durch ein Feld gerannt? Wieso macht man denn so was?«

Bastian begann zu erzählen, weil Pia eisern schwieg. »Letzten November waren wir mal Glühwein trinken und Pia und Sam haben bei mir übernachtet. Pia hat ein wenig zu tief ins Glas geschaut, eigentlich nicht zu tief, sondern einfach nur zu oft, jedenfalls ist sie um drei Uhr morgens in unserem Garten herumgerannt und wollte einfach nicht schlafen gehen. Irgendwann hat sie spontan entschlossen, dass es doch eine gute Idee wäre, sich bis auf die Unterwäsche auszuziehen und dann einfach wegzulaufen.«

Pia vergrub ihr Gesicht in den Händen, während das Gelächter lauter wurde.

»Auch auf die Gefahr hin, mich zu wiederholen, aber wieso macht man so was?«, wollte Matthias grinsend wissen und stupste seine Freundin an.

»Keine Ahnung! Die beiden haben mich angestachelt! Ich mache doch jeden Scheiß, wenn ich betrunken bin!«, entgegnete Pia und zuckte mit den Schultern.

»Ja, der Alkohol verleitet einen dazu, die seltsamsten Dinge zu tun, oder, Matthias?«, meinte Chris, der gerade mit einer von

Sams Haarsträhnen spielte. Sie hatte ihren Kopf an seine Schulter gelehnt.

»Was? Was hat er gemacht?«, wollte Pia wissen und hoffte inständig, dass Chris' Geschichte über Matthias mindestens genauso peinlich war wie ihre.

Sev und Anna grinsten bereits wissend.

»Na ja, letztes Jahr haben wir meinen Geburtstag in einem Irish Pub in der Nähe von Sevs und Annas Wohnung gefeiert. Es ist spät geworden, also haben wir dort übernachtet. Am nächsten Morgen war Matthias noch ziemlich betrunken, anders kann ich mir einfach nicht erklären, dass er Annas Enthaarungscreme mit dem Duschgel verwechselt hat.«

Nicht nur Pia lachte sich kaputt.

Matthias raffte sich peinlich berührt auf und holte die nächste Runde Getränke aus der Küche.

»Oh mein Gott, hattest du dann eine Glatze?«, rief Pia ihrem Freund nach.

»Nein!«, brüllte der Braunhaarige zurück.

»Die Haare sind nur stellenweise ausgefallen«, erklärte Chris lachend.

»Vielleicht wollte er einfach nur Profi-Schwimmer werden, die enthaaren sich doch auch am ganzen Körper«, scherzte Sev und projizierte dabei unweigerlich ein Bild in die Köpfe der Runde.

»Und? Bist du dann wirklich schneller geschwommen?«, wollte Chris wissen und nahm grinsend ein Bier von Matthias entgegen.

Nach der Geschichte über Chris und die brennende Scheune und denen über Sams erste Fahrversuche mit dem Wagen ihres Vaters, bei denen sie regelmäßig Gas und Bremse verwechselt hatte, wurde das Lachen anstrengend.

»Willst du noch was trinken?«, wollte Pia mehr als angesäuselt von Sam wissen und grinste über das ganze Gesicht.

»Pff, wieso nicht!«, befand Sam die Idee spontan für gut, stand voll Tatendrang auf, stolperte über ihre eigenen Beine und landete genau zwischen Sev und Anna, die gerade in einem innigen Kuss versunken waren.

»Sorry!«, entgegnete Sam, bevor Chris sie hochzog.

»Du bist ja ganz schön ...!«, stellte der Blonde fest und versuchte angestrengt, sich an das deutsche Wort zu erinnern, das er gerade verwenden wollte. »Drunk«, vollendete er seinen Satz und nickte sich selbst bestätigend zu.

Mit hochgezogener Augenbraue stand Sam da. Sie war zwar nicht mehr nüchtern, aber aufmerksam genug, um mitzubekommen, dass Chris selbst ganz schön bedient war.

»Kann es sein, dass du auch zu viel getrunken hast?«

»Never! I trink niemals too much!«, entgegnete er überzeugt.

Sam hatte Chris noch nie betrunken erlebt. Eigentlich war er mitunter der vernünftigste Mensch, den sie kannte, immer beherrscht, nie irrational oder zu impulsiv. Sam fand das bewundernswert, aber der betrunkene Chris amüsierte sie ungemein.

»Wie viele Cocktails hattest du?«, wollte sie wissen und erntete dafür böse Blicke.

»Rund über drei!«, erklärte er.

Matthias legte Sam die Hand auf die Schulter und deutete auf Chris. »Ein Paradebeispiel an linguistischen Höchstleistungen! Ich präsentiere dir: der betrunkene Deutsch-Ire, der dank genügend Alkoholgenuss deutsche Wörter auf englische Grammatik drischt oder umgekehrt!«

Sam lachte und legte Chris die Hand auf die Wange.

»Das ist ja süß. Du kommst ja echt durcheinander!«

»Tu ich nicht!«, entgegnete Chris bockig und riss sich am Riemen.

Seine Gedanken hatten schon längst auf tiefsten irischen Dialekt umgestellt, aber solange sie nicht zu Gälisch wurden, konnte er sich noch zusammenreißen.

»Wieso bist du überhaupt so nüchtern?«, wollte Chris von Matthias wissen.

Anscheinend war der Braunhaarige die ganze Zeit damit beschäftigt gewesen, den anderen Alkohol einzuflößen, und hatte sich selbst dabei sträflich vernachlässigt.

»Komm mal, Matze, ich stelle dir kurz meinen Freund Wodka vor«, meinte Chris grinsend und führte den viel zu nüchternen Matthias in die Küche.

»Ich hoffe, der hat auch eine Freundin namens Cola, sonst kotze ich noch meine eigene Bude voll!«

Grinsend sah Sam den beiden nach. Sie hätte sich gern noch länger mit dem betrunkenen Chris unterhalten, aber der hatte nun eine wichtige Mission zu erfüllen.

»Was ist mit den Getränken?«, wollte Pia wissen und warf sich Sam von hinten an den Hals.

Wäre sie nüchtern gewesen, hätte sie die federleichte Pia vielleicht halten können, aber in diesem Zustand knallten beide lachend auf den Boden.

»Ist es schon wieder so weit?«, fragte Bastian und kniete sich neben Sam und Pia.

»Ohhh Basti!«, quietschte die Brünette und warf sich ihm um den Hals.

»Schön, dass du in Kuschelstimmung bist, aber du drückst mir deine Nägel in den Hals!«

Vorsichtig löste er sich aus der Umklammerung und ließ die beiden Mädchen, die das unmotivierte Kichern für sich entdeckt hatten, zurück.

Bastian wollte sich noch ein Bier aus der Küche holen, als er vom Anblick eines sich Wodka in den Mund laufen lassenden Matthias abgelenkt wurde. Chris stand grinsend mit der Flasche in der Hand vor ihm und amüsierte sich über das angewiderte Gesicht seines Freundes.

»Na? Macht ihr hier Trinkspielchen oder irgendwas Perverses, von dem ich nichts wissen will?«, fragte Bastian.

»Willst du auch einen Schluck?«, bot Matthias an und hielt ihm die Flasche hin.

»Schenkst du harten Alkohol jetzt auch an Kids aus?«, wollte Chris wissen.

»Ich dachte, du wärst volljährig«, meinte Matthias an Bastian gewandt. Er verstand die Stichelei von Chris nicht sofort, weil der Wodka dabei war, Wirkung zu zeigen.

»Bin ich auch. Her damit!«

»Weiß du, was komisch is?«, fragte Bastian Matthias und verschluckte dabei ein paar Buchstaben.

Die beiden und Chris hatten sich nach der einen oder anderen Runde Wodka Cola auf den Balkon gestellt und waren dabei, ihre fünfte letzte Zigarette zu rauchen.

»Ich dachte, ich hasse ihn da!«, fuhr er fort und zeigte auf Chris, der leichte Probleme hatte, den Kopf beim Skeptischschauen nicht schwanken zu lassen.

»Aber jetzt weiß ich, dass er gar nich soooo ein Arsch is! Er is nur unsympadhisch!«, vollendete Bastian seine Ausführungen und nickte seine eigenen Worte ab.

Matthias wollte etwas erwidern, wurde aber vorerst von einem vorbeifliegenden Glühwürmchen in seinen Bann gezogen. Chris machte einen Schritt zurück, weil er Insekten widerlich fand.

»Jaaaaaa, ich weiß! Er wirkt unsympathisch, aber nur am Anfang!«, erklärte Matthias und klopfte Chris auf die Schulter.

»Ich bin vielleicht unsympathisch, but he's puerile«, verteidigte sich Chris.

Bastian stöhnte genervt. »Jetzt quatscht er wieder Englisch! Mister Kunstdingens! Wenigstens fliege ich nicht den ganzen Tag durch ein Museum und mach auf intellektuu…«

Das durchaus trickreiche Wort kam einfach nicht mehr über Bastians Lippen.

»Ich fliege nie!«, protestierte Chris sinnfrei.

»Nein, er fliegt nicht, er schwebt! Aber auch nur an besonders intellektuellen Tagen.«

Dieser fehlerfreie Satz war aus Sevs Mund gekommen, der sich gerade raus auf den Balkon gestellt hatte und bei Weitem nüchterner klang als der Rest der Truppe.

Matthias versuchte zu schlichten. »Also Chris fliegt nicht und Bastian ist nicht puer… pu… Alter, ich weiß nicht, was du gesagt hast, aber es war bestimmt gemein!«

Matthias' Schlichtungsversuch trug Früchte und da auch kein Glühwürmchen mehr vorbeiflog, stand einem Themenwechsel nichts mehr im Weg.

»Was machen die Mädchen?«, fragte Chris.

Sev zuckte mit den Schultern. »Ich kenne kein Wort dafür, ihr müsst euch das selbst ansehen.«

Die Jungs standen im Türrahmen des Wohnzimmers und versuchten, aus dem Bild, das sich ihnen bot, schlau zu werden.

Sam, Pia und Anna saßen oder lagen – die Position war reine Auslegungssache – auf dem Boden, hatten hochrote Gesichter und lachten.

»Was ist denn so witzig?«

Matthias' Frage blieb vollkommen unbeachtet. Die Mädchen schauten nicht mal zu ihm auf.

»Gib dir keine Mühe, die hören dich nicht!«, erklärte Sev.

»Über was reden die?«, wollte Chris wissen, der nicht viel von dem durchaus lauten Geplapper verstand.

»Die sagen sich, wie liiieb sie sich haben, und reden darüber, wie ihr so im Bett seid!«, analysierte Bastian gekonnt und löste dabei ein bewunderndes Nicken bei seinen männlichen Artgenossen aus.

»Ich sollte Anna echt ins Bett bringen«, meinte Sev, nachdem er sich das Schauspiel noch eine Weile angeschaut hatte. »Sieht so aus, als wäre sie vom Geist von Amy Winehouse besessen …«, fügte er noch hinzu.

Er kannte seine Freundin so nicht, eigentlich war sie introvertiert und ruhig. Sam und Pia waren ein ansteckendes Phänomen.

»Mach was!«, forderte Matthias Bastian auf, der eindeutig mehr Erfahrung darin hatte, die betrunkenen Mädchen zu handhaben.

Beherzt schritt er zur Tat und zog zuerst Anna auf die Beine. Pias und Sams unflätige Proteste wurden einfach überhört.

Nachdem er Anna Sev übergeben hatte, machte er sich daran, die härteste Nuss zu knacken.

Pia hatte sich an Sam geklammert und machte keinerlei Anstalten, loszulassen.

»Komm schon! Wir gehen alle ins Bett!«, meinte Bastian und zog die Brünette am Arm hoch.

Pia motzte ihn an, als das nichts half, biss sie ihm in die Hand.

»Aua! Du beißwütiger, alkoholisierter laufender Meter! Spar dir das für deinen Freund auf!«

Matthias nahm sich Pia an, die spontan wieder vergaß, dass sie eigentlich wütend auf Bastian war, weil er sie von Sam weggezogen hatte. Sie schmiegte sich an Matthias.

Bastian zog Sam auf die Beine, die eigentlich gerade dabei war, selbst aufzustehen. Sie landete in seinen Armen und klimperte müde mit den Wimpern.

»Ich glaube, dich behalte ich selbst!«, meinte er grinsend.

Chris' Protest ließ nicht lange auf sich warten. »Hey!«

»Schon gut. Reg dich ab. Nur Spaß!«, versicherte Bastian und machte samt Sam im Arm einen Schritt auf Chris zu. Er wollte sie hochheben, aber Bastian verfestigte noch mal seinen Griff.

»Let go!«, verlangte Chris und zerrte an Sam.

Erst als die Blondine wütend protestierte, ließen sie von ihr ab – gleichzeitig.

Sam knallte auf den Teppichboden und fluchte. »Ihr habt sie doch nicht mehr alle!«

»'schuldige, Prinzessin«, meinte Chris und half ihr wieder hoch.

»Ich habe keine Lust mehr auf diesen … Schwachsinn!«, schimpfte sie und wankte in Richtung Couch. »Ihr seid beide so dämlich. Beide! Da lässt man euch mal fünf Sekunden alleine und schon lasst ihr mich … Dings … fallen!«

Gleich nachdem Sam ihre relativ sinnarme Ansprache beendet hatte, machte sie die Augen zu.

»Na dann, schlaft gut«, verkündete Sev amüsiert und machte sich mit Matthias und ihren hübschen Anhängseln auf den Weg ins Bett. Die notdürftige Gästematratze hatte der Schwarzhaarige schon vor einer Weile in Matthias' Schafzimmer ausgebreitet, weil sie nur dort Platz hatte. Auch Bastian verließ das Wohnzimmer.

Erst als Chris sich auf die Couch fallen ließ, bemerkte er selbst, wie betrunken er war. Das passierte ihm selten, weil er Alkohol mit so viel negativen Erfahrungen assoziierte, aber der heutige Abend hatte durchweg Spaß gemacht.

Die Couch war ausgezogen locker groß genug für Sam und Chris, hätte sie sich nicht quer hingelegt. Mehr oder weniger behutsam drehte Chris sie so, dass er sich dazulegen konnte. Er legte seine Arme um sie und schloss die Augen, aber nicht lange. Er konnte bei Licht nicht schlafen. Zum Glück kam Bastian gerade aus dem Badezimmer.

»Turn out the light, bitte«, bat Chris und rieb sich die Huskyaugen.

»Klar«, entgegnete Bastian widerstandslos und ließ seinen Worten Taten folgen.

Froh über die unkomplizierte Abwicklung des Lichtproblems, schloss Chris wieder die Augen und atmete den Duft von Sams Haaren ein. Er wäre auch ganz schnell vom Schlaf übermannt worden, hätte ihn nicht die Tatsache, dass sich jemand einfach auf die andere freie Seite neben Sam legte, hellwach gemacht.

»Serious?!«, fauchte er wütend.

»Was?! Wo soll ich denn deiner Meinung nach schlafen?«, maulte Bastian zurück und verschränkte bockig die Arme hinter dem Kopf.

»Nicht bei mir!«

»Ich schlafe ja auch neben Sam und nicht neben dir!«

»Da sollst du schon gar nicht schlafen!«

»Mach einfach die Augen zu, du betrunkener irischer Mischling!«

»Ich gebe dir gleich Mischling! Leave!«

»Ich habe schon tausendmal neben Sam geschlafen!«, verteidigte sich Bastian mit einer für Chris sowieso unangenehmen Tatsache.

»Heute nicht!«

»Was denn? Hast du Angst, dass ich sie befummle, während du danebenliegst?!«

»Ja!«

»Haltet endlich die Klappe!«

Sam war von dem Geschrei wach geworden und eine aus dem Schlaf gerissenen Sam war eine wütende Sam. Fluchend richtete sie sich auf, rollte sich über Chris und legte sich so weit wie möglich nach innen.

»So! Jetzt könnt ihr euch von mir aus befummeln, wie ihr wollt! Aber lasst mich schlafen!«

»Aber …«, setzte Bastian zum Protest an, der nun unangenehm nah neben Chris liegen musste.

»Nichts aber! Klappe halten! Schlafen! Jetzt!«

Auch Chris wollte Einspruch erheben, aber Sam hätte sowieso nicht mehr mit sich diskutieren lassen. Er schmiegte sich ganz eng an sie, trotzdem glaubte er, Bastian noch spüren zu können.

»Nimm deine Hand da weg!«, flüsterte Chris drohend, aber leise, da er mittlerweile gesunden Respekt vor der müden Sam hatte.

»Wo soll ich denn damit hin? Soll ich sie mir abkauen?!«

»Great idea!«

Es war kurz still. Als Bastian merkte, dass er müde wurde, musste er noch schnell etwas loswerden. »Schlaf gut, Chris. Ich hab dich lieb.«

»God help me …«, bat der Ire schläfrig, aber angewidert.

Sam lauschte den beiden noch, bis sie endlich einschliefen. Als sie gleichmäßig atmeten, musste sie schmunzeln. Im Grunde verstanden sie sich von Mal zu Mal besser. Es würde vielleicht noch Zeit brauchen, aber sie würden sich zusammenraufen, so viel war sicher. Bis es so weit war, konnte sie sich zumindest über ihre Dialoge amüsieren.

Küss mich - Band 3

Ein neuer Lebensabschnitt

Die Sonnenstrahlen bahnten sich ihren Weg durch das gläserne Dach des Flughafens. Menschen aus aller Herren Länder tummelten sich in der weitläufigen Halle. Fernweh lag in der Luft, ebenso wie Wiedersehensfreude – eine ganz besondere Atmosphäre.

Gelangweilt stand er vor dem Förderband der Gepäckausgabe und wartete auf seine Koffer.

Sein Flug hatte Verspätung gehabt, eigentlich hätte er schon vor einer Stunde landen sollen, aber das schlechte Wetter in Dublin hatte das Flugzeug lange am Starten gehindert.

Als seine Koffer endlich auftauchten, griff er sie sich und bahnte sich den Weg zum Ausgang.

Hier war es ungewöhnlich warm für Anfang Oktober. Die Sonne schien noch mit spätsommerlicher Intensität und der Wind war bei Weitem nicht so streng wie an der irischen Küste.

Er versteckte die tiefblauen Augen hinter einer schwarzen Sonnenbrille und nahm das nächste Taxi.

Während die Umgebung an ihm vorbeizog, stellte er fest, dass sich so gut wie nichts verändert hatte. Ein paar Gebäude hatten einen neuen Anstrich bekommen, die eine oder andere Straße war umgebaut worden, aber im Grunde war alles so geblieben, wie er es in Erinnerung hatte. Orte veränderten sich genauso wenig wie Menschen.

Als er das Land vor sieben Jahren verlassen hatte, hatte er das mit dem Vorsatz gemacht, niemals wiederzukommen. Ein theatralisches Versprechen an sich selbst, ausgesprochen von einem Teenager, der vor seinem Leben davongelaufen war.

Ein müdes Lächeln huschte über seine Lippen, als er sich die Bilder zu seiner Abreise ins Gedächtnis rief. Er war jung gewesen und wütend, unglaublich wütend. Heute kam er als Erwachsener zurück, die Wut war abgeebbt oder hatte sich zumindest gewandelt, in ein Gefühl, das ihn mitunter angetrieben hatte, wieder herzukommen. Er würde tun, was er tun musste, und wenn er schon dabei war, würde er es sich auch nicht nehmen lassen, ein paar offene Rechnungen zu begleichen.

Völlig außer Atem kam Sam endlich an ihrer Fakultät an. Sie hatte verschlafen und den Bus verpasst. Eigentlich wäre sie trotzdem pünktlich gewesen, aber sie hatte sich zweimal in den labyrinthartigen Gängen der Universität verlaufen. Um sich hier zurechtzufinden, bedurfte es mehr als Orientierungssinn. Übersinnliche Fähigkeiten waren von Vorteil, anders konnte man die immer gleichen Gänge kaum unterscheiden.

Am Tag, als Sam sich an der Uni immatrikuliert hatte, war sie der glücklichste Mensch der Welt gewesen. Hinter ihr lagen unzählige Abschlussprüfungen und ein anstrengender Sommer, den sie größtenteils damit verbracht hatte, ihre Sachen so in Chris' Wohnung zu verstauen, dass sie nach Möglichkeit nicht auffielen. Der Umzug hatte sie euphorisch gestimmt, vor allem weil ihre Beziehung unter dem Prüfungsstress gelitten hatte. Chris und sie hatten sich kaum gesehen, umso größer war die Freude gewesen, als er ihr angeboten hatte, bei ihm einzuziehen. Sie hätte aber sowieso umziehen müssen, weil es in ihrer Stadt keine Universität gab.

Am Anfang hatte Sam sich Sorgen gemacht, dass sie Chris mit ihrer Anwesenheit überfordern könnte. An den vielen Wochenenden, die sie immer bei ihm verbracht hatte, hatte er mit Vorliebe hinter ihr hergeräumt. Immer wenn sie abends ihre Jeans auf dem Schlafzimmerboden hatte liegen lassen, hatte sie sie am nächsten Morgen frisch gewaschen und zusammengelegt im Badezimmer gefunden. Mittlerweile tat er das mit all ihrer Wäsche. Wie Chris das zustande brachte, wusste sie nicht, nur, dass es ihm organisatorisch sicher viel abverlangte, ihre Sachen so hin und her zu räumen, dass die Wohnung trotzdem den O'Shay-Look behielt.

Dinge wie ihre schwarze Tagesdecke oder ihre roten Handtücher waren in einer Nacht-und-Nebel-Aktion gegen weiße Versionen ausgetauscht worden. Sie war ihm wegen solcher Aktionen nicht böse. Er bemühte sich sichtlich, seine Ticks vor ihr zu verbergen, war aber furchtbar schlecht darin. Chris ließ sich nur allzu leicht dabei erwischen, wie er mit dem Kopf im Küchenschrank steckte, um die Abwaschschwämmchen nach Farbe zu sortieren.

Im Grunde funktionierte ihre Wohngemeinschaft aber gut. Chris gab Sam immer das Gefühl, sie gern um sich zu haben, trotz der Tatsache, dass er mittlerweile wusste, dass sie eine Chaotin mit bunten Handtüchern war.

Mit hochrotem Kopf rannte sie durch den langen Gang, so lange, bis sie die gläserne Schiebetür plötzlich ausbremste. Sam knallte hörbar hart dagegen und griff sich sofort an die Nase, um zu checken, ob dort gerade eine Blutfontäne zu spritzen begann. Taumelnd und leise fluchend sah sie sich um. Zum Glück hatte niemand mitbekommen, dass sie sich zum Deppen gemacht hatte, ihre Kommilitonen hatten es nämlich pünktlich in den richtigen Hörsaal geschafft. Leise stöhnend ging sie weiter, diesmal schleichend langsam.

Sie hatte kurz nach Semesterbeginn angefangen, an ihrer Intelligenz zu zweifeln. Anscheinend waren ausnahmslos alle hier schlauer als sie. Vielleicht war sie die dümmste Studentin der Welt. Wenn dem so war, durfte Chris nichts davon erfahren.

Mittlerweile hatte sie mitbekommen, dass er sein Studium bitter ernst nahm und in einem beeindruckenden Tempo absolvierte. Eigentlich wollte Sam ihm beweisen, dass sie auch eine Vorzeigestudentin sein konnte. Sie war Schulsprecherin gewesen, hatte nie schlechte Noten bekommen, aber hier an der Uni schienen andere Regeln zu gelten. Wer sich nicht merken konnte, in welchem Gang sein Hörsaal war, bekam von einer Schiebetür die Nase blutig geschlagen.

Nach der Vorlesung schwirrte Sam der Kopf. Sie war mit ihren Notizen nicht hinterhergekommen und hatte irgendwann angefangen, humanoide Erdmännchen mit Brillen zu zeichnen, weil ihr Professor haargenau so aussah. Vielleicht hatte sie von dem Zusammenstoß vorhin doch eine Gehirnerschütterung davongetragen.

Sie lief in Richtung Mensa, der einzige Ort auf dem ganzen Gelände, an dem ihr Fragen gestellt wurden, die sie verstand.

»Wollen Sie Ketchup zu Ihren Pommes?«

Sie entschied sich dagegen, aus Angst, sich zu bekleckern.

Weil dieser Oktobertag ungewöhnlich warm und sonnig war, setzte sie sich raus auf die Terrasse. Sam war früh dran, also kramte sie ihr Buch aus der Tasche und überflog ein paar Zeilen. Die Fachliteratur verlangte ihr so viel Konzentration ab, dass sie nicht mitbekam, wie er sich zu ihr setzte.

»Du bist ein Streber, ich hoffe, das weißt du.«

Sam zuckte erschrocken zusammen, weil sie gerade eben noch in einer Welt versunken gewesen war, in der das Wort ›Befriedigung‹ eine vollkommen andere Bedeutung hatte als in den Romanen, die Pia so gern las.

»Ich bin kein Streber. Streber verstehen, was sie lesen, ich nicht«, entgegnete sie frustriert und schob Bastian das Buch hin.

»Hier! Da steht ›a priori‹, aber müsste das nicht ›ab ovo‹ heißen?«

Er zog gespielt überrascht die Augenbrauen nach oben. »Stellst du mir gerade wirklich eine Latein-Frage?«

»Ja. Du warst bei der mündlichen Prüfung besser als ich.«

Bastian schüttelte grinsend den Kopf und griff sich Sams Orangensaft. »Das war in der Schule. Ich habe schon alles Überflüssige aus meinem Gedächtnis gelöscht. Latein, das Paarungsverhalten von Seesternen, Vektorrechnungen und jedes Wort aus dem Philosophieunterricht.«

Sie schnaubte ungläubig. »Das alles ist gerade mal zwei Monate her und du hast schon alles vergessen?«

»Ja, ich hab's abartig schnell verdrängt. Ich weiß nicht mal mehr die Namen unserer Lehrer. Wer bist du eigentlich?«

Sam nahm ihm ihren Orangensaft wieder weg und stellte fest, dass er den Strohhalm zerkaut hatte. »Jaja. Du willst mir nur nicht helfen«, warf sie Bastian vor, der sofort den Kopf schüttelte.

»Du brauchst keine Hilfe, Sam. Du bist das schlauste Mädchen, das ich kenne.«

»Das ist leider kein Kompliment, Basti.«

Sie lachten und Sam verstaute ihre Unterlagen in der Tasche, während Bastian den Orangensaft wieder zu sich zog.

Er war vor ungefähr zwei Monaten umgezogen. Seine Wohnung lag zentral, gleich neben der Uni, in einer auffallend schönen Gegend. Als Chris davon erfahren hatte, hatte er ein paar Tage geschmollt. Bastian hatte eine Zeit lang mit dem Gedanken gespielt, sich auf einer Uni in Schweden einzuschreiben, und obwohl Chris mehrmals angeboten hatte, ihm den Flug zu bezahlen und dafür zu sorgen, dass er die hübscheste IKEA-Studentenwohnungseinrichtung bekam, die man für Geld kaufen konnte, hatte er sich doch dafür entschieden, hierzubleiben. Sam war ein Stein vom Herzen gefallen.

Dieser Lebensabschnitt war aufregend und fordernd genug, sie hätte Bastian nur ungern ziehen lassen. Zum Glück war vieles beim Alten geblieben. Pia war am Tag nach ihrem Abschluss bei Matthias eingezogen und wohnte ebenfalls nur ein paar Kilometer entfernt. Sie hatte einen Job als Sekretärin in einer Anwaltskanzlei angenommen und verdiente jetzt genug, um

Matthias' Wohnung mit Duftkerzen und Teppichen zu pflastern. Dass die drei sich oft sehen konnten, wusste jeder von ihnen zu schätzen, auch wenn Pia im Moment ihre spärliche Freizeit damit verbrachte, Matthias' Leben und seiner Wohnung ihren Stempel aufzudrücken.

»Wie laufen deine Vorlesungen? Du wirkst so gechillt«, stellte Sam hörbar neidisch fest und musterte Bastian, der sich so salopp mit dem Rücken an das gläserne Geländer gelehnt hatte und ihren Orangensaft leer schlürfte.

»Wirtschafts-Blabla eben. Nichts, was mir mein Vater nicht schon hundertmal ungefragt beim Abendessen vorgebetet hätte. Weißt du noch, dass ich mir selbst früher immer leidgetan habe, weil andere Söhne mit ihren Vätern Gespräche über Sport und Frauen geführt haben und mir meiner nur den DAX erklärt hat? Tja, die anderen brauchen vielleicht keine Therapie, aber ich habe eine Eins auf meine erste Finanzwirtschaft-Klausur!«

Sam grinste halbherzig. »Wer ist jetzt hier der Streber?«

»Wann schreibst du deine erste Klausur?«

Die Gegenfrage ließ sie schaudern.

»In einer Woche, erinnere mich nicht daran!«

Sam graute es schon jetzt vor dieser Prüfung, zumal das Ergebnis offiziell machen würde, ob sie wirklich so dämlich war, wie sie sich fühlte.

»Hast du Lust, dich mit mir zum Lernen zu treffen? Vielleicht in deiner Wohnung?« Sams Vorschlag ließ Bastian aufhorchen.

»Wieso lernst du nicht mit O'Shay? Der klugscheißt doch auf Profiniveau.«

»Der soll nicht mitbekommen, dass ich dämlich bin.«

»Und ich?«

»Du kennst mich seit dem Kindergarten!«

»Stimmt, ich habe gesehen, wie du Sand gegessen hast. Ein erstes Indiz dafür, dass du auf der Uni versagen wirst.«

Bastian lachte über den Blödsinn, den er von sich gegeben hatte, und bedachte Sam dann mit strafenden Blicken, weil sie nicht mitgelacht hatte.

»Was machst du heute Abend?« Der Themenwechsel erschien ihm notwendig, weil sie auf Stur-Modus umgeschaltet hatte und sich vehement einredete, dass sie eine Sand essende Versagerin war.

»Ich sitze mit Chris vor dem Fernseher und tue so, als ob mich Dokus mehr interessieren als Sitcoms. Warum?«

»Nur so. Wenn ihr nicht auf intellektuelles Pärchen gemacht hättet, hätten wir was unternehmen können.«

»Wolltest du nicht übers Wochenende zu deinen Eltern nach Hause fahren?«

»Nein.«

Sie stutzte wegen der kurzen, kühlen Antwort, die sie kassiert hatte. »Doch. Du hast dich darauf gefreut, wegen Ares, das weiß ich noch.«

»Jetzt eben nicht mehr«, erwiderte Bastian tonlos.

»Wieso?«

»Na eben deshalb.«

»Du bist echt ätzend trotzig, Basti!«

»Und du bist ein Streber!«, konterte er und zog sich seine Sonnenbrille ins Gesicht.

Sam wurde etwas leiser, ernster, weil sie das Gefühl hatte, dass das gerade notwendig war. »Stimmt etwas bei euch zu Hause nicht?«

»Meine Eltern sind wieder in China. Die Sache mit der Firma ist irgendwie komplizierter als vermutet. Ares ist bei unserer Nachbarin – die mit dem Pudel, auf den er so steht.«

»Wann kommen sie wieder?«

Bastian zuckte mit den Schultern und schwieg mit vereister Miene. Sam kannte diesen Ausdruck in seinem Gesicht, weil er ihn so wie sein berühmtes Lächeln schon zu Kindertagen zum Besten gegeben hatte. Er wollte nicht darüber reden, weil er selbst noch nicht wirklich wusste, wie er damit umgehen sollte. Mit sieben hatte er manchmal geheult, während er so vehement finster und stumm ins Leere geschaut hatte. Sie hatte immer mitheulen müssen, vielleicht spürte sie deshalb plötzlich diesen Kloß im Hals. Natürlich konnte Sam ihn hinunterschlucken, schließlich heulte Bastian nicht, aber darüber reden würde er heute trotzdem nicht mehr.

»Wenn du willst, können wir weggehen! Oder wir besuchen Pia und Matthias. Wir könnten wetten, wie viele Duftkerzen sie mittlerweile aufgestellt hat. Wer näher dran ist, muss dem anderen zwei Cocktails ausgeben!«

Sams Vorschlag wurde zumindest mit einem Grinsen honoriert.

»Nein, lass gut sein. Schau dir mit O'Shay Königspinguine in HD an. Ich gehe auf die Erstsemester-Party und suche mir eine betrunkene Psychologie-Studentin, die mich analysieren darf.«

Sam lachte. »Analysieren klingt bei dir nach vögeln, aber okay. Viel Spaß!«

Nachdem Bastian versichert hatte, sich morgen zu melden, trennten sich ihre Wege. Sie sah ihm noch eine Weile nach, weil sie sichergehen wollte, dass sein Gang beschwingt und nicht geknickt war. Natürlich ging Bastian aufrecht und schlich nicht gebückt dahin. Er würde alles so lange überspielen, bis er platzte.

Seufzend wandte sie sich ab und lief auf die andere Seite des Uni-Geländes. Sam hatte Chris versprochen, ein Buch für ihn zu besorgen, also führte ihr Weg sie noch zur Bibliothek. Er brauchte es für eine Hausarbeit, den Titel hatte er ihr notiert.

Die Glastür diesmal öffnend und nicht rammend, trat sie in den hohen, ruhigen Raum.

Die Universitätsbibliothek war gut besucht. Er brauchte eine Weile, um die richtige Lektüre zu finden, auch weil er sich erst wieder an die deutsche Sprache gewöhnen musste. Er hatte immer schon lieber Englisch gesprochen, auch wenn er mit beiden Sprachen groß geworden war. Wenn er sich Mühe gab, hörte man nicht mal heraus, dass er die letzten Jahre in Irland verbracht hatte, aber für wen sollte er sich bemühen?

Vertieft in das Lehrbuch, ließ er sich auf einer der Bänke neben der gläsernen Front der Bibliothek nieder. Er würde eine Weile hierbleiben und das Letzte, was er wollte, war, sein Studium schleifen zu lassen, zumal er beinahe damit fertig war. Vorlesungen würde er keine besuchen, das hätte nur im Chaos geendet. Hier zu sein, war allgemein seltsam genug, weil die vielen neugierigen, unsicheren Blicke, die ihn trafen und versuchten, jemanden in ihm zu erkennen, der er nicht war, nervten.

Er zog sich die schwarze Sonnenbrille ins Gesicht und die Kapuze seines Pullovers über den Kopf. So sah niemand sein Gesicht, das hielt die Kommilitonen, die ihn in ein Gespräch verwickeln wollten, auf Abstand. Die Ärmel krempelte er hoch, damit das Tattoo an seinem Unterarm sichtbar wurde – zumindest die Tinte in seiner Haut war einzigartig, deshalb hatte er es sich auch stechen lassen.

Mit diesem unguten Gefühl, das gerade in ihm wuchs, hatte er seit Jahren nicht mehr zu kämpfen gehabt. Seine Individualität einzubüßen, war nur eine der Unannehmlichkeiten, die ihm sein Aufenthalt bescheren würde. Er würde sich bemühen, sie wiederzubekommen, auch wenn das härterer Geschütze bedurfte als eine Sonnenbrille und eine Kapuze.

Rokoko

Sam lehnte gelangweilt am Tresen, während die junge Bibliothekarin in ihren Monitor starrte. Hätte sie selbst nach dem Buch gesucht, hätte sie ewig gebraucht, und Chris holte sie in fünf Minuten ab.

»Sorry, aber das Buch, das du suchst, habe ich gerade eben rausgegeben.«

»Wirklich? Habt ihr kein anderes Exemplar hier?«

Dass sie es nicht mal schaffte, ein Buch zu besorgen, stimmte sie misslaunig.

»Nein, es kann sein, dass ich es erst in zwei Wochen wiederbekomme, je nachdem, wie lange er es behält.«

Sam seufzte.

Die rothaarige Bibliothekarin reckte den Kopf und schaute an ihr vorbei. »Hey! Aber du kannst ihn fragen, wann er es zurückbringt. Er sitzt gleich da drüben.«

Sie deutete nach draußen, zu den Bänken vor der Glasfront. Sam lief mit einem guten Gefühl zu ihm. Vielleicht konnte sie ihm die Lektüre doch noch abschwatzen. Er brauchte sie sicher nicht so dringend wie Chris.

Als sie vor ihm zum Stehen kam, stutzte sie, weil ihr auffiel, dass er aussah, als würde er eine Bank überfallen wollen. Die schwarze Sonnenbrille, die Kapuze, trotzdem hatte er etwas auffallend Faszinierendes an sich. Sam starrte ihn prüfend an.

Da war ein Mädchen neben ihm stehen geblieben und musterte ihn viel zu intensiv.

Erkennen konnte sie ihn so unmöglich, trotzdem schien sie irgendwie auffallend neugierig.

Er sah sie sich aus dem Augenwinkel an. Sie war groß, hatte lange Beine und einen Körper, der eindeutig mehr Beachtung verdiente. Er rang sich zu einem Blick zur Seite durch.

»Was willst du?«, drang es tonlos aus seiner Kehle.

Sie war jünger, als er es auf den ersten Blick vermutet hatte – bestimmt unter zwanzig, ein Erstsemester. Die grünen Augen, die gerade eben noch so verträumt gefunkelt hatten, wurden aufmerksamer. »Du hast gerade eben ein Buch ausgeliehen, das ich dringend brauche«, entgegnete Sam vorsichtig.

»Das hier?«

Er sah nicht nur aus wie ein Bankräuber, er klang auch wie einer. Seine Stimme war irgendwie beschlagen, hörte sich in ihren Ohren aber trotzdem melodisch an. Er hielt das Buch in seiner Hand veranschaulichend hoch und legte den Kopf neugierig schief.

Sam nickte. »Ja! Wie lange brauchst du es?«

»Studierst du Kunst?« Er klang noch immer seltsam angeschlagen und irgendwie unfreundlich.

Sam zögerte. »Ähm … ja. Ich brauche es wirklich dringend, weil ich ein Referat über …« Jetzt hatte sie sich in eine durchaus unangenehme Situation geredet. »… *Rockkoko* halte.«

An mehr als den komisch klingenden Titel, den Chris ihr aufgeschrieben hatte, konnte sie sich nicht erinnern. Sie wusste nicht mal, ob es ›der‹, ›die‹ oder ›das‹ *Rockkoko* hieß.

Er lehnte sich neugierig nach vorn.

Sam hatte gelogen, weil sie glaubte, das Buch eher zu bekommen, wenn sie nicht verriet, dass es für ihren Freund war. Die Lüge war ihr irgendwie unangenehm, aber sie war schon ausgesprochen, also würde sie diese Welle einfach weiterreiten.

»In welchem Semester bist du?«, wollte er wissen.

Sie hätte seine Frage beinahe überhört, weil der Drang, ihm diese schwarze, undurchsichtige Sonnenbrille vom Gesicht zu ziehen, mit einem Mal überraschend stark wurde. Sie hätte gern seine Augen gesehen, sie waren bestimmt schön, davon ging sie aus – Intuition.

»Ähm … erstes Semester. Ich habe gerade erst angefangen.«

»Und da brauchst du schon so anspruchsvolle Lektüre?«

Sam konterte zum Glück schnell genug, um den Schein zu wahren. »Ja, ich bin ein Streber.«

Er schmunzelte kaum merklich, weil er mit dieser trockenen Antwort und der hochgezogenen Augenbraue nicht gerechnet hatte. Sie war schlagfertig, das machte sie interessant – neben der Tatsache, dass sie auffallend hübsch war.

Schöne Mädchen waren in den meisten Fällen dumm, die, die sich für intelligent hielten, waren in der Regel arrogant. Dass sein Frauenbild nicht das Beste war, lag daran, dass er nichts weiter als eine Freizeitbeschäftigung in ihnen sah. Die Freizeitbeschäftigung zu seiner Linken hatte durchaus Potenzial, auch wenn sie ihn ganz offensichtlich anlog.

»Wie lange brauchst du es?«, fragte sie und schenkte ihm ein vorsichtiges Lächeln.

Er legte den Kopf resignierend in den Nacken.

Sam starrte auf den langen, schönen Hals, den er präsentierte.

»Hast du morgen Kurse?«, wollte er wissen.

Sie nickte.

»Wie lange?«

»Bis halb drei.«

»Ich bin um vier wieder in der Bibliothek«, verriet er und zuckte mit den Schultern.

»Klasse! Danke! Du bist toll!«

Sam grinste fröhlich und hätte ihn auch gern lächeln gesehen, aber seine Miene gefror. Bevor sie sich über die fehlenden Emotionen wundern konnte, schweifte ihr Blick zu der großen Uhr an der Hausmauer. »Ich muss dann los! Mein … Bruder holt mich ab.«

Er nickte und schlug das Buch in der Hand wieder auf. Sie biss sich für die ganze Lügerei auf die Zunge.

Während Sam zum Haupteingang rannte, fragte sie sich, warum der Bankräuber sie so aus der Fassung gebracht hatte. Morgen trug er bestimmt keine Sonnenbrille und keine Kapuze. Ob er blaue Augen hatte?

Grinsend öffnete Sam die Beifahrertür des Mercedes und stahl sich einen Kuss von Chris.

»Hey, Prinzessin«, tönte er. So hörten sich Emotionen in der Stimme an – angenehm, warm.

Er trug auch eine Sonnenbrille, die sie ihm gleich vom Gesicht zog, weil sie den Drang dazu noch immer in sich angestaut hatte.

»Viel besser«, hauchte sie und küsste ihn noch mal.

Die Huskyaugen musterten sie fragend. »Wie war die Uni?«

Sie zuckte mit den Schultern. »Geht so.«

»Du gewöhnst dich bald an den Ablauf. Du kommst gerade erst aus der Schule, es dauert, bis man sich umgestellt hat«, erklärte Chris, der sehr wohl herausgehört hatte, dass Sam niedergeschlagen klang.

»Können wir über etwas anderes reden?«

»Sicher. Hast du mein Buch?«

Sie zuckte kaum merklich zusammen. Eine einfache Bitte – nicht mal die hatte sie ihm erfüllen können. »Nein, erst morgen. Es war vergriffen.«

»Okay, dann hole ich es selbst ab – ich bin sowieso in der Uni.«

»Nein!«

Sam hatte so schnell und laut protestiert, als hätte Chris ihr angedroht, morgen Amok zu laufen. Er musterte sie fragend. Sie schüttelte den Kopf.

»Ich hole es ab! Ich meine, du hast mich darum gebeten und … ich habe der Bibliothekarin gesagt, dass ich morgen vorbeikomme.«

Chris lachte. »Okay, ich wusste nicht, dass du so eine hochoffizielle Vereinbarung mit der Frau hinter dem Tresen getroffen hast«, erwiderte er amüsiert und legte seine Hand auf Sams Oberschenkel.

Er wusste, dass sie gestresst von den vielen Kursen und dem Umzug war.

»Wie war dein Tag?«, wollte sie wissen, froh darüber, dass er ihren Protestanfall nicht hinterfragt hatte.

»Viel Arbeit und eine kleine telefonische Auseinandersetzung mit dem inkompetenten Studienassistenten, der für meine Diplomarbeit verantwortlich ist – das Übliche eben.«

Chris arbeitete seit ein paar Monaten für ein Auktionshaus – schätzte und archivierte dort Kunstwerke und war sichtlich angetan von diesem Job.

Sam hatte mittlerweile herausgefunden, dass er – im Gegensatz zu normalen Menschen – auf Dauerstrom lief und todunglücklich war, wenn er länger als fünf Stunden schlafen durfte. Hätte Sam nur halb so viel zu tun gehabt wie er, hätte sie sich nach Alaska abgesetzt.

Obwohl sie so verschieden waren, funktionierte ihre Beziehung prächtig. Sie wachten morgens gern nebeneinander auf, auch wenn Sam sich nach dem ersten Guten-Morgen-Kuss meistens noch mal umdrehte und vier Stunden weiterschlief.

Sie saßen vor dem Fernseher und sahen sich Günter Jauch an, der mehr oder weniger charismatischen Kandidaten Fragen mit vier Antwortmöglichkeiten stellte. Sam hatte aufgehört, entgegen Chris' Meinung auf eine Antwort zu bestehen, zumal sie damit schon mehrmals durchaus frivole Wette verloren hatte.

Seufzend legte sie den Kopf an seine Schulter und genoss die Streicheleinheiten. Seine Hände waren noch immer magisch, konnten Sam alles um sie herum vergessen lassen. Sie liebte diese gemeinsamen Abende auf der Couch und hatte sich sogar an das ganze Weiß gewöhnt.

Chris' Hygiene- und Putz-Tick hatte mittlerweile Unterhaltungswert. Sam amüsierte sich gern darüber – ihr neues Hobby, weil Pia und ihre Leichtgläubigkeit jetzt nicht mehr täglich um sie herumtanzten und zu ihrer Erheiterung beitrugen.

Umso länger sie Chris kannte und umso mehr sie seine Gestik und Mimik verinnerlicht hatte, desto amüsanter wurde es. Einem anderen wäre es wahrscheinlich nicht aufgefallen, aber wenn Sam ihn beim Zähneputzen oder Aufräumen beobachtete, hätte sie sich wegschmeißen können. Dass er mit einer an Sicherheit grenzenden Zuverlässigkeit unruhig wurde, wenn er irgendwo Unordnung entdeckte, wusste sie gezielt für ihre Unterhaltung einzusetzen. Wenn sie Abwechslung vom Lernen brauchte oder ihr langweilig wurde, verteilte sie Alufolie von der Schokoladenverpackung und wartete ab, bis Chris sie fand. Er hatte einen sechsten Sinn für Müll, also dauerte es nie lange.

Sam hatte sich diesen Spaß schon so oft gegönnt, dass sie langsam befürchtete, dass Chris irgendwann paranoid werden würde. Er konnte sich nie erklären, wie das silberne Stanniol es bis in seine Sockenschublade schaffte.

Langsam fuhr er mit den Fingerspitzen ihren Arm auf und ab und machte sie damit schläfrig. Als Sams Handy vibrierte, schreckte sie auf. Neugierig las sie die eingegangene Nachricht und grinste dabei breit.

»Was ist so witzig?«, wollte Chris wissen und hoffte, dass seine Frage einerseits gleichgültig genug klang, um zu verschleiern, dass er ein Kontrollfreak war, und sich andererseits eindringlich genug anhörte, um zu erfahren, wer sich bei ihr gemeldet hatte.

»Ach, nur Bastian. Wir waren für morgen verabredet, aber er hat anscheinend keine Zeit.«

»Und das ist witzig?«

»Nein, nur seine Formulierung«, entgegnete Sam und kuschelte sich an ihn.

Er war süß, wenn er versuchte, so zu tun, als ob es ihn nicht stören würde, wenn sie sich mit Bastian traf oder mit ihm telefonierte. Die beiden hatten sich im letzten Jahr, so gut es ging, ignoriert. Sie hatten sich zwar oft gesehen, aber mit bewundernswerter Hartnäckigkeit so getan, als wäre der jeweils andere Luft. Wenn die beiden überhaupt ein Wort gewechselt hatten, dann nur, wenn Sam sie dazu gezwungen hatte.

»Also trefft ihr euch morgen nicht?«, wollte Chris noch mal bestätigt haben.

Sam zog eine Augenbraue in die Höhe. »Wenn du noch breiter in dich rein grinst, wird dir vielleicht noch schlecht vor lauter Freude«, meinte sie, amüsiert über Chris' offensichtliche Gefühlsregung.

Er lächelte ertappt. »Du hängst doch schon in der Uni dauernd mit ihm ab.«

»Aber nur, weil du nie dort bist!«

»Ich bin im letzten Semester, ich habe kaum noch Pflichtveranstaltungen.«

»Eben. Außerdem blödeln wir meistens nur rum, wir knutschen nur ganz selten.«

Sie erntete zuerst böse Blicke, dann zog Chris sie zu sich und kitzelte sie so lange, bis sie beinahe heulte. Nachdem sie das Sarkasmus-Verbot, was Bastian betraf, akzeptiert hatte, gingen sie ins Schlafzimmer, um Sams verlorene Wette einzulösen.

Der Raum war verraucht und überfüllt. Vor Jahren war es hier noch beschaulicher gewesen, aber er kannte sonst keine Bar, die weit genug vom Unigelände entfernt lag, um unerwünschte Konfrontationen zu vermeiden.

Das Mineralwasser vor ihm war fast leer. Er war schon vor einer halben Stunde verabredet gewesen. Unpünktlichkeit war eine Eigenschaft, die er verabscheute, aber die Neugier besänftigte seinen Ärger zum größten Teil. Als er weggezogen war, hatte er auch alle Kontakte abgebrochen. Leute aus seiner Vergangenheit hatten seit Jahren nichts mehr von ihm gehört. Es war nicht einfach gewesen, jemanden zu finden, der spontan bereit gewesen war, sich mit ihm zu treffen und auch noch die Informationen hatte, die er wollte. Es kam nur jemand aus seinem Studiengang infrage, zumal das die einzige Verbindung war, die er noch zu ihm hatte.

Völlig gehetzt kam sein Kommilitone durch die Tür gerannt.

»Sorry, O'Shay! Straßensperren. Lange nicht gesehen!« Der Brünette reichte ihm die Hand zum Gruß und musterte ihn. »Was führt dich zurück in die alte Heimat?«

»Familiäre Angelegenheiten«, antwortete er knapp und trank den letzten Schluck Mineralwasser.

Er wollte eigentlich absolut nicht über seine Beweggründe oder seine Familie reden, aber er ließ den Small Talk über sich ergehen.

»Wie geht es meinem Bruder?«, stellte er die Frage, wegen der er hergekommen war.

»Ich dachte ehrlich gesagt, er verarscht mich, als du mich angerufen hast«, verriet sein Kommilitone und lachte.

»Ja, für unseren Humor sind wir bekannt«, entgegnete er trocken und bestellte sich ein neues Getränk. Die O'Shays waren für vieles bekannt, aber nicht dafür, dass sie Spaßkanonen waren.

»Solltest du nicht besser wissen, wie es deinem Bruder geht, als ich?«

»Wenn du mir so pseudo-subtile Fragen stellen willst, führt dieses Gespräch nirgends hin«, stellte er klar.

»Sorry«, murmelte der Brünette leise.

Er wusste um das Verhältnis der beiden Brüder bestens Bescheid, zumal er lange mit ihnen befreundet gewesen war.

»Was willst du denn über Chris hören? Er bekommt nur gute Noten, aber ihr wart ja schon immer Überflieger.«

Genervt schloss er die Augen, um sich die wütende Reaktion, die er auf dieses Statement gern gezeigt hätte, auszureden. Dieses ›ihr‹ klang furchtbar in seinen Ohren, nach verlorener Individualität, um die er schon so viele Kriege geführt hatte.

»Ähm … na ja, seine Haare sind wie immer blond und nicht schwarz. Wieso hast du sie wieder gefärbt?«

Er strafte ihn für die letzten paar Worte mit einem enttäuschten Seufzen, weil er es besser wissen sollte.

»Aber so ist es nicht mehr ganz so offensichtlich«, beantwortete er sich seine dumme Frage selbst und grinste entschuldigend. »Ich sehe Chris nur selten. Er arbeitet viel, ist kaum mehr in der Uni und schreibt an seiner Diplomarbeit. Er hat eine Zeit lang im Museum gearbeitet, aber er hat vor Kurzem den Job gewechselt. Ich weiß nicht, was er macht.«

Der Brünette biss sich auf die Zunge, weil er wusste, dass der Ire diese Frage sicher nicht hören wollte, aber er musste sie stellen.

»Sag mal, wenn du hier bist, um familiäre Angelegenheiten zu klären, siehst du ihn doch bestimmt. Du kannst ihn selbst fragen, was er macht und wie es ihm geht. Ich verstehe nicht, wieso du mich …«

»Im Grunde ist es mir egal!«, unterbrach er ihn erwartungsgemäß aufgebracht. »Du weißt, dass wir unsere Differenzen hatten und haben. Ich schulde ihm noch etwas und solange ich hier bin, habe ich Zeit, meine Schuld zu begleichen, ich weiß nur noch nicht, wie.«

»Wow, das klingt, als würdest du ihm in den Arsch treten wollen!«

»Vulgär gesagt …«, gestand er nickend.

»Ich bin dir keine wirkliche Hilfe, oder?«

»Nein.«

Sein Gegenüber zuckte entschuldigend mit den Schultern, dann stutzte er. Er holte sein Handy aus der Tasche und drückte einige Tasten.

»Ich kenne aber jemanden, der dir weiterhelfen kann! Sie weiß bestimmt mehr über Chris als ich. Sie waren eine Zeit lang zusammen, dann hat er sie abgeschossen. Könnte sein, dass sie deine Rachegelüste teilt.«

Er schrieb ihm den Namen und die Nummer auf.

»Eine Ex. Das ist doch ein Anfang.«

»Ja, pass aber auf, Nicole ist bissig!«

Er schmunzelte. »Keine Angst, ich auch.«

Schock Nummer 1

Es war kurz nach 8 Uhr morgens, als Chris und Sam sich im Park der Universität verabschiedeten. Ihre Fakultäten lagen in unterschiedlichen Richtungen, aber der gemeinsame Weg zum Unigelände war schön gewesen. Sam verzichtete gern aufs Busfahren, leider passierte es nur selten, dass Chris nicht arbeiten, sondern hierher musste.

»Ich muss los. Mein Seminar fängt gleich an«, meinte er und drückte ihr einen letzten Kuss auf den Mund.

Sam grinste nur benommen, weil dieses schöne Gesicht sie noch immer unzurechnungsfähig machen konnte und weil sie noch ziemlich müde war. Eigentlich hätte sie erst um zehn Uhr aufstehen müssen, aber wenn sie länger im Bett geblieben wäre, hätte Chris sie nicht mitnehmen können.

Geistesabwesend und leer im Kopf, marschierte sie in die Mensa. Sie holte sich einen Kaffee und einen Schokoriegel, in der Hoffnung, dass Koffein und Zucker sich zu einer aufputschenden Einheit zusammenschließen würden.

Die erste halbe Stunde war sie nur physisch anwesend, dann meldeten sich langsam die Lebensgeister wieder. Der erste Geist brachte sie auf die Idee, bei Pia durchzuklingen. Sie setzte sich in einen der Computerräume, die zu dieser Uhrzeit immer leer waren, und lauschte dem Klingeln.

»Sam?«, drang eine durch und durch männliche Stimme an ihr Ohr.

»Hey, Matthias. Hat Pia ihr Handy vergessen?«

Eigentlich hatte sie damit gerechnet, Pia bei der Arbeit zu stören, aber Matthias klärte sie auf. »Nein, sie hat heute frei, wir frühstücken gerade.«

»Pff ... zwei Monate arbeiten und schon Urlaub!«, spottete Sam und erntete sofort einen doofen Spruch von Pia, die sich ihr Handy geschnappt hatte.

»Reg dich ab, Studentin! Vier Monate Ferien im Jahr und null Ahnung, welcher Wochentag gerade ist!«

Sam lachte. »Ich weiß, dass wir Wintersemester haben!«

»Na immerhin.«

»Geht's dir gut?«

»Ja! In der Arbeit läuft alles. Ich habe gestern meinen eigenen Schreibtisch und eine Durchwahl bekommen. Und du?«

»Die Uni ist ein Labyrinth. Ich bin gegen eine Glastür gelaufen und hab mir eine Packung M&Ms gekauft – habe aber nur die braunen gegessen.«

»Aha.«

»Ja, Studentenleben sind spannend.«

»Was ist mit Bastian?«, wollte Pia wissen.

»Der mag keine braunen M&Ms«, entgegne Sam grinsend.

Pia seufzte. »Ich meinte eher, wie es ihm geht.«

Sam schwieg kurz. »Er schreibt Hammer-Noten ...«

»Aber?«

Pia hatte natürlich herausgehört, dass hinter diesem Statement drei Punkte standen.

»Aber ich glaube, er hat Stress zu Hause.«

»Mal wieder.«

Nicht nur Sam wusste über die familiären Probleme der Johansons Bescheid. Bastian hatte auch schon Pia sein Herz ausgeschüttet, ein oder zwei Mal, während er betrunken war.

»Mal ehrlich, das wundert mich nicht!«, kommentierte Pia ungewohnt ernst. »Seine Eltern waren nicht mal bei unserer Zeugnisübergabe! Wie kann man sich nur so wenig um sein Kind kümmern? Dafür bekommt er sicher ein Motorrad oder eine

Rolex zu Weihnachten! Dass sie sich keinen glücklichen Sohn kaufen können, haben sie anscheinend noch immer nicht verstanden«, führte sie weiter aus und wurde hörbar wütend.

Sam war kurz still. Sie kannte Bastians Eltern schon lange. Die beiden waren nett, nur waren Zeit und emotionale Zuneigung Mangelware in der Welt der ehrgeizigen Schweden. Sie vernachlässigten ihren Sohn nicht mit Absicht, nur war der Versuch, ihre dauernde Abwesenheit mit Geschenken aufzuwiegen, nicht halb so erfolgreich, wie sie glaubten. Hätte die Selbstständigkeit ihnen weniger abverlangt, hätten sie wahrscheinlich gern mehr Zeit mit Bastian verbracht, aber er stand so offensichtlich in ihrer Prioritätenliste an zweiter Stelle, dass es absolut verständlich war, dass er darunter litt.

»Er redet nicht darüber, was genau vorgefallen ist. Vielleicht bekommst du ja was aus ihm raus«, schlug Sam vor.

»Ich kann versuchen, mit ihm zu reden, aber wenn er dir nichts erzählt, sehe ich für mich schwarz.«

Pia klang mit einem Mal ziemlich abgelenkt. Sam verabschiedete sich von ihr, bevor sie zu deutlich mitbekam, was da in Matthias' Wohnung vor sich ging und ihr Kopfkino eine nicht jugendfreie Vorstellung startete. Pia versicherte ihr, Bescheid zu geben, falls sie etwas aus Bastian rauskriegen würde, kicherte dann abgelenkt und vergaß, aufzulegen. Sam musste sie wegdrücken, bevor sie noch etwas zu hören bekam, was sie verstört hätte.

Sam war spät dran, weil ihre Vorlesung viel länger gedauert hatte als gedacht. Als sie in der Bibliothek ankam, waren die Gänge so gut wie leer. Sie befürchtete, dass sie ihn verpasst hatte. Er schien nicht der Typ Mensch zu sein, der aus reiner Freundlichkeit seine Zeit opferte. Wahrscheinlich hatte er drei Minuten gewartet und war dann auf Nimmerwiedersehen verschwunden. Sie würde ihn nicht wiedersehen – als sie das in Gedanken wiederholte, ärgerte sie sich darüber. Sie würde nicht die Gelegenheit bekommen, herauszufinden, welche Farbe seine Augen hatten. Außerdem würde Chris sein Buch nicht bekommen – deshalb war sie eigentlich hier, gut, dass sie sich das noch mal in Erinnerung rief.

Sam schlich durch die langen Gänge, sah sich nach der schwarzen Kapuze um, die er sowieso nicht trug. Im Grunde wusste sie nicht mal, wie er aussah. Er war groß und hatte einen schönen Hals, ob man daran eine Person wiedererkennen konnte, war aber fraglich.

Sie hielt an und ließ ihren Blick wandern. Er stand am anderen Ende des Gangs, gut zehn Meter entfernt, und streckte die Hand gerade nach einem Buch aus. Auf seinem Unterarm erkannte sie ein Tattoo – gestern war da auch eines gewesen, aber sie hatte nicht genau genug hingesehen, um zu erkennen, was es war.

Wie viele Studenten hatten schon ein Tattoo am Unterarm? Sam war sich ziemlich sicher, dass er ihr Bankräuber war. Sie machte ein paar vorsichtige, leise Schritte auf ihn zu, um ihn besser mustern zu können. Wenn er doch nicht derjenige war, nachdem sie suchte, konnte sie noch immer an ihm vorbeilaufen.

Er hatte schwarze Haare, trug ein graues Shirt zu hellen Jeans und keine Sonnenbrille. Sein Profil war auffallend schön, er sah Chris ähnlich, zumindest aus dieser Entfernung. Sie hatten die gleiche Kinnpartie und die gleiche Nase – die Erkenntnis ließ Sam schmunzeln. Wahrscheinlich interpretierte sie in jedes schöne Gesicht Chris' Gesicht, weil sie mittlerweile besessen von ihm war. Sie musste einfach näher ran, um die Illusion zu zerstören.

Sam blieb stehen, weil das Handy in ihrer Tasche vibrierte. Bastians Name leuchtete auf dem Display auf. Sie wandte sich in Richtung Bücherregal und flüsterte ein leises »Hallo«.

Telefonieren war hier verboten, aber sie würde sich nur kurz erkundigen, was er wollte, und sichergehen, dass alles in Ordnung war.

»Hey! Sitzt du in einer Vorlesung?«, wollte er wissen.

»Ähm … nein«, hauchte sie.

»Wieso flüsterst du dann? Spionierst du jemanden aus?«

Sam fühlte sich ertappt. Sie hatte niemandem von diesem seltsamen Treffen erzählt, dabei würde sie es auch belassen.

»Nein. Ich bin in der Bibliothek. Alles klar?«

Auf der anderen Seite war es kurz still.

»Hast du Zeit, bei mir vorbeizukommen?«

Seine Frage klang seltsam, nicht nach einer Einladung, eher nach einer eindringlichen Bitte.

»Heute ist es eigentlich schlecht«, gestand sie.

»Ich brauche dich aber«, erklärte er ernst.

»Ist was passiert?«

Bastian schwieg ungewöhnlich lange.

»Ich kann dir das nicht am Telefon erklären«, antwortete er schließlich.

In ihr krochen Sorgen hoch, aber nur so lange, bis sie den Kopf zufällig weg vom Bücherregal drehte und der Schock alles in ihr überschattete. Sam starrte überfragt in das Gesicht, das vor ihr aufgetaucht war. Er lehnte mit der Schulter an einem der Regale, knapp einen Meter neben ihr. Sie hatte nicht mitbekommen, dass er auf sie zugekommen war. Seine Augen waren unwirklich tief und blau – Huskyaugen, sie gehörten Chris, genau wie dieses Gesicht.

»Sam?«

Dass sie Bastian noch immer am Telefon hatte, war ihr in diesem Moment egal. Sie konnte sich jetzt nicht mit ihm befassen, weil ihr Verstand verzweifelt nach einer Erklärung dafür suchte, was ihre Augen sahen.

»Ich … ich … ich komme später zu dir! Ich muss jetzt …«

Sie drückte ihn weg, bevor sie ihren Satz beendet hatte. In Zeitlupe ließ sie ihr Handy wieder in der Tasche verschwinden. Vielleicht stand ihr Mund offen, das konnte sie beim besten

Willen nicht sagen, weil ihr die Kontrolle über ihre Mimik entglitten war.

»Du bist spät dran«, raunte er mit angeschlagener Stimme und musterte sie streng.

Das war Chris' Stimme, nur tiefer und in einem ihr fremden Tonfall. Und das war Chris' Gesicht, nur mit schwarzen Haaren.

Möglicherweise war sie übergeschnappt, verrückt geworden, hatte einen Zucker-Koffein-Schock, der ihre Augen Dinge sehen ließ, die gar nicht möglich waren. Oder waren sie doch möglich?

»Du starrst mich an, als hättest du Angst vor mir.«

»Angst?«, wiederholte sie grundlos, weil sie Zeit schinden wollte.

Langsam, aber sicher braute sich in ihrem Kopf eine Theorie zusammen, die sie aber noch ausfeilen musste.

»Wann hast du dein Referat?«, wollte er wissen.

»Mein Referat?«

Er hielt die Lektüre hoch, wegen der sie sich getroffen hatten, aber das Buch war Sam gerade so egal, dass sie nicht mal mit der Wimper gezuckt hätte, wenn es spontan in Flammen aufgegangen wäre.

Sie hatte jetzt zwei Optionen, die es möglichst schnell abzuwägen galt – zuerst musste sie aber diesen überraschten Gesichtsausdruck loswerden, das war für jede Option wichtig.

Sam rang sich ein schwaches Lächeln ab und hörte endlich auf, ihn mit ihrem Blick zu fixieren.

»Komm.« Seine Aufforderung ließ sie wieder aufschauen. Er ging den Gang entlang. Während Sam ihm folgte, entschied sie sich, wie sie mit dieser Situation umgehen wollte.

Sie hielten bei den Tischen im hinteren Bereich der Bibliothek. Zur Hauptprüfungszeit bekam man hier keinen Platz, heute hatten sie die freie Auswahl.

Er setzte sich und sah Sam dann erwartungsvoll an. Als sie sich auf dem Stuhl neben ihm niederließ, merkte sie, wie nervös sie war. Sie wollte ihn nicht schon wieder anstarren, aber diese Augen hatten eine anziehende Wirkung auf sie.

»Also, was genau brauchst du für dein Referat?«

Sein Tonfall war kalt, aber er klang nicht desinteressiert. Sams Hirn arbeitete auf Hochtouren, weil sie dieses Gespräch auf keinen Fall vergeigen durfte.

»Nur ein paar Fakten und Zitate. Studierst du auch hier?«

Er legte den Kopf fragend schief. »Ich lungere nicht aus Langeweile hier herum. Natürlich studiere ich.«

Sam lächelte entschuldigend. »Ja, sicher, aber schon immer?«

Sein skeptischer Blick machte sie nur noch nervöser.

»Ich meine, ich habe dich hier noch nie gesehen«, fügte sie hinzu und hoffte, dass sie sich nur halb so unsicher anhörte, wie sie sich fühlte.

»Das ist dein erstes Semester. Und es gibt hier Tausende Studenten«, entgegnete er kopfschüttelnd.

Die Huskyaugen wurden zu Eisaugen. Dieser Blick verriet ihr, dass er zugemacht hatte, Chris konnte auch so aussehen.

»Dein Tattoo ist schön.«

Er regte sich kaum, schlug nur das Buch auf und drehte es Sam hin. »Schreib dir raus, was du wissen musst.«

Sie stutzte, biss sich auf der Unterlippe herum, weil sie Angst hatte, dass sie ihn vergrault haben könnte. Sie durfte ihre Fragen nicht mehr so offensichtlich stellen, musste viel subtiler vorgehen.

»Das könnte eine Weile dauern. Ich weiß außerdem noch nicht genau, was ich alles brauche.«

»Wann weißt du es denn?«

»Vielleicht morgen? Wenn du wieder hier bist, kann ich mir kopieren, was ich brauche.«

»Ich bin morgen nicht an der Uni.«

»Übermorgen?«

Er ließ sie mit Absicht zappeln. Natürlich wollte er sie wiedersehen, schließlich würde sie sein neuer Zeitvertreib werden, aber dass sie selbst so eindringlich um ein weiteres Treffen bat, gefiel ihm. Vielleicht war sie doch dümmer, als er vermutet hatte – leichtgläubig, wie all die anderen Mädchen, die sich von einem hübschen Gesicht und einem guten Körper beeindrucken ließen. Er würde trotzdem seinen Spaß haben.

»Du kannst morgen zu mir kommen«, erklärte er.

Sams Herz machte einen Sprung. »Wirklich? Danke!«

Sie musste furchtbar dämlich klingen. Sam hätte sich nie einfach von einem vollkommen Fremden nach Hause einladen lassen, aber dieses Gesicht war ihr alles andere als fremd.

Sie musste unbedingt mehr über ihn erfahren, mit ihm reden, ohne dass er zumachte. Wenn er nur annähernd so stoisch wie sein Bruder war, würde er es ihr aber nicht leicht machen.

»Wo wohnst du?«

Diese Frage war persönlich, aber naheliegend. Er würde sie beantworten müssen, wenn er wollte, dass sie zu ihm kam.

»Gib mir deine Handynummer, ich schicke dir die Adresse.«

Sam zögerte nicht lange. Dass sie ihm so viel verschwiegen hatte, bereitete ihr vorerst kein schlechtes Gewissen. Er hätte vielleicht überhaupt nicht mit ihr gesprochen, wenn er gewusst hätte, wer sie war. Chris sprach auch nicht mit ihr über ihn, nie.

»Wie heißt du?«, wollte er wissen, während er die Nummer, die sie ihm genannt hatte, in sein Handy tippte.

»Maya … mit Ypsilon.«

Sam log nicht, man konnte sie auch Maya nennen, nur tat das niemand – bis auf Bastian manchmal. Dass sie sich eine neue Identität für ihn schaffte, würde es vielleicht leichter machen oder in einem furchtbaren Chaos mit emotionalen Zusammenbrüchen und Explosionen enden.

»Und du heißt …?«

Sie kannte seinen Namen, hatte ihn aber immer nur in diesem kühlen, verachtenden Unterton gehört.

»Elay.«

So klang er viel schöner, melodisch.

»Kommst du aus dem Ausland?«

Er nickte. Als er aufstand und das Buch wegpackte, musste sie wieder starren. Der gleiche Körperbau, die gleichen langen, schmalen Klavierspielerfinger. Elay wirkte etwas schmaler als Chris – vielleicht hatte er zwei, drei Kilo weniger, aber er musste mindestens genauso viel Sport machen.

»Ich schreibe dir, wann wir uns treffen«, erklärte er.

»Versprochen?«

Sam bekam mit einem Mal Angst, dass er sie nur abwimmeln wollte und sich nicht melden würde. Sie wollte ihn unbedingt kennenlernen.

Er schmunzelte kurz, weil sie süß aussah. Ihr Gesicht war puppenhaft schön. Das hier würde leicht werden und obwohl ihn Mädchen, die leicht zu haben waren, langweilten, fühlte er sich dadurch nicht abgestoßen. Ein Nicken musste ihr als Versprechen genügen.

Sie erwiderte sein Schmunzeln, weil dieses O'Shay-Lächeln ansteckend war.

»Na dann, bis morgen. Und danke, Elay.«

Er verschwand wortlos in einem der vielen Gänge. Als sie ihn nicht mehr sehen konnte, ließ sie den Kopf seufzend in die Hände fallen.

»Heiliger irischer Kobold«, murmelte sie fassungslos über das, was hier gerade passiert war.

Ob Chris wusste, dass Elay hier war? Er hatte am Rande erwähnt, dass er herkommen würde, weil sie irgendetwas Offizielles mit ihrem Vater zu klären hatten.

Wieso hatte Chris ihr nicht gesagt, dass sie auf dieselbe Uni gehen würden? Und wieso um alles in der Welt hatte er verdammt noch mal verschwiegen, dass sie eineiige Zwillinge waren?

Schock Nummer 2

Sams Kopf war voll mit Huskyaugen, schwarz gefärbten Haaren und Tattoos. Sie rannte über die Straße und erschreckte sich zu Tode, als die laute Hupe des Lkw ertönte. Vielleicht sollte sie doch lieber nach links und rechts schauen, bevor sie über den Zebrastreifen lief. Allgemein musste sie jetzt den Kopf frei bekommen, so verblüfft und überfordert sie auch von ihrem Kennenlernen mit Elay war.

Bastian ging nicht mehr an sein Handy. Sie hatte ihn vorhin abgewürgt, obwohl er zerknirscht geklungen hatte. Das schlechte Gewissen kam erst jetzt in ihr hoch, dafür umso intensiver. Wahrscheinlich hatte er wieder Streit mit seinen Eltern gehabt und brauchte jemanden zum Reden, sonst hätte er sie nicht gebeten, vorbeizukommen.

Sie klingelte auf gut Glück, weil Bastian es noch immer nicht geschafft hatte, ein Namensschild anzubringen. Der Summer ertönte und sie rannte hinauf in den zweiten Stock.

Die paar Mal, die sie schon hier gewesen war, hatte es in dem frisch renovierten Altbau immer nach Talkumpuder gerochen – entweder war der weiße Handlauf aus Speckstein oder in einer der Wohnung hatte jemand eine ganze Horde Babys bekommen.

Sam wäre beinahe auf die Kiste getreten, die auf Bastians Fußmatte stand. Er hatte es anscheinend noch immer nicht geschafft, alles auszupacken, obwohl er schon zwei Monate hier wohnte.

Als er ihr öffnete, sah er müde aus.

»Hey! Hast du letzte Nacht durchgemacht?«, fragte Sam und wollte aus ihren Schuhen schlüpfen.

»Behalt sie an«, forderte er und gestikulierte ihr, reinzukommen.

»Willst du das Vorzimmer streichen?« Ihr fiel gleich auf, dass Bastians Schuhe und seine Jacken verschwunden waren. Normalerweise war die Garderobe komplett überfüllt, heute herrschte gähnende Leere.

»Nein, ich streiche hier sicher nichts mehr.«

Sie stutzte, weil er sich nicht nur geknickt anhörte, sondern auch so aussah. »Alles in Ordnung? Ist irgendetwas schiefgelaufen?«

»Ja«, meinte er tonlos und ließ den Kopf hängen.

Diese traurigen schokoladenfarbenen Augen konnte Sam kaum ertragen. Sie hätte ihn am liebsten sofort in den Arm genommen, aber er sollte erst mal mit der Sprache rausrücken.

»Hat es was mit deinen Eltern zu tun? Hattet ihr Streit?«

»Ja, im weitesten Sinne hatten wir Streit.«

Er schwieg und kratzte sich seufzend am Hinterkopf. Bastian war das hier sichtlich unangenehm, also zierte er sich.

»Komm schon, Basti! Muss ich zuerst irgendwo eine Münze einwerfen, damit du redest?«

Sie hasste solche Gespräche genauso wie er, aber sie kamen nicht darum herum.

»Ich ziehe hier aus«, platzte es plötzlich aus ihm heraus.

»Was? Du bist doch gerade erst eingezogen. Du gehst doch nicht nach Schweden, oder?!«

Sam bekam Panik. Bastian durfte nicht wegziehen, schon gar nicht in ein Land voller blonder, smarter Menschen, in dem er sich mit Leichtigkeit eine neue beste Freundin suchen konnte.

»Nein, ich gehe nicht nach Schweden.«

»Schmeißt du das Studium?«

»Nein.«

Wütend drehte sie sich einmal im Kreis. Bastians Einsilbigkeit nervte, sie hätte ihn am liebsten geschüttelt.

»Und wenn du nicht nach Schweden gehst und nicht aufhörst, zu studieren, wieso willst du dann ausziehen?«

»Will ich nicht, aber anscheinend muss ich.«

»Wieso?«

Er lehnte sich mit dem Rücken an die kahle weiße Wand und steckte die Hände in die Hosentaschen. »Du weißt, dass es in der Firma meiner Eltern nicht gut läuft«, begann er zu erzählen.

Sam nickte. »Ja, schon länger, oder? Deshalb sind sie so lange weg.«

Bastian erwiderte ihren Blick nicht. Er starrte auf seine Schuhe. »Es sieht ziemlich düster aus. Sie sind verklagt worden, aus irgendwelchen patentrechtlichen Gründen. Im Zuge des Gerichtsverfahrens ist das Finanzamt hellhörig geworden. Anscheinend haben sie Steuern hinterzogen – ich weiß nichts Genaues, nur, dass alle Konten eingefroren wurden, auch das, von dem meine Wohnung bezahlt werden sollte.«

Sam blieb der Mund offen stehen – ein weiteres Mal an diesem Tag. »Was heißt das? Bekommst du gar kein Geld mehr? Wo sind deine Eltern eigentlich?!«

Bastian schüttelte den Kopf. »Ich weiß nicht. Meine Mutter hat mich gestern angerufen. Ich habe tagelang versucht, sie zu erreichen. Sie wollte mir nicht sagen, wo sie sind, nur, dass ich vorerst kein Geld mehr bekomme und mit niemandem darüber reden soll.«

»Echt? Das ist …«

Sam klang viel zu traurig, viel zu mitleidig, das musste sie vorerst hinunterschlucken. Sie stellte auf Krisenbewältigungsmodus um. »Okay, das kriegen wir schon hin! Du musst dir eine neue Wohnung suchen, halb so schlimm!«, meinte sie gespielt optimistisch.

Bastian schnaubte. »Ich habe keine Ahnung, auf welchem Kontinent sich meine Eltern gerade befinden, und als ich das letzte Mal Geld abheben wollte, hat mich der Bankbeamte ausgelacht! Halb so schlimm?! Was wäre denn deiner Meinung nach schlimm?!«

Sams Hirn funktionierte in traurigen Extremsituationen nicht wirklich zuverlässig, deshalb waren ihre Beschwichtigungsversuche auch so erbärmlich. »Na ja … zumindest ist niemand krank oder tot.«

Bastian musterte sie verständnislos. Seine Augen waren glasig. »Nein! Meine Eltern gehen höchstwahrscheinlich nur für die nächsten zehn Jahre ins Gefängnis und unser Haus wird zwangsversteigert! Aber zum Glück hat niemand die verdammte Pest!«

Sie machte sich klein, weil Bastian so laut geworden war.

»Tut mir leid«, flüsterte Sam leise und unterdrückte den Drang, zu heulen. Bastian riss sich auch zusammen, schluckte die Tränen hörbar hinunter.

»Du musst dich nicht entschuldigen! Ich … ich weiß nur nicht, was ich machen soll.«

»Wann musst du denn ausziehen?«

Er schwieg wieder eine Weile und zuckte dann mit den Schultern. »Genau genommen gestern.«

»Wie bitte?!«

»Der Vermieter hat mir angeblich schon vor einem Monat einen Brief geschrieben, aber woher soll ich denn wissen, dass ich so wichtige Post bekomme!? Ich habe erst gestern nachgesehen. Der hätte mir eine Mail schreiben sollen, die hätte ich schneller gelesen.«

»Ja! Wieso hat der Arsch dir nicht auf die Pinnwand gepostet, dass du ausziehen musst?! Auf welchem Planeten lebst du denn, Basti!? Du musst doch nachsehen, ob du Post hast!«

»Anscheinend auf dem Planeten der Obdachlosen! Vorwürfe helfen mir jetzt auch nicht weiter!«

Seufzend fuhr sich Sam durch die Haare. Er war in einer wirklich beschissenen Situation. Er stand von einem Tag auf den anderen vor dem finanziellen Nichts, außerdem wusste er nicht, wann und wo er seine Eltern wiedersehen würde.

»Wo ist dein ganzes Zeug?«

»Alles, was ich hier hatte, liegt in meinem Auto.«

»Im Porsche?«

»Ja, der ist voll bis obenhin.«

»Du brauchst eine neue Wohnung!«

»Ach ehrlich? Ich dachte, ich könnte in meinem Kofferraum leben!«

»Hast du schon im Studentenwohnheim angerufen?«

»Ja, der Typ war genauso hilfreich und amüsiert wie der Bankbeamte. Ironischerweise sind meine Eltern zu wohlhabend, damit ich einen Platz bekomme – zumindest so lange, bis das Verfahren durch ist und ich offiziell arm und mittellos bin.«

Sam seufzte laut und legte sich die Hände aufs Gesicht. »Gott, was ist das heute nur für ein Tag?!«

»Hilfst du mir, die letzten Sachen ins Auto zu packen? Der Vermieter hat mir damit gedroht, meinen Kram anzuzünden, wenn ich nicht bis sieben Uhr verschwunden bin – der war übrigens nicht annähernd so amüsiert wie der Bankangestellte und der Typ vom Studentenheim.«

»Klar!«

Perplex folgte Sam Bastian nach draußen zu seinem Auto. Zum Glück gehörten die Möbel in der Wohnung nicht ihm, sodass sie nur mehr ein paar Klamotten und seinen Laptop auf dem notdürftigen Rücksitz des Sportwagens verstauen mussten.

Sam begleitete ihn auch zu seinem wirklich humorbefreiten Vermieter, um den Wohnungsschlüssel abzugeben. Danach fuhren sie zu McDonald's.

»Danke, dass du bezahlt hast«, meinte Bastian und schenkte ihr zum ersten Mal an diesem Tag ein Lächeln.

»Schon gut, du hast mich oft genug eingeladen.«

»Ich sollte mich wohl daran gewöhnen, in meinem Auto zu essen, zumindest, bis ein Platz im Wohnheim frei wird und ich einen Job habe«, stellte Bastian fest und warf die leere Burger-Schachtel einfach auf den Rücksitz.

Zugegebenermaßen hatte die Vorstellung, dass jemand, weil er seine Wohnung nicht mehr bezahlen konnte, in seinem Porsche hausen musste, etwas Komisches an sich, aber zulassen konnte Sam das natürlich trotzdem nicht.

»Du kannst nicht in deinem Auto schlafen!«, stellte sie kopfschüttelnd klar.

»Hey, es ist bequemer, als es aussieht. Die Alternative wäre die Couch in der Mensa und die sieht irgendwie eklig aus.«

»Du spinnst doch!«

»Was soll ich denn deiner Meinung nach machen? Der Teil meiner Familie, der nicht von Interpol gejagt wird, wohnt in Schweden! Ich könnte dorthin gehen, aber um das Geld für den Flug zusammenzubekommen, müsste ich ziemlich lange am Bahnhof auf und ab laufen – wahrscheinlich bin ich heroinabhängig, bevor ich mir das Ticket leisten kann!«

Sam zog die Brauen nach oben. »Du wärst ein erfolgreicher Strichjunge. Du hättest die Kohle schnell zusammen.«

Bastian verzog das Gesicht. »Wow, das ist das seltsamste Kompliment, das mir je jemand gemacht hat. Danke, Sami!«

Sie schmunzelte, dann schmiegte sie sich mit dem Kopf an Bastians Oberarm. »Du wohnst bei mir.«

Er lachte so sehr, dass Sam den Kopf wieder heben musste. »Das ist furchtbar nett von dir, aber du hast doch nicht mal eine Wohnung.«

»Ach? Wohne ich auf der Straße oder was?«

»Nein, aber bei ihm! Das ist schlimmer als die Straße.«

»Chris hat ein freies Zimmer. Dort versteckt er nur seine antibakteriellen Putzmittel aus China vor mir. Wir haben mehr als genug Platz!«

»Ich glaube, ich fühle mich in meinem Auto wohler.«

»Red keinen Schwachsinn! Ich lasse nicht zu, dass mein bester Freund in einem Auto schläft! Das ist doch nur eine Übergangslösung. Du bleibst, bis deine finanzielle Lage geklärt ist und du Anspruch auf einen Platz im Wohnheim hast. Chris versteht das, wenn ich ihm deine Situation erkläre.«

Bastians Blick wurde finster. »Erzähl O'Shay bloß nicht, dass die Firma meiner Eltern pleite ist! Ich kann die Ikea-Witze jetzt schon nicht mehr hören!«

Sam schüttelte den Kopf. »Er würde sich nicht über deine Situation lustig machen. Das ist kein Scherz mehr.«

Bastian starrte gegen die Windschutzscheibe. »Danke, aber nein danke.«

»Wir haben bald Winter! Willst du in deinem Porsche erfrieren?!«

»Bleib mal realistisch, Sam.«

»Ich bin realistisch, Basti! Du warst neunzehn Jahre lang stur und hast immer deinen Willen bekommen, aber jetzt wirst du wohl oder übel in den sauren Apfel beißen und dich mit Chris arrangieren müssen! Deine Situation ist beschissen!«

Er schwieg lange, starrte wieder nach vorn. »Wenn er mich nicht dort haben will, verschwinde ich!«

»Er wird nichts dagegen haben!«

»Frag ihn erst mal!«

»Ja, sicher, wenn wir zu Hause sind.«

Notgedrungen einsichtig, startete Bastian sein Auto. Er wusste wirklich nicht, wohin.

»Sam?«

»Ja?«

»Danke …«

Ein Zuhause auf Zeit

Bepackt bis oben hin, kamen sie in der Wohnung an. Bastian war noch nie hier gewesen. Es fühlte sich erwartungsgemäß seltsam an, O'Shays Zuhause zu betreten.

»Zieh bitte die Schuhe aus und stell sie in den Schrank, sonst muss ich Chris nachher wiederbeleben, wenn er nach Hause gekommen und kollabiert ist – das tut er nämlich, wenn du Schuhe einfach so herumstehen lässt. Er hat ein paar Eigenheiten …«

»Echt? So schnell kann ich O'Shay ausknocken? Cool!«

Sie bedachte ihn mit warnenden Blicken. Bastian hob unschuldig die Hände vor den Oberkörper. »Ich mache nur Spaß! Natürlich halte ich mich an seine Regeln. Egal wie bescheuert sie mit Sicherheit sind. Also keine Schuhe herumstehen lassen, sonst noch was?«

Sam lachte gequält. »Ich schreibe dir eine Liste.«

Bastian hielt das im ersten Moment für einen Scherz, aber Sams Miene blieb ernst. Als er ihr ins Wohnzimmer folgte, blieb er überrascht stehen.

»Wäre er gerne Arzt geworden oder Nordpol-Forscher? Warum ist hier alles weiß?«

»Warte ab, bis du im Badezimmer stehst. Ich bin da drin mal schneeblind geworden und gegen einen Schrank gelaufen – ich wünschte, das wäre ein Scherz.«

Sam zeigte Bastian das Gästezimmer. Er bat sie, bei Chris anzurufen und sein Einverständnis einzuholen, vorher wollte er nicht auspacken.

Sie kam seiner Bitte nach und setzte sich auf den Balkon, um beim Telefonieren mit Chris allein zu sein. Er würde bestimmt verstehen, dass sie keine andere Wahl gehabt hatte. Eigentlich graute es ihr davor, ihm zu erzählen, dass Bastian bei ihnen eingezogen war, zumal sie das alles über seinen Kopf hinweg entschieden hatte, aber was hätte sie sonst tun sollen? Es mangelte allen an Alternativen und ein paar Monate WG-Leben hatten noch niemanden umgebracht. Vielleicht kamen sie sich so endlich näher – oder sie schlugen sich die Nasen blutig.

Sam erreichte Chris nicht und beschloss, es später noch mal zu versuchen. Bastian erzählte sie, dass er einverstanden war, weil er sonst nicht aufgehört hätte, so kindlich verzweifelt in der Gegend herumzustehen. Sie hätte ihn nie und nimmer rausschmeißen können, zumal er wirklich nicht wusste, wohin, und die Sache mit seinen Eltern einfach furchtbar war.

»Was hat O'Shay gesagt?«, wollte er wissen und kratzte unsicher an seinem Unterarm herum.

Zum Glück hatte Sam die Sache mit dem Flunkern heute schon trainiert. »Dass es okay ist, wenn du vorerst hierbleibst – als Übergangslösung.«

Die vielen Lügen, die sie heute schon erzählt hatte, waren notwendig gewesen, gesünder als die Wahrheit, und das für alle Beteiligten.

Bastian traute sich endlich, auszupacken. Er hatte zwar noch immer Angst, weggeschickt zu werden, aber an das Gefühl, nirgends hinzugehören, würde er sich wohl oder übel gewöhnen müssen. Er war müde und geschafft, weil er die letzte Nacht damit verbracht hatte, seine Wohnung auszuräumen und zu heulen. »Sag mal, darf ich kurz duschen und dann schlafen gehen? Ich bin …«

»Sicher!«

Er war dankbar, dass Sam ihm ins Wort gefallen war. Sie legte ihm ein Handtuch raus und erklärte ihm, wie er das Glas der

Dusche wieder sauber und trocken bekam, nachdem er fertig war.

Sam setzte sich raus auf den Balkon und versuchte noch mal, Chris zu erreichen. Sein Handy war aus – wahrscheinlich war es leer, weil er immer vergaß, es aufzuladen.

Sie durchforstete das Internet eine Weile nach Wohnungen. Es war unglaublich, wie hoch die Mieten in der Umgebung waren. Bastian würde wirklich am Bahnhof anschaffen gehen müssen, um sich eine Bleibe leisten zu können.

Als Nächstes las sie nach, wie hoch die Strafen für Steuerhinterziehung in Schweden waren. Sie wusste zwar nicht, um welche Summe es ging, aber ihr schwante Böses.

Sie versuchte ihren Vater zu erreichen, um nachzufragen, ob er irgendetwas über die Johansons oder zumindest ihre Firma wusste, aber er war genauso wenig zu erreichen wie Chris.

Sie wollte reingehen, weil es kalt und dunkel wurde, aber die eingegangene WhatsApp-Nachricht ließ sie innehalten.

Elay O'Shay
Kommst du mit deinem Referat voran?
Bring deine Präsentation mit, dann kann ich sie mir ansehen.

Sam schmunzelte und seufzte im nächsten Moment. Elay hatte sich tatsächlich gemeldet.

Er wollte sie nicht loswerden, sondern wiedersehen, auch wenn seine Nachricht ziemlich unterkühlt und geschäftlich klang. Dass es wirklich Chris' Bruder war, mit dem sie sich unterhalten hatte, hatte sie noch nicht wirklich realisiert. Heute war zu viel passiert, sie würde erst morgen anfangen, das Ganze emotional aufzuarbeiten.

Sam

Danke für deine Zeit! Ich weiß das wirklich zu schätzen!
Maya

Sam fragte sich kurz, ob ihr Dank übertrieben klang, weil er keine Ahnung hatte, was sie eigentlich von ihm wollte, aber ihre Aufmerksamkeit wurde abrupt und gänzlich auf die lautstarke Auseinandersetzung in der Wohnung gelenkt. Sie hörte Chris, und er klang eindeutig wütend. Er war viel zu früh dran und wusste von nichts. Sam hätte beinahe den Stuhl umgeworfen, als sie aufsprang und losrannte.

Feindkontakt

Chris war früher mit der Arbeit fertig geworden, trotzdem fühlte er sich ausgelaugt. Der Job im Auktionshaus war kein Nebenjob für einen Studenten, weil er viel zu viel Zeit fraß, aber zu kündigen, war keine Option. Er war nicht der Typ Mensch, der vor Stress oder Verantwortung davonlief, also würde er sich einfach zu Tode arbeiten und versuchen, sein Dahinscheiden dann vor Sam geheim zu halten.

Seit sie zu ihm gezogen war, hatten sie sowieso kaum Zeit füreinander. Früher waren ihre Wochenenden mit gemeinsamen Aktivitäten verplant gewesen, heute waren sie froh, wenn sie es ab und zu gemeinsam vor den Fernseher schafften.

Als Chris die Haustür öffnete und seine Jacke auszog, hätte er schwören können, dass etwas anders war als sonst.

Aber das Wohnzimmer und die Küche waren leer. Die Anlage lief, doch Sam war nirgends zu entdecken. Eine CD-Hülle lag dort, wo sie auf keinen Fall hingehörte – auf dem Boden. Er legte sie zurück ins Regal und stutzte, als er das Wasserplätschern aus dem Bad vernahm. Anscheinend stand Sam unter der Dusche.

Ein Lächeln huschte über seine Lippen. Chris' Kopfkino startete eine nicht jugendfreie Vorstellung. Sex unter der Dusche war eine schöne Art, diesen anstrengenden Tag ausklingen zu lassen und gleichzeitig etwas Zweisamkeit zu genießen.

Vorsichtig öffnete er die Badezimmertür. Er wollte Sam überraschen, also war er leise. Warme, feuchte Luft schlug ihm entgegen. Als Chris sich das T-Shirt über den Kopf zog, blieb sein

Blick an dem Kleiderhaufen auf dem Fliesenboden hängen. Er seufzte. Eigentlich hatte er angenommen, er hätte ihr mittlerweile abgewöhnt, alles einfach liegen zu lassen.

Noch während er sich nach der Jeans bückte, formte sich ein imaginäres Fragezeichen über seinem Kopf. Wann hatte Sam Boys-Cut-Hosen für sich entdeckt?

»Wouh! Auch wenn das dein Badezimmer ist, anklopfen wäre nicht schlecht!«

Die Stimme, die hinter Chris ertönt war, hatte ihn erschreckt. Er wäre beinahe auf dem feuchten Boden ausgerutscht. Als er wieder sicher stand, starrte er den genauso perplexen, aber gänzlich nackten Bastian verwirrt an.

»What the …?!«

Chris' Hirn arbeitete auf Hochtouren. Er wurde nicht sofort schlau aus dem Bild, aber wütend, als ihn eine Vermutung überkam.

»Sag mir, dass du keine Affäre mit *meiner* Freundin in *meiner* Wohnung hast!«, verlangte er atemlos.

Bastian hob unschuldig die Hände vor den Oberkörper. »Nein! Ehrlich! Ich wollte nur duschen – alleine.«

»HIER?!«, brüllte Chris verständnislos.

Bastians nasse Haare tropften den Boden voll. Noch bevor er sich rechtfertigen konnte, warf Chris ihm ein Handtuch hin und wandte sich fluchend ab.

»Zieh dir erst mal was an! Gott, ich wollte Sam nackt sehen und nicht dich«, fauchte er und knallte die Tür hinter sich zu.

Er atmete zweimal tief durch und redete sich ein, dass es eine logische und dennoch nervenraubende Erklärung für dieses Albtraumszenario geben musste. Bastian nackt in seiner Dusche war so ziemlich das Letzte, mit dem er sich heute, oder besser jemals, konfrontiert sehen wollte.

Als Sam mit großen Augen auf ihn zugerannt kam, hielt er sich nicht lange mit Begrüßungsfloskeln auf.

»Wieso!?« Chris hörte sich genauso wütend an, wie er aussah. Sie hatte ihn nicht reinkommen gehört, dafür hätte sie sich ohrfeigen können. Er wusste von nichts und war nun nicht gerade im besten emotionalen Zustand, um ihn um etwas zu bitten.

»Entschuldige! Ich wusste nicht, dass du so früh nach Hause kommst«, setzte sie ungeschickt an.

Chris schnaubte. »Was hätte ich denn gesehen, wenn ich noch früher gekommen wäre?!«

»Gar nichts! Es ist nicht das, was du denkst! Es ist …«

Sams Blick verfing sich an Chris' nacktem Oberkörper. »Ähm … wieso hast du eigentlich kein Shirt an?« Sie grinste schwach, weil sie sich diesen Witz einfach nicht verkneifen konnte – vielleicht entspannte er die Situation ja. »Habt ihr da drin vielleicht was Unchristliches gemacht?«

Der Witz entspannte die Situation nicht – Chris wich nur augenblicklich die Farbe aus dem Gesicht, wobei er die wütende Miene aber beibehielt.

»Was soll das, Sam?! Wieso steht Bastian nackt unter meiner Dusche?!«

»Weil es angezogen ganz schön dämlich wäre?«

Sie musste mit den dummen Sprüchen aufhören, zumal Chris drohte, beim nächsten überflüssigen Wort zu explodieren.

»Ich wollte dich anrufen, aber du hast dich nicht gemeldet, und dann …«

»Dann was?! Hast du gedacht, ich wäre verschollen und du müsstest dir schnellstmöglich einen neuen Mitbewohner suchen?!«

Sie forderte ihn auf, leiser zu sprechen, und zog ihn weg von der Badezimmertür. Sam wollte nicht, dass Bastian ihr Gespräch mitbekam, er hatte schon genug Trubel über sich ergehen lassen. Es hatte sie viel Mühe gekostet, ihn dazu zu bewegen, hierzubleiben, jetzt musste sie nur noch den diabolisch dreinblickenden Iren von ihrer brillanten Idee überzeugen.

»Bastian ist aus seiner Wohnung geflogen. Die Firma seiner Eltern geht den Bach runter und er ist im Moment absolut pleite.«

Chris verzog den Mund zu einem Lachen – kein freundliches. »Und jetzt willst du mir sagen, dass er bei uns wohnt?«

Sam setzte den traurigsten Blick auf, den sie auf Lager hatte. Sie sah aus, als wäre ihr Hamster von ihrer Katze gefressen worden, die gerade von einem Lkw erwischt worden war.

»Ja …«, hauchte sie.

Chris musterte sie eindringlich. »Sag mal, Prinzessin, hast du gekifft?« Sie legte die Stirn in Falten, während Chris seine Vorschläge knurrte. »Er soll sich eine WG suchen oder ins Studentenheim gehen!«

»Er bekommt im Heim keinen Platz, weil seine Eltern auf dem Papier noch reich sind. Aber alle Konten sind eingefroren und eine Wohnung kann er sich im Moment nicht leisten. Es ist ja nur für eine Weile. Er sucht sich einen Job und ein Zimmer und dann verschwindet er wieder.«

Der Blonde schüttelte den Kopf. »Over my dead body«, erwiderte Chris und klang plötzlich gefährlich kühl.

Die Huskyaugen blitzten eisig – genau wie die von Elay. Es war überwältigend, wie ähnlich sie sich sahen, trotz der unterschiedlichen Haarfarben. Zum Glück zog diese Art von Einschüchterung bei Sam nicht. Es ging nicht anders, ob Chris nun wollte oder nicht, und wenn er es darauf anlegte, würden sie eben hier und jetzt einen Machtkampf austragen. Er war vielleicht intelligenter, mit Sicherheit reifer und selbstbewusster und vielleicht sogar eloquenter, aber Sam hatte die Sturheit auf ihrer Seite und die trug Robert Downey juniors *Iron-Man*-Anzug.

»Ich werde mit Sicherheit nicht zulassen, dass er kein Dach über dem Kopf hat! Er ist in einer absoluten Notsituation und ich werde ihn nicht hängen lassen. Wenn Matthias oder Sev hier auftauchen würden, würdest du auch nicht zögern. Er braucht nur einen Platz zum Schlafen und ein wenig Zeit, mit all dem Scheiß fertigzuwerden, der ihm passiert ist. Wenn du ihn rausschmeißen willst, dann bist du der herzloseste Mensch der Welt und ich werde erst wieder mit dir schlafen, wenn Charlie Sheen trocken ist – also nie wieder!«

Sam drohte so gekonnt und ernst, dass sie selbst beeindruckt von ihrem Auftritt war. Ihre Ansprache verfehlte ihre Wirkung nicht. Chris' hochgezogene Augenbraue begann leicht zu zucken. Er knurrte.

»Wie lange?«, wollte er wissen und biss sich mit den schneeweißen Zähnen auf die Unterlippe.

»Ich weiß nicht. So lange, bis es ihm wieder besser geht. Ein paar Wochen oder ein, zwei Monate?«

»Eine Übergangslösung, ja?!«, wollte er bestätigt haben.

Chris klang noch immer wütend, obwohl er nachgegeben hatte.

Sam nickte eindringlich. »Ja, eine Übergangslösung. Er braucht jetzt einfach jemanden, der für ihn da ist.«

»Ich kuschle sicher nicht mit ihm«, stellte Chris klar und fügte schnell noch etwas hinzu. »Und du auch nicht!«

Sam fiel ihm um den Hals. »Danke! Echt! Danke!«

Sie hatte zwar zu unlauteren Mitteln greifen müssen, aber es war für den guten Zweck gewesen.

»Du schuldest mir was, Prinzessin! Was ziemlich Verruchtes«, erklärte er lasziv und hob ihr Kinn an, um sie zu küssen.

Als die Badezimmertür aufsprang, schreckten sie auseinander.

»Und? Habt ihr ein Urteil gefällt?«

Bastian klang verunsichert, leise, dieser Tonfall gefiel Sam nicht, weil er ihr Gänsehaut bereitete. Er hatte sich angezogen, seine Haare waren noch nass, aber er wirkte so, als wäre er bereit, sich seine Sachen zu schnappen.

»Geraucht wird nur auf dem Balkon! Du bringst keine Mädchen mit in die Wohnung und Sam wird nur dann angefasst, wenn du sie wiederbeleben oder löschen musst!«

Chris' Tonfall war streng, aber am Ende seines Satzes wurde seine Miene deutlich weicher. »Brauchst du Bettzeug?«

Bastian starrte ihn zuerst nur mit großen Augen an, dann nickte er vorsichtig. »Ja, bitte. Danke.«

Chris zuckte mit den Schultern, ehe er im Schlafzimmer verschwand.

Sam drückte Bastian ein Küsschen auf die Wange. »Siehst du? Er hat dich gerne hier«, meinte sie lachend.

»Ja! Und ich darf dich sogar löschen, wenn du brennst«, entgegnete Bastian mit einem müden Grinsen im Gesicht.

Beim Abendessen herrschte eine seltsam arktische Stimmung. Es war ungewohnt, zu dritt zu sein, erst recht in dieser Konstellation. Chris kaute stoisch sein Gemüse, während Bastian jedes Mal mit den Gabelzinken am Porzellan kratzte, wenn er ein Fleischstückchen aufspießte.

»Chris kann wirklich gut kochen«, begann Sam, die Stille mit harmlosem Small Talk zu bekämpfen. Ihre Versuche, ein Gespräch zustande zu bringen, scheiterten. Sie verlangte keinen tiefgründigen Seelenstriptease von den beiden, aber dass sie nicht mal in der Lage waren, Belanglosigkeiten auszutauschen, stimmte sie missmutig. Wenn die kommenden Wochen eine endlose Ansammlung an genervten Blicken und beleidigtem Schweigen werden würden, würde sie durchdrehen.

Sie seufzte leise, aber laut genug, um die Aufmerksamkeit der beiden sturen Stummen auf sich zu ziehen. So unterschiedlich Chris und Bastian waren, sie waren gleich schlecht darin, den Anblick der traurigen, unglücklichen Sam über sich ergehen zu lassen.

»Das Essen ist wirklich gut, wo hast du kochen gelernt?«

Bastians Satz klang nur halb so interessiert und freundlich, wie er eigentlich klingen wollte, aber immerhin hatte er überhaupt etwas über die Lippen gebracht. Sam musterte Chris mit großen Augen, der sich auf diesen erwartungsvollen Blick hin auch am Riemen riss.

»Ich hab's mir selbst beigebracht. Wenn man alleine wohnt, kann man sich nicht nur von Junkfood ernähren. Du solltest auch kochen lernen.«

Bastian schüttelte den Kopf. »Hmm … nein. Ich kann sehr gut von Pizza und Fertigfraß leben! Mein Körper verwertet das besser als Grünzeug – von Hülsenfrüchten bekomme ich Bauchschmerzen.«

»Ja, weil du schon so lange Müll in dich reinstopfst! Jetzt bist du neunzehn und spielst Fußball, aber wenn du irgendwann keinen Ball mehr jagst, bekommst du ein Problem.«

»Echt? Werden die Burger sich organisieren und mich töten?«

»Nein, aber du wirst fett werden und ich werde dich darauf aufmerksam machen.«

»Wenn du überhaupt so lange lebst! Dein Blattspinat wird dich auch nicht davor retten, mit fünfunddreißig einen Herzinfarkt zu bekommen! Das passiert nämlich mit Leuten, die mit ihrer Arbeit verheiratet sind! Ach! Und sie werden meistens von ihrer Frau verlassen, also stirbst du einsam und mit einem Sixpack! Gratuliere!«

Sam knurrte wütend. »Klappe! Wie seid ihr denn jetzt vom Kochen zu Todesprophezeiungen gekommen?! Ihr seid so …«

Ihr fiel kein Wort ein, das ihrer Wut gerecht geworden wäre. Sie stand einfach auf und verschwand ins Wohnzimmer. Dieser Tag war viel zu anstrengend gewesen, sie hatte jetzt keine Lust mehr, sich mit den beiden stursten Menschen der Welt zu beschäftigen, sie wollte nur noch fernsehen und auf der Couch einschlafen.

»Na toll, jetzt hast du Sam wütend gemacht!«, warf Chris Bastian vor und begann die Teller abzuräumen.

»Was?! Ich habe doch gar nichts gemacht!«

»Du hast mich sterben lassen!«

»Du hast mich fett gemacht!«

Chris überlegte kurz und schüttelte dann den Kopf. »Das ist doch dämlich! Ich will mich nicht ständig mit dir streiten – das macht Sam nur fertig. Dazu habe ich keine Lust und du hast im Moment auch andere Probleme.«

Sein letzter Satz klang nicht vorwurfsvoll, aber er verfehlte seine Wirkung trotzdem nicht. Bastian nickte. »Okay, wir können uns ja wieder streiten, wenn ich weiß, wohin mit mir.«

Chris wollte nicht in irgendwelchen Wunden herumstochern, also formulierte er seine Frage möglichst geschäftlich. »Deine Eltern kümmern sich gerade um die Insolvenz?«

Bastian zuckte mit den Schultern. »Ich denke, sie kümmern sich darum, nicht im Gefängnis zu landen. Ich weiß nicht, wo sie sind, sie melden sich ja nicht.«

»Sie wollen das Ganze sicher nur von dir fernhalten.«

»Nein! Sie sind Egoisten! Es ist ihnen egal, was aus mir wird, solange sie ihren eigenen Arsch retten können! So einfach ist das!«

Bastian war laut geworden, jetzt war ihm das unangenehm, weil er beinahe die Kontrolle über seine Gefühle verloren hätte, und das vor O'Shay. Er atmete ganz konzentriert, um dieses beißende Selbstmitleid loszuwerden.

»Es ist nicht leicht, zu akzeptieren, dass man auf sich alleine gestellt ist. Familie sucht man sich nicht aus. Du gehörst zu einem sturen Menschenschlag, du kommst irgendwann wieder klar, so viel ist sicher.« Chris lächelte schwach, ehe er noch etwas ergänzte. »Ich weiß, wie sich das anfühlt, und nein, es geht nicht schnell vorbei. Konzentrier dich auf dich, sei auch egoistisch, das hilft.«

Bastian nickte mechanisch, während er sich darüber wunderte, dass der eingebildete Ire so eine beruhigende Wirkung auf ihn hatte.

»Danke, dass ich hierbleiben darf … echt.«

»Sieh zu, dass du wieder klarkommst.«

»Ja.«

Chris wollte sich abwenden, um den Geschirrspüler einzuräumen, als ihm etwas auffiel. »Hey! Das war die mit Abstand zivilisierteste Unterhaltung, die wir je geführt haben. Und Sam hat kein Wort davon gehört.«

Bastian machte große Augen. »Stimmt! Scheiße …«

Der Braunhaarige überlegte kurz. »Wie dämlich wäre es, wenn wir raus ins Wohnzimmer gehen und das von eben vor ihr nachspielen?«

Chris stutzte. »Kaum dämlich. Komm!«

Bastian stoppte vor der Tür. »Warte! Ich weiß nicht mehr, was ich gesagt habe. Irgendwas Mitleidiges … dann hast du zugegeben, dass du ein Egoist bist, und ich hab …«

Chris seufzte ausgiebig, ehe er sich wieder dem dreckigen Geschirr zuwandte. »Ich hatte vergessen, dass du die Aufmerksamkeitsspanne eines Welpen hast und man mit dir keine manipulativen Pläne schmieden kann!«

Der Braunhaarige grinste entschuldigend. »Wuff!«

Schön und ein Biest

Das Mondlicht brach sich durch die große Fensterscheibe und füllte den Raum mit weichem Licht.

Sie nippte an ihrem Weißwein und biss sich lasziv auf die Unterlippe. »Kann ich dich wirklich nicht für ein Glas begeistern?«, wollte sie wissen und trat näher an ihr Gegenüber heran. Nie im Leben hätte sie mit diesem Besuch gerechnet, sie tat sich schwer damit, ihre Freude im Zaum zu halten.

»Wie schon gesagt, ich trinke nicht«, antwortete er, während er ihren bohrend neugierigen Blicken ohne Probleme standhielt.

Sie blieb so dicht vor ihm stehen, dass sie sein Parfum riechen konnte. Diese Augen waren der Wahnsinn, sie liebte es, wenn sie von ihnen gemustert wurde und sie diesen unterschwelligen Ansatz von Verlangen in ihnen lesen konnte. Es war viel zu lange her, dass dieses schöne Gesicht sie so angesehen hatte. Er war unwiderstehlich.

»Ihr gleicht euch bis ins kleinste Detail«, stellte Nicole amüsiert fest und wich ein paar Schritte zurück, um sich auf das große Fensterbrett zu setzen.

Sie zündete sich eine Zigarette an. In Wirklichkeit kannte sie ihren Besucher gar nicht, aber seine Optik war so vertraut, dass sie sich in vergangene Zeiten zurückversetzt fühlte.

»Du hast am Telefon gemeint, dass ich dir bei etwas behilflich sein könnte?«

Ihre Stimme klang übertrieben verführerisch. Auch dass sie so langsam und verheißungsvoll die Beine übereinanderschlug, war Teil ihrer Masche – sie war nicht schwer zu durchschauen.

Dass sie darauf bestanden hatte, sich gleich bei ihr zu Hause zu treffen, lag daran, dass er sich schon am Telefon als Chris' Bruder vorgestellt hatte. Sie hatte sich selbst überzeugen wollen. Ihr waren schon an der Tür beinahe die Augen aus dem Kopf gesprungen. Sie hatte gewusst, dass Chris einen Bruder in Irland hatte, aber dass sie eineiige Zwillinge waren, hatte er nie erwähnt. Im Grunde waren ihr seine Familienverhältnisse egal gewesen, aber sie erwiesen sich gerade als unglaublich spannend.

»Ich weiß nicht, ob du mir helfen kannst, aber du darfst es versuchen«, antwortete Elay und ging auf Nicole zu.

Die dunkelbraunen Rehaugen verfolgten jeden seiner Schritte mit Genuss. Er hatte diese besondere Art, zu gehen, selbstsicher, langsam.

»Du bewegst dich auch wie Chris … faszinierend.«

»Hör damit auf, ja?«

Nicole hielt kurz die Luft an, während er sich mit den Händen neben ihr auf dem Fensterbrett abstützte und sie streng musterte.

»Ich weiß, dass wir gleich aussehen, aber wir werden nicht gerne verglichen. Lass es sein.«

Sie schmunzelte interessiert. »Ah. Deshalb die schwarz gefärbten Haare, oder?«

Er nickte.

»Sie stehen dir. Der Kontrast zu den tiefblauen Augen ist markant schön.«

»Wie lange wart ihr zusammen?«

Der Themenwechsel kam überraschend und in seiner Stimme lag diese Kälte, die Nicole kurz zögern ließ. »Ähm … in etwa ein halbes Jahr.«

»Hat er dich verlassen?«

Dass er seine Frage so unverschämt direkt formulierte, entlockte ihr ein beleidigtes Schnauben.

Elay schmunzelte. Chris hatte eindeutig Spuren an ihrem Ego hinterlassen, obwohl ihr Selbstbewusstsein größer war als ihre hochgepushte Oberweite.

»Behauptet er das?!«, fauchte sie und verschränkte die Arme.

»Wenn ich mit ihm reden würde, bräuchte ich dich nicht. Das war nur geraten.«

»Was ist zwischen euch passiert? Stehen Zwillinge sich normalerweise nicht besonders nahe?«

Ihre Neugier überlagerte ihre Wut über die Trennung.

»Das ist kompliziert und persönlich. Sag mir, ob du weißt, ob er wieder mit jemandem zusammen ist.«

Nicole seufzte und drehte den Kopf weg. Sie zog an ihrer Zigarette. »Wieso sollte ich dir etwas erzählen?«

Er verringerte die Distanz zwischen ihnen so weit, bis sein Mund ihr Ohr berührte. »Du musst nicht, aber es wäre schön.«

Schon nach den ersten paar Worten suchte ein wohliger Schauer ihren Körper heim. Als er seine Lippen auf ihren Hals legte und sanft zubiss, vergrub sie eine Hand in seinen Haaren.

»Er ist mit irgendeinem jungen, naiven Mädchen zusammen«, hauchte sie genießerisch – nicht, weil sie gern darüber sprach, sondern weil seine Küsse so guttaten.

»Sprich weiter …«, forderte Elay, während er sich ihren Hals hinunter bis zu ihrem Schlüsselbein küsste.

»Sie sind schon eine ganze Weile zusammen – ein Jahr oder länger. Er hat sie in den Ferien aufgegabelt.«

»Wie heißt sie?«

Er drückte Nicole gegen das Glas, fuhr mit den Fingern über ihre halb geöffneten Lippen.

»Sam. Ich kenne ihren vollen Namen nicht.«

Er küsste sie. Ein leidenschaftlicher Kuss, aber kurz. Als er wieder von ihr abließ, sah sie ihn bittend an. Sie versuchte, ihn zu sich zu ziehen, aber er ließ es nicht zu.

»Soviel ich weiß, ist sie vor ein paar Wochen bei ihm eingezogen. Sie studiert jetzt bei uns.« Nicole schloss die Augen, in der

Hoffnung auf einen weiteren Kuss. »Mehr weiß ich nicht!«, erklärte sie eindringlich.

»Danke, das reicht auch.«

Er legte seine Hände an ihre Taille und hob sie hoch. Sie raunte voll Vorfreude, während er sie hinüber zu dem großen roten Sofa trug. Als er sie fallen ließ, schmunzelte sie.

»Chris ist gut im Bett, seid ihr euch dabei auch ähnlich?«

Er verschloss ihre Lippen mit seinen, damit sie still war. Seine Hände wanderten ihren Körper hinunter. Keine Frage, sie war schön, aber damit endete die Aufzählung ihrer Vorzüge auch schon. Die Trennung war für seinen Zwilling bestimmt nicht anstandslos über die Bühne gegangen, so viel war sicher. Vielleicht hatte sie sein Auto zerkratzt oder irgendein Gerücht über ihn in die Welt gesetzt – sie ging bestimmt über Leichen, er kannte solche Mädchen.

Nicole stöhnte unter ihm auf und vergrub die Hände wieder in den nachtschwarzen Haaren. Das hier fühlte sich nach einem Triumph an, so als wäre Chris wieder da, hätte um Verzeihung gebeten und gab sich ihr jetzt hin. Sie genoss diese Nacht, dieses bekannte Gesicht vor ihren Augen, das nun wieder ganz ihr gehörte.

Nicole wurde durch einen kühlen Luftzug, der durch das gekippte Fenster wehte, geweckt. Als sie sich streckte, fiel ihr auf, dass sie allein hier lag. Die dünne Decke um den Körper geschlungen, raffte sie sich auf, um nach ihrem Gast zu suchen. Es war erst kurz nach sechs, eine seltsame Zeit, um sich aus der Wohnung zu stehlen.

»Wo willst du hin?«

Elay stand im Flur und versteckte die Augen gerade hinter der schwarzen Sonnenbrille. »Ich habe zu tun.«

»Die Sache mit Chris? Sagst du mir, was du vorhast? Ich könnte dir eine Hilfe sein.«

In ihrer Stimme schwang wieder diese laszive Boshaftigkeit mit, die ihn nicht mehr als ein sanftes Lächeln kostete. »Ich denke, das überschreitet deine Kompetenzen.«

Die beleidigende Anspielung seiner Aussage war nicht zu überhören.

»Was soll das denn heißen?! Ich tauge nur zum Sex, oder wie?!«

»Wenn wir bei der Wahrheit bleiben wollen, nicht mal das kannst du wirklich gut.«

Ohne sich noch mal umzudrehen, verschwand Elay durch die Haustür. Im ersten Moment war Nicole perplex, dann wurde sie unglaublich wütend.

»Du willst bei der Wahrheit bleiben?! Du bist genauso ein arrogantes Arschloch wie dein Bruder!«

Er schmunzelte müde. »Yeah, we do have a few things in common.«

Job oder Pappkarton

Chris konnte nicht mehr schlafen, weil er glaubte, eine Migräneattacke zu bekommen. Er fühlte sich seltsam, angespannt, schon eine ganze Weile. Wahrscheinlich arbeitete er wirklich zu viel.

Während er Sam beim Schlafen zusah, fasste er sich an die Brust. Sein Herz schlug schnell, aber regelmäßig, der Herzinfarkt ließ also noch auf sich warten.

Nachdem er sich vorerst an seiner hübschen Freundin sattgesehen hatte, wollte er sich unter die Dusche stellen. Er hatte einen anstrengenden Tag vor sich – Uni, Arbeit –, aber er würde es langsam angehen lassen.

Im Bad griff Chris sich noch mal an die Brust, weil sein Herz spürbar gestolpert war. Godzilla hatte in seinem Badezimmer getobt und danach hatte sich das Monster auch noch rasiert.

Fluchend spülte er die vielen kleinen Haare vom Waschbeckenrand und wischte den Boden sauber. Chris wusste, dass er pingelig war, aber solange Bastian bei ihm wohnte, würde er sich wohl oder übel an ein paar Regeln halten müssen. Eine davon war, seine Körperbehaarung nicht wahllos zu verteilen. Chris ging einfach davon aus, dass die vielen dunklen Stoppeln einmal zu Bastian gehört hatten. Wenn Sam sich irgendwo davon entledigen musste, hatte sie diese Stelle bis jetzt gut vor ihm versteckt.

Sich selbst besänftigend und vor Augen führend, dass Bastian in einer emotionalen Ausnahmesituation war, stellte er seine heiß geliebte Ordnung wieder her.

Als er fertig war, setzte Chris sich in die Küche, um zu frühstücken und die Nachrichten auf seinem Tablet zu lesen. Eigentlich mochte er sein morgendliches Ritual, aber er konnte sich heute schlecht konzentrieren, obwohl die Migräne nicht einsetzte.

Bevor er zur Arbeit ging, gab er Sam einen Abschiedskuss. Sie wurde nur kurz wach, grinste ein breites, verschlafenes Grinsen und schlief sofort wieder ein. Leise schlich er wieder aus dem Schlafzimmer.

»Naaa, O'Schlafnixlang? Schon wach?«

Chris erschrak. Als er sich zu Bastian umdrehte, gähnte dieser gerade.

»Ich muss zur Arbeit. Solltest du übrigens auch mal versuchen!«

Bastian legte den Kopf gespielt dämlich schief. »Arbeit? Muss man da immer hin?«

»Nein, du hast die Wahl zwischen Arbeit und Pappkarton am Straßenrand – für den Pappkarton hast du schon den richtigen Dresscode.«

Chris deutete auf Bastians *South Park*-T-Shirt.

»Kann es sein, dass du morgens schlechte Laune hast?«, wollte der Braunhaarige grinsend wissen und legte Chris freundschaftlich den Arm um die Schultern. »Du hast ja recht, ich suche mir gleich heute einen Job. Dein Gästebett ist übrigens bequem.«

Chris hatte Bastian nicht wirklich zugehört, weil er damit beschäftigt war, einen auffallend großen Schritt zurück zu machen, um sich aus der Umarmung zu lösen.

»Kannst du bitte aufhören, mich anzufassen, wenn du keine Hosen trägst?«

Bastian sah an sich hinunter. »Tu nicht so, als ob ich untenrum nackt wäre. Ich trage Unterwäsche. Du stehst nicht so auf Berührungen, oder?«

»Nein!«

»Das ist echt nicht gut! Du solltest auf Menschen zugehen, dich öffnen, und hey, warum umarmst du nicht einfach mal einen Fremden?«

Chris drängte sich kommentarlos an Bastian vorbei, der gerade anfing, großen Gefallen daran zu finden, den unterkühlten Iren zu verarschen. Eigentlich war er nur aufgestanden, um aufs Klo zu gehen. »Ich glaube, tief im Inneren deines Herzens willst du in den Arm genommen werden! Komm her!«, tönte Bastian gespielt emotional.

Chris lief zur Haustür. »Geh weg! Wenn du mich noch mal anfasst, breche ich dir den Arm!«

»Gewalt ist nie eine Lösung, nur ein Problem!«

Als der Blonde sich plötzlich umdrehte, wich Bastian in Abwehrhaltung zurück. Er lachte, während Chris durch die Haustür verschwand.

O'Shay war wirklich eigenwillig. Er musste unbedingt lockerer werden, irgendwie hatte er etwas Verbissenes an sich. Bastian war ihm dankbar, dass er hierbleiben durfte, aber die Sticheleien ganz abzustellen, wäre unnatürlich gewesen und hätte zu einem noch seltsameren Klima geführt.

Ob Chris so geworden war, weil er sich von seiner Familie abgekapselt hatte? Während Bastian darüber nachdachte, ob er auch mal wie O'Shay werden würde, wurde es draußen hell.

Den Vormittag mit Sam zu verbringen, machte Spaß. Sie saßen vor dem Fernseher und sahen sich Serien an. Bastian vergaß für eine ganze Weile, dass ihm ein richtig dicker Klumpen Sorgen im Genick saß. Als sie gemeinsam zur Uni fuhren, machte sich der Klumpen aber wieder bemerkbar.

»Weißt du schon, was für eine Art Job du machen willst?«, fragte Sam und drückte dabei auf ihrem Smartphone herum.

Bastian nickte. »Sie suchen Assistenten an meiner Fakultät.«

»Ist das nicht was für ältere Studenten mit verdammt guten Noten?«

»Ja, ich erreiche bei der nächsten Matheklausur einfach die höchste Punktzahl und lass mir einen Schnauzbart wachsen.«

Sam lachte. »Oh mein Gott, was für eine verstörende Vorstellung!«

»Wieso? Ich will mir doch kein Hitlerbärtchen stehen lassen.«

»Wie viel verdient man bei so einem Job?«

»Keine Ahnung, hoffentlich genug, um sich einen schönen Pappkarton kaufen zu können!«

»Hä?« Dass sie ein so wenig eloquentes und leicht dümmlich anmutendes Fragewort benutzte, lag an der Tatsache, dass ihr Handy gerade gepiepst hatte und ihre ganze Aufmerksamkeit forderte. Sie überflog die Zeilen, die ihr geschickt worden waren, und hörte nicht mehr richtig hin, was Bastian antwortete.

»Ach, O'Shay meint, ich brauche einen Job oder einen Pappkarton. Ist er morgens eigentlich immer so schlecht drauf?«

»Aha …« Sie hatte seine Frage komplett ignoriert. Bastian beschlich die Vermutung, dass Sam gedanklich gerade nicht mehr mit ihm im Bus saß. Sie starrte zombiemäßig auf ihr Display.

»Hast du mich eigentlich verstanden?«

»Ja, sicher. Schön …«

»Schön? Du hörst mir gar nicht zu! Ich habe übrigens mit Pia geschlafen, gestern, zweimal. Wir waren als Disney-Figuren verkleidet. Ich war Peter Pan, Pia war Arielle.«

Sam sah nur auf, weil ihr Unterbewusstsein ihr signalisierte, dass Bastian gerade Schwachsinn geredet hatte. Als sie ihn fragend musterte, wollte er einen Blick auf ihr Handy werfen.

»Mit wem schreibst du denn?«

Sie zuckte ertappt zusammen und steckte das Smartphone wieder in ihre Tasche.

»Mit niemandem! Einer Freundin! Was geht dich das an?! Mit wem schreibt du denn immer?!«, fauchte sie nervös.

Bastian blinzelte verwirrt. »Wow, das waren aber ganz schön viele, ziemlich aggressive Antworten auf eine einfache Frage.«

Der Bus hielt an der Haltestelle, an der sie aussteigen mussten, und Sam rannte zur Tür. »Komm!«

Es kam ihr gelegen, dass sie aussteigen mussten. Auf dem Weg über das gut besuchte Unigelände konnte sie Bastians Neugier leichter zerstreuen. Sie konnte ihm nicht sagen, von wem die Nachricht war, die sie bekommen hatte, das wäre zu kompliziert gewesen, außerdem fühlte es sich nach einem Geheimnis an, das man auch nicht mit seinem besten Freund teilte.

»Wieso läufst du so schnell? Verfolgt uns wer?«, wollte Bastian amüsiert wissen und zog Sam an ihrer Tasche ein Stück zu sich.

Sie stieß ihn mit der Schulter ein wenig an und grinste. »Sag mal, was war das vorhin mit Arielle?«

»Ach nichts, nur eine Kindheitsphantasie.«

Sie wollte dieses sinnarme Gespräch fortführen, aber sie wurde erneut abgelenkt, diesmal von einem bekannten Gesicht, das direkt auf sie zusteuerte.

»Was ist jetzt schon wieder?«, fragte Bastian genervt.

Sam richtete den Blick auf den Boden, sonst hätte sie die Schwarzhaarige weiter angestarrt.

»Was?!«, fragte Bastian neugierig und zog wieder an Sams Tasche.

»Schh!«, entgegnete sie und blickte verstohlen nach links. Nicoles Blick traf ihren nur für ein paar Sekunden, aber es fühlte sich deutlich länger an.

Sam hatte sich oft ausgemalt, wie es sein würde, ihr zu begegnen, ob sie wütend oder traurig werden würde – im Moment fühlte sie sich aber nur unwohl, genau wie damals im Museum. Nicoles Blick war abwesend, nachdenklich. Sie suchte Augenkontakt mit Sam, entschied sich dann aber doch anders und wandte den Blick ab, ehe sie davonstolzierte.

»Dank dir werde ich noch paranoid!«, motzte Bastian und sah sich hektisch um.

»Nicole«, flüsterte Sam leise, als könnte sie sie noch immer hören.

»Was? Die Ex von O'Shay? Wo?«

»Das Mädchen, das gerade vorbeigegangen ist.«

Bastian drehte sich um. »Die Dunkelhaarige? Wow, die war aber wirklich nicht von schlechten Eltern!«

Sam strafte ihn sofort mit vernichtend finsteren Blicken.

»Entschuldige! Du bist natürlich auch hübsch, dir würde ich auch hinterhersehen!«

Sie grinste. Im Grunde war die Sache mit Nicole gegessen. Es war egal, ob sie sich gelegentlich über den Weg liefen oder nicht. Sie kannte Chris' Meinung zu ihr, sie spielte keine Rolle mehr in seinem Leben, deshalb würde sie auch keine in ihrem spielen.

»Und? Wer ist jetzt heißer?«, wollte Sam zwinkernd wissen, während sie mit den Hüften wackelnd vor Bastian herlief.

Er überlegte gespielt angestrengt. »Ich würde sagen, du, ich steh mehr auf Blondinen.«

»Schleimer! In Wirklichkeit stehst du auf minderjährige Meerjungfrauen.«

Er grinste. »Scheiße, jetzt kennst du meinen Fetisch!«

»Ich kauf dir einen Fisch!«

»Im Ernst, du bist hübscher! Ihre Oberweite sieht übrigens unecht aus.«

Sam zog ungläubig eine Augenbraue nach oben. »Ich würde sie trotzdem nicht von der Bettkante schubsen!«, scherzte sie und entlockte Bastian mit diesem Statement ein Raunen.

»Danke für diese Fantasie! Jetzt muss ich mich fünf Stunden unter die kalte Dusche stellen.«

Das Lachen tat gut. Sam vergaß ihre Unsicherheiten, aber auch die Nervosität, die sie seit der Nachricht im Bus empfand. Sie erklärte Bastian, dass sie wahrscheinlich länger in der Uni bleiben würde, und gab ihm ihren Wohnungsschlüssel. Als sich ihre Wege fürs Erste trennten, trug sie ein Lächeln auf den Lippen.

Frage und Antwort

Sam versuchte, sich an den Hausnummern zu orientieren, aber die Reihenfolge erschien ihr unlogisch. Viele der Häuser waren hinter großen, blickdichten Zäunen versteckt. Sie kam sich wie ein Einbrecher vor, wenn sie versuchte, einen Blick auf die Fassaden zu werfen.

Das Haus, das sie suchte, war taubenblau, das hatte er ihr zumindest geschrieben.

Die richtige Straße zu finden, war schon schwierig genug gewesen. Sie kannte sich in der Stadt kaum aus, außerdem war ihr Orientierungssinn schon allein dadurch lahmzulegen, dass man sie zweimal im Kreis drehte. Zum Glück hatte ihr Handy GPS und konnte sie in diese durch und durch noble Gegend führen.

Die Straßen waren auffallend sauber und die Gärten gepflegt. Sam hielt vor einem großzügigen Grundstück mit einem dreistöckigen Haus. Es war entweder blau oder grau, sie hatte keine Ahnung von Farben, obwohl sie sich als Kunststudentin ausgegeben hatte. Darüber, dass ihre Lüge mit absoluter Sicherheit auffliegen würde, machte sie sich im Moment keine Gedanken. Sie wollte nur mit Elay ins Gespräch kommen, herausfinden, warum er hier war, und ganz nebenbei noch die Beziehung zwischen ihm und Chris kitten.

Unsicher ging sie vor dem Messingtor auf und ab. Wenn das das falsche Haus war, würde sie wahrscheinlich auf halbem Weg zur Haustür von Sicherheitsleuten – die sich hinter den Büschen versteckten – angegriffen werden. Sie wollte gerade ihr Handy aus der Tasche holen, als ihr Blick an der unscheinbaren

Klingel hängen blieb. Dort stand ganz sicher O'Shay oder O'Snav – die Buchstaben waren verwittert, aber wie wahrscheinlich war es, dass das Haus der O'Snavs in derselben Straße wie das der O'Shays stand? Sam grinste ihre blöden Gedanken weg und lief zur Haustür.

Das Grundstück war nicht ganz so akkurat gepflegt wie die der Nachbarn. Hier hatte kein Gärtner zweimal die Woche Dienst, aber man konnte erkennen, dass das früher anders gewesen war. Der moosbedeckte Springbrunnen mit dem steinernen Löwen in der Mitte musste imposant ausgesehen haben, als er noch Wasser gespuckt hatte.

Ob Chris' Vater auch hier war? Sie wurde unglaublich nervös, während sie an die dicke, dunkle Tür klopfte. Als ihr geöffnet wurde, blieb ihr Blick sofort an den tiefblauen Augen hängen, die unter den schwarzen Haaren unnatürlich intensiv glühten.

»Du kommst spät«, stellte Elay fest und klang gewohnt kühl. Ihr Blick hatte sich in seinen Augen verfangen, diese Reaktion war er gewohnt, aber dieses seltsam zufriedene Grinsen dazu war ihm neu.

»Entschuldige. Ich wohne noch nicht lange hier, die Gegend ist mir fremd.«

Sie lächelte, als er den Weg in das riesige Haus freigab. Ihre Aufregung und die Neugier unterdrückend, betrat Sam das offen gestaltete, klassisch eingerichtete Erdgeschoss. Sie sah sich um.

Zuerst war sie überrascht, weil sie Chris bis gerade eben nur mit weißen, modernen Möbel assoziiert hatte. Wenn das sein Elternhaus war, hatte es absolut nichts mit seiner Wohnung gemein. Hier war alles aus dunklem, schwerem Holz, der Boden aus Stein oder Marmor. Das Geländer der breiten Treppe, die hinauf in den ersten und zweiten Stock führte, war mit aufwendigen Schnitzereien verziert. Sam fühlte sich ein wenig an das Museum erinnert, in dem Chris gearbeitet hatte. Die Gemälde an der Wand waren genauso beeindruckend, nur die dicke

Staubschicht darauf verriet, dass sich schon lange nicht mehr um sie gekümmert wurde.

Als ihr Blick auf den steinernen Kamin fiel, fröstelte sie automatisch. Er war aus und hier drinnen war es ziemlich kalt. Sie schauderte kaum merklich, trotzdem entging Elay ihr kurzes Zittern nicht. »Oben ist es wärmer, komm.«

Sam nickte und folgte ihm bis in den zweiten Stock. Hier war es tatsächlich wärmer. Eine große, eingestaubte Fensterfront warf das Sonnenlicht auf die hellbeigen Wände.

»Wohnst du alleine hier oder mit …?«

Sie vervollständigte ihren Satz nicht, er klang fragend genug.

»Ja, aber nur vorübergehend.«

»Du kommst aus dem Ausland, nicht?«

So viel hatte er ihr in der Bücherei schon anvertraut, sie konnte gefahrlos daran anknüpfen.

»Irland«, erwiderte Elay tonlos und drehte sich nach ihr um. »Dublin«, präzisierte er und beobachtete ihr Reaktion.

Sie hatte etwas Eigenartiges an sich, die Art, wie sie ihn ansah, war ungewohnt, aber nicht unangenehm.

»Muss schön sein«, entgegnete Sam vorsichtig und hörte auf, ihn so neugierig anzustarren.

Sie würde sich ab jetzt zusammenreißen müssen, sonst hielt er sie am Ende noch für eine abgedrehte Stalkerin, weil sie so fasziniert von ihm war.

Elay öffnete eine der vielen Doppelflügeltüren und trat hindurch. Im Raum dahinter war es noch wärmer als auf dem Flur und Sam verstand auch gleich, wieso. Im steinernen Kamin knisterte ein Feuer. Erst als sie sich von den züngelnden roten Flammen losreißen konnte, sah Sam sich um. »Ist das dein Zimmer?«

Im hinteren Ende des Raums thronte ein Himmelbett mit schwarzen, spiralförmigen Holzpfosten. Die Bettwäsche war nicht zerwühlt, aber benutzt worden. Es roch nach Lilien, aber sie konnte nirgends Blumen entdecken.

»Mein Jugendzimmer. Der Rest des Hauses ist unbewohnt. Setz dich.«

Er deutete auf das schwarze Ledersofa. Auf dem gläsernen Tisch davor lag das Buch, das sie ursprünglich für Chris besorgen wollte. Er hatte sie schon darauf angesprochen und sie hatte ihn mit irgendeiner fadenscheinigen Ausrede vertröstet. Sam schluckte schwer, ehe sie sich setzte. Das Lügen war mehr als unangenehm, aber es hätte wohl keine andere Möglichkeit gegeben, heute hier zu sein.

»Hast du dein Referat dabei?«

Sie zuckte innerlich zusammen. Natürlich war dieses Thema unvermeidlich gewesen, nur deshalb hatte er sie hergebeten.

»Ich habe noch nicht wirklich angefangen, ich brauche schließlich das Buch.«

Während Elay sich neben sie setzte und den linken Arm auf die Couchlehne legte, musterte er sie skeptisch.

»Dein Tattoo ist schön. Wie lange hast du es schon?«, wollte sie wissen und ärgerte sich über ihren übertrieben mädchenhaften Tonfall. Das war der Nervosität zuzuschreiben. Der Themenwechsel hörte sich nicht nur in Sams Ohren holprig an.

Elay legte den Kopf misstrauisch schief. »Ich dachte, du wärst wegen des Referates hier, nicht wegen der Farbe auf meiner Haut.«

In Wirklichkeit fand er Gefallen an ihrem Interesse, zumal ihm das erfundene Referat sowieso egal war. Nur dieser durchdringende, neugierige Blick hinderte ihn daran, das hier möglichst schnell so enden zu lassen, wie er es enden lassen wollte.

»Entschuldige, du bist irgendwie … interessant«, entgegnete Sam und zuckte mit den Schultern.

»Interessant?«, wiederholte Elay, ohne die Miene zu verziehen.

Diese emotionslose Art kannte sie von Chris nicht – zumindest nicht ihr gegenüber, er konnte schon so sein, zum Beispiel zu Nicole.

»Ja, du kommst aus dem Ausland, wohnst ganz alleine in einem Haus, das als Drehort für eine britische Fernsehserie über Aristokraten herhalten könnte, und als ich dich zum ersten Mal gesehen habe, habe ich dich für einen Bankräuber gehalten«, erklärte Sam und sah ihn dann die Augenbrauen nach oben ziehen.

»Redest du immer so viel?«, wollte er wissen.

Ihr gefror das Lächeln. Eigentlich hatte sie sich für witzig gehalten, wollte dieses Gespräch auflockern, aber Elay schien unempfänglich für ihren Humor.

»Entschuldige.« Sie wandte den Blick auf den Boden, weil sie schon wieder angefangen hatte, ihn anzustarren.

»Du knickst schnell ein«, stellte er seufzend fest und ließ ein kurzes Schmunzeln über seine Lippen huschen.

Sam schöpfte wieder Hoffnung. »Du kannst aber auch ein ganz schön grimmiges Gesicht machen«, rechtfertigte sie sich und lächelte freundlich, um ihr Statement nicht zu hart klingen zu lassen.

Elay ließ seinen Blick forschend schweifen. Sie war wirklich ausgesprochen hübsch, ihre spürbare Unsicherheit ließ aber darauf schließen, dass sie das nicht wusste. Solche Mädchen liefen ihm selten über den Weg, aber sie machten großen Spaß.

»Das Tattoo habe ich mir mit vierzehn stechen lassen«, verriet Elay und drehte den Arm so, dass sie die schwarzen Vögel sehen konnte.

»Wow, so jung? Hast du das irgendwann bereut?«

Dieses forschende Funkeln in ihren Augen war ihm fremd, weil es nicht mit Sensationslust oder Verlangen einherging, sondern mit Mitgefühl.

»Nein, es hat seinen Zweck immer erfüllt.«

»Und der wäre?«

Elay drehte den Arm noch mal, diesmal so, dass er selbst die schwarzen Silhouetten der fliegenden Raben sehen konnte.

»Ein Drang nach Individualität, nichts weiter.«

»Das Tattoo ist schön, aber du wärst auch ohne ziemlich individuell – denke ich.«

Sam meinte, was sie gesagt hatte. Auch wenn sie gleich aussahen, Elay war ganz anders als Chris, sie hätte sie nie verwechseln können, auch mit gleicher Haarfarbe und ohne Tinte in der Haut.

»Sag das nicht so leichtfertig«, ermahnte er sie und zog die Ärmel seines Pullovers bis zum Handgelenk hinunter.

»Mache ich nicht, ich habe darüber nachgedacht.«

Er stutzte kurz, dann schüttelte er den Kopf. »Du bist irgendwie seltsam, weißt du das?«

»Seltsam heißt individuell, und das magst du doch, oder?«

Sie war wie erwartet schlagfertig, lächelte ihr hübsches Lächeln. Vielleicht würde sie sogar für mehr als eine Nacht taugen. Vorfreude übermannte ihn, dieses Gefühl hatte schon lange kein Mädchen mehr in ihm hervorgerufen.

»Du hast recht, ich mag dich. Wieso bist du hier?«

Sie stutzte auf seine direkte Frage hin und hatte damit keine Zeit, auf das vorher ausgesprochene Kompliment hin rot zu werden.

»Ähm … das Buch, mein Referat … Ich …«

»Du studierst nicht mal Kunst«, stellte er fest und ließ nicht einen Hauch von Unsicherheit in seinem Tonfall mitschwingen.

Sam biss sich nervös auf die Unterlippe. »Nein … ich …«

»Wenn du tatsächlich Kunst studierst, bist du die schlechteste Kunststudentin der Welt und näher als an ›Malen nach Zahlen‹ sollte man dich an Bilder nicht heranlassen.«

Dass Sams Blick so unsicher und ertappt hin und her sprang, konnte sie nicht wirklich kontrollieren. Sie wollte etwas erwidern, aber schon als sie Luft holte, unterbrach er sie und erklärte ihr, was sie verraten hatte.

»Du hast es ›Rock-koko‹ genannt«, meinte er schmunzelnd. »Mit Rock hat Rokoko so wenig gemein wie Mathe mit Ballett.«

Elay legte den Kopf erwartungsvoll schief. Sam musterte ihn fragend. »Du hast gewusst, dass ich gelogen habe. Wieso hast du mich trotzdem eingeladen?«, wollte sie wissen.

Es zuzugeben, machte nur Sinn. Sie wusste wirklich nichts über Kunst und das wäre ohnehin bald aufgeflogen.

Die Eisaugen tauten zu Huskyaugen auf. »Du interessierst mich auch«, erklärte er.

Seine Stimme konnte weich klingen, melodisch. Elays Blick fesselte sie so sehr, dass sie erst bemerkte, dass er die Hand nach ihr ausgestreckt hatte, als sie sich auf ihre Wange legte. Sam hielt die Luft an, während dieses vertraute Gesicht näher kam. Für eine Sekunde dachte sie daran, den Kuss zuzulassen, weil sie plötzlich in Elay einen emotional abgeklärteren Chris aus einem Paralleluniversum sah, dann wurde ihr schlagartig bewusst, dass das hier kein Science-Fiction-Roman war.

»Nicht!«

Sie wich, so weit sie konnte, zurück, drückte sich in die Seitenlehne des Sofas, um noch mehr Abstand zwischen ihr und den Huskyaugen zu schaffen.

Er ließ von ihr ab. Dass sie sich zierte, überraschte Elay sichtlich. »Was? Hast du auf einmal Angst vor mir?«

Sam blinzelte ihn an, ihr Herz raste. Diese Situation war furchtbar und sie trug auch noch die Schuld daran. Wenn Chris hiervon erfahren würde, würde er ausrasten. Sie wollte die beiden Brüder wieder zusammenbringen und nicht dafür verantwortlich sein, dass sie in den Acht-Uhr-Nachrichten erwähnt wurden, weil sie sich umgebracht hatten.

»Maya?«

Als er sie so nannte, starrte sie nur noch verzweifelter.

»Ich habe einen Freund«, erklärte sie und schämte sich dafür, dass dieser Satz so geklungen hatte, als hätte sie ihm gestanden, dass sie die Mona Lisa bespuckt hatte.

Elay schmunzelte und schüttelte den Kopf. »Du bist trotzdem zu mir gekommen.«

»Ja. Bleibst du für immer hier oder gehst du wieder zurück nach Irland?«

Sam hatte es heute nicht so mit den sanften Themenwechseln, aber er ließ ihr auch keine Wahl.

»Ich bleibe eine Weile«, verriet Elay.

»Bist du hier aufgewachsen?«

»Mehr oder weniger. Ich wurde in Irland geboren, bin mit neun hergekommen und mit sechzehn wieder gegangen.«

»Lebst du dort alleine?«

Er nickte.

»Seit du sechzehn bist?«

»Wieso reden wir jetzt über mein Leben und nicht darüber, warum du mich nicht küssen willst?«

Sie versuchte, ihre Nervosität im Zaum zu halten und ihr Schulterzucken nicht wie nervöse Spasmen aussehen zu lassen. »Ich will dich kennenlernen.«

»Wieso?«

»Weil ich seltsam bin, das hast du vorhin schon festgestellt, oder?« Sie lächelte ihr hübschestes Lächeln.

Er seufzte. »Eigentlich mag ich keine Mädchen, die sich lange zieren.«

Sam schüttelte sanft den Kopf. »Eigentlich lasse ich mich nicht von fremden Jungs nach Hause einladen.«

Elay knurrte leise, stand auf und ging zur Tür. Sam dachte, er würde sie rauswerfen, aber er verschwand nur aus dem Zimmer. Verdattert saß sie da und wusste nicht, ob sie aufstehen oder sitzen bleiben sollte.

Als er zurückkam, hatte er eine Flasche Mineralwasser und zwei Gläser in der Hand. »Sorry, ich habe nicht mehr hier. Ich dachte, uns würde vom vielen Reden irgendwann der Mund trocken werden.«

Sie lachte und entspannte sich gleichzeitig. Es war furchtbar knapp gewesen, aber ihr Plan schien aufgegangen zu sein. Als er sich wieder zu ihr setzte, schien er ein Stück seiner Unnahbarkeit verloren zu haben.

»Erzählst du mir von Irland?«, wollte Sam wissen und griff nach einem der Gläser.

»Warst du noch nie dort?«

»Nein, nur in Schottland.«

»Die gleiche Landschaft, aber unser Bier schmeckt besser.«

»Wieso bist du zurückgegangen?«

»Was studierst du wirklich?«, stellte er eine Gegenfrage. Sam stutzte merklich, während Elay mit den Schultern zuckte. »Was denn? Darfst nur du Fragen stellen? Wir sollten uns abwechseln.«

Sie nickte – zaghaft, weil sie wusste, dass ihr die eine oder andere Lüge über die Lippen kommen würde. »Jura, aber erst seit einem Monat.«

»Wohnst du bei deinem Freund?«

Sie schüttelte den Kopf, nicht um zu verneinen, sondern um Einspruch zu erheben. »Ich bin wieder dran! Warum bist du mit sechzehn zurück nach Irland?«

»Weil ich es hier nicht mehr ausgehalten habe. Ich hatte Probleme mit meiner Familie.«

Sein Satz war weder kalt noch traurig, sondern vollkommen emotionslos. Sam biss sich auf die Zunge, weil ihr ihre nächste Frage schon auf der Zunge brannte, aber Elay war wieder an der Reihe und sie kannte seine Frage.

»Mein Freund hat eine Wohnung in der Stadt. Ich bin vor Kurzem bei ihm eingezogen.« Kaum hatte sie ihm eine Antwort gegeben, stellte sie auch schon die nächste Frage. »Was waren das für Probleme? Ich meine, wenn man mit sechzehn alleine in ein anderes Land zieht, dann muss etwas Schlimmes passiert sein, oder?«

Dass Sam sich traute, so direkt zu fragen, lag daran, dass sie in dem Zwilling, der ihr gegenübersaß, im Moment nur Elay sah. Er mochte aussehen wie Chris, aber sie waren vollkommen unterschiedlich. Chris so eine Frage zu stellen, hätte bedrückt wütendes Schweigen ausgelöst. Sie wusste von ihm nur, dass er mit seinem Vater und seinem Bruder gebrochen hatte und dass Ersterer ihm die Schuld am Tod seiner Mutter gab. Details waren unausgesprochen geblieben. Elay klang zwar kälter, war aber offener.

»Meine Mutter ist tot und mein Vater ist ein sadistischer Alkoholiker.«

»Das tut mir leid. Hast du denn sonst keine Familie?«

»My turn«, meinte er schmunzelnd, so als hätte seine letzte Antwort keinerlei Erinnerungen in ihm ausgelöst. Entweder hatte er das Ganze viel erfolgreicher verdrängt als Chris oder er hatte es besser verarbeitet.

»Wie alt bist du?«, wollte er wissen.

»Neunzehn.«

»Das war eine kurze, einfache Frage, die nächste gehört deshalb auch noch mir«, modifizierte er die Regeln und überlegte gespielt angestrengt.

Die O'Shays waren so einnehmend in ihrer Art, dass es schwer war, ihnen zu widersprechen. Dieses Phänomen kannte sie schon von Chris – mitunter eine der Eigenschaften, die sie an ihm liebte.

Bis jetzt war Sam ohne Lügen ausgekommen, sie fieberte Elays Fragen nicht mehr ganz so aufgeregt entgegen.

»Ich schätze mal, dein Freund weiß nicht, dass du hier bist, oder?«

»Nein, das würde ihn nur wütend machen.«

»Klingt, als ob er leicht wütend werden würde.«

Sie schüttelte den Kopf. »Er ist bei manchen Dingen empfindlich. Das hier würde ihn fertigmachen.«

Ihr Satz tat ihr selbst im Herzen weh. Vielleicht hätte sie Chris doch einweihen sollen, aber dann wäre sie jetzt nicht hier und könnte Elay nicht all diese Fragen stellen, so viel war sicher.

»Was ist mit dem Rest deiner Familie?«

»Meine Großmutter lebt in Gaillimh – Galway –, aber sie ist schon lange krank.«

»Hast du keinen … hast du keine Geschwister?«

Beinahe hätte Sam ihre Frage furchtbar dämlich und auffällig formuliert.

Das leise Murren, das seinen Worten vorausging, ließ zum ersten Mal darauf schließen, dass ihm dieses Thema emotional nicht kaltließ.

»Einen Bruder.« Er machte nicht mal einen ganzen Satz aus seiner Antwort.

»Wohnt er hier oder in Irland?«

Diese Frage war natürlich überflüssig, aber sie nicht zu stellen, wäre zu auffällig gewesen, weil sie auch bei allen anderen Dingen nachgehakt hatte.

»Hier.«

»Hast du ihn schon besucht?«

»Nein.«

»Wieso nicht?«

Diese wortkargen Antworten war sie von Chris gewohnt.

»Wir haben unsere Differenzen.« Elay schmunzelte über seine eigene Formulierung.

»Aber ihr seid zusammen aufgewachsen, habt dasselbe erlebt, das verbindet doch, oder?«

»Wir haben unterschiedliche Konsequenzen aus unserer Kindheit gezogen. Er hat mit mir und jedem anderen aus seiner Vergangenheit gebrochen – auf eine sehr unschöne, brutale Weise – und ich bin zurück nach Irland, weil ich plötzlich niemanden mehr hatte, für den es sich gelohnt hätte, zu bleiben.«

Der Schauer, der Sam den Rücken hinunterlief, ging mit einem Kloß im Hals und schwitzenden Händen einher. Unschön, brutal – Elays Worte hallten in Sams Bewusstsein wider.

Elay schüttelte verwirrt den Kopf. »Das scheint dir nahe zu gehen«, stellte er fest.

»Ja, weil …«

Ihr Kopf war voll mit Fragen, die sie noch nicht formulieren konnte, weil sie erst Ordnung in das Gedanken-Chaos bringen musste.

»In meinem Umfeld hat jemand Ähnliches durchgemacht.«

Sie war so vorsichtig, wie sie in diesem Moment sein konnte. Kurz hatte sie sogar mit dem Gedanken gespielt, die Wahrheit zu sagen, Elay zu gestehen, dass sie mit Chris zusammen war, aber das wäre zu früh gewesen, er hätte sie wahrscheinlich rausgeschmissen.

»Wenn ich mich nicht vertan habe, habe ich jetzt vier Fragen gut«, meinte er und nahm Sam das Wasserglas aus der Hand, das sie umklammert hielt. »Lass sie mich eintauschen.«

»Gegen was?«

Bevor sie eine Antwort bekam, klingelte ihr Handy. Als sie es aus der Tasche zog, hielt sie die Luft an.

Weich wie ein Schwamm

Als Chris die Wohnungstür öffnete, schwante ihm Böses. Hier roch es nach Fisch und im Vorzimmer stolperte er über Bastians Schuhe. Um nicht sofort Herzrasen zu bekommen, holte er erst Mal tief Luft, aber der Fischgeruch machte seine Atemübung ungeahnt schwierig.

Chris' schlimmster Verdacht bestätigte sich in der Küche. Irgendjemand hatte tatsächlich Fisch gekocht und er ahnte, wer dieser Geisteskranke war.

Angewidert stellte er die Pfanne in die Spülmaschine und öffnete das Fenster. Um den Rest der Verwüstung würde er sich später kümmern, zuerst musste er seine Wut verbalisieren.

Er lief durch die ganze Wohnung und fand Bastian schließlich auf dem Balkon. Er hatte eine Zigarette in der Hand, ein Knie an den Körper gezogen und sein Gesicht in der abgestützten Armbeuge vergraben.

»Bist du noch ganz bei Trost?!«, fauchte er.

Chris fing intuitiv an, laut zu werden, bis ihn dieses Bild stutzig machte.

Bastian schaute langsam auf. Seine Augen waren glasig, geschwollen und sein Blick abweisend. Er hielt auffällig kurzen Augenkontakt, und das, obwohl er eigentlich nicht dazu neigte, schnell nachzugeben.

»Was?! Was habe ich vergessen? Die Badehandtücher nach Süden auszurichten?«

Zu Chris' Überraschung klang Bastian gereizter als er selbst.

»Nein, aber die Küche sieht aus wie ein Schlachtfeld und du hast Fisch gekocht – Fisch! Ich hasse Fisch!«

»Ich zwinge dich ja nicht, ihn zu essen, oder?!«

Bastian wollte noch etwas hinzufügen, sich verteidigen, aber entgegen seiner eigentlichen Natur blieb er stumm, schüttelte lediglich den Kopf und stand auf. Er drängte sich an Chris vorbei und verschwand durch die Haustür.

Perplex stand der Blonde da und wusste nicht so recht, ob er wütend oder verwirrt war. Dieses Szenario war eindeutig seltsam gewesen. Eigentlich hatte er damit gerechnet, verarscht, angeschnauzt oder gegen seinen Willen umarmt zu werden – Flucht war keine Reaktion, die er von Bastian gewohnt war.

Im Aschenbecher lagen fünf Zigaretten. Chris hatte den gebürtigen Schweden nur selten rauchen gesehen, außer, er hatte zu tief ins Glas geschaut. Er hatte nicht betrunken gewirkt, aber der Nikotinschock war ihm sicher, weil die Marke, die er sich zu Gemüte geführt hatte, stark genug war, um ein schwarzes Loch in die Lunge eines mittelgroßen Säugetiers zu brennen. Im Grunde ging Chris das alles aber nichts an – darüber nachzudenken, war Zeitverschwendung.

Er schaffte Ordnung in der Küche, im Wohnzimmer und im Flur. Nachdem er die Fenster geöffnet hatte, verschwand auch der Fischgeruch.

Fünfzehn Minuten später lehnte er am Fensterbrett und dachte doch darüber nach. Bastian war einem Streit mit ihm aus dem Weg gegangen. Vielleicht war er todkrank. Wenn er abkratzen würde, würde Sam bestimmt nie mehr aufhören, zu heulen. Vielleicht hatte er auch Streit mit seinen Eltern gehabt. Er musste aufhören, sich davon emotional runterziehen zu lassen. Chris kannte diese Art von Wut und Schmerz, sie würden nicht nachlassen, bis Bastian lernte, sich zu distanzieren.

Irgendjemand musste mit ihm reden. Er versuchte, Sam zu erreichen. Als sie sich meldete, klang sie seltsam.

»Sorry, bist du noch in der Uni?«

Er ging davon aus, dass er sie in einer Vorlesung gestört hatte.

»Ähm … ja«, war die knappe, stotternde Antwort.

»Dein schwedisches Haustier raucht Kette und kocht sich Fisch in meiner Küche! Kannst du mit ihm reden?«

Sie brauchte auffällig lange, um etwas zu erwidern. »Ja, sicher. Tut mir leid.«

»Schon gut. Irgendetwas war los, aber ich bin nicht sein Therapeut, nur sein Vermieter!«

»Klar, ich rede mit ihm. Aber ich brauche noch eine Weile.«

»Sicher. Sorry wegen der Störung.«

Als Chris aufgelegt hatte, wuchs etwas in ihm, das sich verdächtig nach einem schlechten Gewissen anfühlte. Normalerweise war er immun gegen dieses Gefühl, aber seine Antikörper schienen sich noch immer wegen des Fischgeruchs zu übergeben.

Er hatte mehr getan, als er sich selbst zugetraut hätte. Er hatte Sam Bescheid gegeben, dass Bastian sich zu Tode qualmte, um den Rest würde sie sich kümmern müssen. Er war nicht der Typ Mensch, der die Probleme anderer löste. Empathie war nichts für Einzelgänger oder Egoisten. Er mischte sich nicht bei anderen ein und gab so wenig wie möglich von sich selbst preis. Nach dieser Devise hatte er in den letzten Jahren gelebt. Sev und Matthias hatten erst nach Jahren und mehr oder weniger durch einen Zufall erfahren, dass seine Mutter tot war, wieso machte er sich jetzt also Gedanken darüber, irgendwelche tiefgründigen Gespräche mit Bastian zu führen?

Sam hatte ihn definitiv weich gemacht, nicht nur weich, er war zu einem humanoiden Schwamm mutiert, der seinen Erzfeind in den Arm nehmen musste, sobald er heulend fünf Zigaretten geraucht hatte.

Kopfschüttelnd stieß sich Chris von der Wand ab und rannte hinunter in die Tiefgarage. Was Sam da mit ihm angestellt hatte, war heftig, aber in Ordnung. Er war offener geworden, vielleicht naiver, aber mit Sicherheit fröhlicher. Wenn es sich so anfühlte, ein Schwamm zu sein, war er eben einer.

In der Tiefgarage angekommen, fiel Chris zuerst auf, dass Bastians Porsche weg war. Es machte kaum Sinn, ihm nachzufahren, weil er überall hingefahren sein könnte, aber wenn er schon hier runtergerannt war, konnte er auch gleich eine Runde drehen.

Chris lenkte seinen Mercedes aus der Einfahrt, bog an der nächsten Kreuzung links ab und fuhr die Parkstraße entlang. Es war verrückt, zu glauben, er würde Bastian noch einholen, aber allein hier zu sitzen und diese neue Seite an ihm zuzulassen, verschaffte ihm ein gutes Gefühl. Sein Vorsatz war edel und wenn er seine Hilfe nicht anbringen konnte, weil er Bastian nicht fand, umso besser. Nur weil Sam ihm beigebracht hatte, seine Mitmenschen davon abzuhalten, depressiv zu werden, hieß das noch lange nicht, dass er gut darin war. Womöglich wollte Bastian sich nach dem Gespräch mit ihm noch viel unbedingter zu Tode rauchen.

Seufzend wendete Chris, setzte den Blinker und stieg dann viel zu hart auf die Bremse. Der Mercedes kam abrupt zum Stehen und wurde dann in die nächste Parklücke gelenkt. Als Chris ausstieg, glaubte er, dass seine Augen ihm einen Streich gespielt hatten. So viel Glück konnte kein Mensch habe. Damals, als er Sam gesucht hatte, hatte er Stunden gebraucht, um Bastian zu finden, hatte er nur fünf Minuten suchen müssen. Er saß tatsächlich auf einer der Parkbänke, keine fünfhundert Meter von zu Hause entfernt.

Der Braunhaarige hatte die Ellbogen auf den Knien abgestützt und verdeckte mit den Händen sein Gesicht.

Chris machte murrend auf dem Absatz kehrt und raufte sich die Haare. Wieso war er noch gleich hier? Er hätte das Ganze doch Sam überlassen sollen.

Nachdem er ein paarmal im Kreis gelaufen war, beruhigte er sich wieder. Diese Sache mit dem Mitgefühl war schwieriger als gedacht, gerade eben war ihm eher danach, zurück nach Hause zu fahren und seine Küche steril zu schrubben.

Chris platzierte sich kommentarlos auf der Parkbank neben Bastian und verschränkte die Arme vor der Brust.

»Wieso sitzt du hier und heulst?«, wollte er tonlos wissen und starrte nach vorn.

Bastian erhob sich langsam aus seiner gebückten Haltung. Seine Augen waren gerötet, aber seine Miene finster. »Ich heule nicht! Was willst du hier?!«

Chris zuckte mit den Schultern. »Keine Ahnung, anscheinend bin ich verrückt geworden oder sentimental – was für mich ungefähr dasselbe bedeutet.«

Ohne etwas zu erwidern, stand Bastian auf und ging davon.

»Warte! Was ist denn los? Wieso läufst du weg, wenn ich dir eine perfekte Vorlage liefere, mich zu verarschen?!«

Chris lief ihm hinterher und holte ihn schnell ein. Eigentlich wollte er seine ›Sei penetrant‹-Taktik weiterverfolgen, die hatte er sich schließlich von Bastian abgeschaut, aber die folgende Reaktion ließ ihn innehalten.

»Verschwinde!«

Bastians Stimme zitterte. Chris hielt kurz an, weil er nicht damit gerechnet hatte, dass er wirklich vor ihm weinen würde. Was auch immer passiert war, es musste schlimm gewesen sein.

Chris biss sich auf die Unterlippe. Das hier würde schwieriger werden als vermutet. Er hätte sich aber auch schon mit einem Gespräch über eine versaute Klausur überfordert gefühlt. Diese Gefühlsduselei war absolut nicht sein Ding. Er wollte sich gerade eingestehen, dass es keinen Sinn hatte, mit ihm zu reden, als Bastian plötzlich scheinbar blind die Straße überqueren wollte. Ohne nachzudenken, packte Chris ihn am Arm und riss ihn zurück auf den Gehsteig. Es folgten Reifenquietschen und ein Hupkonzert.

»Willst du dich umbringen, du Idiot?! Du kannst doch nicht einfach über die Straße laufen, ohne hinzusehen!«

Scheinbar reflexartig riss sich Bastian los. »Was redest du da für einen Mist?! Außerdem kann es dir doch egal sein, ob ich ins nächste Auto laufe!«

»Ist es aber nicht!«

»Wieso?!«

»Sam bringt mich auch um, wenn ich zulasse, dass du vor meinen Augen abkratzt!«

Die vorbeigehenden Passanten hielten respektvollen Abstand zu den beiden Jungs, die ausschließlich schreiend kommunizierten.

»Nur weil du Geldprobleme hast, heulst du hier herum und willst dich umbringen?!«

»Ich heule nicht! Und ich will mich nicht umbringen! Du hast ja keine Ahnung, wie das ist, wenn …« Bastian stockte.

»Was?! Welches Problem hat kein anderer Mensch außer dir?!«, fauchte Chris und hoffte, dass er provokant genug geklungen hatte, um ihm eine Antwort zu entlocken. Es schien noch immer so, als wolle er davonlaufen.

»Alles wird mir weggenommen! Ich wache morgens auf und alles ist weg! Sie verkaufen das Haus, mein Auto, meine ganze Vergangenheit! Wenn sie mich verkaufen könnten, würden sie es auch tun!«

Bastian wurde so laut, dass seine Stimme sich überschlug und dann heiser wurde.

»Dein Auto ist weg?«, fragte Chris leise.

Bastian zuckte aufgebracht mit den Schultern. »Es geht mir nicht ums Geld! Ich hätte den Porsche freiwillig hergegeben, aber dazu geben sie mir keine Gelegenheit. Sie nehmen mir die Wohnung weg, mein Auto, ich kann nicht mal mehr nach Hause zurück, weil das Haus, in dem ich neunzehn Jahre lang gewohnt habe, nicht mehr uns gehört. Niemand fragt mich, ob ich zurechtkomme. Sie reden höchstens fünf Minuten mit mir und selbst dann geht es nur um Geld. Ich hasse das! Ich hasse meine

Eltern! Wenn ich überfahren worden wäre, würden sie mir keine Träne nachweinen!«

Chris trat einen Schritt zurück, fuhr sich durch die Haare und begann zu schmunzeln. »Okay. Damit kann ich was anfangen. Komm, ich kauf dir ein Eis.«

Er packte den perplexen Bastian am Oberarm und zog ihn ein Stück den Gehsteig entlang.

»Spinnst du?! Ich will kein Eis! Lass mich!«

Chris ließ nicht los. »Du bist weiß wie eine Wand, du kannst Zucker gebrauchen.«

Bevor der Braunhaarige sich weiter auf seinen Protest konzentrieren konnte, begann Chris zu reden.

»Sam hat dir doch sicher erzählt, dass ich kein gutes Verhältnis zu meiner Familie habe, oder? Mein Vater hat mir das Leben zur Hölle gemacht, ich hatte niemanden außer meinen Bruder. Als er nach Irland abgehauen ist, ist auch alles über mir zusammengebrochen. Ich konnte nicht in meinem Elternhaus bleiben, ich hatte niemanden und keine Ahnung, was aus mir werden sollte. Ich war damals sechzehn, depressiv, wütend und alleine. Ich weiß, wie du dich fühlst, ganz genau sogar.«

Bastian brachte Chris' Offenherzigkeit aus der Fassung. Er tapste widerstandslos neben dem Iren her und vergaß, dass er eigentlich die Nerven wegschmeißen wollte.

»Ich bin aber nicht wie du«, erklärte Bastian mit heiserer Stimme. »Ich kann nicht so tun, als würde mich das alles kaltlassen!«

Chris grinste. »Sicher, das erfordert auch jahrelange Übung. Du bist ein braunäugiges Sensibelchen, das heulend nach einem Eis verlangt. Für die gibt es andere Methoden, solche Rückschläge zu verarbeiten.«

Bastian verzog den Mund. »Damit, dass du mich heulen gesehen hast, wirst du mich mein Leben lang aufziehen, oder?«

»Nein. Ich sterbe wahrscheinlich vor dir, dann hast du deine Ruhe.«

Bastian fand irgendwo in sich noch die Kraft für ein Schmunzeln. Warum er hier mit O'Shay durch den Park spazierte und ihm sein Herz ausschüttete, verstand er zwar nicht, aber er hatte einen Punkt erreicht, an dem er dieses absurde Szenario einfach nicht in Frage stellte.

»Wie hast du damals neu angefangen?«, wollte Bastian wissen und schaute auf den Boden.

»Ablenkung. Ich habe für die Schule gelernt, fürs Studium und ich hatte jedes Wochenende eine andere Frau, aber das musst du Sam gegenüber nicht unbedingt erwähnen – war alles bedeutungslos.«

Chris grinste entschuldigend und hielt vor der Vitrine des Eissalons.

»Was willst du?«

»Schoko, Kokos und Haselnuss.«

»Zuerst willst du gar kein Eis und jetzt drei Kugeln?«

Bastian setzte einen mitleiderregenden Blick auf. »Ja, für meinen Blutzuckerspiegel.«

Chris kaufte Bastian das Eis und ging dann mit ihm zurück zu seinem Auto.

»Das heißt, du rätst mir, ein Streber zu werden und mit möglichst vielen Frauen bedeutungslosen Sex zu haben?«, wollte Bastian bestätigt haben.

»Nein. Du bist keine sechzehn mehr. Außerdem bist du nicht so alleine, wie du tust. Du hast Freunde – Sam, die mich mit Sicherheit abgeschossen hätte, wenn ich dich nicht bei mir hätte einziehen lassen. Sie würde dich nie hängen lassen, das weißt du, auch wenn du dir gerade einredest, dass du der einsamste Mensch der Welt bist.«

Bastian nickte. »Ich weiß, aber das ist doch auch eine beschissene Lösung! Ich wohne bei dir, obwohl du mich hasst. Sam hat das gut gemeint, aber du willst mich doch so schnell wie möglich loswerden, sei ehrlich!«

»Natürlich will ich dich loswerden!«, entgegnete Chris ehrlich. »Ich will keine WG mit dir und Sam aufmachen, das führt noch zu so einem abgedrehten Kommunenscheiß und irgendwann höre ich mich selbst Sätze sagen wie ›Wenn wir dabei nur Sam anfassen, ist es kein Dreier‹. Du gehst mir auf die Nerven, weil du ständig vor dich hin faselst, ohne darüber nachzudenken, außerdem bist du auf dem emotionalen Stand eines Dreizehnjährigen, aber …« Chris machte eine Pause, damit er sichergehen konnte, dass das Folgende nicht von seiner bisherigen Kritik überlagert wurde. »Aber ich hasse dich nicht.«

Bastian schmunzelte müde. »Danke, O'Shay. Ich dich nur mehr ganz, ganz wenig.«

Chris drückte den Knopf an seinem Schlüssel und öffnete seinen Mercedes, vor dem sie zum Stehen gekommen waren. Als Bastian die Beifahrertür aufmachen wollte, stieß er ihn weg.

»Hey! Kein Eis in meinem Auto! Schon gar nicht, wenn jemand beim Essen das motorische Feingefühl eines Affen hat! Du läufst nach Hause und ich hole Sam von der Uni ab.«

Gespielt beleidigt sah Bastian Chris beim Einsteigen zu. Als er den Motor startete und das Fahrerfenster runterließ, beugte sich der Braunhaarige zu ihm hinunter.

»Sag mal, wieso bist du mir eigentlich hinterhergekommen?«

Chris legte den Rückwärtsgang ein, ehe er antwortete. »Ich bin ein Schwamm.«

»Ein Schwamm?«

»Ja.«

»Muss ich das verstehen?«

Aufgeflogen

»War das dein Freund?«, wollte Elay wissen und musterte Sam, die sichtlich blass um die Nase geworden war.

Ihr Unbehagen gefiel ihm, sie sah süß aus, wenn sie mit ihrem Gewissen haderte.

Sie nickte vorsichtig. »Ja, ich muss bald gehen, aber …« Dass sie zögerte, lag daran, dass sie Angst hatte, Chris mit dem nächsten Treffen noch mehr zu verletzen. »Aber ich kann morgen wiederkommen, wenn du Zeit hast.«

Ihr Angebot klang ein wenig zu bittend, das hörte sie selbst heraus und schämte sich dafür.

»Lügst du deinen Freund dann wieder an?«

Sam stand auf und schüttelte den Kopf, nicht um zu verneinen, sondern um diese wirren Gedanken loszuwerden, die in ihrem Kopf herumspukten. Das hier war keine Affäre, sie wollte nur Chris' Bruder kennenlernen und versuchen, zu verstehen, was die beiden durchgemacht hatten, aber mit so viel Lügen im Gepäck fühlte sich das Ganze verboten an.

»Ich will dich nur besser kennenlernen«, erklärte sie und versuchte, so selbstsicher wie möglich zu klingen.

Sie wollte keinen Zweifel an ihren Absichten hinterlassen, aber das war gerade dann schwer, wenn er ihr dieses O'Shay-Lächeln schenkte und sie so verliebt zurückgrinsen musste.

»Dann geht dieses Frage-Antwort-Spielchen morgen weiter?«, wollte Elay wissen.

Er klang wieder so kühl wie damals in der Bibliothek, aber Sam war hart im Nehmen.

»Ja, und ich bringe auch was zu essen mit.«

Ohne seine Reaktion abzuwarten, schnappte sie sich ihre Tasche und ging zur Tür. Er begleitete sie raus auf den Flur, wo ihr Blick auf ein Bild fiel, das sie aus Chris' Wohnung kannte. Es thronte an der Wand neben einer Flügeltür gegenüber von Elays Zimmer.

»Das ist schön. Von einem österreichischen Maler, oder?«

Ihr Satz überraschte Elay. »Du bist scheinbar doch kein hoffnungsloser Fall«, kommentierte er amüsiert und machte ein paar Schritte auf das Gemälde zu. »Hans Staudacher, er ist ein Vertreter des Tachismus – eine Form von abstrakter Malerei, bei der der Künstler versucht, spontane Empfindungen auf Leinwand zu bannen.«

Sam schmunzelte, weil sie sich zum ersten Mal genau gleich angehört hatten. Wenn sie über Kunst sprachen, hätte sie die Zwillinge problemlos verwechseln können.

»Das Bild gehört meinem Bruder. Es wundert mich, dass er es hiergelassen hat.«

Sam wunderte sich auch. Chris hatte das gleiche Bild als Druck im Wohnzimmer hängen, aber das konnte sie Elay natürlich nicht sagen.

»Tachismus war schon immer sein Ding. Gefühle zulassen konnte er selbst nicht – das war es auch, was ihn kaputt gemacht hat. Idiot.«

Sie wusste nicht so richtig, ob er diesen Satz zu ihr gesagt oder ihn einfach vor sich hin gesprochen hatte, aber er löste trotzdem ein Gefühlschaos in ihr aus. Am liebsten hätte Sam geheult, weil die Brüder ihr furchtbar leidtaten. Sie konnte nicht wirklich einschätzen, wie schlimm die Dinge waren, die in diesem Haus vorgefallen waren, aber was Elay manchmal von sich gab, ließ keinen Zweifel daran, dass das Geschehene die beiden zerrüttet hatte.

»Alles in Ordnung? Du siehst blass aus«, stellte Elay fest und musterte sie. In seiner Stimme klang Sorge mit. Dieser Tonfall war ihm selbst fremd, aber er stellte sich ganz automatisch ein, weil das hübsche Gesicht neben ihm plötzlich die Farbe verloren hatte. Dass ihr die Dinge, die er sagte, so nah gingen, war seltsam. Er kannte keinen Menschen, der so empathisch veranlagt war wie sie, aber er störte sich nicht daran. Im Gegensatz zu seinem Bruder konnte er über die Vergangenheit reden, das hatte er schon immer gekonnt, wenngleich er seine Erlebnisse auch nicht mit jedem Beliebigen geteilt hatte. Hätte er das nicht gekonnt, wäre er emotional genauso kaputtgegangen wie sein Zwilling.

»Mir geht's gut. Du solltest das untere Stockwerk auch beheizen – nicht, dass du dich erkältest.«

Sie lächelte, bevor sie die Treppe hinunterging.

In diesem Moment wusste er plötzlich, warum er sich zu ihr so hingezogen fühlte.

»You remind me of someone I used to know«, hauchte er gedankenverloren und ohne bewusst mitzubekommen, dass er die Sprache gewechselt hatte.

Sam drehte sich nach Elay um. Er hatte ein schwaches, aber zufriedenes Lächeln auf den Lippen – vielleicht war es auch ein wenig wehmütig, aber es stand ihm unheimlich gut.

»An wen denn?«, wollte sie wissen.

Er schüttelte den Kopf, schüttelte die lächerlichen Gedanken weg. »Vergiss es.«

Sie ähnelten sich nicht wirklich, optisch auf keinen Fall, aber sie hatte sich auch immer Sorgen um ihn gemacht und ihn so eindringlich angesehen.

Sam wollte nachhaken, aber der Piepston ihres Smartphones ließ sie ihr Vorhaben vergessen. Sie überflog die Nachricht von Chris und setzte dabei einen ziemlich verzweifelten Blick auf.

»Was?«

»Nichts … nur mein Freund.«

»Was will er?«

»Er will mich abholen.«

Elay lachte. »Hier?«

»Nein, er denkt, ich habe eine Vorlesung. Ich muss jetzt wirklich los!«

Sie schälte sich hektisch in ihre Jacke. Von hier brauchte sie ewig bis zum Unigelände. Sie würde sprinten oder sich beamen lassen müssen. Sie wollte durch die schwere, hölzerne Eingangstür verschwinden, aber Elay stellte sich davor.

»Ich kann dich fahren.«

Sam stutzte. Er deutete aus dem Fenster hinaus auf die Auffahrt, in der ein schwarzer Audi parkte.

»Ein Leihwagen«, erklärte er und griff sich den Schlüssel, der auf der antiken Kommode neben der Tür lag.

»Nein! Danke. Ich nehme den Bus.«

Er ignorierte ihren Protest und ging nach draußen. Sam schloss zu ihm auf und suchte angestrengt nach einem Argument, um sein nettes Angebot auszuschlagen.

»Ich bin schneller mit dem Bus!«

»Nein.«

»Mir wird im Auto immer schlecht!«

»Wie gesagt, nur ein Leihwagen. Wenn du dich darin übergibst, lass ich ihn abholen.«

Als er ihr die Beifahrertür öffnete, zappelte Sam nervös herum.

»Musst du aufs Klo?«, fragte er amüsiert und packte sie am Unterarm, um sie näher zur Tür zu zerren.

»Nein ... ich ...«

Ihr Satz blieb unvollständig, weil ihr einfach keine Ausrede mehr einfiel.

»Dein Freund sieht mich nicht. Ich setze dich in einer Seitengasse ab.«

Natürlich wusste Elay, warum sie sich so zierte.

»Versprochen?«

Sams Frage war peinlich und kindisch, aber sie musste sich absichern. Es würde in einer Katastrophe enden, würden sich die beiden Brüder auf diesem Weg wiederbegegnen. Die Szene wäre filmreif. Der Himmel würde sich verdunkeln, irgendwo würde jemand den *Kill Bill*-Soundtrack auflegen und nervenschwache Passantinnen würden ohnmächtig werden. Außerdem würde Sam sich nach Neuseeland absetzen müssen, der einzige Ort, der weit genug weg war, um kein Stückchen Chris abzubekommen, nachdem er vor Wut in einer Supernova explodiert war.

»Ich bringe dich nicht in Schwierigkeiten – noch nicht«, versicherte Elay und platzierte seine noch immer ziemlich blasse Maya auf dem Beifahrersitz.

Sam blieb die ganze Fahrt über nervös. Das hier konnte noch immer schiefgehen, wenn nicht heute, dann morgen oder in einer Woche. Wie sie sich den Ausgang dieser ganzen Aktion vorgestellt hatte, wusste sie jetzt nicht mehr. Sie würde Chris die Wahrheit sagen müssen, genau wie Elay – bald, aber nicht heute.

»Du kannst mich hier rauslassen!«, bat Sam und ließ ihren Blick nervös über die entgegenkommenden Autos schweifen.

»Das sind noch drei Kilometer bis zur Uni, stress dich nicht.«

Er drehte das Radio etwas lauter, weil er den *Coldplay*-Song, der lief, mochte und seine Beifahrerin Ablenkung gebrauchen konnte.

»Du hast deinen Freund noch nicht oft angelogen, oder? Du musst cool bleiben, sonst kannst du ihm gleich alles gestehen.«

Sam atmete tief durch. »Sorry, ich treffe mich nicht regelmäßig mit irgendwelchen Jungs hinter seinem Rücken. Das ist neu für mich.«

»Schon gut. Wir kriegen dich schon noch abgebrüht.«

»Kannst du aufhören, das hier nach einer Affäre klingen zu lassen?«, bat sie und biss sich auf der Unterlippe herum.

»Ist es das nicht?«

»Nein!«

»Ach so.« Elay schmunzelte und Sam ließ sich anstecken.

Er hielt wie versprochen in einer der Seitengassen, die zur Universität führten.

»Danke!«

»Schon gut, du bist unterhaltsam.«

»Von seltsam zu unterhaltsam, deine Adjektive werden immer schmeichelnder.«

»Das muss daran liegen, dass mir Deutsch noch schwer über die Lippen geht, ich schmeichle sonst nicht.«

Sie zog eine Augenbraue nach oben und schüttelte dann lächelnd den Kopf.

»Morgen?«, fragte Sam schmunzelnd.

»Ja.«

»Danke fürs Reden, Elay.«

»Ich habe noch was gut bei dir, Maya.«

Sie nickte und warf die Tür zu. Er sah ihr nach, wie sie über den Zebrastreifen lief, dann legte er den Rückwärtsgang ein.

Sam war vollkommen außer Atem, als sie vor dem Hauptgebäude ankam. Chris war noch nicht da, aber er würde nicht mehr lange brauchen und bis dahin musste sie unbedingt aufhören, so schuldig auszusehen. Sie öffnete ihren Haarknoten, um sich notfalls die Haare ins Gesicht fallen lassen zu können. Obwohl es richtig kalt geworden war, glühte ihr Gesicht. Sie musste unbedingt mehr Sport machen, wenn sie schon dieser Hundert-Meter-Sprint so aus der Puste brachte.

Wenn Chris dahinterkommen würde, dass sie sich hinter seinem Rücken mit Elay getroffen hatte, würde er sie aber sowieso durch die Stadt jagen. Kaum hatte sie diesen lächerlichen und doch irgendwie beängstigenden Gedanken zu Ende gedacht, fuhr der silberne Mercedes vor.

Chris lächelte sie durch die Scheibe an und ihr schlechtes Gewissen wurde prompt von den Schmetterlingen in ihrem Bauch davongetragen. Das war ihr O'Shay-Lächeln – kein Wunder, das war ja auch ihr O'Shay. Sie liebte ihn und hatte nur sein Bestes im Sinn. Ihre Absichten waren gut und auf mehr kam es im Moment nicht an.

»Hey.«

Sie küsste ihn sofort, fordernder und stürmischer, als sie es sonst zur Begrüßung tat. Er ließ sich auf den Kuss ein, ignorierte den hupenden Linienbus, der gerade mal so an seinem Auto vorbeifahren konnte. Als sie wieder von ihm abließ, war er richtig atemlos.

»Wow! Baby. Machen dich Vorlesungen so scharf? Ich werde davon im besten Fall hungrig.«

Sam setzte noch mal nach, diesmal war der Kuss unschuldig und liebevoll.

»Ich habe dich vermisst«, hauchte sie und rutschte dann doch zurück in ihren Sitz, um sich anzuschnallen.

»Wir haben kaum Zeit füreinander«, gestand Chris seufzend und fuhr los. »Schon gut, du hast viel zu tun und die Sache mit Bastian ...«

Sam stolperte über ihre eigenen Gedanken. »Alles in Ordnung mit ihm?«

Chris hatte vorhin am Telefon irgendetwas von Kettenrauchen und Fisch erzählt – er hatte besorgt geklungen, so klang er nie, wenn es um Bastian ging.

»Ich musste ihn mit einem Eis bestechen, damit er nicht vor ein Auto hüpft.«

Chris ließ den Sarkasmus herausklingen, sodass Sams folgende Frage nicht ganz so panisch klang.

»Er hat was gemacht?!«

»Geraucht, geheult, Fisch gekocht, blind über die Straße gelaufen, Eis bekommen«, verkürzte Chris die Ereignisse und schmunzelte dann.

»O-k-a-y.«

»Keine Angst, er kommt schon klar. Er ist hart im Nehmen, er braucht nur Zeit.«

Sam nickte und legte ihre Hand auf Chris' Oberschenkel. Ein Problem jagte das nächste, aber irgendwie würde schon alles gut gehen – Plan B blieb aber Neuseeland.

Elay hatte den Audi kurz vor dem Haupteingang geparkt. Sie hatte ihn nicht bemerkt, weil sie nicht mehr mit ihm rechnete und noch immer nervös war. Mit offenen Haaren sah sie ein wenig älter aus – auf eine klassischere Weise schön. Sie fuhr sich mit den Fingern durch ihre Haare und legte dann die Hände prüfend auf die Wangen.

Dieses Gefühl hatte sich schon lange nicht mehr so unverschämt ungefragt in ihm breitgemacht. Er mochte sie, trotz der vielen offenen Fragen, die ihre Persönlichkeit ohne Zweifel aufwarf. Sie würde eine ganz besondere Trophäe seiner Sammlung werden, einer Sammlung, über die er nicht mehr viel Übersicht hatte. An Maya würde er sich trotzdem erinnern können, so viel war sicher.

Sie strahlte plötzlich übers ganze Gesicht. Skeptisch zog er eine Augenbraue nach oben. Er wollte wissen, wie sein Gegenspieler aussah, wegen wem sie von einem so schlechten Gewissen geplagt wurde, wenn sie zu ihm kam.

Interessiert zog Elay die Sonnenbrille ein wenig nach unten und verweilte dann mehrere Sekunden in dieser Position. Er rührte sich nicht, keinen Millimeter, weil er auch aufgehört hatte, zu atmen. Was er durch die Windschutzscheibe des Mercedes sehen konnte, schockierte ihn, beantwortete aber auch schlagartig die vielen offenen Fragen über ihr Verhalten.

Unangenehme Gefühle übermannten ihn, schoben seine Verliebtheit so weit weg, wie es ging. Dieser Anblick setzte ihm zu. Er hatte dieses Gesicht schon lange nicht mehr gesehen, obwohl es sein eigenes war.

Zu Hause angekommen, beschlich Sam wieder das Gefühl, irgendetwas verpasst zu haben. Bastian saß – oder lag – in seltsamer Position auf der Couch vor dem Fernseher und hatte die Augen geschlossen.

»Ist alles in Ordnung mit ihm?«

Chris nickte. »Ja, der ist nur müde, weil ich ihn gezwungen habe, die Küche zu schrubben – Arbeit kennt der nicht«, motzte Chris und zog Sam an der Hand weiter, um Bastians Werk zu inspizieren.

Die Küche glänzte wirklich, es roch nach Desinfektionsmittel und Glasreiniger.

»Viel besser!«, stellte der Blonde fest und seufzte zufrieden.

Sam war sichtlich überrascht von Bastians Saubermacher-Qualitäten, die er neunzehn Jahre lang unheimlich gut versteckt gehalten hatte. Ihr Blick streifte ein gelbes Ding am Waschbecken, das sie dazu veranlasste, näher zu treten.

Sie lachte. »Was um Himmels willen ist denn das?«

Als Sam den gelben Reinigungsschwamm mit den aufgemalten Augen und den Zahnstochern als Hände und Füße hochhob und Chris entgegenstreckte, konnte sie das Geschmiere auf der Rückseite entziffern.

»Das steht ›O'Shay‹«, verkündete Sam ebenso ahnungslos wie amüsiert.

Chris schnaubte beleidigt und nahm ihr das selbst gemachte Schwammmännchen ab.

»Vergiss es. Der Schweden-Junge hat beim Putzen zu tief eingeatmet.«

Er hob Sam auf die Küchenzeile und begann, ihren Hals zu küssen.

Seine Hand wanderte langsam ihren Rücken hinunter. Er drängte sich so nah wie möglich an sie und verstrickte sie in einen innigen Kuss. Sam bekam gar nicht mit, dass er die Knöpfe an ihrer Bluse öffnete, erst als sie den kalten Luftzug am Oberkörper spürte und Chris sich an ihrem BH zu schaffen machte, stutzte sie.

»Hey, warte mal!«

»Ich dachte, du stehst drauf, wenn ich …«

»Jaja! Aber nicht hier!«

»Wieso nicht?«

Der Grund für Sams Zögern kam gerade durch die Küchentür spaziert und fuhr sich gähnend durch das etwas zerzauste Haar. Als Bastians müder Blick Chris traf, verzog er den Mund. »Aha. Ich darf keinen Fisch in der Küche kochen, weil du das eklig findest, aber du poppst dort rum, wo wir essen!«

Gespielt theatralisch schüttelte Bastian den Kopf, ging an Sam und Chris vorbei, um sich ein Glas Wasser zu holen, und verschwand dann wieder ins Wohnzimmer.

Sam wurde rot und drückte Chris von sich weg, der zu protestieren begann. »Hey! Ich bin heute der hyperaktiven Heulsuse nachgelaufen und habe Seelentröster gespielt! Jetzt will ich Sex!«

»Später machen wir, was du willst, aber lass mich kurz mit ihm reden, ja?« Sam ließ einen seufzenden Chris zurück und ging ins Wohnzimmer.

Bastian lungerte noch immer auf der Couch herum.

»Hey! Alles klar?«

Sie versuchte, nicht gleich mit der Tür ins Haus zu fallen, zumal sie nicht einschätzen konnte, wie Bastian reagierte, wenn er unter so großem emotionalen Stress stand – das war neu für ihn.

»Ja, mir geht's gut, aber könntest du bitte die Bluse zuknöpfen? Ich finde deine Brüste ja gut, aber O'Shay regt sich dann nur wieder auf, dass ich ständig drauf starre.«

Er deutete auf ihren Busen und zauberte ein kräftiges Rot auf Sams Wangen. Unnötigerweise drehte sie sich weg, um die Knöpfe wieder zu schließen. »Entschuldige!«

»Schon okay.«

»Und? Wie war dein Tag?«

»Was hat er dir denn erzählt?«

»Dass du geheult hast und dich vor ein Auto werfen wolltest. Ich glaube aber nicht, dass du selbstmordgefährdet bist. Als wir

›The Happening‹ gesehen haben, hast du gemeint, dass du die gängigen Selbstmordmethoden alle langweilig findest.«

Bastian nickte grinsend. »Stimmt. Wenn man schon abtritt, dann spektakulär!«

»Ich werde vorsichtig, wenn du dir eine Häckselmaschine besorgst oder anfängst, mit Chemikalien zu experimentieren!«

Bastian lachte. »Wow, waren wir schon immer so makaber?«

»Nein, das Fernsehen hat uns abgestumpft.«

Sam drängte sich zwischen ihn und die Couchlehne. Sie legte ihren Kopf an seine Schulter. »Es kommen bessere Zeiten, versprochen.«

Bastian klimperte müde mit den Wimpern. »Ich weiß.«

»Mein Tag war auch verwirrend. Ich denke, ich habe mir ganz schön große Probleme angelacht.«

Er musterte sie eindringlich. »Willst du darüber reden? O'Shay kann gut zuhören, auch wenn er dabei ziemlich ahnungslos aussieht!«

Sam lachte, zu sechzig Prozent amüsiert, zu vierzig gequält. »Ich denke, das ist keine gute Idee.«

»Willst du mit mir reden? Wenn dein Problem traurig ist, kann ich dir aber nicht versprechen, dass ich nicht heule! Anscheinend habe ich die emotionale Stabilität eines dreijährigen bezopften Mädchens.«

»Schon gut. Ich komme klar.«

»Okay, aber sag Bescheid, wenn es dir zu viel wird, dann bringe ich O'Shay dazu, dir ein Eis zu kaufen.«

»Danke, Basti.«

Eine gut gemeinte Affäre

Bastian wurde wach, als Chris die Haustür ins Schloss fallen ließ. Er war auf der Couch eingeschlafen. Der Abdruck der Naht verlief quer über sein Gesicht und erinnerte an Alex Pettyfer in *Beastly*.

Während er sich die Zähne putzte, wurde er von Artemis angemaunzt. Eigentlich war Bastian kein Katzenmensch, aber das weiße Fellknäuel, das Sam übergewichtig gefüttert hatte, war zugegebenermaßen drollig.

»Jaja, du kriegst ja gleich was«, versprach er und rieb sich den Schlaf aus den Augen. Er spürte jeden Muskel in seinem Körper und beschimpfte im Vorbeigehen das bretthart Sofa.

Nachdem er die Katzenfutterdose aufgemacht hatte, weckte ein Piepston seine Neugier. Bastian schaute auf sein Handy, aber auf dem Display leuchtete nur die Uhrzeit auf. Das weiße Smartphone auf dem Küchentisch wurde zum Hauptverdächtigen – Sam musste es dort liegen gelassen haben. Zum Glück hatte Bastian seine Neugier im Griff, zumindest, bis es wieder piepste und er hektisch zum Tisch rannte, um einen Blick auf die eingegangene Nachricht zu werfen. Den Absender hatte Sam unter ›E. O.‹ gespeichert. Die WhatsApp-Nachricht fing mit den Worten ›Ich bin ab drei Uhr …‹ an.

Als das Display wieder schwarz wurde, biss sich Bastian unsicher auf der Unterlippe herum. Man stöberte nicht im Handy seiner Freundin herum, so viel war sicher, aber Sam war nicht seine Freundin und sie hatte keinen Grund, irgendwelche Geheimnisse vor ihm zu haben.

Er entsperrte den Bildschirm und las, was E. O. geschrieben hatte.

Elay O'Shay
Ich bin ab drei Uhr zu Hause. Sag deinem Freund, du hast lange Vorlesung und dass er nicht auf dich warten soll. Du schuldest mir so einiges. Elay

Aufgeregt und etwas perplex lief Bastian ins Schlafzimmer. Er klopfte nicht an, weil er wusste, dass O'Shay sowieso nicht zu Hause war.

Sam schlief noch, sie hatte die Decke mit ihren Beinen umklammert und präsentierte einen perfekt geformten Hintern, der Bastian auch nicht aus seinem Schockzustand reißen konnte.

»Du betrügst O'Shay und erzählst mir nichts davon?!«, schrie er aufgebracht und kniete sich auf das Bett, um Sam wach zu rütteln. Sie murrte nur genervt, weil sie gerade eben noch tief und fest geschlafen hatte.

»Wenn du schon Bock auf jemand anderen hast, wieso dann nicht ich?! Du betrügst O'Shay *und* mich!?«

Diese aufgebrachte, laute Stimme machte Sam ziemlich wütend. Sie wollte ihre Ruhe, Bastian sollte die Klappe halten.

»Geh weg!«, motzte sie schlaftrunken.

»Wach auf, du männerfressende Blondine! Seit wann hältst du dich eigentlich für Taylor Swift?!«

»Hä?«

Sie war noch immer nicht ansprechbar. Bastian zog die Augenbrauen genervt nach oben und holte aus. Als seine flache Hand auf ihrem Hintern landete, wurde Sam schlagartig hellwach. Sie fluchte und raffte sich auf, um Bastian eine Ohrfeige zu verpassen, aber er wich schnell genug aus.

»Sag mal, bist du komplett durchgedreht?! Hast du mir gerade echt auf den Hintern gehauen? Hör auf, *Fifty Shades of Grey* zu lesen, du Freak!«

Bastian konnte sich das Lachen nicht verkneifen. »Ich habe mir das irgendwie geiler vorgestellt.«

»Hast du einen ADS-Anfall oder was?! Geh raus spielen und lass mich in Ruhe!«

Bastian hielt Sam ihr Handy kommentarlos vor die Nase. Die Nachricht war noch geöffnet. Sie überflog die Zeilen mit halb offenem Mund. Ihr Herz begann zu rasen, weil die Nervosität und ihr schlechtes Gewissen sie fluchtbereit machten.

»Hat Chris das gesehen?!«, wollte sie aufgebracht wissen.

Bastian schüttelte den Kopf. »Nein. O'Shay ist arbeiten, aber vor zwanzig Minuten war er noch hier. Du kannst dein Handy doch nicht einfach so liegen lassen, wenn du solche Nachrichten bekommst! Hast du in all den Jahren absolut nichts von Pia gelernt?!«

»Scheiße«, murmelte Sam und ließ sich zurück in die Kissen fallen.

»Das kannst du laut sagen! Wer ist dieser E. O.? Wie lange läuft das schon?«

Sam knurrte, bevor sie Bastian antwortete. »Da läuft gar nichts! Zumindest nicht das, was du denkst!«, rechtfertigte sie sich und warf mit einem Kissen nach dem neugierigen Schönling zu ihrer Linken.

»Wieso klingt das dann nach Sex-Date?«

»Keine Ahnung! Das ist kompliziert … Er ist … kompliziert.«

»Wer, er?«

»Elay.«

»Muss ich dich pro Wort bezahlen?! Rede! In ganzen Sätzen bitte!«

»Eigentlich geht dich das absolut nichts an«, stellte sie beleidigt fest und riss Bastian ihr Handy aus der Hand.

»Ach?! Ich muss hier ständig emotional die Hosen runterlassen und du darfst eine Affäre haben und verrätst mir nicht mal, woher du ihn kennst?«

»Das ist keine Affäre. Das ist …« Sam suchte nach der richtigen Beschreibung. »Ein Schlichtungsversuch!«

»Ein Schlichtungsversuch?«

»Ja! Ich tue Gutes. Ich muss zwar alle Beteiligten anlügen, aber meine Absichten sind absolut edel.«

Bastian grunzte ungläubig. »Das klingt ja noch fieser als eine Affäre. Wer ist der Typ?«

Sie zögerte und kam schließlich zu dem eigentlich simplen Schluss, dass Bastian sich sowieso nicht mehr abwimmeln lassen würde. Er hatte sich festgebissen, seine Neugier würde ihn unausstehlich machen, damit konnte sie sich nicht auch noch herumschlagen.

»Ich habe dir doch mal erzählt, dass Chris einen Bruder hat, der in Irland lebt.«

Bastian legte den Kopf leicht schief. »Kann sein, aber ich höre dir kaum zu, wenn du über O'Shay schwafelst.«

»Dann braucht dich das hier doch auch nicht zu interessieren!«

»Doch! Das war früher. Jetzt interessiere ich mich für ihn, er hat mir Eis gekauft – leckeres Eis!«

Sam seufzte. »Chris hat einen Bruder in Irland, er heißt Elay.«

»Du schläfst mit seinem Bruder?!«

»Nein! Ich habe ihn zufällig kennengelernt, in der Uni. Er weiß nicht, dass ich Chris' Freundin bin, und Chris weiß nicht, dass ich Kontakt zu ihm habe. Sie haben ein absolut zerrüttetes Verhältnis.«

»Wieso?«

Sie zuckte mit den Schultern. »Eben das weiß ich noch nicht. Chris redet nicht mit mir über seine Kindheit. Er ist so furchtbar verschlossen. Elay ist offener, aber er hat keine Ahnung, wer ich bin. Es kann sein, dass er sich etwas zu viel von unseren Treffen verspricht.«

Bastian hielt sich das Kissen vors Gesicht und fluchte hinein. »Sicher! Er ist ein Mann und du eine heiße Blondine, die ihren Freund seinetwegen anlügt. Was denkst du, was er sich erwartet?!«

»Ich will nur mit ihm reden, ihn kennenlernen. Chris hätte das nie zugelassen. Er hält Elay für … was weiß ich. Einen Narzissten oder irgendetwas in der Art – lächerlich.«

Bastian stutzte. »Wenn O'Shay meint, dass mit ihm etwas nicht stimmt …«

Sam traute ihren Ohren nicht. »Was geht denn mit dir ab?! Seit wann legst du denn Wert auf Chris' Meinung? Er hält dich übrigens für eine infantile, verwöhnte männliche Schlampe – was hältst du jetzt von seiner Menschenkenntnis?«

Chris und Bastian gegeneinander auszuspielen, war idiotisch und gegen alles, wofür Sam im letzten Jahr gekämpft hatte, aber sie konnte auf keinen Fall zulassen, dass Bastian sie verpetzte, nur weil Chris auf einmal sein neuer bester Freund war – das wäre gerade jetzt unpassend gewesen.

»Was er sagt, ist mir egal! Ich meine ja nur, dass du nicht weißt, was bei denen zu Hause abgegangen ist. In solche Dinge mischt man sich nicht ein.«

»Genau, Basti, du bist der Inbegriff der Diskretion.«

Er streckte Sam die Zunge raus und sah ihr dabei zu, wie sie aus dem Bett stieg und sich streckte.

»Ich treffe mich heute Nachmittag mit Elay. Wenn du Chris auch nur die kleinste Kleinigkeit verrätst oder irgendwelche dummen Anspielungen machst, drehe ich dir den Hals um!«

Ihr Satz klang ernst genug, um als Drohung durchzugehen.

»Na toll! Besuch du nur den irren Iren, aber wenn deine aufgeschlitzte Leiche morgen aus irgendeinem Fenster baumelt, dann beschwer dich bloß nicht bei mir darüber!«

Sam lachte. »Doch, dann spuk ich dich in den Wahnsinn!«

Sie drehte Bastian den Rücken zu und zog sich das Top über den Kopf.

»Zieh dir bloß was unfassbar Unerotisches an!«, verlangte er und vergaß dabei glatt, zu versuchen, einen Blick auf Sams Brüste zu erhaschen.

»Pastellfarbene Leggins und irgendein Oberteil von O'Shay!«

Bastians Vorschlag kostete Sam nur ein Grinsen. Sie zog sich ein schwarzes langärmliges Shirt über und stieg in ihre Lieblingsjeans.

»Noch engere Sachen hast du nicht zufällig im Schrank? Hey! Ich könnte dir Klamotten aufmalen, dann kannst du gleich nackt gehen.«

Bastians Sarkasmus ignorierend, wickelte sie sich einen dünnen, karierten Schal um den Hals.

»Geh doch bitte einkaufen, wenn du Zeit hast. Wir brauchen Milch und Katzenfutter.«

»Ist dir aufgefallen, dass die Katze dezent übergewichtig ist?«

»Ach! Sie ist plüschig, nichts weiter.«

Bastian gab sich fürs Erste geschlagen. Sam war zu überzeugt von ihrem Vorhaben, als dass er sie hätte abhalten können.

»Versprich mir wenigstens, dass du vorsichtig bist. Wenn er wirklich irgendwie verrückt oder gemein ist, lass gut sein, ja?«

»Keine Sorge, wenn er anfängt, mich wirr zu beschimpfen, beiß ich ihn und laufe weg!«

»Na dann …«

Der böse Zwilling

Sie fand das taubenblaue Haus sofort wieder, obwohl sie eine Haltestelle zu spät aus dem Bus ausgestiegen war. Heute brannte in allen Stockwerken Licht.

Vielleicht hatte Elay Besuch oder er war es leid geworden, in dem Haus aus dem Film *Das Geisterschloss* zu wohnen, und wollte die Atmosphäre auflockern.

Nachdem sie geklingelt hatte, legte sie die Hand prüfend unter die Plastiktüte, die sie trug. Das Essen war noch lauwarm. Hoffentlich mochte Elay Chinesisch.

Als er öffnete, trug er legere Kleidung – eine schwarze Jogginghose und ein graues T-Shirt.

»Hey! Heute bin ich pünktlich.«

Sams freundlicher Tonfall prallte an ein Paar Eisaugen ab. Er wirkte noch kühler und unnahbarer, als sie ihn kennengelernt hatte.

»Komm rein.«

Das hatte weniger nach einer höflichen Bitte als nach einem Befehl geklungen.

»Alles klar? Hast du schlecht geschlafen? Du siehst müde aus«, stellte Sam fest und sorgte sich sogleich um den schwarzhaarigen Zwilling.

Er hatte überhaupt nicht geschlafen, aber er hatte auch keine Lust, darüber zu reden. Sie hatte ihm genügend Fragen gestellt, Fragen, die teilweise unnötig gewesen waren, weil sie die Antworten kannte.

»Ich habe Essen mitgebracht. Ich wusste nicht, was du magst, also habe ich von allem etwas dabei – auch etwas Vegetarisches.«

Er drehte sich so schnell nach ihr um, dass sie erschrak. Nachdem er ihr die Tüte abgenommen und auf dem Beistelltisch neben der Treppe abgestellt hatte, ging er nach oben.

»Komm, du hast mich lange genug warten lassen«, meinte er tonlos und löste damit bei Sam ein seltsames Gefühl aus.

Vielleicht war er wütend auf sie oder er hatte Streit mit seinem Vater gehabt. Auf alle Fälle war dieser Elay weitaus schwieriger zu handhaben als der, mit dem sie gestern gesprochen hatte.

Sie biss sich auf den Lippen herum und blieb wie von selbst vor dem Gemälde stehen, das neben Chris' Zimmertür hing. Sie hätte sich den Raum hinter der Wand unheimlich gern angesehen. Ob er viel hiergelassen hatte?

»Neugier ist der Katze Tod.«

»Ähm, was?«

Sam war so gedankenverloren gewesen, dass sie nur irgendetwas von einer toten Katze aufgeschnappt hatte.

Elay stand schon in seiner offenen Zimmertür und sah sie erwartungsvoll an.

Im Kamin brannte wieder ein Feuer, es war allgemein wärmer als gestern, im ganzen Haus, aber besonders hier. Sam schälte sich aus ihrer Jacke. Auf dem schwarzen Ledersofa lagen Bücher und Unterlagen, um sich zu setzen blieb kein Platz.

»Hast du die Nacht über gelernt?«

»Ja, das lenkt mich ab.«

Er hatte sich hinter sie gestellt. Sam wollte sich umdrehen, aber die Hände auf ihren Schultern hinderten sie daran. Als er begann, sanft zuzudrücken, schnurrte sie wie die tote Katze von vorhin. Sie war ziemlich verspannt und das Kneten tat gut.

»Weiß er, dass du hier bist?«

»Nein.«

Sams Hirn war gerade dabei, auf Standby zu schalten. Vielleicht hatte sie sich mit Elays Stimmung doch getäuscht.

Der Gedanke, dass das Nichteinhalten einer gewissen Distanz zwischen ihnen in eine vollkommen falsche Richtung führen könnte, kam ihr viel zu spät.

Sie spürte seine Lippen an ihrem Hals, nicht sanft oder zaghaft, sie waren plötzlich da. Seine Hände legten sich um ihren Oberkörper, er schloss sie vor ihrem Bauch und drückte sie näher an sich heran.

»Ich kann nicht ...!«

»Du schuldest mir was«, unterbrach er sie.

Sein Tonfall hätte anders klingen müssen, wärmer, Nähe suchend, aber er hörte sich noch immer unterkühlt an.

»Mein Freund ... er ...!«

Seine Lippen legten sich wieder auf ihren Hals, er biss zu, hinterließ mit Sicherheit einen Fleck. Sam riss sich los, fasste an die warme Stelle und versuchte den Beweis ihrer Missetat wegzurubbeln.

»Ich bin nicht hier, um ihn zu betrügen!«, stellte sie klar und fixierte die eisblauen Augen, während sie näher kamen.

»Du willst nur reden, ich weiß. Was willst du hören? Warum mein Vater mich ständig geschlagen hat? Wie es war, den Kopf für jemanden hinzuhalten, der nur an sich selbst interessiert ist? Ich könnte dir erzählen, wie es sich anfühlt, wenn du dich für jemanden jahrelang misshandeln lässt und am Ende nichts erntest als Hass und Gleichgültigkeit. Würdest du das spannend finden?«

Sams Blick fokussierte ihn nicht mehr, sie starrte konzentriert ins Leere, um die erschreckenden Informationen, mit denen er um sich geworfen hatte, zu verarbeiten.

»Er war schon immer egoistisch, hat sich in seinem Selbstmitleid ertränkt – die ganze Zeit über.«

Sam schüttelte den Kopf, ließ zu, dass Elay seine Hände auf ihre Wangen legte. Die doch sehr intensive Berührung nahm sie nur unterbewusst war, weil ihr Bewusstsein damit beschäftigt war, Chris mit all den negativen Beschreibungen in Einklang zu bringen, die gerade ausgesprochen worden waren.

Als Elay sie küsste, presste sie sich gegen die Wand hinter sich und drehte den Kopf zur Seite. Er knurrte leise. Seine Hand wanderte hinunter zu ihrem Hosenknopf.

»Nicht!«

»Wieso? Gefall ich dir nicht? Stell dir einfach vor, ich wäre er. Das dürfte doch nicht schwierig sein.« Sam hielt die Luft an, als ihr vollends bewusst wurde, dass Elay Bescheid wusste. »Deshalb hast du mich doch so angestarrt, warst so neugierig – alles wegen Christian.«

Das Ende seines Satzes war leise, aber hasserfüllt genug, um ihr einen Schauer über den Rücken zu jagen.

»Woher …?«

Er drückte sie fester gegen die Wand, küsste wieder ihren Hals. In Sams Innerem schrillten sämtliche Alarmglocken. Ihr schlechtes Gewissen paarte sich mit Scham und der Angst, das zu verlieren, was ihr am wichtigsten war.

Sie piepste erschrocken auf, weil Elay sie plötzlich hochhob. Sie schlang die Hände ganz automatisch um seinen Hals, weil sie Angst hatte, fallen gelassen zu werden. Als er sie tatsächlich losließ, fiel sie trotzdem – auf die weiche Matratze des Himmelbetts. Er beugte sich über sie. Sie drückte ihn weg, weil sein Gesicht wieder näher kam – zu nah. Das hier war so offensichtlich falsch, dass sie sich am liebsten in Luft aufgelöst hätte.

»Du weißt, dass ich die Freundin von deinem Bruder bin, wieso willst du trotzdem mit mir schlafen?«

Er schmunzelte. »Wir haben noch eine Rechnung offen – ich und er. Ich wollte dich sowieso ausfindig machen, aber du hast mich zuerst gefunden. Dein geheucheltes Interesse an meinem Leben hätte mich stutzig machen sollen, aber ich bin erst dahintergekommen, als ich euch zusammen gesehen habe.«

Sam schüttelte den Kopf. »Ich habe gar nichts geheuchelt! Ich wollte dich kennenlernen. Du solltest unvoreingenommen sein, deshalb habe ich das mit Chris verschwiegen. Ich mag dich, das ist weder gelogen noch gespielt, aber das hier will ich nicht. Lass mich bitte.«

Er hielt inne, lange, weil er nachdenken musste. »Wäre das hier denn so schlimm? Wieso willst du nicht?«

»Ich liebe Chris. Ich kann ihn nicht betrügen, schon gar nicht mit seinem Bruder, das würde ihm das Herz brechen.«

»Ja, das würde es. Aber du tust mir den Gefallen wohl nicht.«

Sam schüttelte den Kopf. »Nein. Sonst tu ich dir aber jeden Gefallen! Ich habe was zu essen mitgebracht, du siehst hungrig aus.«

Elays Gesicht verschwand über ihr, weil er sich auf der anderen Seite des Bettes fallen ließ. Sie hörte ihn leise lachen. »Du hast vielleicht Nerven«, meinte er und schloss kurz die Augen. »Hab ich schon erwähnt, dass ich dich seltsam finde?«

Jetzt lachte Sam. Sie raffte sich auf und ging auf die andere Seite des Bettes, dort, wo Elay lag.

»Ja, zweimal. Komm! Chinesisches Essen bringt dich auf andere Gedanken.«

Sie nahm seine Hand und zog ihn hoch. Hätte er sich dagegen gewehrt, hätte sie ihn nicht hochbekommen, aber er ließ es zu.

»Weißt du eigentlich, was ich gerade eben noch mit dir machen wollte?«

Sam seufzte und zuckte dann mit den Schultern. »Lass uns das als kurzes Blackout verbuchen! Ich bin nicht nachtragend, nur hungrig. Komm!«

Sie gingen die Treppe hinunter. Sam fühlte sich plötzlich viel zu erleichtert. Das Körperliche zwischen ihnen hatte aufgehört, aber ihre Zweisamkeit blieb etwas Verbotenes. Chris hätte auch das hier nicht gewollt, aber sie musste Abstriche machen.

Sam schnappte sich die Tüte, die sie mitgebracht hatte. »Wo ist euer Esszimmer?«

Elay ging voraus. Dass er das vorhin nicht hatte durchziehen können, ärgerte ihn weniger als vermutet. Heute Nacht war er viel wütender gewesen, aber da hatte sie auch nicht vor ihm gestanden. Maya hatte eine seltsame Wirkung auf ihn – ähnlich wie *sie* damals, aber die Unterschiede lagen jetzt mehr auf der Hand denn je.

Sam musterte Elay neugierig, der sich sichtlich nicht entscheiden konnte, was er essen sollte. »Magst du kein Chinesisch?«

»Ich weiß nicht. Was ist das alles?«

»Hauptsächlich Hühnchen mit Gemüse und Pilzen.«

»Ja, aber in was schwimmt es?«

»Glutamat. Einfach ignorieren und kosten. Hier! Chris isst immer …«

Sie beendete ihren durchaus dämlichen Satz nicht und biss sich stattdessen auf die Zunge. Natürlich konnte er ihn selbst vervollständigen. Er schloss seufzend die Augen und aß erst recht nichts.

»Entschuldige.«

Elay zuckte mit den Schultern. »Sagst du ihm, dass du hier warst?«

Sam überlegte kurz. »Soll ich?«

Er schüttelte den Kopf. »Er wäre wütend auf dich.«

»Ich weiß.«

»Du solltest gehen und wir vergessen, dass du hier warst.«

Der Vorschlag kam ihm nur schwer über die Lippen, aber sie sollte nicht seinen Kampf austragen, das wollte er nicht mehr.

»Nein. Ich liebe ihn, aber er kann mir nicht verbieten, mit wem ich mich anfreunde.«

»Wo habt ihr euch kennengelernt?«

Sam grinste. »Im Urlaub. Ich hätte mich beinahe auf ihm übergeben. Eigentlich fand ich ihn am Anfang abschreckend hübsch. Das Problem kennst du aber bestimmt auch.«

Elay reagierte nicht, dachte nur darüber nach, wie unfair das Leben noch immer war. Christian verdiente es nicht, die Eine unter Tausenden zu finden – er selbst auch nicht, aber er hätte es zumindest zu schätzen gewusst.

»Hat er dir von mir erzählt?«, wollte er wissen, obwohl er die Antwort eigentlich kannte.

Sam zuckte mit den Schultern. »Ich wusste, dass es dich gibt und du in Irland lebst, aber dass ihr eineiige Zwillinge seid, hat er mit keinem Wort erwähnt. Es stört euch, dass ihr gleich ausseht, oder? Ihr wollt nicht verwechselt werden.«

»Verwechselt zu werden ist weniger unangenehm, als ständig verglichen zu werden. Wir sehen gleich aus, also müssen wir gleich denken und handeln, aber das könnte nicht weiter weg von der Realität sein. Wir waren nie gleich, schon als Kinder nicht. Die Leute sehen aber, was sie sehen wollen. Sobald du optische Unterschiede schaffst, fällt es ihnen leichter, dich als eigenständigen Menschen zu sehen.«

»Deshalb das Tattoo und die Haare.«

Elay nickte. »Ich habe nie still gelitten. Ich war laut, rebellisch, da hat sich dieser Style angeboten.«

Sam schmunzelte. »Also bist du der böse Zwilling?«

Er zuckte mit den Schultern, schien auch amüsiert. »Ja. Wahrscheinlich.«

Sie nahm ein Stück Fleisch zwischen die Stäbchen und hielt es ihm vor den Mund. »Hier, koste.«

Er zögerte, zog skeptisch die Augenbrauen nach oben.

»Vertraust du mir nicht?«, fragte Sam lachend.

»Doch, viel zu blind«, entgegnete er und öffnete den Mund. Nachdem er runtergeschluckt hatte, murrte er. »Schmeckt nach Chemie.«

»Ja, lecker!«

Während Elay tapfer weiteraß, klingelte Sams Handy. Mit einem genervten Seufzen nahm sie den Anruf entgegen. »Was willst du, Basti?«

»Ich wollte nur hören, ob du noch lebst.«

»Warte, ich kann dich ganz schlecht verstehen, ich baumle gerade kopfüber von einem Kirchturm.«

»Haha. O'Shay kommt gleich nach Hause.«

»Ich weiß. Verlier ein Wort darüber, wo ich bin, und du kannst bei Pia und Matthias einziehen!«

»Wann kommst du nach Hause?«

»Du musst nicht auf mich warten.«

»Wo seid ihr?«

»Ciao, Bastian!«

Nachdem sie aufgelegt hatte, trafen sie durchdringend fragende Blicke.

»Wer war das?«

»Mein bester Freund.«

»Er weiß, dass du hier bist«, stellte Elay fest und legte die Essstäbchen beiseite.

»Ja, weil er ein neugieriger, aufdringlicher Idiot ist!«

»Verrät er dich?«

»Nein … ich weiß nicht. Eigentlich versteht er sich nicht sonderlich gut mit Chris.«

»He's jealous, isn't he?«

»Ja, aber er reißt sich wirklich zusammen. Wir hatten in der Vergangenheit ein paar Probleme.«

Elay nickte nur. Er kannte seinen Bruder, er brauchte niemanden, der ihm erklärte, wie eifersüchtig er sein konnte.

»Sag mal …«

Sam setzte vorsichtig an, so vorsichtig, wie sie auch Chris gegenüber immer war, wenn sie Fragen zu seiner Familie stellte.

»Du bist hier, weil du irgendetwas Offizielles mit deinem Vater und Chris klären musst, oder? Wann trefft ihr euch?«

»Das eilt nicht. Sie wissen noch nicht mal, dass ich hier bin.«

»Du hast vorhin gemeint, ihr hättet noch eine Rechnung offen. Wie hast du das gemeint?«

Elay ließ den Kopf in den Nacken fallen. »Spielen wir jetzt wieder das Frage-Antwort-Spiel?«

»Nein, ich habe gehofft, dass du redest und ich zuhöre. Ich würde gerne verstehen, was bei euch passiert ist.« Sam klang niedergeschlagen, weil sie dieses Thema schon so oft hatte verschieben müssen. »Du musst mir nichts erzählen, aber es würde mir wirklich viel bedeuten, wenn …«

»Unsere Mutter starb gleich nach unserer Geburt, so viel hat er dir wahrscheinlich erzählt, oder?«

Sam nickte überrascht, weil sie nicht damit gerechnet hatte, dass Elay sich so schnell überreden lassen würde. »Ja. Ich weiß auch, dass sein … euer Vater ihm irgendwie die Schuld an ihrem Tod gegeben hat, deshalb ist ihr Verhältnis auch so schlecht, nicht?«

Er schüttelte den Kopf. »Das ist eine ziemlich grobe, unvollständige Begründung, aber im Grunde ging es um Schuldzuweisungen, ja. Mein Vater wollte nie Kinder, schon gar nicht nach Mutters Tod, deshalb hat unsere Großmutter uns zu sich genommen. Als sie zu alt wurde, um sich um zwei Kinder zu kümmern, war er aber doch gezwungen, Vater zu spielen. Er hat uns von Anfang an wissen lassen, dass er uns jederzeit gegen unsere Mutter eingetauscht hätte. Sie hätte keine Zwillinge bekommen dürfen, sie war sowieso krank, ein Herzfehler und dann noch die problematische Geburt, das war zu viel für ihren Kreislauf.«

»Aber sie hat sich doch selbst für euch entschieden. Sie wollte euch bekommen, beide.«

Elay nickte. »Ich weiß, aber mein Vater hat einen Schuldigen gebraucht, um weiterzumachen. Ich bin ein wenig älter als Christian, weil seine Geburt die problematischere war. Er wäre dabei selbst fast gestorben, er war lange im Krankenhaus.«

Sam wurde wütend. »Aber das kann er ihm doch nicht vorhalten! Das ist …«

»Abnormal, ja. Er ist ein furchtbarer Mensch: streng, irrational, aggressiv, so jemanden kann man nicht verstehen, also versuch es nicht.«

»Aber …«

»Nein! Genau daran ist Christian kaputtgegangen. Er hat nicht akzeptiert, dass unser Vater einfach ein Arschloch ist. Er hat sich jedes seiner Worte zu Herzen genommen, aber er ist nur ein sadistischer Alkoholiker, der mit Schuldzuweisungen um sich wirft!«

»Das muss furchtbar gewesen sein …«

Sam konnte sich nicht annähernd vorstellen, wie es war, unter solchen Umständen aufzuwachsen, aber sie wusste nicht, was sie sonst erwidern sollte. Das Haus wirkte mit einem Mal viel düsterer und kälter auf sie. Dass Elay hier sein konnte, ohne von Erinnerungen übermannt zu werden, war beeindruckend.

Er schwenkte das Wasserglas in seiner Hand und trank es dann in einem Zug leer.

»Mit zwölf war Christian so depressiv, dass er sein Zimmer nicht mehr verlassen hat. Ich bin mit ihm zur Therapie gegangen, aber darüber zu reden, war nichts für ihn. Damals hat er angefangen, zuzumachen, er hat mich ständig nur angeschwiegen – ich habe das gehasst!«

Elays Stimme wurde unbeherrscht, das Thema ging ihm sichtlich nahe.

»Du hast dir Sorgen um ihn gemacht«, stellte Sam vorsichtig fest.

Elay musterte sie streng, aber die Wut in seinen Augen galt nicht ihr. »Es gab damals nichts Wichtigeres für mich. Wir hatten nur einander, ich hätte alles für ihn getan.«

Seine Worte waren nicht gelogen, aber es war auch offensichtlich, dass es diese bedingungslose Opferbereitschaft heute nicht mehr gab.

»Ihr habt euch so nahegestanden, so viel durchgemacht! Was ist denn bloß passiert? Ich kann den Hass, den ihr für euren Vater empfindet, nachvollziehen, aber ich verstehe nicht, wieso …«

»Wieso Christian und ich uns hassen?«, vollendete er ihren Satz, diesmal emotionslos.

Er schien seine Gefühle wieder unter Kontrolle zu haben. »Du wirst zwei vollkommen verschiedene Antworten auf diese Frage bekommen. Du solltest dir Christians Version anhören, schließlich bist du seine Freundin.«

»Schon, aber …«

»Aber er redet nicht mit dir darüber«, stellte Elay wissend fest und suchte nach dem richtigen Einstieg für diese doch sehr komplexe Geschichte.

»Damals, als der Psychologe Christian nicht mehr helfen konnte, habe ich angefangen, unseren Vater von ihm fernzuhalten. Ich habe so viel Mist gebaut, dass er keine Zeit mehr hatte, um ihm Vorwürfe zu machen. Er hat jemanden gebraucht, an dem er seine Frustration auslassen konnte, also habe ich ihm einen Grund nach dem anderen geliefert, um wütend auf mich zu sein. Er hat Christian in Ruhe gelassen, er hat wieder angefangen, zu reden und zu essen, aber unser Verhältnis war nicht mehr gut. Irgendwann konnte ich nicht mehr, ich konnte mich nicht mehr jeden Tag schlagen und anschweigen lassen, also bin ich oft abgehauen. Ich habe ein Mädchen kennengelernt, sie war älter als ich und auch irischer Abstammung. Ich bin immer mal wieder für ein paar Tage bei ihr untergekommen, sonst hätte ich das alles nicht mehr ausgehalten. Ich dachte, sie würde mich lieben oder zumindest verstehen, aber anscheinend mochte sie nur meine Optik – es war ihr egal, ob ich bei ihr war oder Christian.«

Sam verschluckte sich an der Luft, die sie viel zu plötzlich eingeatmet hatte. »Warte! Was heißt das?!«

»Er hat mit ihr geschlafen. Am nächsten Tag bin ich nach Irland geflogen. Ich hatte niemanden mehr, für den es sich gelohnt hätte, zu bleiben. Das Mädchen, das ich dachte zu lieben, hat mich hintergangen und mein Bruder hat mir ganz deutlich gezeigt, dass es ihm egal ist, was aus mir wird. Ich hatte keinen Grund mehr, mich um dieses selbstsüchtige Arschloch zu sorgen!«

Dass er laut und wütend geworden war, bereute Elay sofort. Er wollte sie nicht zum Weinen bringen. Er schluckte seinen Zorn hinunter und reduzierte die Lautstärke. »Deshalb wollte ich dich finden und mit dir schlafen, das ist die Rechnung, die Christian und ich noch offen haben. Rache, stumpfsinnig und bösartig – eine Charakterschwäche, nichts weiter.«

Sam hätte Elay am liebsten in den Arm genommen, weil er in diesem Moment so unendlich einsam auf sie wirkte, auch wenn er sie so selbstbewusst anfunkelte.

»Spar dir dein Mitleid für Christian auf. Er ist der Sensible.«

»Ich … ich …« Sie begann zu stottern, weil sie absolut überfordert mit den Informationen war, die sie so sehnsüchtig herbeigesehnt hatte.

»Das ist alles schon Jahre her, vergiss das nicht. Wir sind keine wehrlosen Kinder mit Problemen mehr. Ich liebe Irland, ich werde zurückgehen und das hier wieder hinter mir lassen. Außerdem hätte ich mit dir geschlafen, wenn du eine charakterlose Schlampe gewesen wärst – so wie sie.« Er schmunzelte, weil ihm der Vergleich heute viel absurder vorkam als gestern. »Vergiss nicht, ich bin der böse Zwilling …«

Aussprache

Als Chris nach Hause kam, saß Bastian mit verschränkten Armen am gedeckten Küchentisch.

»Na endlich tanzt hier mal wer an! Wo steckt ihr denn alle so lange?«

Chris schenkte seinem sichtlich missgelaunten Hausgast verwunderte Blicke. »Hatten wir das Gespräch übers Arbeiten und der Alternative mit dem Pappkarton nicht schon?«

»Ich habe heute Vormittag meine Bewerbung abgegeben!«

»Wo?«

»Universität«, antwortete Bastian.

»Meinst du nicht eher Diskothek?«

Chris grinste und setzte sich vor einen der leeren Teller. Er griff sich einen Löffel und beäugte den Gemüseauflauf etwas genauer.

»Hast du das alleine gekocht?«

»Nein, die magische Fee, die hinter deinen Putzmitteln lebt, hat mir geholfen.« Bastian hielt Chris' skeptischen Blicken nicht lange stand. »Okay! Es war ein YouTube-Tutorial, aber die Bloggerin, die es gemacht hat, war ziemlich heiß.«

Nachdem Chris gekostet hatte, stand er auf und ging zum Gewürzregal.

»Was denn? Nicht gut?« Bastian klang enttäuscht.

Chris winkte ab. »Gar nicht schlecht, aber ungesalzen, oder?«

»Ja, die letzten paar Minuten konnte mein Handy nicht mehr streamen. Da ging es wahrscheinlich um Salz.«

»Hast du es selbst nicht abgeschmeckt?«

»Spinnst du? Ich habe noch nie gekocht, hätte gut sein können, dass das nach Sand schmeckt und man davon kotzen muss. Schön, dass es dir gut geht!«, meinte Bastian zwinkernd und nahm sich selbst auch eine Portion.

Nachdem Chris noch mal prüfend in sich hinein gefühlt hatte und sichergegangen war, dass sein Magen gegen nichts Unnatürliches rebellierte, aß er weiter.

»Weißt du zufällig, wann Sam kommt?«, wollte der Blonde wissen und drehte die perfekt gewürfelte Zucchini beeindruckt auf der Gabel.

»Nein. Keine Ahnung. Woher soll ich das wissen? Sie erzählt mir auch nicht immer alles. Ich weiß gar nichts, okay!«

Chris hob unschuldig die Hände vor den Oberkörper. »War nur eine Frage, reg dich ab!«

Bastian begann mit dem Fuß zu wippen. Er war nervös, schon den ganzen Tag. Vor einer Stunde hatte er sogar mit dem Gedanken gespielt, O'Shay anzurufen und Sam zu verpetzen. Er kannte sie, sie war stur und unvorsichtig, erst recht, wenn es um O'Shay ging – egal um welchen.

»Sag mal …«, setzte Bastian an.

Er musste abschätzen, wie groß die Dummheit war, die Sam gerade im Begriff war, zu begehen. Dabei musste er möglichst subtil vorgehen, um Chris nicht mit der Nase auf ihr Geheimnis zu stoßen.

»Also ich habe einen Cousin in Schweden, Arvid, er ist zwei Jahre älter als ich und sieht mir ziemlich ähnlich. Ich vermute ja, dass mein Vater die Schwester meiner Mutter bei irgendeiner Gelegenheit etwas zu lieb gehabt hat und wir Halbbrüder sind, aber das gibt natürlich niemand zu. Eigentlich schade, ich hätte immer gerne einen Bruder gehabt. Apropos Brüder! Hast du eigentlich einen?«

Chris ließ den Löffel sinken. »Hast du gerade Sprechdurchfall von deinem Auflauf bekommen?«

»Hey! Ich zeige nur Interesse an deinem Leben.« Bastians Lüge war inhaltlich schlecht, dafür in der Ausführung unverfroren. Er setzte einen gekränkten Blick auf und fing an, im Essen zu stochern.

»Du hast dir schließlich meinen Mist auch angehört«, murmelte er und hob nur für eine Sekunde neugierig den Blick, um zu sehen, ob Chris auf diese Masche ansprang.

»Ich habe einen Bruder in Irland«, entgegnete er schließlich neutral.

»Ja, Sam hat mal so was erwähnt.«

»Wieso fragst du dann?«

»Weil ich neugierig bin. Ist er genauso eine Spaßkanone wie du?«

»Wir stehen uns nicht besonders nahe.«

»Wieso?«

»Eine lange, ziemlich persönliche Geschichte. Sie würde dich nur langweilen.«

»Ist er ein Arschloch?«

Chris schmunzelte. »Das ist zwar eine ziemlich nette Umschreibung für das, was er ist, aber ja.«

»Kommt er mal wieder her?«

»Wahrscheinlich. Wir haben ein paar Dinge zu klären.«

»Psycho-mörderische Dinge?«, wollte Bastian wissen.

»Notarielle, rechtliche Dinge«, entgegnete Chris.

»Auf einer Skala von Eins bis Zehn, wie unberechenbar ist dein Bruder? Zehn heißt, wenn jemand den Zoo in Brand steckt, indem er flauschige Babypinguine anzündet, gehst du davon aus, dass er es war!«

Chris stutzte. »Kann es sein, dass du heute noch seltsamer bist als sonst?«

»Das ist nur Konversation, und jetzt beantworte meine Frage!«

»Er ist kein Pyromane, nur egozentrisch und selbstverherrlichend. Solange die Babypinguine nicht mir gehören, stören sie ihn sicher nicht.«

»Deine Babypinguine würde er also anzünden?!«

»Entschuldige, aber hast du einen psychotischen Schub? Wie viele Zigaretten hast du heute schon am Stück geraucht?«

»Sam ist dort.«

»Wo? Im Zoo? Komm, wir besorgen dir Medikamente.«

Bastian hätte noch einen Rückzieher machen können, aber er mochte die Vorstellung, dass Sam bei diesem verrückten Bruder war, um Psychologin zu spielen, einfach nicht. Außerdem wäre das Ganze sowieso aufgeflogen – früher oder später.

»Nein, sie ist bei Elias … Leo … El… O irgendwas.«

Chris' Augen wurden groß und musterten intensiv jede von Bastians Gefühlsregungen. Er versuchte abzuschätzen, ob er ihn auf den Arm nahm, ärgern wollte oder wirklich durchgeknallt war.

»Elay?«, fragte er vorsichtig, aber ernst genug, um durchklingen zu lassen, dass er bei diesem Thema keinen Spaß verstand.

»Ja! Dein Bruder eben. Ich musste ihr aber versprechen, dir nichts zu sagen, weil sie Angst hat, dass du ihr verbietest, sich mit ihm zu treffen. Wenn du aber meinst, dass er ein Idiot ist, hat das sicher seine Gründe, deine Menschenkenntnis ist nicht die schlechteste – seien wir ehrlich, ich bin wirklich kindisch und zu bedeutungslosem Sex habe ich auch noch nie Nein gesagt!«

Chris' Magen zog sich schlagartig zusammen, sein Kopf dröhnte – die Migräne, die sich schon tagelang angekündigt hatte, setzte ein.

»Er ist hier?!«

»Rede ich versehentlich Schwedisch?«

Chris stand auf und lief ins Vorzimmer.

Bastian kam ihm hinterher. »Was jetzt?! Fährst du Sam holen? Ich will mitkommen!«

Chris' Gedanken überschlugen sich. Er hätte mehr auf sein Bauchgefühl hören müssen, das hätte ihm nämlich so zuverlässig wie eh und je verraten, dass Elay in der Nähe war. So gern er ihn auch immer verleugnet hätte, dieser Zwillingsradar war ausgeprägt und ließ sich nicht abstellen, nur ignorieren.

»Wie lange sind sie schon zusammen?!«

Die Nervosität in seiner Stimme steckte Bastian sofort an.

»Wieso? Oh mein Gott, denkst du, ihr ist was passiert?!«

Chris schüttelte genervt den Kopf und band sich die Schuhe zu. »Hör auf, dir abends ständig diese überzogenen amerikanischen Forensik-Serien anzusehen! Er tut ihr nicht weh! Nur mir …«

»Was heißt denn das schon wieder?«

»Dass du nicht beim CSI, CIS oder bei Miss Marple anrufen musst!«

»Wieso bist du denn dann so nervös!?«

Chris drehte sich so schnell nach Bastian um, dass dieser kurz befürchtete, er würde sich zumindest eine Ohrfeige einfangen – Chris war aber eher verzweifelt als wütend. »Er wird mit ihr schlafen! Oder er hat schon mit ihr geschlafen.«

Bastian schüttelte den Kopf. »Das tut sie nicht! Sie betrügt dich doch nicht mit deinem Bruder.«

»Zwilling«, verbesserte Chris leise.

»Wie bitte?«

»Wir sind Zwillinge, eineiige.«

»Ihr seid …?«

»Was hast du in Bio gemacht? Geschlafen? Wir sehen gleich aus!«

»Ich weiß, was eineiige Zwillinge sind! Sam hat das nur nicht erwähnt. DU im Übrigen auch nie!«

Chris zuckte mit den Schultern, seufzte und schloss für einen Moment die Augen, weil er glaubte, sein Kopf würde explodieren. Er wusste nicht, ob er losfahren oder hierbleiben sollte. Es tat schon jetzt weh und er hatte noch nicht mal Gewissheit. Elay und Sam zusammen zu sehen, würde ihn wahnsinnig machen – er konnte nicht fahren, er musste hierbleiben und warten.

Er schleppte sich bis zu dem kleinen weißen Ledersofa vor dem Schuhschrank und setzte sich. Nachdem er den Kopf in den Nacken hatte fallen lassen, legte er sich seinen Unterarm über die Augen. Das Abdunkeln half gegen diese hämmernden Kopfschmerzen, die stressbedingt waren. Er begann Bilder zu sehen. Erinnerungen, die er tief in seinem Unterbewusstsein vergraben hatte, vermischten sich mit ausgedachten Szenarien. Laylas Gesicht über ihm, ihr Körper, ihre Stimme – sie wurde zu Sam und er zu dem schockierten, am Boden zerstörten Zuschauer im Türrahmen.

Er hatte Elays Gesichtsausdruck noch immer nicht vergessen, das würde er auch nie. Wenn er Layla nur annähernd so geliebt hatte, wie er Sam liebte, war das, was er getan hatte, unglaublich verwerflich – trotzdem würde er es in Anbetracht der damaligen Umstände wieder tun.

Chris seufzte. Er war in all den Jahren kein Stück klüger geworden – zu keinem besseren Menschen mutiert, auch wenn er sich das eingeredet hatte.

»I hate him so much«, murmelte er kaum hörbar.

Als Bastian plötzlich neben ihm zu reden begann, erschrak Chris, weil er nicht mitbekommen hatte, dass er sich überhaupt zu ihm gesetzt hatte.

»Weißt du, dass dein Dialekt ganz grauenhaft ist? Hast du ›hate‹ oder ›ate‹ gesagt?«

Chris strafte Bastian mit Blicken, die Unverständnis und blanke Nerven zum Ausdruck bringen sollten.

»Was sollte der Satz denn bitte bedeuten, wenn ich ›ate‹ gesagt hätte?!«

»Na ja, vielleicht ist das so eine seltsame irische Phrase.«

»Geh weg!«

Bastian ignorierte diesen Befehl, lehnte sich zurück und verschränkte die Arme vor der Brust. Das Sofa im Vorzimmer war gerade mal groß genug für zwei trainierte Hintern. Chris wollte allein sein und die fehlende Distanz machte ihm zusätzlich zu schaffen.

»Kannst du mich bitte in Ruhe lassen!? Ich will nicht reden!«

»Was willst du denn sonst machen? Dich selbst bemitleiden? Sam betrügt dich nicht, sie liebt dich.«

»Lass mich, Bastian!«

»Nein! Du bist einer dieser Menschen, die alles in sich hineinfressen, bis sie platzen! Mach mal den Mund auf, O'Shay, und erzähl, was zwischen dir und deinem Bruder war.«

Chris wollte gerade wütend werden, vielleicht hätte er gemeine Dinge zu Bastian gesagt, obwohl ihm bewusst war, dass er nur helfen wollte, aber die sich öffnende Haustür zog seine Aufmerksamkeit auf sich und verhinderte all das.

Als Sam reinkam, konnte sie im ersten Moment nichts mit dem Bild, das sich ihr bot, anfangen. Chris und Bastian saßen im Vorzimmer und starrten sie mit so großen Augen an, als wäre ihr ein zweiter Kopf aus der Schulter gewachsen.

»Was …?«

Sie brauchte ihre Frage gar nicht zu Ende zu formulieren, weil sich ihr die Antwort aufdrängte. Chris' Blick sprach Bände – ein Blick, vor dem sie Angst gehabt hatte, dem sie sich aber sowieso hätte stellen müssen und nach dem Gespräch mit Elay auch stellen wollte.

»Kannst du uns alleine lassen, Basti?«

Ihre Bitte klang liebevoll, vorsichtig, er konnte sie nicht ausschlagen, obwohl seine Neugier ihn wüst beschimpfen würde, sobald er den Raum verlassen hatte.

»Klar, aber seid lieb zueinander, ja?«

Er ging. Sam und Chris schwiegen sich so lange an, bis sie die Tür zu Bastians Zimmer in Schloss fallen hörten. Das Einatmen, um Luft für den Anfang dieses Gespräches zu holen, fiel Sam unglaublich schwer. »Es tut mir leid, dass ich dir nichts gesagt habe. Wirklich.«

Chris reagierte nicht, er brauchte noch mehr Informationen, um diese beißende Ungewissheit zu vertreiben, die ihn gerade stumm hielt.

»Ich wollte ihn unbedingt kennenlernen, er wusste nicht mal, wer ich bin! Am Anfang …«

»Wie lange geht das zwischen euch schon?«

»Es ist nichts passiert. Glaubst du mir das?«

»Mir bleibt nichts anderes übrig.«

Chris' Antwort klang furchtbar: enttäuscht, verletzt, noch immer ein wenig fassungslos.

Sam fühlte sich schlagartig so schuldig, dass sie sich für eine Sekunde selbst nicht sicher war, ob sie Chris gerade Lügen erzählte. Er sah sie an, als hätte er sie und Elay in flagranti erwischt.

»Wir hatten nichts miteinander, das schwöre ich dir. Ich wollte ihn kennenlernen, mit ihm reden, nichts weiter.«

»Und er? Was wollte er?«, fragte Chris.

Sam stutzte, ihr Blick hielt diesen enttäuschten, kalten Augen nicht stand, sie starrte unsicher an die Wand hinter ihm. »Elay hat nichts getan, was ich nicht wollte. Denkst du wirklich, ich würde mit deinem Bruder schlafen?«

Er zuckte mit den Schultern. »Wir haben das gleiche Gesicht, da vergisst man das Drumherum schnell.«

»Nein, ich vergesse das nicht. Du hast vielleicht andere Erfahrungen gemacht, aber ich bin nicht so.«

Sams Anspielung entging Chris nicht. Sein Blick wurde noch kälter, er schaltete auf Abwehrmodus um, ganz automatisch.

»Hat er dir erzählt, dass ich die Wurzel allen Übels bin? Dass er meinetwegen nach Irland gehen musste? Bin ich jetzt der Böse in diesem Familiendrama!?«

Sam seufzte. Es machte keinen Sinn, mit Chris zu reden, wenn er so war – abweisend, stur, selbstzerstörerisch. »Er hat dich nicht verteufelt, also hör auf, das zu denken! Elay ist …«

»Du hast ja keine Ahnung!«

In Chris' Innerem hatte sich gerade ein Schalter ungefragt umgelegt – eine Mischung aus Verlustängsten, Wut und Eifersucht gewann die Oberhand über ihn und ließ ihn laut und irrational werden. »Du kennst ihn nicht! Was weißt du schon über Elay oder über mich?!«

Seine Stimme bebte. Als er sich selbst diese gemeine, provokative Frage stellen hörte, wurde ihm schlecht. Die Erkenntnis, wen er da gerade angeschrien und was er eigentlich von sich gegeben hatte, kam viel zu spät. Er starrte fassungslos in Sams Augen, die glasig wurden.

»Es … tut mir … leid …«, stotterte Chris.

»Nein!«, entgegnete Sam fauchend. Sie machte einen Schritt nach hinten, als Chris näher kam. »Du hast recht! Ich hatte keine Ahnung von dir, von deiner Vergangenheit. Ich wusste nicht, was mit dir passiert ist oder was ihr durchmachen musstet. Aber woher denn auch?!«

Ihre letzte Frage wurde von einem Schluchzen begleitet. Sie schüttelte die Bilder weg, die sich in ihrem Kopf zusammenbrauten. Sie wollte ihn jetzt nicht mit ihrem Mitleid ertränken, für diese Emotion war gerade kein Platz mehr.

»Ich will mich nicht immer wieder erinnern müssen. Ich will diesen Scheiß nicht auch noch würdigen, indem ich ständig darüber rede. Das ist Elays Ding! Für mich ist das vorbei! Es geht mir gut, damals ging es mir schlecht, wieso sollte ich das wieder in mir hochkommen lassen wollen?!«

Chris kniff die Augen zusammen. Seine Kopfschmerzen wurden unerträglich, er hätte sich am liebsten übergeben.

»Das habe ich auch nie von dir verlangt, oder? Vergiss, was mit deinem Vater war, er ist ein furchtbarer Mensch, daran kannst du auch nichts ändern, aber Elay …«

»Was?! Was ist mit ihm?!« Wieder wurde Chris viel zu laut.

Sam befürchtete kurz, dass Bastian sie hören könnte, aber die Wände waren dick. »Ihr habt so viel durchgemacht, alle beide! Wieso hast du plötzlich aufgehört, mit ihm zu reden?«

Chris lachte – ein absolut humorloses Lachen. »Und du meinst, er hätte dich nicht gegen mich aufgehetzt?«

»Hat er nicht! Er hat mir gesagt, dass du das wahrscheinlich anders siehst. Er wollte mir seine Version zuerst gar nicht erzählen. Er hat es eben so wahrgenommen.«

»Weißt du, was ich wahrgenommen habe? Dass er mich alleine gelassen hat. Dass er nächtelang weg war.«

»Er sagt, er wollte euren Vater von dir fernhalten.«

»Elay hat seinen eigenen Kampf mit ihm ausgetragen, er hat nie meinen gekämpft! Das war seine Rebellion! Eine Flucht, nichts weiter! Er hat zugesehen, wie ich gelitten habe, und hat irgendwann angefangen, wegzulaufen. Dass er unseren Vater dazu gebracht hat, ständig wütend zu werden, war nicht immer so brillant, wie er es dir vielleicht verkauft hat.«

Sam schluckte schwer. »Er hat ihn oft geschlagen, oder?«

Chris schüttelte den Kopf. »Nicht nur ihn. Der Alkohol hat ihn brutal gemacht, auch mir gegenüber. Aber woher sollte Elay das wissen, er war kaum zu Hause – ständig bei Layla!«

»Layla«, wiederholte Sam unbewusst, weil sie den Namen des Mädchens, das Elay das Herz gebrochen hatte, bis gerade eben nicht gekannt hatte.

Chris wurde schlagartig ein wenig ruhiger, schaltete einen Gang zurück, weil er nicht schon wieder mit Vorwürfen oder Informationen um sich werfen wollte, die Sam nur wehgetan hätten.

»Ich habe aufgehört, mit ihm zu sprechen, weil er nicht hätte hören wollen, was ich zu sagen hatte. Für ihn gab es nur mehr seine Rebellion und sie!« Chris schluckte, holte konzentriert Luft. »Ich hatte nur ihn! Wir hatten immer nur einander und plötzlich war er weg. Er hat mich schon lange vor seiner Abreise nach Irland alleine gelassen, wegen eines Mädchens, das nur in ein paar blaue Augen verliebt war. Ich wusste, dass sie ihn nicht liebt, ihm das zu beweisen war notwendig!«

Chris' Rechtfertigung klang einstudiert. Sam nickte trotzdem. Sie glaubte zu verstehen, was zwischen den Zwillingen schiefgelaufen war.

»Ihr habt euch als verletzte, überforderte Kinder getrennt. Dieser ganze Druck! Ihr musstet da beide raus! Aber jetzt seid ihr erwachsen und …«

»Nein! Ich habe keinen Bruder mehr und ich bin mir sicher, Elay sieht das genauso! Er hätte mich zu Hause kaputtgehen lassen, nur um mit dieser dummen, rothaarigen Schlampe durchzubrennen! Wie nennst du so was? Bruderliebe? Ich nenne das Narzissmus!«

Sam rang sich ein Nicken ab. Sie hatte auch Elays Worte abgenickt, als er Chris als verschlossenen Egoisten bezeichnet hatte. Wahrscheinlich hatten beide recht, aber in Anbetracht der Umstände, denen sie ausgesetzt gewesen waren, hätte niemand ihnen einen Vorwurf deswegen gemacht – sie stellten sich nur gegenseitig an den Pranger.

Es folgte Schweigen. Chris beruhigte seinen Herzschlag wieder, aber die Übelkeit verflog trotzdem nicht.

Sam setzte wieder dort an, wo sie angefangen hatte.

»Es tut mir wirklich leid, dass ich dir das verschwiegen habe. Ich liebe dich.«

Chris sah auf, nickte. »Du hast recht, ich hätte nicht zugelassen, dass du mit ihm redest. Wenn es nach mir gegangen wäre, hättest du ihn nie kennengelernt – eben weil ich dich liebe.«

Er lehnte sich an die Wand hinter ihm, weil ihn dieser hämmernde Kopfschmerz jetzt auch noch schwindelig machte. Sam machte schnell ein paar Schritte auf ihn zu, um ihre Hand auf seine Wange zu legen.

»Bist du krank?«

»Nur Migräne.«

»Das ist meine Schuld«, stellte sie fest und drückte ihren Kopf an seinen Oberkörper.

Er legte die Arme um sie. Sie fühlte sich unglaublich gut an, aber sie roch nach offenem Kamin und Elays Parfum.

»Das ist nicht deine Schuld, oder hast du etwa den Presslufthammer in meinen Kopf geschmuggelt?«

Das Lächeln entspannte die ganze Situation.

»Ich bin müde und ich will nicht mehr reden«, stellte Chris fest und erntete ein bestätigendes Nicken von Sam.

»Okay.«

Er nahm sie an der Hand und ging in Richtung Schlafzimmer, vor dem Badezimmer blieb Sam stehen.

»Ich will noch duschen«, verriet sie und sah fragend zu Chris auf.

»Mach das.«

Sie ließ ihn nicht los. »Kommst du mit?«

Er seufzte leise und hörbar enttäuscht über seine Situation. »Dazu fehlt mir im Moment die Kraft«, gestand er.

Sam grinste schief und zog ihn weiter, bis vor die Dusche. »Du brauchst dich nicht anzustrengen, versprochen!«

Ein Ablenkungsmanöver

Um neun Uhr morgens klingelte Chris' Wecker. Sam wurde noch vor ihm wach, was zum ersten Mal passierte, seit sie zusammen waren. Sie flüsterte ihm ins Ohr und fuhr mit den Fingerspitzen seinen Hals entlang. »Aufwachen ...«

Er streckte sich langsam. Das Erste, was er feststellte, war, dass die Kopfschmerzen verschwunden waren, das Zweite, dass das, was gestern Abend passiert war, leider kein Traum gewesen war.

»Hast du gut geschlafen?«, wollte sie wissen.

Er nickte, weil er sich tatsächlich erholt fühlte. Sams Augen musterten ihn freundlich, sie sah aber trotzdem nachdenklich aus.

»Gleich nach dem Aufwachen am Grübeln? Was beschäftigt dich?«, fragte er mit müder Stimme, obwohl er die Antwort eigentlich kannte.

»Hat gestern jemand Artemis gefüttert?«, entgegnete Sam gespielt neugierig.

Chris schmunzelte. »Du lügst wirklich schlecht.«

»Tue ich das?«

»Ja.«

Am Frühstückstisch wartete ein von seiner Neugier aufgeweckter Bastian auf Antworten. Er war schon vor einer Stunde aufgestanden und hatte Frühstück gemacht.

»Wow, danke!« Sam war positiv überrascht von dieser häuslichen Geste, Chris beäugte das Rührei eher skeptisch.

»Als du mir gestern Essen gekocht hast, hast du auf deine ätzend pseudosubtile Art mit Informationen um dich geworfen, die beinahe meinen Schädel haben explodieren lassen. Wird das zur Gewohnheit?«

Bastian legte den Kopf übertrieben schief und machte große Augen. »Zu früh am Morgen, zu lange Sätze. Ich sag mal Nein.«

Vorsichtshalber holte Chris noch schnell Salz und setzte sich dann.

»Okay, wer erzählt mir jetzt was über den bösen Zwilling?«

Sam strafte Bastian mit finsteren Blicken. »Geht's auch ein wenig feinfühliger?«

Er schüttelte den Kopf. »Wie schon gesagt: zu früh am Morgen, also nein.«

Chris schaute von seinem Handy auf. »Ich bin der böse Zwilling, was willst du wissen?«

Seine Frage klang zwar annähernd scherzhaft, aber Sam musste trotzdem schwer schlucken.

»Bleibt dein Bruder jetzt hier? Trefft ihr euch?«

Bastian bekam nicht gleich eine Antwort. Sam wartete ab, ob Chris etwas dazu sagen wollte. Als er wieder auf sein Handy schaute, ging sie davon aus, dass er zu diesem Thema schweigen wollte.

»Elay bleibt …«, setzte sie an und stoppte, als Chris auffällig laut Luft holte.

»Er bleibt nicht hier«, erklärte er emotionslos.

Obwohl er Bastian dabei anschaute, galt diese Information vor allem Sam, die noch nichts von Elays Planänderung wusste.

»Er reist übermorgen ab.«

»Was?«

Sie konnte sich den überraschten Tonfall nicht verkneifen.

»Wir klären morgen, was wir zu klären haben, danach fliegt er zurück nach Irland.«

»Aber er wollte eine Weile hierbleiben. Woher …?«

Chris schob Sam sein Handy hin. »Wir haben gestern Nacht noch telefoniert. Er hat sich heute Morgen dazu entschieden.«

Sie überflog die Zeilen, die auf dem Smartphone aufleuchteten.

Elay O'Shay
I'm leaving on Sunday.
Tell her, that I won't see her
again.

Sams Magen rebellierte sofort. Sie begann sich zu fragen, was sie falsch gemacht hatte.

»Er will dich nicht mehr sehen«, übersetzte Chris für alle Fälle und schaltete sein Display wieder schwarz.

»Hast du …?« Sam fühlte sich elend, weil sie geglaubt hatte, einen Draht zu Elay zu haben. Wahrscheinlich hatte Chris ihm gesagt, dass sie sich nicht mehr sehen durften, aber er hätte es sich bestimmt nicht verbieten lassen, wenn er selbst nicht auch einen Schlussstrich hätte ziehen wollen.

»Ich habe ihm gesagt, dass ich weiß, dass ihr euch getroffen habt und du nicht vorhast, mich zu verlassen oder zu betrügen. Das war nicht gelogen, oder?«

»Natürlich nicht! Aber …«

»Du brauchst dir keine Sorgen um Elay zu machen. Es geht ihm gut, sein Lebensmittelpunkt ist Dublin, es war klar, dass er wieder zurückgeht.«

Sam nickte nur. Ihr Kopfkino zeigte ihr gerade die verschiedensten Möglichkeiten auf, wie das Gespräch zwischen Chris und Elay abgelaufen sein könnte – keine davon gefiel ihr.

»Also war's das mit dem O'Shay-Familiendrama? Gibt es jetzt nur mehr mein Drama?«, wollte Bastian wissen, weil er der Situation im Gegensatz zu Sam und Chris keinerlei Anspannung mehr abgewinnen konnte.

»Wenn du es so formulieren willst«, meinte Chris und zuckte mit den Schultern.

»Gut so. Mein Drama lässt mich wenigstens abends einschlafen«, meinte Bastian und erntete hochgezogene Brauen von Chris.

»Was? Haben dich meine Familienangelegenheiten um den Schlaf gebracht oder was?«, motzte der Blonde und sah Bastian süffisant grinsen.

»Nein, aber das Badezimmer grenzt an mein Zimmer und du bist verdammt laut, wenn Sam nett zu dir ist!«

Mit sichtlich gerötetem Kopf stand Chris auf. Er wusste, dass es im Badezimmer hallte, aber daran hatte er gestern beim besten Willen nicht mehr gedacht.

»Ich sehe mal nach Artemis«

»Mach das, Schreihals!«

Bastian freute sich, dass er etwas gefunden hatte, mit dem er ihn noch länger auf den Arm nehmen konnte. Während er sich darüber amüsierte, wie der Blonde peinlich berührt aus der Küche verschwand, starrte Sam ihren Teller an.

»Ist er immer so laut beim Sex? Er sollte ausländische Pornos synchronisieren!« Da die Reaktion auf seinen dummen Spruch ausblieb, stieß Bastian Sam in die Seite. »Hallo? Jemand zu Hause?«

»Ich muss unbedingt mit ihm reden. Einmal noch, dann lass ich ihn in Ruhe.«

Bastian musste sich ihren Satz zweimal durch den Kopf gehen lassen, dann glaubte er, ihn zu verstehen. »Du willst wieder zu diesem Elay?«

»Ja, heute! Er reist übermorgen ab.«

»Ähm, ich höre O'Shay ja meistens auch kaum zu, aber hast du vorhin nicht mitbekommen, dass er nicht will, dass du seinen Bruder wiedersiehst? Die Sache mit der Nachricht, warst du da kurz ohnmächtig?«

»Er soll mir ins Gesicht sagen, dass ich ihn in Ruhe lassen soll!«

Bastian schüttelte den Kopf. »Wie stellst du dir das vor? O'Shay ist den ganzen Tag zu Hause! Er bewacht dich wie eine dieser Kampfameisen ihre dicke, überdimensionale Königin!«

Sam verfinsterte den Blick. »Hast du mich gerade dick und überdimensional genannt?!«

»Sorry, ich habe mir gestern zu viele Naturdokus reingezogen.«

»Du musst mir helfen, Basti!«

Er hob die Hände in Abwehrhaltung vor den Oberkörper. »Nein, vergiss es! Ich hätte dich gestern schon aufhalten müssen! Wenn du O'Shay mit O'Shay hintergehen willst, dann ohne mich!«

Sam lächelte engelsgleich und legte den Kopf leicht schief. Bastian schwante Böses. »Ich will niemanden hintergehen, nur sichergehen, dass es Elay gut geht. Wenn er nicht reden will, kann er mich persönlich wegschicken.«

»Wie auch immer du deine seltsamen Aktionen verkaufst, halt mich da raus!«

»Du musst nur Chris für mich beschäftigen! Ein paar Stunden, nicht mehr!«

»Wie denn?! Soll ich mit ihm in den Zoo fahren und ihm Seehunde zeigen?! Mann, ich bin ja wirklich besessen von Tieren! Das Fernsehen hat endlose Macht über mich.«

Während Bastian sich selbst scherzhaft analysierte, fiel Sam etwas ein. »Hör zu!«

Chris kam zur Tür rein. Er hatte Artemis auf dem Arm und bemerkte nicht, dass zwischen Sam und Bastian gerade dicke Luft herrschte.

Sie versuchte ständig, Blickkontakt mit ihm zu bekommen, aber er sah so auffallend stur weg, dass sie keine Chance hatte.

»Hast du Lust, heute shoppen zu gehen?«, wollte Chris an Sam gewandt wissen.

Das war ganz eindeutig ein Bestechungsversuch, aber wenn er sie so davon abhalten konnte, ständig über Elay nachzudenken, würde er eben zum Juwelier fahren.

»Heute? Das geht nicht!«, erklärte Sam kopfschüttelnd.

Chris stutzte. »Wieso?«

Sam stieß Bastian mit dem Fuß an, löste damit aber keine Reaktion aus.

»Na ja, Bastian wollte dich gestern schon bitten, mit ihm ins Museum zu gehen, aber er hat sich nicht getraut!«

Zwei Augenpaare trafen sie und musterten sie so schockiert, als hätte sie den Weltuntergang verkündet.

»Du willst wohin?!«, fragte Chris Bastian ungläubig.

»Er will etwas über Kunst lernen. Der Professor, bei dem er sich als Assistent beworben hat, sammelt Gemälde.«

»Wirklich? Du und Kunst?«

Bastian zögerte kurz, antwortete dann aber monoton: »Ja, ich und Kunst.«

»So ein Interesse ist ungewöhnlich für einen Betriebswirt. Dein Professor ist die Ausnahme, die meisten Wirtschaftswissenschaftler machen sich nichts aus kreativen Dingen.«

»Ja, die meisten. Mein Professor ist schwul«, murrte Bastian.

Sam lächelte Chris bittend an. »Vielleicht kannst du ihm eine kleine Einführung geben? Nur Grundlagen. Bastian hat echt keine Ahnung von dem Ganzen.«

Seufzend willigte er ein. »Okay. Kommst du auch mit?«

»Nein, ich muss lernen – meine Klausur, ich habe nicht mehr viel Zeit.« Sam ignorierte, dass sie wirklich bald ihr nicht vorhandenes Wissen unter Beweis stellen musste.

»Okay, aber heute Nachmittag gehörst du mir, Prinzessin!«

Bastian machte auf Chris' Satz hin Würgegeräusche.

»Schon gut. Lass uns gehen. Es dauert bestimmt ewig, bis ich dir den Unterschied zwischen Grün und Blau erklärt habe!«

Genervt trottete Bastian Chris hinterher, aber nicht, ohne sich vorher noch mal zu Sam umzudrehen.

»Dafür schuldest du mir was! Einen lebenslangen Vorrat an Fruchtgummi – mindestens!«

Sie hauchte ein leises »Danke.«

Bastian hätte sich für niemanden außer Sam stundenlang von O'Schlau über Kunst zuquatschen lassen. Aber zumindest war Chris genauso genervt von ihrem Ausflug wie er.

Ein Erbstück

Sam drückte die Klingel am Haus der O'Shays mit einem seltsamen Gefühl im Magen. Eine Mischung aus Schuldgefühlen, Gewissensbissen und der Angst, weggeschickt zu werden, mischte sich mit Bastians komisch schmeckendem Rührei vom Frühstück.

Es dauerte eine Weile, bis Elay öffnete, als er es tat, trug er nur ein Handtuch um die Hüften. Er musste gerade eben noch unter der Dusche gestanden haben, seine Haare waren nass und blond. Sam starrte ihn überrascht an.

»Du kommst immer wieder, wie eine streunende Katze«, stellte er fest und lehnte sich an die Tür. Er machte keine Anstalten, sie reinzulassen.

»Entschuldige! Ich wollte dich nicht beim Duschen stören und ich weiß, dass du … deine Haare sind blond.«

Sams Gedankensprung war unvermeidbar, weil Elay plötzlich wirklich wie Chris aussah. Sie konnte die beiden noch immer auseinanderhalten, aber für ein ungeübtes Auge war das nun so gut wie unmöglich.

»Ich reise übermorgen ab. In Irland gibt es mich nur einmal, da sind die schwarzen Haare nicht notwendig – das ständige Nachfärben wäre nur lästig.«

Sie nickte gedankenverloren.

»Apropos lästig …«, setzte er an und bedachte Sam mit erwartungsvollen Blicken. Sie sollte sich erklären, er hatte nicht mit ihr gerechnet. »Du solltest gar nicht hier sein.«

»Ich weiß. Ich wollte nur noch mal mit dir reden, weil du schon so bald abreist.«

»Haben wir nicht schon genug geredet? Ich kann mich nicht erinnern, dass ich jemals mit jemandem so viel in so kurzer Zeit geredet hätte wie mit dir.«

Sam schmunzelte. »Eben … ich kann einen Freund doch nicht einfach so wegfliegen lassen, ohne mich zu verabschieden.«

Ihr Satz wurde mit einem Kopfschütteln kommentiert. »Christian will nicht, dass du hier bist.«

»Ich weiß, aber er weiß es nicht.«

»Lügst du ihn schon wieder meinetwegen an? Wenn er davon erfährt, rastet er aus. Geh.«

»Das klingt so, als würdest du dich um ihn sorgen … schön.«

Elay schnaubte. »Nein, aber ich weiß nicht, was das hier werden soll! Du willst ihn nicht verlassen und kommst trotzdem immer wieder zu mir! Weißt du, dass du mich mit jedem Mal ein wenig mehr dazu bringst, dich zu wollen? Du willst, dass ich mich mit Christian versöhne. Das wird nicht passieren. Du hältst mir nur ständig vor die Nase, was er hat und ich nicht – dich.«

Sam wäre rot geworden, wenn es nicht so kalt gewesen wäre. Ihr Herz hämmerte gegen ihre Brust. In irgendeinem Paralleluniversum lag sie jetzt in Elays Armen. In diesem Universum hatte sie Chris nie kennengelernt.

»Es tut mir leid. Ich will dir keinen Ärger machen, im Gegenteil.«

Als der Wind auffrischte, vergrub Sam das Kinn kurz im Kragen ihrer Jacke. Elay fröstelte auch. Er seufzte. »Komm rein.«

Das Haus hatte sich weiter aufgewärmt, aber es strahlte noch immer diese merkwürdige Kälte aus, die in den Wänden zu stecken schien.

»Ich habe etwas für dich. Eigentlich wollte ich es dir schicken, aber wenn du schon hier bist …«

Sie gingen nach oben. In Elays Zimmer hatte es bestimmt 28° C. Das Bett war zerwühlt, anscheinend hatte er zumindest heute Nacht etwas Schlaf gefunden.

»Over there«, meinte er und zeigte auf die dunkelbraune Kommode neben der Tür.

Die schwarze Schatulle, die dort lag, sah aus, als würde sie etwas Wertvolles beinhalten. Sam fuhr mit den Fingerspitzen über die glatte Oberfläche. Vorsichtig hob sie den Deckel. Auf dunkelblauem Samt lag ein silberner Ring mit einem elfenbeinfarbenen, herzförmigen Stein in der Mitte.

»Der ist wunderschön. Wem gehört er?«

Als sie ihren Kopf zu Elay drehte, musste sie feststellen, dass er das Handtuch weggelegt hatte und nackt vor dem offenen Kleiderschrank stand. Zuerst verfing sich ihr Blick, dann stieg ihr die Hitze im Raum sichtbar in den Kopf. Er drehte sich nach ihr um und sie wandte sich ertappt ab.

»Entschuldige bitte!«

Er lachte leise. »Kein Grund, rot zu werden, du bekommst nichts Neues zu sehen.«

Sam konnte nicht anders, als noch mal hinzusehen. Ja, sie kannte diesen perfekten Körper, die breiten, geraden Schultern, die Muskeln an seinem Bauch. Elay war eine Nuance blasser als Chris, außerdem stach sein Tattoo viel mehr heraus, wenn er sonst nichts trug.

»Das ist ein Claddagh-Ring – traditionell irisch. Er hat unserer Mutter gehört.«

Er trat ein paar Schritte näher – zum Glück trug er jetzt Hosen, sonst hätte Sam sich kaum auf seine Erläuterungen konzentrieren können.

»Das Herz symbolisiert Liebe, die Fassung, die es einschließt, soll Hände darstellen – sie stehen für Vertrauen. Die Diamanten über dem Herz bilden eine Krone – das Zeichen für Loyalität.«

Er nahm den Ring aus der Schachtel und hielt ihn zwischen Daumen und Zeigefinger.

»Verheiratete Frauen tragen ihn an der linken Hand, mit dem Herz zum Körper.«

Elay griff nach ihrer rechten Hand.

»Wenn das Herz zu deinen Fingerspitzen zeigt, bedeutet es, dass du einen Partner suchst.«

Er steckte ihr den Ring an den rechten Ringfinger.

»Und so getragen, mit dem Herz zu dir, signalisiert du, dass du in einer festen Beziehung bist.«

Sam musterte das Schmuckstück verträumt. »Wunderschön.«

»Du kannst ihn haben.«

Sie begann den Kopf zu schütteln, zog sich den Ring wieder vom Finger. »Nein. Das kann ich nicht annehmen.«

»Ich habe ihn gestern Abend gefunden. Chris hat ihn vor Jahren vor mir versteckt, aus Angst, ich könnte ihn dem Mädchen schenken, mit dem ich damals zusammen war.« Elay schmunzelte, die Erinnerung schien ihn zu amüsieren.

»Layla?«, fragte Sam, ohne daran zu denken, dass er ihr diesen Namen nie genannt hatte.

Er schmunzelte noch mal. »Ja. Ich hätte nicht gedacht, dass Christian freiwillig mit dir über sie spricht.«

Sie senkte verlegen den Blick. »Mehr oder weniger freiwillig. Hast du eigentlich noch Kontakt zu ihr?«

Das Schmunzeln gefror für ein paar Sekunden und verschwand dann. »Nein. Ich weiß, wo sie lebt, aber …«

Sam wartete vergebens auf das Ende dieses Satzes.

»Nimm den Ring. Sag Christian, du hättest ihn im Briefkasten gefunden.«

»Willst du sie nicht wiedersehen?«

Sie war sich wohl bewusst, wie und warum die Beziehung zwischen Elay und Layla geendet hatte, aber das Ganze war vor Jahren passiert, unter schwierigsten Umständen, heute waren sie erwachsen und liebten sich vielleicht noch immer.

»Du stellst schlimmere Fragen als mein Therapeut.«

»Du gehst zu einem Therapeuten?«

»Nein, ich wollte dir nur klarmachen, dass deine Fragen nerven.«

Sie zwinkerte und hielt ihm den Claddagh-Ring vor die Nase. »Ich hebe ihn für dich auf. Aber wenn du wieder mit Layla zusammenkommst, dann soll sie ihn bekommen.«

Er seufzte und konnte das amüsierte Grinsen, das schon wieder über seine Lippen huschte, nicht unterdrücken.

Kunstbanause

»Monet war ein französischer Impressionist. Ruhm erlangte er vor allem durch seine Seerosen-Serie. Seine Technik kennzeichnet sich durch … Du hörst mir überhaupt nicht zu.«

Bastian stutzte, weil O'Shay ihn mit einem Mal so genervt von der Seite musterte.

»Dieser Monet war ein Imperialist und er mochte Blumen, jaja.«

Chris rollte mit den Augen und marschierte aus dem Ausstellungsraum. »Es hat absolut keinen Sinn, dir irgendetwas zu erklären! Du starrst mich im besten Fall nur an, als würde ich Japanisch mit dir reden!«

Bastian hätte alles dafür gegeben, endlich diesem kolossal langweiligen Geschwätz zu entkommen, aber er musste Chris hinhalten, auch wenn es wehtat.

»Nein, nein, ich hör dir ja zu! Zeig mir mal was Interessantes! Gibt es keinen Pinselschwinger, der nackte Frauen malt, oder so etwas in der Art? Seerosen sind doch beschissen.«

Chris schüttelte verständnislos den Kopf. »Okay! Wenn du Monets Seerosen beschissen nennst, bekommst du den Job bei diesem kunstliebenden Professor sicher nicht! Dann bleibst du ewig bei uns wohnen.« Die bittere Erkenntnis, die sich spontan in Chris' Kopf zusammengebraut hatte, ließ ihn seine Ambition wiederfinden. »Na gut, lass uns das Ganze anders angehen. Was findest du an Kunst gut? Und wenn du die Wörter Akt oder Brüste benutzt, schubse ich dich die Treppe hinunter!«

Bastian überlegte und war dabei sichtlich gelangweilt über seine eigenen Gedanken. »Keine Ahnung, ich mag Farben.«

»Du magst Farben?«, wiederholte Chris genervt. »Wie alt bist du? Vier?«

Während Chris in den nächsten Ausstellungsraum stapfte, überlegte Bastian, ob er Sam zuliebe ein wenig mehr Interesse heucheln sollte, aber ihm war beinahe nichts auf der Welt gleichgültiger als ein paar hässliche Farbkleckse auf uralten Leinwänden.

»Was hältst du davon?«

Chris zeigte auf ein großes Gemälde, das eine Naturszenerie zeigte.

Bastian starrte auf die überdimensionierte Leinwand und fühlte nichts weiter als gähnende Langeweile und Hunger.

»Ein Busch und ein Baum – sieht aus wie ein Desktophintergrund.«

Chris startete noch einen Versuch, in der Hoffnung, dass Bastian einfach nur nichts mit klassischer Malerei anfangen konnte. Diesmal zeigte er ihm etwas Abstraktes in dunklen Rottönen.

»Und das hier?«

Bastian schmunzelte kurz, was Chris für eine Sekunde glauben ließ, dass er es geschafft hatte, sein Interesse an Kunst doch noch zu wecken, aber er sollte bitter enttäuscht werden.

»Das sieht aus, als hätte der Typ fast ein richtiges Bild gemalt, ist dann aber leider vor seiner Leinwand explodiert! Bam!«

Chris blieb in Anbetracht so verkümmerter kreativer Wahrnehmung der Mund offen stehen. Als er sich damit abgefunden hatte, dass es Menschen gab, die die Mona Lisa nicht von einem Demi-Lovato-Selfie unterscheiden konnten, und er gerade mit dem gekrönten Anführer dieser Menschen durch ein Museum stiefelte, konnte er den Mund wieder zumachen und sich neuen Plänen widmen.

»Ach scheiß drauf, wir gehen was essen!«, kapitulierte Chris.

»Keine Kunst mehr?«

»Ich kauf dir ein *Hello Kitty*-Malbuch! Mehr solltest du in dem Bereich einfach nicht machen!«

Sam saß an dem großen, dunklen Tisch und verteilte das Essen aus den Plastikschüsseln auf den Porzellantellern.

»Ich wusste nicht, dass man das Zeug auch bestellen kann«, meinte Elay und beäugte die stark duftenden Gerichte skeptisch.

»Ja, wir essen hier eben gerne Chinesisch.«

»Vielleicht hat es ein Chinese gekocht, aber wenn das Essen in China mit diesem authentisch wäre, würden die nicht älter als fünfzig werden.«

Sam verdrehte gespielt genervt die Augen. »Hier, iss!«

Sie verteilte ein paar Sojasprossen und etwas Hühnchen auf seinem Teller. Er begann, brav und ohne Widerrede zu essen.

»Ihr seht euch morgen, oder? Du, Chris und euer Vater.«

Elay nickte.

»Hast du Angst vor dem Treffen?«

»Angst?«, wiederholte er fragend. »Das klingt, als würden wir uns zu einer Schießerei treffen.«

Sam schmunzelte, zu einem Lachen konnte sie sich nicht durchringen. »Ich meine ja nur. Es ist dir sicher unangenehm, deinem Vater gegenüberzutreten, nach all dem, was passiert ist.«

Er zuckte mit den Schultern.

»Es wird nicht lange dauern, außerdem nehme ich ihn nicht ernst, für mich ist er ein alter, kranker Mann, der ein paar Unterschriften von mir braucht. Christian ist der Sensible von uns, mach dir lieber um ihn Sorgen.«

Sam überkam das schlechte Gewissen. Sie kümmerte sich mehr um Elay als um Chris, obwohl er so tough wirkte. Seine Worte änderten aber nichts an der Tatsache, dass er allein in einem Land war, in dem er nichts weiter hatte als schmerzhafte Kindheitserinnerungen. Chris hatte hier Freunde, sie und einen bestimmt grenzenlos gelangweilten Schweden-Jungen, der sich in den letzten Tagen still und heimlich auf seine Seite geschlagen hatte. Dass sie hier war, war richtig.

Bastian trank die zweite Dose Red Bull leer und wurde langsam wieder wach. Chris' Vorträge waren so einschläfernd gewesen, dass er befürchtet hatte, spontan ins Koma zu fallen.

Sie saßen im gut gefüllten Museumsrestaurant. Chris war früher oft hier gewesen, er wusste, dass das Essen halbwegs genießbar war. Während Bastian sich einen Teller Nudeln zu Gemüte geführt hatte, hatte er sich in die Broschüre mit den kommenden Ausstellungen vertieft. Nicht mehr hier zu arbeiten, erlaubte ihm, seinen Aufenthalt ausschließlich zu genießen, ohne an irgendwelche Anordnungen und Führungen zu denken.

Vollgepumpt mit Koffein, ließ Bastian seinen Blick schweifen. Zwischen Schulkindern und geschlechtslos aussehenden Senioren machte er plötzlich ein Paar endlos lange, gebräunte Beine ausfindig.

»Hallo!« Bastians spontaner Gruß ließ Chris von der Broschüre aufsehen.

»Was ist?«

»Ach nichts, ich habe nur soeben mein erstes Nacktmodel gefunden!«

Er deutete auf das dunkelhaarige Mädchen mit den langen Beinen und dem grenzwertig kurzen Rock. Die Schöne stand am Buffet, er konnte nur ihr Profil sehen, aber dieser Körper war auch von der Seite überaus ansehnlich.

Chris lachte. »Mach nur, die kaut dich durch und spuckt dich wieder aus, bevor du deinen Pinsel ausgepackt hast.«

Bastian grinste. »Ein anzüglicher Witz von dir. Das muss ich mir im Kalender notieren!«

Chris zuckte mit den Schultern. »Weniger ein Witz als ein ernst gemeinter Rat. Das ist meine Exfreundin.«

Bastian sah sich das Gesicht zum Körper etwas genauer an. »Nina, oder?«

»Nicole«, verbesserte Chris.

»Ja! Ich habe sie schon mal mit Sam in der Uni gesehen.«

Die beiden beobachteten Nicole dabei, wie sie sich an einen Tisch auf der anderen Seite des Raums setzte.

»Alle Achtung, O'Shay! Auch wenn sie gemein ist, sie sieht aus, als wäre sie dem *Playboy* entsprungen!«

»Mag sein, aber das ist es nicht wert, glaub mir.«

»Wieso? Ist sie schlecht im Bett?«

Chris sah sich kurz um, um sicherzugehen, dass niemand in Hörweite war, den er kannte. »Nein, aber entgegen ihrer sadistischen Art hat sie im Schlafzimmer eine ganz schön ausgeprägte masochistische Neigung.«

Bastian grinste und schüttete sich den letzten Rest Red Bull hinunter. »Echt jetzt? Musstest du sie verhauen, damit es ihr Spaß gemacht hat?«

Chris stimmte in Bastians Lachen ein. Ihm fiel zuerst auf, dass es das erste Mal war, dass die beiden zusammen über etwas lachten. »Wenn du willst, kann ich dir verraten, wie du sie rumkriegst. Sie ist nicht schwer zu beeindrucken.«

Bastian winkte ab. »Nö, lass mal! Sam würde mir die Hölle heiß machen, wenn ich mit ihr schlafe.«

»Wie gesagt, sie wäre es nicht wert.«

»Hmm, ja. Die Vorstellung gefällt mir trotzdem!«

»Ich kann dir ein paar meiner Kommilitoninnen vorstellen. Nicole ist nicht die Einzige mit einem guten Körper.«

Spätestens jetzt fiel auch Bastian auf, dass man ihr Gespräch als ziemlich freundschaftlich kategorisieren konnte. Das Schweigen, das auf die Erkenntnis hin folgte, war aber wieder gewohnt unangenehm.

»Sag mal …« Chris wusste, dass er sich weit aus dem Fenster lehnte, aber Bastian war der Einzige, der Sam gut genug kannte, um ihm diese Frage zu beantworten. »Glaubst du, Sam ist enttäuscht von mir wegen der Sache mit Elay?«

Bastian war diese Frage natürlich sichtlich unangenehm. Er war nicht gut darin, ein Geheimnis zu bewahren, schon gar nicht, wenn man ihn direkt darauf ansprach. »Natürlich ist sie enttäuscht. Sie wollte, dass ihr euch wieder versöhnt.«

»Als ob das so einfach wäre.«

Bastian rutschte unruhig auf dem Stuhl hin und her. Er bereute, dass er so viel Koffein intus hatte.

»Hör mal, können wir nicht wieder über Frauen reden, die nicht deine Freundin sind? Das ist eher unser Ding!«

Bastians Vorschlag wurde ignoriert.

»Sie versteht nicht, dass es keinen Sinn macht, irgendetwas kitten zu wollen.«

»Vielleicht will sie ihm ja auch nur helfen, weil er der gleiche sture Bock ist, der du damals warst. Ein arrogantes Arschloch eben, du erinnerst dich noch, oder? Sam hat ganz schön an dir rumgeschraubt und jetzt kann man dich schon fast ertragen.«

Eigentlich wollte Chris beleidigt sein, aber Bastian hatte recht. Sam hatte ihn zu einem Schwamm gemacht, der sich wohl in seiner Haut fühlte, das hätte er beinahe vergessen.

»Ich habe Angst, dass sie mich verlässt. Elay mag sie, vielleicht geht sie mit ihm nach Irland.«

»Red keinen Scheiß! Sie liebt dich! Sie geht nicht nach Irland!«

Chris zuckte mit den Schultern. »Er sieht aus wie ich, er kann mit ihr über unsere Kindheit reden und ist wahrscheinlich nur halb so neurotisch wie ich.«

Bastian ließ sich Chris' Worte noch mal durch den Kopf gehen. »Du bist wirklich neurotisch …«, stellte er fest. Ihm schwante Böses.

»Und ihr seid Zwillinge, das vergesse ich ständig!«

Bastian begann sich auszumalen, wie furchtbar es wäre, wenn Sam tatsächlich wegziehen würde. Bastian hatte gerade erst seine Familie und sein ganzes Hab und Gut verloren, er durfte nicht auch noch Sam verlieren.

»Scheiße! Wenn sie weggeht, dann bleiben nur noch … du und ich! Wie sieht das denn aus?!«

Bastian sprang so schnell von seinem Stuhl auf, dass Chris erschrocken zusammenzuckte.

»Was ist denn jetzt los?!«

»Komm mit!«

»Wohin?!«

»Nach draußen, ich muss dir was erzählen! Ich will nicht, dass du hier drin austickst!«

»Gib her, ich wasche gleich ab!«

Sam nahm Elay seinen Teller ab und verschwand damit in die Küche. Sie verlief sich beinahe, weil das Haus ein Labyrinth war. Dass hier nur drei Personen gelebt hatten, war schwer zu glauben – selbst zehn Leute wären sich hier drinnen nur selten über den Weg gelaufen.

Sam spülte die schneeweißen Teller sauber und bemerkte erst, dass Elay hinter ihr stand, als ihr sein Duft in die Nase stieg.

»Du musst mir nicht helfen, ich bin gleich fertig!«, erklärte sie.

»Wollte ich auch nicht«, tönte es dunkel zurück.

Diese direkte Art wirkte auf die meisten wahrscheinlich arrogant, aber das war nur der Fall, wenn man nicht hinter seine Fassade schauen konnte. Elay nahm ihr den Teller ab, den sie gerade spülte, und drehte sie zu sich.

»Was ist?«

»Du kannst uns gut unterscheiden, auch wenn meine Haare blond sind, oder?«

Sie stutzte. Die tiefblauen Augen wirkten mit einem Mal einsam auf sie, diese Emotion hatten sie noch nie nach außen getragen. »Eure Gesten sind vollkommen unterschiedlich. Man merkt, dass ihr in den letzten Jahren nicht viel miteinander zu tun hattet – sonst wäre es schwerer.«

»Küsst er anders?«

Sam wurde schlagartig wärmer. Sie schaute verlegen auf den Boden. »Ich weiß nicht.«

Als Elay näher kam, drückte sie ihn weg, aber ihr Widerstand war für ihn leicht zu brechen. Er stand so nahe, sein Oberkörper drückte sich gegen ihren.

»Was wird das?«, wollte Sam verunsichert wissen.

Vorsichtig legte er seine Arme um sie, legte seine Hand auf ihren Rücken. »Dublin ist wunderschön, meine Wohnung ist groß, der Weg zur Universität kurz.«

Sam schüttelte den Kopf, er sollte ihr diese Frage erst gar nicht stellen.

»I told you, that I want you.«

»Ja …«

»Now I'm asking you to come with me.«

»Ich kann nicht.«

»But if you never had met him?«

»Aber ich habe ihn getroffen und ich liebe ihn.«

Elay trat einen Schritt zurück, lächelte. »Alright, anyway, I gave it a try.«

Sein Versuch war von Anfang an zum Scheitern verurteilt gewesen. Er hatte mitbekommen, wie sie an seinem Bruder hing, dass sie niemand war, der seine Gefühle schnell abschalten konnte.

»Aber ich will unbedingt mit dir in Kontakt bleiben«, meinte Sam und wischte mit der linken Hand unbewusst über die Küchenzeile, als sie wieder einen Schritt auf Elay zu machen wollte. Der Porzellanteller knallte auf die Steinplatten und zerbrach sofort.

»Entschuldige!«

Sam bückte sich nach den Scherben. Elay hätte sie davon abgehalten, wenn er nicht gerade so beschäftigt damit gewesen wäre, die Gefühle, die er für sie hatte, ein für alle Mal abzutöten. Noch bevor er ihr sagen konnte, dass es keine gute Idee war, die scharfkantigen Porzellanteile mit der Hand anzufassen, stöhnte sie schon auf. Sie hatte unglücklich zugegriffen. Der Schnitt war so tief, dass sofort Blut auf den Boden tropfte.

Während Sam noch auf die Wunde starrte, zog Elay sie schon hoch. Der Schmerz kam plötzlich und mit ihm Sams angeborene Panik vor Blut. Sie begann hektisch zu atmen.

»Put your hand up!«

»Kannst du aufhören, Englisch mit mir zu quatschen?! Ich sterbe hier!«

Er lachte. »Du stirbst nicht. Sieh nicht hin.«

Elay streckte ihre Hand in die Höhe, um den Blutfluss zu stoppen. Sam vergrub das Gesicht in seinem T-Shirt. Nachdem er ihre Hand unter das kalte Wasser gehalten hatte, ließ der Schmerz ein wenig nach.

»Aua!« Natürlich jammerte sie, hinsehen konnte sie noch immer nicht. »Ist mein Finger noch dran?«

»Nein, der liegt auf dem Boden. Soll ich ihn aufheben?«

Sie begann wütend zu zappeln. »Hör auf, mich zu verarschen!«

»Du bist aber auch empfindlich.«

»Ich kann kein Blut sehen!«

»Aber du bist eine Frau.«

»Ja, na und?!«

»Hast du nicht zwangsläufig damit zu tun?«

Sam schnaubte gespielt beleidigt, Elay musste grinsen. Er trug sie ins Wohnzimmer und wollte sie auf der Couch ablegen, weil sie ein wenig blass um die Nase war.

»Im Badezimmer liegt Verbandszeug«, erklärte er und blickte dann reflexartig zur Haustür, die sich gerade geöffnet hatte.

Blackout

Chris versteinerte für ein paar Sekunden, weil er nicht mehr daran gewohnt war, sein eigenes Gesicht an jemand anderem zu sehen. Dieses Haus, dieser Geruch, diese unnatürlich blauen Augen, die ihn so überrascht musterten, er kam schlechter damit zurecht als gedacht.

Die Sekunden, die er brauchte, um seine Contenance wiederzufinden, nutzte Elay, um Sam wieder auf die Beine zu stellen und sie ein Stück von sich wegzuschubsen. Er wusste, was gleich passieren würde, er kannte seinen Zwilling, der gerade begann, das Bild, das sich ihm bot, zu realisieren und falsch zu deuten.

Chris sah kurz in Sams verheultes Gesicht, nahm ihren ängstlichen Blick wahr und das Blut, das überall klebte.

Alles ging furchtbar schnell.

Noch ehe sie verstand, was los war, sah sie dabei zu, wie Chris auf Elay losging. Sein erster Schlag saß. Als Elay zu Boden ging, riss er seinen Zwilling mit nach unten. Sie war so geschockt, dass sie nicht reagieren konnte. Erst als Chris zum zweiten Schlag ausholte, fand sie ihre Stimme wieder.

»Lass ihn los! Hör auf, Chris!«

Er reagierte nicht auf sie, weil er viel zu aufgebracht war, um ihre Worte wahrzunehmen.

Ohne lange darüber nachzudenken, ob es klug war, ging Sam dazwischen. Sie ließ sich auf den Boden fallen und schlang die Arme um Chris' Oberkörper. Er bemerkte sie zu spät und stieß sie beim Ausholen unsanft gegen einen Beistelltisch. Die Vase darauf knallte auf den Boden.

Sam hatte sich zwar nur leicht den Kopf gestoßen, aber sie erschrak wegen der zerschellten Vase und schrie kurz auf. Ihr Schrei bewirkte, dass die beiden Zwillinge voneinander abließen.

»Alles in Ordnung?! Hab ich dir wehgetan?!«

Chris hasste sich sofort dafür, sie erwischt zu haben, er wollte sie nicht noch mehr verletzten.

»Natürlich hast du mir wehgetan, du Idiot! Es fängt schon wieder an zu bluten!«

Erst jetzt begann er nach ihrer Wunde zu suchen. Während er ihr hochhalf, stellte er fest, dass sie sich an der Hand verletzt hatte.

»Du stürmst hier rein und hältst dich für einen von den Klitschko-Brüdern! Die würden aber nicht aufeinander losgehen!«, schimpfte Sam und bemerkte im nächsten Moment das Blut, das auf dem beigen Wohnzimmerteppich nicht zu übersehen war. Es stammte nicht von ihr, sondern von Elay, der sich an der Couch abstützte und sein Gesicht in der Armbeuge vergrub.

Sie wollte sich losreißen, um nachzusehen, ob er in Ordnung war, aber Chris hielt sie fest.

»Woher kommt die Wunde an deiner Hand?«, wollte er wissen, ehe er bereit war, sich zu beruhigen oder loszulassen.

»Ich habe mich an Scherben in der Küche geschnitten! Was denkst du denn?! Dass mir Elay in die Hand gebissen hat oder was?!«

Chris wollte noch immer nicht loslassen. Er zog ihre Hand näher, um zu sehen, wie tief der Schnitt war, und entdeckte dabei den Ring an ihrem Finger.

»Woher hast du …«

»Von mir«, meinte Elay und suchte den Blick seines Zwillings. Sie hatten sich seit Ewigkeiten nicht mehr gesehen, das hier war so ungewohnt und gleichzeitig vertraut, dass ihnen schlagartig übel wurde.

»You hid it well«, fügte er hinzu und wandte das blutverschmierte Gesicht wieder ab.

Sam riss sich endgültig von Chris los, um nach Elay zu sehen. Das Blut kam aus seiner Lippe, zumindest sah es so aus. Als er sich abwandte und davongehen wollte, hielt sie ihn am Arm fest. »Warte! Wohin gehst du?«

Er drehte sich nicht nach ihr um. »Badezimmer.«

»Soll ich mitkommen? Du blutest so stark.«

»Ich habe mir nur auf die Zunge gebissen. Außerdem kannst du doch kein Blut sehen, oder?«

Sie ließ ihn gehen. Als sie sich zu Chris umdrehte, war er mit den Gedanken irgendwo anders. Er lehnte am Treppengeländer und starrte auf die kaputte Vase am Boden.

»Bastian hat schon wieder gepetzt«, stellte Sam fest.

»Er hatte Angst, dass du nach Irland ziehst. Und er hatte einen Koffeinschock.«

Sie grinste müde. »Du bist sauer auf mich, aber ich musste herkommen. Er hat hier niemanden.«

Chris spannte sie so lange mit seiner Reaktion auf die Folter, dass Sam nervös wurde. Sie hatte ihn noch nie so nachdenklich erlebt, er wirkte niedergeschlagen.

»Ich bin dir nicht böse, du meinst es gut, aber ich kann jahrelange Marter nicht einfach so ausblenden – ich kann nicht aus meiner Haut, ich bin eben so.«

Sam stellte sich ganz dicht neben Chris und drückte den Kopf gegen seinen Oberarm. »Entschuldige. Ich kann mir nicht vorstellen, wie schlimm das alles war. Ich habe dich gedrängt, zu reden, ich weiß.«

»Ich werde nie so offen damit umgehen wie Elay. Diese langen, ausführlichen Gespräche wirst du mit mir nie führen, ich will das nicht.«

»Ja. Okay.«

Sam hätte am liebsten geheult, weil es ihr plötzlich unglaublich leidtat, dass sie in letzter Zeit so ungeniert und wüst in Chris' alten Wunden herumgerührt hatte. Es bereitete ihm sichtliches Unbehagen, hier zu sein, am liebsten hätte sie ihn an der Hand genommen und wäre mit ihm möglichst weit weggefahren, nur damit diese düsteren Wände ihn nicht erdrückten, aber sie musste sichergehen, dass es Elay gut ging.

»Zeig mal deine Hand«, forderte Chris und zog Sam so nahe wie möglich zu sich.

Er beäugte den Schnitt skeptisch, die Wunde war schon fast verschlossen.

»Desinfektionsmittel und ein Verband – in ein paar Tagen sieht man nichts mehr davon«, versprach Chris und drückte ihr einen kurzen, aber liebevollen Kuss auf die Lippen.

»Mir ist trotzdem übel«, jammerte Sam, die sich nun wieder darauf konzentrieren konnte, dass sie ein Weichei war.

»Das sind die Nerven. Leg dich kurz hin, lagere die Beine hoch, das hilft.«

Chris sprach aus Erfahrung, das hörte man ihm an. Er hob Sam hoch und trug sie zum Sofa, um sie dort abzulegen.

»Besser? Willst du was trinken?«

»Call the ambulance, they should send a helicopter for her.«

Elay kam gerade aus dem Badezimmer zurück. Sein Gesicht war wieder sauber, aber sein T-Shirt sah aus, als hätte er einen Metzgerlehrgang besucht.

Sam war so überrascht, dass die beiden überhaupt miteinander sprachen, dass es ihr absolut egal war, dass Elays Aussage purer Sarkasmus gewesen war.

Chris giftete sofort zurück. »It's not my fault that she got hurt!«

»Mine neither! I didn't break the damn plate or made her clean up the shards!«

Sam lauschte der ziemlich unhöflichen Konversation. Sie hätte nicht gedacht, dass sie die beiden so schnell dazu bringen konnte, wieder miteinander zu reden. Am Inhalt musste zweifelsohne noch gefeilt werden, aber ein Anfang war gemacht.

»But she feels dizzy because you splatter your fucking blood all over the carpet!«

»Just because you came in, freaked out for no reason and punched me! Stop treating her like a dumb puppy, she is fine!«

Sam war fasziniert, wie ähnlich sich Chris und Elay sahen, wenn sie sich über etwas aufregten. Sie war froh, dass sie die beiden gerade jetzt mühelos auseinanderhalten konnte. Chris war der, der nicht aussah, als hätte er in einem Splatterfilm mitgespielt.

»Könntet ihr das mit dem Englisch sein lassen? Euer Dialekt ist furchtbar schwierig zu verstehen und ich würde gerne mitbekommen, was ihr euch an den Kopf werft, um euch das später vorwerfen zu können.«

Die Zwillinge schwiegen kurz, folgten dann aber Sams Bitte.

»Er ist eine Heulsuse und anscheinend ist er ansteckend!«, maulte Elay und warf Chris den Verband hin, den er aus dem Badezimmer mitgebracht hatte. Chris schenkte seinem Zwilling nur finstere Blicke, dann begann er, Sam zu verarzten. Elay musterte ihn dabei aus dem Augenwinkel. Ihm fiel auf, dass sein Bruder mehr Zeit in der Schwimmhalle verbrachte als er. Chris war immer ein kränkliches Kind gewesen, heute sah er gesund aus.

Nachdem ihre Wunde fertig verarztet war, verabschiedete sich Sam kurz ins Badezimmer. Sie wollte die beiden Zwillinge ein paar Minuten allein lassen, weil sie die Hoffnung hatte, dass sie freundlicher zueinander waren, wenn sie unter sich waren. Sie war definitiv ein Streitpunkt zwischen den beiden und dieser Streitpunkt ging jetzt aufs Klo. Zwei leuchtend blaue Augenpaare schauten ihr nach.

»Ich verstehe, warum du sie so unbedingt halten willst.«

Der Satz ließ Chris aufhorchen. Er musterte seinen Bruder mit einem kalten, vorwurfsvollen Blick, aber Elay war immun dagegen.

»Wenn du es gekonnt hättest, hättest du sie mir weggenommen«, stellte Chris fest.

Elay nickte. »Ja, aber sie hat sich dagegen entschieden.«

»Anders als Layla damals«, stellte Chris klar.

Elay schnaubte wütend. »Versuchst du noch immer, dich für den Mist, den du gebaut hast, zu rechtfertigen? Ich weiß, dass sie mich wissentlich betrogen hat, keiner weiß besser als ich, dass sie eine Schlampe war! Spar dir das herablassende Getue!«

Chris senkte den Blick unbewusst ein wenig, ehe er die Frage stellte, die sich ihm aufdrängte, weil er seinen Zwilling doch besser kannte, als er es jemals zugegeben hätte.

»Liebst du sie noch?«

Jetzt funkelte Elay Chris wütend an, aber die Eisaugen wirkten nur bei anderen. »Ich kenne sie als Erwachsene nicht mal! Wir hatten keinen Kontakt mehr.«

»Sorry, aber ich würde es wieder tun.«

»Ich weiß, weil du eine eifersüchtige Heulsuse bist!«

Chris zuckte mit den Schultern. »Dass du uns siehst, war aber nicht beabsichtigt gewesen, das tut mir leid.«

»Mir tut leid, dass Maya nicht mit mir nach Irland gehen will, dann hätte sie einen weniger paranoiden Freund gehabt.«

Chris zog überrascht eine Augenbraue nach oben. »Wer?«

Elay wiederholte sich absichtlich nicht.

Als Sam zurückkam, herrschte gerade wieder Schweigen. Sie seufzte in dem Glauben, dass ihre Abwesenheit nichts bewirkt hatte.

»Ich helfe dir noch, das ganze Blut aufzuwischen«, bot sie an und sah sich stirnrunzelnd um.

»Fahr mit Christian nach Hause, du musst hier nichts machen.«

»Aber …«

»Es hat hier früher öfter so ausgesehen. Es waren nur keine Blutspritzer auf dem Teppich, wenn Elay gerade eine Mathearbeit vor sich hatte und ihm die Zeit gefehlt hat, sich in Schwierigkeiten zu bringen.«

Sam starrte Chris nur an. Eigentlich war schwarzer Humor schon ihr Ding, aber dieser Satz hatte sich viel zu wahr angehört. Elay konnte aber darüber schmunzeln.

»Sehen wir uns morgen?«, wollte sie vorsichtig wissen und erntete ein Kopfschütteln von beiden Zwillingen.

»Wir treffen uns morgen mit unserem Vater, dabei hast du nichts verloren«, erklärte Elay und klang dabei gewollt gemein, um sicherzugehen, dass sie nicht auf irgendwelche dummen Gedanken kam.

»Du kannst Elay übermorgen sehen, wenn er nach Hause fliegt«, gestand Chris ihr diskussionslos zu, nicht ohne das Wort auch noch mal an seinen Zwilling zu richten. »Bilde dir nichts darauf ein, du tust ihr bloß leid!«

»Stimmt gar nicht!«, protestierte Sam und wandte sich Elay zu, um sich zu wiederholen. »Stimmt wirklich nicht. Ich will mich nur verabschieden!«

»Christian weiß, wann und wo ich abfliege.«

Sam sah zu, wie Elay sich abwandte und die Treppe hinaufging. Am liebsten hätte sie ihn gefragt, ob er nicht mit zu ihnen kommen wollte, damit er nicht allein in diesem gespenstischen Haus schlafen musste, aber dann wäre Chris neben ihr spontan in Flammen aufgegangen.

»Komm, lass uns verschwinden. Ich will nicht länger hier sein, als notwendig ist.«

Sam nickte, drückte sich an ihn und ließ sich von ihm nach draußen führen. Der Arm, den er um sie gelegt hatte, war warm, niemand sonst hätte sie so halten können

»Du bist wirklich der böse Zwilling«, murmelte Sam schmunzelnd.

Draußen war es sternenklar und ruhig. Die Luft roch nach Regen, aber es blieb trocken. Chris hauchte ihr einen Kuss auf die

Schläfe, ehe er ihr die Autotür aufhielt. »Ja, ich weiß. Entschuldige.«

Zu Hause angekommen, kitzelte Sam Bastian wach, der vor dem Fernseher auf der Couch eingeschlafen war. Nach einem Koffein-Zucker-Schock verfiel er immer in ein Koma.

»Siehst du dir schon wieder Tier-Dokus an?«, fragte sie den schlaftrunkenen Braunhaarigen, der die Augen noch auf Halbmast hatte.

»Ich dachte, das wäre ein Cro-Konzert, aber dann waren da echte Pandas«, murrte er und wollte sich wieder umdrehen, weil er einen Energy-Drink-Kater hatte. Als ihm plötzlich einfiel, dass er zu Fuß hierhergekommen war, weil O'Shay ihn vor dem Museum hatte stehen lassen, um Sam daran zu hindern, mit seinem Bruder durchzubrennen, wurde er wach.

»Du gehst nicht nach Irland!«, erklärte er in einem ängstlichen Befehlston.

Sam schmunzelte. »Okay.«

»Was ist mit deiner Hand passiert?«

»Ein Hai hat reingebissen.«

»Ein Hai?«, wiederholte Bastian schockiert. Er war noch zu verdattert für solche Scherze.

»Oder ich habe mich einfach an Scherben geschnitten – such dir was aus.«

»Ich nehme die Scherben, Haie sind fies!« Erleichtert ließ sich Bastian wieder in die Kissen fallen. »Entschuldige, dass ich dich verpetzt habe, aber O'Shay hat mich mit Koffein vollgepumpt und mir dann Frauen versprochen.«

Sam lachte. »Schon gut«

»Bitte versprich mir, mich nie wieder in so eine Situation zu bringen.«

»Hast du dir so große Sorgen um mich gemacht?«

Bastian grinste. »Nein, ich rede von dem Museumsausflug mit O'Shay. Er hat die schurkenhafte Fähigkeit, mit seinem langweiligen Kunst-Blabla Leute zu töten.«

Mit einem kleinen Schlag in die Seite verabschiedete sich Sam von Bastian und folgte Chris ins Schlafzimmer. Er zog die dunklen Vorhänge vor das Fenster, um das Zimmer abzudunkeln. Die Zweisamkeit fühlte sich gerade heute unglaublich gut an.

Sie hatte sich an seinen Rücken geschmiegt und das Gesicht vor seinem Nacken abgelegt. Die kleinen Härchen darauf hoben und senkten sich im Rhythmus seiner Atmung.

»Entschuldige, dass ich dir das Leben im Moment so schwer mache«, flüsterte sie.

»Schon gut, es wird bald wieder ruhiger«, prophezeite Chris.

»Ich will Kontakt zu ihm halten.«

Sam wollte nicht mehr lügen oder irgendetwas verschweigen. Die Wahrheit war vielleicht unangenehm, aber nicht annähernd so verletzend wie diese ganze Geheimnistuerei.

»Ja, das war mir schon klar«, entgegnete Chris ruhig.

»Ich will nur sichergehen, dass es ihm gut geht. Er soll wissen, dass er hier auch Freunde hat, nicht nur einen Haufen unangenehme Erinnerungen. Ich weiß, dass du auch willst, dass es ihm gut geht.«

Chris erwiderte nichts, er drehte sich nur in Sams Richtung und streichelte ihr so lange über den Rücken, bis sie schläfrig wurde.

»Der Ring passt dir? Ist er nicht zu groß?«

Sie hob ihre linke Hand und legte sie auf seinen Oberarm. »Er passt, aber er ist bestimmt wertvoll, ich will ihn nicht tragen.«

»Aber dafür ist er da. Er hat seit der Hochzeit meiner Eltern nur herumgelegen.«

»Hat deine Mutter ihn nicht getragen?«

»Das war ihr Verlobungsring, sie hat später nur mehr ihren Ehering getragen.«

Sam wurde rot, ihr wurde schlagartig wärmer. Der funkelnde Ring an ihrem Finger fühlte sich mit einem Mal noch wertvoller an.

»Dass Elay ihn dir an den Finger gesteckt hat, nervt mich ein wenig, aber er hatte schon immer ein Talent dafür, mir die Show zu stehlen.«

Sam hustete, weil sie sich verschluckt hatte. Als so bedeutungsvoll hatte sie diese überaus großzügige Geste von Elay gar nicht wahrgenommen. Oder hatte sie Chris gerade falsch verstanden?

»Ich … ähm …«

Sams Stotterei trieb ihm ein Grinsen ins Gesicht. »Trag ihn so lange, du willst. Er steht dir. Ich liebe dich.«

Goodbye

Der Flughafen war voller Menschen. Sam hatte darauf bestanden, schon früher hier zu sein, weil sie Angst hatte, das Elay abreisen würde, ohne auf Wiedersehen zu sagen – er war eindeutig der Typ für stille Abgänge.

Chris hatte seine Augen hinter einer schwarzen Sonnenbrille versteckt und streckte das Gesicht den Sonnenstrahlen entgegen, die sich durch das Glasdach brachen. Er war Sam zuliebe hergefahren, die sich wirklich zusammengerissen hatte, ihn nicht mit Fragen nach dem gestrigen Treffen mit seinem Vater zu löchern. Heute war sie dafür umso nervöser. Sie suchte ständig nach seinem Ebenbild in der Menge.

»Bist du sicher, dass er um drei fliegt?«

Chris seufzte. »Ja, noch immer. Wenn du mich aber noch viermal fragst, dann ändert sich seine Abflugzeit vielleicht.«

Sam schmollte ein paar Minuten lang, dann entdeckte sie ein auffallend schönes Gesicht in der Menge.

»Hey!«

»Hallo.«

Die Schramme an seiner Lippe war kaum mehr zu sehen, Chris hatte ihn wohl doch nicht ganz so schlimm erwischt.

»Freust du dich auf zu Hause?«

Sam konnte Elays Gefühle nur schwer deuten, weil er die Huskyaugen auch hinter dunklen Gläsern versteckte. Er legte seine Koffer auf das Gepäckband.

»Tut deine Hand noch weh?«

Sie schüttelte den Kopf. Dass er ihre Frage mit einer Gegenfrage beantwortete, war typisch für ihre Gespräche. Sam schmunzelte. »Nein, alles gut. Meldest du dich?«

»Ja.«

»Wirklich.«

»Nein.«

»Elay!«

Chris unterdrückte das Schmunzeln, das die Lippen seines Bruders bereits zierte. »Ich melde mich.«

Sam nickte zufrieden. Sie begleitete ihn bis vor die Sicherheitsschleuse, dicht gefolgt von Chris, der bisher stumm geblieben war.

»Weiter kannst du nicht, außer du entscheidest dich doch noch dazu, mit mir zu fliegen, dann kaufe ich dir ein Ticket.«

Chris horchte auf und musterte Sam.

»Pass auf dich auf, ja?« Diesmal war sie es, die seiner Frage auswich. Sie umarmte ihn, erwartete aber nicht, dass er diese Geste erwiderte.

Er wollte sie nicht mehr so nah an sich heranlassen, schon gar nicht, wenn er sie zurücklassen musste.

Sam wurde ungewollt sentimental und war so sehr damit beschäftigt, nicht zu heulen, dass sie nicht bewusst mitbekam, was die Zwillinge zueinander sagten.

»Take care.«

»I will.«

»See ya, Christian.«

»See ya.«

Elay drehte sich nicht um, als er durch die Schleuse verschwand. Es wäre auch gar nicht sein Stil gewesen, jemandem zuzulächeln, während er ging. Sam machte das nichts aus. Er sollte ruhig dieser kühle, manchmal zu direkte Einzelgänger bleiben, der er war, das machte schließlich einen großen Teil der Faszination O'Shay aus.

Chris ließ Sam noch eine Weile die startenden Flugzeuge beobachten, bis er schließlich den Arm um sie legte und mit ihr zurück zum Parkplatz ging.

»Na, bereust du es noch immer nicht, zu mir gezogen zu sein?«

Sam lachte. »Spinnst du? Die letzten Tage waren spannender als mein ganzes bisheriges Leben! So viel Drama und dann doch noch ein Happy End. Die sollten einen Film über uns drehen!«

»Das ist für dich ein Happy End? Du bist aber leicht zufriedenzustellen.«

»Nein, nur realistisch. Du und Elay redet miteinander, ohne euch an die Gurgel zu springen, und Bastian mutiert zu einem überlebensfähigen Erwachsenen mit der Fähigkeit, salzlose Gerichte zu kochen. Was willst du mehr?«

Chris schmunzelte. »Stimmt. Mehr will ich gar nicht. Lass uns Eis essen gehen.«

»Ja, lass uns das machen. Ich liebe dich.«

Ruhigere Zeiten

»Bin wieder da!«, verkündete Sam und warf den Autoschlüssel auf das kleine Sofa im Vorzimmer.

Sie war übers Wochenende nach Hause gefahren, um Zeit mit ihrer Mutter zu verbringen. Auch ihrem Vater und Sophie hatte sie einen Besuch abgestattet und herausgefunden, dass die beiden Hochzeitspläne schmiedeten – biedere, kleinkarierte Hochzeitspläne, aber immerhin. Sam hatte sich bereiterklärt, Brautjungfer zu spielen, aber nur unter der Bedingung, dass sie sich ihr Kleid selbst aussuchen durfte. So vertrauensvoll Sophie in puncto Aktenverwaltung auch war, einkleiden würde sie sich eher noch von ihrem Vater lassen, und der hielt Denim für einen ausgefallenen Vornamen.

Es war kurz nach zwölf, eigentlich hätte Sam schon auf dem Weg zu Pia und Matthias sein müssen, aber Bastian brauchte eine Mitfahrgelegenheit, also sammelte sie ihn kurzerhand ein.

»Hallo?«

Sie streifte suchend durch die Wohnung. Anscheinend lag er noch im Bett, aber das konnte sie ganz schnell ändern.

Er schlief meistens lange, weil er bis in die Morgenstunden vor seinen Büchern saß. Seit er den Job an der Fakultät bekommen hatte, war er zu einem Vorzeigestudenten mit Strebereinstellung mutiert.

Sam war der Meinung, dass Chris' Perfektionismus auf ihn abgefärbt hatte, aber das bestritt er genauso vehement wie die Tatsache, dass es Chris' Verdienst war, dass er bald schon eine neue Wohnung beziehen konnte. Bastian war der Meinung, er wäre von allein über die Anzeige im Internet gestolpert, in Wirklichkeit hatte Chris ihn mit dem Tablet verfolgt und den Termin zur Besichtigung arrangiert, weil der Vermieter ein Bekannter von ihm war.

Ohne anzuklopfen, öffnete Sam die Tür zum Gästezimmer und trat ein. Auch wenn der Raum noch verdunkelt war, sprang ihr sofort das Chaos ins Auge. Dass Bastian nicht gerade ein ordnungsliebender Zeitgenosse war, war kein Geheimnis, aber diesmal hatte er sich selbst übertroffen. Der ganze Schreibtisch und zwanzig Prozent des Fußbodens waren mit Büchern und Skripten bedeckt, neunundsiebzig Prozent mit Klamotten und das übrig gebliebene Prozent füllte Artemis aus, der sich neben Bastians Schal zusammengerollt hatte und mit ihm um die Wette schnarchte.

»Oh mein Gott! Wie sieht es denn hier aus?! Sei froh, dass Chris hier nie reinkommt, er würde ausrasten!«

Sam bahnte sich ihren Weg in Richtung Bett und hüpfte hinauf.

»Wach auf! Wach auf! Wach auf!«, rief sie, während sie neben Bastians Gesicht auf und ab hüpfte.

Sie wollte sich gerade darüber wundern, dass er keinerlei Reaktion auf ihre penetranten Weckversuche zeigte, als plötzlich eine Hand nach ihrem Bein griff und sie das Gleichgewicht verlor. Sie fiel auf die Matratze und lauschte Bastians leisem, verschlafenem Lachen.

»Was verschafft mir die Ehre deines aufdringlichen Besuchs?«, wollte er wissen und hielt die Decke fest, die Sam wegziehen wollte.

»Wir müssen los!«

»Wohin denn?«

»Zu Pia und Matthias! Chris ist schon weg!«

»O'Shay ist weg? Dann lass uns was Schmutziges machen«, meinte er und musterte Sam gespielt lasziv.

»Wasch deine Dreckwäsche selbst«, entgegnete sie, wohl wissend, was Bastian mit ›etwas Schmutziges machen‹ gemeint hatte.

»Ich hasse die Waschmaschine, das Ding hat tausend Knöpfe. Das ist wie bei einem Spaceshuttle.« Bastian gähnte und raffte sich dann plötzlich auf.

»Wohin gehst du?«

»Ich reite auf der Waschmaschine zum Orion!«

»Was?«

Er lachte und zwinkerte. »Ich geh duschen.«

Seufzend ließ sich Sam wieder in die weichen Kissen fallen. Sie würden zu spät kommen, so viel war sicher, aber ohne Chris, der sie antrieb, rechnete sowieso niemand damit, dass Sam und Bastian pünktlich waren. Er war schon seit heute Morgen weg, weil er mit Matthias zum Schwimmen gefahren war, aber die beiden hatten es sicherlich schon geschafft, sich in Pias Katalog-Vorzeigewohnung einzufinden. Sie und Matthias waren vor ein paar Tagen umgezogen, in eine größere Wohnung, weil sich die beiden zwar liebten, es auf Dauer auf vierzig Quadratmetern aber doch zu kuschelig geworden war.

Pia hatte heute alle zum Essen eingeladen. Dass sie kochen konnte, war Sam neu, gab aber einen grandiosen Vorwand ab, um all ihre Freunde zu versammeln und sich ein Lob für die selbst eingerichtete Wohnung zu erhaschen. Pia brauchte diese Art von Bestätigung, selbst wenn sie dafür beim Kochen die Küche in Brand setzen musste.

Als Bastian aus dem Badezimmer kam, war Sam beinahe eingeschlafen.

»Was kocht Pia eigentlich?«

»Keine Ahnung«, entgegnete Sam ängstlich.

»Hoffentlich nichts mit Körnern. Ich habe O'Shays Ernährungsplan echt satt. Vollkornprodukte, Haferflocken, Hirse, mein Darm glaubt mittlerweile, ich wäre eine Feldmaus! Seit ich esse, was dieser Typ kocht, verbringe ich doppelt so viel Zeit auf der Toilette wie früher!«

Sam lachte und raffte sich auf.

Penetrant oft betätigte Bastian die Klingel zu Pias und Matthias' neuer Wohnung.

Die wohlbekannte Piepsstimme, die sich durch die Sprechanlage meldete, klang auffällig fragend.

»Ja?«

»Polizei, bitte öffnen Sie. Wir haben den dringenden Verdacht, dass sich in Ihrer Wohnung diverse illegale Substanzen befinden.«

Sam hielt sich die Hand vor den Mund, um nicht lauthals loszulachen und Bastians mehr als gelungene Show zu ruinieren. Sie hatte vergessen, wie viel Spaß es machte, Pias Leichtgläubigkeit zur Unterhaltung zu nutzen.

Es dauerte eine Weile, bis sie antwortete.

»Okay.«

Als das Summen der Tür ertönte, konnten Sam und Bastian sich das Lachen nicht mehr verkneifen.

»Du bist so ein Idiot, Basti!«, rief Pia beleidigt, als sie die beiden die Treppe hinaufkommen sah.

»Was denn? Habt ihr etwa wirklich Drogen in der Wohnung oder warum stehst du wie ein aufgescheuchtes Huhn vor der Tür?«

»Natürlich nicht! Aber du hast mir trotzdem Angst gemacht! Wieso kommt ihr erst jetzt?«

»Sam hat sich geweigert, meine Wäsche zu waschen.«

Verwirrt und ein wenig mürrisch bat Pia ihre Gäste herein.

»Die Wohnung sieht toll aus!«, lobte Sam ihre Freundin und bewunderte lächelnd all die abgestimmten Vasen und Bilder. Es war bunt hier, aber Pia mochte es bunt und wirkte sichtlich zufrieden.

»Das war auch nicht billig!«, erklärte Matthias, der gerade aus der Küche geschlendert kam und zum Gruß die Hand hob.

»Ich dachte mir schon, dass ihr es seid, nachdem Pia mir gesagt hat, die Polizei wolle wissen, ob wir hier irgendwo Drogen verstecken.«

»Und, versteckt ihr welche?«

»Ja, zwei Kilo Koks unter der Spüle«, entgegnete Matthias trocken. »Wie hätte ich sonst die teuren Tapeten und die ganzen Dings … ähm … Dinger hier finanzieren sollen?«, fügte er noch hinzu und erntete für seinen Witz böse Blicke von seiner Freundin. Anscheinend hatte er eine humorfreie Zone betreten.

»Hör auf, zu quatschen, und geh wieder in die Küche!«, befahl Pia.

Matthias trug eine hellgelbe Schürze mit auffällig vielen roten Flecken darauf.

»Yeah! Es gibt eindeutig was Totes! Fleisch, Fleisch, Fleisch!«, jubelte Bastian und löste damit bei Sam Kopfschütteln aus.

»Du darfst dir absolut nie eine Freundin suchen, die Vegetarierin ist – Freak.«

»Freu dich nicht zu früh!«, meinte Pia und zuckte entschuldigend mit den Schultern. »Die roten Flecken sind von den Kirschen.«

»Kirschen?«, wiederholte Bastian verständnislos. »Wieso tötet er denn Kirschen? Sag mir, dass er damit ein Schwein füllen will!«

»Rotes Fleisch ist ungesund! Es gibt Obstsalat als Nachspeise und davor Ratatouille!«

Bastian starrte Pia eine Sekunde lang verständnislos an, dann lief er ihn die Küche, um sich selbst zu überzeugen.

Sam folgte Pia unterdessen ins Wohnzimmer. Hier war alles türkis, der Teppich, die Wände, die Duftkerzen. Chris saß auf der Couch und hatte die Arme vor der Brust verschränkt. Als er Sam sah, stand er auf, um sie zu umarmen.

»Hey! Wie war dein Wochenende? Du hast mir gefehlt!«

»Ganz okay. Wieso sitzt du hier wie auf der Strafbank?«

Pia begann neben ihr zu hüsteln und schenkte Chris lehrerhafte Blicke.

»Er nörgelt nur herum und er hat keine Ahnung von Inneneinrichtung, weil er in einem sterilen Schneelabor lebt!«, schimpfte sie und verschwand dann auch in die Küche, weil Matthias sie gerufen hatte.

Sam setzte sich grinsend mit Chris aufs Sofa und stahl sich ein Küsschen. »Wir leben in einem Schneelabor?«, wollte sie amüsiert bestätigt haben.

Chris rollte mit den Augen. »Sie wollte wissen, was ich von ihrer Einrichtung halte.« Er seufzte. »Ehrlich zu antworten, war dämlich. Jetzt muss ich hier sitzen und darf nichts mehr kritisieren.«

Sam schüttelte den Kopf und hielt Chris das türkise Kissen mit den goldenen Kordeln vor die Nase. »Du bist aber auch verrückt! Wie kann man so was nicht schön finden?«

»Du hast recht, auf den zweiten Blick erkenne ich die subtile Schönheit dieses Kissens, das vermutlich von einem homosexuellen Scheich designt wurde.«

»Stell dir vor, du wärst mit Pia zusammen, dann würde deine Wohnung jetzt auch so aussehen.«

Chris zog eine Augenbraue nach oben. »Ich hätte entweder sie oder mich schon längst mit den Regenbogen-Vorhängen stranguliert, wir wären kein schönes Paar.«

Sam versuchte, ihre Fantasie zu bemühen, aber Chris und Pia passten wirklich nicht zusammen.

»Essen kommen!«

Matthias' Rufen folgend, gingen Sam und Chris in die Küche. Die Eckbank war gerade groß genug für fünf. Als Chris sich neben Bastian setzte und ihn musterte, verzog er den Mund.

»Wieso hast du schon wieder mein T-Shirt an?! Wie oft hatten wir diese Diskussion schon?!«

»War ein Versehen! Ich dachte, es gehört mir.«

»Da ist eine irische Flagge drauf, du Idiot!«

Bastian sah an sich hinunter. »Echt? Ich dachte, das wäre die italienische, nur ausgewaschen.«

Sam seufzte genervt. »So geht das den lieben langen Tag.«

Matthias und Pia lachten. »Ihr habt euch ja gut zusammengerauft! Schade, dass sich eure WG bald auflöst«, stellte Matthias zwinkernd fest und erntete dafür von Chris böse Blicke, die Bastian zum Schmunzeln brachten.

»Gib's zu, O'Shay! Du wirst mich vermissen!«

»Sicher! Was mach ich nur mit meiner Zeit, wenn ich nicht mehr jeden Morgen deine beschissenen Bartstoppeln wegwischen muss?«

»Tja, jetzt brauchst du ein neues Hobby.«

Während Chris und Bastian ihr Showprogramm zum Besten gaben, beantwortete Sam die Nachricht, die sie erhalten hatte.

»Hey! Beim Essen wird nicht auf dem Handy herumgedrückt!«, meinte Pia und beugte sich so neugierig zu Sam, dass sie beinahe von der Eckbank gefallen wäre.

»Mit wem schreibst du?«, wollte sie wissen und bekam auch prompt eine Antwort, aber von Chris.

»Mit Elay, wie immer. Ein Uhr mittags – er ist zuverlässig wie ein Uhrwerk.«

Der missbilligende Tonfall in seiner Stimme machte Sam nichts mehr aus, weil sie mittlerweile wusste, dass er größtenteils gespielt war.

Spätestens jeden zweiten oder dritten Tag fand Chris irgendeinen fadenscheinigen Vorwand, um sich bei ihr zu erkundigen, ob es seinem Zwilling gut ging. Elays Befinden interessierte Chris besonders, seit Sam ihm erzählt hatte, dass er sich wieder mit Layla getroffen hatte.

Elay und sie hatten viel zu besprechen gehabt, ob sie nun ein Paar waren oder nicht, hatte Sam aber noch nicht herausgefunden.

»Kommt er wieder her?«, fragte Matthias vorsichtig, weil er mindestens genauso neugierig wie Pia auf den zweiten O'Shay war.

»Vielleicht. Ich würde aber auch gerne mal nach Irland fliegen!«, gestand Sam.

Die unterschwellige Bitte in Richtung Chris entging ihm nicht, aber er wollte jetzt nicht darauf eingehen.

Er spielte selbst schon seit einer Weile mit dem Gedanken, seine Großmutter zu besuchen, aber bevor er nichts fixiert hatte, wollte er Sam keine Versprechungen machen.

»Hey! Lasst uns doch alle fliegen! Ein gemeinsamer Ausflug!«, schlug Pia energisch vor.

»Wir könnten Sev und Maria fragen, ob sie auch Lust haben!«

»Maria?«, wiederholte Bastian fragend.

»Ich dachte, Sevs Freundin heißt Anna.«

»Genau genommen heißt sie Anna Maria«, klärte Chris ihn auf.

Bastian schnaubte. »Tzz, ein Doppelname – auch nur was für brotlose Schriftstellerinnen.«

»Eine Irlandreise klingt spannend!«

Matthias' aufkommenden Enthusiasmus besänftigend, schüttelte Chris den Kopf.

»Bevor ihr schon wieder irgendwelche Projekte plant, lasst uns doch erst mal runterkommen. Findet ihr nicht, dass wir in den letzten Monaten genug Trubel hatten?«

Bastian nickte. »Stimmt, ich habe auch keinen Bock mehr, überlassen wir das Drama anderen.«

»Vorerst!«, fügte Sam zwinkernd hinzu und schob sich ein Stück Tomate in den Mund.

Ein wenig Alltag würde ihnen wirklich guttun. Pia, Matthias und Bastian sollten sich in ihren neuen Wohnungen einleben und Chris und Sam würden die Eifersuchtsdramen endlich hinter sich lassen.

Vielleicht kamen noch turbulente Zeiten auf sie zu, aber erst mal würde es ruhig bleiben – dieses große Stück Glück hatten sie sich durchaus verdient.

ENDE

Jasmin Romana Welsch

Jasmin Romana Welsch wurde 1989 in Graz geboren und lebt auch heute noch mit ihrem Freund und ihrer Hündin Yuki in der Steiermark. Obwohl sie bereits im Teenageralter das Schreiben für sich entdeckte, begann sie ein Jurastudium. Erst nach der Veröffentlichung ihres ersten Romans widmete sich die junge Autorin gänzlich der Schriftstellerei. Aus ihrer Feder stammen mehrere Jugendbücher, in denen sich fast immer humoristische, aber auch dramatische Akzente wiederfinden.

Kontakt

Homepage: www.jasminromanawelsch.com

Facebook: www.facebook.com/JRWelsch

Die Autorin über sich und das Schreiben:

Jasmin Romana Welsch ist kein Pseudonym, sondern ein überdurchschnittlich langer Name, mit dem man in der Schule nie an die Tafel gerufen wird. Freunde nennen einen dann Jasi, Romi, oder Smin – auf alle Fälle hat man genügend Rufnamen und somit Raum für ein paar mehr Persönlichkeiten, die im Rahmen des kreativen Schaffens möglicherweise irgendwann bei einem vorstellig werden.

Zur Zeit bin ich aber nur ein Ich und 27 Jahre alt. Mein erstes Buch verfasste ich im zarten Alter von elf Jahren, konnte aber leider keinen Verlag ausfindig machen, der bereit gewesen wäre "mein schönstes Ferienerlebnis" in sein Sortiment aufzunehmen. Diesen Rückschlag im Hinterkopf, fand ich erst im Teenageralter zurück zum kreativen Schreiben, eine Obsession, der ich bis zum heutigen Tag hörig bin.

Ich sollte an dieser Stelle all die fantastischen Autoren aufzählen, die meine Liebe zu Worten geweckt haben. Meine belletristische Reise begann mit Astrids Lindgrens "Ronja Räubertochter", eine Geschichte die mich in Kindertagen fasziniert und inspiriert hat. Erwähnung finden sollte auch der Jugendbuchautor Christian Bieniek, dessen Bücher und Humor dazu beigetragen haben, dass ich mich heute gerne daran versuche, Lesern meiner Geschichten ein Schmunzeln abzuringen. Da ich der Meinung bin, dass dosierte Schwermütigkeit ebenfalls seinen Reiz hat, schreibe ich auch gerne Geschichte mit dramatischem Einschlag, eine Vorliebe, zu der vor allem Irina Korschunows Werk »Die Sache mit Christoph« beigetragen hat.

Wenn ich nicht tagträume, lebe ich übrigens in Österreich, genauer gesagt in der Steiermark: grün, hügelig und überschaubar. Wir schütten dort mit Vorliebe schwarzes Öl auf unser

Vanilleeis und sprechen einen Dialekt, der für ungeübte Ohren wohl als ü-lastige Geheimsprache durchgehen könnte.

Ich habe einen Hund und einen MP3-Player – mit beiden bin ich gerne und oft im Freien, auch bei Schlechtwetter, weil das Tier noch immer nicht gelernt hat, bei Glatteis das Urinieren einzustellen.

Mein Musikgeschmack ist weit gefächert, ich würde aber *Rock* antworten, wenn jemand mich mit vorgehaltener Waffe dazu zwingen würde, mein Lieblingsgenre zu benennen.

Ich habe zwei Jahre lang Japanisch studiert, um heute Sätze wie, »Die Katze, die unter dem Tisch hockt, ist meine«, im höflichen und einfachen Sprachstil von mir geben zu können. Meine Liebe zur japanischen Pop-Kultur ist aber, trotz Kapitulation vor der Komplexität der japanischen Sprache, ungebrochen.

Um auch kurz eine etwas seriösere Seite von mir zu präsentieren: Ich habe fünf Jahre lang Rechtswissenschaften studiert und kann über die Subsumtion als Werkzeug der juristischen Interpretation diskutieren ohne dabei einzuschlafen – meistens.

Ich hoffe, ich kann Sie mit dem Gefühl entlassen, dass Sie jetzt mehr über mich wissen, als Sie jemals wissen wollten.

Mit herzlichem Dank für Ihr Interesse darf ich mit einem Zitat von Ernest Hemingway schließen:

»Lesen Sie einfach alles, was ich schreibe, um des reinen Vergnügens willen. An dem, was Sie darüber hinaus finden, lässt sich messen, was Sie selbst eingebracht haben.«

Weitere Verlagstitel aus unserem Romance-Programm

Maya Shepherd

50 Tage – Der Sommer meines Lebens

30. Juni 2017, Sternensand Verlag

348 Seiten, broschiert

€ 12,95 [D]

Liebesroman

Als Taschenbuch und E-Book

C. M. Spoerri

Emlia: Dein Weg zu mir

1. Mai 2016, Sternensand Verlag

328 Seiten, broschiert

€ 12,95 [D]

New Adult Liebesroman

Als Taschenbuch und E-Book

C. M. Spoerri

Unlike: Von Goldfischen und anderen Weihnachtskeksen

12. Dezember 2016, Sternensand Verlag

348 Seiten, broschiert

€ 12,95 [D]

New Adult Liebesroman

Als Taschenbuch und E-Book

NEU IM PROGRAMM

Maya Shepherd

Über alle Grenzen

13. August 2017, Sternensand Verlag

540 Seiten, broschiert

€ 14,95 [D]

Liebesroman

Als Taschenbuch und E-Book

Klappentext:
Eine Liebe, die sich über jedes Hindernis hinwegsetzt.
Eine Liebe, die unter die Haut geht.
Eine Liebe, die keine Grenzen kennt.
Wörter, Zahlen und Sätze zieren Annas Körper. Dort, wo niemand sie sieht. Unauslöschbar sind sie in ihre Haut geritzt. Sie bleiben für immer und verschwinden nicht einfach wie ihr Vater, der ihre Mutter für eine Jüngere verlassen hat.
Yasin kommt aus dem Kosovo. Wie viele Flüchtlinge sucht er in Deutschland Schutz, in der Hoffnung auf ein neues, sicheres Leben. Er spricht fließend Deutsch und trotzdem hört ihm niemand zu. Niemand sieht ihn.
Bis er Anna begegnet. Das traurige und verschlossene Mädchen ist der erste Mensch, der ihn als Person und nicht nur als Flüchtling sieht.

STERNENSAND VERLAG

Besucht uns im Netz:

www.sternensand-verlag.ch

www.facebook.com/sternensandverlag